KAI HAVAII

HY
PER
ION

RL rütten & loening

KAI HAVAII

HY
PER
ION

THRILLER

 rütten & loening

ISBN 978-3-352-00974-7

Rütten & Loening ist eine Marke
der Aufbau Verlage GmbH & Co. KG

1. Auflage 2022
© Aufbau Verlage GmbH & Co. KG, Berlin 2019
Satz Greiner & Reichel, Köln
Druck und Binden CPI books GmbH, Leck, Germany
Printed in Germany

www.aufbau-verlage.de

*»Ein Undercover-Agent ist ein Schauspieler,
der um sein Leben spielt.«*

1

In langen Spiralen, durch Schichten von Nebel und Dunkelheit, windet sich sein Bewusstsein an die Oberfläche. Minutenlang liegt er bewegungslos, während seine verschwommenen Sinne um Schärfe ringen und er seinen Körper zu spüren beginnt. Sein Kopf schmerzt und dröhnt, als befinde er sich in einer vibrierenden Schraubzwinge. Die geschwollene, staubtrockene Zunge haftet schmerzhaft am Gaumen.

Er öffnet mühsam seine verklebten Augen.

Vollkommene Schwärze.

Instinktiv zwinkert er ein paarmal mit den Augenlidern, aber die Dunkelheit bleibt.

Er bewegt die Finger seiner Hände, aus denen nur langsam die Taubheit weicht. Dann hebt er unter großer Anstrengung seine Arme ein wenig an, die sich so kraftlos anfühlen, als seien sie aus Gummi. Als er sie zur Seite spreizen will, stoßen sie sofort gegen etwas Hartes. Er ertastet zwei Wände, direkt neben seinem Körper. Als er die Arme nach oben hebt, stoßen sie erneut sofort auf Widerstand. Dort, nur zwanzig Zentimeter über seinem Gesicht befindet sich eine weitere Wand.

Ein eisiger Schreck durchfährt ihn, als ihm klar wird, dass er in einer engen Kiste liegt.

Ein ... ein Sarg!

Würgende Angst steigt in ihm auf. Für einen Moment fürchtet er, lebendig begraben zu sein.

Aber dann nimmt er das Geräusch wahr. Ein fernes, mechanisches Stampfen, wie von einer Maschine. Ein paar Augenblicke später wird ihm bewusst, dass sich sein Körper in einer lang gezogenen, rhythmischen Bewegung der Länge nach sanft hebt und wieder senkt. Hebt und senkt.

Ein Schiff! Ich bin auf einem Schiff!

Nun kommt auch die Erinnerung wieder.

Ich war in Antalya. In der Türkei.

Er sieht die Szene verschwommen vor sich: Er ist draußen auf der Straße, es ist dunkel. Plötzlich sind da diese Männer. Ein Schlag auf den Hinterkopf. Er wird in ein Auto gestoßen, offenbar einen Kleinbus. Spürt viele kräftige Hände, die ihn mit eisernem Griff niederhalten. Und dann einen kleinen, spitzen Schmerz in der Beuge seines Arms.

Danach nichts mehr.

Betäubt. Ich bin betäubt worden.

Der Durst ist so quälend, dass es ihm fast wieder die Sinne raubt.

Wie viel Zeit mag vergangen sein, seit sie mich geschnappt haben?

Unvermittelt wird das leise, monotone Stampfen des Schiffsmotors von einem anderen Geräusch übertönt. Ein metallisches Rumpeln, ziemlich nah, gefolgt von einem Quietschen, so als würde eine schwere, lange nicht geschmierte Stahltür geöffnet. Im nächsten Moment erscheint vor seinen Augen ein Quadrat aus kleinen Lichtpunkten. Elektrisches Licht, das durch die Atemöffnungen dringt, mit denen die Kiste versehen ist.

Er hört Stimmen. Nur undeutlich, aber sie reden in einer Sprache, die er nicht versteht.

Kurz darauf klacken Scharniere, und der Deckel seines Gefängnisses wird angehoben. Gleißende Helligkeit blendet ihn, und es dauert eine Weile, bis er das Gesicht eines Mannes erkennt, der auf ihn herabblickt. Ein bärtiger Mann mit einer dicken, spiegelnden Brille.

Dahinter nimmt er undeutlich einen weiteren Mann wahr, in einem gelben Jogging-Anzug und mit einer Pistole in der Hand.

Der mit der Brille dreht sich um und sagt etwas zu dem Kerl mit der Waffe.

Dann wendet er sich wieder ihm zu, hebt seinen Kopf ein wenig an und führt einen Trinkhalm an seine Lippen. Er beginnt, begierig zu saugen.

Wasser! Wasser!

Als er genug getrunken hat, hat er den Impuls, etwas zu tun – irgendetwas zu sagen, aber er ist immer noch viel zu kraftlos. Sein Kopf sinkt matt auf das dünne Kissen zurück, das zum Inventar seines Gefängnisses gehört.

Dann spürt er plötzlich einen Einstich in seinem Arm. Er verkrampft sich, doch er ist viel zu schwach, um sich zu wehren. Wieder taumelt sein Bewusstsein in tiefe Schwärze hinab. Dass kurz darauf ein paar Meter entfernt der Deckel einer weiteren Kiste geöffnet wird, hört er schon nicht mehr.

2

Fünf Monate zuvor.
In der Nähe von Schliersee, Bayern.

Es wird Frühling in den Alpen. In diesem Jahr kommt er besonders zeitig, denn es ist erst Anfang Mai, aber weil es seit Tagen ungewöhnlich warm und sonnig ist, ist die Schneeschmelze bereits in vollem Gange. Das Farbenspiel der Landschaft wirkt in der klaren Luft so gestochen scharf, als sei es mit Photoshop bearbeitet.

Ein wolkenloser, tiefblauer Himmel, blendend weiße Schneefelder, die im Sonnenlicht bläulich glitzern, dazwischen Flächen mit dem ausgelaugten, fahlgelben Gras vom Vorjahr. An vielen Stellen ballen sich bunte Pulks von Alpenkrokussen, und zwischen den verwitterten, hellgrauen Granitfelsen, die die Hänge sprenkeln, leuchten knallgelb die Blüten von Küchenschellen. Im Hintergrund wächst die schwarze, zerklüftete Felsmasse des Riesensteins empor, hier und da weiß gefleckt von ewigem Schnee.

Unterhalb des Gebirgsmassivs öffnet sich ein weites Hochtal, eingerahmt von steilen, baumlosen Hängen, in das sich der Eiserbach im Laufe der Jahrtausende tief eingegraben hat. Was die meiste Zeit des Jahres ein gemütlich plätschernder, kleiner Bergbach ist, ist seit Tagen ein meterbreiter, gelb schäumender Fluss, dessen Rauschen eine stetige Geräuschkulisse bildet.

Gut fünfzig Meter oberhalb des Gebirgsbachs unterbricht ein fast ebenes Plateau den östlichen Hang, nicht sehr groß, aber groß genug für das zweistöckige Haus mit dem Seitenflügel, das dort steht und neben einer weitläufigen Terrasse auch über einen größeren Vorplatz verfügt.

Auf diesem Vorplatz steht, einen Arm auf den Stiel einer Schneeschaufel gestützt, ein langhaariger, bärtiger Mann und beobachtet am Himmel zwei Kolkraben, die plötzlich mit angewinkelten Flügeln in einen Sturzflug in Richtung Boden übergehen, wo sie irgendetwas Interessantes erspäht haben. Eine Maus vielleicht oder den vom Schnee freigegebenen Kadaver einer Gämse, die den Winter nicht überlebt hat.

Der Name des Mannes, der so interessiert den Flug der Vögel verfolgt, ist Felix Gerhard Brosch. Er ist neununddreißig Jahre alt, mittelgroß und athletisch gebaut, mit schmalen, hellgrauen Augen, einem klar konturierten, recht gut geschnittenen Gesicht und kräftigen Händen. Das dunkelblonde, ungebändigte Haar fällt ihm bis auf die Schultern, und der wild wuchernde, an ein paar Stellen schon grau melierte Bart verdeckt nur zum Teil die dünne, glänzende Narbe, die sich vom rechten Wangenknochen bis zum Mundwinkel zieht.

Die vielen Fältchen um seine Augenwinkel lassen ihn ein wenig älter erscheinen, als er ist, und erahnen, dass er trotz seiner relativ jungen Jahre bereits ein ziemlich bewegtes Leben hinter sich hat.

Felix beobachtet die Raben noch eine Weile, dann macht er sich wieder daran, den Vorplatz, auf dem bald Sonnenschirme und Biertische stehen werden, von den letzten Schneeresten und dem Unrat zu säubern, der sich darunter angesammelt hat. Weil die Vorhersage weiter warmes Wetter, geradezu einen Bilderbuchfrühling verheißt, hat Melly, Felix' Chefin und Pächterin des Hauses, beschlossen, es schon in zwei Tagen für den Gastronomiebetrieb zu öffnen. Am Nachmittag wird der Helikopter aus Rosenheim das erste Mal mit dem Lastennetz kommen, um dann im mehrmaligen Pendelflug vom Tal aus die knapp sechzehn Tonnen Brennholz und Lebensmittel heraufzuschaffen, die in der Sommersaison benötigt werden.

Als Felix seine Arbeit beendet hat, bringt er Schneeschaufel und Besen wieder in die kleine Garage, in der auch das einsitzige Raupen-Fahrzeug mit der Schneewalze steht, mit dem er während des Winters den Weg bis zur Station der Riesensteinbahn frei gehalten hat. Allerdings ist die Seilbahn im Winter nur in

Ausnahmefällen in Betrieb und verkehrt erst in ein paar Tagen wieder regelmäßig.

Felix geht wieder hinaus auf den sonnenbeschienenen Vorplatz und zieht vorsichtig eine kleine Marihuana-Zigarette aus der Brusttasche seines grün karierten Lumberjackets. Er lässt sein Zippo klicken und inhaliert tief die Mischung aus Tabak, Gras und der kühlen, klaren Luft. Sekunden später dockt das THC an die Rezeptoren seiner Großhhirnrinde an, und er genießt den sanften, ganz leicht halluzinogenen Kick der Droge.

Als er seinen Blick über die Hänge schweifen lässt, nimmt er in der Ferne eine winzige Bewegung wahr. Er geht ins Haus, um sein Fernglas zu holen, und kurz darauf hat er einen exklusiven Blick auf eine Murmeltiersippe, die sich, eins nach dem anderen, aus der Schneedecke über ihrem Höhlenausgang herausarbeitet.

Es ist ein Anblick, der Felix fasziniert und berührt. Als er hierher in die Berge kam und diese letzten Mohikaner der großen Eiszeit das erste Mal beobachtete, hat er sich über sie ein bisschen schlau gemacht. Er weiß, dass die Tiere ganze sieben Monate praktisch reglos und dicht aneinandergedrängt in ihrem unterirdischen Labyrinth im Kälteschlaf verbracht haben – ohne Nahrung zu sich zu nehmen oder zu trinken. Um das überhaupt zu ermöglichen, verfügen sie über die unter Säugetieren einmalige Fähigkeit, ihre Körpertemperatur auf sechs Grad zu senken und ihren Herzrhythmus auf zwei bis drei Schläge pro Minute herunterzudimmen. Zwischen ihren einzelnen Atemzügen liegen dann Minuten.

Felix schwenkt das Fernglas ganz sacht über die Gruppe, die aus fast zwanzig Tieren besteht, und beobachtet die Jungtiere vom letzten Jahr, die – ganz gewiss im Gegensatz zu ein paar anderen – den kräftezehrenden Winterschlaf überlebt haben. Sie tollen in der Sonne und im Schnee herum wie unter Strom gesetzt, ihr Übermut und ihre Freude über die Neugeburt ist mit Händen zu greifen. Die älteren, größeren Tiere machen sich unterdessen sofort über die Krokusse her, die auf den schneefreien Flächen sprießen.

Plötzlich nimmt Felix auf dem Schneefeld, auf dem die Jungen herumspringen, einen großen Schatten wahr. Einen Wimpernschlag später vergraben sich zwei wuchtige, gelbe Klauen im Körper eines der hüpfenden Fellbündel. Das junge Murmeltier stößt einen letzten, schrillen Schrei aus, der bis zu Felix zu hören ist. Dann hebt es auch schon vom Boden ab, und Felix folgt mit dem Fernglas dem Flug des Steinadlers, der, seine baumelnde, erschlaffte Beute umklammernd, dem verschatteten Felsmassiv zustrebt.

Felix stockt der Atem.

O nein! Das war's für dich, Kleiner! Den Winter hast du überlebt und jetzt ...

Er setzt das Fernglas ab und seufzt leise. Dann wendet er sich um und geht ins Haus.

Das Riesensteinhaus ist eine Berghütte des Bayerischen Alpenvereins, in gut eintausendsechshundert Meter Höhe gelegen, nicht allzuweit vom Spitzingsee und nah an der österreichischen Grenze. In längst versunkenen Zeiten waren hier oben Schmuggler unterwegs, die ihre Ware von einem Land ins andere brachten. Heute sind es nur noch Touristen, die es hierherzieht, und das auch nur während der Saison, die im Spätherbst sowie von März bis Mitte Mai, zur Zeit der Schneeschmelze, ruht. Vor allem im Sommer ist das Riesensteinhaus ein beliebtes Ausflugsziel, was auch an seiner urigen, nostalgischen Ausstrahlung liegt.

Das zweistöckige Gebäude mit dem großen Vorbau und dem kleinen Seitenflügel wurde 1935 erbaut, und seitdem hat sich daran nicht allzu viel verändert.

Noch immer bilden verwitterte Holzschindeln die Fassade, und die niedrige Gaststube mit den kleinen Fenstern, dem jahrzehntealten Mobiliar und den rot-weiß karierten Tischdecken gäbe immer noch eine perfekte Kulisse für einen Ufa-Film ab. Die uralten Holzdielen auf dem verwinkelten Gang zu den kleinen Gästekammern lamentieren bei jedem Schritt, und neben dem Fuß der ausgetretenen Treppe hängt ein vergilbtes Schild, das in Fraktur-Schrift dazu ermahnt, das obere Stockwerk »nicht mit Schi-Schuhen« zu betreten.

Abgesehen von einigen Erzeugnissen der Neuzeit wie dem allen Standards genügenden Sanitärbereich, der Stromversorgung und der Satellitenantenne wirkt das Haus wie aus der Zeit gefallen.

Das gilt auch für die Küche, die von einem noch aus den 1930ern stammenden, gusseisernen Herd mit vier Feuerstellen beherrscht wird. Er wird mit Holz betrieben und ist Felix' eigentlicher Arbeitsplatz. Seit vier Jahren arbeitet er als Koch im Riesensteinhaus.

Der Job ist hart. Während der Saison hat er Zwölf- bis Dreizehn-Stunden-Schichten, aber dafür verdient er ziemlich gut und hat in den knapp vier Monaten im Jahr, in denen die Hütte geschlossen ist, voll bezahlten Urlaub. Diese freie Zeit hat er allerdings, abgesehen von ein paar Trips in seine Heimatstadt Hamburg, oft allein hier oben in den Bergen verbracht. Auch in diesem Winter hat Felix sich bereit erklärt, einige Reparaturen im Haus machen, den Weg zur Seilbahnstation frei zu halten und jeden Morgen die auf der Windseite gelegene Vorderfront und die Eingangstür von den brusthohen Schneewehen freizuschaufeln. Um überhaupt nach draußen zu gelangen, musste er aus dem Fenster seiner winzigen Kammer auf der Rückseite des Hauses steigen.

Es waren Wochen der fast völligen Einsamkeit. Ganze zwei Mal ist er auf Skiern runter ins Tal, von wo er mit Bus und Bahn eineinhalb Stunden nach München gefahren ist, um sich mit neuen Socken und Unterhosen einzudecken, frisches Obst für sich zu kaufen und in einem vietnamesischen Restaurant Glasnudeln mit Garnelen zu essen.

Dazwischen war nur menschenleere Zeit, das völlige Auf-sich-selbst-gestellt-Sein inmitten der gleichgültigen Natur. Da war das stetige Wispern, Pfeifen oder Brüllen des Windes, der das alte Haus in allen Fugen erzittern ließ. Die windstillen Nächte, die nur vom Rascheln und Trappeln der zahllosen Mäuse erfüllt waren, die das Haus bewohnten. Die langen Schatten der Giebel und Schornsteine, die der Vollmond in klaren Nächten auf die Schneedecke malte und die sich auf unheimliche Weise stets zu verändern schienen. Die hellen Schreie der Füchse, die das Haus nachts umschlichen, ein geisterhafter Sound, wie von Wesen aus einer anderen Sphäre.

Felix geht in die Küche und öffnet die Tür zu dem sich anschließenden, geräumigen Lagerraum, in dem sich ein zur Neige gehender Brennholzstapel, vier Tiefkühltruhen und wandfüllende

Regale befinden, die im Moment fast leer sind. Im Lauf des Nachmittags werden sie sich mit Mehltüten, Konserven und haltbarer Milch füllen. Auch die Tiefkühltruhen sind beinahe leer, aber bald werden auch sie bis zum Rand gefüllt sein.

Felix weiß, dass ihm ein schweißtreibender Sommer bevorsteht, in dem er, in der Gluthitze des von der Sonne aufgeheizten Hauses und des Ofens, an manchen Tagen dreihundert Mahlzeiten raushauen muss – nur unterstützt von seinem slowenischen Küchenhelfer Milan. Aber weil er gut organisiert ist und der Menüplan sich auf eine Handvoll einfache Gerichte beschränkt – Suppe, Fleischpflanzerl, Kasspätzle, Leberkäs oder Kaiserschmarren –, kommt er gut klar.

Felix räumt eine Weile im Lagerraum herum, und weil er sonst nichts mehr zu tun hat, macht er sich ein Sandwich mit Erdnussbutter und Marmelade und begibt sich damit hinter das Haus, wo sich auf einem flachen, grasbewachsenen Stück das Minigehege seiner Griechischen Landschildkröte »Franzi« befindet.

Felix besitzt das urzeitliche Reptil bereits seit seiner Kindheit. Nach einem Todesfall und einer Haushaltsauflösung in der Nachbarschaft war das Tier, das, wie es hieß, damals um die zehn Jahre alt war und das niemand haben wollte, samt einem gut ausgestatteten Terrarium zu ihm gelangt. Weil es in der Haltung billig und anspruchslos war, hatte seine Mutter ihm erlaubt, es zu behalten.

Er hatte die Schildkröte, ein Weibchen, damals Franziska getauft, weil ihm der Name aus irgendeinem Grund gefiel, und daraus war im Lauf der Zeit »Franzi« geworden. In seinen ziemlich einsamen Kinderjahren war sie Felix' zuverlässigste Freundin, sie war immer da und hörte ihm zu, wenn es sonst niemand tat. Sie kannte all seine Geheimnisse, Sorgen und Sehnsüchte, und die innige Zuneigung zu ihr verging auch nicht, als er älter wurde. Inzwischen begleitet ihn Franzi, eine immer noch recht junge Dame im besten Schildkrötenalter, schon seit über dreißig Jahren. Tatsächlich ist sie eins der sehr wenigen Dinge, die ihm von seiner früheren Existenz überhaupt geblieben sind.

Bedächtig sein Sandwich kauend, hockt Felix im Schneidersitz neben dem mit einem niedrigen Drahtzaun gesicherten Gehege und beobachtet Franzi, die auf ihren Säulenbeinchen langsam ihr kleines Revier durchstreift, das aus einer Grasfläche, einem mit Kies bestreuen Bereich, einem winzigen, flachen Wasserbassin und einem kleinen Busch besteht, der als Versteck und Schattenplatz fungiert.

Felix beugt sich vor und streicht mit seiner freien Hand sanft über Franzis anthrazifarbenen, in kräftigen Gelbtönen gemusterten Panzer, der im Gegensatz zur landläufigen Meinung für Berührungen durchaus sensibel ist. Sofort hält das Tier in seiner Bewegung inne und verharrt regungslos, während sich seine großen Lider in schläfrigem Wohlbehagen über die schwarz glänzenden, schon immer uralt wirkenden Augen schieben. Felix lächelt voller Zuneigung. Wie eh und je liebt er dieses archaische Tier, in dessen rätselhaftem, so weise wirkendem Blick er manchmal ein jahrmillionenaltes, tiefes Wissen um alles Werden und Vergehen zu erkennen glaubt.

Wie alt magst du jetzt wohl sein? So langsam müsstest du auf die vierzig zugehen.

Felix schluckt den letzten Bissen von seinem Sandwich herunter und beginnt, Franzi mit seinem Zeigefinger zärtlich unter dem Kinn zu kraulen, was das Tier willig geschehen lässt. Der faltige Hals wird sogar noch ein bisschen länger, um ihm das Köpfchen so weit wie möglich entgegenzustrecken.

Felix ist froh, Franzi so gesund und aktiv zu sehen, nachdem sie, in diesem Punkt den Murmeltieren ähnlich, den gesamten Winter in einer Kältestarre verbracht hat. Allerdings nicht in einer Höhle tief unter der Erde, sondern in einer mit feuchtem Laub ausgekleideten Kiste in einem der Kühlschränke im Lagerraum. Felix hat regelmäßig nach ihr gesehen, sie gewogen und sich auf den Tag im März gefreut, an dem es Zeit war, sie langsam aufwachen zu lassen.

Wie eh und je pflegt Felix seine Schildkröte mit größter Hingabe. Er ist entzückt, wenn sie mit sichtbarem Genuss die Blaubeeren verzehrt, die er extra im Tal besorgt, weil Franzi sie so liebt. Er leidet mit ihr, wenn sie erkältet ist oder Verstopfung hat, und kein Weg ist ihm je zu weit und keine Tierarztrechnung zu hoch, wenn es um seine gepanzerte, kleine Freundin geht.

Schon immer konnten viele Leute in seiner Umgebung – einschließlich der stets robusten, unsentimentalen Melly – ihre Verwunderung darüber kaum verhehlen, dass er sein Herz dermaßen an ein scheinbar so langweiliges, unkommunikatives Tier gehängt hat, aber das prallt vollkommen von ihm ab.

Die wissen es eben nicht besser.

Nachdem Felix seine obligatorische halbe Stunde mit Franzi verbracht hat, geht er wieder zur Vorderseite des Riesensteinhauses und lässt sich auf der grau verwitterten Holzbank neben der Eingangstür nieder. Er setzt seine Kopfhörer ein und aktiviert auf dem Smartphone den Titeltrack der Serie *Westworld*. Ein paar Minuten verbringt er so in der Sonne, den Rücken an die Wand des Hauses gelehnt und mit geschlossenen Augen in die seltsam entrückte Musik versunken.

Als er die Augen wieder öffnet und in Richtung des Weges schaut, der leicht bergan zur Seilbahnstation führt, nimmt er, noch weit entfernt, eine winzige Gestalt wahr, die sich auf das Haus zubewegt.

Felix seufzt.

Wieder ein versprengter Wanderer, der nicht weiß, dass wir noch geschlossen haben. Jedenfalls mach ich heute nicht die Küche auf.

Hin und wieder macht er auch Ausnahmen, so wie vorgestern bei dem rüstigen Rentner-Ehepaar mit ihrer leicht behinderten Tochter. Denen hat er Leberkäs, Kartoffelsalat sowie drei der letzten Biere serviert.

Mit zusammengekniffenen Augen beobachtet er die Gestalt, die ganz langsam größer wird. Es sieht jetzt, dass es eine kräftig gebaute Frau ist, offenbar älter, die ein Kopftuch und eine Sonnenbrille trägt und eine glänzende Umhängetasche, die das Licht reflektiert. Mit kleinen, vorsichtigen Schritten bewegt sie sich auf dem von der Schneeschmelze rutschigen Pfad.

Die Frau nähert sich weiter, aber erst, als sie nur noch zehn Meter entfernt ist, erkennt Felix sie. Mit einer ruckartigen Bewegung nimmt er die Kopfhörer aus den Ohren und richtet sich auf.

»Magdalena!«, ruft er verblüfft.

»Felix!«, antwortet eine wohlvertraute, mit einem etwas knarzigen Timbre versehene Stimme.

3

Nachdem die beiden sich umarmt haben, bittet Felix die Besucherin in die Gaststube, wo er ihr mit der Maschine hinter dem Tresen einen Kaffee braut, den sie schwarz trinkt. Für sich selbst holt er eine Flasche Spezi aus dem Kühlfach. Die beiden setzen sich an einen Tisch am Fenster und betrachten sich eingehend, so wie es zwei Menschen tun, die sich einige Jahre nicht gesehen haben.

»Du siehst richtig schön verfilzt aus«, meint Magdalena. »Wie The Big Lebowski.«

Felix grinst. »Findest du?«

»Ja. Bist du jetzt so ne Art Hippie geworden?«, fragt Magdalena mit einem feinen, ironischen Lächeln.

Felix lächelt zurück und sagt gleichmütig: »Ja, vielleicht so was in der Art. Warum nicht?«

»Jedenfalls siehst du richtig gut aus. Gesund.«

»Kommt von der frischen Luft hier.«

»Wirklich. Kein Vergleich mit dem Felix Brosch von vor ein paar Jahren.«

Felix nickt. »Ja, ich komme klar. Tut mir gut, hier oben zu sein.«

»Das freut mich«, sagt Magdalena mit einem warmen Ton in der Stimme.

Felix lächelt und sagt: »Aber du siehst auch gut aus. Wie aus dem Ei gepellt.«

Das Kompliment ist absolut ehrlich gemeint, aber Felix entgeht auch nicht der etwas müde Zug um die Augen seiner Besucherin.

Magdalena. Müsste jetzt langsam auf die sechzig zugehen.

Magdalena Knoop ist in der Tat achtundfünfzig Jahre alt. Sie ist eine etwas füllige, sehr gepflegte Erscheinung, die sich trotz ihres Alters mehr als nur einen Hauch von ihrer jugendlichen Attraktivität bewahrt hat. Ihr tizianrot gefärbtes, als halblanger Bob frisiertes Haar ist immer noch kräftig, und die manikürten Hände mit den perlmuttfarben lackierten Fingernägeln zeigen nur wenige Altersfältchen. Im Moment trägt sie lässige Outdoor-Sachen, aber im Office zeigt sie sich meist in dreiteiligen, schicken Hosenanzügen. Während sie Felix betrachtet, haben ihre schmalen, kastanienbraunen Augen einen weichen, nachgiebigen Ausdruck, doch daraus sollte man keine falschen Schlüsse ziehen. In Magdalena Knoop stecken ein kristallklarer, kühl-analytischer Verstand und eine sehr große Portion Durchsetzungsvermögen.

Magdalena nimmt einen Schluck aus ihrer Tasse und fragt: »Wie lange ist das her, dass wir zuletzt telefoniert haben? Drei Jahre?«

»Kommt hin«, sagt Felix. Ihm ist ein wenig unbehaglich bei dem Gedanken daran, dass er sich irgendwann gar nicht mehr bei ihr gemeldet hat – schließlich war sie eine der zwei Personen, die ihm damals in seiner schwersten Krise beizustehen versucht haben.

Aber sie hat ja irgendwann auch nichts mehr von sich hören lassen. Umso überraschender, dass sie plötzlich hier auftaucht – noch dazu ohne Ankündigung.

Felix fragt: »Wie kommt es, dass du nicht angerufen hast?«

Magdalena lächelt. »Ich wollte dein überraschtes Gesicht sehen.«

»Hm«, macht Felix, ein wenig verwundert. »Und woher wusstest du, dass ich im Moment hier oben bin?«

»Ich habe über den Bayerischen Alpenverein die Nummer deiner Chefin bekommen. Und die hat mir gesagt, dass du hier bist.«

Felix nickt. »Verstehe.« Dann denkt er daran, dass es von Berlin aus, wo Magdalena lebt, ziemlich weit ist bis in die Alpen und fragt: »Hattest du in München zu tun?«

»Nein«, sagt Magdalena lächelnd. »Ich bin deinetwegen hier. Es ist schön, dich wiederzusehen.«

Felix sieht, dass das ehrlich gemeint ist, und lächelt zurück. »Ich freue mich auch, dich zu sehen!«

Die Besucherin nimmt einen Schluck von ihrem Kaffee, bevor sie Felix über den Rand ihrer Tasse fixiert und fragt: »Trinkst du noch?«

»So gut wie gar nicht.«

»Und die Tabletten?«

»Null.«

»Das ist gut.«

Magdalena betrachtet wohlwollend Felix' von der alpinen Wintersonne gebräuntes Gesicht, die trainierten Arme und den muskulösen Oberkörper, der sich unter dem verwaschenen, grauen T-Shirt abzeichnet. »Du siehst auch extrem fit aus. Machst du viel Sport hier oben?«

»Ja. Im Winter Skitouren, im Sommer renne ich die Berge rauf. Und unterm Dach habe ich mir so ein kleines Gym eingerichtet mit ein paar Gewichten.« Er grinst und ergänzt: »Außerdem muss ich hier viel Holz hacken.«

»Und sonst? Ich meine, wenn du nicht arbeitest und keinen Sport machst?«

Felix schürzt die Lippen. »Na ja, ich lese viel, mehr als je zuvor. Ich schaue Serien und höre Musik.«

Magdalenas Augen funkeln ein wenig ironisch. »Immer noch Gangsta Rap?«

Felix lächelt milde. »Ja, manchmal, beim Holzhacken. Aber ich habe hier für mich auch ganz andere Musik entdeckt. Wenn die Sonne untergeht, höre ich Blues. Und nachts Beethoven.«

Magdalena zieht die sorgfältig gezupften Brauen hoch. »Beethoven! Das ist interessant. Was empfindest du dabei?«

»Ewigkeit.«

Magdalena sieht ihn nachdenklich an und nickt langsam. »Ewigkeit. Wie treffend.«

Es entsteht eine kurze Pause, dann fragt Magdalena: »Aber … ist dir das denn nicht zu einsam hier, so abgeschieden. Nicht zu … gleichförmig?«

Felix schüttelt den Kopf. »Absolut nicht. Ich arbeite wieder in meinem alten Beruf – und es gefällt mir hier! Sieh dich doch bloß um! Ein wunderschöner Ort!«

Magdalena ignoriert die Bemerkung und fragt stattdessen: »Gibt es keine Frau?«

Felix muss grinsen.

Die alte Magdalena. Immer ganz direkt.

»Nicht wirklich«, antwortet er.

Was er damit meint, ist, dass er manchmal das Bett mit seiner Chefin Melly, einer attraktiven Mittvierzigerin, teilt, aber das ist lediglich eine verstohlene, kleine Mesalliance, weil Melly in

München verheiratet ist, und das, wie sie sagt »gar nicht mal so unglücklich«. Felix ist das recht, weil auf diese Art die Natur und das Bedürfnis nach menschlicher Nähe hin und wieder zum Zug kommen, ohne dass er mit Haut und Haaren in einer richtigen Beziehung steckt. Er mag Melly sehr gern, sie sind Freunde, aber Liebe ist es nicht.

Magdalena lächelt über die vage Auskunft und nimmt wieder einen Schluck von ihrem Kaffee.

»Aber mal zu dir«, sagt Felix. »Wie geht es Robert?« Er hat Magdalenas Mann, einen leicht verschrobenen, mit feinem Humor ausgestatteten Mathematikprofessor, einen US-Amerikaner, zweimal getroffen und ihn sehr sympathisch gefunden.

Magdalenas Augen bekommen einen trüben Schimmer.

»Robert ist vor zwei Jahren gestorben. Ein Gehirntumor. Es ging ganz schnell.«

Felix erschrickt.

»O nein! Das tut mir unendlich leid. Wenn ich das gewusst hätte ...« Er macht eine hilflose Geste.

Magdalena lächelt flüchtig. »Ach nein, lass. Es war eine beschissene Zeit, aber ich konnte das nur allein bewältigen. Inzwischen geht es. Viel Arbeit hilft dabei. Aber klar, an manchen Abenden ...«

Felix nickt voller Verständnis. Dann fragt er: »Wie alt war er?

»Fünfundsechzig.«

Felix schüttelt den Kopf. »Viel zu früh.«

Magdalena hebt die Schultern. »Weißt du, was Bob immer gesagt hat? ›When time is up, time is up.‹ Er hat das ganz gelassen hingenommen. Ein Stoiker. Das war dann irgendwie tröstlich für mich, dass er das so gesehen hat.«

Felix betrachtet sie eine Weile nachdenklich. Dann muss er plötzlich an Magdalenas und Roberts Sohn denken, den er nie kennengelernt hat, weil er in Bayern auf einem Internat zur Schule ging. Er fragt: »Und wie geht es Fynn? Was macht er?«

Bei der Erwähnung ihres Sohnes hellt sich Magdalenas nachdenkliche Miene auf. »Es geht ihm gut«, sagt sie. Und, mit einem Anflug von Stolz: »Er hat sein Studium mit Auszeichnung beendet und eine Karriere beim Auswärtigen Amt begonnen.«

Felix schürzt anerkennend die Lippen. »Das hört sich gut an.« Es tritt eine Gesprächspause ein, während sich Magdalena scheinbar interessiert in der Gaststube umsieht. Dann wendet sie sich wieder Felix zu und sagt: »Also, das ist ja wirklich ganz schön hier. Wie in nem Heimatfilm.« Sie lächelt ein wenig ironisch. »Aber vermisst du denn deinen alten Job überhaupt nicht?«
Felix setzt ein mildes Lächeln auf und sagt ruhig: »Nein. Kein bisschen.«
Magdalena legt den Kopf ein wenig schief und fixiert ihn direkt. »Ich meine, das war doch etwas anderes als hier oben Leberkäse zu braten, oder?«
Ihr Tonfall verrät, dass sie findet, dass Felix »alter Job« nicht nur etwas anderes, sondern auch etwas »Besseres« gewesen sei, aber das ist Ansichtssache. In jedem Fall lässt die Art und Weise, in der Magdalena das Thema aufbringt, in Felix plötzlich den Verdacht aufkeimen, dass ihr überraschender Besuch doch nicht nur privater Natur ist. Wie sich bald herausstellen wird, liegt er damit vollkommen richtig.

Felix Brosch und Magdalena Knoop haben sich vor zehn Jahren kennengelernt, als Berufskollegen, so wie es Millionen anderen auch ergeht. Im Gegensatz zu diesen arbeiteten sie allerdings in einer ziemlich exklusiven und ambivalent schillernden Branche: in der Welt der Geheimdienste.

Felix war damals ein junger Mitarbeiter des MAD, des Militärischen Abschirmdienstes der Bundeswehr, und Magdalena eine bereits ziemlich weit oben auf der Karriereleiter stehende Beamtin beim Bundesnachrichtendienst, kurz BND, dem Auslandsgeheimdienst Deutschlands.

Obwohl Spionageschichten und Agentenfilme Felix schon als Kind fasziniert hatten, war er, als er mit Ende zwanzig MAD-Agent wurde, nicht so naiv, anzunehmen, dass der Alltag eines Nachrichtendienstlers aus actionreichen Heldentaten bestand. Aber das besondere Flair, das die Geheimdienstbranche umwehte, jenes Schattenreich, in dem man in höherem, staatlichem Auftrag und gleichzeitig im Verborgenen agierte, übte eine große Anziehungskraft auf ihn aus. Es schien eine ganz eigene Sphäre zu sein, in der man schlau und trickreich sein musste und Mittel und Befugnisse hatte, die dem Normalbürger nicht zur Verfügung standen. Und was die Aufgaben des MAD betraf – die Abwehr militärischer Spionage, die Aufklärung von Sabotage und nicht zuletzt die Enttarnung politischer oder religiöser Extremisten innerhalb der Armee und ihre Entfernung aus der Truppe –, all das waren Dinge, mit denen Felix sich absolut identifizieren konnte.

Felix Brosch war noch keine zwei Jahre beim Militärischen Abschirmdienst, als er Magdalena Knoop kennenlernte. Er hatte mit der BND-Agentin in einem besonderen Fall zusammengearbeitet, und weil sowohl die professionelle als auch die persönliche Chemie zwischen ihnen stimmte, hatten sie sich – trotz des großen Altersunterschiedes und ihres unterschiedlichen beruflichen Standings – angefreundet. Magdalena, die in der BND-Zentrale in der Chausseestraße in Berlin residierte, war wie Felix Hamburgerin und nutzte jede Gelegenheit, ihrer Heimatstadt, in der Felix stationiert war, einen Besuch abzustatten. Dann tranken sie ein, zwei Bier am Hafen oder aßen Kuchen in dem mondänen, bei der Hamburger High Society beliebten Café des Hotels »Vier Jahreszeiten« an der Binnenalster. Magdalena liebte solche Orte, wie auch hippe, von bekannten Künstlern und ihrer In-Crowd besuchte Restaurants, in die sie Felix, der sich solchen Luxus kaum leisten konnte, gern einlud. Dann redeten sie über alles Mögliche: Filme, Fußball, für den Magdalena ein echtes Faible hatte, aber auch über Privates. Und oft genug über seinen Job, wobei Felix den Rat seiner erfahrenen Kollegin sehr schätzte.

Magdalena kramt in ihrer Umhängetasche aus schwarzem Lackleder und nimmt ein mit violett gefärbtem Krokoleder bezogenes Zigarettenetui heraus. Dann stutzt sie und fragt: »Ist doch okay, wenn ich hier rauche?«

Felix lächelt.

»Schon okay. Ist ja keiner hier. Meine Leute kommen erst so in zwei Stunden.«

Er meint damit Melly sowie zwei Helfer, die ihm beim Entladen der Helifracht und dem Verstauen der Vorräte helfen werden.

Magdalena nickt. »Gut.« Sie öffnet das Etui und nimmt eine Zigarette heraus.

»Warte.« Felix fingert sein Zippo aus der Brusttasche und gibt ihr Feuer. Dann erhebt er sich, um einen der weißblauen Aschenbecher von der Anrichte zu holen, die dort, sauber und gespült, auf die ersten Gäste der Saison warten.

Als Felix wieder am Tisch Platz genommen hat, fragt er: »Wie bist du überhaupt hier raufgekommen? Etwa zu Fuß? Die Seilbahn fährt doch noch gar nicht.«

Magdalena lächelt. »Für mich schon. Ich habe das über die Polizei in Schliersee geregelt. Weil ich in einem dienstlichen Auftrag unterwegs bin.«

Felix nickt zu sich selbst. *Also doch! Ich hatte den richtigen Riecher. Aber was um alles in der Welt kann sie von mir wollen?*

Die BND-Agentin sieht auf ihre Hände und streicht sich mit den Fingerkuppen der Rechten über die perlmuttfarben schimmernden Nägel der Linken. Es ist ein kleiner Manierismus, der Felix gut vertraut ist. Er signalisiert erhöhte Konzentration.

»Hör zu ...«, beginnt Magdalena, »ich bin aus einem bestimmten Grund gekommen. Ich werde dir das sofort erklären. Aber ich bitte dich, bevor du etwas dazu sagst: Hör mir bitte erst zu Ende zu. Okay?«

Felix starrt sie stumm an und nickt dann unmerklich.

Magdalena sagt: »Zuerst eine Frage: Erinnerst du dich an den Terroranschlag auf die jüdische Synagoge in Bergamo in Italien vor einem halben Jahr? Wo neben zweiunddreißig Gemeindemitgliedern, darunter acht Kinder, auch der Attentäter ums Leben kam?«

Felix nickt. Obwohl er versucht, sich hier oben so weit wie möglich von all dem Unglück und dem Entsetzen dieser Welt fernzuhalten und seinen Nachrichtenkonsum drastisch eingeschränkt hat, hat er diese üble Geschichte natürlich mitbekommen.

»Sicher«, sagt er.

»Nach dem Attentat«, fährt Magdalena Knoop fort, »gab es im Internet eine Erklärung einer ›Symbiotic Liberation Force‹, einer angeblich global vernetzten, rechtsextremen Terrororganisation, die sich dem weltweiten Kampf gegen das Judentum verschrieben hat und den Anschlag von Bergamo für sich reklamierte.«

Felix nickt.

»Man ging damals davon aus, dass es sich bei dieser ›Symbiotic Liberation Force‹ um Fake News handelte, um Trittbrettfahrer, und der Attentäter von Bergamo ein Einzelgänger war, der sich – wie bei solchen Leuten ja meist üblich – über entsprechende Plattformen im Internet radikalisiert und sich seine eigene Wahnwelt geschaffen hat. Es schien keinen Beweis zu geben, dass diese Organisation wirklich existiert. Deshalb verschwand das auch bald wieder aus den Medien.«

Magdalena bläst kurz Rauch zur Decke und fährt fort: »Vor zwei Wochen sind die Israelis an mich herangetreten. Der Mossad. Sie haben über ihre IT-Spezialisten herausgefunden, dass es tatsächlich eine auffällige, extrem gut verschlüsselte Kommunikation zwischen Leuten in verschiedenen Ländern gibt, die sich offenbar dieser SLF zurechnen. Das zentrale Glaubensbekenntnis ist ein achthundertseitiges Pamphlet mit dem Titel ›Time Has Come‹, verfasst von einem gewissen ›Hyperion‹.

Die Israelis gehen davon aus, dass dieser Hyperion als Person tatsächlich existiert und dass bei ihm die Fäden zusammenlaufen. Dass er solche Anschläge tatsächlich orchestriert.«

Felix schaut ungläubig.

»Du meinst so eine Art al-Qaida von Rechtsextremen? Mit diesem Hyperion als Nazi-Version von Osama bin Laden?«

Magdalena lächelt dünn.

»Ich weiß, das klingt ein wenig nach Fiction, wie in einem Filmplot. Aber, wie die Amis sagen: ›Ich habe auch schon mal einen Iren getroffen, der nur Milch trank.‹«

Sie nimmt einen Zug von ihrer Zigarette und sagt: »Tatsache ist jedenfalls, dass die Israelis äußerst alarmiert sind. In einer Online-Erklärung von Hyperion ist von ›seven devastating strikes‹ – sieben vernichtenden Schlägen- die Rede, mit der die weltweite jüdische Community getroffen werden soll. Der erste war der in Italien im Januar. Der Mossad hat die Verhinderung weiterer Anschläge ganz oben auf der To-do-Liste.«

»Auch in Israel?«

»Das nicht unbedingt, aber das spielt für den Mossad keine Rolle.«

Felix denkt daran, was er in seiner MAD-Ausbildung über fremde Nachrichtendienste gelernt hat.

Der Mossad ist der einzige Geheimdienst der Welt, dessen Auftrag nicht nur der Schutz der Bürger des eigenen Landes ist – sondern der aller Juden weltweit.

»Es liegt eben an der besonderen, ideologischen Ausrichtung der SLF, dass der Mossad sie als seine ureigenste Sache begreift«, sagt Magdalena. »Weil Hyperion diese Leute ausschließlich auf den Kampf gegen die Juden einschwört. Die Muslime zum Beispiel sind für ihn nicht der Hauptfeind, auch nicht die Migranten. All diese seien auch nur Spielball der jüdischen Weltverschwörung. Es sei gerade deren Ziel, dass sich Arier und Muslime gegenseitig vernichten, damit Zion die endgültige Weltherrschaft antreten kann.«

Felix betrachtet Magdalena nachdenklich.

Der jüdische Weltherrschaftsplan. Die Mutter aller Verschwörungstheorien. Und in unserer Zeit wieder ein großer Hit. Fatal. Aber was hat all das mit mir zu tun?

Magdalena schnippt mit einer eleganten Fingerbewegung die Asche von ihrer Zigarette und fährt fort: »Jedenfalls sind die Israelis fest davon überzeugt, dass diese SLF und Hyperion tatsächlich existieren, und sie stecken eine Menge Kapazitäten in die Jagd nach diesen Leuten. Sie sagen, es gibt in Berlin einen Mann, von dem sie vermuten, dass er in engerem Kontakt zur SLF und zu Hyperion steht. Ein auch dem Verfassungsschutz bekannter Nazi. Die Israelis haben gefragt, ob wir jemanden kennen, der sich ihm als Undercover-Agent nähern könnte. Und dabei dachte ich an dich.«

Felix richtet sich langsam auf, bis er kerzengerade auf seinem Stuhl sitzt. Er starrt Magdalena eine Weile wortlos an, dann sagt er ruhig: »Magdalena ... was soll das? Du weißt, ich bin raus aus all dem, das ist für mich kein Thema mehr! Und undercover – was ich noch nie gemacht habe? Was für eine absurde Idee!« Er schüttelt ungläubig den Kopf. »Wie um alles in der Welt kommst du bloß auf mich?«

Magdalena schaut ihm ruhig in die Augen.
»Weil ich glaube, dass du diesen Mann kennst.«
»Was?«
Magdalena drückt ihre Zigarette langsam in dem weiß-blauen Aschenbecher aus. Dann sagt sie, jede Silbe betonend: »Sein Name ist Simon Trevor Jenkins. Aufgewachsen in Brighton, England.«
Felix traut seinen Ohren nicht.
Simon? Unmöglich!

4

Silvester 1999. Brighton, England.

Check It Out Now
The Funk Soul Brother!

»Felix!«, brüllt Simon und reißt beide Arme hoch. »Ain't that fuckin' great?«
Seine Stimme ist in dem Soundgewitter aus knallenden Bässen, dem frenetischen Chor des Publikums und der Stimme von Fatboy Slim, die leicht verzerrt aus den Speakern dringt, kaum zu vernehmen. Aber Felix weiß auch so, was er meint.
Während der berühmte britische DJ auf der Bühne, die eine Hand an seinem Mischpult, die andere hoch erhoben, seinen Superhit *The Rockafeller Skank* zelebriert, scheint der mit sechshundert Menschen vollgepackte Club förmlich abzuheben. Die Menge wogt auf und ab wie ein einziger, großer Organismus, ein Leviathan der Feierwut, befeuert von Ecstasy, MDMA, Marihuana und dem guten alten Alkohol, und das zuckende Stroboskoplicht, das den Bewegungen der Tänzer einen Zeitlupeneffekt verleiht, tut das Seine, um allen das Gefühl zu vermitteln, sich auf einem ganz eigenen Planeten zu befinden. Dem der ganz und gar selbstvergessenen und sich selbst rechtfertigenden Ekstase. Eine Feier des Lebens, wild und absichtslos, nur geleitet von der Gier nach

Entgrenzung und dem elektrisierenden Gefühl des Aufgehens in einer euphorischen, dicht gepackten Menge.

Auch Felix ist davon gezündet. Er hüpft mit den anderen auf und ab und versucht dabei, seinen Pappbecher mit Ale, der noch halb gefüllt ist, so auszubalancieren, dass nichts verschüttet wird.

Simon und er befinden sich bei der Opening Night des *Concorde 2*, einem Raveclub, der am Madeira Drive direkt gegenüber der Uferpromenade des südenglischen Seebads Brighton liegt. Es ist Silvester 1999, und das altehrwürdige, viktorianische Gebäude mit der üppigen, ornamentstrotzenden Fassade vibriert förmlich in der Erwartung des neuen Jahrtausends.

Dass Simon und Felix überhaupt Tickets bekommen haben, ist den Beziehungen von Simons Vater zu verdanken, der mit dem neuen Betreiber des Clubs bekannt ist. Der hat dann auch anderweitig ein Auge zugedrückt. Mit ihren fünfzehn Jahren dürften sie eigentlich gar nicht hier sein, geschweige denn Alkohol trinken.

Die englischen Jugendschutzgesetze sind äußerst rigide und werden sonst scharf kontrolliert, aber heute hat die Polizei andere Sorgen: Alkoholleichen, häusliche Gewalt, Brände, Schlägereien, Staus, Unfälle. Das ganze Programm. An diesem feuchtkalten, durchgedrehten Milleniumsabend steht Brighton unter Hochspannung.

Nach der Show stehen Felix und Simon in ihren Windbreaker-Jacken und Cargohosen auf der Meerseite des Madeira Drive an dem grün oxydierten alten Geländer, von wo aus man auf die Uferstraße und den Strand hinabsieht. Zur Rechten liegt, lang in die schwarze See gestreckt, das von einer hellen Lichtaura überwölbte *Brighton Palace Pier*, eine riesige Seebrücke mit großen, viktorianischen Holzbauten und Fahrgeschäften, ein ganzer Vergnügungspark. Am Fuß der Brücke dreht sich ein gigantisches Riesenrad, so unwirklich hell blinkend wie ein Ufo aus einem Steven-Spielberg-Film. Der ins Halbdunkle getauchte Strand, auf den sie hinabblicken, wimmelt vor Menschen, von denen viele mit farbigen Leuchtstäben wedeln. Es wirkt, als würden dort Hunderte von Glühwürmchen einen wirren Tanz aufführen.

»Das war cool, das Konzert«, sagt Felix und schiebt sich ein fettiges, weiches Kartoffelstück in den Mund. Er und Simon haben sich gerade bei einer der verschnörkelten Imbissbuden eine Portion Fish & Chips besorgt, mit Salz und Malzessig veredelt.

»Yeah«, sagt Simon, aber er wirkt plötzlich nicht mehr sehr enthusiastisch. Wie jäh ernüchtert, starrt er mit abwesendem Ausdruck auf seine unberührte Fish-&-Chips-Tüte aus Zeitungspapier, bei der das Frittierfett die Druckerschwärze der Buchstaben verschwimmen lässt. Felix betrachtet ihn besorgt.

Irgendetwas ist mit ihm. Bei dem Konzert gerade schien er noch gut drauf zu sein, aber jetzt ist er komisch. Still. Eigentlich ist er das schon, seit ich vorgestern angekommen bin.

»Sag mal«, fragt Felix, »hast du was? Gibt es ein Problem?«

Simon druckst eine Weile herum, man merkt, dass es ihm schwerfällt, mit seinen Sorgen herauszurücken, aber dann stößt er einen tiefen Seufzer aus und sagt leise:

»Meine Eltern lassen sich scheiden. Mein Vater hat eine andere Frau, in Glasgow, in Schottland. Er wird dorthin ziehen. Ich muss bei meiner Mutter bleiben, aber nicht hier in Brighton. Man hat ihr einen Job in Cincinnati, USA, angeboten. An der Uni. Da ziehen wir hin.«

Felix lässt das Kartoffelstück, das er gerade in der Hand hält, wieder in die Tüte fallen.

»Was? Echt jetzt? Ich fass es nicht! Seit wann weißt du das?«

Simon schnaubt durch die Nase. »Erst seit ein paar Tagen. Seit Weihnachten. Meine Eltern haben mich getrennt informiert. Jeder für sich.«

Felix ist verstört, auch weil die Sache eine Familienangelegenheit ist. Simons Mutter ist seine Tante, die Schwester seiner Mutter und Simon somit sein Cousin. Aber sie sind mehr als das: Sie sind dicke Kumpels, weil Felix schon seit fünf Jahren in den Sommerferien immer für vier Wochen nach Brighton kommt, wo er bei Simons Familie wohnt. Für Felix war und ist es die so ziemlich beste Zeit des Jahres, weil er dann der Tristesse und der Enge seines eigenen Zuhauses entkommen kann. Dafür trennt er sich sogar für eine Weile von seiner geliebten Schildkröte Franzi, die in dieser Zeit in der Obhut seiner Mutter bleibt, auch wenn ihm dabei nicht immer ganz wohl ist. Obwohl seine Reisen nach Brighton nur einen geringen Teil seines Lebens ausmachen, sind es ungeheuer intensive, innige Tage, in denen es Felix scheint, als habe er in Simon den Bruder gefunden, den er nicht hat und sich insgeheim ersehnt.

Das Zuhause seines Cousins ist für Felix' Maßstäbe ein richtiger Palast, ein gepflegtes, großes Einfamilienhaus mit Garten, Doppelgarage und viel Platz im Inneren. Tante Marion hat es besser getroffen als ihre Schwester Heike. Marion Brosch hat in Edinburgh studiert und ihren Magister in Sozialökonomie gemacht, bevor sie Simons Vater, einen smarten, hochgewachsenen Engländer, kennenlernte, der gerade dabei war, in der Versicherungsbranche Karriere zu machen. Von ihm hat Simon das dicke, sandfarbene Haar, die hellblauen Augen und die schlanken, drahtigen Gliedmaßen.

Weil Felix die Neuigkeit erst einmal verdauen muss, bleibt er eine Weile stumm und blickt aufs Meer hinaus, wo der schwarze Horizont des Meeres mit dem Himmel verschmilzt. Unten am Strand tanzen die menschlichen Glühwürmchen, und zur Rechten nähert sich ein Pulk von Feiernden auf der Uferpromenade.

Junge Männer und Frauen in bunten Metallic-Perücken und mit Luftballons in den Händen. Zwei tragen überdimensionale Fun-Brillen, die in Form der Zahl 2000 gestaltet sind, darüber steht in Glitzerschrift das Wort *Welcome*. Aus einem Ghettoblaster knallen Techno-Bässe.

Felix wartet, bis die lärmende Gruppe vorbeigezogen ist, und wendet sich wieder Simon zu: »Und wie findest du das mit Amerika?«

Simon verzieht das Gesicht zu einer Grimasse.

»Fuck, I hate it! But I can't do anything about it!«, stößt er hervor. Weil er es von seiner Mutter gelernt hat, spricht er normalerweise Deutsch mit Felix, der kaum Englisch kann, aber wenn er erregt ist, wechselt er automatisch ins Englische.

In diesem Fall versteht Felix ihn gut. Er fragt: »Du würdest lieber bei deinem Vater bleiben, stimmt's?«

Simons Gesicht bekommt einen gequälten Ausdruck. Bitterkeit und eine tiefe Verletztheit spiegeln sich darin.

»Ja! Aber mein Vater will das nicht. Oder seine neue Frau«, sagt er.

Felix sieht Simon bestürzt an.

Ich weiß, wie viel ihm sein Vater bedeutet. Und der schiebt ihn jetzt ab!

Der Schmerz seines Freundes ist für Felix regelrecht körperlich spürbar. Er legt Simon den Arm um die Schultern und sagt: »O Mann, das tut mir leid! Das tut mir echt leid!«

So stehen sie eine Weile schweigend beisammen, bis Felix sagt: »Hey, Mann! Es wird sich alles finden! Vielleicht ist es ja gar nicht so schlecht in Amerika!«

Es ist ein ziemlich schwacher Versuch, seinen Freund aufzumuntern, denn ihm ist selbst wehmütig zumute. Mit einem Mal wird Felix nun klar, warum er von Simons Mutter, ganz anders als sonst, in diesem Jahr auch zum Jahreswechsel für ein paar Tage nach Brighton eingeladen worden ist.

Vielleicht soll das ja so eine Art Abschiedsbesuch sein. Wer weiß, ob Simon und ich uns je wiedersehen. Cincinatti – wo ist das überhaupt? Nach Brighton ist es von Hamburg nur ein Katzensprung, aber nach Amerika?

Doch es ist nicht nur die Entfernung, die das Problem ist. Bisher hat Simons Vater stets Felix' Flugtickets nach England finanziert, weil seine Mutter mit ihrem Sozialhilfebudget dazu schlicht nicht in der Lage war. Er hat Felix auch immer mit etwas Taschengeld ausgestattet, was – zusammen mit ein paar Scheinen aus Felix' illegalen Einkünften als Mitglied einer jugendlichen Straßengang in Hamburg – für vier Wochen gut ausreichte.

Simon und er haben diese Sommertage stets bis zur Neige ausgekostet. Wenn es warm und sonnig war, hingen sie am Strand ab und glotzten den Touristenmädchen hinterher, an die sie sich, wenn es dunkel wurde, beim Booster-Karussell auf dem *Brighton Pier* heranmachten. Letzten Sommer sogar mit Erfolg, als sie zwei Bräute aus London überreden konnten, am nächtlichen Strand mit ihnen rumzumachen. An regnerischen Tagen spielten sie in Simons geräumigem Zimmer Videogames, bei denen Simon so gut wie immer gewann, oder sie besorgten sich über ein paar Umwege heimlich Bier und hörten Musik, bevorzugt amerikanischen Gangsta Rap wie Tupac, Notorious Big und Snoop Dog. Und wenn ihre überschüssige, jugendliche Energie ein Ventil suchte, hauten sie sich beim Badminton die Federbälle um die Ohren.

Es waren Zeiten, in denen keine Sekunde Langeweile aufkam, auch wenn Felix die scheinbar so perfekte Welt seines Cousins, der im Gegensatz zu ihm auch in der Schule ein Ass war, hin und wieder einschüchterte und auch ein wenig neidisch machte. Denn Felix Gerhard Broschs Start ins Leben war gewiss nicht das, was sein erster Vorname »Der Glückliche« verhieß. Seit seiner Geburt besteht seine Welt aus einer nach Zigaretten, Alkohol und Depressionen riechenden Wohnwabe in der Hochhaussiedlung Kirchdorf-Süd, in der er allein mit seiner Mutter lebt.

Kirchdorf-Süd ist ein mit sechstausend Menschen vollgestopfter Betonmoloch im äußersten Süden des Hamburger Stadtteils Wilhelmsburg und ein soziales Ghetto par excellence, mit einem exorbitant hohen Anteil von ebenso kinderreichen wie armen Migrantenfamilien. Hier war man materiell und kulturell Lichtjahre entfernt von den poshen Gegenden rund um den von weißen Segeln gesprenkelten Alstersee im Herzen der Stadt. Der »goldene Löffel«, mit denen die Kids dort ihren Babybrei verabreicht bekamen, war bei Felix ein von den Flammen des Gasherds versehrtes, dunkelblaues Plastikteil und der vertrauteste Anblick seiner Kindheit der seiner hageren, früh verblühten Mutter, die, violette Schatten unter den immer noch schönen, grauen Augen, rauchend am Küchentisch saß, Fantasyromane las oder mit dem Kugelschreiber Kreuze auf den Anzeigenseiten des Wochenblatts machte. Im Hintergrund lief dazu stets der Fernseher in dem kleinen Wohnzimmer neben der Küche, in dem Felix' schmales Ikea-Bett stand, aber auch ein zweiter Kühlschrank, an dessen Inhalt – Discountbier und Billigwodka – sich seine Mutter regelmäßig bediente. Das leise Quietschen der sich öffnenden Kühlschranktür und das anschließende Klirren der Flaschen war für den kleinen Felix eine stets wiederkehrende Wahrnehmung, so vertraut wie das verblichene, gelbgrüne Karomuster der Bettwäsche, in der er jahrelang schlief.

Felix starrt unschlüssig in seine Zeitungstüte mit dem Imbiss und sagt: »Weißt du, es klingt vielleicht blöd, aber ich weiß ja nicht mal, wer mein Vater ist. Und ich komme ganz gut klar.«

Ein Blick in Simons verschlossene Miene zeigt ihm, dass das eine wenig hilfreiche Bemerkung war.

Tatsächlich hat Felix seinen Vater nie kennengelernt, weil der, eine Zufallsbekanntschaft seiner Mutter, drei Tage mit ihr versackt war und sich dann aus dem Staub gemacht hatte. Er weiß von seiner Mutter nur, dass er »Werner« hieß und »irgendwas mit Textilien« gemacht habe.

Felix beobachtet seinen Cousin, der jetzt, die Fish-&-Chips-Tüte in der Linken, mit der rechten Hand eine Packung Benson & Hedges und ein Zippo aus seiner Windjacke zieht. *Es gibt wirklich große Unterschiede zwischen uns. Verglichen mit mir ist er reich. Aber er hat mich das nie spüren lassen. Er respektiert mich. Das hat er immer getan. Und er hat auch nie ein böses Wort über meine Mutter verloren.*

Wie Simon und Felix beide wissen, hat Heike Brosch einen rasanten sozialen Abstieg hinter sich. Aus einem biederen, soliden Haus stammend, war sie, obwohl recht intelligent und nicht unattraktiv, von Natur aus labil und unsicher in ihren Entscheidungen. Durch missglückte Männergeschichten, einen frühen Hang zur Flasche und ständige Jobwechsel in ihrem Beruf als Steuerfachangestellte war sie in einen Sog geraten, der sie unweigerlich abwärts zog bis hinab in die permanente Arbeitslosigkeit und die endgültige Kapitulation vor König Alkohol. Als Heike Brosch mit Felix schwanger wurde, lebte sie bereits von der Stütze, und kurz darauf kam sie in Kirchdorf-Süd an. Trotz der Vermittlungsversuche ihrer Schwester Marion hatten sich ihre Eltern längst von ihr abgewandt und wollten auch mit ihrem Enkel Felix, jenem Zufallsprodukt, nichts zu tun haben. Seitdem ist Tante Marion, Simons Mutter, die Einzige aus der Familie, die noch den Kontakt zu ihr hält und ihre Schwester hin und wieder mit Geldzuwendungen unterstützt.

Während Simon an seiner Zigarette saugt und schweigend vor sich hin starrt, muss Felix voller Zuneigung an eine Sache denken, die sich im vergangenen Sommer ereignet hat und bei der sich gezeigt hat, dass sie auch in extremen Situationen füreinander einstehen – ohne Rücksicht aus Verluste.

Fünf Monate zuvor.

In einer warmen, vom nahenden Vollmond erhellten Julinacht stehlen sie sich heimlich aus dem Haus von Simons Eltern, um noch ein wenig am Strand herumzulaufen und Gras zu rauchen. Das Haus von Simons Eltern liegt am Princes Crest in Hove, dem »besseren«, westlichen Teil der Stadt, und von dort sind es nur ein paar Minuten bis zum Meer.

Felix und Simon überqueren den Kingsway, eine vierspurige Uferstraße, und betreten die Western Lawns, einen breiten, parallel zum Meer verlaufenden Grünzug mit Tennisplätzen und quadratischen, gepflegten Rasenflächen, auf denen die gut situierten Einwohner Hoves tagsüber Boccia und Federball spielen. Sie durchqueren die Lawns, passieren einen gepflasterten Weg mit weißen Umkleidehäuschen und betreten den mit Sand und kleinen Kieseln bedeckten Strand, der einsam und still daliegt. Sie laufen zur Wasserlinie und schlendern in östlicher Richtung daran entlang. Simon nimmt den vorbereiteten Joint aus der Brusttasche seines Poloshirts und feuert ihn an. Felix nimmt ebenfalls einen Zug und reicht die Marihuana-Tüte gerade an Simon zurück, als sie merken, dass sie nicht allein sind.

Aus dem Schatten der Reihe mit den Umkleidehäuschen lösen sich drei Gestalten und steuern direkt auf Felix und Simon zu. Als sie näher kommen, sehen sie, dass es drei dunkelhaarige Jungs mit orientalischen Zügen sind, alle offenbar etwas älter als Simon und Felix. Zwei von ihnen, ein stämmiger, schwerer Kerl und ein kleiner Typ, tragen stonewashed Jeans und dunkle T-Shirts, der größte und offenbar älteste ist ein gut aussehender, athletischer Junge mit einem knallroten Jogginganzug. Um seinen Hals baumelt eine massive Stahlkette.

Simon raunt Felix zu: »Keine Ahnung, was die nach Hove verschlagen hat. Die sehen aus, als kämen sie aus Moulscoomb. Das gibt bestimmt Ärger!«

Felix' Cousin spricht von einem berüchtigten nordöstlichen Vorort Brightons, in dem sich arme, britischstämmige Menschen mit einer wachsenden Zahl von ebenso armen, vor allem arabischen Migranten mischen. Im offiziellen Sprachgebrauch gilt Moulscoomb als *deprived area* – als »benachteiligtes Stadtgebiet« –, aber das trifft den Sachverhalt nur unzureichend. Weniger zarte Gemüter bezeichnen Moulscoomb als *pure shithole*. Tatsächlich ist das Viertel eine der ärmsten, deklassiertesten Gegenden in ganz Großbritannien – geprägt von Kriminalität, Drogen, Perspektivlosigkeit.

Ein paar Augenblicke später stehen die fremden, offensichtlich arabischen Kids vor Simon und Felix und nehmen eine lässig-überlegene Haltung ein. Der Typ im roten Jogginganzug schnüffelt demonstrativ in der Luft herum, wo sich der typische Grasgeruch ausgebreitet hat, und deutet auf den Joint in Simons Hand. »Hey«, sagt er mit drohender Miene. »Gimme dat!«

Felix hat zwar von seinem Zuhause her einige Erfahrung mit solchen Situationen, aber die fremde Umgebung und das arabisch gefärbte Slum-Englisch verunsichern ihn. Er sieht zu Simon, der ein trotziges Gesicht macht und offenbar nicht die geringste Neigung hat, ihren kostbaren Joint auszuliefern. Dann geht Felix' Blick zu dem fremden Jungen, dessen Gesicht er im Mondlicht gut erkennen kann. Die dunklen Augen unter den zusammengewachsenen Brauen sprühen vor Aggressivität.

Simon nimmt sichtbar all seinen Mut zusammen und sagt laut: »No!«

Der andere durchbohrt ihn mit stechendem Blick. Dann greift er in die Tasche seiner Jacke und holt ein Springmesser hervor. Mit einem scharfen, metallischen Klacken fährt die lange Klinge aus. Felix sieht sie im Mondlicht blitzen. Seine Nackenhaare sträuben sich.

Der Typ im Jogginganzug bewegt sich, das Messer in Brusthöhe vor sich gestreckt, einen Schritt auf Simon zu, der wie hypnotisiert auf die tödliche Waffe starrt und sich nicht rührt.

»Gimme dat, piece o' shit! And cell phone!«, sagt der Araber zu Simon und macht einen weiteren Schritt nach vorn. Simon steht bloß da, vor Schreck wie gelähmt.

In Felix' Gehirn explodiert die Amygdala, der Alarmschalter in seinem lymbischen System, und augenblicklich überspült eine mächtige Woge von Adrenalin und Testosteron seine Großhirnrinde. Seit er zwölf ist, ist er ein Streetfighter, und jetzt, mit fünfzehn, ist er ein kräftiger und gewandter Kerl, ein bei den Feinden seiner Hamburger Gang gefürchteter Gegner.

In einer blitzschnellen Bewegung macht Felix einen Satz auf den Typen mit dem Messer zu, und als er, leicht seitlich versetzt, etwa einen Meter vor ihm ist, holt er mit dem rechten Bein aus, knickt seinen Oberkörper nach links ab und tritt seinem Gegner in einer weit ausholenden Bewegung unter dem Messerarm hindurch in den Unterleib.

Es ist ein Volltreffer. Mit einem pfeifenden Geräusch entweicht die Luft aus der Lunge seines Gegners. Sekundenbruchteile wirkt er wie erstarrt, dann lässt er das Messer fallen und sinkt in die Knie. In dem sinnlosen Reflex, den bewusstseinssprengenden Schmerz zu lindern, hält er seine Weichteile, während seine Augen schier aus den Höhlen treten. Sein Mund gibt nur noch ein ersticktes Gurgeln von sich gibt.

Sofort kommt Bewegung in die beiden anderen. Sie stürzen sich auf Felix und Simon, der aus seiner Erstarrung erwacht ist. Faustschläge und Tritte hageln auf beiden Seiten, es ist ein verbissener Kampf am nächtlichen Strand von Hove. Dann hat Felix' Gegner, der stämmige, massige Kerl, ihn rücklings zu Fall gebracht und sich mit seinem ganzen Gewicht auf ihn geworfen. Mit der rechten Hand versucht er, Felix Sand in den Mund und in die Nasenlöcher zu stopfen. Der wehrt sich so gut es geht, als er hinter sich einen Ausruf in einer fremden Sprache hört. Der Stämmige hört auf, Felix zu traktieren, sondern beschränkt sich nun darauf, ihn mit Knien und Armen auf dem Boden zu fixieren. Felix dreht mühsam seinen Kopf nach hinten und sieht den Typen im roten Jogginganzug, den er vorhin von den Beinen geholt hat, mit schwerem, breitbeinigem Schritt auf sich zukommen. Er hält jetzt wieder das Messer in der rechten Hand. Felix kämpft verzweifelt, um zu entkommen, aber der Bullige hält ihn mit eisernem Griff am Boden festgenagelt. Einen Augenblick später ist der Typ mit dem Messer bei ihm, sein wutverzerrtes Gesicht schwebt, auf den Kopf gestellt, dicht über seinem. Überdimensional groß kommt das Messer in Felix' Blickfeld.

Die Klinge nähert sich seinem Gesicht.

Whomp! Ein dumpfes, hartes Geräusch, und das über Felix

schwebende Gesicht und das Messer fliegen plötzlich aus dem Bild. Der Bullige, der ihn am Boden festhält, glotzt wie versteinert auf etwas außerhalb von Felix' Blickfeld. Sein Griff lockert sich, weshalb Felix einen Arm freibekommt. Als er gerade zu einem Fausthieb in das Gesicht des Gegners ausholen will, geht ein weiterer, dumpfer Schlag nieder, und der Bullige sinkt zur Seite. Felix kommt frei.

Er blickt nach oben und starrt ungläubig auf Simon, der, schwer atmend und mit den Händen ein großes Stück Treibholz umklammernd, dasteht, das Gesicht eine Grimasse der Wut und der Entschlossenheit.

Felix kommt keuchend auf die Beine und blickt sich um. Der Junge, der ihn mit dem Messer traktieren wollte, liegt reglos mit blutigem Kopf im Sand, und der Bullige versucht, ächzend auf alle viere zu kommen. Der dritte aus der Gang, der Kleinste, den Simon offenbar als Ersten erwischt hat, richtet sich mühevoll auf. Seine schreckgeweiteten Augen fliegen zwischen seinen maladen Kumpels und Simon mit dem Knüppel hin und her, und als der drohend einen Schritt auf ihn zumacht, beginnt er zu rennen. Bald darauf ist er in der zu den Lawns führenden Gasse zwischen den Badehäuschen verschwunden.

Erst jetzt spürt Felix den brennenden, scharfen Schmerz und die triefende Nässe an seiner rechten Wange. Er blickt an sich herunter und sieht, wie Blut auf sein helles T-Shirt tropft. Im Mondlicht wirkt es so schwarz wie Tinte.

O Scheiße! Der Typ hat mich noch mit dem Messer erwischt!

Jetzt erwacht Simon aus seinem Furor und sieht, was los ist. »Fuck!«, ruft er. »You're bleeding like hell! Let's get out of here!«

Er wirft das Stück Treibholz, mit dem er die Schlacht entschieden hat, achtlos in den Sand und fasst Felix am linken Arm. Jetzt wechselt er wieder ins Deutsche: »Das muss ... ehh ... genäht werden. Wir müssen ins Hospital!«

Felix zieht sich das blutige T-Shirt über den Kopf, knäuelt es zusammen und presst es auf seine Wange. Dann verlassen sie schnell, ohne sich noch einmal nach ihren Gegnern umzusehen, den Strand. Während Felix mit nacktem Oberkörper neben ihm herläuft, telefoniert Simon mit seinem brandneuen Nokia-Handy mit seinem Vater und erzählt ihm, sie seien bloß noch mal zum Strand gelaufen und Felix unglücklich in eine Scherbe gestürzt. Mr. Jenkins fährt mit ihm ins Montefiore Hospital, wo die Wunde mit achtzehn Stichen genäht wird.

•

Als Felix an jenem Silvesterabend 1999 mit seinem Cousin an der Balustrade am Madeira Drive steht und über dessen bevorstehenden Umzug in die USA redet, ist die Wunde verheilt, aber die blasse Narbe, die sich über seine rechte Wange zieht, wird ein lebenslanges Andenken an ihre Freundschaft bleiben.

Als würde er sich erst jetzt wieder daran erinnern, dass er nicht allein ist, hält Simon nun auch Felix die Zigarettenpackung hin. »Sorry«, sagt er. Felix bedient sich, während ihn eine Welle der Sympathie für seinen Cousin überkommt. Es drängt ihn, seine Gefühle in Worte zu fassen, doch er weiß nicht recht, wie er es sagen soll.

Inzwischen ist es dreiundzwanzig Uhr, und die Uferpromenade füllt sich immer mehr. In Erwartung des großen Milleniumsfeuerwerks über dem Brighton Pier drängen sich die Menschen am Geländer der Promenade. Hier und da werden schon Böller gezündet, deren Detonationen sich wie Schüsse in die Geräuschkulisse aus Rufen, Gesängen und Musikfetzen mischen.

Simon, der immer noch seine fast unberührte Fish-&-Chips-Tüte in der Hand hält und lange geschwiegen hat, löst sich mit einem Ruck von dem Geländer der Promenade. Er schnippt seine Zigarette weg und feuert die Tüte mit dem Essen in den roten Müllkorb, der neben ihm am Geländer hängt. »Fuck it!«, ruft er laut.

»Let's score some booze and get wasted!«

Zehn Minuten später stehen sie vor einem *24-Hour Liqour Store* in der St. James's Street, legen ein paar Geldscheine zusammen und hauen einen jungen Mann an, der gerade dabei ist, den Laden zu betreten. Sie bieten ihm fünf Pfund, wenn er ihnen eine Flasche Whisky kauft, ein Angebot, das dankend angenommen wird. Als dann um Mitternacht das große Feuerwerk über dem Brighton Pier explodiert, sind sie schon ziemlich zugeknallt.

5

Fast vierundzwanzig Jahre später fährt sich Felix in der Gaststube des Riesensteinhauses nervös durch das ungebändigte, lange Haar und starrt Magdalena ungläubig an.

Simon – ein Nazi? Und in Berlin?

Er überlegt einen Moment und fragt: »Wie kommst du darauf, dass es der Simon Jenkins ist, den ich kenne?«

»Es war eine merkwürdige Fügung. Die Israelis haben mir ihre Akte über ihn gezeigt, aus der hervorging, dass seine Mutter Deutsche ist, eine geborene Brosch, und aus Hamburg stammte. Da fiel mir plötzlich die Geschichte ein, die du mir erzählt hast, als ich dich fragte, woher die Narbe auf deiner Wange stammt. Diese Auseinandersetzung am Strand mit deinem Cousin Simon, den du als Teenager öfter in Brighton besucht hast und danach aus den Augen verloren hast. Als ich dann über die Meldebehörden herausfand, dass Jenkins' Mutter tatsächlich die Schwester deiner Mutter war, war die Sache für mich klar.«

Felix ist perplex über diesen mysteriösen Zufall. Als er sich von seiner Überraschung erholt hat, fragt er:

»Aber wieso Nazi? Inwiefern?«

Magdalena streicht sich wieder mit den Fingerspitzen der rechten Hand über die Fingernägel der linken.

»Über seinen Weg dahin wissen wir nicht viel. Aber er ist 2012 als Betreiber einer rechtsextremen Website in Deutsch und Englisch ins Visier geraten. Hetze gegen Juden, Hetze gegen Migranten, das Übliche. Er wurde auch verurteilt, in England, wohin er nach einem IT-Studium in den USA zurückgekehrt war. Er bekam wegen sogenannter Hassverbrechen eine Geldstrafe und ein Jahr Haft auf Bewährung. Seitdem ist er nicht mehr straffällig geworden, aber die Kollegen vom Verfassungsschutz wissen, dass er sich in Berlin, wo er inzwischen wohnt, längere Zeit in rechtsextremen Kreisen bewegt hat.«

Felix starrt grübelnd vor sich hin. Er hat seinen Cousin seit jener Silvesternacht nicht mehr gesehen. Seine damalige Ahnung, dass es das Ende ihrer Verbindung war, hatte ihn nicht getrogen. Sie hatten damals noch eine Weile Kontakt gehabt, aber

Telefongespräche von und in die USA waren damals noch unfassbar teuer, und einen Computer für die gerade erst aufkommenden E-Mails besaß Felix nicht. So blieb es bei ein paar Briefen, in denen Simon schrieb, wie neu in Amerika alles für ihn war und dass er die High School, die er besuchte, hasste, während Felix ein bisschen von seinem Gangleben in Hamburg-Wilhelmsburg berichtete. Schließlich versiegten die Briefe, und Felix hatte nur hin und wieder von seiner Mutter, die an ihren Geburtstagen und zu Weihnachten mit ihrer Schwester in Cincinatti telefonierte, etwas über Simon gehört – dass er bald aufs College gehen würde und vorhatte, Informatik zu studieren. Und dann, im Jahr 2002, als sie beide siebzehn waren, erlitt Felix' erst fünfzigjährige Tante Marion, obwohl Nichtraucherin und sehr sportlich, einen plötzlichen Herztod. Für eine Reise zur Beerdigung hatte es für Felix und seine Mutter nicht gereicht, und danach war Simon endgültig aus seinem Leben verschwunden. Er hatte nie wieder von ihm gehört.

»Weißt du«, sagt Felix zu Magdalena, »das letzte Mal, als ich ihn sah, waren wir beide fünfzehn. Über Politik haben wir nie gesprochen – damals hat mich so was auch noch nicht interessiert. Und ihn offenbar auch nicht. Und rassistisch? Als uns damals diese arabischen Jungs in der Mangel hatten, haben wir bestimmt geflucht über die Kanaken und so. So wie die ihre Schimpfworte für uns weiße Jungs hatten. Aber ich war ja damals in Hamburg in einer Gang, die zu neunzig Prozent aus Türken und Arabern bestand, und Simon wusste das. Er hat das nie kommentiert.« Felix schüttelt den Kopf und ergänzt: »Und wir haben viel schwarzen Hip-Hop gehört, das war unser Ding. Das passt doch gar nicht zusammen.«

Magdalena zuckt die Achseln. »Wie gesagt, wann und wodurch er auf diesen Trip gekommen ist, ist unklar.«

Felix schüttelt wieder den Kopf und überlegt einen Moment. Dann sagt er: »Weißt du, wenn aus ihm ein rechtsextremer Spinner geworden ist, ist das übel genug. Aber so eine Art Superterrorist – mit allen Konsequenzen? Das ist schon eine andere Hausnummer. Wie zum Teufel kommen die Israelis darauf, dass Simon etwas mit der SLF und diesem Hyperion zu tun hat?«

Magdalena lächelt schmallippig.

»Du weißt, wie die beim Mossad sind. Sie teilen ungern alle Informationen.«

Felix blickt septisch. Die Vorstellung, dass aus seinem Cousin und Teenager-Freund ein blutsaufendes Monster geworden sein soll, das mithilft, wehrlose Frauen, Männer und Kinder abzuschlachten, scheint ihm absurd. Er nimmt einen Schluck aus der Spezi-Flasche und sagt: »Aber es ist nach wie vor nur ein Verdacht, richtig? Es könnte auch eine Ente sein!«

Magdalena zuckt erneut die Achseln.

»I don't know. In jedem Fall ist Berlin damit einverstanden, dass der Mossad in Deutschland eine Undercover-Operation gegen Jenkins startet, um das herauszufinden.«

Felix zieht die Augenbrauen zusammen. »In Deutschland? Warum der Mossad? Wozu gibt es den Verfassungsschutz?«

Was er meint ist, dass der neben BND und MAD dritte und bei weitem größte deutsche Geheimdienst, das Bundesamt für Verfassungsschutz, eigentlich für die Terrorismusabwehr innerhalb Deutschlands zuständig ist.

Magdalena verzieht den sorgfältig geschminkten Mund zu einem sarkastischen Lächeln. »Mein Lieber, du weißt doch, wie sehr die deutschen Dienste von der Politik enteiert worden sind. Der BND darf zum Beispiel keine angeworbenen Informanten mehr in Terrororganisationen einschleusen, weil die sich wegen Beihilfe und Anstiftung strafbar machen.«

Felix grunzt nur.

Das ist so absurd. Trotz aller Cyber-Aufklärung sind menschliche Spitzel und V-Leute oft das einzige Mittel, um kriminelle oder terroristische Netzwerke zu knacken.

»Jedenfalls«, fährt Magdalena fort, »haben die Israelis dieses Problem nicht und auf höchster Ebene darum gebeten, in Berlin aktiv werden zu können. Der Kampf gegen die SLF ist für sie eine sehr emotionale, die eigene Identität als Juden betreffende Sache. Und sie sind bei der Bobachtung der SLF offensichtlich ein ganzes Stück weiter als andere Dienste.« Magdalena blickt kurz auf ihre gepflegten Hände und fügt hinzu: »In jedem Fall hat der Mossad in dieser Jenkins-Sache den Hut auf. Dafür halten sie uns auf dem Laufenden. Und wir unterstützen sie mit eigenen Erkenntnissen.«

Sie macht eine Pause und fixiert Felix mit ihren dunkelbraunen, schmalen Augen. »Und vor allem bei der Suche nach einem Undercover-Agenten, der sich Jenkins nähern kann. Deshalb bin ich hier.«

Felix' Blick geht aus dem Fenster mit den rot karierten Vorhängen und fokussiert sich auf einen fernen Punkt auf dem Gipfel des Bergmassivs. Er sagt: »Du willst allen Ernstes von mir, dass ich unter der Regie des Mossad Simon ausspioniere?«

»Wer wäre besser dazu geeignet als du? Jemand, der ihn von früher kennt, Geheimdiensterfahrung hat. Du warst bei der Extremismusabwehr und weißt genau, wie diese Leute ticken. Jenkins hat keine Ahnung von deinem späteren Werdegang, nicht wahr?«

Felix schüttelt den Kopf. »Nein.«

6

Tatsächlich war zu dem Zeitpunkt von Felix' letzter Begegnung mit seinem Cousin kaum etwas weniger wahrscheinlich als seine spätere Karriere beim Militärischen Abschirmdienst der Bundesrepublik Deutschland. Denn nach jenem Silvesterabend in Brighton tauchte Felix noch tiefer in die kleinkriminellen Welten der KDS-Straßengang ein, deren Kürzel schlicht für »Kirchdorf-Süd« stand. Dabei war er als »Kartoffel«, als Deutscher, in der überwiegend türkischen und arabischen Nachbarschaft lange ein Außenseiter und ein potenzielles Opfer gewesen. Er war ziemlich allein, aber als er einmal von ein paar türkischen Jungs aus der KDS-Gang übel vermöbelt und abgezogen worden war, änderte sich alles. Er hatte nämlich gefightet wie eine Wildkatze, um seine Adidas-Sneaker und die fünf Mark in seiner Hosentasche zu verteidigen, und sich, obwohl am Ende unterlegen, den Respekt der KDS-Kids erworben. Sie luden ihn tatsächlich ein, bei ihnen mitzumachen. Und Felix machte mit. Zum ersten Mal erlebte er so etwas wie Loyalität und Gemeinschaft – und ein abenteuerliches und riskantes Leben.

Denn diese Kids, alle zwischen dreizehn und neunzehn Jahre alt, waren ziemlich hart drauf. Mit der S-Bahn fuhren sie zu wüsten Prügel-Showdowns mit ihren Lieblingsgegnern von der ATW-Gang, den Jungs vom Alten Teichweg Wandsbek, die ihnen glichen wie ein Ei dem anderen und mit denen man leicht Stress provozieren konnte. Ein paar obszöne Beleidigungen, die sich unvermeidlicherweise gegen Mütter und Schwestern der anderen richteten, und schon ging es ab.

Ansonsten halfen sie ihrer Mittellosigkeit und Langeweile ab, indem sie mit Gras, Ecstasy oder Speed dealten, Autoradios klauten, Zigarettenautomaten aufbrachen und andere Kids abzogen, wozu sie oft nach Harburg, Billstedt oder Rothenburgsort fuhren.

Doch dieses wilde, pubertäre Outlaw-Leben hatte irgendwann seinen Preis. Mit siebzehn, knapp zwei Jahre nach seiner letzten Begegnung mit Simon Jenkins, wurde Felix von einem seiner Drogenkunden verpfiffen, der von den Bullen hopsgenommen worden war. Bei einer Hausdurchsuchung fand man drei geklaute Autoradios und dreihundert Ecstasy-Pillen in seinem Bettkasten, und weil er zuvor schon ein paarmal aufgefallen war, wurde er zu vier Wochen Jugendarrest verurteilt. Für den Wiederholungsfall hatte man ihm sogar eine mehrmonatige Jugendstrafe in Aussicht gestellt.

Dann, in einer der Nächte, in denen Felix schlaflos auf der harten Pritsche in seiner Einzelzelle lag und sich um Franzi sorgte, die in der Obhut seiner permanent alkoholisierten Mutter geblieben war, kam der Moment, in dem sich in ihm ein Schalter umlegte. Wie in einer Glaskugel sah er plötzlich kristallklar, dass ihn der Weg, den er eingeschlagen hatte, niemals aus dem Ghetto führen würde – abgesehen vielleicht von längeren Aufenthalten in »Santa Fu« dem berüchtigten Riesenknast am anderen Ende der Stadt.

Nach dieser Erleuchtung und seiner Rückkehr nach Kirchdorf-Süd beschloss Felix, sich aus der Gang zu lösen, was ihm schwer genug fiel, weil ihm dieses Leben nicht nur einiges an Extrakohle eingebracht hatte, sondern auch lange sein emotionales Zuhause war. Dass er als Deutscher überhaupt dabei sein durfte, war schon eine besondere Auszeichnung. Dennoch war Felix' Entschluss unumstößlich. Er machte den Jungs klar, dass er in Zukunft nicht mehr von der Partie sein würde, was sie achselzuckend zur Kenntnis nahmen. In Zukunft grüßte man sich noch und qualmte mal einen Joint miteinander, aber ansonsten ging jeder seiner Wege.

Einzig mit seinem besonders guten Kumpel aus der Gang, dem Algerier Sonny, hielt Felix weiter Kontakt. Sonny, der eigentlich Hassan Abdel-Nabi hieß, war anders als die anderen, irgendwie cleverer und außerdem absolut vertrauenswürdig, was auch nicht bei allen der Fall war. Felix liebte auch seinen kruden, intelligenten Humor, und so blieben sie Freunde, auch wenn ihr weiterer Weg zunächst ganz unterschiedlich verlief.

Während Sonny noch eine Weile bei der Gang blieb, ging Felix nun, statt zu klauen, sich zu prügeln und mit Pillen zu dealen, wieder regelmäßig zur Schule.

Er machte seine mittlere Reife und dann in einem Hotel an der Alster eine Ausbildung als Koch. Er mochte den Job, der ihm Zugang zu Köstlichkeiten verschaffte, die für ihn in seiner Kindheit so unerreichbar waren wie der Mond. Und weil er ehrgeizig und fleißig war, verdiente er bald ziemlich gut, was auch zur Folge hatte, dass er seiner Mutter, deren fortschreitenden, gesundheitlichen Verfall er ohnmächtig verfolgte, ihr Leben etwas erleichtern konnte.

Dann, mit zwanzig, übermannte Felix jedoch wieder seine Sehnsucht nach dem Abenteuerlichen, vielleicht auch Gefährlichen, nach etwas, bei dem er seine physischen und psychischen Grenzen austesten konnte. Er wurde Soldat bei der Bundeswehr, bei der Elitetruppe der Fallschirmjäger, und weil er intelligent und zupackend war, war er schon bald Feldwebel und Ausbilder. Einer, der bei den Rekruten sehr respektiert, aber wegen seines Drangs zur Perfektion und seiner gelegentlichen Wutausbrüche auch gefürchtet war. Wenn Felix etwas nicht passte, konnte er ziemlich ausfallend werden. Dennoch mochten ihn seine Jungs, weil er denselben derben Humor hatte und sich, wenn etwas schiefging, vor sie stellte und die Verantwortung übernahm. Aus dem gewalttätigen, kriminellen Straßenkid war ein verantwortungsbewusster Anführer geworden, und er war stolz darauf, ein Mann zu sein, der, wie er es empfand, einer höheren Mission diente.

Er bestritt zwei Auslandseinsätze in Afghanistan, die er physisch und psychisch gut überstand, und hatte in seiner freien Zeit die Energie, sich weiterzubilden und viel von dem nachzuholen, was er in seiner Jugend versäumt hatte. Er büffelte Englisch, eine Sprache, zu der er seit seinen Brighton-Aufenthalten bei Simon einen Draht hatte, und er las, oft ganze Nächte hindurch. Es war kein gezieltes Studium, er verschlang alles – ob als Bücher, Filme oder TV-Dokumentationen –, was den wilden Appetit seines immer hungrigen Geistes befriedigte: Biographien, Wissenschaftliches, Geschichtliches, Politisches. Es gab so gut wie nichts, was ihn nicht interessierte.

Zum Ende seiner achtjährigen Dienstzeit dachte Felix schließlich darüber nach, sein Abitur nachzumachen und an einer Bundeswehrhochschule zu studieren, doch dann brachte ihn eine zufällige Begegnung dazu, sich beim Militärischen Abschirmdienst zu bewerben, der gerade Leute suchte.

Trotz Felix' vergleichsweise geringer Schulbildung und obwohl er nur Unteroffizier mit Portepee war, hatten sie ihn beim MAD genommen, was an seinem Charisma, einem hervorragenden Abschneiden bei den Einstellungstests und seiner tadellosen Laufbahn als Soldat lag.

Nachdem er in seiner Ausbildung eine Menge über Observationstechniken, Tarnung, IT-Recherchen und Milieustudien gelernt hatte, stürzte er sich voller Verve in seine Arbeit. Als gebürtiger Hamburger kam Felix zur MAD-Stelle 11 in seiner Heimatstadt und dort zur Abteilung X, deren Aufgabe darin bestand, Extremisten unter den Soldaten, ob rechter, linker oder islamistischer Couleur, zu entlarven. Das meiste davon bestand aus Schreibtischarbeit, Internetrecherchen und routinemäßigen Überprüfungsgesprächen, aber Felix hatte großes Geschick darin, die richtigen Fragen zu stellen und zu riechen, wenn sich jemand verstellte.

Wie viele Menschen, die von ganz unten kommen, entwickelte er bei seiner Arbeit einen ganz besonderen, geradezu brennenden Ehrgeiz und kam, von manchen seiner Kollegen kritisch beäugt, rasch voran.

Bereits nach einem Jahr beim MAD führte er einen V-Mann, einen Spitzel in der rechtsextremen Szene in Dortmund, und kurz darauf gelang ihm die Entlarvung eines türkischstämmigen Soldaten, der sich für eine Ausbildung als Sprengstoffspezialist beworben hatte und insgeheim einer islamistischen Zelle angehörte. Felix hatte herausgefunden, dass der Mann mehrere Reisen nach Syrien unternommen hatte, und den Bundesnachrichtendienst, der als deutscher Auslandsgeheimdienst in dem Bürgerkriegsland aktiv war, um Mithilfe gebeten.

Es war diese Sache, bei der er Magdalena Knoop kennengelernt hatte, die in der BND-Abteilung TE – zuständig für Internationalen Terrorismus und Organisierte Kriminalität – seine Ansprechpartnerin war.

Beruflich lief es also gut für Felix, und wie um das Maß vollzumachen, gefiel es dem Schicksal, ihm auch privat einen Höhenflug zu bescheren: Bei einem Muse-Konzert in der O2-Arena in Hamburg lernte er Lisa kennen. Er war sofort entzückt von der bildhübschen, temperamentvollen Rothaarigen, so wie sie von seiner coolen, gechillten Art und seinem dreisten, provozierenden Grinsen, das sie an einen jungen Wolf erinnerte. Wie sie sich beide später versicherten, hatten sie in diesem Moment eine Art Knall gehört, der eindeutig nicht aus dem Soundarsenal von Muse stammte. Sie verliebten sich aus dem Stand ineinander. Lisa war Grundschullehrerin und stammte aus »besseren Kreisen«, aber dieser Unterschied in der Herkunft verblasste vor der Intensität ihrer Leidenschaft füreinander.

Lisas Vater, ein Medienunternehmer, der zur linksliberalen Hautevolee Hamburgs gehörte, war hingegen von dieser Verbindung ganz und gar nicht erbaut. Felix »prekäre« Herkunft und die Tatsache, dass er »irgendwas bei der Bundeswehr« war, fanden keinerlei Sympathien bei ihm, aber Lisa hatte sich durchgesetzt, und beide hatten rauschend geheiratet.

Das geschah, als Felix Brosch neunundzwanzig Jahre alt war, und eigentlich sah nun alles so aus, als würde sich sein Vorname »Der Glückliche« doch noch als gutes Omen erweisen.

Bis zu jenem Tag im April vor fünf Jahren.

7

Felix betrachtet Magdalena, die mit gespanntem Gesichtsausdruck vor ihm in der leeren Gaststube des Riesensteinhauses sitzt und ihm soeben den Vorschlag gemacht hat, für den israelischen Geheimdienst seinen Cousin und Teenager-Freund Simon Jenkins auszuspionieren. Er lässt das Schweigen einen Moment lang im Raum stehen, bevor er sich räuspert und in ruhigem Ton sagt: »Magdalena, ich wünsche den Israelis und euch alles Glück der Welt bei der Jagd nach diesem Hyperion, wenn er denn so existiert. Auf jeden Fall, dass dieser Irrsinn aufhört! Aber ...«, fährt er fort, »ich bin der falsche Mann! Ich bin raus aus dem Geschäft, und dabei bleibt es. Du weißt, wie sehr ich am Ende war, und jetzt geht es mir hier ziemlich gut. Das Kochen gefällt mir, ich liebe es, hier in den Bergen zu sein. Und ich verdiene nicht schlecht – übrigens besser als beim MAD. Wer weiß, vielleicht mache ich mich irgendwann selbstständig. Vielleicht pachte ich selbst eine Hütte, mache das ein paar Jahre und haue dann ab aus Deutschland. Vielleicht nach Uruguay an die Küste. Soll wirklich schön sein da. Oder ich mache in Hamburg ein Restaurant auf. Mit der Geheimdienstbranche habe ich jedenfalls nichts mehr zu tun. Es war eine Zeit, in der ich in einer Blase gelebt habe. Ich habe diesen Job über mein Privatleben gesetzt.« Felix macht eine Pause, während sich seine hellen Augen verdüstern. Dann fügt er bitter hinzu: »Und du weißt, wozu das geführt hat.«

Magdalena, die in der Tat weiß, worauf er anspielt, blickt stumm auf ihre Hände, während Felix weiterspricht: »Weißt du, ich habe hier oben eine andere Sicht auf mein Leben bekommen. Ich will nichts mehr zu tun haben mit all den Abartigkeiten dieser Welt, diesem ganzen Mist. Nichts mit Nazis, nichts mit Islamisten, nichts mit diesem Hass, diesem ganzen, galoppierenden Wahnsinn! Ich bin fertig damit, verstehst du? Und ich kann gut ohne all das leben. Ein peaciges Leben, ohne zu versuchen, den Lauf der Welt zu ändern. Denn er ist nicht wirklich zu ändern.«

Magdalena schüttelt unwillig den Kopf. »Vielleicht doch! Jedenfalls, was den möglichen Tod einer Menge unschuldiger Menschen betrifft!«

Felix presst beide Handflächen fest auf die Tischplatte und beugt sich vor. »Magdalena, ich kann das nicht, und ich will das nicht.«

»Felix, es geht um viel! Die Israelis sind auch nicht geizig. Wenn du etwas herauskriegst, das sie bei der Jagd nach Hyperion entscheidend weiterbringt, zahlen sie dir hunderttausend Dollar.«

Felix überlegt nicht lange, bevor er antwortet: »Ja, das ist für mich verdammt viel Geld. Doch es gibt Dinge, die wichtiger sind.«

Magdalena will zu einer Erwiderung ansetzen, aber Felix kommt ihr zuvor. Er sieht ihr direkt in die Augen und sagt in unmissverständlichem Ton:

»Meine Antwort ist: Nein!«

8

Zwei Wochen später. Tulsa, Oklahoma, U.S.A.

Dennis Hubert Palm zieht den Reißverschluss des grünen, schon ein wenig zerschlissenen Koffers zu, der auf dem Bett liegt, und richtet sich auf. Dann nimmt er den Rucksack vom Stuhl neben dem Bett und geht damit in die Küche, um ihn mit mehreren Dosen 7 Up und Miller-Bier zu füllen. Den Getränken folgen ein paar Pastrami-Sandwiches und zwei große Kartons mit *Banana Twinkies*, kleinen mit Bananencreme gefüllten Kuchen, die er zusammen mit den anderen Lebensmitteln im Walmart gekauft hat.

Er schließt den Rucksack und geht ins Bad, um sich noch einmal frisch zu machen. Es ist ein ungewöhnlich heißer Maitag in Tulsa, Oklahoma, und die altersschwache Air Condition des an vielen Stellen reparaturbedürftigen Hauses keucht unter der vergeblichen Anstrengung, die Räume ausreichend zu kühlen.

Palm schöpft mit den gewölbten Händen kaltes Wasser vom laufenden Hahn und taucht sein Gesicht hinein, eine Prozedur, die er mehrmals wiederholt. Er trocknet sein Gesicht mit einem Handtuch und betrachtet sich im Spiegel.

Ein achtunddreißigjähriger Mann sieht ihn an, mit sich lichtendem, braunem Haar und einem schmalen, blassen Gesicht. Die tiefblauen, großen Augen und die klar konturierten, asketisch wirkenden Züge haben durchaus etwas Anziehendes, ein Eindruck, der allerdings durch den harten Zug um seine Mundwinkel und die stechende, irritierende Intensität seines Blicks relativiert wird.

Palm kämmt sich das unauffällig geschnittene, halblange Haar und befühlt mit den Fingerspitzen die dünnen Stellen oberhalb der Schläfen. Die früh beginnende Kahlheit hat er von seinem Vater, einem kleinen Ladensitzer, geerbt. Der ist nach dem Krebstod seiner Frau, Palms Mutter, früh an Demenz erkrankt und lebt in einem Pflegeheim in Oklahoma City. Palm sieht ihn nur zweimal im Jahr. Er selbst ist seit Jahren geschieden und hat einen zwölfjährigen Sohn, der bei seiner Mutter lebt und zu dem er nie einen Draht gefunden hat. Der Junge ist ihm gegenüber störrisch und abweisend, und es war immer offensichtlich, dass er seinen Stiefvater, den neuen Mann seiner Mutter, weitaus mehr mochte als seinen leiblichen Vater.

Auch in anderer Hinsicht ist Dennis Palm nicht unbedingt ein Gewinner. Er schlägt sich als selbstständiger Elektriker mehr schlecht als recht durch und ist ständig in Geldnöten. Aber all das wird wettgemacht durch seine ideologische Überzeugung, die innere Gewissheit über die wahren Zusammenhänge der Welt. Seit Jahren ist die Wahrheit in ihm gereift, bis schließlich ein Mann die Flamme in ihm entzündet hat, die nun sein Schicksal bestimmt. Er kennt diesen Mann nur unter dem Namen Hyperion und ist ihm nur einmal, für einige Tage, persönlich begegnet, aber das hat vollkommen ausgereicht, um ihn von dessen besonderer Mission und seiner eigenen Rolle darin zu überzeugen.

Dennis Palm betrachtet sich noch eine Weile im Badezimmerspiegel. Es ist ein seltsames Gefühl, zu wissen, dass dieses Gesicht bald auf der ganzen Welt bekannt sein wird.

Er beendet seine Toilette, nimmt Koffer und Rucksack und trägt sie durch die Haustür zu dem alten Mitsubishi Van, der in der Einfahrt geparkt ist und die Aufschrift PALM ELECTRICIAN sowie eine Telefonnummer trägt. Er öffnet die Heckklappe und lädt sein Gepäck zu der großen Aluminiumkiste, die sich im Laderaum befindet und die allerlei Equipment enthält, die zu seinem Beruf gehört. Kabeltrommeln, Pakete mit Steckdosen und Sicherungen, etliche Rollen Isolierband, zwei große Werkzeugkästen, eine Leiter, Prüfgeräte. Unter all diesen Dingen liegen jedoch, unter einem doppelten Boden sorgsam versteckt, noch einige andere Gegenstände, die nicht unbedingt zu seinem Berufsbild gehören.

Als alles verstaut ist, schließt er die Haustür des Einfamilienhauses ab, in dem er allein lebt, besteigt den Van und macht sich auf den Weg zu einer über zweitausend Kilometer langen Reise durch den Südosten der Vereinigten Staaten. Er durchquert Arkansas, Tennessee und Alabama, bevor er nach zwölf Stunden Fahrt in Atlanta, Georgia, haltmacht, um in einem Motel zu übernachten. Am nächsten Morgen geht es weiter, fast geradewegs nach Süden, durch Georgia hindurch und dann hinunter nach Florida. Er durchquert die Halbinsel fast der Länge nach, bis er schließlich am späten Abend in Fort Lauderdale eintrifft, dem Ziel seiner Reise. Dort bezieht er ein Zimmer in einem Motel, wo ihn bereits jemand erwartet.

Der Mann, mit dem Palm gegen Mitternacht in seinem Zimmer sitzt und ein paar Dosen Miller's leert, heißt Richard Schaeffler, ist zweiundzwanzig Jahre alt und ein Lagerarbeiter aus Louisville in Kentucky. Die beiden kennen sich schon länger, zunächst allerdings nur online, als Teilnehmer verborgener Chatrooms, aber vor einem halben Jahr haben sie sich auch persönlich getroffen. Schaeffler hat Palm in Oklahoma besucht, bevor sie eine gemeinsame Reise antraten, die sie auf das vorbereitet hat, was sie zu tun beabsichtigen. Der junge Kerl aus Kentucky ist ein etwas gedrungener, unauffällig wirkender Typ mit einem rundlichen Dutzendgesicht, aber sein Blick strahlt dieselbe fanatische Gewissheit aus, die auch Palm zu eigen ist. Es war Hyperion, der sie zusammengeführt hat und der den Plan ersonnen hat, der sie beide unsterblich machen wird.

Am nächsten Tag fahren sie ins nur gut vierzig Kilometer entfernte Miami, um dort eine Tiefgarage in der Nähe des Liberty Square zu inspizieren. Von dort legen sie die kurze Strecke hinüber nach Miami Beach zurück, jener selbstständigen Hunderttausend-Einwohner-Stadt, die Miami auf einer lang gestreckten, schmalen Insel im Atlantik direkt vorgelagert ist. Sie fahren ein paar Straßen ab und kehren schließlich nach Fort Lauderdale in ihr Hotel zurück. Dort gehen sie zum wiederholten Mal Zeitpläne und verschiedene Details durch und checken noch einmal ihr gesamtes Equipment. Gegen achtzehn Uhr essen sie in einem Diner zu Abend und ziehen sich früh auf ihre Zimmer zurück.

Als Palm allein ist, wählt er eine Nummer auf einem zweiten Handy, das allein für die Kommunikation mit einer bestimmten Person vorgesehen ist. Als sich der Teilnehmer meldet, sagt Palm: »Wir sind hier, Sir! Es ist alles vorbereitet.«

»Gut«, sagt die ruhige, sonore Stimme am anderen Ende. »Schick mir dreißig Minuten, bevor ihr ankommt, eine Nachricht. Hört du, Dennis? Genau dreißig Minuten! Das ist wichtig!«

»Verstanden«, sagt Palm. »Dreißig Minuten!«

Die Stimme am anderen Ende bekommt einen sehr persönlichen und feierlichen Klang. »Brother«, sagt sie, »du wirst ein strahlender, einzigartiger Stern am Himmel der Hoffnung sein! Hoffnung für die wahre Menschheit und die ganze Welt! Ein Stern, der für immer leuchten wird!«

Dennis Palms Lippen beben, als er diese Worte hört. Er schluckt einmal und sagt: »Ich bin bereit, Sir! Ich bin bereit!«

»Viel Glück, Brother! Gib Richard meinen Segen und meine herzlichsten Wünsche!

Vergesst nie, dass ich euch liebe und dass ich bei euch bin! Wir sehen uns in der anderen Welt!«

Palm schluckt noch heftiger und sagt mit belegter Stimme: »Ja. Auf Wiedersehen, Sir!«

»Auf Wiedersehen, Dennis!«, sagt die Stimme sanft.

Nachdem das Gespräch beendet ist, raucht der Mann aus Oklahoma noch eine Zigarette am offenen Fenster, bevor er sich ins Bett legt und versucht zu schlafen. Weil ihm das nicht gelingt, steht er noch einmal auf und nimmt eine Xanax-Tablette, zusammen mit einem letzten Schluck Bier.

Noch einmal spult sein Gehirn durch den Ablauf des morgigen Tages, der für ihn und Richard Schaeffler der größte ihres Lebens werden soll. Als er schließlich einschläft, ist es fast dreiundzwanzig Uhr.

14 Stunden später. Miami Beach, Florida.

Leget diese, meine Worte, in euer Herz und in eure Seele, bindet sie zum Zeichen an eure Hand, und sie seien zum Stirnschmuck zwischen euren Augen. Lehret sie eure Söhne, davon zu sprechen, wenn du in deinem Haus sitzest und wenn du auf dem Weg gehst, wenn du dich niederlegst und wenn du aufstehst. Schreibe sie an die Pfosten deines Hauses und deiner Tore. Damit eure Tage und die Tage eurer Kinder sich mehren auf dem Boden, den der Ewige euren Vätern geschworen hat, ihnen zu geben, wie die Tage des Himmels über der Erde.

Charlie Richard Cohen hebt den Kopf und lächelt stolz. Er hat es soeben geschafft, vor den mehr als fünfzig Besuchern der Synagoge einen langen Abschnitt aus der Thora, dem uralten jüdischen Bibeltext, vorzulesen – in Hebräisch, einer Sprache, von der er vor einem halben Jahr noch keinen Schimmer hatte.

Jede Woche hat Charlie zwei Stunden lang die alte Sprache gepaukt, unter Anleitung des jungen Rabbi Mandelbaum, der mit ihm auch den vorgeschriebenen, besonderen Sprachrhythmus geübt hat. Das Lernen der komplizierten Sätze ist ihm schwergefallen, nicht nur, weil er von Haus aus nicht besonders religiös ist, sondern auch, weil sein dreizehnjähriger Kopf voll ist von ganz anderen Dingen, zum Beispiel den Hormonstürmen, den ihm die Anwesenheit mancher Mädchen beschert. Aber nun ist es vollbracht, und sowohl der Rabbi als auch die anderen Besucher, die sich in der Synagoge versammelt haben, lächeln beifällig.

Charlie weiß selbst, dass sein Vortrag nicht fehlerfrei war, ein paar Mal ist er ins Stocken geraten, aber das beschäftigt ihn nicht weiter. Denn nun ist dieser für die meisten jüdischen Jungen, die dreizehn Jahre alt geworden sind, feierliche erste Schritt ins Erwachsenenleben vollzogen – das Ritual der *Bar Mitzwa*. Von nun an gilt er – der Bedeutung der Worte *Bar Mitzwa* entsprechend – als ein »Sohn des Gebots« und damit als vollwertiges Mitglied der

Gemeinde, das – zumindest nach der alten Überlieferung – für alle seine Handlungen selbst verantwortlich ist.

Mit glühenden Wangen verlässt Charlie die *Bima*, die Lesekanzel, auf der die vergoldete Thora-Schriftrolle liegt, und postiert sich vor dem geöffneten *Hechal*, dem hohen, reich verzierten Schrein, in dem das heilige Schriftstück aufbewahrt wird. Seine Mutter und sein Vater erheben sich aus der ersten Reihe und rahmen ihn mit stolzem Gesicht ein, als er der Lesung noch eine traditionelle, kurze Rede folgen lässt – nun aber auf Englisch.

»Ich denke an alle, die mir geholfen haben, diesen Augenblick zu erreichen. Ich danke für die Liebe und Fürsorge meiner Familie. Ich danke für die Geduld und Ratschläge meiner Lehrerinnen und Lehrer. Ich danke für meine Freundinnen und Freunde, die mich begleiten. In der Thora habe ich das Wort Gottes gelesen. Mit eurer Hilfe will ich nun weitergehen und es in meinem Leben erfüllen.«

Während Charlie den mit hebräischen Schriftzeichen bestickten weißen Gebetsmantel von den Schultern streift – die flache, weiße *Kippa* mit dem Davidstern behält er auf –, kommt Leben in die Gemeinde. Es sind Männer und Frauen jeden Alters, von denen die meisten den blau-weißen jüdischen Gebetsschal und ebenfalls eine *Kippa* tragen. Rabbi Mandelbaum drückt Charlie die Hand und klopft ihm auf die Schulter, und alle erheben sich von ihren Plätzen und stehen im Mittelgang des Tempels Schlange, um ihn ebenfalls zu beglückwünschen.

»Masel tov!«, schallt es ihm von allen Seiten entgegen, und Charlies Lächeln wird noch eine Spur breiter. Seine Mutter, eine üppige, temperamentvolle Blondine mit viel Make-up, drückt ihn mit aller Verve an ihren großen Busen und küsst ihn feucht auf beide Wangen. Sein Vater zupft ihn gerührt am Ohr. Und alle anderen schütteln ihm die Hand, umarmen ihn oder verteilen Wangenküsse: die Cohens aus New Jersey, die Shapiros aus Chicago, die Rosenblatts aus Fort Lauderdale, sogar die Cohens aus Haifa in Israel. Was immer seine weitverzweigte Verwandtschaft hergibt, ist gekommen, um dieses wichtige Familienfest mit ihm gemeinsam zu feiern. Die prickelndsten Wangenküsse sind die von Ethel Shapiro, Charlies sechzehnjähriger Cousine aus Chicago, einer dunkeläugigen Schönheit, in die er seit ihrem letzten Besuch heimlich verknallt ist.

Während die Gratulanten an ihm vorüberziehen, denkt Charlie vor allem an eins: Essen. Er hat vor lauter Aufregung seit gestern Abend nichts mehr zu sich nehmen können und auch nur wenig geschlafen. Aber natürlich freut er sich auch auf die große Party, die dem Essen folgen wird – mit Karaoke, DJ, einem Justin-Bieber-Double und nicht zuletzt der Tanzeinlage mit seiner Mutter, die beide hingebungsvoll und voller Enthusiasmus geprobt haben. Und als Krönung kommen dazu natürlich die vielen Umschläge mit Dollarscheinen, die ihm gleich überreicht werden würden, eine höchst angenehme Begleiterscheinung der spirituellen Weihe. Der materielle Segen, der über ihn hereinbrechen wird, gleicht dem bei einer christlichen Konfirmation und ist naturgemäß eine Sternstunde für einen Teenager. Auf Charlies Anschaffungsliste steht die neueste Playstation ganz oben, gefolgt von einer ziemlich professionellen Animationssoftware für seinen Computer. Charlie zeichnet leidenschaftlich gern und träumt davon, eines Tages bei einer Firma wie Pixar arbeiten zu können, die so phänomenale Filme wie *Ratatouille* oder *Toy Story* hervorzaubert.

Nach einem kleinen Imbiss im *social room* der *Tree-Of-Life*-Synagoge strömt die Bar-Mitzwa-Gesellschaft aus dem klimatisierten, im modernen, urbanen Stil erbauten Gebäude ins Freie, hinaus in die heiße Maisonne von Miami Beach.

Man steht noch eine Weile plaudernd auf dem von hohen Palmen gesäumten, rot gestrichenen Trottoir, während der mit Funkgerät, Taser und einer schweren Pistole bewaffnete Security-Mann, der das Portal flankiert, stoisch die Umgebung mustert. Er wird von der Gemeinde selbst bezahlt, denn seit dem rechtsextremen Anschlag auf eine Synagoge in Pittsburgh mit elf Toten im Jahr 2018 und einer lauter werdenden antijüdischen Strömung in den USA sind die Juden Amerikas, die lange Jahrzehnte wenig Furcht vor antisemitischer Gewalt haben mussten, für das Thema Sicherheit besonders sensibilisiert. Das gilt erst recht für den Großraum Miami, wo seit vielen Generationen eine besonders große jüdische Community zu Hause ist.

Charlie steht in gestreifter Krawatte und dunkelblauem Anzug, der ihn noch schlaksiger und dünner aussehen lässt, als er ohnehin schon ist, mit seiner älteren Schwester Drew auf dem Trottoir und albert mit ihr herum.

»Du siehst aus wie Mr Bean!« lästert sie, womit sie auf Charlies ziemlich spießiges Outfit und seine abstehenden Ohren anspielt. Obwohl der englische Comedian in den USA nicht sehr bekannt ist, haben beide ein spezielles Faible für ihn.

»Fuck you!«, erwidert Charlie fröhlich grinsend, weil ihm an diesem Tag nichts die Laune verderben kann. Die beiden treten von einem Bein aufs andere, etwas genervt, weil sie auf ihren Vater warten, der immer noch angeregt mit ein paar Verwandten und Freunden schwatzt.

Jimmy Cohen, Charlies Vater, ein rundköpfiger, jovialer Mann, ist ein Nachfahre polnischer Juden, die wie rund zwei Millionen andere aus Osteuropa vor den um die Wende des 20. Jahrhunderts dort grassierenden, antijüdischen Pogromen flohen. Rund dreihunderttausend davon gingen nach Amerika, die meisten nach New York, aber eine größere Anzahl auch in das damals noch unterentwickelte Südflorida, weil in dieser gottverlassenen Gegend Grundstücke billig zu haben waren. Man lebte in bescheidenen Häusern, aber immerhin an einem der schönsten Strände der Halbinsel, was sich als Glückslos erweisen sollte, als in den 1930er Jahren der erste Tourismusboom über den »Sunshine State« hereinbrach. Aus den kleinen Heimstätten wurden Pensionen und Hotels, die aufgrund der subtropischen, ganzjährigen Attraktivität Floridas wunderbar florierten und den Besitzern einen soliden Wohlstand einbrachten.

So ist es auch bei Charlies Vater, der am Ocean Drive in South Beach, direkt am Meer, bereits in dritter Generation eine Zwölf-Zimmer-Pension namens *The Marlin Inn* betreibt, eine Drei-Sterne-Herberge mit geschmackvoll eingerichteten Art-déco-Zimmern und einem kleinen Außenpool.

Charlie und seine Schwester Drew wollen gerade den kühlenden Schatten einer Palme aufsuchen, als ihre Eltern auf sie zukommen. »Auf geht's«!, ruft ihr Vater gut gelaunt. »Ich verhungere!«

Als die Cohen-Familie in ihren weißen BMW-SUV steigt, um, gefolgt von den anderen Besuchern der Synagoge, die Location anzusteuern, in der Charlies Party stattfinden wird, ist es dreizehn Uhr fünfzehn.

Zwei Stunden zuvor.

»Eso es todo!«, (»Das ist alles!«) sagt Osvaldo »Ozzy« Delvecchio und nickt seinem Bruder Arturo zu. Die beiden stehen in einer Tiefgarage im Norden Miamis vor der geöffneten Heckklappe eines weißen Dodge Van mit der Aufschrift *Good Food Unlimited*. Soeben haben sie den Lieferwagen mit sechs fast mannslangen, geräumigen Aluminiumkisten beladen, in denen sich kleinere Behälter mit dem Catering für eine Festgesellschaft von gut achtzig Personen befinden, nebst den dazugehörigen Vorrichtungen zum Warmhalten bestimmter Gerichte. Es handelt sich um ein Buffet mit mehr als zwanzig verschiedenen Speisen, die meisten davon koscher – den jüdischen Speisevorschriften entsprechend. Der Besitzer von Good Food Unlimited ist selbst Jude und Lieferant vieler Feiern und Zusammenkünfte in der jüdischen Community.

Ozzy Delvecchio streicht sich mit der goldberingten Hand über seinen dichten, schwarzen Schnäuzer und gibt in das Navigationssystem seines Smartphones eine Adresse im Norden der Nachbarstadt Miami Beach ein. Er stellt fest, dass es bis dahin nur eine gut zwanzigminütige Fahrt ist, und nach einem Blick auf seine dicke goldene Armbanduhr sagt Ozzy zu seinem Bruder: »Wir haben reichlich Zeit.«

Ozzy und Arturo sind beide mittleren Alters, ein wenig beleibt und im Allgemeinen fröhlichen Gemüts – es sei denn, das NFL-Team der Miami Dolphins versagt auf dem Football-Feld. Beide entstammen der großen Community der Exilkubaner, die in den Jahrzehnten nach Castros Revolution auf der kaum vierhundert Kilometer entfernten Insel zu Zehntausenden nach Südflorida emigriert sind und die Wirtschaft und die Kultur des Sunshine State längst entscheidend prägen. Miami ist auch ein großes Stück Kuba, und Ozzy und sein Bruder sind die lebendigen Beispiele dafür. Seit fünfzehn Jahren arbeiten sie beide als zuverlässige und beliebte Mitarbeiter der Good Food Unlimited Inc.

Die beiden beginnen gerade ein Gespräch über das bevorstehende Match der »Phins« gegen die Pittsburgh Steelers, als sich in einer Parkbucht, nur zehn Meter entfernt, die Türen eines alten Mitsubishi Vans öffnen und zwei Männer aus dem Wagen steigen.

Ozzy und Art sehen sie auf sich zukommen, zwei Weiße, die, wie sie selbst, Shorts und Fipflops tragen, dazu jedoch, merkwürdig unpassend, schwarze Outdoor-Jacken. Noch im Gehen greifen die beiden in ihre Jacken und ziehen zwei Pistolen mit klobigen Schalldämpfern heraus, die sie auf die beiden Kubaner richten. Arturo fällt vor Schreck die Kinnlade herunter, und Ozzy verschluckt sich an seinem Kaffee.

»Klappe halten!«, befiehlt der größere der beiden Fremden, der ein rotes Basecap trägt und legt den rechten Zeigefinger vor die Lippen.

Ozzy spuckt hustend ein wenig Kaffee aus und will zu einer erbosten Erwiderung ansetzen, aber der Gesichtsausdruck der beiden Männer zeigt ihm, dass er besser den Mund hält. Er fragt sich, was diese Typen von ihm und seinem Bruder wollen.

Sicher haben sie es auf den Lieferwagen abgesehen.

Seine Vermutung scheint sich zu bestätigen, als der Wortführer der beiden Männer eine fordernde Geste macht und sagt: »Die Autoschlüssel!«

Ozzy ist fast erleichtert. Er greift in die Tasche seiner hellblauen Shorts und zieht den Autoschlüssel hervor.

Der Mann mit dem Basecap bedeutet Ozzy, dass er ihm den Schlüssel zuwerfen soll. Als das geschehen ist, sagt er: »Und jetzt eure Pässe!« Dabei zeigt er auf die beiden eingeschweißten, mit Fotos und einem QR-Code versehenen Firmenausweise, die bei den beiden Kubanern an einem breiten Stoffband vor dem Bauch baumeln.

Ozzy ist jäh verwirrt, weil er nicht begreift, was zwei Autodiebe mit ihren Firmenpässen wollen. Er zögert einen Moment und blickt zu seinem Bruder Arturo, der immer noch starr vor Schreck mit halb geöffnetem Mund dasteht.

Der Kerl mit der Pistole bleckt die Zähne und sagt gefährlich leise: »Her mit den Pässen! Oder ich blase euch die Schädeldecke weg!«

Ozzy fordert seinen Bruder mit einer Kopfbewegung auf, dem Befehl zu gehorchen, und übergibt dem Fremden die beiden Pässe.

Nachdem sich sein schweigsamer Komplize vergewissert hat, dass sich außer ihnen niemand in der Garage befindet, dirigiert der Anführer Ozzy und Arturo zu dem Mitsubishi Van hinüber, mit dem die beiden Fremden gekommen sind. Als die vier den Wagen erreicht haben, öffnet der kleinere der beiden Männer die Heckklappe. Ozzy starrt in den Laderaum, in dem sich lediglich eine große, längliche Metallkiste befindet, ganz ähnlich denen in ihrem Firmenwagen. Vollkommen verstört bemerkt er, dass sie wie diese mit dem Firmenlogo der Good Food Inc. versehen ist.

»Steigt rein!«, zischt der Wortführer der beiden Pistolenmänner.

Ozzy wird immer unheimlicher zumute, aber er versucht, sich zu beruhigen.

Sie werden uns im Wagen einsperren. Bis uns hier einer rausholt, vergeht möglicherweise viel Zeit. Dann sind sie längst über alle Berge.

Die beiden Kubaner klettern in den Laderaum des Mitsubishi, und der Mann mit der Pistole befiehlt ihnen, sich mit dem Rücken zu ihm auf den Boden zu knien.

Ozzy durchzuckt eine jähe Erkenntnis.

Unsere Handys! Sie haben uns unsere Handys nicht abgenommen! Sie müssen doch wissen, dass wir damit sofort die Cops alarmieren. Sie würden nicht weit kommen!

Ozzy beginnt zu zittern, und ein Seitenblick zu seinem Bruder zeigt ihm, dass es dem ebenso ergeht.

Es gehört zur Natur des Menschen, Hoffnung zu haben, und das ist bei Osvaldo Delvecchio nicht anders. Aber tief in seinem Inneren spürt er, dass diese Hoffnung vergebens ist. Und unwillkürlich produziert sein Gehirn in einem nur nanosekundenlangen Synapsengewitter Bilder der Menschen, die er nie wiedersehen wird: Da ist seine Frau Estrella, seine Söhne Chip und Raoul. Arturo.

Im nächsten Moment trifft ihn eine Neun-Millimeter-Patrone in den Hinterkopf, und der Film reißt. Ozzys schwerer Körper kippt träge vornüber, genau wie der seines Bruders Arturo, den zwei Sekunden später, noch ehe er begreifen kann, was passiert, dasselbe Schicksal ereilt.

Nachdem er die beiden Brüder erschossen hat, öffnet Dennis Palm zusammen mit Richard Schaeffler die Aluminiumkiste im Laderaum des Mitsubishi. Die beiden heben den darin befindlichen doppelten Boden an, um die Pistolen darunter zu verstauen. Dann setzen sie den Boden wieder ein, heben die Kiste aus dem Laderaum und schließen die Hecktür des Mitsubishi. Sie verriegeln den Wagen, transportieren die Kiste zu dem Dodge-Lieferwagen der Good Food Unlimited Inc. und öffnen sie erneut. Sie füllen einige der Speisebehälter aus Ozzys und Arturos Catering-Lieferung darin um und verschließen den Deckel. Schließlich verstauen sie die Kiste im Laderaum und besteigen den Wagen. Dort entledigen sie sich ihrer Outdoor-Jacken, unter denen T-Shirts mit dem Good-Food-Firmenlogo hervorkommen, genau wie die der beiden Toten in dem Mitsubishi.

Kurz darauf verlässt der Dodge die Tiefgarage und fädelt sich in den Verkehr auf der vielspurigen Interstate 95 ein. Es geht ein paar Minuten geradewegs nach Süden, bis zum Moore Park. Dort verlässt der Fahrer den Highway und sucht sich in der Nähe des Parks einen unauffälligen Parkplatz.

Nun beschäftigen sich Palm und Schaeffler mit den Firmenpässen von Ozzy und Arturo, auf denen sich im oberen Bereich jeweils ein Foto mit Namen befindet und in der unteren Hälfte ein QR-Code. Mit ein wenig Klebstoff fixieren sie eigene Passfotos über denen der beiden Kubaner, ebenso einen Streifen, der ihre Namen durch ihre eigenen ersetzt: Dennis Palm und Richard Schaeffler. Zuletzt klebt jeder ein Stück selbstklebende Klarsichtfolie über den manipulierten Pass und schneidet mit einer Schere die überstehenden Ränder ab. Es ist eine etwas knifflige Arbeit, aber weil sie den ganzen Ablauf ein paarmal geprobt haben, gelingt sie problemlos. Die Pässe wirken echt, und der QR-Code ist unversehrt.

Als die Ausweise präpariert sind, nimmt Palm das Handy heraus, mit dem er am Abend zuvor die Unterhaltung mit dem

Mann geführt hat, den er »Sir« genannt hat. Er tippt eine SMS-Nachricht mit dem Text: »ankunft in 30 minuten« und versendet sie. Die Antwort kommt postwendend: viel glück, brothers! time has come!

Palm nimmt die SIM-Karte aus dem Handy, entzündet sie mit seinem Feuerzeug und legt sie in den ungenutzten Aschenbecher des Dodge. Als die Karte zu einem schwarzen Klümpchen geschmolzen ist, verlässt er den Wagen und entsorgt das Handy in einem leeren *Banana-Twinkies*-Karton in eine der roten Mülleimer, die die Straße säumen. Er kehrt zum Wagen zurück und checkt die voraussichtliche Ankunftszeit auf dem Navi. Dann sagt er: »Wir sind immer noch ein bisschen zu früh dran.«

Die beiden Männer warten noch zehn Minuten, dann fahren sie los. In gemächlichem Tempo gleitet der Dodge im lichten Sonntagmittagsverkehr über die Interstate 195, die schnurgerade nach Osten führt. Auf einem breiten, von Palmen gesäumten Damm überqueren sie den im Sonnenlicht kobaltblau leuchtenden Meeresarm der Biscayne Bay. Beim *Mount Sinai Medical Center* passieren sie die Stadtgrenze von Miami Beach, und fünf Minuten später haben sie ihr Ziel erreicht: das *Lev-Harrelson Community Center*.

Das LHCC ist ein jüdisches Gemeindezentrum und ein hypermoderner, mehrstöckiger Bau mit einer Fassade aus rosa Granit und großen, nach außen abgedunkelten Glasflächen. Im Inneren gibt es für Mitglieder und Besucher alle möglichen Freizeitangebote und Einrichtungen des sozialen Lebens: Restaurant, Café, Sportstätten, Tagungsräume und kleinere und größere Säle, die für Privatfeiern gebucht werden können. Das Angebot wird rege genutzt, und oft finden dort mehrmals in der Woche Hochzeiten, Geburtstags- oder Bar-Mitzvah- Partys statt.

Palm und Schaeffler passieren mithilfe des QR-Codes auf ihren Pässen die Schranke des Parkplatzes vor dem Gebäude und folgen dem Schild *SUPPLIERS* bis zur Rückseite, wo sich der Lieferanteneingang befindet. Neben der massiven Stahltür befindet sich eine Klingel mit Gegensprechanlage, ein Scanner und eine glubschäugige kleine Kamera.

Palm läutet, und als sich eine Stimme meldet, sagt er: »Hier Good Food Unlimited. Wir versorgen die.«

»Hello«, sagt die Stimme. »Bitte scannen Sie Ihren QR-Code!« Die beiden Männer drücken ihre Pässe auf das Lesegerät neben der Tür.

Eine kurze Weile später ertönt ein Summen, und die Tür öffnet sich. Dann stehen Palm und Schaeffler in einer Art Foyer, wo sie von einem untersetzten, grauhaarigen Security-Mann empfangen werden.

»Hi guys!«, sagt der. »Wir haben hier ein kleines Problem. Ein Stromausfall in diesem Teil des Gebäudes. Gerade erst passiert, vor zwanzig Minuten. Die Sache ist ...« Er weist mit dem Daumen auf ein mannshohes Hightech-Gerät, das hinter ihm steht. »... dass das EDS nicht funktioniert. Wir können euer Zeug nicht damit checken.« Er spricht von dem hauseigenen *Explosive Detection System*, das, genau wie auf Flughäfen, dazu da ist, Behältnisse aller Art auf verborgene Waffen, Munition und Sprengstoff zu untersuchen.

Palm macht ein überraschtes Gesicht.

»Oh! Das ist Mist. Was bedeutet das? Müssen die Leute jetzt hungern?«

Der Wachmann schüttelt den Kopf. »No.« Er hat sich mit dem Management über die Lage beraten, und man war sich schnell einig, dass man wegen der kleinen, sicher bald behobenen technischen Panne keineswegs die Bar-Mitzwa-Feier der Cohens, die gern gesehene Gäste im LHCC sind, platzen lassen will.

»Das heißt bloß«, sagt der Wachmann, »dass ich eure Kisten alle selbst kontrollieren muss.«

Palm nimmt sein Basecap ab und fährt sich über das dünner werdende Haar.

»Oh ... ja ... wow. Das wird ne Weile dauern, aber ...« Er seufzt leise. »... da kann man wohl nichts machen.«

Nachdem die beiden Lieferanten alle Transportkisten entladen und mit einem Elektrocart in das Foyer gebracht haben, folgt eine gut fünfundzwanzigminütige Prozedur, bei der jede Kiste und jeder darin befindliche Essensbehälter geöffnet und geprüft wird. Dabei breitet sich der Duft köstlicher Speisen aus. Der Wachmann schnüffelt und grinst. »Uh ... italienische Pasta ... darf ich mal probieren?«

Palm grinst zurück. »Vielleicht bleibt ja was übrig!«
Schließlich ist die Untersuchung ergebnislos beendet. Der Wachmann tastet die beiden Lieferanten noch nach Gegenständen ab, was bei deren leichter Bekleidung schnell erledigt ist.

Dann erklärt er ihnen, dass sie mit ihrer Fracht den Personenaufzug im entfernten Trakt des Gebäudes nutzen müssen, dessen Stromversorgung noch intakt sei – ebenso wie die des Saales, in dem die zu verpflegende Feier stattfindet.

Nach zwei Touren in die dritte Etage befinden sich die Kisten mit dem Catering in einem großen Saal, dessen Wände mit bunten Luftballons und aufwendig gestalteten Figuren aus Charlies Animationsfilm-Universum dekoriert sind.

Da ist Woody, der Cowboy aus *Toy Story*, der superstarke Bob Parr und die bebrillte Modedesignerin Edna Mode, beide aus *The Incredibles*. Die eine Hälfte des Saals wird von zwanzig weiß gedeckten, runden Tafeln eingenommen, während die andere Hälfte aus einer großen Tanzfläche besteht, an die sich eine schmale Bühne mit einem DJ-Booth anschließt. An der Wand der fensterlosen Längsseite steht ein langes, noch leeres Buffet. Noch ist kaum jemand anwesend, nur die beiden Kellner, der Partymanager, der den Ablauf der Feier koordiniert, und der Techniker, der soeben die beiden Videoscreens neben der Bühne in Betrieb nimmt. Auf den Bildschirmen erscheint ein Logo im Superhelden-Comic-Stil. Vor einer Explosionsgraphik steht in fetten Buchstaben CHARLIE! und klein darunter das Datum des heutigen Tages.

Die beiden Männer in den Good-Food-Shirts machen sich sofort daran, die Edelstahlbehälter mit den verschiedenen Speisen aus den Transportkisten zu heben und unter Anleitung der Kellner auf der langen Buffettheke zu platzieren. Sie heben die Deckel aller Behälter ab und gleichen den Inhalt mit der Liste des Partymanagers ab, der mit seinem Tablet dabeisteht. Als alles zu dessen Zufriedenheit ausfällt, positionieren sie die mitgebrachten, wie kleine Standarten aussehenden Schilder, auf denen in geschwungener Schrift die Namen der Gerichte stehen.

Für die Essenslieferanten ist der Job damit erst mal erledigt. Sie bringen die nun leeren Transportkisten in einen angrenzenden, größeren *Storage Room*, in dem sich außer einigen überzähligen

Tischen und Stühlen auch eine Sitzecke mit einem TV-Screen befindet. In dem Raum, der nur einen Ausgang, den zum Saal, hat, können die Lieferanten warten, bis die Festgesellschaft das Essen beendet hat. Wie ihnen der Partymanager erklärt, soll das in gut zweieinhalb Stunden der Fall sein. Dann sollen sie die Behälter mit den Resten abräumen, um auf dem Buffet Platz für die vielen größeren und kleineren Geschenke zu schaffen, die bei der Tombola zugunsten des *Lev Harrelson Welfare Fund* verlost werden sollen. Als alles geklärt ist, nickt der Partymanager den beiden Männern zu und sagt freundlich: »Falls ihr Jungs mal frische Luft schnappen wollt: Ihr könnt mit dem Aufzug bis aufs Dach fahren.«

Palm und Schaeffler lächeln dankbar und verlassen den Saal, um zum Aufzug zu gehen. Dabei bemerken sie plötzlich einen uniformierten schwarzen Security-Mann, der bei ihrer Ankunft noch nicht da war und sich mit einer Glock 17 an der Hüfte neben der Eingangstür des Saals postiert hat. Charlie Cohens Vater ist ein vorsichtiger Mann und hat diesen Wachmann privat engagiert – als beruhigende Ergänzung zu den ohnehin schon starken Sicherheitsvorkehrungen des LHCC.

Als die beiden Männer den Dachgarten des Gebäudes erreicht haben, stehen sie allein in einer vom Atlantik wehenden, angenehmen Brise und zünden sich Zigaretten an. Nach dem ersten Zug sagt Palm: »Okay, da ist tatsächlich ein spezieller Security-Mann vor der Tür des Saals. Wir wussten, dass das passieren könnte. Wir müssen sicherstellen, dass er die Party nicht verdirbt. Also machen wie es wie besprochen!««

Sie unterhalten sich noch eine Weile in gedämpftem Ton, bevor sie mit dem Aufzug in die dritte Etage zurückkehren und in dem Lagerraum Quartier beziehen. Sie setzen sich auf die niedrige Couch, schalten das TV-Gerät ein und öffnen zwei Flaschen Mineralwasser, die auf dem Tisch für sie bereitstehen. Dennis Palm blickt auf seine Uhr. Es ist 13:50. In zehn Minuten sollen die ersten Gäste eintreffen.

16:15.

Das Buffet war ein voller Erfolg. Alle loben die koscheren Gerichte – ebenso wie die anderen Speisen, denen einige der säkularen Juden, aber auch ein paar nichtjüdische Gäste zugesprochen haben – wie zwei von Charlies Kumpels aus der High School. Die ganze Bar-Mitzwa-Gesellschaft ist nun – mit den Gästen, die nicht bei der Zeremonie in der Synagoge anwesend waren – auf zweiundachtzig Menschen angewachsen, und man blickt mit gefüllten Mägen und beschwingt von Aperitifs, Bier und Wein dem unterhaltsamen Teil des Nachmittags entgegen. Alle schwatzen angeregt miteinander, ein paar Kinder spielen Fangen unter den Tischen, und kaum jemand registriert den großen Mann mit Basecap und Good-Food-T-Shirt, der aus dem auf der Rückseite des Saals liegenden Raum kommt, zügig dem Ausgang zustrebt und den Saal verlässt. Er nickt dem schwarzen Security-Mann vor der Tür zu und läuft über den Etagenflur zur Toilette. Nachdem er sich dort kurz aufgehalten hat, geht er zurück zur Saaltür und spricht den Wachmann an: »Hi, Sir! Hören Sie, da ist ein seltsamer Gegenstand in einer der Toilettenkabinen. Eine große Reisetasche, direkt neben der Toilette. Ich meine, wahrscheinlich hat das nichts zu bedeuten, vielleicht hat sie einer der Gäste vergessen. Aber ich dachte, ich sage Ihnen besser Bescheid. Vielleicht wollen Sie das Teil ja mal checken?«
Der Wachmann legt die Stirn in Falten und überlegt kurz. Dann nickt er, sagt »Okay« und folgt dem Lieferanten zur Toilette.

Im Saal verkündet der in einen changierenden dunkelblauen Smoking gekleidete Moderator das Programm der Bar-Mitzwa-Party, das traditionell mit einem gemeinsamen Tanz von Mutter und Sohn eröffnet wird. Charlies Herz klopft heftig, als er die beiden auf die Tanzfläche bittet. Seine Mutter, die neben ihm sitzt, zwinkert ihm zu, und Charlie lugt noch einmal zu seiner schönen Cousine Esther Shapiro am Nebentisch hinüber. Dann erheben sich Mutter und Sohn von ihren Stühlen, und Charlie, immer noch mit der weißen, seidenen Kippa, legt, wie es Tradition ist, den linken Arm nach innen angewinkelt hinter den Rücken und führt seine Mutter in ihrem goldlamé-besetzen Minikleid mit der erhobenen Rechten zur Tanzfläche. Der DJ, der mit seinem kleinen Mischpult auf der Bühne steht, startet den Song *What A Wonderful World* von Sam Cooke. Mutter und Sohn verneigen sich voreinander, nehmen die klassische Tanzhaltung ein und beginnen, sich im langsamen Takt der Musik zu drehen.

»Es ist die letzte Kabine in der Reihe!«, sagt Palm zu dem schwarzen Security-Mann und und zeigt zum Ende des Toilettenraums. Der Wachmann nähert sich der Kabine und öffnet vorsichtig die Tür. In der engen Zelle befindet sich nichts außer der Kloschüssel, dem Papierhalter und der Reinigungsbürste.

»Hm«, sagt er. »Was immer hier drin war …« Weiter kommt er nicht, denn in diesem Moment explodiert sein Gehirn unter dem Einschlag der Kugel, die der hinter ihm stehende Palm aus seiner schallgedämpften Pistole abgefeuert hat. Der Wachmann kippt vornüber, halb in die Kabine hinein, wo sein Körper dumpf auf dem gefliesten Boden aufschlägt. Der Mann aus Oklahoma stopft die Pistole in die Tasche seiner weiten Cargo-Shorts, zerrt den Toten ganz in die Toilettenkabine, winkelt seine Beine ab und schließt die Tür von außen. Anschließend bringt er dort mithilfe eines Klebestreifens einen großen Zettel an, den er kurz zuvor in dem Lagerraum mit einem Filzstift beschriftet hat: OUT OF ORDER.

Er hat seine Arbeit gerade beendet, als einer der Partygäste den Toilettenraum betritt. Er nickt dem Mann freundlich zu und verlässt den Raum.

Als Dennis Palm in den Saal zurückkehrt und wieder in den Aufenthaltsraum geht, beginnt gerade der zweite Teil der Tanzdarbietung von Charlie und seiner Mutter, der weniger verträumt ausfällt. Plötzlich tönt ein harter, schneller Breakbeat aus den Boxen, und Charlie und Sally Cohen beginnen eine temperamentvolle und ziemlich gekonnte Performance mit synchronen Drehungen und Breakdance-Schritten. Das sieht wirklich gut aus, und immer mehr Gäste beginnen, dem Paar zuzujubeln und es mit rhythmischem Klatschen anzufeuern. Die meisten haben sich erhoben und um die Tanzfläche gesammelt. Charlie strahlt vor Vergnügen.

Währenddessen öffnen Palm und Schaeffler im Lagerraum den Deckel der eingeschmuggelten Kiste, deren doppelter Boden dem Security-Mann am Eingang wie erwartet entgangen ist, und beginnen, den Inhalt herauszunehmen. Zuoberst liegen zwei prall mit Munition gefüllte Kampfwesten, die sie mit schnellen Bewegungen anlegen. Dann schrauben sie die Schalldämpfer von ihren Pistolen, werfen sie achtlos auf den Boden und stecken die Waffen in die Seitentaschen ihrer Shorts. Sie wenden sich wieder der Kiste zu und nehmen zwei halbautomatische Sturmgewehre AR-15 der Firma Colt heraus. Diese relativ kleinen und leichten Waffen entfalten auch in Räumen ihre maximale Wirkung, weil sie handlich sind, die hohe Mündungsgeschwindigkeit den Projektilen extreme Durchschlagskraft verleiht und durch ein leichtes, stakkatohaftes Tippen des Abzugsfingers eine hohe Schussfrequenz erreicht wird. Wegen all dieser Eigenschaften ist das AR-15 bei Amokläufern und Attentätern höchst beliebt.

Anschließend nehmen die beiden Männer je drei Eierhandgranaten aus der Kiste, die sie mit Karabinerhaken an den Schlaufen ihrer Westen befestigen, und stopfen dann noch ein paar weitere Pistolenmagazine in die Seitentaschen ihrer Cargo-Shorts. Als letztes nimmt Dennis Palm die kleine Bodycam zur Hand, die er an einem Gurt vor der Brust tragen will, und loggt sich in das WLAN-Netz des *LHCC* ein. Dann versucht er, eine Verbindung zu einer Streaming-Plattform herzustellen, um das bevorstehende Ereignis live in das *world wide web* zu übertragen. Aus irgendeinem Grund lässt sich die Verbindung nicht herstellen. Palm fummelt nervös mit der Kamera herum und flucht leise. Als all seine Bemühungen nichts fruchten, sieht er auf seine Armbanduhr und sagt:»Fuck it! Wir müssen jetzt los!« Er wirft die Minikamera achtlos auf die Couch und sieht Schaeffler an. Der junge Kerl aus Kentucky ist kreidebleich, und auf seiner Stirn haben sich große Schweißtropfen gebildet. Palm packt ihn an beiden Schultern und blickt ihm fest in die Augen:

»Hab keine Angst, brother! Wie werden *saints* sein! Wir werden unsterblich sein. Nun lass uns gehen und unsere Aufgabe erledigen!«

Schaeffler presst die Lippen zusammen und nickt. Dann schnauft er tief durch und spannt seinen Körper. Die beiden Männer umarmen sich noch einmal, bevor sie die Tür des Lagerraums öffnen und den Saal mit der Partygesellschaft betreten. Schaeffler bewegt sich, das Gewehr an seiner Seite kaum sichtbar, an der hinteren Wand entlang schnell zu der Tür, die aus dem Saal führt, zieht drei lange Holzkeile aus der Tasche und schiebt sie in den unteren Türspalt, wodurch die Tür nun von innen blockiert ist. Er dreht sich um und richtet das Gewehr in den Saal, ebenso wie Palm, der sich halb seitlich von ihm, auf der Höhe der Tanzfläche postiert hat. Bevor noch jemand wirklich begreifen kann, was vor sich geht, eröffnen beide das Feuer.

Das Erste, was Charlie Cohen, dessen Breakdance-Show mit seiner Mutter soeben geendet ist, wahrnimmt, ist, dass mit seiner Cousine Esther, die in der ersten Reihe vor der Tanzfläche steht, etwas nicht stimmt. Auf ihrem weißen, ärmellosen Kleid erscheinen plötzlich zwei rote Flecken, und das Mädchen taumelt rückwärts in die Arme von Charlies Schwester Drew, die hinter ihr steht. Doch im nächsten Moment stürzt auch die wie vom Blitz getroffen nach hinten, während eine kleine Blutfontäne aus ihrem Kopf schießt. Erst jetzt nimmt Charlie das intervallartige Stakkato der Gewehrgarben wahr, die von überall her zu kommen scheinen. Wie in Zeitlupe sieht er, wie Menschen wie Dominosteine einer nach dem anderen umkippen und zu Boden gehen. Sein Vater, seine Tante aus Chicago, sein Großvater Sal, der in einem Altenheim in Miami lebt. Sein Blick geht zur Seite, wo seine Mutter, starr und stumm vor Entsetzen, auf der Tanzfläche steht. Im nächsten Moment trifft sie eine Garbe in den Ausschnitt ihres goldfarbenen Kleids, und sie schlägt der Länge nach hin. Charlie spürt zwei heftige Schläge an der Schulter und am rechten Bein, die ihn ebenfalls zu Boden werfen.

Die Gäste sind inzwischen aus ihrer schockartigen Erstarrung erwacht und spritzen auseinander, werfen sich zu Boden oder suchen panisch Schutz unter den Tischen. Viele schaffen das nicht, weil das Tohuwabohu keinen Weg offen lässt, und stürzen übereinander. Der Weg zum rettenden Ausgang des Saals ist versperrt, weil dort einer der Schützen steht. Die Schreie der Männer,

Frauen und Kinder steigern sich zu einem kaum noch menschlich klingenden, ohrenzerfetzenden Crescendo der Panik, der sich mit dem Knattern der Gewehre und dem Geräusch von zersplitterndem Glas und Holz mischt. Die Luft ist erfüllt von Pulverdampf und dem beißenden Geruch verbrannten Kordits, als ein Partygast nach dem anderen getroffen wird, in einer unwirklichen, entfesselten Orgie des Tötungsrauschs, die nur die kurzen Pausen kennt, in der die beiden Attentäter mit starren, maskenhaften Gesichtern die Patronenmagazine wechseln.

Nach schier endloser Zeit erstirbt das Feuer allmählich, und weil inzwischen keine Angstschreie mehr, sondern nur noch das Stöhnen der Verwundeten zu hören ist, tritt eine unheimliche Ruhe ein.

Charlie, der auf der Tanzfläche neben seiner reglosen Mutter liegt, stellt sich instinktiv tot. Mit aller Willenskraft unterdrückt er ein Stöhnen, um die Terroristen nicht auf sich aufmerksam zu machen. Er blinzelt zwischen seinen fast geschlossenen Lidern hindurch und sieht, wie der ältere der beiden Schützen, ein hagerer Kerl mit dünnem Haar, sich durch den Raum bewegt, wobei er vorsichtig über die daliegenden Körper steigt. Sorgsam gibt er darauf Acht, nicht in den großen Blutlachen auszurutschen, die sich auf dem glatten Bodenbelag immer weiter ausbreiten. Auf seinem bleichen, langen Gesicht liegt ein Schweißfilm der Anstrengung. In der Hand hält er jetzt eine Pistole, mit der er zwei Menschen, einem älteren Mann und einer jungen Frau, die sich noch regen, in den Kopf schießt.

Plötzlich sieht Charlie, wie zwei der männlichen Gäste hinter einem umgestürzten Tisch hervorkommen. Mit wildem Gebrüll und zwei Besteckmessern in den Händen stürzen sie auf den Schützen in ihrer Nähe zu, einen jungen, untersetzten Mann mit rundem Gesicht. Charlie erkennt, dass es Jeff und Jack Shapiro sind, der Vater und der Onkel seiner Cousine Esther, die ein paar Meter entfernt in ihrem Blut liegt.

Dieses Blut wird ihrem Vater zum Verhängnis. Als er nur noch zwei Meter von dem überraschten Richard Schaeffler entfernt ist, rutscht er in der roten Lache aus und schlägt der Länge nach hin. Schaeffler tötet ihn sofort mit einer kurzen Garbe. Jack Shapiro hat zunächst mehr Glück. Er erreicht Schaeffler und rammt ihm das Besteckmesser in den rechten Arm. Der Terrorist brüllt auf, aber es gelingt ihm, dem Angreifer mit dem Gewehr, das er in der Rechten hält, einen brutalen Schlag gegen den Kopf zu versetzen, der ihn zu Boden gehen lässt.

Im nächsten Moment steht Dennis Palm, der hinzugeeilt ist, vor dem tapferen Mann und tötet ihn mit zwei Schüssen aus seiner Pistole. Er wendet sich dem keuchenden Schaeffler zu, der offensichtlich so mit Adrenalin geflutet ist, dass er den Schmerz der Wunde, die das stumpfe Messer verursacht hat, nicht spürt. Mit wilden Blicken und einem Nicken gibt er seinem Partner zu verstehen, dass er nach wie vor einsatzfähig ist.

Daraufhin läuft Palmer an der Längsseite des Saals entlang, um zu der geschlossenen Tür des angrenzenden Lagerraums zu gelangen, in dem sich etwa zwanzig Menschen mithilfe der dort gestapelten Tische und Stühle verbarrikadiert haben. Von innen ist kein Laut zu hören. Der Attentäter zieht einen kleinen, kastenförmigen Gegenstand aus der Tasche seiner Weste und befestigt ihn mithilfe einer Klebefläche an der Rückseite an der Tür des Lagerraums. Dann drückt er einen kleinen Knopf an der Vorderseite des Kästchens und entfernt sich schnell von der Tür. Drei Sekunden später detoniert die Sprengladung, hebt die Tür aus den Angeln und katapultiert sie in zwei großen Stücken in den Lagerraum hinein. Aus dem Inneren dringen Schreie der Angst.

Charlie sieht, wie der Terrorist zurück zu der zerbombten Tür läuft und durch Rauchschwaden in den Raum hineinspäht. Er löst eine Handgranate von seiner Weste, zieht den Stift und wirft den Sprengkörper in einem sanften Bogen in den Raum, fast spielerisch, so wie man Kindern einen verlorenen Ball zuwirft. Wieder zieht er sich schnell zurück, bevor die Granate mit lautem Knall explodiert und viele der Menschen im Raum mit ihren scharfen Splittern durchsiebt oder durch die schockartige Druckwelle tötet. Von drinnen sind jetzt nur noch Schmerzensschreie und das leise Ächzen der Sterbenden und Verwundeten zu hören.

Und dann, fast eine halbe Stunde nach dem Beginn des Alptraums, hört man in der Ferne Sirenen. Einige Gäste, die unter den Tischen in Deckung gegangen sind, haben schon vor Minuten mit ihren Handys 911 gewählt und das *Miami Beach Police Department* alarmiert. Scheinbar ungerührt von den sich nähernden Sirenen machen sich die beiden Attentäter daran, den Saal abzuschreiten, um unter oder hinter die zum Teil umgestürzten Tische zu sehen. Hinter einem haben sich zwei Erwachsene, offenbar Vater und Mutter, schützend über ihre beiden kleinen Kinder geworfen, die leise vor sich hin wimmern. Die beiden Terroristen töten alle vier mit Einzelschüssen.

Vor den Augen Charlie Cohens beginnen rote Kreise zu tanzen, und er spürt, wie seine Sinne schwinden. Kurz nachdem er in die gnädige Schwärze der Bewusstlosigkeit hinabgetaucht ist – genau dreiunddreißig Minuten, nachdem der erste Schuss fiel –, hört man, wie jemand versucht, die Tür des Saals von außen aufzubrechen.

9

Zwölf Stunden später.

Es ist halb zwölf am Mittag, und, obwohl es ein Montag ist, sind alle Tische vor dem Riesensteinhaus voll besetzt. Das anhaltend warme, trockene Wetter hat die Touristen in Scharen in die Berge gelockt, vor allem die älteren Jahrgänge. Überall sieht man weißhaarige, knarzfit aussehende Senioren in schicken Markenoutfits, die über die Maßkrüge und die Fleischpflanzerl herfallen, als gäbe es kein Morgen.

Felix steht schweißüberströmt in einem weißen Träger-Unterhemd in der Küche an seinem gusseisernen Monsterherd und bückt sich, um die schwere Türklappe des Backofens zu öffnen. Sofort schlägt ihm ein Schwall aus glutheißer Luft und Bratendunst entgegen, der ihn kaum atmen lässt. Mit einem langen Metallspieß prüft er die Festigkeit des großen Schweinsbratens im Ofen und inspiziert die Beschaffenheit der Kruste.

Er schließt die Klappe wieder und wendet sich Milan zu, seinem slowenischen Küchenhelfer, der gerade dabei ist, eine der beiden Spülmaschinen zu füllen, während die andere bereits auf Hochtouren läuft. Auch er ist gut durchgeschwitzt – unter den Achseln seines grauen Rammstein-T-Shirts zeichnen sich dunkle Flecken ab. Milan ist Mitte dreißig, ein spirriger, kleiner Typ mit blondem, hinten zum Pferdeschwanz gebundenem Haar. Er kann wie viele Slowenen ganz gut Englisch, so dass Felix und er sich reibungslos verständigen können. Dabei geht ihre Unterhaltung selten über das Nötigste hinaus, denn Milan ist ein eher schweigsamer Typ und Felix auch nicht gerade eine Plaudertasche. Und weil er es hasst, ständig mit Nichtigkeiten vollgelabert zu werden – wie das bei Milans deutschem Vorgänger der Fall war – ist er froh, jetzt schon im zweiten Jahr den Slowenen um sich zu haben. Er mag Milan wirklich gern, sogar trotz der Tatsache, dass der ihn bei den Schachpartien, die sie manchmal nach Feierabend spielen, meist ziemlich alt aussehen lässt.

»Milan! We need carrots!«, sagt Felix, der registriert hat, dass die Leberknödelsuppe, von der er stets einen Riesentopf auf dem Herd warmhält, zur Neige geht.

»Okay, boss!«, gibt der Slowene zurück und drückt den Startknopf der Spülmaschine. Dann geht er in den Lagerraum, um einen Beutel geschälter Möhren aus dem Kühlschrank zu holen.

Die Schwingtür, die die Küche mit dem Gang zur Gaststube und zur Freiluftterrasse verbindet, öffnet sich mit einem heftigen Stoß, und Melly, die Pächterin der Hütte und Felix' Chefin, walzt herein, einen Stapel schmutziger Teller in den kräftigen Armen. Sie setzt das Geschirr klirrend auf der Ablage neben der Spülmaschine ab und bläst sich eine blonde Haarsträhne aus dem immer noch hübschen, schweißfeuchten Gesicht. Melly übernimmt im Sommer mit nur einer Saisonkraft die Bedienung der Gäste, was eine erhebliche Herausforderung ist.

Mit gestresstem Gesichtsausdruck fragt sie in ihrem leicht bayrisch gefärbten Tonfall und eine Spur zu barsch: »Was macht der Braten? Ich warte jetzt schon fast a halbe Stund!«

»Paar Minuten noch!«, gibt Felix zurück.

Ohne Antwort dreht sich Felix' Chefin um und verschwindet wieder durch die Schwingtür.

Felix sieht ihr nach.

Sie ist seit Tagen schlecht gelaunt. Dabei läuft das Geschäft ja gut. Aber vielleicht ist es ja gerade das. Vielleicht wird ihr das alles zu viel. Wenn sie wirklich in den Sack hauen will, dann kann ich vielleicht die Hütte pachten.

Während Milan damit beginnt, mit der ihm eigenen, roboterhaften Präzision einen großen Haufen Möhren in dünne Scheibchen zu schneiden, sieht Felix auf seine Armbanduhr, um die verbleibende Garzeit des Schweinebratens abzuschätzen.

Plötzlich sagt Milan in seinem hart akzentuierten Englisch: »Boss, ist das nicht eine furchtbare Sache, was gestern in Amerika passiert ist? In Florida? Dieser terroristische Anschlag auf die Juden? Bei einer Familienfeier! Die armen Menschen! So viele Tote!«

Felix, der keine Ahnung hat, wovon der Slowene spricht, sieht ihn erstaunt an. »Was?«, fragt er. Er hat es sich, ganz im Gegensatz zu früher, längst zur Gewohnheit gemacht, höchstens einmal am Tag die News zu verfolgen, und das stets nach Feierabend.

Milan macht große Augen. »Hast du das nicht gehört? Fast siebzig Leute sind gestorben.«

Felix verspürt einen leichten elektrischen Schlag. Obwohl er nie an seiner Entscheidung gezweifelt hat, Magdalena einen Korb zu geben, hat er doch noch oft an ihren Besuch und ihren Bericht über Hyperion und seinen Cousin Simon denken müssen. Er wartet noch ein paar Minuten, um den Schweinsbraten zu überwachen, und trägt Milan dann auf, ihn warm zu halten.

»Sag Melly, ich muss mal eben was in meinem Zimmer machen. Ich bin in fünfzehn Minuten zurück!«

Felix bindet sich seine Schürze ab und läuft eilig durch den verwinkelten Flurgang zu seiner Kammer auf der Rückseite des Hauses. Dort fährt er seinen Laptop hoch und ruft eine Newsseite auf. Die Headline springt ihn förmlich an:

ANSCHLAG IN FLORIDA:
Zahl der Todesopfer erhöht sich auf 71.

Nach der Meldung, dass zwei weitere Opfer des Anschlags ihren Verletzungen erlegen sind, folgt eine Zusammenfassung der Ereignisse, die sich gestern, um 23:00 deutscher Zeit, in Florida zugetragen haben.

Die mit Schnellfeuergewehren, Pistolen und Handgranaten bewaffneten beiden Täter eröffneten gegen 16:30 Ortszeit das Feuer auf die Gäste einer Bar-Mitzwa-Feier in einem jüdischen Gemeindezentrum in der Stadt Miami Beach in Florida. Dabei töteten sie mindestens 71 Menschen, darunter sind auch viele Kinder. Als Polizisten in den Saal, in dem der Anschlag stattfand, eindrangen, lieferten sich die Terroristen mit ihnen ein Feuergefecht, bei dem ein Attentäter und ein Polizist verwundet wurden. Laut einem Sprecher des FBI töteten sich die beiden Angreifer selbst mit Kopfschüssen, als ihre Munition verbraucht war. Der Sprecher sagte, dass »dieser Anschlag ganz offenbar minutiös und lange vorbereitet« gewesen sei. All das sei nun Gegenstand der Ermittlungen, ebenso wie die Klärung der Identität und des Hintergrunds der Terroristen.

Felix sitzt eine Weile einfach da, schockiert über die Dimension dieses Terrorakts.
Eine böse Ahnung nimmt in ihm Gestalt an.
Ob das etwa was mit dieser ominösen SLF und Hyperion zu tun hat?
In Gedanken versunken, starrt Felix abwesend auf das zu dem Artikel gehörende Foto auf dem Computer-Screen, auf dem Polizeiwagen und Ambulanzen vor der rosa Granitfassade des Levy-Harrelson-Community-Centers zu sehen sind.
Felix öffnet die kleine Schublade des Tisches, nimmt einen Beutel Drehtabak heraus und rollt sich eine Zigarette. Bevor er sie anzündet, aktualisiert er die News-Seite, auf der nun plötzlich eine neue Eilmeldung erscheint.

Rechtsextreme »Symbiotic Liberation Force« bekennt sich zu Anschlag in Miami Beach

Eine offenbar rechtsextreme und, wie es in ihrer Online-Erklärung heißt, global vernetzte Terrororganisation namens »Symbiotic Liberation Force« hat die Verantwortung für den Anschlag auf eine jüdische Festgesellschaft in Miami Beach übernommen. Zum Beweis spielte sie einer Nachrichtenagentur Fotos zweier Männer zu, die angeblich die Attentate verübt haben, und bezeichnete sie als »Heilige« und »Unsterbliche«, die sich im Kampf gegen das »zersetzende Judentum« geopfert hätten. Im weiteren Verlauf des englischsprachigen Textes kündigt die Organisation, deren Name bereits im Zusammenhang mit dem Anschlag auf die jüdische Synagoge in Bergamo, Italien aufgetaucht war, weitere Anschläge an. »Überall, auf allen Erdteilen und jederzeit«, heißt es in der Erklärung. Ein Sprecher des FBI sagte, man müsse jetzt prüfen, ob es sich wirklich um Fotos der beiden Attentäter handele, deren Identität dem FBI noch nicht bekannt sei.

Felix legt die unangezündete Zigarette beiseite und starrt mit angehaltenem Atem auf den Monitor.

Verdammt, da ist sie, diese SLF, von der Magdalena sprach und von deren Existenz die Israelis überzeugt sind. Wenn diese Fotos wirklich echt sind, wäre das tatsächlich ein Beweis dafür.

Felix klappt sein Notebook zu und geht zurück in die Küche. Milan pendelt zwischen Lagerraum und seinem Schneidbrett, und Felix braut einen neuen Dreißig-Liter-Topf mit Suppe, der schon bald wieder leer sein wird. Durch das geöffnete Fenster dringt das fröhliche Geschnatter der Gäste, manchmal unterbrochen von lautem Gelächter. Felix lauscht eine Weile auf die Stimmen.

Während seine Gedanken unablässig um den Anschlag kreisen. Nach drei Stunden unterbricht er seine Arbeit erneut, um sich in seiner Kammer auf den neuesten Stand zu bringen. Gleich die erste Nachricht verursacht ihm einen jähen Druck im Magen.

Attentäter von Miami Beach identifiziert

Das FBI teilte auf einer Pressekonferenz mit, dass die beiden Attentäter von Miami Beach identifiziert sind. Es handele sich um den 38-jährigen Dennis Palm aus Tulsa, Oklahoma, und den 22-jährigen Richard Schaeffler aus Louisville, Kentucky. Weil die sogenannte »Symbiotic Liberation Force« bereits vor deren Identifizierung Fotos der beiden Männer veröffentlicht habe, müsse man davon ausgehen, dass beide Terroristen tatsächlich zu dieser Organisation gehören und dass dieser Anschlag generalstabsmäßg geplant und von Helfern vorbereitet und koordiniert worden sei.

Der Sprecher sagte wörtlich: »Wir gehen nun davon aus, dass diese SLF tatsächlich existiert und dass irgendwo die Fäden zusammenlaufen.«

Felix starrt aus dem Fenster seiner Kammer und reibt sich die Stirn.

O Scheiße. Es gibt sie tatsächlich, diese Nazi-al-Qáida. Und Simon? Was ist, wenn er wirklich was damit zu tun hat?

Der Gedanke lässt ihn für den Rest des Tages nicht mehr los, und als Melly ihn nach Feierabend in ihrer burschikosen, direkten Art fragt, ob er in dieser Nacht bei ihr schlafen will, entgegnet er: »Nein, Melly, nicht heute. Mich beschäftigt etwas. Ich muss nachdenken.«

Dann liegt Felix im Bett in seinem Zimmer und starrt die niedrige, mit dunklen Holzbohlen belegte Decke an, ohne sie zu sehen. Zum ersten Mal fragt er sich ernsthaft, ob seine Weigerung, sich undercover seinem Cousin zu nähern, richtig war. Dann macht er sich klar, was es für ihn bedeuten würde, wenn er sich anders entscheidet: Er müsste für Wochen, wahrscheinlich für Monate, alles aufgeben, was ihm in den letzten Jahren Stabilität gegeben und geholfen hat, die Dämonen der Vergangenheit in Schach zu halten: Das überschaubare, abgeschiedene Leben auf dem Berg, die Natur um ihn herum. Die tröstliche, kleine Liaison mit Melly, die er zwar nicht liebt, aber die doch ein beruhigendes Element in seinem Leben ist. Er würde seine eigene Identität aufgeben müssen, seinen Lebenslauf fälschen und Überzeugungen vorspiegeln müssen, die nicht im Entferntesten seine waren. Er würde in eine Welt eintauchen müssen voller Wahnideen, Unwägbarkeiten und Gefahren. Er würde stets auf der Hut sein müssen und auf sich allein gestellt. Ein Schauspieler, der um sein Leben spielt.

Schaffe ich das? Ich habe noch nie undercover gearbeitet.

Felix denkt an seine MAD-Vergangenheit, in der er sich mit dem Innenleben der deutschen Nazi-Szene ausgiebig beschäftigt hat: die Schmähungen der Juden auf besoffenen Kameradschaftsabenden (»Wer Deutschland liebt, ist Antisemit!«), die gespenstischen Rechtsrock-Konzerte, auf denen 80er-Jahre-Hits zu »Hurra, hurra, ein Türke brennt« entstellt wurden, die Hakenkreuze auf jüdischen Friedhöfen und nicht zuletzt der Anschlag auf die Synagoge in Halle. Er denkt an die plumpen Figuren auf Umzügen, das dumpf-aggressive Fußvolk, aber auch an das vermehrte Auftauchen intelligenter und mit einem granitharten, ideologischen Unterbau versehener, neuer Leader. Charismatisch, wortgewandt und extrem radikal.

Für Felix steht fest, dass sein Cousin Simon zu der letzteren Spezies gehören muss. Er hat ihn vor Augen: den smarten Jungen mit dem sandfarbenen, dicken Haar und dem selbstgewissen Grinsen. Aber auch den, der damals an Silvester mit seiner unberührten Fish-&-Chips-Tüte am Madeira Drive neben ihm stand und in seinem tiefsten Inneren verletzt und verloren war. Und auch den Simon, der stets so sensibel mit Felix' sozialer Lage umgegangen war und ihm immer das Gefühl gab, dass er okay ist und dass viel in ihm steckt.

Es ist halb vier in der Frühe, als Felix zum fünften Mal aufsteht und sein Notebook hochfährt. Auf der Website eines großen Boulevardblatts sieht er zum ersten Mal private Fotos und Passbilder einiger Opfer. Männer und Frauen jeden Alters, Mädchen und Jungen, die zumeist mit optimistischem Blick in die Kamera schauen. Es gibt auch ein Bild des schwarzen Security-Mannes, der kurz vor dem Beginn des Gemetzels getötet wurde, ebenso von Ozzy und Arturo Delvecchio, den beiden kubanischen Brüdern, die als Erste starben.

Dann fällt Felix' Blick auf ein Foto ganz unten in der Reihe, und sein Herz macht einen schmerzhaften Sprung.

10

»Melly«, sagt Felix zu seiner Chefin, als sie beide am frühen Morgen des nächsten Tages mit zwei gefüllten Kaffeebechern vor der Tür des Riesensteinhauses stehen und die erste Zigarette des Tages rauchen. »Ich muss weg. Für zwei Tage. Erst mal. Es ist eine sehr dringende Sache. Es geht nicht anders.«

Melly bläst stoßartig Rauch aus und glotzt ihn mit großen Augen an.

»Was ist denn passiert? Muss i mir Sorgen machen? Is was Schlimmes?«

»Nein«, sagt Felix schnell. »Es ist ... es hat mit meinem früheren Job zu tun.«

»Oh«, macht Melly, der er irgendwann mal erzählt hat, dass er beim Militärischen Abschirmdienst war.

Felix sieht ihren fragenden Blick und sagt: »Ich kann dir nicht sagen, worum es geht, aber es ist sehr wichtig.«

Melly runzelt die Stirn. »Ja, gut, aber was heißt denn ›Erst mal für zwei Tage‹?«

Felix sieht sie verständnisheischend an.

»Ich kann es einfach noch nicht sagen. Ich komme auf jeden Fall noch mal zurück. Aber wenn ich dann länger weg muss, besorge ich dir Ersatz. Versprochen! Zwei Tage wird Milan schon klarkommen.«

Das beruhigt Melly nicht besonders, weil die Küche im Moment schon mit zwei Leuten am Limit läuft. Aber sie sagt nichts, sondern nippt nur an ihrem Kaffee.

Felix tut es ihr gleich und denkt dabei an das Telefongespräch, das er im Morgengrauen mit Magdalena Knoop geführt hat. Er hat ihr gesagt, dass er nun doch bereit sei, nach Berlin zu kommen und sich mit ihr und dem Mossad-Agenten zu treffen, der die Undercover-Operation gegen Simon leiten soll.

Felix legt Melly eine Hand auf den Rücken und sagt in beruhigendem Ton: »Ich rede gleich mit Milan und bereite heute noch ein paar Dinge vor, bevor ich mich morgen auf den Weg mache.«

Melly bläst sich eine blonde Haarsträhne aus der Stirn. »Na gut, es ist ja anscheinend dringend.«

Melly und Felix gehen zurück ins Haus, um mit der Arbeit des Tages zu beginnen. Felix bereitet etliche Speisen mit Milan vor und holt, als sie am späten Abend endlich Feierabend machen, zwei Bier aus dem Kühlschrank in der Gaststube. Dann sitzen sie beide in Felix' Kammer auf der Rückseite des Riesensteinhauses, wo Franziska in ihrem kleinen, aber liebevoll gestalteten Terrarium hockt und genüsslich an dem Löwenzahn knabbert, den Felix in seiner Pause für sie gesammelt hat.

»Ich wollte dich bitten, ab und zu mal nach ihr zu sehen. Zu fressen hat sie genug, aber gib ihr morgen etwas Wasser!«

Milan nickt ernsthaft. »Mach ich, Boss!«

11

Am Nachmittag des nächsten Tages. Berlin.

Felix betritt die mit hellbeigem Marmor belegte, säulenverzierte Lobby des Titanic-Hotels am Gendarmenmarkt und wendet sich der Rezeption zu. Mit seinem verwaschenen Champion-T-Shirt, den ausgebeulten Jeans, bei denen ein Hosenbein in einem seiner Outdoor-Stiefeln steckt und das andere über den Schuh fällt, sowie dem abgeschabten Rucksack wirkt er nicht wie der typische Gast einer 5-Sterne-Herberge, aber der jugendliche Rezeptionist schenkt auch ihm das immergleiche, strahlende Service-Lächeln. Nachdem Felix das Check-in-Formular ausgefüllt und seine Zimmerkarte entgegengenommen hat, lehnt er das Angebot des Jungen ab, sich seinen Rucksack von einem der grün bewesteten Gepäckträger tragen zu lassen, und macht sich auf den Weg zu den Aufzügen. Kurz darauf steht er in einem hellen, in Grau-, Weiß- und Rottönen gehaltenen Zimmer, das von einem großen Boxspring-Doppelbett dominiert wird, an dessen Kopfende eine 3-D-Fototapete mit einem Theatervorhang aus rotem Samt prangt. Auf einem Tischchen steht eine mit Orangen, Äpfeln und Bananen gefüllte Obstschale, auf einem anderen eine Vase mit frischen weißen Tulpen.

Felix, der eine lange Reise mit Seilbahn, Zug, Flieger und Taxi hinter sich hat, lässt sich auf das Bett fallen, um einen Moment lang auszuruhen. Ein paar Minuten liegt er mit geschlossenen Augen da, bevor er sein Handy zur Hand nimmt und Magdalenas Mobilnummer wählt. Schon nach dem ersten Rufton hört er ihre warme, resonante Stimme.

»Felix! Willkommen in Berlin! Gute Reise gehabt?«

»Alles okay.«

»Wir sind in Zimmer 321«, sagt Magdalena nur noch, bevor sie die Verbindung trennt.

Felix geht noch einmal zur Toilette und macht sich dann auf den Weg zu den Aufzügen. Zwei Minuten später steht er vor dem Zimmer mit der Nummer 321 und klopft an die Tür. Magdalena öffnet ihm in einem ihrer schicken Dreiteiler und bittet ihn herein. Felix' Blick schweift durch den Raum.

In einem Couchsessel am Fenster sitzt mit übergeschlagenen Beinen eine etwa dreißigjährige, nur als schön zu bezeichnende Frau in einem schwarzen Hosenanzug und Stiefeletten mit halbhohen Absätzen. Das lange, dunkelbraune Haar, das im Sonnenlicht, das durch das Fenster fällt, rötlich schimmert, umrahmt ein klassisches, feminines Gesicht, aber die scharfen Linien um den vollen Mund und die aufrechte, kontrollierte Haltung verraten Härte und Entschlossenheit. Die meergrünen Augen unter den starken Brauen mustern Felix aufmerksam, jedoch ohne jeden emotionalen Ausdruck.

»Das ist Yael Rubin vom Mossad«, sagt Magdalena. »Yael – Felix Brosch.«

»Hi.« Felix nickt der Frau zu. Aus irgendeinem Grund hat er einen Mann erwartet.

Die Mossad-Agentin erhebt sich in einer ein klein wenig steif wirkenden Bewegung von ihrem Sessel und macht drei Schritte auf Felix zu. Er registriert, dass sie dabei das rechte Bein ein wenig nachzieht. Eine kleine Verzögerung nur, aber auffällig genug, um zu erkennen, dass sie in ihren Bewegungen eingeschränkt ist. Sie streckt Felix eine kräftige, sehnige Hand mit unlackierten, aber sehr gepflegten Fingernägeln entgegen.

»Hi«, sagt sie mit einem verbindlichen kleinen Lächeln. Felix spürt, dass ihr Händedruck trocken und fest ist, und nimmt einen dezenten Hauch von Lavendelparfüm wahr. Gleichzeitig registriert er, dass sie bis auf einen kaum wahrnehmbaren zartgrünen Lidschatten und ein wenig Lipgloss nicht geschminkt ist.

»Danke, dass Sie gekommen sind«, sagt Yael Rubin in gutem, nur mit einem leichten, etwas hart klingenden Akzent behafteten Deutsch. Ihre Stimme hat eine angenehm dunkle, rauchige Färbung.

Felix betrachtet die Israelin voller Interesse und mit etwas zwiespältigen Empfindungen. Er hat während seiner MAD-Zeit nie mit dem Mossad zu tun gehabt, weiß aber um den ebenso legendären wie berüchtigten Ruf des israelischen Geheimdienstes. Er verkörpert für ihn höchste Effizienz und Einsatzbereitschaft, aber auch eine Skrupellosigkeit, ja, Brutalität, wie sie unter den westlichen Diensten, den deutschen ohnehin, eher die Ausnahme ist. Manche Leute, die es wissen müssten, behaupten, dass auch die bekanntermaßen wenig zimperliche CIA den Israelis in dieser Hinsicht nicht das Wasser reichen kann.

Felix nimmt auf dem Stuhl Platz, der vor dem kleinen Schreibdesk steht, während Magdalena sich auf der Kante des hohen Betts niederlässt. Die Israelin geht, leicht hinkend, zurück zu ihrem Sessel und lässt sich darin nieder. Sie sammelt sich kurz und eröffnet dann das Gespräch.

»Herr Brosch«, sagt sie, »Magdalena Knoop hat mir einiges über Sie erzählt, und Sie wissen von ihr, warum ich hier in Berlin bin. Es geht um eine Undercover-Operation gegen ihren Cousin Simon Jenkins, den wir verdächtigen, zu der Terrororganisation zu gehören, die die Anschläge gegen Juden in Bergamo und Miami Beach verübt hat. Magdalena sagt mir, dass Sie grundsätzlich bereit sind, für uns in dieser Hinsicht tätig zu werden?«

Felix nickt. »Ja.«

»Sind Sie einverstanden, wenn ich Ihnen zu Beginn ein paar Fragen stelle?«

Felix lächelt generös. »Bitte.«

Yael Rubin nimmt ein Tablet aus ihrer braunen Umhängetasche und öffnet mit ein paar Fingerbewegungen eine Datei.

»Sie heißen Felix Brosch, sind neununddreißig Jahre alt, Deutscher. Sie stammen aus Hamburg, sind von Beruf Koch und waren acht Jahre als Fallschirmjäger bei der Bundeswehr, wo sie Unteroffizier wurden. Zwei Einsätze in Afghanistan. Tadellose Laufbahn als Soldat. Dann gingen Sie zum MAD. Dort haben Sie in der Abteilung für Extremismus-Abwehr gearbeitet. Sie haben einige Erfahrung mit dem rechtsextremistischen Milieu in Deutschland, nicht wahr?«

»Ja.«

»Sie waren sechs Jahre beim Militärischen Abschirmdienst und haben dann den Dienst quittiert und wurden stattdessen wieder Koch und arbeiten in den Alpen. Warum?«

Felix zieht ärgerlich die Brauen zusammen und wirft eine Seitenblick auf Magdalena, deren Gesicht einen beunruhigten Ausdruck zeigt.

»Hören Sie«, sagt er in gereiztem Ton, »abgesehen davon, dass sie das wahrscheinlich längst wissen, ist das wirklich meine Privatsache! Wozu solche Fragen? Sie wollen etwas von mir, nicht ich von Ihnen! Wir sollten uns auf unser Thema konzentrieren.«

Yael Rubin senkt kurz den Blick, bevor sie Felix wieder ansieht und sagt: »Ich verstehe Sie. Aber Sie müssen auch mich verstehen. Wir wollen wissen, wem wir so eine Mission anvertrauen. Ich muss Ihre Motivation kennen.«

Felix fährt sich mit der Hand durch das ungebändigte Haar und sagt in ruhigerem Ton: »Okay. Wie Sie wissen, war ich früher beim MAD bei der Extremismusbekämpfung tätig. Und ich habe meinen Job mit Überzeugung gemacht. Die politische Gewalt, der Terror gegen Unschuldige, das ist unverzeihlich, egal, ob er sich gegen Juden, Christen, Muslime oder sonst wen richtet. Ich habe in den Jahren beim Geheimdienst meinen Beitrag zum Kampf gegen diesen Irrsinn geleistet, aber das Kapitel war für mich abgeschlossen. Dass ich jetzt hier sitze, hat nur damit zu tun, dass ich Simon Jenkins kenne und möglicherweise jemand bin, der an ihn herankommt. Ich habe lange mit dieser Entscheidung gehadert. Magdalena hat Ihnen vielleicht erzählt, dass ich zuerst abgelehnt habe. Aber nach dem Anschlag in Florida fühle ich mich moralisch verpflichtet, bei Ihrer Operation gegen Jenkins mitzuwirken.«

Yael Rubin sieht Felix eine Weile prüfend an. Schließlich sagt sie: »Okay. Natürlich soll Ihr Einsatz entsprechend honoriert werden. Wir zahlen Ihre Verdienstausfälle plus fünfhundert Dollar pro Woche. Plus hunderttausend Dollar, wenn Sie uns auf die Spur der SLF und Hyperions bringen. Etwas, was uns entscheidend weiterhilft. Sind Sie damit einverstanden?«

»Ja«, erwidert Felix knapp. Und fügt nach einer kleinen Pause mit einem sarkastischen Lächeln hinzu: »Obwohl mir das wenig nützen wird, wenn ich mit einer Kugel im Kopf in einer Müllverbrennungsanlage lande.«

Die kühlen, seegrünen Augen der Israelin funkeln kurz bei dieser Bemerkung, doch sie geht nicht weiter darauf ein, sondern sagt:

»Gut, dann wären wir uns einig. Sie sind unser Mann.«

»Das freut mich«, sagt Felix mit einem ironischen Unterton. Er betrachtet sein Gegenüber eingehend. »Schön, Sie wissen viel über mich, aber ich weiß so gar nichts über Sie. Wer sind Sie?«

Die Mossad-Agentin legt ihre klassische, sanft gewölbte Stirn in Falten. Dann holt sie kurz Luft und spult in militärisch knapper Art einen Bericht ab: »Mein Name ist Yael Rubin. Ich bin dreiunddreißig Jahre alt, geboren und aufgewachsen in Jerusalem. Ich war bei der Armee, genau gesagt, der *Israel Air Force* und dort Unteroffizier. Ich habe auf der Uni in Tel Aviv meinen Abschluss in Politik gemacht und ging dann zum Mossad. Ich war in verschiedenen Bereichen tätig, in London und dann einige Jahre hier in Berlin stationiert. So habe ich auch Deutsch gelernt. Aus der Zeit ...« Sie wendet sich zu der BND-Beamtin und schenkt ihr einen freundlichen Blick. »... kenne ich auch Magdalena. Und nun bin ich aufgrund dieser Verbindungen dafür zuständig, hier in Deutschland dieser Jenkins-Spur nachzugehen. Und einen Undercover-Agenten zu führen.«

Felix betrachtet die Israelin mit wachsendem Interesse.

Eine kluge, willensstarke Frau. Ihr Deutsch ist exzellent. Ziemlich beeindruckend.

Die drei unterbrechen ihr Gespräch, um beim Zimmerservice Kaffee, Mineralwasser und einen Sessel für Magdalena zu ordern, der es auf der Bettkante zu unbequem wird.

Als Nächstes kreist die Unterhaltung um die Bekanntschaft zwischen Felix und Simon Jenkins, wobei Felix ihr alles berichtet, was er bereits Magdalena Knoop erzählt hat. Am Ende fügt er hinzu: »Mein Gott, das ist ewig lange her. Das letzte Mal gesehen habe ich ihn kurz bevor wir beide sechzehn wurden. Ich habe keine Ahnung, ob er überhaupt noch Interesse an mir hat. Ob er mich überhaupt an sich ranlässt.«

»Das wird auch darauf ankommen, wie gut Sie Ihre Rolle als Nazi-Sympathisant spielen.«

Felix seufzt und fragt: »Gibt es ein aktuelles Foto von ihm?«

Yael tippt auf den Touchscreen ihres Tablets und reicht Felix das Gerät. Das gut aufgenommene, scharfe Foto auf dem Bildschirm zeigt einen schlanken, drahtigen Mann mit hellbraunem, Haar und einem schmalen, gutgeschnittenen Gesicht, offenbar am Rande irgendeiner Veranstaltung. Er trägt eine rote Baseballjacke der New York Yankees mit braunen Lederärmeln und eine gebügelte, hellblau changierende Anzugshose zu blank gewienerten, braunen Budapester Schuhen.

Voller Faszination betrachtet Felix das Bild.

Simon. Da bist du. Du hast dich gar nicht so sehr verändert. Jedenfalls nicht vom Äußeren. Dieselbe, legere Haltung, das Bewusstsein für Style, diese gewisse Britishness. Ja, das bist du. Aber was ist jetzt in deinem Kopf los?

Felix reicht Yael das Tablet zurück. »Wie genau kommt der Mossad darauf, dass Jenkins etwas mit der SLF zu tun hat?«

»Simon Jenkins ist IT-Spezialist, und es gibt gewisse Anhaltspunkte dafür, dass er derjenige ist, der die Online-Aktivitäten der Symbiotic Liberation Force betreut. Nachdem die SLF direkt nach dem Anschlag in Bergamo vor einem halben Jahr das erste Mal im Internet auftauchte und das Manifest von Hyperion veröffentlicht wurde, haben wir uns intensiv damit beschäftigt. Wir haben diese Online-Präsenz mit unzähligen Nazi-Websites, Foren, Chatrooms etc. in der Vergangenheit und Gegenwart abgeglichen, und zwar weltweit. Dabei sind wir auf Simon Jenkins gestoßen, der vor einigen Jahren eine rechtsextreme Website betrieben hat. Die Art der Programmierung, der Verknüpfungen und die Gestaltung gleichen der der SLF auf verblüffende Weise – bis hin zu der Vor-

liebe für ganz bestimmte, eher seltene Schrifttypen. Aber im Gegensatz zu damals ist der Urheber der SLF-Seite nicht zu orten. Möglicherweise hat Jenkins dazugelernt.«
Felix runzelt zweifelnd die Stirn. »Hm ... ist das alles?«
»Dazu kommt, dass sich auf Jenkins' Webpräsenz von 2012 dieselbe, spezielle antisemitische Obsession wie bei der SLF findet und dass er zum Teil identische Formulierungen gebraucht. Formulierungen, die sich genau so in diesem Manifest ›Time Has Come‹ von Hyperion finden.«
Felix sieht sie verblüfft an. »Denken Sie etwa, dass er selbst dieser Hyperion ist?«
Yael wiegt abschätzend den Kopf hin und her. »Das ist theoretisch nicht ausgeschlossen. Aber ich glaube dazu ... fehlt ihm doch das Format. Ich halte es eher für möglich, dass er Hyperion schon damals kannte und bereits zu diesem Zeitpunkt von ihm beeinflusst war.«
Die Mossad-Agentin beugt sich zur Seite, um einen Schluck aus der Kaffeetasse zu nehmen, die neben ihr auf einem Tischchen steht. Dann fährt sie fort: »Und noch etwas: Die Auswertung des Computers des Attentäters von Bergamo in Italien – einem Norweger namens Ronald Livmann – hat ergeben, dass er vor zwei Jahren lange in Kontakt mit einer E-Mail-Adresse stand, die wir in Berlin lokalisieren konnten. Die Korrespondenz mit einem anonymen Partner drehte sich um ideologische Fragen, zum Beispiel, ob der Kampf gegen Migranten oder der gegen Juden Priorität haben sollte. Die Nachrichten dieses Anonymus wirken wie ein Rekrutierungsversuch für eine speziell antijüdisch ausgerichtete Terrororganisation. Vielleicht die gerade entstehende SLF. In den Mails des Anonymus tauchen ebenfalls identische Formulierungen wie auf der früheren Propaganda-Website von Simon Jenkins auf.«
Felix betrachtet nachdenklich Yaels Rubins kräftige, schön geformten Hände, die, wenn sie spricht, ständig in Bewegung sind.
All das sind natürlich keine Beweise. Höchstenfalls Indizien.
Die Mossad-Agentin fährt fort: »Jenkins ist nicht irgendein IT-Spezialist, sondern ein besonders guter. Mit Auszeichnung von der Uni gegangen und danach beruflich sehr erfolgreich. Er könnte auch der Mann sein, der die extrem gut verborgene Kom-

munikation innerhalb der SLF lenkt. Wir haben bislang lediglich in Gamer-Chatrooms Fetzen von codierten Unterhaltungen entdeckt, die auf die SLF hinweisen, bevor sich die Mitteilungen auf andere Plattformen verlagerten und wir nicht mehr folgen konnten. Das ist alles so geschickt gemacht, dass wir diese Kommunikationskanäle einfach nicht knacken können.«

Felix ist beeindruckt, weil er weiß, dass die IT-Spezialisten des israelischen Geheimdienstes als die besten der Welt gelten. Allein die Tatsache, dass es ihnen schon gelungen ist, durch hochkomplexe Computerviren Teile des iranischen Atomprogramms monatelang stillzulegen, spricht Bände. Und israelische Spionage-Software ist bei allen Geheimdiensten, aber auch nichtstaatlichen Akteuren wie großen Konzernen oder auch kriminellen Trusts ein heiß begehrter Artikel. Vor ein paar Jahren hat zum Beispiel die *Pegasus*-Software zur Ausspähung von Privathandys weltweit Schlagzeilen gemacht.

Felix fragt: »Was ist mit Simons Computer? Könnt ihr den nicht hacken?«

Die Israelin zieht die starken Augenbrauen zusammen. »Nein, es gibt da mehrere Firewalls und unidentifizierbare Server.«

»Warum brecht ihr nicht in seine Wohnung ein, schnappt euch seinen Computer und seht nach, was drauf ist?«

»Wir haben diese Möglichkeit gecheckt. Aber seine Wohnung gleicht einer Festung. Es ist nicht möglich, dort unbemerkt reinzukommen. Es ist ja auch praktisch immer jemand da. Jenkins hat eine Frau und zwei kleine Kinder. Drei und fünf Jahre alt.«

Felix glaubt, nicht richtig gehört zu haben. »Er hat zwei kleine Kinder? Top-Terrorist und Familienvater zugleich?«

Yael verzieht keine Miene. »Warum nicht? Osama bin Laden hatte vierundzwanzig Kinder.«

Felix starrt sie irritiert an.

»Auf jeden Fall ...«, fährt die Israelin mit ihrer rauchigen, gutturalen Stimme fort, »... wollen wir Jenkins keineswegs alarmieren. Denn über ihn hoffen wir, an Hyperion heranzukommen. Er ist das eigentliche Ziel, der Kopf des Monsters. Wenn wir den abschlagen, dann ist die SLF Geschichte. Wenn diese Organisation so straff und hierarchisch organisiert ist, wie wir glauben, müssen bei Hyperion alle Fäden zusammenlaufen. Er weiß, wer zur SLF gehört, er bestimmt die Ziele, er plant die Anschläge.«

»Was glauben Sie, was das für ein Typ ist?«

Yael Rubin schürzt die schön geschwungenen Lippen. »Dieser Mann ist sehr gebildet, kann mit Sprache umgehen. All das sieht man an seinem Manifest, das stilistisch und nach anderen Parametern eine hohe Konsistenz hat. Wir haben das akribisch analysiert. Es stammt ganz offensichtlich von einem einzelnen, unverwechselbaren Autor. Er muss irgendeine Vergangenheit im rechtsextremen Milieu haben. Wahrscheinlich jedenfalls. Er muss eine äußerst charismatische Ausstrahlung haben. Einen besonderen Magnetismus. Sicher kein ganz junger Mann, aber auch nicht alt. All das sind natürlich nur Mutmaßungen. Sein Aussehen, seine Identität, seine Nationalität, sein Aufenthaltsort – über all das wissen wir nichts.«

Felix fragt: »Was soll der seltsame Name – Hyperion?«

Die Antwort darauf gibt Magdalena: »Er stammt aus der griechischen Mythologie. Hyperion war einer der Titanen – der Titan des Lichts. Ein Lichtbringer. So sieht sich dieser Mann offensichtlich.«

»Und der Name seiner Terrorgruppe – Symbiotic Liberation Force?«

Yael sagt: »Den erklärt Hyperion selbst in seinem Manifest. Das ›Symbiotic‹, also ›symbiotisch‹, steht für den Zusammenschluss von Menschen unterschiedlicher Herkunft und Nationalitäten, die die übergeordneten Ziele teilen. Es gibt in der Neuen Rechten schon länger den Trend zur ›Braunen Internationale‹. Das Nur-Nationalistische, bei dem man fast ausschließlich das eigene Land im Blick hat, scheint überholt zu sein. Internationale Solidarität, früher eher ein Markenzeichen der Linken, ist die Losung der Stunde.«

Felix nickt. Der Trend zur globalen Vernetzung von Rechtsextremen ist ihm schon vor Jahren in seiner MAD-Zeit begegnet.

Yael Rubin macht eine Pause, in der sie erneut einen Schluck aus ihrer Tasse nimmt. Sie streicht ihr langes Haar zurück und fährt fort: »Die SLF begreift sich als absolute Elite, als die Avantgarde des Antisemitismus. Sie fühlen sich den, den ... äh, es gibt da einen Ausdruck in Deutsch … den Wald-und-Wiesen-Nazis, die sie als Maulhelden bezeichnen, haushoch überlegen. An Fanatismus und Opferbereitschaft nicht zu übertreffen. Eine Art Sekte mit Hyperion als Guru. Es ist die totale Gehirnwäsche, die komplette Hingabe an die Sache, inklusive der Todesbereitschaft der Terroristen. Das – zusammen mit der Professionalität der Anschläge – macht sie so besonders gefährlich.«

Felix starrt einen Moment abwesend auf die unberührte Obstschale, in der sich eine Fliege häuslich eingerichtet hat. Dann sagt er: »Jenkins wohnt also hier in Berlin. Tritt er denn öffentlich in Erscheinung? Bei Demonstrationen, Veranstaltungen oder so? Ist er in sozialen Netzwerken präsent?«

Magdalena Knoop meldet sich zu Wort: »Ich habe darüber mit den Kollegen vom Verfassungsschutz gesprochen, die ihn ja bereits im Auge hatten. Nein, nichts dergleichen. Er ist seit mehreren Jahren quasi auf Tauchstation. Man sieht ihn nicht mehr auf Veranstaltungen. Sein Facebook- und Instagram-Account sind abgeschaltet. Er versteckt sich.«

Die drei reden noch eine halbe Stunde, dann blickt Yael Rubin auf ihre schmale, goldene Armbanduhr und sagt: »Es ist jetzt achtzehn Uhr, und ich nehme an, dass es inzwischen neue Erkenntnisse über den Anschlag von Miami Beach und die beiden Attentäter gibt. Ich würde jetzt gern Tel Aviv kontaktieren und von dort erfahren, was das FBI und unsere anderen Quellen sagen. Würde es Ihnen beiden passen, wenn wir uns morgen gegen Mittag wieder hier treffen?«

Felix' Blick geht zu Magdalena, die nickt. »Klar«, sagt er dann.

12

Am nächsten Tag treffen Felix, Magdalena Knoop und Yael Rubin noch einmal im Zimmer 321 zusammen. Nachdem man sich begrüßt und Platz genommen hat, legt die Mossad-Agentin kurz den rechten Zeigefinger auf ihren Nasenrücken – eine Angewohnheit, die Felix noch öfter bei ihr beobachten wird –, bevor sie einen

Überblick gibt: »Wir haben jetzt sozusagen eine Blaupause des Anschlags, die zeigt, wie akribisch und mit welchen Hightech-Mitteln das gemacht worden ist. Sie sind in das Computersystem des jüdischen Gemeindezentrums eingedrungen, denn sie wussten genau, wann und in welchem Raum die Bar-Mitzwa-Party der Cohens stattfand und wer das Catering erledigte. Sie kannten den Grundriss des Gebäudes und konnten den elektrischen Schaltkreis so manipulieren, dass in dem Gebäudetrakt, in dem die Lieferanten empfangen wurden, etwa dreißig Minuten vor der Ankunft der Attentäter der Strom ausfiel. Was zur Folge hatte, dass die Catering-Lieferung nicht mit dem elektronischen Scanner des Gemeindezentrums auf Waffen und Sprengstoff untersucht werden konnte, wobei diese mit Sicherheit entdeckt worden wären. Die Attentäter haben eingeplant, dass stattdessen nur eine oberflächliche Kontrolle stattfand, bei der die Waffen wegen eines doppelten Bodens nicht entdeckt wurden. Als sie dann Zugang zum Festsaal hatten, haben sie in aller Seelenruhe das Ende des Essens und den Zeitpunkt des Bar-Mitzwa-Tanzes von Mutter und Sohn abgewartet, als ein großer Teil der Gäste vor der Tanzfläche stand, wo sie nicht unter Tischen Schutz suchen konnten. Sie wussten genau, was sie tun.«

Felix schüttelt fassungslos den Kopf.

Magdalena sagt: »Dabei stellt sich mir die Frage: Warum überhaupt so kompliziert? Warum der Aufwand mit den Gewehren? Warum haben sie nicht einfach eine Bombe reingebracht, den Zünder geschärft und sind abgehauen?«

Felix räuspert sich. »Ich glaube«, sagt er nachdenklich, »dass diese Art zu töten und der anschließende Suizid ein wichtiger Teil der Inszenierung war. Den Opfern eine halbe Stunde lang in die Augen zu sehen, während man sie erschießt und sich dann selbst die Kugel zu geben – es demonstriert eine ungeheure, kaltblütige Entschlossenheit, auch Furchtlosigkeit. Es gibt für die Propaganda der SLF und die Mystifizierung der Täter einfach mehr her, als gewissermaßen anonym auf einen Knopf zu drücken. Ein schlichtes, ferngesteuertes Bombenattentat war ihnen nicht genug. Und ein Suizid-Attentat mit Sprengstoffgürteln? Ich glaube, das wäre ihnen zu ›islamistisch‹.«

Yael Rubin sieht Felix aufmerksam an.

»Das ergibt schon Sinn«, sagt sie. »Aber ich würde mich nicht darauf verlassen, dass sie es auch in Zukunft immer so machen.«

»Auf jeden Fall«, wirft Magdalena ein, »wirkt der Anschlag wie eine einzige Demonstration der Stärke. Die offensichtlich monatelange Planung, der ausgeklügelte Cyber-Angriff auf das Gemeindezentrum, die Überwindung starker Sicherheitsvorkehrungen – all das sagt: ›Seht her: Wir können das – trotz aller Hindernisse. Ihr könnt euch nie und nirgends sicher fühlen!‹«

Yael nickt. »Ja, alles wirkt bis ins Letzte geplant und inszeniert. Als die Polizei den Saal stürmte und ihnen die Munition ausging, haben sich die Terroristen, ohne zu zögern, selbst erschossen. Während des ganzen Anschlags haben sie anscheinend kein einziges Wort gesagt. Die beste Beschreibung ihres Verhaltens stammt übrigens von Charlie Cohen, dem Jungen, dem die Bar-Mitzwa-Party galt. Er hat als Einziger aus seiner Familie überlebt.«

Es ist das erste Mal, dass Felix hinter Yaels betont nüchterner, sachlicher Fassade ein Zeichen von Emotion entdeckt. In ihren grünen Augen blitzt für Sekundenbruchteile ein Funken Zorn auf.

Felix kann es ihr nachempfinden.

Die Mossad-Agentin reibt sich in einer kurzen, ruckartigen Bewegung ihr Knie und fährt in ihrem üblichen sachlichen Ton fort: »Zurück zur Logistik des Anschlags: Es müssen im Hintergrund also sehr qualifizierte Computer-Fachleute mitgeholfen haben. Weder bei Palm noch bei Schaeffler gibt es Hinweise auf besondere IT-Fähigkeiten. Die hätten das nie hingekriegt.«

Felix streicht sich eine lange Haarsträhne aus dem Gesicht. »Was weiß man überhaupt über die beiden?«

Yael scrollt mit dem Zeigefinger auf ihrem Tablet. »Schaeffler war zweiundzwanzig, ein Lagerarbeiter, der noch bei seinen Eltern wohnte. Ein Sonderling, aber ziemlich unauffällig. Keine offensichtliche Verbindung zu Nazis und Rechtsextremen. Palm, mit achtunddreißig der wesentlich Ältere der beiden, war selbstständiger Elektriker, geschieden. Er hat einen zwölfjährigen Sohn, der bei seiner Ex-Frau lebt. Palm ist kein so unbeschriebenes Blatt wie Schaeffler. Eine verkrachte Existenz, saß wegen Urkundenfälschung und Betrugs zwei Jahre im Knast und ist dem FBI vor Jahren als Sympathisant der *Proud Aryans* aufgefallen, einer rechtsextremen Gruppe, die damals in seinem Heimatstaat Oklahoma einige Schlagzeilen machte. Die Gruppe, die inzwischen als aufgelöst gilt, verübte einen Brandanschlag auf das Haus einer liberalen Politikerin. Palm konnte allerdings keine Beteiligung daran nachgewiesen werden.«

»Woher kannten die sich?«, fragt Magdalena. »Sie lebten immerhin gut tausend Kilometer voneinander entfernt.«

Yael antwortet: »Wir gehen davon aus, dass sie über verborgene rechtsextreme Chatrooms für die SLF rekrutiert worden sind und sich daraufhin getroffen haben. Wir versuchen gerade, etwaige Reisebewegungen der beiden auszumachen, soweit das noch möglich ist.«

Die Mossad-Agentin unterbricht sich kurz und scrollt auf ihrem Tablet. Dann sagt sie: »Was übrigens auffällig ist: Alle überlebenden Augenzeugen haben berichtet, dass Palm und Schaeffler sehr versiert mit den Gewehren umgegangen sind. Militärisch professionell. Aber keiner von beiden war bei der Armee und bis dahin nicht durch besonderen Umgang mit Waffen aufgefallen. Sie müssen all das trainiert haben. Die Frage ist: Wo und wie? Und zur Bewaffnung überhaupt: Die von den Attentätern benutzten Sturmgewehre vom Typ AR-15 gibt es in den USA praktisch an jeder Straßenecke. Nicht jedoch den *Semtex*-Sprengstoff, den sie benutzt haben, und auch nicht die modernen Eierhandgranaten.«

Das Treffen dauert noch fast zwei Stunden, nur unterbrochen vom Zimmerservice, der frischen Kaffee und Mineralwasser bringt. Schließlich sagt Felix: »Gut. Wie fangen wir jetzt an mit Simon Jenkins? Als Erstes brauche ich eine Bleibe in Berlin.«

Magdalena streicht sich mit der manikürten Hand eine Fluse vom Ärmel ihres Blazers und versichert ihm: »Der BND besorgt dir eine Unterkunft in der Nähe von Jenkins' Wohnung, etwas, was deiner Legende ihm gegenüber entspricht. Wie die aussehen könnte, müssen wir noch im Detail besprechen. Die erste Frage wäre: Wann kannst du dauerhaft hier sein? Musst du noch mal zurück nach Bayern?«

»Auf jeden Fall. Ich muss da einiges klären. Zum Beispiel einen Ersatz für mich als Koch besorgen, das habe ich meiner Chefin versprochen.«

Magdalena nickt. »Ich denke, dabei kann ich dir behilflich sein.«

»Jemand aus der BND-Kantine?«, fragt er ironisch. »Lieber nicht.«

Magdalena gluckst amüsiert. »Nein, lieber nicht!«

Bald darauf zieht sich Yael Rubin auf ihr Zimmer im Titanic-Hotel zurück, und Felix begleitet Magdalena bis zum Ausgang, wo sie ein Taxi zu ihrem Office in der Chausseestraße nehmen will. Als sie beide allein im Aufzug stehen, fixiert die BND-Agentin Felix mit ihren wachen kastanienbraunen Augen und fragt: »Und? Was hältst du von ihr?«

»Beeindruckende Frau. Sehr professionell und sehr kühl. Lächelt sie eigentlich nie? Und, sag mal, dass sie das Bein nachzieht, diese leichte Hinken. Ist das was Akutes?«

Magdalena schüttelt den Kopf. »Nein, sie hatte das schon, als ich sie kennengelernt habe – vor sieben Jahren.«

»Und woher ...?«

»Ich weiß es nicht. Ich habe nie danach gefragt. So privat waren wir nie.«

»Glaubst du, Yael Rubin ist ihr richtiger Name?«

»Auch das weiß ich nicht. Aber ich glaube eigentlich schon. Sie ist mir vom Berliner Residenten des Mossad damals ganz offiziell vorgestellt worden.«

13

Eine Woche später. Berlin-Schöneberg.

»Bitte sehr! Kleen, aber feen!«, sagt der Mann mit den breiten, roten Hosenträgern und weist mit ausgestrecktem Arm in den Raum. Felix blickt in ein höchstens fünfzehn Quadratmeter großes Zimmer mit einem kleinen Fenster zum Hinterhof. In ihm befinden sich ein einzelnes Kastenbett, ein handtuchschmaler Kleiderschrank und ein kleiner Tisch mit zwei gepolsterten Stühlen, die vom Flohmarkt stammen könnten. In der Ecke neben dem Fenster ist ein dünnes, viertelkreisförmiges Regalbrett angebracht, auf dem ein Mini-Fernseher und ein kleines Radio stehen. Unter dem Brett surrt ein kniehoher Kühlschrank vor sich hin. An der Längsseite des Zimmers befindet sich außerdem eine Art Küchenzeile mit einer kleinen Spüle und einem Mini-Elektroherd mit zwei Kochplatten. Die ganze Ausstattung ist denkbar spartanisch, aber für dreiundzwanzig Euro am Tag kann man schließlich keine Suite erwarten. Immerhin glänzt der braune Laminatboden sauber, und die orangefarbene Bettwäsche wirkt wie neu.

»Toilette und Bad auf dem Gang«, sagt der Mann mit den Hosenträgern und entblößt dabei einen dicken Silberzahn im Oberkiefer. »Und falls Sie dett betrifft: Mit Roochen is hier nich! Dett können se im Hinterhof, da is ooch n Aschenbecher!«

Felix nickt. »Okay.«

Der Mensch mit den Hosenträgern und dem Silberzahn ist der Verwalter des hässlichen, vierstöckigen Mietshauses in der Goltzstraße in Berlin-Schöneberg, in dem sich ausschließlich möblierte Zimmer und kleine Wohnungen befinden, die auf Zeit gemietet werden können. Das Angebot wird vor allem von Monteuren und Leuten genutzt, die sich für längere Zeit in der Hauptstadt aufhalten und deren Geldbeutel ziemlich schmal ist.

Felix, Magdalena Knoop und Yael Rubin sind sich einig geworden, dass eine solche Unterkunft den größten Spielraum für die Legende bietet, mit der er sich seinem Cousin und Teenager-Freund Simon nähern will: ein alleinstehender, arbeitsloser Koch, der auf der Suche nach einem Job in Berlin gestrandet ist.

Diese Tarnung hat verschiedene Vorteile: Sie verlangt keine individuell gestaltete Wohnung, bei der man jedes Detail im Auge haben muss. Aber vor allem signalisiert sie eine entwurzelte, unsichere Existenz, jemanden, der empfänglich sein könnte für Verschwörungstheorien und radikale Gedanken. Ein Loner. Jemand, der vielleicht Anschluss an eine Gruppe sucht.

Felix stellt seine große Reisetasche und einen kleinen Trolley im Zimmer ab und macht sich dann vom vierten Stock aus wieder auf den Weg nach unten, um Franziskas Terrarium aus dem Mietwagen zu holen, mit dem er nach Berlin gekommen ist. Milan hat ihm am frühen Morgen dabei geholfen, das sperrige Ding vom Riesensteinhaus in der Seilbahn bis ins Tal zu transportieren und ihn dann mit seinem eigenen Wagen nach München gefahren. Weil Felix damit rechnet, dass sein Aufenthalt in Berlin viele Wochen, vielleicht auch Monate dauern kann, stand es für ihn außer Frage, dass er Franzi mit auf die Reise nehmen würde.

Als Felix mit dem mit einer Glasfront versehenen Holzkasten wieder im vierten Stock ankommt, begegnet ihm auf dem Treppenabsatz wieder der Mann mit dem Silberzahn.

»Ach, du liebet Lottchen!«, sagt er. »Watt ham Se 'n da?«

»Das ist das Terrarium für meine Schildkröte.«

Der Vermieter zieht die wild wuchernden Augenbrauen hoch. »Also, Haustiere sind hier ja eijentlich nich erlaubt, wa?« Dann gibt er ein grunzendes Geräusch von sich und knurrt: »Aber jut, ne Kröte ...«

»Schildkröte!«, korrigiert ihn Felix indigniert.

»Watt ooch immer«, sagt der Mann mit gleichmütigen Gesicht. Dann wendet er sich um und beginnt die Treppen hinunterzusteigen.

Nachdem er verschwunden ist, bringt Felix das Terrarium in sein Zimmer und schließt die Tür hinter sich. Er räumt das leere Bücherbord am Kopfende des Betts beiseite und stellt stattdessen den großen Holzkasten zwischen das Bett und die Wand mit dem Fenster. Dann öffnet er die Reisetasche und nimmt das Zubehör für das Terrarium heraus. Als Erstes füllt er den Boden mit einer dicken Schicht aus Kokosstreu auf. Dann lässt er an der Spüle etwas Wasser in Franzis Trinkschälchen laufen und platziert es in einer Ecke. Er öffnet eine Plastiktüte, in der sich ein größerer Topf mit buschigem Katzengras befindet, und stellt ihn neben das Wasserschälchen. Schließlich montiert er zwei Wärmelampen an den oberen, hinteren Rand des oben offenen Terrariums, die Franzi jederzeit einen Sonnenplatz verschaffen. Als all das erledigt ist, öffnet er den kleinen Karton mit den Luftlöchern, den er zusammen mit seinem Gepäck heraufgebracht hat, und nimmt Franzi vorsichtig heraus. Sie hat sich während der langen Reise ganz in ihren Panzer zurückgezogen, aber als Felix sie in das Terrarium setzt, regen sich ihre Lebensgeister. Sie fährt ihre schuppigen Beinchen aus und schiebt vorsichtig den Kopf aus dem matt glänzenden Panzer.

»Willkommen in Berlin, Franzi!«, sagt Felix und krault die Schildkröte eine Weile unter dem Kinn. Dann beginnt er sein spärliches Gepäck auf dem Bett auszubreiten. T-Shirts, Jeans, Unterwäsche, Socken. Sein Notebook, sein Kindle.

Nachdem er seine Kleidung im Schrank verstaut hat, geht Felix auf den Flur und folgt dem Wegweiser zum Bad, dessen Fliesen und Armaturen zwar altertümlich, aber sauber geputzt sind. Er erleichtert sich an einem Urinal und wendet sich dem Waschbecken zu. Dabei wirft er einen Blick in den Spiegel.

Ziemlich ungewohnt.

Felix' Hippie-Matte ist verschwunden. Das dunkelblonde Haar ist jetzt raspelkurz geschnitten – so wie in seiner Teenager-Zeit. Der Vollbart ist geblieben, allerdings wuchert er nicht mehr ganz so Alm-Öhi-mäßig wie früher, sondern ist auf ein paar Zentimeter Länge gestutzt. An Felix' linkem Ohr baumelt ein daumennagelgroßer, silberner Ohrring mit einer kleinen eingravierten Othala-Rune, einer Raute, deren untere Balken x-förmig verlängert sind. Das Zeichen ist zwar auch unter unpolitischen Metal- und Wikingerfans beliebt, gilt aber in der rechtsextremen Szene auch als gängiger Hinweis auf die »arische« Gesinnung des Trägers. Dort ist man sich sehr bewusst, dass die Rune bereits die Fahnen der Hitlerjugend schmückte.

Felix zieht sich eine schwarze Cargo-Weste, Blue Jeans und schwarze Puma-Sneaker an und verlässt das Haus. Es ist ein warmer Frühsommerabend in Berlin, und in den Straßen Schönebergs herrscht reger Betrieb. Felix läuft die schmale, von Nachkriegsbauten und maigrün belaubten Bäumen gesäumte Goltzstraße hinunter, überquert die Kreuzung der Grunewaldstraße und betritt die Akazienstraße. Dort reihen sich Cafés, Restaurants, Frisörläden, Bars und kleine Boutiquen beinahe lückenlos aneinander. Die Tische im Außenbereich der Lokale sind jetzt, um neun Uhr abends, zumeist voll besetzt. Das Publikum erweckt den Anschein eines gewissen, leicht alternativ angehauchten Wohlstands. Felix passiert die entspannte Szenerie und biegt nach links auf die

Hauptstraße ein, die breite Einkaufsmeile des Viertels. Als er an der geöffneten Tür eines türkischen Imbissladens vorbeikommt, steigt ihm der Duft von Kebab in die Nase. Plötzlich wird ihm bewusst, dass er seit einer mittäglichen Rast auf der Autobahn nichts mehr gegessen hat. Er ist drauf und dran, den Laden zu betreten, aber dann geht er doch weiter.

Schade, aber dabei darf ich mich jetzt nicht mehr erwischen lassen. Nazis essen keinen Döner.

Der Gedanke ist so klar und gleichzeitig so absurd, dass Felix laut lachen muss.

Der kleine, dunkelhäutige Junge, der ihm entgegenkommt, mustert ihn skeptisch.

Nach ein paar Minuten, an der Einmündung der Vorbergstraße, erreicht Felix ein großes, wilhelminisches Wohngebäude, in dem sich im Erdgeschoß ein Bio-Supermarkt befindet.

Felix rekapituliert noch einmal in Gedanken, was ihm Yael Rubin bei ihrem letzten Treffen mit auf den Weg gegeben hat: »Wir haben das Haus, in dem Jenkins wohnt, zwei Wochen lang beobachtet. Und dabei festgestellt, dass er eine feste Gewohnheit hat. Er geht jeden Abend zwischen 18 und 19 Uhr mit seinem Hund raus. Dabei nimmt er offenbar immer dieselbe Route.«

Sie hat ihm auf einem Satellitenbild gezeigt, wie Simon von der Crellestraße, wo er wohnt, bis zum Kleistpark läuft, wo sich eine große Grünfläche befindet. »Hier lässt er den Hund eine halbe Stunde frei herumlaufen. Danach geht er wieder heim. Aber an zwei oder drei Abenden in der Woche macht er einen kleinen Umweg über die Hauptstraße und kauft in diesem Biomarkt ein paar Lebensmittel ein.«

Es ist der Laden, vor dem Felix in diesem Moment steht und der jetzt, am Abend geschlossen ist.

Die Mossad-Agentin und Felix haben lange darüber beraten, wie sich eine erste Begegnung mit Simon Jenkins inszenieren ließe, die so zufällig und unverdächtig wirkt, dass sie keinerlei Verdacht erregt. Und Felix ist zu dem Schluss gekommen, dass der Bio-Supermarkt ein geeigneter Ort dafür wäre. »Ich könnte dort einkaufen. Ihn dort rein zufällig treffen. Und mich als Fan von Bio-Nahrungsmitteln outen, der er ja offenbar auch ist.«

Nachdem Yael Rubin zugestimmt hat, haben beide vereinbart, dass der Mossad-Mann, der Simons Haus beschattet, ihm eine Nachricht auf sein Smartphone sendet, wenn sein Cousin das Haus zu seiner abendlichen Runde mit dem Hund verlässt.

Felix mustert noch einmal eingehend die Schaufenster des Supermarkts, die mit bunten Plakaten für Gemüse aus Brandenburg und Bio-Fleisch aus der Uckermark gespickt sind. Dann macht er sich in der hereinbrechenden Dämmerung auf den Rückweg zu seiner Bleibe. Unterwegs besucht er noch einen Supermarkt, um sich mit Wasser, ein paar Lebensmitteln und Salat für sich und Franziska einzudecken. Als das erledigt ist, betritt er an einer Ecke eine italienische Pizza-Bude und bestellt sich eine Quattro Stagioni. Während er darauf wartet, dass die Pizza aus dem Ofen kommt, steht er vor dem Laden und raucht eine Selbstgedrehte. Er muss kurz in sich hineinlachen.

Pizza müsste gehen. Hat der Duce bestimmt auch mal gegessen.

Im diesem Moment ist Felix noch in einer fast übermütigen, albernen Stimmung, aber als er am Abend in seiner fremden Behausung am offenen Fenster sitzt und die Nacht hereinbricht, beschleichen ihn wieder leise Gefühle der Unsicherheit.

Kriege ich das wirklich hin? Ich muss einen verdammt guten Job machen, um Simon zu überzeugen.

Um sich abzulenken, schaut er nach Franzi, die sich, wie sie es abends immer tut, in der dicken Schicht aus Kokosstreu verbuddelt hat und schläft. Gedankenversunken betrachtet Felix im gedämpften Licht der Nachttischlampe ihren gewölbten Rückenpanzer, der wie ein fossiles Relikt aus dem dunkelbraunen Substrat herausragt.

Zu sagen, dass Felix der Abschied vom Riesensteinhaus, von Melly und Milan, schwergefallen ist, wäre eine Untertreibung. Aber weil Magdalena Knoop es in ihrer gewohnt effizienten Art geschafft hat, Melly einen versierten Koch aus München als Ersatz für die Zeit von Felix' Abwesenheit zu besorgen, hat er zumindest deswegen kein schlechtes Gewissen. Ganz abgesehen davon war sein Entschluss, herauszufinden, ob Simon Jenkins zu den Terroristen gehört, die in Bergamo und Miami Beach solch monströse Verbrechen begangen haben, längst unumstößlich.

Und zu seiner eigenen Überraschung ist in ihm nun auch wieder etwas von dem Jagdfieber erwacht, jenem adrenalinhaltigen Zustand, den er zuletzt vor Jahren als MAD-Agent verspürt hat. Eine Erinnerung, die längst in ihm verblasst war.

Aber es gibt da noch einen anderen Antrieb, etwas sehr Persönliches und Emotionales, aus dem er die Kraft und den Willen schöpft, sich auf diese schwierige und möglicherweise gefährliche Mission einzulassen. Es ist das Foto, das er in der Galerie der Opfer des Anschlags von Miami Beach gesehen hat, dieses spezielle Foto, das einen etwa vierjährigen Jungen mit rötlichem Haar und blauen Augen zeigte. Ein Foto, das ihn im tiefsten Inneren aufgewühlt hat. Weil es ihn an jemanden erinnerte.

14

Fünf Jahre zuvor. Hamburg-Niendorf.

»Papa!« Louie kommt auf seinen kurzen Beinchen über die große Rasenfläche auf ihn zugeflitzt, die zur Faust geschlossene, rechte Hand voran. Dann steht der kleine Kerl vor ihm, mit seinem verwuschelten, roten Haar, das er von Lisa geerbt hat, der beigen Cargo-Hose und dem knallblauen Spiderman-T-Shirt. Er streckt seinen Arm aus und sagt: »Hier!«

Felix hält ihm folgsam die Hand entgegen, und sein Sohn öffnet sein pummeliges Fäustchen. Ein schwarzbrauner Tausendfüßler fällt auf Felix' Handfläche und windet sich auf der Haut.

Felix zuckt zusammen und hat den Impuls, das Insekt sofort auf den Rasen fallen zu lassen, aber dann besinnt er sich und betrachtet das Tier, das nun beginnt, zwischen Daumen und Zeigefinger auf die Außenseite seiner Hand zu krabbeln. Felix dreht die Handfläche nach unten und lässt es auf seine Fingerknöchel kriechen.

»Ein Tausendfüßler!«, sagt er zu Louie, dessen Gesicht vor Begeisterung glüht.

Sein lächelnder Mund imitiert das Wort: »Tausenfüller!«

Felix korrigiert ihn lächelnd: »Tausendfüßler! Ist ein schwieriges Wort!«

Er betrachtet seinen Sprössling, der eigentlich Louis heißt, aber von allen nur »Louie« gerufen wird, voller Zuneigung. Neben der bei Vierjährigen verbreiteten Begeisterung für Dinosaurier gilt Louies besondere Liebe allem Lebenden, das fliegt, kriecht und krabbelt. Louie liebt Insekten.

Während sich andere Kinder vor solchen Tieren ekeln oder ängstigen, ist Felix' Sohn, sobald er Betrachten und Greifen konnte, in die Mikro-Welt dieser Geschöpfe eingetaucht, völlig angstfrei und voller Neugier. Louie versuchte, Fliegen mit der Hand zu fangen – was ihm natürlich nie gelang –, beobachtete mit geradezu professioneller Ausdauer Raupen und Käfer und war auch nach zwei Wespenstichen im Sommer nicht davon abzubringen, allem, was da brummte und summte, hinterherzulaufen und seinen Zeigefinger als Landeplatz anzubieten.

Dabei mussten es aber auch nicht unbedingt Insekten sein. Auch andere Off-Mainstream-Tiere ließen sein kleines Forscherherz höher schlagen. Erst vor vier Wochen, als Felix mit Louie und Lisa ein paar Tage im Ferienhaus ihrer Eltern am Plöner See verbrachte, hielt Louie vom Bootssteg aus seine nackten Arme ins seichte Wasser und gluckste vor Vergnügen, als vier dicke, tarngemusterte Wechselkröten daran emporkrochen. Und natürlich liebt Louie auch Franziska heiß und innig, wobei Felix ihn manchmal ermahnen muss, sie nicht herumzutragen, was der Schildkröte, wie er ihm zu erklären versucht, unnötigen Stress verursacht. Wenn er seinen Sohn mit Franzi sieht, stellt er sich manchmal vor, dass sie ihn selbst überleben wird und dann in den Besitz von Louie übergeht, der dann schon ein reifer Mann sein wird.

Sich Louie als Erwachsenen vorzustellen bringt für Felix allerdings gewisse Schwierigkeiten mit sich. Im Moment ist er einfach nur ein kleiner Irrwisch, ständig in Bewegung und sprunghaft in seiner überschäumenden Vitalität. Er ist ein ausgesprochen waghalsiges Kind, das sich bei seinen Klettereien und Exkursionen schon öfters die eine oder andere Blessur geholt hat, weshalb Lisa, die seit Louies Geburt stets und immer besorgt ist, Felix vor ihrem

Aufbruch noch einmal eingeschärft hat: »Und pass bloß gut auf Louie auf. Du weißt ja, wie er ist.«

Nachdem Felix zusammen mit seinem Sohn den Tausendfüßler wieder in dem Rhododendron-Gebüsch ausgesetzt hat, in dem er ihn gefunden hat, rennt Louie zu ein paar Kindern, die auf der quietschbunten Hüpfburg herumspringen, die am Rand der großen Rasenfläche aufgestellt ist.

Felix und sein Sohn befinden sich auf der Geburtstagsparty von Niklas, einem Kita-Kameraden seines Sohnes, die im Garten einer großen Bungalow-Villa in Hamburg-Niendorf stattfindet. Felix steht etwas abseits auf dem Rasen und lässt seinen Blick über die natursteinbelegte Terrasse schweifen, über der metallisch glänzende, halb mannsgroße Gasballons in den verschiedensten Formen schweben: Eichhörnchen, Igel, Schildkröten, Bienen. Unter einem Baldachin steht eine weiß gedeckte, niedrige Tafel für die Kinder, hochbeladen mit zuckerreduziertem Kuchen, Obst und Süßwaren aus dem Bioladen. Am Tisch und im Garten tummeln sich etwa zwölf Kinder, die meisten sind Jungs. Fast alle sind in derselben Kita wie Louie und Niklas, dessen Eltern die Party bei sich zu Hause ausrichten. Für die Begleitpersonen, Mütter, Väter oder Babysitter, ist neben dem Kindertisch unter einer Markise eine kleine Buffet-Bar aufgebaut, an der man sich an Kuchen und Snacks, aber auch an Bier und Weißwein bedienen kann.

Felix' Blick wandert von der verglasten Rückseite des weitläufigen Bungalows über den makellosen, von gepflegten Beeten eingerahmten Rasenteppich bis zu dem großen Pool, der sich, halb verdeckt von einem abgewinkelten Seitentrakt des Hauses, am anderen Ende des Gartens erstreckt und mit einer grünen Plastikplane abgedeckt ist. Dann fallen ihm auch wieder der Porsche Cayenne und der Jaguar XJ ein, die er bei ihrer Ankunft vor der Doppelgarage stehen sah. Wie er von Lisa gehört hat, ist Niklas' Vater ein hohes Tier bei einem Chemiekonzern.

Felix kennt nicht viele Leute mit »richtig Geld«, eigentlich nur zwei, und das sind seine Schwiegereltern. Die waren es auch, die Lisa, als sie nicht lange nach ihrer Hochzeit schwanger wurde, das hübsche, zweistöckige Reihenhaus mit Garten in Hamburg-Lokstedt gekauft haben, in dem sie seitdem leben. Das Haus gehört, wohlgemerkt, nur Lisa. Und auch der Ehevertrag, den ihre Eltern als Mindestforderung durchgesetzt hatten, nachdem all ihre Bemühungen, diese »unangemessene« Heirat zu verhindern, gescheitert waren, würde ihn im Fall der Fälle ohne einen Cent im Regen stehen lassen. Für Lisas Eltern bleibt er eben »einer von der Straße« und ein potenzieller Erbschleicher.

Aber wenn es beim Dienst so weiterläuft, werde ich vielleicht bald in der Lage sein, selbst ein Haus zu finanzieren. Und dann ziehen wir da aus. Lisa wird das verstehen.

Tatsächlich stehen Felix' Karriereaussichten gut, nicht nur was den Militärischen Abschirmdienst betrifft. Erst kürzlich hat ihn seine BND-Freundin Magdalena Knoop gefragt, ob er sich nicht vorstellen könne, irgendwann zum Bundesnachrichtendienst zu wechseln. Für Felix ist es eine reizvolle Vorstellung, über den schmalen Tellerrand der Bundeswehr hinauszublicken und als Agent des deutschen Auslandsgeheimdienstes ein Teil des wirklich großen, weltumspannenden Spiels zu sein, das gewiss faszinierende Einblicke hinter die Kulissen der Weltpolitik bot.

Wie auch in weniger schillernden Branchen hat dieser Aufstieg jedoch seinen Preis. Zum Leidwesen von Lisa und Louie, den Felix innig liebt, verbringt er auch an den Wochenenden viel Zeit in seinem Büro, wenn er nicht gerade auf einer seiner zahlreichen Dienstreisen ist.

Felix beobachtet gedankenverloren Louie, dessen blaues Spiderman-Shirt zwischen einem Pulk von Kindern leuchtet, die sich über den Kuchen und die Biolimonade hermachen. Ihm ist ein bisschen langweilig, weil er nicht so recht weiß, was er mit den Erwachsenen, die er bestenfalls flüchtig kennt, reden soll, und die Kinder sind mit sich selbst beschäftigt.

Ne halbe Stunde noch, dann schnapp ich mir Louie, und wir hauen ab. Ich könnte unterwegs Pizza und Rotwein besorgen und mir mit Lisa, wenn Louie im Bett ist, mal wieder einen netten Abend machen. Vielleicht haben wir ja sogar mal wieder Sex. Wie lange ist das eigentlich schon her?

Der »kosmische Knall«, mit dem Felix' und Lisas Verbindung begann, ist im profanen Raum der Alltäglichkeit längst verhallt, aber Felix liebt seine Frau nach wie vor. Er spürt zwar durchaus die feinen Risse, die sich durch sein Eheleben ziehen, aber er vermag es, diese Wahrnehmung zu verdrängen.

Kurz darauf bemerkt Felix, wie Niklas' Vater mit zwei Bierflaschen über den Rasen auf ihn zukommt. Der distinguiert wirkende, sonnengebräunte Mann mit den grauen Schläfen ist Felix schon ein paarmal begegnet, als sie in der Kita ihre Söhne abgeholt haben, und ihm nicht unsympathisch.

»Moin, Herr Brosch!«, sagt der Mann und lächelt mit makellosem Gebiss. »Schön, dass sie mit Louie gekommen sind. Niklas und er scheinen sich besonders gut zu verstehen.«

Felix lächelt zurück. »Ja, das scheint so.«

Niklas' Vater blickt auf seine Hände und sagt: »Ich habe Ihnen einfach mal ein Bier mitgebracht. Möchten Sie?«

Felix zögert kurz, greift dann aber doch zu.

Sie stoßen an und beginnen ein Gespräch über die wundersamen Welten, in denen vierjährige Jungs sich bewegen, während Felix' Blick zwischendurch immer mal zu Louie geht, der gerade auf dem Rasenstück zwischen Terrasse und Hüpfburg mit einem anderen Jungen Fußball spielt.

Nach kurzer Zeit kommt plötzlich Niklas, ein irgendwie witzig aussehender Junge mit Brille und abstehenden Ohren, angerannt und entführt seinen widerstrebenden Vater, weil er ihm unbedingt etwas zeigen will.

Die beiden entfernen sich gerade in Richtung der Terrasse, als Felix' Diensthandy in der Innentasche seiner Jeansjacke vibriert. Trotz aller guten Vorsätze hat er es auch an diesem Nachmittag dabei. Das Display zeigt den Namen »Werner«. Es ist der Deckname von Thoralf Weber, einem Informanten des Militärischen Abschirmdienstes aus der rechtsextremen Szene in Dortmund-Dorstfeld. In diesem berüchtigten Hotspot des Neonazi-Kosmos staunen inzwischen schon Touristen aus aller Welt über wändelange, stolze Graffiti wie NAZI KIEZ, ganze Straßenzüge voller Rechts-WGs, Reichskriegsflaggen in den Fenstern und Devotionalien-Shops, in denen man T-Shirts mit nur leicht verfremdeten Hakenkreuzen erwerben kann. Es ist ein buntes Treiben, fast schon ein Flohmarkt der braunen Gesinnung und ein beliebtes

Ausflugsziel bei Rechtsextremen aus allen Gauen. Auch Thoralf Weber, ein Schlosser aus Magdeburg und ehemaliges Mitglied der »Kameradschaft Mittelelbe«, hat irgendwann den Weg in dieses Idyll gefunden. Er blieb in Dortmund hängen, nachdem er dort eine Kassiererin kennengelernt und ein Kind mit ihr bekommen hatte. Allerdings hat diese Konstellation und Thoralf Webers Vorliebe für hochmotorisierte Autos auch dazu geführt, dass er sich über einen alten Kontakt dem MAD als Spitzel angedient hat. Für tausend Euro im Monat hat er sich bereit erklärt, Felix regelmäßig Bericht über Trends und Aktivitäten in der Szene auf dem Laufenden zu halten – insbesondere, was etwaige Kontakte zur Bundeswehr betrifft.

Felix zögert ein paar Sekunden, den Anruf hier, bei der Kinderparty entgegenzunehmen, aber weil er sich außer Hörweite der anderen Gäste befindet, drückt er schließlich doch die grüne Gesprächstaste.

Weber hält sich nicht mit langen Vorreden auf. »Hören Sie, ich habe ein Problem. Ein großes Problem.«

Felix, der schon fürchtet, dass Weber innerhalb seiner Posse aufgeflogen ist, ist sofort alarmiert. Er dreht sich von der Gesellschaft auf der Terrasse weg und fragt: »Was ist los?«

»Die haben mir die Wohnung gekündigt. Wegen Rückständen angeblich, aber das ist natürlich auch aus politischen Gründen. Ich muss hier in drei Monaten raus, mit Frau und Kind. Scheiße, das war nicht eingeplant. Der Umzug und so. Ich brauche dringend Kohle.«

Felix, halbwegs erleichtert, dass es nichts Schlimmeres ist, überlegt kurz. Weber kommt ständig mit finanziellen Problemen zu ihm, und es wird immer schwieriger, Extrazahlungen an ihn genehmigt zu bekommen.

Knapp fragt er: »Wie viel?«

»So zweitausend.«

Felix grunzt. »Viel Geld für einen einfachen Umzug.«

»Wir brauchen auch ein paar neue Sachen. Möbel und so.«

Felix denkt einen Moment nach, dann sagt er unverbindlich: »Ich werde sehen, was geht. Das kann ich nicht allein entscheiden. Das weiß ich frühestens am Montag.«

Weber alias »Werner« lässt nicht locker. »Wer immer das entscheidet: Das ist absolut wichtig für mich. Ich gehe ja schließlich für euch Risiken ein.«

»Okay«, sagt Felix, »ich werde sehen, was ich tun kann. Rufen Sie mich am Montagnachmittag wieder an. Sagen wir um siebzehn Uhr, da weiß ich Bescheid. Geht das?«

»Ja, das geht.«

»Okay.«

»Bis dann!«

Dann ist das Gespräch, das kaum fünf Minuten gedauert hat, beendet, und Felix wird plötzlich wieder bewusst, wo er sich befindet. Er lässt die Hand mit dem Handy sinken und blickt sich um.

Kinder auf der Terrasse, Kinder auf der Hüpfburg. Der Junge, der gerade noch mit seinem Sohn Fußball gespielt hat, kickt jetzt mit einem anderen herum. Kein roter Haarschopf und kein blaues T-Shirt.

Wo ist Louie?

Felix' Blick geht zu der geöffneten Verandatür.

Ist er vielleicht ins Haus gelaufen?

Felix geht zur Terrasse und stellt seine noch halb volle Bierflasche auf der Bar ab, an der Niklas' Vater gerade einen Aperol Spritz zubereitet.

»Haben Sie Louie gesehen?«, fragt Felix. »Ich kann den nirgendwo finden. Ist der vielleicht ins Haus …?«

Der Gastgeber runzelt die Stirn und sagt: »Ich weiß nicht. Vielleicht ja. Schauen Sie doch drinnen mal nach ihm!«

Felix läuft durch die offene Terrassentür in das riesige, mit exklusiven, italienischen Möbeln ausgestattete Wohnzimmer. »Louie! Louie!«, ruft er laut in das Haus hinein. »Louie, bist du hier drin?«

Keine Antwort.

Unschlüssig läuft Felix ein Stück in den langen Flur hinein und ruft noch mehrmals, aber ohne Ergebnis. Er wird nun zunehmend nervös.

Felix hastet zurück in den Garten und sucht die Sträucher ab.

»Louie! Louie!«

Die anderen Gäste werden nun aufmerksam und blicken ebenfalls suchend umher.
Nein, er ist nicht im Garten. Was kann bloß …
Plötzlich durchzuckt ihn ein furchtbarer Gedanke. Er wendet sich nach rechts, wo in einiger Entfernung und halb hinter der Fassade des Seitentrakts verborgen, der Pool liegt. Die grüne Abdeckplane scheint an Ort und Stelle, akkurat über die leicht erhöhten Randsteine gezogen und mit einer durch Ösen geführten Kordel daran verspannt. Felix läuft mit schnellen Schritten um die Hausecke herum und die Längsseite des gut fünfzehn Meter langen Beckens entlang, den Blick fest auf die Plane gerichtet. Und dann sieht er, an der äußeren rechten Ecke eine Verwerfung in der Hülle. Sein Atem geht schneller. Im nächsten Moment ist er an der Stelle und beugt sich darüber. Hier hat sich die Plane von der Umrandung gelöst und gibt den Blick auf eine einen knappen Quadratmeter große Fläche des Wassers frei, mit dem der Pool gefüllt ist. Das Nächste, was Felix sieht, ist ein Insekt. Ein großer, schwarzer Käfer schwimmt im Wasser um sein Leben, offenbar schon länger, denn seine Bewegungen wirken müde. Felix' Atem setzt aus, als er das Tier sieht.
O nein! Nein, nein, nein, nein!
Ohne zu zögern, reißt er die Plane mit schnellen Bewegungen gewaltsam weiter herunter und starrt ins Wasser. Auf dem türkisfarbenen Grund des Beckens schillert ein roter Fleck und etwas Blaues von der Größe eines Kinder-T-Shirts.
Sekundenbruchteile später ist Felix auch schon im Wasser, mit Jacke und Schuhen, taucht auf den Grund und holt Louie herauf. Sein kleiner Sohn hängt schlaff und mit bläulichweiß gefärbter Haut in seinen Armen, als er wieder an die Oberfläche kommt und ihn behutsam auf dem Beckenrand ablegt. Im nächsten Moment ist er selbst aus dem Wasser heraus, beugt sich über das Kind und beginnt mit der Wiederbelebung, was er als Soldat intensiv gelernt hat: Er öffnet Louies Mund und presst mit beiden Händen rhythmisch auf seinen kleinen Brustkorb. Ohne aufzusehen, brüllt er den inzwischen herbeigeeilten Erwachsenen und Kindern zu: »Notarzt! Krankenwagen!«
In den nächsten, zeitlosen Minuten nimmt Felix das Gesche-

hen um sich herum gar nicht wahr. Unablässig presst er Louies Brust, bis seine Hände schmerzen und er das Gefühl hat, dass er ihm schon mehrere Rippen gebrochen hat. Zwischendurch drückt er seinen Mund auf den seines Sohnes und versucht verzweifelt, ihm den Atem des Lebens wieder einzuhauchen. Er spürt, dass sein Herz noch schlägt, aber nur noch schwach.

Dann sind da Sirenen, Rufe, Männer, die ihn mit sanfter Gewalt von Louie lösen, seinen Sohn auf eine Bahre legen und ihn im Laufschritt zur Straße tragen, wo die Ambulanz wartet. Felix rennt hinterher, vorbei an Gesichtern mit schreckgeweiteten Mündern – alle stumm. Als der Rettungswagen mit Blaulicht und Sirenengeheul durch die Straßen Eppendorfs der Universitätsklinik entgegenrast, hält er die bleiche, kühle Hand seines Sohnes, während sich ein Notarzt und zwei Sanitäter fieberhaft um ihn bemühen. Eine Infusion wird gelegt, die Stromstöße eines Defibrillators lassen den kleinen Körper zucken. Wieder prüft der Notarzt Louies Herzschlag. Als er das Stethoskop absetzt, ist seine Miene versteinert.

Felix weiß, was das bedeutet.

15

Genau fünf Jahre und einundvierzig Tage nach jenem Ereignis sitzt Felix Brosch in einem kleinen, möblierten Mietzimmer in Berlin-Schöneberg und betrachtet auf seinem Handy das Foto seines Sohnes, das kurz vor dem Unglück aufgenommen worden ist. Jahrelang war er dazu nicht imstande, aber seit einiger Zeit sieht er es wieder ab und zu an.

Jener Tag im April hatte sein altes Leben unwiderruflich zerstört, es war ein Schlag, der ihn jeden Halt, jede Gewissheit und jede Selbstachtung verlieren ließ. Der Schock, die Trauer und das vernichtende, sein Innerstes zerreißende Gefühl, der Schuldige für Louies Tod zu sein, ließ ihn in einem Meer der Verzweiflung und des Selbsthasses versinken. Warum nur hatte er diesen Anruf angenommen? Warum hatte er wegen eines dämlichen Gesprächs mit einem Nazi und MAD-Spitzel seinen eigenen Sohn vergessen? Für ein paar entscheidende Minuten, die Louies Schicksal besiegelt hatten!

Mit dem Gefühl, dass er an der Tragödie schuld war, stand Felix nicht allein. Nachdem seine Frau Lisa zunächst vor Schock und Verzweiflung völlig verstummt war, brach der Vorwurf, dass der Unfall eine Folge von Felix' unverzeihlicher Unachtsamkeit war, irgendwann aus ihr heraus. Wie kaum anders zu erwarten, bestärkten ihre Eltern sie darin. Felix' Ehe, die zuvor schon Anzeichen der Entfremdung gezeigt hatte, implodierte unter der Last dieses Vorwurfs, und Lisa zog zu ihren Eltern.

Für Felix folgten endlose, einsame Nächte in dem Reihenhaus, das ihm nicht gehörte und in denen er versuchte, seine Depression mit Tilidin-Tabletten – einem stark opiathaltigen Schmerzmittel – und Alkohol zu betäuben. An den bleiernen, leeren Tagen schlich er um Louies Kinderzimmer herum, ohne die Kraft zu haben, es zu betreten. Jede Stunde, fast jede Sekunde, sah er Louies sommersprossiges Gesicht vor sich, hörte sein helles Lachen, und manchmal war ihm, als rieche er den Duft seines frisch gewaschenen Haars. Der Gedanke, seiner Qual mithilfe eines Abschleppseils ein Ende zu bereiten, kam ihm mehr als einmal.

Felix, der sich nach dem Unfall hatte krankschreiben lassen, blieb so gut wie allein mit seiner Verzweiflung. Weder seine MAD-Kollegen noch die gemeinsamen Bekannten von Lisa und ihm wussten mit der Situation umzugehen und ließen nach den üblichen Beileidsbekundungen nichts mehr von sich hören. Eine Psychotherapie, die ein Notfallseelsorger sowohl Lisa als auch ihm direkt nach dem Unfall empfohlen hatte, brach er nach zwei Sitzungen ab, weil sie ihm leer und sinnlos erschien.

Die einzigen Menschen, mit denen er Kontakt hatte, waren sein alter Kumpel Sonny aus seinen Jugendgang-Zeiten in Hamburg-Wilhelmsburg und Magdalena Knoop, die vergeblich versuchte, Felix davon abzubringen, seinen Job beim MAD zu kündigen. Aber so wenig er wusste, wie es weitergehen sollte, so klar war ihm, dass er nicht wieder zum Geheimdienst zurückkehren würde, in sein altes, auf seine Karriere fixiertes Leben, das ihm für die Katastrophe verantwortlich schien. Sonny und Magdalena, die ihn unabhängig voneinander in der Höhle seines Elends besuchten, blieben mehr oder weniger hilflose Zeugen von Felix' Niedergang, der sich über viele Monate unverändert fortsetzte.

Schließlich war es Sonny, der die Geduld verlor. Eines Tages packte er seinen alten Freund, der wie üblich zusammengesunken und im Drogennebel vor ihm saß, bei den Schultern, rüttelte ihn und brüllte ihn an: »Verfluchte Scheiße!! Ich zieh mir das nicht mehr rein! Du bist jetzt lange genug gestorben! Wenn du dich selbst aus falschen Schuldgefühlen und Selbstmitleid zerstörst, dann ist das nicht zu ändern. Aber auch nicht heldenhaft! Davon wird Louie nicht wieder lebendig, und es wäre seiner auch nicht würdig! Verdammt, komm zu dir!«

Diese, von Sonny noch mehrmals wiederholte Ansprache, aber auch die Zeit zeigten irgendwann Wirkung. Felix spürte, wie das überwältigende Gefühl des Verlustes und der Schuld ein wenig von seiner alles beherrschenden Macht verlor. Er fing an, sich in vorsichtigen, tastenden Schritten, in einer neuen Realität zurechtzufinden. Als er aufhörte, zu trinken und begann, die Opiat-Tabetten herunterzudosieren, wurde ihm als Erstes klar, dass er das Haus, in dem er mit Lisa und Louie gelebt hatte, so schnell wie möglich verlassen musste. Und dass er einen neuen Job brauchte, der ihn voll in Anspruch nahm, in einer neuen Umgebung, möglichst weit weg von allem, was ihn an die Katastrophe erinnerte.

Es war wieder Sonny gewesen, der eine Idee hatte. Über einen Bekannten hatte er zufällig erfahren, dass die Stelle eines Kochs auf einer Berghütte in den Alpen frei werden würde, und schlug Felix vor, sich dort zu bewerben. Das Vorstellungsgespräch im Riesensteinhaus lief gut, die Chemie zwischen ihm und Melly stimmte von Anfang an, und so begann Felix' neue Existenz, die ihn langsam aus der dunklen Talsohle seiner Trauer und seines Selbsthasses führte.

Nachdem er eine Weile das Foto seines Sohnes betrachtet hat, ruft Felix auf seinem Notebook zum wiederholten Mal das Bild des kleinen, jüdischen Jungen auf, der in Miami Beach ums Leben gekommen ist und der Louie auf so verblüffende Weise ähnelt. Dieses Bild erscheint ihm beinahe wie eine Aufforderung, dazu beizutragen, dass die Mörder dieses Jungen und so vieler anderer zur Strecke gebracht werden. Es würde ihm das Gefühl geben, etwas von dem wiedergutgemacht zu haben, was er an Louie versäumt hat.

Ob er dafür allerdings wirklich der richtige Mann ist, erscheint ihm immer noch höchst fraglich. Er hält es nach wie vor für möglich, dass sich der Verdacht gegen seinen Cousin als unbegründet herausstellt.

Inzwischen ist die Nacht über Berlin hereingebrochen, eine warme, samtige Frühsommernacht. Aus den geöffneten Fenstern auf dem Hinterhof dringen das bläuliche Flackern und gleichförmige Murmeln laufender Fernseher. Trotz der späten Stunde spielen noch ein paar Kinder auf dem spärlich beleuchteten Hof.

Felix öffnet Google Maps, was problemlos funktioniert, weil der WLAN-Anschluss der Pension tadellos ist. Er gibt Simons Adresse in der Crellestraße ein, die ihm Yael Rubin bei ihrem letzten Treffen gegeben hat, und schaltet auf Street View, um sich mit der Rundumkamera einen Eindruck zu verschaffen. Die Bilder sind vergleichsweise alt – aus dem Jahr 2008 –, aber er geht davon aus, dass sich am grundlegenden Charakter der Straße wenig geändert hat. Er sieht in eine mit modernem Kopfsteinpflaster belegte, ruhig wirkende Wohnstraße mit zwei Parkplatzreihen an beiden Seiten, vielen Bäumen und zumeist alten, vierstöckigen Wohngebäuden. Hier und da sieht man im Erdgeschoss ein Restaurant oder einen kleinen Laden. Die Fassaden sind gepflegt, die Szenerie wirkt hübsch aufgeräumt und sehr bürgerlich. Als Felix sich das Haus, in dem Simon Jenkins wohnt, ansehen will, stellt er fest, dass es eins der wenigen Gebäude ist, deren Fassade unkenntlich gemacht ist.

Schade. Aber ich weiß von Yael Rubin, dass du oben im vierten Stock eine große Eigentumswohnung besitzt. Mit einem Zugang zum Dach, wo sich eine Dachterrasse befindet. Das hört sich wirklich hübsch an. Ein kleines Idyll in einer netten, bürgerlichen Umgebung. Ein IT-Experte mit Frau, Kindern und Hund.

16

Den größten Teil des darauffolgenden Tags verbringt Felix damit, in seinem Zimmer in Hyperions Manifest *Time Has Come* zu lesen, in einer offenbar sehr guten deutschen Übersetzung, die inzwischen im Internet aufgetaucht ist.

Es ist das ausufernde Dokument eines wahnhaften, obsessiven Judenhasses, aber, wie Yael Rubin schon angedeutet hat, sprachgewaltig und mit unzähligen Zitaten, Quellen und Hinweisen unterfüttert. Sie vermitteln den Eindruck, dass der Autor sich in der gesammelten antisemitischen Literatur vom Mittelalter bis in die Gegenwart auskennt, aber auch mit der der Gegner des Antisemitismus, deren Argumente er mit triefender Ironie zu zerpflücken sucht. Der Ton wechselt zwischen nüchternen, wissenschaftlich klingenden Passagen, die zum Teil sogar mit Statistiken ergänzt sind, hochtrabenden philosophischen Betrachtungen und Ausbrüchen blanken Hasses, und obwohl der Text überlange Abschweifungen enthält und manchmal eine dünkelhafte Intellektualität verströmt, erzeugt er einen gewissen diabolischen Sog, der, wie Felix sich vorstellen kann, auch schlichtere Gemüter mitreißen kann. Denn das Manifest enthält genügend Boulevardeskes, in phantasiereicher Sprache werden Ereignisse, Skandale und Personen des öffentlichen Lebens, bevorzugt Juden und deren vermeintliche Unterstützer, in einem schurkischen Reigen vorgeführt, der nur ein Ziel hat: die bereits erodierende Vorherrschaft einer weißen, einst stolzen Zivilisation und Kultur endgültig zu brechen und auf dem »gebeugten Rücken einer unterdrückten und identitätslosen Mischbevölkerung« die Weltherrschaft des Judentums zu errichten.

In einem Kapitel ist von den »Protokollen der Weisen von Zion« die Rede, in denen eine Art »Ältestenrat« der Juden die eigenen Weltherrschaftspläne bespricht.

Es sei zwar richtig, dass dieses Dokument eine Fälschung der *Ochrana*, der russischen, zaristischen Geheimpolizei sei, aber das ändere nichts daran, dass es auf völlig zutreffende Weise den Geist der jüdischen Absichten spiegele.

Felix kann es kaum glauben.

So nach dem Motto: Wir wissen, dass es eine Fake News ist, aber sie enthält die eigentliche Wahrheit.

Für Felix weniger überraschend, der all das aus anderen Zusammenhängen kennt, ist die Botschaft, dass der Holocaust eine »echte« Fake News sei. Diese Lüge sei von den Juden in die Welt gesetzt worden, um den moralischen Widerstand der Nichtjuden zu brechen, eine perfide Strategie, die suggeriere, dass die Täter in Wahrheit Opfer seien.

So geht es über viele Seiten lang, bevor sich Hyperion schließlich aktuellen Ereignissen zuwendet. Globale Krisen wie der Wirtschaftskollaps 2008, die Covid-19-Pandemie, der Krieg in der Ukraine – all diese Ereignisse hätten ihre Urheber in den Juden und ihren willfährigen Helfern, denen es darum ginge, Unsicherheit und Zwietracht zu säen. So steckte auch hinter den von den Juden gesteuerten Migrationswellen die Absicht, Christen und Muslime gegeneinander auszuspielen. Wenn es zu einem Bürgerkrieg komme, der selbstverständlich ausgefochten werden müsse, seien die Juden die einzig wahren Profiteure.

Aus all diesen Gründen, führt Hyperion darin weiter aus, sei der unbarmherzige Widerstand gegen das zerstörerische Wirken der Juden eine heilige Pflicht, ein Kampf um Sein oder Nichtsein, der jedes, wirklich jedes Mittel rechtfertige. Und weil das Judentum eben international agiere, müsse auch der Abwehrkampf ein internationaler sein. Die Symbiotic Liberation Force gehe in diesem Kampf voran wie niemand sonst, weil sie weder Skrupel noch Furcht kenne und weil sie jeden in ihren Reihen willkommen heiße, der bereit sei, »sein Leben in die Waagschale dieser welthistorischen Auseinandersetzung zu werfen, ungeachtet seiner Herkunft und Nationalität«.

Als Felix sein Notebook mit dem Text von *Time Has Come* endlich beiseitelegt, ist es später Nachmittag. Er ist erschöpft von der Lektüre, und er weiß, dass er etwas essen müsste, aber im Moment ist ihm der Appetit vergangen. Er streckt sich auf der unangenehm weichen, billigen Schaumstoffmatratze aus und spürt, wie ihn eine bleierne Müdigkeit überkommt. Er stellt seinen Handywecker auf 17 Uhr, und eine Minute später ist er eingeschlafen.

Felix erwacht mit leichten Rückenschmerzen und knurrendem Magen. Um seinen Hunger fürs Erste zu stillen, macht er sich in der kleinen, aber mit allem Nötigsten ausgestatteten Küchenzeile aus seinen Einkäufen vom Vortag schnell etwas zurecht: Pasta mit Öl und hauchdünn geschnittenen Knoblauchscheibchen, dazu ein paar kleine Tomaten und eine kleine Peperoni. Zum Schluss raspelt er noch etwas von dem ziemlich edlen Parmesankäse über das Gericht.

Während er bedächtig isst, geht sein Blick immer wieder mal zum Display seines Handys, das vor ihm auf dem Tisch liegt.

Es ist jetzt 17:30. Jetzt dauert es nicht mehr lange, bis sich Simon auf seine Runde machen müsste. Wenn er das heute auch tut, werde ich das gleich erfahren.

Während Felix seinen Teller, die kleine Pfanne und den Nudeltopf spült, spürt er, wie seine innere Anspannung steigt.

Aber selbst, wenn du gleich losgehst, heißt das noch nicht, dass du heute in den Bioladen kommst. Das tust du anscheinend nur alle zwei, drei Tage.

Die Zeit verrinnt und nichts passiert. Als es schließlich 20 Uhr ist, entschließt sich Felix, Yael Rubin anzurufen. Nach dem zweiten Rufton hört er ihre rauchige Stimme.

»Ich höre nichts«, sagt Felix nur.

»Ja«, sagt die Mossad-Agentin. »Anscheinend geht er heute nicht raus. Es ist jemand anders mit dem Hund gegangen, ein junges Mädchen. Vielleicht eine Nachbarin.«

»Okay«, sagt Felix. »Hoffen wir auf morgen!«

17

Es ist genau 18:17 am nächsten Abend, als das geschieht, worauf Felix gewartet hat. Es macht »Pling« aus seinem Smartphone, und auf dem erleuchteten Display erscheint eine Nachricht unter dem Absendernamen »Alex«. Sie besteht lediglich aus einem weitergeleiteten Cartoon, einem sarkastischen Witz über einen bekannten Ex-Fußballer, der gerade wegen seiner sechsten Scheidung in den Schlagzeilen ist. Ein solcher Bildwitz ist das vereinbarte Zeichen: Simon Jenkins hat soeben seine Wohnung in der Crellestraße verlassen.

Felix spürt ein leichtes Kribbeln auf seiner Gesichtshaut. Er schnappt sich seinen Rucksack, den er für Einkäufe benutzt, steckt seine Brieftasche und sein Handy ein und verlässt ohne Eile das Haus.

Wie zwei Tage zuvor macht er einen kleinen Umweg über die Akazienstraße, wo er in einem Coffeeshop einen Espresso bestellt, den er am Tresen zu sich nimmt. Zwischendurch schaut er auf seine Uhr.

18:35. Wenn du heute in den Bioladen gehst, müsstest du gegen sieben da eintreffen.

Gut zehn Minuten später tritt Felix durch die automatische Glastür des Biomarkts, und schnappt sich einen der Einkaufswagen, die sich im Vorraum befinden. Es ist ein recht weitläufiger Laden mit vielen, von hohen Regalen gesäumten Gängen. Jetzt, zur Feierabendzeit, ist er auch rege besucht.

Felix bewegt sich langsam zur Obst- und Gemüseabteilung und betrachtet das reichhaltige Angebot. Er legt ein paar Karotten, zwei Auberginen, einen Bund Lauchzwiebeln und zwei Bananen in den Einkaufswagen und bewegt sich langsam weiter. Als er ein meterbreites Regal mit exorbitant teuren Nüssen aller Art erreicht, bleibt er stehen und blickt auf seine Uhr: 18:54.

Während er scheinbar unschlüssig die Etiketten der Verpackungen studiert, geht Felix' Blick immer wieder verstohlen den ersten Gang hinunter, an dessen Ende sich der Eingang befindet. Eine junge Frau in Radlerhosen und ein hagerer, älterer Mann in einem karierten Hemd betreten den Markt. Kein Simon in Sicht.

Felix beschließt, seinen Beobachtungsposten einfach beizubehalten und ab und zu auf sein Handy zu starren, so als studiere er eine Einkaufsliste oder private Nachrichten. So verstreichen viele Minuten. Irgendwann stellt Felix frustriert fest, dass es bereits 19:20 ist.

Erst um 19:40 jedoch entschließt er sich, den Versuch für heute abzubrechen. Als er sich gerade umwenden will, um mit dem Einkaufswagen den Weg zur Kasse anzutreten, nimmt er im

Augenwinkel gerade noch wahr, wie ein schlanker, mittelgroßer Mann den Supermarkt betritt. Felix hält unmerklich den Atem an. Obwohl er sein Gesicht schnell abgewandt hat, hat er Simon Jenkins sofort erkannt.

Shit! Da bist du!

Felix schiebt den Einkaufswagen um die nächste Ecke, wo er außer Sichtweite von Simon ist, der zunächst durch die Gemüseabteilung muss. Er biegt direkt in den nächsten Gang ein, nimmt dort eine der Obstkonserven vom Regal und tut so, als würde er das Etikett genau studieren. Dann sieht er aus den Augenwinkeln, wie Simon mit einem Einkaufswagen den Gang am Kopfende passiert und hinter der nächsten Ecke verschwindet.

Felix geht mit seinem Wagen um das entgegengesetzte Ende herum und biegt nach rechts in die Abteilung mit veganen Drinks ein. Sofort sieht er, wie sein Cousin, noch ein ganzes Stück entfernt und den Blick auf die Auslage zu seiner Linken gerichtet, langsam auf ihn zukommt. In Felix' Kopf hallt ein einziger Gedanke.

Jetzt muss ich zeigen, wie gut ich mich verstellen kann.

Er atmet ruhig und tief ein und beginnt, seinen Wagen eng am Warenregal entlang in Simons Richtung zu schieben, während sein Blick scheinbar auf den Produkten zu seiner Rechten haftet. Die beiden Gefährte befinden sich nun praktisch auf Kollisionskurs, was zu Felix' Plan gehört. Als er sich Simon, der ihn noch nicht bemerkt hat, bis auf wenige Meter genähert hat, überholt ihn plötzlich eine stämmige, grauhaarige Frau und postiert sich direkt vor ihm am Regal, wodurch seine Bewegung jäh gebremst wird und seine Sicht versperrt ist. Vor sich hin murmelnd, greift sie erst nach dieser und dann nach jener Konserve, und als sie schließlich unverrichteter Dinge weiterzieht, sieht Felix gerade noch, wie Simon in entgegengesetzter Richtung um die Ecke des Gangs verschwindet.

Felix' Nerven beginnen leise zu sirren.

Ruhig. Dasselbe noch mal.

Felix wiederholt dasselbe Manöver zwei Gänge weiter in der Spirituosenabteilung, und dieses Mal gelingt es. Langsam nähern sich die Einkaufswagen einander an und als er sieht, wie

Simon eine Flasche Rotwein aus dem Regal nimmt und abgelenkt scheint, bewegt er sich schnell vorwärts. Mit einem hellen metallischen Rappeln stößt Felix' Wagen auf den von Simon und schiebt ihn ein paar Zentimeter zurück. »Oh!«, sagt Felix laut. »Sorry, ich habe Sie gar nicht …«

Felix' Cousin, der sich gerade über seinen Einkaufswagen beugt, richtet sich auf und sieht ihn direkt an. Für Sekunden bleibt sein Gesicht ausdruckslos, aber dann zieht er die Brauen zusammen und starrt Felix intensiv an. Der sieht, wie ein Ausdruck des Erkennens in Simons Augen aufblitzt, vermischt mit Unsicherheit. Er selbst ahmt diesen Ausdruck mit gewollter Verzögerung nach, und beide stehen sich eine Weile wie angewurzelt gegenüber, bis Simon schließlich den Mund aufmacht und sagt: »Ich kenne Sie … ich …« Plötzlich weiten sich seine Augen. »Damn …«, sagt er, »du bist doch … bist du etwa …?« Es ist der Moment, in dem auch Felix' reagiert. Er simuliert dieselbe komplette Überraschung und ruft: »Simon? Simon Jenkins?«

Sein Cousin lässt die Kinnlade ein wenig fallen. »Felix!«, ruft er fassungslos.

18

Ein paar Minuten später stehen Felix Brosch und Simon Jenkins mit ihren Einkäufen auf dem Trottoir vor dem Biomarkt, wo ein angeleinter großer Hund wartet. Es ist ein cremefarbener Golden Retriever mit einem etwas trotteligen Gesichtsausdruck. Als er Simon sieht, beginnt sein Schwanz, den Gehweg zu fegen.

»Das ist mein Hund«, sagt Simon. »Er heißt Bo.«

»Hi, Bo!«, sagt Felix und tätschelt den Kopf des Hundes, der ihn treuherzig anhechelt. Dann wendet er sich zu Simon und sagt: »Sag bloß: Wohnst du jetzt in Berlin?«

Simon nickt. »Ja, seit über zehn Jahren. Du etwa auch?«

»Na ja«, erwidert Felix. »Bin erst ein paar Tage hier. Ich bin hier auf Jobsuche.«

»Was machst du denn beruflich?«

Felix lächelt. »Ich bin Koch geworden.«

Simon schaut erstaunt. »Ach was! Das hätte ich damals, als wir uns kannten, nicht gedacht.«

»Ich auch nicht unbedingt«, sagt Felix lächelnd. »Aber interessiert hat mich das schon immer.«

Simon lächelt wohlwollend. »Du kaufst im Biomarkt ein. Offenbar legst du Wert auf gutes, nachhaltiges Essen.«

»Das tue ich. Wie du ja offenbar auch.«

»Ja, ich kaufe oft hier ein.«

»Wohnst du in der Nähe?«

Simon nickt. »Quasi um die Ecke.«

»Ich auch. Ich habe ein möbliertes Zimmer in der Goltzstraße gemietet. Für den Übergang, bis ich hier einen Job gefunden habe.«

»Verstehe. Das ist ja nicht weit von hier. Aber warum überhaupt Berlin?«

»Ach, ich bin schon ziemlich viel rumgekommen, aber Berlin kenne ich noch nicht. Dachte, es wäre vielleicht ganz cool, hier mal zu leben.«

»Verstehe«, sagt Simon wieder und lässt seinen Blick über Felix' Gestalt und sein Outfit gleiten, das aus Blue Jeans, Sneakern und einem engen, ärmellosen, grauen Shirt besteht. »Du siehst gut aus«, sagt er. »Total fit.«

Felix grinst schief. »Na ja, es geht.« Dann mustert er selbst eingehend die drahtige Figur seines alten Kumpels, der ein tailliertes, schwarzes Button-down-Hemd mit weißen Knöpfen, weinrote Chino-Hosen und blütenweiße Nike-Air-Sneaker trägt.

»Du siehst aber auch gut aus. Machst du Sport?«

Simon lächelt »Ja, immer noch Badminton. Wenn ich Zeit habe, so zweimal die Woche.«

Felix denkt an die wilden Matches, die sie sich als Teenager im Sportzentrum von Brighton-Hove geliefert haben. Er reißt scheinbar erfreut die Augen auf und sagt: »Badminton! Das habe ich lange nicht mehr gemacht. Vielleicht spielen wir mal zusammen?«

Simon betrachtet Felix einen Moment nachdenklich, dann sagt er unverbindlich: »Ja, vielleicht ergibt es sich.«

Felix ist einen Moment unschlüssig, wie er die Unterhaltung weiter gestalten soll, und er hat den Eindruck, dass es Simon ebenso geht.

Vielleicht war's das jetzt. Hello und goodbye. War nett, dich getroffen zu haben.

Seine Vermutung scheint sich zu bestätigen, als Simon sich bückt, um die geflochtene Lederleine des Retrievers aus dem Metallring an der Fassade zu lösen und Anstalten macht, sich zu verabschieden. Er richtet sich wieder auf und sieht Felix einen Moment an, so als schwanke er noch, wie er die Begegnung zu einem höflichen Ende führen kann. Dann sagt er jedoch: »Hör zu, ich muss jetzt los. Aber vielleicht treffen wir uns morgen Abend auf ein Bier?«

Felix schaut erfreut. »Unbedingt! Ich habe Zeit.«

Simon lächelt. »Gut. Es gibt da eine Kneipe in der Akazienstraße. Heißt ›Möwenbar‹. Da kann man sich ungestört unterhalten.«

»Ah«, macht Felix. »Ich glaube, da bin ich schon mal vorbeigekommen.«

»Okay. Lieber nicht so spät. Sagen wir um halb acht?«

»Yep! Ich freue mich!«

19

Felix betritt die im Souterrain eines Altbaus befindliche »Möwenbar« und sieht sich um. Ein lang gestreckter, schlauchförmiger Raum mit einem langen Biertresen, dessen Wände zur Hälfte mit dunklem Holz vertäfelt sind. Gegenüber dem Tresen stehen, eng an die Wand gerückt, drei kleine Tische mit schlichten, alt wirkenden Holzstühlen. Hinter dem Ende des Tresens öffnet sich der Raum, so dass dort mehrere Tische nebeneinander Platz haben, auch ein runder Stammtisch mit einer halbkreisförmigen, lederbezogenen Sitzbank. Die blassgelb getünchten Wände sind mit Vintage-Werbeplakaten für Nordseefisch und längst verblichene Zigarettenmarken dekoriert. Unter der Decke hängt eine kapitale, ausgestopfte Möwe mit weit ausgebreiteten Schwingen. An den ungedeckten Holztischen verteilen sich nur ein paar, ausschließlich männliche Gäste: zwei bebrillte, vergeistigt aussehende Mittdreißiger, ein älterer, kultiviert wirkender Mann, der DIE ZEIT liest und am Stammtisch drei jüngere Männer mit Bärten, die irgendeine Art von Künstler oder Medienleute sein könnten.

Felix wendet sich zum Tresen, wo eine missmutig dreinschauende, mittelalte Blondine mit schmalem, ferrarirot geschminkten Mund Dienst tut. Sie mustert Felix mit halb gelangweiltem, halb unfreundlichem Blick.

»Naahmd! Was soll's 'n sein?«

Felix studiert die Etiketten auf der ihm zugewandten Seite der Zapfenlage und sagt: »Ich nehme ein kleines Budweiser vom Fass.«

Die Blonde spitzt ihren geschminkten Eidechsenmund und sagt: »Kommt!«

Felix nimmt gerade an einem der kleinen, nicht sehr dicht aufgestellten Zweiertische Platz, als sich die Tür öffnet und Simon hereinkommt. Er wendet sich freundlich lächelnd zu der Frau hinter dem Tresen und sagt: »Hi!«

Dann bestellt er ein Rothaus-Bier aus dem Schwarzwald und setzt sich zu Felix an den Tisch.

»Hey, Mann! Schön, dich zu sehen.«

Felix lächelt. »Ja, freut mich auch total!«

Während sie auf ihr Bier warten, sitzen sie einen Moment da, ohne zu reden, und Felix betrachtet eingehend das Gesicht seines Cousins, das modisch geschnittene, hellbraune Haar, die attraktiven, von Schlupflidern gekerbten, hellblauen Augen, die gerade, schmale Nase und den fein geschnittenen, kultiviert wirkenden Mund, um den das typische, simonmäßige Lächeln spielt. Sein Outfit ist wieder sorgsam gewählt: ein dunkelblaues Polohemd von Lacoste, weiße Jeans und rostbraune Wildlederschuhe. Er sieht aus wie ein x-beliebiger, modebewusster Yuppie, an seinem Äußeren ist rein gar nichts, was auf eine rechtsextreme Gesinnung hinweisen würde.

»O boy«, sagt Simon mit seiner etwas nasal klingenden Stimme. »Es hat gestern einen Moment gedauert, aber dann habe ich dich schlagartig erkannt. Die Augen, der Mund ... und dann deine Stimme.« Er deutet auf Felix linke Wange. »Und dann war da auch noch die Narbe. Ich musste sofort an den Fight mit den Arabs denken, damals am Strand.«

Felix grinst. »Ja, das werde ich auch nie vergessen.«

»Denen haben wir's ordentlich gegeben, was?«

»Kann man sagen!«

In diesem Moment bringt die blonde Wirtin ihre Biere, und die Unterhaltung stockt einen Moment. Felix nimmt sie als Erster wieder auf.

»Was machst du eigentlich beruflich?«

»Bin in der IT-Branche. Als Freelancer. Gute Sache.«

Felix lächelt. »Das überrascht mich nicht. Du warst schon immer gut mit Computern. Ich eher weniger. Ich erinnere mich daran, dass du das auch studieren wolltest.«

Jenkins nickt. »Ja, das habe ich. In Kalifornien.«

Felix lässt seinen Blick mit einem etwas fremdelnden Ausdruck durch das Lokal schweifen und fragt: »Bist du öfters hier?«

»Selten«, erwidert sein Cousin. »Ich gehe nicht oft raus.«

Während sie ihr Bier trinken, berichtet Felix im Schnelldurchlauf, wie es ihm seit ihrer letzten Begegnung vor vierundzwanzig Jahren ergangen ist. Er erzählt wahrheitsgemäß, dass er ein paar Wochen im Jugendknast gesessen hat und danach die KDS-Gang verlassen hat. Allerdings ändert er die Geschichte an einem entscheidenden Punkt, indem er behauptet, er sei damals von einem Verräter in der Gang verpfiffen worden. Wahr ist hingegen, was folgt: Dass er nach der Schule eine Ausbildung als Koch gemacht hat und dann Fallschirmjäger und Ausbilder bei der Bundeswehr war – mit zwei Einsätzen in Afghanistan.

An diese Stelle weiten sich Simons Augen. »Du warst Soldat? Und in Afghanistan?«

Felix nickt. »Ja!«

»Und, viel erlebt da?«

Felix zuckt die Achseln, so als sei das kein großes Thema. »Ein paar Dinge, ja.«

Er nimmt einen Schluck Bier und fährt fort: »Und seit meiner Soldatenzeit arbeite ich wieder als Koch. War hier und da. Der Job ist zwar anstrengend, aber ich mach ihn gern. Habe auch immer ganz gut verdient.«

Simon hört ihm sichtbar interessiert zu. Dann fragt er: »Bist du verheiratet?«

»War ich. Bin geschieden.«

»Kinder?«

»Nein«, antwortet Felix so gleichmütig wie möglich. Dann gibt er die Frage zurück: »Und du?«

»Ich bin verheiratet. Habe meine Frau in Berlin kennengelernt. Und ich habe zwei Kinder. Ein Mädchen und ein Junge. Drei und fünf Jahre alt.«

Felix lächelt anerkennend. »Glückwunsch!«

»Was macht deine Mutter?«, fragt Simon. Er hat seine Tante Heike Brosch nur ein einziges Mal in seinem Leben gesehen, bei einem dreitägigen Hamburg-Trip mit seiner Familie.

»Sie ist vor sieben Jahren gestorben«, sagt Felix wahrheitsgemäß. »Leberzirrhose.«

Simon schüttelt den Kopf. »O Mann, Junge! Das tut mir leid!«

Felix sagt: »Na ja, du weißt ja wie sich das anfühlt. Als ich damals mitbekam, dass deine Mutter gestorben war ... Das kam aus völlig heiterem Himmel, nicht wahr?«

Simon starrt einen Moment mit einem seltsamen Ausdruck in sein Glas. Dann sagt er: »Ja, das kam völlig unerwartet. Ein Herzschlag ... wie aus dem Nichts. Sie ist einfach auf der Straße umgekippt.«

Felix verzieht in einer bedauernden Geste den Mund. »Schrecklich!« Dann sagt er: »Mit meiner Mutter, das, na ja, du weißt ja, das war abzusehen. Da konnte man nichts machen. Sie ... sie war kein schlechter Mensch, sie hat sich bemüht, auch mit mir, aber ...«

In Felix' Kopfkino flackern kurz Kindheits-Szenen auf, in denen seine Mutter, in ebenso anrührenden wie hilflosen Ausbrüchen von Liebesbezeigungen ihre Lethargie durchbrach und ihn zu Ausflügen in die reiche Stadt einlud. Dort kaufte sie ihm bei H&M ein paar neue Klamotten, fütterte ihn mit Eis und führte ihn in Restaurants, die sie sich eigentlich nicht im Ansatz leisten konnte. Der Preis dafür war oft eine tagelange Reis- und Nudeldiät am Ende des Monats gewesen.

Felix spürt, dass es an der Zeit ist, seinerseits Fragen zu stellen.
»Und du?«, fragt er. »Erzähl mal, wie es dir ergangen ist!«
Simon nimmt einen Schluck Bier und beginnt zu erzählen.
»Also, die erste Zeit mit meiner Mutter in Cincinatti war … schwierig. Ich hatte ja nie ein besonders gutes Verhältnis zu ihr. Und Amerika war halt … anders als England. High School war irgendwie scheiße, hatte da oft Ärger. Aber dann bin ich nach Kalifornien zum Studieren. Da fand ich es besser. Danach bin ich zurück nach England und habe als freier IT-Fachmann gearbeitet.«
»Hast du Kontakt zu deinem Vater?«
Simons Miene verfinstert sich. »So gut wie gar nicht. An Weihnachten und an meinen Geburtstagen ruft er manchmal an. Könnte ich drauf verzichten. Der Scheißkerl hat mich schließlich damals abgeschoben.«
Felix betrachtet seinen Cousin mit gemischten Gefühlen. *Damals, an Silvester, als er mir das erzählte, hat er mir echt leidgetan. Und es scheint, als würde dieser Stachel immer noch in seiner Seele sitzen.*
»Was ist mit deinen Kindern?«, fragt Felix. »Interessiert sich dein Vater nicht für seine Enkel?«
Simon macht ein unbewegtes Gesicht. »Er hat sie noch nie getroffen. Kennt nur Fotos und ein paar Videos.«
Felix sieht ihn stirnrunzelnd an. »Echt? Das ist schräg.«
Simon geht nicht weiter darauf ein, sondern wechselt das Thema: »Und du suchst jetzt hier in Berlin einen Job als Koch?«
»Ja, ich bin im Moment arbeitslos.«
»Schon lange?«
Bevor er antwortet, führt Felix wieder sein Glas zum Mund, um sich innerlich zu sammeln. Denn jetzt wird er Simon eine faustdicke Lüge auftischen. Es ist ein Versuchsballon, um zu sehen, wie er reagiert. »Nein«, sagt er. »Ich war bis vor Kurzem in Bayern, in einer Hütte in den Alpen. Hatte Ärger mit meiner Chefin. Die hat mich fristlos gefeuert.«
»Warum?«
Felix tut so, als sei er nicht sicher, ob er das Thema Simon gegenüber vertiefen will. Er verzieht den Mund und sagt: »Ach, blöde Geschichte!«

Simon grinst aufmunternd. »Mir kannst du's ruhig erzählen. Hast du vielleicht in die Suppe gespuckt? Oder hast du die Putzfrau auf dem Küchentisch gevögelt?« Seine blauen Augen funkeln voll wohlwollender Ironie.

Felix lächelt nur säuerlich und antwortet zunächst nicht. Er sieht sich mit etwas misstrauischem Blick im Lokal um, bevor er sich wieder Simon zuwendet und mit gedämpfter Stimme sagt: »Gut, ich sage es dir: Ich hatte so nen Schwarzen als Küchenhelfer. Der war scheißfaul und außerdem noch frech. Irgendwann ist mir der Kragen geplatzt, und ich habe ihn ›Scheißbimbo‹ genannt. Da ist er gleich zur Chefin gelaufen. Hat gedroht, sich an die Medien zu wenden. Und sie hat mich fristlos gekündigt. Wegen ›rassistischer Äußerungen‹. Na ja, diese Bitch hat mich nie besonders gemocht. Dabei habe ich den Scheißladen da gerockt!«

Simon schaut ihn länger mit einem undeutbaren Ausdruck an. Dann sagt er unverbindlich: »Verstehe.«

Felix legt nach: »Das Beschissene ist, dass sie mir auch kein gutes Arbeitszeugnis ausgestellt hat. Mit so Hintenrum-Formulierungen, die absolut negativ wirken. Das macht es für mich nicht gerade leichter.«

Während er das sagt, spürt er, wie Simons Blick auf seinem Ohrring mit dem Runenzeichen haftet. Nach einer Weile fragt er: »Der Ohrring! Mit der Rune? Bedeutet der was?«

Felix muss nicht lange überlegen, wie er antworten soll. Er hat sich vorgenommen, die Rolle eines etwas unbedarften, nicht allzu profilierten Sympathisanten der rechten Szene zu spielen. Jemand, der noch formbar ist.

»Er bedeutet einfach, dass ich national gesinnt bin«, sagt er mit einem trotzigen Unterton. »Runen finde ich einfach cool. Wenn man die trägt, zeigt man, dass man noch einen gewissen Stolz hat – auf die eigene Geschichte und die weiße Kultur.«

Simon schaut unbewegt.

»Weißt du …«, fährt Felix fort, »… seit ich damals aus der Gang raus bin, mit den ganzen Türken und Arabern, ich bin ja schließlich damals von denen verpfiffen worden, habe ich die Schnauze voll von den Ölaugen. Man bleibt besser unter seinen Leuten.«

Das ist eine weitere Lüge, denn sein bester Freund Sonny, der damals zusammen mit ihm bei der KDS-Gang und nach Louies Tod so wichtig für ihn war, ist schließlich ein waschechter Araber mit pechschwarzen Augen.

Simon schaut ihn prüfend an und sagt: »Mit der Meinung kann man schon ziemlich anecken, was?«

Felix blickt ein wenig provozierend und sagt mit Überzeugung: »Allerdings. Aber das ist mir egal.«

Simon zuckt die Achseln. »So ist das ...«, sagt er mit desinteressierter Miene. Anscheinend hat er keine Lust auf politische Gespräche, denn er beginnt stattdessen über ihre gemeinsamen Sommer in Brighton zu reden. Während sie ihr drittes Bier trinken, plaudern sie über die alten Zeiten, die Mädchen am Pier und die heimlichen Joints. Felix denkt daran, wie gern sie damals schwarzen Hip-Hop gehört haben, und entschließt sich, das Thema versuchsweise anzusprechen.

»Weißt du noch, wie gern wir damals Bimbomusik gehört haben?«, fragt er mit einem ironischen Grinsen. »Dr. Dre, Snoopy und Tupac?«

Simon lächelt. »Klar!« Dann sieht er plötzlich auf seine Uhr mit dem schwarzen Krokoleder-Armband und sagt: »Wow, es ist schon fast zehn. Ich muss mich auf die Socken machen. Muss morgen früh raus. War ein cooler Abend. Schön, dich wiederzusehen.«

Felix nickt. »Fand ich auch. Sollen wir mal Kontakte austauschen?«

»Okay«, sagt Simon nach kurzem Zögern und zückt sein Smartphone.

20

Felix beobachtet, wie Yael Rubin auf einem schwarz lackierten, elegant designten Rennrad den Uferweg entlangkommt und auf die Parkbank zuhält, auf der er sitzt. In einer geschmeidigen Bewegung weicht sie einem Kinderwagen aus und tritt auf den letzten Metern noch einmal kräftig in die Pedalen. All das sieht spielerisch leicht aus, aber als die Mossad-Agentin vom Rad steigt, nimmt Felix sofort wieder das leichte Hinken wahr, mit dem sie das rechte Bein nachzieht.

Dann sitzen sie beide nebeneinander am Uferweg des Schlachtensees im Südwesten Berlins. Es ist ein mäßig warmer, Tag, an dem rund um den von dichtem Wald umgebenen See einiger Betrieb herrscht, ohne dass die Szenerie überlaufen wirkt. Auf dem Wasser sieht man vier oder fünf grüne Ruderboote, und ab und zu ziehen Jogger und Spaziergänger an ihnen vorbei.

Felix betrachtet die Israelin, die einen weiten, rostroten Jogginganzug trägt, und stellt erstaunt fest, dass ihre Augen im hellen Tageslicht nicht grün, sondern eher bernsteinfarben wirken.

»Das klingt gut«, sagt sie, nachdem ihr Felix von seiner ersten Begegnung mit Simon Jenkins berichtet hat. »Der erste Schritt ist gemacht.«

»Ich hatte jedenfalls das Gefühl, dass er mir meine Story abgekauft hat.«

Yael legt den Zeigefinger auf den Nasenrücken und sagt: »Und auf Ihre politischen Äußerungen ist er gar nicht eingegangen?«

»Nein. Er machte den Eindruck, als interessiere ihn das gar nicht.«

»Er ist sehr vorsichtig.«

»Mag sein. Aber vielleicht liegt es auch daran, dass er sich inzwischen von seiner früheren Haltung distanziert hat. Und gar nichts mehr mit den Rechten zu tun haben will. Er lebt ein total bürgerliches Leben. Und geht in Kneipen, wo eindeutig eher Linke verkehren.«

Yael ist unbeeindruckt. »Alles Tarnung.«

Felix sieht sie stirnrunzelnd an. »Ich frage mich, warum Sie sich so sicher sind.«

»Nun«, erwidert die Mossad-Agentin, »absolut sicher bin ich mir nicht. Deshalb haben wir Sie ja engagiert. Aber mein Gefühl sagt mir, dass er unser Mann ist.«

Felix lächelt sarkastisch. »Ich wusste nicht, dass jetzt Gefühle bei der Geheimdienstarbeit eine Rolle spielen.«

Yael lässt sich nicht aus der Ruhe bringen. »Nennen Sie es

meinetwegen eine von Fakten gestützte Intuition.« Sie schaut einen Moment sinnierend auf den See und sagt dann: »Und übermorgen sind Sie zum Sport verabredet.«

Felix starrt sie verblüfft an. »Woher wissen Sie das?«

Die Mossad-Agentin zeigt nicht den Anflug eines Lächelns, als sie antwortet: »Es ist uns gelungen, den WhatsApp-Account des Handys, dessen Nummer er Ihnen gegeben hat, zu knacken. Aber das führt zu nichts. Es gibt dort nur wenige Kontakte. Seine Frau, ihre Eltern, Handwerker, Ärzte. Badminton-Partner. Zwei, drei andere Personen, die unverdächtig sind. Unergiebig. Dasselbe ist es übrigens mit seinem offiziellen E-Mail-Account. Die heikle Kommunikation wickelt er offenbar über andere Kanäle ab, von denen wir nichts wissen.«

»Wenn es sie denn gibt!«

»Das Thema hatten wir schon.«

Die beiden wechseln noch ein paar Sätze auf der Parkbank, bevor sie sich verabschieden und den Ort in verschiedenen Richtungen verlassen.

21

Vier Wochen später.

»You bloody bastard!«, ruft Simon euphorisch. »Das war ein geiles Match!« Mit dem Schläger in der Hand läuft er um das über Kopfhöhe gespannte Netz herum, das sein Spielfeld von dem von Felix trennt. Der Schweiß rinnt ihm in Strömen über das Gesicht.

Die beiden haben sich soeben auf einem Badminton Court in der Hasenheide wie entfesselt die Federbälle um die Ohren gehauen, zwei Stunden lang und mit wachsender Verbissenheit. Bei dem schnellen, größte Koordination erfordernden Sport hat Felix, als sie Teenager waren, meist die Nase vorn gehabt, aber in den letzten beiden Wochen hat sich gezeigt, dass ihm sein Cousin durch sein regelmäßiges Training inzwischen überlegen ist. Es ist unübersehbar, welches Vergnügen ihm das bereitet.

Felix wischt sich mit einem Handtuch den Schweiß vom Gesicht und erwidert grinsend und in gutem Englisch: »YOU bloody bastard! You have beaten the shit out of me! Again!«

Simon schaut verblüfft: »Oh! Speaking English in the meantime?«

»Yes«, sagt Felix so beiläufig wie möglich. »I learned it in Afghanistan. We did a lot of combined operations with the Americans.«

Simon scheint ehrlich beeindruckt. »Cool«, sagt er.

Inzwischen ist es schon das dritte Mal, dass sie sich zum Sport getroffen haben, ohne dass dabei politische Themen berührt wurden. Es hat sich einfach nicht ergeben. Stattdessen haben sie bei dem Bier, dass sie sich nach den Matches an einem Kiosk holten, über alles Mögliche geredet: die Premier League, die Simon genauestens verfolgt, gutes Essen und auch ein wenig über Simons Kinder.

Während sie ihre Schläger und Handtücher in den Sporttaschen verstauen, behauptet Felix, dass er bei seiner Suche nach einem Job noch nicht weitergekommen ist.

»Entweder es handelt sich um die letzten Stinkbuden, oder mein beschissenes Arbeitszeugnis macht mir Schwierigkeiten.«

Simon schaut mitfühlend. »Ach Scheiße! Wenn ich mal was höre ...«

Abgesehen davon, dass Felix bei dem Bemühen, mehr über die aktuelle politische Einstellung seines Cousins zu erfahren, noch nicht weitergekommen ist, hat er doch das Gefühl, dass sich Simon im Umgang mit ihm zunehmend lockert. Hin und wieder findet er, liegt sogar etwas von dem Feeling in der Luft, das sie einst zu dicken Kumpels gemacht hat.

Nachdem sie geduscht und sich umgezogen haben, schlendern sie mit geschulterten Taschen und Bierdosen in der Hand noch ein Stück in den Volkspark Hasenheide hinein. Es ist ein warmer Juniabend, und die riesige Rasenfläche in der Mitte des Parks schwarz vor Menschen. Die allermeisten sind unübersehbar türkischen oder arabischen Ursprungs, überall sieht man dunkelhaarige, schwarzäugige Männer, Frauen mit Kopftüchern und jede Menge Kinder. Von den unzähligen Grillfeuern steigt ein Dickicht aus Rauchfahnen in den Abendhimmel.

»Meine Fresse!«, sagt Felix mit angewidertem Gesicht. »Ich habe ja schon davon gehört, aber das ist ja echt krass hier! Nur Ölaugen! Man hat wirklich nicht das Gefühl, in Deutschland zu sein.«

Simon betrachtet ihn aus den Augenwinkeln. »Findest du, es sind zu viele?«

Felix schnaubt durch die Nase. »Allerdings!«

»Hm«, macht Simon. »Aber die sind ja nun mal hier. Was soll man da machen?«

Felix zögert nicht mit der Antwort: »Also, ich weiß ja nicht, wie du darüber denkst, aber ich habe da eine ganz klare Meinung zu, für die ich mich auch nicht schäme: Dahin zurückschicken, wo sie herkommen! Und zwar alle! Ganz einfach. Die gehören nicht hierher.«

Simon sieht ihn aufmerksam an, reagiert aber nicht weiter. Schließlich spürt Felix, dass es in dieser Situation und seiner Rolle geradezu zwingend ist, eine einfache Frage zu stellen: »Wie denkst du denn eigentlich darüber?«

Simon blickt einen Moment lang stumm über die Menschenmassen im Park hinweg. Es scheint, als sei er unschlüssig, wie er auf diese Frage antworten soll. Dann lächelt er ein wenig seltsam und sagt: »Ach weißt du, Politik! Lass uns über was anderes reden.«

Statt auf Felix' radikale Statements einzugehen, plaudert Simon lieber über unverfängliche Themen wie mögliche Urlaubsreisen: »Sag mal, du warst doch lange in den Alpen. Schön da? Vielleicht fahre ich auch mal hin. Mit der Familie.«

Er grinst. »Obwohl keiner von uns Skifahren kann. Wo warst du da genau?«

»In der Nähe von Schliersee in Bayern. Das Riesensteinhaus. Ja, es ist schön da, ich war da eigentlich gern. War auch zuletzt fast den halben Winter über da, als das Haus geschlossen war. Allein.«

»Echt? Bestimmt spooky, oder?«

Felix grinst spöttisch. »Ich habe keine Angst im Dunkeln.«

Sie reden noch eine Weile über Belanglosigkeiten, bevor sie

sich auf den Weg zu Simons schwarzem Land-Rover-SUV machen, mit dem sie gekommen sind.

Simon setzt Felix noch in Schöneberg in der Goltzstraße ab, bevor er sich auf den Heimweg macht, weil er sich, wie er sagt, »heute um die Kinder kümmern muss«.

22

Zwei Tage später.

»Es führt zu nichts«, sagt Felix missmutig. »Er hat mir klar zu verstehen geben, dass er mit mir nicht über Politik reden will.«

Yael Rubin schaut unbeirrt. »Warten wir's ab. Vielleicht taut er noch auf.«

Felix bleibt skeptisch. »Ich habe nicht das Gefühl. Er ist freundlich, kumpelhaft, wir plaudern über dies und das und machen Sport zusammen. Das war's.«

»Aber ihre Bekanntschaft entwickelt sich. Jetzt heißt es dranbleiben!

Felix und die Mossad-Agentin sitzen an einem Tisch in einem Safe House des Mossad in Berlin-Friedrichshain, einer konspirativen Wohnung, die als die hinteren Räumlichkeiten einer kleinen Spedition getarnt ist. Ein heißer Tag neigt sich dem Ende zu, und obwohl es bereits 19 Uhr ist, sind die Temperaturen in dem fensterlosen Raum immer noch schier unerträglich. Felix rinnt der Schweiß, während sich die Israelin nichts anmerken lässt. Sie legt den Zeigefinger auf den Nasenrücken und sagt: »In jedem Fall: Je dauerhafter Ihr Verhältnis wird, um so mehr können Sie über ihn erfahren. Zum Beispiel über die vielen Reisen, die er macht. Er war in den letzten zwölf Monaten zweimal auf Mallorca, zweimal in den USA und dreimal in Weißrussland. Außerdem in Venezuela und in Australien. Aber wir wissen nicht, wo er da genau war.«

»Er sagt halt, dass er als freier IT-Spezialist viel unterwegs ist. Und auf Mallorca hat er sicher Urlaub gemacht.«

Während sie reden, betrachtet Felix die Israelin, die, eine winzige Schweißperle in dem hauchfeinen Haarflaum auf ihrer Oberlippe, vor ihm sitzt und ungebrochenen Optimismus verstrahlt. In der weißen, ärmellosen Bluse, die sie trägt, kommen ihre schön geformten, olivbraunen Arme gut zur Geltung, und Felix kann nicht umhin, wieder einmal festzustellen, wie gut sie aussieht. Abgesehen von seinen regelmäßigen Treffen mit Yael Rubin, bei denen es nicht viel zu berichten gibt, gibt es in Felix' Undercover-Leben wenig Abwechslung. Auch seine alte Freundin Magdalena Knoop hat er nur einmal zu einem Abendessen in ihrer schicken Eigentumswohnung in Berlin-Wilmersdorf getroffen. Im Moment befindet sich die BND-Agentin auf einer längeren Dienstreise im Ausland. Felix läuft, sofern es die zur Zeit herrschende Hitze zulässt, in Berlin herum, schaut auf dem Tablet Serien und Filme, liest viel online und plaudert mit Franzi, die ihn stumm mit ihren tintenschwarzen Reptilienaugen ansieht.

Felix beobachtet Yael Rubin, die gerade dabei ist, zwei neue Mineralwasser aus dem Kühlschrank zu holen. Mit den Flaschen in der Hand hinkt sie zum Tisch zurück und lässt sich langsam auf ihrem Stuhl nieder.

»Hören Sie«, sagt Felix, »ich würde gern mal zwei Tage nach Hamburg fahren und meinen Freund Sonny besuchen.«

Die Israelin scheint nicht allzu erfreut, sagt aber nach kurzem Zögern: »Okay ... das ... können Sie natürlich machen. Ihnen wird ... wie sagt man ... die Decke auf den Kopf fallen.«

»Kann man so sagen.«

Yael überlegt kurz und fragt: »Dieser Freund, weiß er etwa, warum Sie hier in Berlin sind?«

Felix schüttelt den Kopf. »Nein. Nicht, weil ich ihm nicht vertrauen würde, das tue ich absolut. Aber es ist besser, wenn er sich keinen Kopf um mich macht. Ich habe ihm erzählt, dass ich mal eine Auszeit vom Job und von der Hütte brauchte. Und dass ich mich in Berlin in der Gastro-Szene umsehen will. Er weiß, dass ich darüber nachdenke, irgendwann ein eigenes Restaurant zu eröffnen.«

»Oh«, sagt Yael erstaunt. »Das wusste ich nicht. Und sehen Sie sich denn wirklich nach was um?«

»Eher nicht. Ich dachte dabei auch nicht wirklich an Berlin.«

Die Mossad-Agentin legt den Zeigefinger auf den Nasenrücken und sagt: »Sollten Sie vielleicht trotzdem machen. Es füllt ihre Zeit aus. Und es passt gut zu ihrer Legende als Koch, der einen Job sucht.«

Felix betrachtet sie nachdenklich.

Yael fragt: »Wann sind Sie das nächste Mal mit Jenkins verabredet?

»Am Donnerstag. Also in drei Tagen. Wieder zum Badminton. Danach wollte ich los nach Hamburg.«

Die Mossad-Agentin nickt. »Okay.«

23

Es ist gegen dreiundzwanzig Uhr an diesem Abend, als Simon Jenkins in einem mit einer Stahltür gesicherten Raum seiner Wohnung in Berlin-Schöneberg sitzt und ein Kryptohandy in der gepflegten Hand hält. Am anderen Ende hört er eine Englisch sprechende, männliche Stimme, deren Klang ihn nun schon seit vielen Jahren begleitet. Eine gutturale, beinahe sanft klingende Stimme, die normalerweise nichts als Selbstgewissheit und Siegeszuversicht ausstrahlt, im Moment aber einen halb besorgten, halb verärgerten Unterton hat.

»Es gibt schlechte Neuigkeiten«, sagt die Stimme. »Aslan ist tot.«

Simon ist alarmiert. »Was?«

»Ich habe heute Abend die Nachricht erhalten. Er ist in Afrika ums Leben gekommen.«

Jenkins schweigt ein paar Sekunden. Dann sagt er: »Das ist bitter. Er war ein guter Mann. Was ist passiert?«

»Er hat sich ohne Ankündigung einer russischen Söldnertruppe angeschlossen, die in Mali gegen Aufständische kämpft. Dort ist er bei einem Gefecht gefallen.« Der Mann seufzt leise. »Er war süchtig nach dem Krieg. Und nach dem Geld.«

Simon Jenkins grunzt unwillig. »Als hätten wir ihn nicht auch gut bezahlt!« Dann fragt er: »Was machen wir jetzt? Das nächste Meeting ist schon im September. Wer könnte Aslans Job machen?«

»Das ist die Frage. Es gibt da einen anderen, einen aus Aslans Umfeld. Aber Stella traut ihm nicht.«

»Verstehe.«

»Nun, wir werden sehen. Es wäre bloß fatal, wenn dadurch der ganze Zeitplan ins Rutschen käme. Die *brothers*, die für die nächsten Aktionen vorgesehen sind, stehen unter großer Anspannung. Sie müssen bald eingesetzt werden.«

Als die beiden Männer ihr Gespräch beendet haben, sitzt Simon Jenkins im diffusen Schein seines Notebookscreens da und starrt eine Weile nachdenklich vor sich hin. Dann nimmt er eine halb volle Flasche Johnny Walker Black Label aus der Schreibtischschublade und gießt sich zwei Fingerbreit in das Glas, das auf dem Schreibtisch steht. Er leert den Whisky in kleinen Schlucken und denkt dabei intensiv nach. Schließlich erhebt er sich von seinem Stuhl, verschließt die schwere Stahltür hinter sich mit einem Türcode und geht durch den langen Flur in das Schlafzimmer der Wohnung, in dem seine Frau Mona bereits im Bett legt und auf dem Tablet eine Nachrichtensendung schaut. Anschließend unterhalten sich beide fast eine Stunde lang.

24

Am Nachmittag des darauffolgenden Tages ist Felix in seiner Einzimmer-Bleibe gerade dabei, Franzis Trinkschälchen zu säubern, als in der Hosentasche seiner Cargo-Shorts sein Handy vibriert. Einen Augenblick später hört er Mellys Stimme.

»Felix!«, sagt sie merklich aufgeregt. »Dieser Anruf, von dem du sprachst, dass er kommen könnte – also, der hat eben stattgefunden.«

Felix hält kurz den Atem an.

»Und?«

»Ich glaub, ich hab das ganz gut gemacht. Ganz überzeugend.«

»Erzähl!«

»Da war a Frau am Telefon, die stellte sich als Journalistin vor, die einen Artikel über ›Migranten in der Gastronomie‹ schreibt. Sie hätt gehört, dass es vor Kurzem im Riesensteinhaus einen rassistischen Vorfall gegeben hätt, weshalb der Koch entlassen wurde. Ob das wahr wär? Ja, hab ich gesagt, das is wahr. Ob der Koch Felix Brosch geheißen hätt? Ich sag: Kein Kommentar. Damit war sie zufrieden.«

Felix lächelt erleichtert. »Das hast du gut gemacht! Du bist die Größte! Danke!«

»Dann bin ich jetzt sozusagen auch ne Agentin des Geheimdienstes, oder?«

»Na klar! Mit Pensionsanspruch!«

Melly kichert. Dann sagt sie: »Hier geht das scho einigermaßen okay mit deiner Vertretung. Und Milan läuft halt wie immer, wie so a Duracell-Has'n. Aber«, fügt sie mit kokettem Unterton hinzu, »... ich vermiss dich schon a bisserl!«

Felix lächelt. »Ich dich auch.«

»Wie läuft es denn bei dir?«

»Ganz gut.«

»Pass auf dich auf!«

»Das werde ich!«

Als das Gespräch beendet ist, starrt Felix noch ein paar Sekunden verblüfft auf das Display. *Wow. Simon checkt mich tatsächlich aus.*

Sofort ruft er Yael Rubin an, die sich nach dem zweiten Rufton meldet.

»Es ist etwas passiert«, sagt Felix. »Ich habe Ihnen vielleicht erzählt, dass ich in einem Gespräch mit Simon den Namen der Hütte erwähnt habe, wo ich angeblich gefeuert wurde.«

»Ja.«

Dann schildert Felix der Mossad-Agentin sein Telefongespräch mit Melly, die er, wie er erklärt, auf die Möglichkeit eines solchen Anrufs vorbereitet und entsprechend instruiert hat.

»Hm«, sagt die Israelin. »Da haben wir es. Er überprüft Sie. Will auschecken, ob sie der sind, der sie zu sein vorgeben. Warum sollte er das tun, wenn er nichts zu verbergen hat?«

Felix kratzt sich das kurze Stoppelhaar und sagt: »Sieht so aus.«

»Es war eine Frau, die bei Ihrer Chefin angerufen hat?«

»Ja.«

»Vielleicht seine Ehefrau.«

»Wer weiß? Jedenfalls sagt Melly, sie glaubt, dass sie ihre Sache gut gemacht hat. Glaubwürdig.«

»Sehr gut.«

Felix überlegt einen Moment und sagt: »Aber warum kommt dieser Anruf gerade jetzt? Fast vier Wochen, nachdem wir uns wiedergetroffen haben?«

Die Israelin schweigt ein paar Sekunden. Dann sagt sie: »Berechtigte Frage. Aber vielleicht bekommen wir darauf schon bald eine Antwort.«

25

Als Felix und Simon Jenkins am darauffolgenden Donnerstag ihr Match beendet haben und vor ihren Spinden in der Umkleidekabine stehen, sagt Simon unvermittelt: »Hör mal, ich dachte, wenn ich dich nachher absetze, könnte ich noch kurz mit rauf in deine Bude kommen. Natürlich nur, wenn dir das recht ist. Würde gern mal sehen, wie du so haust.«

»Klar«, erwidert Felix, ein bisschen perplex. Dann grinst er erfreut und sagt: »Ich habe sogar Bier im Kühlschrank.«

Simon grinst zurück. »Bestens.«

Eine Dreiviertelstunde später dreht Felix den sperrigen Schlüssel im Türschloss seiner Bleibe und bittet Simon hinein. Der sieht sich interessiert um. »Na, viel Platz hast du ja hier nicht.«

Felix zuckt gleichmütig die Achseln. »Komme schon klar. Soll ja nicht für ewig sein.«

Simons Blick fällt auf Franzis Terrarium. »Was ist das?«, fragt er.

Felix lächelt. »Das ist das Luxusapartment meiner Schildkröte. Sie heißt Franziska.«

Simon geht näher an die Glasscheibe heran und erkennt jetzt den hinteren Teil von Franzis Panzer, die, halb verdeckt unter dem Katzengrasstrauch ruht.

»Jesus! Du hast ne Schildkröte!«

Felix zwinkert Simon zu und sagt: »Ihr werdet sicher gut klarkommen. Schließlich kennt ihr euch ja schon.«

Simon schaut verständnislos.

Felix lächelt. »Ja, damals, als du mal mit deinen Eltern in Hamburg warst, habe ich sie dir gezeigt.«

Simons Augenbrauen schweben in die Höhe. »Was? Ich kann mich gar nicht ... aber das ist doch ewig her! Wie alt ist die denn?«

»Um die vierzig. Im besten Alter. Sie könnte sechzig, achtzig, vielleicht sogar hundert Jahre alt werden.«

Simon schüttelt bass erstaunt den Kopf. »Fuck me! Das ist wirklich faszinierend.«

Felix holt zwei Dosen Kilkenny's aus dem kleinen Kühlschrank unter der Spüle und reicht Simon eine davon. Sie nehmen an dem winzigen Tisch Platz und lassen die Verschlüsse zischen. Simon nimmt einen gründlichen Schluck und lässt seine Augen über den Kleiderschrank und die paar Gegenstände wandern, die im Raum verteilt sind. »Hast du hier alles, was du besitzt?«

»Ich habe noch einigen Kram in Hamburg gebunkert. Sachen von früher, ein paar Möbel, Klamotten. Nicht viel jedenfalls.«

»Du hast erwähnt, dass du geschieden bist. Hast du gar keine Freundin oder so was?«

»Nein.«

»Aber ...«, sagt Simon und grinst. »Man muss doch auch mal Sex haben ...«

Felix verzieht den Mund zu einem schiefen Lächeln. »Sicher ... als ich auf dem Berg war, ergab sich hin und wieder was. Mit Touristinnen, die da übernachtet haben. So One-Night-Stands.«

Simon grinst noch breiter. »Kann ich mir vorstellen. Bist ja auch ein cooler Typ. Warst du immer schon.«

Es entsteht eine Pause, während der Simon seine Bierdose zum Mund führt und einen langen Schluck nimmt. Dann setzt er die Dose behutsam auf dem Tisch ab und blickt eine Weile geistesabwesend auf das Etikett. Schließlich räuspert er sich und sieht Felix direkt in die Augen, während er, langsam und jedes Wort abwägend, sagt: »Hör mal, du hast ja gemerkt, dass ich es bisher vermieden habe, über politische Dinge zu reden. Wie du ja am eigenen Leib erfahren hast, muss man mit bestimmten Meinungen sehr vorsichtig sein. Aber vielleicht ist es jetzt an der Zeit, da Farbe zu bekennen. Tatsächlich finde ich, dass du die richtigen Ansichten hast – was die Bewahrung der weißen Kultur betrifft. Und dass man die Überfremdung, diesen geplanten Austausch der Bevölkerung, radikal bekämpfen muss.«

Felix ist elektrisiert.

Er entschließt sich, Überraschung zu mimen. »Echt?«, sagt er. »Ich hätte gedacht ... hm ... du seist eher so was wie ein ... Liberaler oder so. Irgendwie wirkst du gar nicht so, als ob du ...« Er lässt den Satz unvollendet im Raum stehen.

Simon lächelt milde: »Vielleicht hängst du zu sehr an Äußerlichkeiten.«

Felix verzieht verlegen den Mund und sagt: »Ach ... vergiss es. Es freut mich jedenfalls, dass du so denkst wie ich.«

Simon nickt bedächtig. Dann fragt er: »Hast du dich denn schon mal politisch engagiert?«

»Wie meinst du? Also, Parteien, Versammlungen, Aufmärsche, das war nie so mein Ding.«

»Du kennst gar keine Leute aus der nationalen Szene?«

»Na ja, früher in der Armee, da gab es zwei, drei Jungs, die so dachten.«

Simons Blick ruht eine Weile auf dem schon leicht verblassten Tattoo auf Felix' nacktem Oberarm. Es zeigt einen herabstoßenden Adler in einem Eichenlaubkranz versehen mit einer Römischen Ziffer – das Abzeichen der Fallschirmjägertruppe, bei der Felix gedient hat.

Felix' Cousin deutet auf die Tätowierung und sagt: »Ich finde das sehr spannend, dass du Soldat warst in Afghanistan. Hast du da Leute gekillt?«

Felix weiß, was er antworten muss.

»Ja«, sagt er mit gleichmütigem Ausdruck.

Es ist eine komplette Lüge, denn während seiner beiden Einsätze in Mazar-e Sharif hat er – abgesehen vom Schießtraining – keinen einzigen Schuss abgefeuert.

Simon nickt voller Respekt. »Verstehe. Hast du Fotos?«

»Klar.«

Felix nimmt sein Smartphone und öffnet die Bilder-App. Er scrollt eine Weile und hält Simon dann das Display hin. Felix in der Kaserne in Seedorf bei der Ausbildung neuer Rekruten, Felix in Afghanistan, mit Bundeswehr-Kameraden, mit afghanischen und US-Soldaten, mit afghanischen Kindern und Bauern.

Die kleine Slideshow hat bei Simon die gewünschte Wirkung. »Okay«, sagt er in beifälligem Ton. »Ein Elitesoldat. Ein Fighter. Aber das warst du ja immer schon.«

Felix lächelt zufrieden.

Simons hellblaue Augen wandern durch das winzige Zimmer und zu dem Nachttisch, auf dem ein kleiner Bluetooth-Speaker steht.

»Was hörst du denn so für Musik? Immer noch Tupac?«

Felix schüttelt entschieden den Kopf. »Nee, das war mal!«

»Ach, weißt du«, sagt Simon nachdenklich, »ich denke, Tupac war eigentlich ganz okay. Natürlich ein Nigger, klar, aber er war auch ein Revolutionär. Gegen das System. Ein Underdog. Tausendmal besser als ein Wallstreet-Jude.«

Felix betrachtet ihn gebannt.

Er nickt beifällig zu Simons letzter Bemerkung und sagt: »Na, da hast du definitiv recht!«

Simon fragt: »Wie denkst du denn überhaupt über die Juden?«

Felix runzelt die Stirn, als überlege er, wie er sich ausdrücken soll. »Na ja«, sagt er dann. »Ich denke, sie sind hinterhältig. Und machtgierig.«

Simon betrachtet ihn mit beifälligem Ausdruck, sagt aber nichts.

Felix spürt, dass es an der Zeit ist, selber Fragen zu stellen. »Wo wir vorhin davon sprachen: Hast du dich denn schon mal politisch engagiert?«

»Hm«, macht sein Cousin. »Ja. Als ich nach meinem Studium zurück in England war, hatte ich mal eine Website, in der ich meine Meinung geäußert habe. Und ich hatte deswegen ziemlichen Ärger mit der Justiz.«

»Echt?«

»Ja. Ich kriegte dann auch Probleme im Beruf. So wie du. Deshalb bin ich nach Berlin gegangen.« Er überlegt kurz und muss lächeln. »Auch wie du!«

Felix grinst breit und hält Simon seine Bierdose entgegen. »So kann das gehen. Cheers!«

»Cheers!«, gibt Simon zurück und stößt mit dem unteren Rand seiner Dose an die von Felix an.

»Weißt du was?«, sagt Simon unvermittelt. »Hast du Lust, am Samstag zu mir nach Hause zum Grillen zu kommen? Dann stelle ich dir meine Frau und die Kinder vor.«

Felix schaut erfreut. »Klar! Sehr gern!«

Kurz darauf verabschiedet sich Simon, und Felix sitzt eine Weile nachdenklich am Tisch. Dann ruft er Yael Rubin an und berichtet ihr von seiner Unterhaltung mit seinem Cousin.

Die Israelin ist hörbar erfreut. »Hervorragend«, sagt sie. »Er ist immer noch der alte Extremist, und er akzeptiert Sie als Gesinnungsgenossen. Der Kontrollanruf bei Ihrer Chefin hat ihn anscheinend darin bestärkt. Er beginnt, Ihnen zu vertrauen!«

»Das scheint so.«

»Sie sagten vorhin, er hätte die Juden einmal explizit erwähnt?«

»Ja, in einem etwas skurrilen Zusammenhang. Er meinte Tupac Shakur sei zwar ein Schwarzer gewesen, aber immer noch besser als ein Wallstreet-Jude.«

»Tupac ... wer?«

»Ein amerikanischer Rapper, den wir als Teenager oft gehört haben.«

Die Israelin schweigt einen Moment. Dann sagt sie nur: »Interessant.«

Felix überlegt kurz und sagt: »Nehmen wir mal an, er ist der Top-Terrorist, den Sie in ihm vermuten: Glauben Sie, ein paar politische Gespräche und ein Rechercheanruf reichen schon aus, damit er alle Vorsicht aufgibt?«

»Sicher nicht. Er wird Ihnen weiter auf den Zahn fühlen. Und wenn seine Frau mit drinsteckt, wovon ich ausgehe, wird die Sie auch begutachten. Vielleicht ist das der Grund für die Einladung.«

»Vielleicht«, sagt Felix nachdenklich.

26

Der darauffolgende Samstag ist ein Sommertag wie aus dem Bilderbuch, angenehm warm, aber nicht zu heiß, so dass es auch inmitten der hohen Häuser gut auszuhalten ist. Mit einer Flasche Rotwein und Überraschungseiern für Simons Kinder im Rucksack läuft Felix durch die Akazienstraße mit ihren vielen Lokalen, die wie immer am frühen Abend gut gefüllt sind. Er überquert die Hauptstraße und betritt die überdachte Kaiser-Wilhelm-Passage, in der er vor einem Blumenshop stehen bleibt. Er kauft einen mittelgroßen, fertigen Strauß mit Sonnenblumen, Margeriten und Mohnblumen für Simons Frau. Ein paar Minuten später steht er vor dem gepflegten, vierstöckigen Wohnhaus, in dem Simon eine Eigentumswohnung besitzt und blickt die Fassade hoch. Dabei bemerkt er die kleine Kamera, die sich über dem Eingang befindet – in dieser Gegend ziemlich ungewöhnlich. Er drückt die Türklingel mit dem Namen Jenkins, und kurz darauf meldet sich Simons Stimme über die Gegensprechanlage. »Felix! Komm rauf!«

Der Türsummer geht, und Felix steigt durch das Treppenhaus in die vierte Etage, bis er vor einer massiven Stahltür steht, die mit einem High-Security-Schloss und einer weiteren Minikamera versehen ist. Nach ein paar Sekunden öffnet sich die Tür, und Simon steht vor ihm. Er trägt ein dunkelblaues Polohemd, beige Leinenshorts und Flipflops, in denen seine sehnigen, gebräunten Füße gut zur Geltung kommen.

»Alter«, sagt er erfreut. »Komm rein!«

Als Felix die Wohnung betritt, taucht sofort Bo, der Golden Retriever, auf und lässt sich von Felix den Kopf tätscheln. »Ah«, sagt Felix. »Den Hund hatte ich ganz vergessen. Hätte ihm sonst ein paar Leckerlis mitgebracht.«

»Unsinn«, sagt Simon lächelnd. »Der ist verwöhnt genug.«

Nachdem Felix Bo begrüßt hat, sieht er sich in dem weitläufigen Flur der Wohnung um. An den Wänden hängen Reproduktionen von farbengesättigten, expressionistischen Gemälden. Simon bemerkt Felix' Blick und sagt: »Die sind von Emil Nolde, einem dänischen Maler. Im Dritten Reich war er verboten, weil Hitler ihn nicht mochte. Goebbels hingegen stand auf ihn. Ich denke, in dem Fall hatte er recht.«

Felix macht ein interessiertes Gesicht. Dann fällt sein Blick auf zwei schmale Podeste aus dunklem Holz, auf denen zwei filigran gestaltete, kleine Bronzefiguren stehen: ein halbnackter griechischer Krieger mit Vollvisierhelm, Speer und Rundschild. Die zweite Figur ist eine nackte Frau, die, auf dem Rücken einer Hirschkuh sitzend, von einem Bogen einen imaginären Pfeil abschießt.

Im nächsten Moment bemerkt Felix die Person, die aus der Tiefe des Korridors auf ihn zukommt. Eine etwas breithüftige, mittelgroße Frau mit brünettem, wallendem Haar, das ihr bis über die Schultern reicht. Sie trägt einen ärmellosen Jumpsuit aus schwarzem Leinen, der heftig mit der kreideweißen Haut ihrer kräftigen Arme kontrastiert. Mit ihrem breiten, etwas konturarmen Gesicht und den dünnen Lippen wirkt sie ziemlich unscheinbar, aber ihre wachsamen, fast schwarzen Augen vermitteln den Eindruck von Willensstärke und Intelligenz. Felix hält sie für Mitte dreißig.

»Schönen guten Abend!«, sagt sie mit einem freundlichen Lächeln, und Simon stellt die beiden einander vor. »Mona, meine Frau. Simon, mein Cousin.«

»Freut mich!«, sagt Felix und tauscht mit ihr einen Händedruck. Dann überreicht er Mona die Blumen, für die sie sich höflich bedankt.

Eine Schönheit ist sie nicht unbedingt. Rein vom Äußerlichen passt sie gar nicht so zu Sonnyboy Simon. Aber er wird seine Gründe haben.

Sekunden später ist Felix von zwei kleinen Kindern umringt, einem zierlichen, blonden Mädchen und einem sommersprossigen, ein wenig pummeligen Jungen mit Brille, die ihn fröhlich begrüßen.

»Das sind Daphne und Cedrick«, sagt Simon in behaglichem Ton. Felix überreicht den Kids die Überraschungseier, die bestens ankommen, und beobachtet, wie sie sich damit abmühen, die Alufolie abzupellen.

Kurz darauf trollen sich die beiden in ihr Zimmer, und Mona zieht sich in die Küche zurück, um das Essen vorzubereiten. Simon fasst Felix am Arm und führt ihn durch die Wohnung. Sie betreten das große Wohnzimmer, das mit Designermöbeln aus weißem Leder bestückt ist. Die cremefarbenen Vorhänge vor den Fenstern sind offenbar aus Seide. Neben dem überdimensionierten Videoscreen befindet sich ein flacher Mahagonitisch, auf dem eine Beethoven-Büste steht. Felix sagt: »Das ist Beethoven, nicht wahr? Hörst du seine Musik?«

»Hin und wieder.«

Dann wird Felix' Blick von dem meterbreiten Bild absorbiert, das einen auffälligen Kontrast zu dem hypermodernen Sofa bildet, über dem es hängt. Es ist die Reproduktion eines Historiengemäldes aus dem 19. Jahrhundert und zeigt einen antiken, römischen Triumphzug. In der Mitte, hell beleuchtet, geht eine blonde Frauengestalt mit stolz gerecktem Kinn, die einen kleinen, trotzig aufschauenden Jungen an der Hand führt.

Simon bemerkt Felix' Blick und erklärt: »Das Bild heißt ›Thusnelda im Triumphzug des Germanicus‹. Von Carl von Piloty, 1873. Thusnelda war die Frau des Germanen Arminius, der die Römer im Teutoburger Wald besiegt hatte. Sie wurde von den Römern gefangen genommen und der Meute in Rom vorgeführt. Der kleine Junge ist Arminius' Sohn.«

»Phantastisches Bild«, sagt Felix, und das ist nicht einmal gelogen. Es ist in der Tat ein imposantes Gemälde, aber es ist auch klar, warum es in Simons Welt einen Ehrenplatz hat. Es verkörpert das Pathos des tragischen Heroismus, die Feier des stolzen, unbeugsamen Germanentums.

Ihm fällt auf, dass es im Raum kein Bücherregal gibt.

»Keine Bücher?«, fragt er.

Simon zuckt die Achseln. »Zu viel Ballast. Ich lese nur noch digital. E-Reader, Tablet und so weiter.«

Dann machen sie sich auf den Weg ins obere Stockwerk, wobei

sie an einer schweren Stahltür vorbeikommen, ganz ähnlich der am Eingang der Wohnung. Hier drinnen wirkt sie merkwürdig deplatziert. Felix registriert auch das digitale Zahlenschloss neben der Tür.

»Wow«, sagt er feixend. »Was hast du da denn drin? Goldbarren?«

Simon grinst. »Das ist mein Arbeitszimmer. Durch den Türcode habe ich da drin meine Ruhe. Für die Kinder ist das die No-go-Area.«

»Verstehe«, sagt Felix.

Kurz darauf steigen Felix und Simon über eine Wendeltreppe zu der großen Dachterrasse hinauf, die von Blumenkübeln mit Buchsbäumen so dicht eingerahmt ist, dass sie von nirgendwo einsehbar ist. Unter der ausladenden Markise steht eine großer, ovaler Tisch, um den sich bequem aussehende Sessel aus dunkelbraunem Korbgeflecht gruppieren. Am Rand der Balustrade schimmert ein trutziger, schwarzer Gasgrill. Daneben steht ein kleines, mit einem Zapfhahn versehenes Fass mit Kilkenny-Bier.

Simon zeigt auf das Fass und sagt: »Nichts gegen deinen Rotwein, aber ich dachte, wir starten mit was Vernünftigem.«

Felix macht ein beglücktes Gesicht.

»Spitzenmäßig.«

Die beiden füllen sich jeder einen Halbliterhumpen mit Bier. Simon grinst. »Die Iren sind zwar Scheiß-Loser, aber das Bier ist gut.«

Sie nehmen am Tisch Platz und stoßen an. »Danke für die Einladung!«, sagt Felix.

Er blickt sich auf der Terrasse um und sagt: »Tolle Wohnung hast du. Eine nette Frau, zwei tolle Kinder. Dir scheint es richtig gut zu gehen! Guter Job so als Computerspezialist, was?«

»Ich kann mich nicht beklagen. Habe viel zu tun und verdiene gut. Ich bin spezialisiert auf Logistikprogramme und öfter auf der ganzen Welt unterwegs: Amerika, Australien, Europa.«

»Musst du bald wieder irgendwohin?«

»Das kann gut sein.««

»Hm, dann bist du auch so ne Art Feuerwehrmann, wenn's irgendwo Probleme gibt?«

Simon lächelt. »So kann man das nennen.« Dann fragt er: »Und du? Kein Job in Sicht?«

»Nein.«

»Und wie kommst du klar ... finanziell?«

Felix zuckt die Achseln. »Na ja, noch habe ich ein paar Reserven.«

Sie plaudern ein wenig über Felix' Eindrücke von Berlin und die neuesten Transfers in der deutschen und der britischen Fußball-Liga, bis Mona und die Kinder auf der Terrasse erscheinen. Simon erhebt sich, um den Gasgrill anzufeuern. Seine Frau stellt zwei große Schalen mit Grillgut auf einen Beistelltisch. Dann beginnt sie, den Esstisch mit Saucen und Dips aller Art zu bestücken.

Das kleine Mädchen und der etwas ältere Junge plappern munter drauflos und zeigen Felix die kleinen Spielzeuge, die sie in ihren Schokoeiern gefunden haben. Dann hält ihm Cedrick stolz ein hübsch gefaltetes, mit Buntstiften bemaltes Papierflugzeug entgegen. Felix sagt pflichtschuldigst. »Wow!« und »Habt ihr das in der Kita gemacht?«

Mona, die gerade eine Riesenschüssel mit Salat auf den Tisch hievt, blickt kurz auf und sagt: »Nein, das habe ich mit Cedrick gemacht. Die Kinder gehen nicht in die Kita. Da werden sie nur indoktriniert.«

Felix verzieht den Mund. »Ja, das ist heute so.« Dann runzelt er scheinbar nachdenklich die Stirn und fragt: »Und später? In der Schule?«

Simon, der gerade dabei ist, den Grillrost zu füllen, wendet sich um und sagt: »Das muss man noch sehen. Wir werden eine finden, wo es hoffentlich nicht ganz so schlimm ist.«

Es folgt ein Essen mit Bratwürsten und Bio-Saft für die Kinder, veganer Kost und Rotwein für Mona sowie Bier, Putenfilet und edlem Lammlachs für Felix und Simon. Die Stimmung ist recht entspannt, man plaudert über Belanglosigkeiten und amüsiert sich über drollige Bemerkungen der Kinder, die, wie es Felix scheint, recht gut erzogen sind. Auf ihn wirkt die Szene beinahe surreal.

Das Einzige, was Felix' Eindruck einer harmonischen Atmosphäre stört, ist der etwas misstrauische Ausdruck in Monas flinken, an einen Dachs erinnernden Augen, wenn sie ihn ansieht.

Als sich das Essen dem Ende nähert, richtet Mona das Wort an Felix: »Simon hat mir viel von dir erzählt. Es ist schön, dass ihr euch so ... so zufällig wiedergetroffen habt. Nach so vielen Jahren! Und dann habt ihr immer noch so viele Gemeinsamkeiten!«
Felix lächelt verbindlich. »Ja, das ist eine schöne Fügung.«
»Simon hat mir auch die Geschichte mit deinem letzten Job erzählt, wo du entlassen wurdest. Üble Sauerei.«
Felix verzieht das Gesicht, so als sitze die Wut immer noch tief. »Ja, es hat mich echt in Schwierigkeiten gebracht!«
Mona nickt verständnisvoll. Dann fragt sie: »Du kommst aus Hamburg, nicht wahr?«
»Ja.«
»Und warst du immer schon Koch?«
»Ich habe das in Hamburg gelernt, und dann war ich acht Jahre beim Bund. Und danach wieder Koch.«
»Immer auf dieser Berghütte?«
Felix entschließt sich spontan, ein paar Stationen aus seiner falschen Legende aufzuzählen, die die sechs Jahre abdecken, in denen er beim MAD war.
»Nein, nur die letzten Jahre. Vorher bin ich viel rumgekommen. Ich war auf einem Kreuzfahrtschiff. Dann in Bremen. Dann in Schwerin ...«
Monas kleine Dachsaugen weiten sich plötzlich. »Schwerin!« ruft sie. »Da habe ich meine Ausbildung gemacht und ein paar Jahre gewohnt!«
Felix spürt, wie sein Magen durchsackt.
Verflucht! Wieso wussten der BND und der Mossad das nicht? Alles, was man mir über sie gesagt hat, ist, dass sie aus Neubrandenburg stammt. Schwerin ist ganz zufällig in meinen falschen Lebenslauf geraten. Ich war da noch nie! Und jetzt wird sie mich gleich nach meiner Zeit dort ausfragen!
Wie zur Bestätigung sagt Mona: »Ich kenne mich da gut aus. Wo hast du da gearbeitet? Und wo hast du gewohnt?«
Felix bleibt einen ihm endlos scheinenden Moment lang stumm, völlig ratlos, was er antworten soll. Sein Gehirn läuft auf Hochtouren und produziert schließlich eine Ausrede, von der er hofft, dass sie kein zu großes Misstrauen weckt. Er tut so, als stutze er

plötzlich und sagt: »Äh ... sagte ich Schwerin? Ich meinte Stettin! In Polen! Hab mich versprochen. Ich war in einem Hotel in Stettin!« Um noch eine politische Nebelkerze hinterherzuwerfen, ergänzt er im Brustton der nationalen Überzeugung: »Die Stadt heißt ja heute anders, aber Stettin ist der einzig richtige Name. Ist ja eine deutsche Stadt!«

»Das stimmt«, sagt Mona nur und betrachtet Felix mit zusammengekniffenen Augen. Es entsteht eine seltsame Pause, die Felix zu überbrücken versucht, indem er seinerseits Fragen stellt: »Und du? Was machst du beruflich?«

»Ich bin gelernte Zahnarzthelferin. Aber seit Cedrick und Daphne da sind, arbeite ich nicht mehr.«

Bald darauf erhebt sich Mona, um die Kinder bettfertig zu machen, und Felix bleibt mit Simon allein auf der Terrasse zurück. Nach ein paar Minuten erhebt sich Simon ebenfalls und sagt: »Ich muss mal aufs Klo.« Er zeigt auf das Kilkenny-Fass. »Du kannst schon mal zwei Neue fertig machen!«

Simon Jenkins läuft die Wendeltreppe zur unteren Etage hinunter und betritt die Küche, wo seine Frau am Esstisch sitzt und ihn bereits erwartet. Er schließt die Tür hinter sich und lehnt sich mit verschränkten Armen dagegen. »Und?«, fragt er. »Was hältst du von ihm?«

Mona runzelt die Stirn. »Ich weiß nicht. Irgendwas ist komisch. Hast du seine Reaktion bemerkt, als ich ihn nach seiner Zeit als Koch in Schwerin fragte? Er schien irgendwie ... total verdattert ... unsicher. Und dann sagt er, es sei nicht Schwerin, sondern Stettin gewesen! Wie kann man das verwechseln?«

Simon runzelt die Stirn. »Hm, na ja. Kann doch passieren. Klingt ja irgendwie ähnlich. Ein Versprecher halt.«

Mona bleibt skeptisch.

»Und du«, sagt Simon, »hast doch selbst auf dieser Hütte angerufen, wo er zuletzt war. Schien doch alles zu stimmen an seiner Geschichte.«

»Ja, mag alles sein. Aber das ändert nichts daran, dass wir so gut wie nichts über ihn wissen. Er taucht quasi aus dem Nichts auf, niemand kennt ihn in der Szene. Mach keine voreiligen Dinge!«

»Natürlich nicht. Du weißt, dass ich auch zuerst skeptisch und

ihm gegenüber reserviert war, wenn er mit Politik anfing. Aber ich habe das Gefühl gewonnen, dass Felix okay ist. Dass er auf der richtigen Seite steht. Und dass er nützlich werden könnte, jetzt wo Aslan tot ist.«
»Was, wenn er doch ein Spitzel ist oder ein verdeckter Ermittler?«
»Das wäre doch ein seltsamer Zufall, oder? Ausgerechnet mein Cousin?«
Mona streicht sich in einer energischen Bewegung eine Strähne ihres dicken, wellig gelockten Haars aus der Stirn und starrt stirnrunzelnd vor sich hin.
Simon geht zu ihr hin und legt beide Hände auf ihre Schultern. »Hör zu, es ist völlig verständlich, dass du erst mal misstrauisch bist. Du kennst ihn nicht, wie ich ihn zu kennen glaube. Und ich sage ausdrücklich, zu kennen glaube. Denn ganz sicher kann ich mir schließlich nicht sein. Und deshalb«, fährt er fort, »rede ich natürlich erst mal mit dem Chef, bevor ich irgendetwas unternehme. Ich schicke ihm auch ein Foto von Felix. Ich denke, dass er über seine Kanäle vielleicht etwas über ihn herausfinden kann.«
»Gut«, sagt Mona ein wenig besänftigt und verlässt die Küche, um nach den Kindern zu sehen, die sich, verdächtig still, im Kinderzimmer aufhalten.
Simon kehrt zu Felix auf die Terrasse zurück. »Lass uns ein Selfie machen!« sagt er gut gelaunt und zückt sein Smartphone. Beide stellen sich vor dem Grill Arm in Arm in Positur und grinsen in die Linse.
»Perfekt«, sagt Simon und zeigt Felix das Foto. »Ich schick es dir per WhatsApp.«
Inzwischen ist es fast neun Uhr abends und der Himmel über ihnen immer noch hell und wolkenlos. Nur der wattige Kondensstreifen eines Fliegers durchzieht die Bläue. Eine leichte Brise bahnt sich ihren Weg durch die Lücken zwischen den Buchsbäumen.
Simon greift in die Brusttasche seines Polohemds und produziert einen kleinen Joint. »Magst du?«, fragt er mit spitzbübischem Grinsen. Felix erschrickt beinahe.

O boy. Erst Beethoven und jetzt Gras. Wir scheinen immer noch mehr gemeinsam zu haben, als mir lieb ist.

Simon feuert die kleine Tüte an und nimmt genüsslich einen Zug. In den ausgeblasenen Dampf hinein sagt er: »Ich rauche ja keine Zigaretten mehr, aber ab und zu einen Joint … Mona hasst das!«

Felix grinst. »Ich werde dich nicht verpfeifen!«

Sie kiffen gemeinsam und reden noch eine Stunde, wobei sich Simon für verschiedene Aspekte von Felix' Beruf als Koch interessiert und auch noch einmal auf seine Zeit als Soldat zurückkommt. Gegen zehn Uhr macht sich Felix schließlich auf den Heimweg.

•

Sobald sich die Wohnungstür hinter Felix geschlossen hat, begibt sich Simon zu der mit einem Zahlencode gesicherten Stahltür, die zuvor Felix' Aufmerksamkeit erregt hat. Er gibt eine sechsstellige Kombination ein, öffnet die Tür und tritt in einen Raum, in dem sich nur ein paar Regale und ein Schreibtisch befinden, auf dem zwei Desktop-Computer stehen. Simon nimmt ein Kryptohandy aus der Schreibtischschublade und wählt eine lange Nummer.

Zwei Minuten lang ertönt ein schnarrender Rufton, und Simon überlegt schon, es zu einem späteren Zeitpunkt zu versuchen, als es in der Leitung knackt und dieselbe sonore Stimme ertönt, die ihn vor ein paar Tage von einem Todesfall in Mali in Kenntnis gesetzt hat.

»Simon!«, sagt sie in einem warmen Ton.

»Guten Abend, Sir! Wie geht es Ihnen?«

»Gut, Simon. Und dir?«

»Alles gut, Sir!«

Nach dieser freundlichen Begrüßung kommt Simon zur Sache: »Sir, es geht um meinen deutschen Cousin, einen Mann mit dem Namen Felix Gerhard Brosch.«

Dann erzählt Jenkins seinem Gesprächspartner von seiner zufälligen Wiederbegegnung mit Felix, ihrer Jugendfreundschaft und alles, was er in der Zwischenzeit über ihn weiß. Als er seinen

Bericht beendet hat, fragt der Mann am anderen Ende: »Und du glaubst, er könnte Aslans Rolle übernehmen?«

»Ja. Ich denke ja.«

»Und du hältst ihn für vertrauenswürdig?«

»Ich denke, er ist zuverlässig. Politisch steht er auf der richtigen Seite. Ich halte es für möglich, ihn für unsere Sache zu gewinnen. Sicher bin ich mir nicht, aber mit Ihrem Okay würde ich ihm weiter auf den Zahn fühlen. Er ist alleinstehend, hat keinen Job und braucht Geld. Und ich halte ihn für beeinflussbar. Er hatte früher immer so eine gewisse Bewunderung für mich.«

»Hm, du sagst, er ist sonst nirgendwo in unserem Lager bekannt? Und quasi aus dem Nichts aufgetaucht? Könnte er nicht doch ein Agent oder ein Spitzel sein?«

»Dass wir uns wiederbegegnet sind, schien wirklich ein reiner Zufall zu sein. Wie solche Dinge manchmal passieren. Life can be strange. Aber«, schränkt Simon dann ein, »natürlich sollten wir ihn über unsere Kanäle noch mal durchleuchten.«

»Definitiv!«, sagt Simons Gesprächspartner. »Ich werde mit Kormoran reden. Wenn der Mann ein Polizeispitzel ist oder ein Undercover-Agent, müsste das herauszukriegen sein.«

»Gut. Ich habe ein Foto von ihm gemacht, das ich direkt im Anschluss schicke.«

Simons Gesprächspartner überlegt zwei Sekunden, bevor er fragt: »Siehst du irgendeinen möglichen Grund, warum du aktuell im Fokus von Polizei oder Nachrichtendiensten sein könntest?«

»Nein, definitiv nicht.«

»Gut. Ich melde mich in einigen Tagen. Bis dahin keine weiteren Initiativen!«

»Jawohl, Sir!«

Nachdem das Thema besprochen ist, fragt der Mann am anderen Ende:

»Wie entwickelt sich denn Little Nemo?

»Ich denke, er ist bereit.«

»Das ist gut. Du hast viel Zeit in ihn investiert.«

»Ja.«

Die Stimme am anderen Ende bekommt einen ausgesprochen warmen Klang.

»Simon, mein brother, pass gut auf dich auf! Wir haben noch viel zusammen vor! Ich freue mich auf unser baldiges Wiedersehen.«

27

Einen Tag später.

Verstohlen beobachtet Felix Yael Rubin, die heute das rechte Bein noch ein wenig mühsamer nachzieht als sonst. Hin und wieder nimmt er ein verräterisches Zucken ihrer Mundwinkel wahr.
Sie sieht aus, als habe sie Schmerzen.
Felix fragt sich nicht zum ersten Mal, woher diese schöne Frau ihr Handicap hat. Aber weil ihr Verhältnis von unterkühlter Professionalität ist, käme er nicht auf die Idee, sie danach zu fragen.

Mit langsamen Schritten gehen die beiden durch einen großen Ausstellungsraum des Spionagemuseums am Leipziger Platz. In einem, wie Felix schien, überraschenden Anflug von Humor hat die Mossad-Agentin diesen Treffpunkt vorgeschlagen, weil das Safe House des Mossad in Friedrichshain »wegen eines Notfalls« anderweitig gebraucht wird.

Während beide, etwas abseits von einer lärmenden Kindergruppe, vor einem Schaukasten mit einem roten Büstenhalter stehen, in den eine Minikamera eingearbeitet ist, sagt Felix in gedämpftem Ton: »Das ist doch mal eine originelle Idee! Zwei Spione treffen sich im Spionagemuseum.«

Die Israelin lächelt und sagt: »Nicht wahr? Aber abgesehen davon, ist dieses Museum wirklich interessant! Auch technisch sehr modern. Es gibt Virtual Reality, Multimedia. Man kann sogar verfolgen, wie ein vermeintlich sicheres Passwort geknackt wird und wie man eine Website hackt.«

Das nächste Ausstellungsstück, an dem sie vorbeikommen, ist ein kofferähnlicher Holzkasten, in dem sich eine altertümliche, staksige Tastatur, Buchstabenwalzen und eine Reihe von Leuchtfeldern befinden. Er braucht den Begleittext nicht, um zu wissen,

dass es sich um eine »Enigma« handelt, die berühmte Chiffriermaschine des Dritten Reichs während des Zweiten Weltkriegs.
»Und die Geschichte kommt auch nicht zu kurz.« Felix deutet auf das Verschlüsselungsgerät. Dabei wirft er einen forschenden Seitenblick auf Yael, deren Miene keine besondere Regung zeigt.
Die Israelin zeigt auf ein Schild, das den Weg zum Museumscafé weist. »Lassen Sie uns da reingehen!«
Kurz darauf sitzen sie an einem freien Tisch am Ende des Cafés, das jetzt, an einem Montagmittag, nur von wenigen Gästen frequentiert ist. Allerdings zeigt ein abgesperrter, mit Luftballons und Luftschlangen dekorierter Bereich an, dass hier in Kürze ein Kindergeburtstag gefeiert wird.
Mit einem leisen Ausdruck des Schmerzes lässt sich Yael auf einem Stuhl nieder.
Sie bestellen beide einen Kaffee, und Felix gibt der Mossad-Agentin mit gedämpfter Stimme einen detaillierten Bericht seines Besuchs in Simon Jenkins' Wohnung.
»Er ist schon eine besondere Spezies: So eine Art elitärer Kultur-Nazi. Mit Beethoven und expressionistischer Kunst. Erinnert mich ein bisschen an Baldur von Schirach, den Jugendführer Hitlers. Der war auch vielsprachig, hatte eine amerikanische Mutter und hielt hochtrabende Reden über Goethe. Die Kinder sind nett und adrett, sie essen Biofood. Seine Frau sogar vegan. Und er kifft hin und wieder.«
Yael Rubin verzieht keine Miene.
Dann kommt Felix, leicht gereizt, auf den heiklen Moment mit seinem Schwerin-Versprecher. »Das hätte ich wissen müssen, dass die lange in Schwerin gewohnt hat!«
Die Mossad-Agentin seufzt. »Da haben Sie recht! Das ist den deutschen Behörden offenbar entgangen. Haben Sie das Gefühl, dass sie ihnen deswegen misstraut?«
»Schwer zu sagen. Sie schien mir grundsätzlich etwas misstrauisch zu sein. Was weiß man überhaupt über sie?«
Die Israelin nimmt ein Tablet aus ihrer Umhängetasche und klappt es auf. Nachdem sie sich vergewissert hat, dass niemand in der Nähe ist, ruft sie eine Datei auf und sagt in gedämpftem Ton: »Hier ist das, was wir von den deutschen Diensten bekom-

men haben: Ramona Jenkins, geborene Selbrück. Dreiunddreißig Jahre alt. Geboren und aufgewachsen in Lübeck. Bürgerliches Elternhaus. Vater Gymnasiallehrer, Mutter Technische Assistentin. Hat sich offenbar früh von zu Hause gelöst. Dann fehlen in ihrer Biographie einige Jahre. Es muss die Zeit sein, die sie in Schwerin verbracht hat. Tauchte dann in den 2010er Jahren im Umfeld der rechtsextremen Szene auf: bei Demonstrationen, Kundgebungen, Rechtsrockkonzerten. Aber keinerlei Verurteilungen. Wahrscheinlich hat sie zu dieser Zeit Jenkins kennengelernt. Seit ein paar Jahren ist sie allerdings komplett vom Radar der deutschen Behörden verschwunden.«

»So ähnlich wie bei Jenkins. Wie auch immer: Es ist schon klar, wie beide gestrickt ist. Aber er bleibt in seinen Äußerungen bis jetzt sehr allgemein.«

»Sie sollten das Thema Juden und die Attentate der SLF selbst ansprechen. Das ist schließlich ein großes Thema in den Medien.«

»Es ergab sich irgendwie nicht, und ich wollte ihn nicht misstrauisch machen. Aber ich habe vor, das bald zu tun.«

»Wann sehen Sie sich das nächste Mal?«

»Leider unklar. Simon meinte, er habe in der nächsten Zeit viel zu tun und würde sich melden.«

28

Vier Tage später.

Es ist gegen neun Uhr abends, als in Simon Jenkins' hochgesichertem Computerzimmer der Klingelton des Kryptohandys ertönt. Simon wendet sich von dem Monitor ab, der gerade den Grundriss eines Gebäudes zeigt, und nimmt das Mobilgerät zur Hand. Kurz darauf hört er die bekannte, modulierte Stimme.

»Simon! Ich habe nun Nachricht von Kormoran. Dein Cousin Felix Brosch – er scheint sauber zu sein. Kormorans Quelle sagt, dass er weder Polizist noch ein Agent oder V-Mann ist.«

Simon ist erfreut, weil er sich in seiner Einschätzung von Felix bestätigt sieht. »Okay«, sagt er. »Das konnte ich mir auch nicht vorstellen.«

Der Mann am anderen Ende bleibt einen Moment stumm. Dann sagt er: »Wir wissen beide, dass wir schnell Ersatz für Aslan finden müssen, wenn wir den Zeitplan einhalten wollen. Aber das darf uns nicht dazu verführen, unvorsichtig zu werden. Ich halte unsere Quellen für sehr zuverlässig, es mag sein, dass dein Cousin kein Agent oder Polizist ist, aber das heißt noch nicht, dass er wirklich vertrauenswürdig ist. Dennoch: Du kannst jetzt einen Schritt weitergehen und ihm auf den Zahn fühlen, wie er zu unserem Programm steht. Dann sehen wir weiter.«

»Ich melde mich bald wieder.«

»Gut, Simon, tu das. Einen schönen Abend! Time has come!«

»Time has come!«

Felix ist gerade dabei, an einem Stehtisch in einem vietnamesischen Imbiss in der Akazienstraße Glasnudeln mit Scampi zu verzehren, als Simon anruft.

Er textet seinem Cousin: Esse gerade. Rufe gleich zurück, ok?

Als er seine Mahlzeit beendet hat, zahlt er und läuft auf der Straße ein paar Meter, bis er in einer Toreinfahrt eine halbwegs ruhige Ecke gefunden hat. Er ruft Simon zurück, der direkt abhebt.

Felix sagt: »Hey man! Hier bin ich!«

»Hey. Hör mal, ich habe jetzt wieder mehr Luft. Hast du Lust, morgen Nachmittag bei mir vorbeizukommen? Ich habe sturmfreie Bude. Mona macht mit den Kindern einen Ausflug an den Müggelsee.«

Felix ist erleichtert, zu hören, dass er Simons Frau nicht begegnen wird.

Am nächsten Tag, einem Mittwoch, sitzen Felix und Simon am frühen Nachmittag auf der Dachterrasse von Simons Wohnung. Mona hat Kirschkuchen gebacken und Simon dazu in der kücheneigenen italienischen Kaffeemaschine einen exquisiten Kaffee gebraut. Simon nimmt sich reichlich Sahne aus dem versilberten

Schälchen und verteilt sie mit behaglicher Miene auf seinem Kuchenstück, bevor er Felix das Schälchen reicht, der sich ebenfalls bedient.

Simon nimmt einen Bissen und mampft genüsslich. Dann sagt er, mit noch vollem Mund: »Hmm, dieser Kirschkuchen! Den macht Mona keiner nach!«

Felix nickt kauend. »Das kannst du laut sagen.«

Nachdem Simon das letzte Stück verzehrt hat, spült er mit einem Schluck Kaffee nach und lehnt sich in seinem Sessel zurück. Er fährt sich mit der schlanken Hand durch das dichte, modisch geschnittene Haar. »Wie sieht es denn aus bei dir? Immer noch keine Aussicht auf einen Job?«

»Nein«, erwidert Felix bitter. »Weißt du, bei diesem Arbeitszeugnis. Schwierig.«

»Falls du doch in finanzielle Schwierigkeiten kommst ... ich kann dir natürlich was pumpen.«

Felix lächelt dünnlippig.

»Danke! Aber ich hoffe, dass es nicht dazu kommt!«

Simon nickt und nimmt noch einen Schluck Kaffee. Dann sagt er: »Hast du schon mal drüber nachgedacht, wer letztlich Schuld ist an dem Problem, das dir deine Kündigung eingebracht hat? Dass den Migranten hier Zucker in den Arsch geblasen wird und jeder, der dagegen mal den Mund aufmacht, gleich in Schwierigkeiten kommt? Ja, klar, es sind die liberalen Politiker, die Linken, die Medien, das Staatsfernsehen. Aber das ist nur die erste, äußere Schicht der Wahrheit. Dahinter steckt eine einzige globale Macht, deren Interesse darin besteht, die Identität und die moralische Widerstandskraft der Nationen auszuhöhlen. Wenn das geschieht, ist diese Macht am Ziel: die unumschränkte politische und wirtschaftliche Kontrolle über den Planeten.«

Felix runzelt die Stirn und fragt. »Von wem redet du?«

»Ich rede von denen, die seit vielen Jahrhunderten den Zerfall der zivilisierten Völker betreiben: von den Juden natürlich!«

Felix spürt ein Kribbeln auf seiner Kopfhaut. Er gibt ein zustimmendes Grunzen von sich und sagt: »Tja, die Juden. Ich frage mich manchmal: Warum gerade die? Was macht sie so besonders?«

»Nun, sie begreifen sich seit Jahrtausenden als Gottes auserwähltes Volk. Der Drang zu herrschen ist in ihren Genen.«
Felix kratzt sich nachdenklich am Kinn, und Simon fährt fort: »Weißt du, das Geniale an einer tieferen Wahrheit ist, ist, dass sie einfach ist. Das System versucht, dir einzureden, dass die Wirklichkeit kompliziert ist, und tut alles, um die wahren Zusammenhänge zu verschleiern. Aber wenn man sich wirklich beschäftigt, mit der Geschichte, mit dem internationalen Judentum heute, dann kommt der Moment, wo einem alles ganz klar vor Augen steht. Es ist, als würde einem mit einem Mal ein Licht aufgehen. Man sieht die Dinge plötzlich ganz klar vor sich. Alles passt zusammen. Die Wahrheit erscheint!«

Zum ersten Mal nimmt Felix nun in Simons hellen, blauen Augen jenes kalte, flackernde Feuer wahr, das den Blick des unrettbaren Fanatikers ausmacht.

Simon fährt fort: »Diese Erkenntnis ist natürlich nicht neu. Viele Generationen vor uns haben das Problem erkannt. Gerade hier in Deutschland hat man ja versucht, die Macht der Juden zu brechen.«

»Du meinst die KZs und die Gaskammern?«

Simon verzieht das Gesicht. »Nicht die Gaskammern! Die KZs gab es natürlich, aber diese Massenvernichtung hat es nie gegeben. Das wäre schon rein technisch gar nicht möglich gewesen. Die Vergasungen, die Öfen, all das sind Fälschungen der Sieger.«

Felix weiß, dass er Zustimmung äußern muss. »Ja«, sagt er, »das glaube ich auch.«

Simon lächelt sarkastisch und fährt fort: »Das Perfide an dieser Lüge, das wahrhaft Teuflische ist, dass die Juden auf diese Art die Rollen vertauschen. Die Schuldigen erscheinen als Opfer – und die Opfer als die Schuldigen! Was für ein genialer Schachzug!«

Er nimmt seine Kuchengabel zwischen Daumen und Zeigefinger und lässt sie im Rhythmus seiner Worte auf und ab wippen. »Aber zurück zur Gegenwart: Du, ich, wir wissen alle, dass die Invasion der Muslime zurückgedreht werden muss! Aber das wird erst gelingen, wenn die eigentlichen Drahtzieher, die dahinterstecken, besiegt sind: das internationale Judentum. Es gehört zum Plan der Juden, die christlichen Völker und die Muslime gegeneinander aufzuhetzen. Nur sie profitieren davon. Deshalb sind sie der eigentliche Feind!«

Simons Kuchengabel perforiert die Luft, während er fortfährt: »Das Problem ist, dass zu viele national gesinnte Menschen das nicht wirklich erkennen und den falschen Propheten nachlaufen.«

Felix schaut seinen Cousin gespannt an. »Wen meinst du?«

Simon schnaubt verächtlich. »Zum Beispiel die AfD. Eine Opa-Partei, die sich beim System anbiedert. Da sind ja sogar Juden drin.« Die Kuchengabel macht eine weit ausholende Bewegung: »Oder nimm die USA – das Trump-Lager. Sagt dir der Name Sheldon Adelson etwas? Ein jüdischer amerikanischer Milliardär, der zu Trumps größten Unterstützern gehörte. Hat zu seiner Amtseinführung fünf Millionen Dollar gespendet. Und Trump war der pro-israelischste Präsident seit Menschengedenken!«

»Hm...«, macht Felix, scheinbar nachdenklich.

Simon fährt fort: »Natürlich kommen aus diesen Lagern auch mal vernünftige Leute. Leute, die die Dinge konsequent zu Ende denken. Die wirklich radikal sind. Das ist gut, denn radikal sein bedeutet vom Wortsinn her« – die Gabel macht eine grabende Bewegung – »die Dinge an der Wurzel zu packen. Und die Wurzel der Problems sind nun mal die Juden. Man muss sie bekämpfen mit allen Mitteln. Ihnen zeigen, dass es furchtlosen Widerstand gibt. Widerstand, der auch andere inspiriert.«

Felix sieht ihn fragend an. »Widerstand... wie ist das gemeint? Auch mit Gewalt?«

Felix Cousin dreht die Gabel langsam wie einen Dolch in den Fingern und sagt: »Gab es je eine Revolution ohne Gewalt? Wenn ja, dann war sie keine!«

Felix spürt, dass ein entscheidender Moment naht. Er fragt: »Welche Art von Gewalt meinst du? Auch so krasse Sachen wie da in Florida vor ein paar Wochen?«

Simon zuckt die Achseln. »Das waren mutige Leute. Leute, die nicht nur reden, sondern etwas tun. Die sich geopfert haben für ihre Sache.«

Um glaubwürdig zu bleiben, entschließt sich Felix, sich etwas unschlüssig zu geben, und fragt: »Aber all die Frauen und die Kinder?«

Simons Blick ist so hart wie Polareis, als er erwidert: »Es gibt in diesem Kampf keine Zivilisten. Wie viele Millionen von Frauen und Kindern sind in den Kriegen getötet worden, die die Juden angezettelt haben!«

Felix schweigt und mimt ein nachdenkliches Gesicht, während es in seinem Inneren rumort.

Er bemüht sich, so gleichmütig wie möglich zu klingen, als er sagt: »Hm. Ist natürlich ne ziemlich harte Einstellung.«

Simon erwidert ebenso ruhig: »Ja, das ist wahr. Aber es ist richtig. Die Juden sind selbst schuld.«

Simon legt die Kuchengabel behutsam auf dem Tisch ab. Dann beugt er sich am Tisch zu Felix und sieht ihm mit durchdringendem Blick in die Augen. »Es gibt ein Dokument, in dem alles drinsteht, ein Manifest, in dem all das Wissen um die Verschwörung der Juden zusammentragen ist und das eine Anleitung zum Handeln ist. Dieses Manifest ist eine Reise zur Wahrheit, es entwirft die Vision eines internationalen Kampfes gegen das Judentum, dem sich Menschen aus vielen Ländern anschließen können.«

Felix hält innerlich den Atem an. »Dieses Manifest ...«, fragt er, obwohl er die Antwort längst zu kennen glaubt. »Wer hat es verfasst?«

»Ein Mann namens Hyperion.« Simon spricht den Namen voller Ehrfurcht aus.

Felix mimt Erstaunen und sagt: »Der Führer dieser Organisation, die den Anschlag in Florida verübt hat? Den die Medien das ›Terror-Phantom‹ nennen?«

Simon lächelt wissend und sagt: »Lies einfach mal, was da drinsteht. Ich schicke dir einen Link.« Mit diesen Worten nimmt er sein Smartphone zur Hand und manövriert seine Fingerspitzen über das Display. Ein gedämpftes Pling in Felix' Hosentasche zeigt an, dass die Nachricht angekommen ist.

Simon blickt ihm noch einmal mit einem auffordernden Ausdruck in die Augen und sagt: »Wir können dann demnächst mal drüber sprechen. Lies es einfach!«

Felix zupft einen Kuchenkrümel von seiner Cargoweste und nickt mehrmals. »Ja, das mache ich!«

In diesem Moment stürmen Simons Kinder, die von ihrem Ausflug zurück sind, auf die Dachterrasse. Mona ist nirgendwo zu sehen. Daphne und Cedrick begrüßen Felix enthusiastisch und klettern auf zwei Korbsessel zu seiner Seite.

»Hast du uns wieder was mitgebracht?«, fragt der ältere Junge und schaut ihn durch seine Brille erwartungsvoll an.

»Leider nein«, sagt Felix bedauernd. »Ich wusste nicht, dass ich euch noch treffen würde.« Er wirft einen kurzen Seitenblick auf Simon, der die Szene lächelnd beobachtet und ergänzt: »Beim nächsten Mal denke ich daran!«

»Okay«, sagt der Kleine. Dann machen sich seine Schwester und er mit verträumtem Blick über den Kirschkuchen her. Mit lächelndem Gesicht und düsteren Gedanken betrachtet Felix den fünfjährigen Jungen und das zwei Jahre jüngere Mädchen.

Als Felix noch am selben Abend Yael Rubin und Magdalena Knoop per Conference Call über sein gespenstisches Kaffeekränzchen mit seinem Cousin ins Bild setzt, herrscht allgemein größte Zuversicht.

»Das ist exzellent!«, sagt die Mossad-Agentin. »Er hat sich als Anhänger Hyperions geoutet, und er will Sie missionieren. Warum tut er das? Um Sie für die SLF zu rekrutieren!«

Felix wiegelt ab. »Möglich. Aber vielleicht ist er ja nur ein Fan. Noch fehlt der Beweis, dass er selbst da mit drinsteckt.«

Yael sagt: »Ich hoffe, den werden wir bald haben.«

»Wie geht es jetzt weiter?«, fragt Magdalena.

»Ich habe Simon gesagt, dass ich mich bei ihm melde, sobald ich Hyperions Manifest gelesen habe. Zumindest die Kapitel, die er für mich markiert hat. Wenn ich ihn treffe, werde ich Zustimmung signalisieren. Und dann macht er hoffentlich den nächsten Zug.«

29

Drei Tage später.

»Good evening, Sir!«, sagt Simon Jenkins. »Ich glaube, ich bin mit Felix Brosch ein Stück weiter.«

»Ich höre«, sagt der Mann am anderen Ende.

»Ich habe ihm vor einigen Tagen das Manifest zu lesen gegeben. Und ihn gestern getroffen und mich mit ihm lange darüber unterhalten. Er ist ganz offensichtlich beeindruckt. Ich glaube, dass es möglich ist, ihn herüberzuziehen.«

Es entsteht eine längere Pause, in der Simon spürt, wie es in seinem Gesprächspartner arbeitet. Schließlich hört er wieder die sonore, stets ruhig klingende Stimme.

»Gut. Dann mach ihm ein Angebot und schau, ob er darauf eingeht. Falls ja, nimmst du ihn mit zu Stella. Wenn die ihn durchwinkt, kannst du ihn mit zum Meeting bringen. Wir werden ihn genau beobachten. Falls ich den Eindruck habe, dass irgendetwas an ihm nicht sauber ist, können wir immer noch die geeigneten Maßnahmen ergreifen.«

Jenkins bleibt ein paar Sekunden stumm. »Ja«, sagt er dann nachdenklich. Nachdem das Gespräch beendet ist, ruft er Felix an und bittet ihn um ein Treffen am darauffolgenden Tag.

30

Als Felix am nächsten Tag seine Bleibe verlässt und nach einem kurzen Fußweg die U-Bahnstation Kleistpark erreicht, wo er sich mit Simon verabredet hat, sieht er seinen Cousin schon auf dem Gehweg warten. Die beiden begrüßen sich herzlich, überqueren die Hauptstraße und wenden sich nach rechts. Sie laufen an einem lang gestreckten Verwaltungsgebäude aus den 1930er Jahren entlang und erreichen kurz darauf das altertümliche, schmiedeeiserne Eingangstor des Kleistparks. Sie durchqueren das Tor und gehen über einen von verschnörkelten Kolonnaden gesäumten Weg auf eine große ovale Rasenfläche zu, hinter der sich ein imposantes vierstöckiges Gebäude im wilhelminischen Stil erhebt. Der reich verzierte Vorbau der hellen Sandsteinfassade mit den drei Eingangspforten und den hohen Sprossenfenstern trägt unter dem Giebel ein königliches Wappen mit vergoldeter Krone.

Es ist ein früher Mittwochnachmittag, und auf dem Areal sind nicht sehr viele Menschen unterwegs. Man sieht nur zwei ins Gespräch vertiefte Spaziergänger und ein paar Hundebesitzer, die ihren Lieblingen auf der großen Rasenfläche ein wenig Freiheit gönnen.

Felix wundert sich darüber, dass Simon seinen Hund nicht dabei hat, mit dem er sonst hier Gassi geht. »Wo ist Bo?«, fragt er. »Warum hast du ihn nicht mit?«

Simon lächelt flüchtig und antwortet: »Der muss heute mal zu Hause bleiben. Ich wollte mich ganz in Ruhe mit dir unterhalten. Ohne Ablenkung.«

Die beiden Männer gehen ein Stück um die Rasenfläche herum und nehmen dann auf einer der freien Parkbänke Platz. Felix schlägt die Beine in den tarngefleckten Cargoshorts übereinander und sieht Simon mit seinen hellgrauen Augen gespannt an. »Und? Worüber willst du mit mir reden?«

Sein Cousin betrachtet ihn einen Moment mit ernstem Gesicht, bevor er sich räuspert und zu einer längeren Rede ansetzt.

»Felix … ich habe mir wirklich viel Gedanken über dich gemacht, seit wir uns wiedergetroffen haben. Du bist wütend und frustriert, und du hast allen Grund dazu! Du warst mal Elitesoldat, und was bist du jetzt? Ein einsamer Wolf, schlecht behandelt, auf der Suche nach Arbeit.« Er hält einen Moment inne und mustert Felix, der bei seinen Worten unangenehm berührt und gleichzeitig trotzig dreinschaut. Dann fährt er in freundschaftlich-ernstem Ton fort: »Hast du nicht schon mal das Bedürfnis verspürt, deiner Existenz wieder einen echten Sinn zu geben? Du bist ein aufrichtiger Mann mit der richtigen Gesinnung, aber du lässt dein Leben verstreichen, ohne aktiv zu werden! Gegen das, was unsere Identität, unsere Kultur, all das zerstört! Du bist doch ein Kämpfer! Du verschwendest deine besten Jahre!«

Felix macht ein säuerliches Gesicht und schweigt eine Weile. Dann sagt er, ein wenig ärgerlich: »Da magst du ja vielleicht sogar recht haben. Aber was ist mit dir? Was tust du denn? Du sitzt da in deinem Turm und schwingst Reden. Mehr nicht.«

Um Simons hübschen Mund spielt ein dünnes, rätselhaftes Lächeln. Er spreizt seine schlanken Hände und sagt langsam: »Felix, du bist mein Cousin, mein alter Kumpel. Ich mag dich, und ich glaube, ich kann dir vertrauen. Aber bevor ich dir jetzt eine Frage stelle, will ich dich noch kurz darauf hinweisen, was sich früher dort drin befunden hat.« Er zeigt auf das große Gebäude mit dem Kronenwappen und fährt fort: »Es war der Volksgerichtshof, wo im Jahr 1944 etliche Verschwörer des 20. Juli abgeurteilt wurden. Die Komplizen von Stauffenberg, den man direkt nach dem Attentat auf Hitler erschossen hatte. Sie wurden hier zum Tode verurteilt. Man hat sie dann in Berlin-Plötzensee an Fleischerhaken aufgehängt. Das ist das, was mit Verrätern geschieht.«

Felix starrt irritiert abwechselnd auf das Gebäude und in Simons Gesicht, das einen todernsten Ausdruck zeigt.

»Was soll das heißen?«, fragt er stirnrunzelnd. »Warum erzählst du mir das?«

Simon legt behutsam die Fingerspitzen aneinander. Dann fährt er mit gedämpfter Stimme, aber jedes Wort akzentuierend, fort: »Ich möchte dich in ein Geheimnis einweihen. Eine Sache, über die du niemals mit jemand anderem reden darfst. Dieses Gespräch, das wir jetzt führen, muss allein unter uns bleiben. Kann ich dir vertrauen?«

Felix richtet sich im Sitzen zu voller Größe auf und sieht Simon mit ernstem Gesicht an. »Also, worum immer es auch geht: Ich war noch nie ne Quasselstrippe. Solltest du wissen!«

Simon nickt nur. Dann sagt er: »Du hast das Manifest von Hyperion gelesen. Wir haben ausführlich darüber gesprochen, und du hast mir gesagt, dass du seinen Gedanken, was die Juden und den Kampf gegen sie betrifft, absolut folgen kannst.«

Felix nickt entschieden. »Ja, das kann ich.«

Simon richtet sich nun ebenfalls auf und sieht Felix mit seinen eisblauen Augen direkt in die Pupille. Dann sagt er: »Wärst du selbst bereit, dich der Sache zur Verfügung zu stellen? Der Symbiotic Liberation Force?«

Obwohl Felix längst geahnt hat, worauf das Ganze hinausläuft, mimt er grenzenlose Verblüffung.

»Was? Du bist selbst ... du gehörst zu ... denen?«

Simon sieht ihn nur an.

Felix schnaubt durch die Nase und tut so, als ob er die Neuigkeit erst mal verarbeiten muss. Schließlich räuspert er sich und sagt: »O wow, also das muss ich echt sacken lassen. Das hätte ich nie gedacht. Du lebst ein so ... normales Leben.«

Simon lächelt ironisch. »Ich sagte ja schon mal, dass du vielleicht zu sehr auf Äußerlichkeiten achtest.«

Felix betrachtet seinen Cousin lange mit einem Ausdruck des völligen Erstaunens. Schließlich fragt er stirnrunzelnd: »Was meinst du mit ›zur Verfügung stellen‹? Etwa als ... Selbstmordattentäter? Ich glaube nicht, dass ich ...«

Simon unterbricht ihn. »Nein, nein, dafür ist nicht jeder gemacht. Nicht jeder kann ein *saint* werden. Es geht um deine Fähigkeiten als militärischer Ausbilder. Du könntest einige von unseren *brothers* trainieren: Umgang mit verschiedenen Waffen, Sprengstoff, Nahkampf, Taktiken. Eine umfassende Vorbereitung.«

Felix fährt sich mit der Hand über das dunkelblonde Stoppelhaar und schweigt.

Es vergehen zwei Minuten, ohne dass gesprochen wird. Felix starrt in die Ferne, während er überlegt, wie er sich verhalten soll.

Es wäre normal, wenn ich zögere. Das ist schließlich ein ungeheuerliches Angebot.

Schließlich sagt er: »Simon, dein Vertrauen ... ehrt mich. Wirklich. Aber bevor ich darauf antworte, muss ich wirklich erst mal drüber schlafen. Ich muss mir darüber klarwerden, worauf ich mich da einlassen würde. Was das für mein Leben bedeutet. Welche Konsequenzen das haben kann. Wenn man mich schnappt, würde ich lebenslänglich kriegen.«

Simons Gesicht wirkt wie in Stein gemeißelt, als er erwidert: »Es ist genau diese Angst, die Angst vor dem Tod oder dem Gefängnis, die es dem von den Juden gesteuerten System so leicht machen zu herrschen. Es gehört eben Opfermut dazu, eine Avantgarde im Kampf gegen diesen Moloch zu sein. Wir sind moderne Ritter, die alles in die Waagschale werfen!« Er hält einen Moment inne, bevor er in beruhigendem Ton fortfährt: »Natürlich tun wir alles, um zu verhindern, dass unsere Feinde uns zu fassen kriegen. Wir sind extrem auf Sicherheit bedacht. Niemand – bis auf mich und zwei andere – würde deine wahre Identität kennen. Und niemand von den *brothers* wird Kontakt zur Außenwelt haben. Keine Handys, keine Computer. Alles Gepäck wird genauestens untersucht. Wir setzen alle Mittel ein, um zu verhindern, dass etwas nach außen dringt.«

Felix erwidert nichts, sondern zieht eine Packung Tabak aus seinen Shorts und beginnt, sich mit langsamen Bewegungen eine Zigarette zu drehen. Als das erledigt ist, gibt er sich selbst Feuer, nimmt einen tiefen Zug und bläst mit gespitzten Lippen lange den Rauch aus. Schließlich, nach langem Schweigen, räuspert er sich und fragt: »Wie soll das denn genau ablaufen? Dieses Training? Wo soll das sein? Und wie viele Leute sind das?«

»Das erfährst du dann, wenn es so weit ist.«

»Und wer zahlt in der Zeit meine Miete?«

»Darüber musst du dir keine Gedanken machen. Überhaupt über Geld eine Weile nicht. Die SLF zahlt dir fünfzigtausend Euro für deinen Einsatz.«

Felix pfeift ehrlich erstaunt durch die Zähne. Er überlegt einen Moment und fragt dann: »Aber ich muss zumindest wissen, wie lange ich weg bin. Ich muss ja eine Unterkunft für meine Schildkröte finden.«

Simon glotzt ihn einen Moment irritiert an. Dann sagt er: »Stell dich auf etwa drei Wochen ein.«

»Okay. Wie gesagt, ich muss darüber nachdenken.«

»Tu das!«, erwidert Simon und erhebt sich von der Parkbank.

Felix nickt und steht ebenfalls auf. Dann laufen sie schweigend nebeneinander über den Weg zu den Kolonnaden, die zum Ausgang führen. Kurz bevor sie das Tor erreichen, wendet sich Felix zu Simon und fragt: »Dieser Hyperion … wird er bei diesem Training dabei sein?«

Simon antwortet mit einer Gegenfrage: »Warum? Würdest du ihn gern kennenlernen?«

»Na ja, er ist ... ja ... ein ... berühmter Mann. Die ganze Welt spricht von ihm.«

Simon lächelt voller Zuversicht. »Ja, und das wird sie auch weiterhin tun.«

31

Es ist gegen fünf Uhr nachmittags am darauffolgenden Tag, als Felix, Yael Rubin und Magdalena Knoop wieder in einem Zimmer des Titanic-Hotels zusammensitzen, das schon der Schauplatz ihrer ersten gemeinsamen Treffen war. Wie immer stehen Kaffee und Mineralwasser bereit, ebenso wie die obligatorische Obstschale.

Als Felix seinen Bericht von der Unterredung mit Simon Jenkins auf einer Parkbank im Kleistpark beendet hat, tritt für einen Moment Stille ein. Schließlich ergreift die Mossad-Agentin als Erste das Wort. »Wir haben immer daran geglaubt, dass Jenkins unser Mann ist«, sagt sie in zufriedenem Ton. »Nun wissen wir es.«

Felix nickt: »Ja. Sie hatten hundertprozentig recht.«

»Und nun«, sagt die Israelin spürbar begeistert, »will er Sie als militärischen Ausbilder rekrutieren. Das ist wirklich ein Glücksfall. Damit eröffnet sich uns die Chance, direkt ins Herz der SLF vorzudringen. Und Hyperion zu enttarnen.«

Felix sagt sarkastisch: »Indem ich diese Typen zum Töten ausbilde!«

Yael Rubin bleibt ungerührt. »Wenn ihr Einsatz dazu führt, dass sie eben dazu nicht mehr kommen ...«

Im Gegensatz zu der Mossad-Agentin scheint Magdalena Knoop nicht ganz so euphorisch. Sie betrachtet Felix mit einem leisen Ausdruck der Besorgnis. »Und du bist sicher, dass du dich ganz allein in die Höhle des Löwen begeben willst? Völlig ohne Deckung?«

»Ja«, erwidert Felix nur und reibt sich die Augen. Er hat in den vergangenen Nächten nicht gut geschlafen, was er seit seiner Ankunft in Berlin eigentlich nie getan hat. Das Warten, die sinnlos totgeschlagene Zeit, all das hat ihm zu schaffen gemacht, aber nicht weniger die Hochkonzentration und die Geistesgegenwart, die es von ihm verlangt, seine Rolle überzeugend zu spielen. Inzwischen kommt ihm das alles allerdings nur wie ein Vorgeplänkel zu dem vor, was ihm bevorsteht.

Ihm scheint, dass seiner alten Freundin und Mentorin Magdalena das sehr wohl bewusst ist, während die Mossad-Agentin sich davon nichts anmerken lässt.

Für Felix ist die Entscheidung direkt nach dem Treffen mit Simon im Kleistpark gefallen, als er in seiner Butze in der Goltzstraße am offenen Fenster hockte und noch einmal die beiden Fotos von Louie und dem jüdischen Jungen betrachtete, der bei dem Anschlag von Miami Beach getötet wurde.

Er reibt sich über die Stirn und sagt entschieden: »Die Sache ist klar: Ich mache es!«

Magdalena nickt. »Okay. Allerdings sagst du doch, dass Jenkins es völlig offen ließ, ob Hyperion bei diesem Training selbst dabei ist.«

»Ja. Er hat auf meine Frage nicht wirklich geantwortet.«

Yael Rubin legt den Finger auf den Nasenrücken und sagt: »Ich denke so: Die SLF ist international aufgestellt, die Teilnehmer dürften aus verschiedenen Ländern kommen. Und weil sie nicht allzu oft Gelegenheit haben werden, sich zu treffen und ein physisches Gefühl der Zusammengehörigkeit zu entwickeln, dürfte das Treffen nicht nur der militärischen Ausbildung dienen, sondern auch der ideologischen und psychischen Manipulation. Dort muss der letzte mentale Kick für bevorstehende Anschläge verabreicht werden. Und dafür muss Hyperion vor Ort sein!«

Magdalena nimmt einen Schluck Mineralwasser. »Dieses Meeting, das Trainingscamp der SLF, wo könnte das sein? Etwa in Deutschland?«

Felix zuckt die Achseln. »Darüber weiß ich rein gar nichts. Aber eines hat mir Simon schon klargemacht: Es wird extreme Sicherheitsvorkehrungen geben. Keine Handys, keine Kameras, keine Notebooks etc. Ich bin sicher, dass ich auch auf GPS-Sender, Mikrophone etc. durchsucht werde. Möglicherweise kann ich euch nicht mal den Zeitpunkt der Abreise mitteilen. Ganz zu schweigen vom Ziel. Und ich werde keinerlei Kontakt mit euch aufnehmen können.«

Yael Rubin nickt. »Ja, das ist eine Herausforderung. Ich werde heute noch mit Tel Aviv sprechen, und checken, was unseren Technikern da möglicherweise einfällt.«

Felix runzelt die Stirn. »Ich hoffe, die können zaubern. Wenn die irgendetwas bei mir finden, was auf Spionage hinweist, bin ich geliefert.«

Die Israelin wirft ihm einen aufmunternden Blick zu. »Keine Sorge. Wir sind keine Anfänger.«

Felix betrachtet sie mit zusammengekniffenen Augen.

An Selbstbewusstsein mangelt es dem Mossad wirklich nicht.

An dieser Stelle der Unterhaltung verabschiedet sich Magdalena Knoop, weil sie noch ein wichtiges Meeting in der BND-Zentrale in der Chausseestraße hat. Als sie die Hand schon an der Türklinke hat, dreht sie sich noch einmal um und sagt zu Felix: »Bitte pass gut auf dich auf, Junge!«

Felix setzt ein breites Grinsen auf, obwohl er sich nicht unbedingt danach fühlt.

»Mach dir keinen Kopf! Unkraut vergeht nicht!«

Als die BND-Agentin verschwunden ist, unterhalten sich Felix und Yael Rubin noch eine Weile über die SLF.

»Wir glauben, dass diese Gruppe relativ klein ist«, sagt die Israelin. »Das liegt daran, dass sie so ultraradikal, ideologisch speziell und elitär ist. Dazu kommt, dass nur eine relativ kleine Struktur diesen hohen Grad von konspirativem Verhalten ermöglicht. So sehr wir auch suchen, es sickert einfach nichts durch. Die Kommunikationswege, die es geben muss, sind für uns nach wie vor nicht sichtbar.«

»Was denken Sie denn, wie viele es sind?«

»Ich schätze, weltweit nicht mehr als hundertfünfzig, zweihundert Leute. Davon sind vielleicht nur vierzig oder fünfzig aktive Terroristen. Die anderen dürften Unterstützer sein.«

Schließlich erhebt sich Felix und will sich schon verabschieden, als Yael ihn mit ernstem Gesicht ansieht und sagt: »Herr Brosch … ich weiß, wie gefährlich es jetzt für Sie wird! Sie sind ein mutiger Mann!«

Felix kann nicht umhin, sich wegen dieses Kompliments geschmeichelt zu fühlen, und es ist ihm fast peinlich, dass es ihm besonders wohltut, weil es von der Mossad-Agentin kommt. Er erwidert Yaels Blick und sagt ruhig: »Ich sage ihnen ganz offen, dass mir etwas mulmig ist bei der Sache. Aber mir ist klar, dass ich das zu Ende bringen muss. Es ist wirklich eine einmalige Chance!«

Im nächsten Moment geschieht etwas völlig Unerwartetes: Yael Rubin lächelt. Es ist ein breites, offenes Lächeln, bei dem sie etwas verlängerte, spitze Eckzähne entblößt, die ihr etwas Raubkatzenhaftes geben.

»Was halten Sie davon«, sagt Yael, »wenn ich Sie noch auf einen Drink unten in der Bar einlade? Ich habe noch ein wenig Zeit. Sie auch?«

Felix schaut überrascht.

Die Aussicht, etwas mehr über diese geheimnisvolle Frau zu erfahren, scheint Felix verlockend, weshalb er sofort zustimmt.

»Gern«, sagt er mit einem Lächeln.

Als die beiden auf dem Weg zu den Aufzügen sind, fällt Felix auf, dass Yael heute ein wenig leichter geht. Sie zieht nach wie vor unübersehbar das rechte Bein nach, aber sie bewegt sich relativ flüssig, und ihr Gesicht zeigt einen entspannten Ausdruck.

Während sie nebeneinander in Aufzug stehen, sagt Yael: »Ich nehme einen Whisky. Ich liebe Bourbon. Und Sie?«

»Ich glaube, ein Bier tut's bei mir«, erwidert Felix lächelnd.

Sie haben die edel gestylte Bar des Titanic-Hotels gerade betreten, als Yaels Handy beept. Sie blickt auf das Display und runzelt die Stirn. Dann sagt sie: »Ach verdammt! Wie schade! Es ist eine dringende dienstliche Sache. Ich muss leider sofort weg.«

Felix ist enttäuscht, aber er lässt sich das nicht anmerken.

»Dann halt ein andermal«, sagt er leichthin. Als sie die Straße betreten und sich verabschiedet haben, sieht er Yaels schlanker Gestalt nach, bis sie um die nächste Ecke verschwunden ist.

32

Eine Woche später.

»Ich möchte dir in den nächsten Tagen jemanden vorstellen«, sagt Simon Jenkins. »Einen jungen *brother*, der mit uns beiden zusammen zum Meeting fahren wird.«

Felix nickt. »Ok. Ich bin gespannt.«

Er und sein Cousin sitzen an dem kleinen Tisch in Felix' möbliertem Zimmer, vor sich zwei Kilkenny's-Dosen, und unterhalten sich über die bevorstehende Reise. Felix hat ihm bereits vor einigen Tagen mitgeteilt, dass er das Angebot, den SLF-Leuten als Ausbilder zu dienen, annehmen will, was Simon mit sichtlicher Freude aufgenommen hat.

Es ist gegen drei Uhr nachmittags an einem warmen Tag, und das Fenster zum Hof ist weit geöffnet. Irgendwann erhebt sich Felix von seinem Stuhl und stellt sich ans Fenster, wo er eine Selbstgedrehte anzündet und den Rauch ins Freie bläst.

Er hat gerade den ersten Zug gemacht, als es an der Tür klopft.

»Scheiße«, flüstert Felix, »bestimmt der Verwalter! Der meinte neulich, er hätte gerochen, dass ich hier drin qualme.«

Felix schnippt die Zigarette in hohem Bogen aus dem Fenster und wedelt mit der Hand den Rauch weg, als sich das Klopfen wiederholt und der breite Berliner Akzent des Mannes mit dem Silberzahn ertönt: »Herr Brosch? Hier ist jemand für Sie!«

Bevor Felix reagieren kann, öffnet sich auch schon die Tür, und ein untersetzter, mittelgroßer Mann steht plötzlich im Raum. Er ist etwa im selben Alter wie Felix und Simon und trägt zu einem bunten Batik-Shirt ausgebeulte, weite Jeans und Flipflops an den nackten, gebräunten Füßen. Das kräftige, blauschwarz glänzende Haar fällt ihm ein wenig wirr in die Stirn, und ein dunkler Bartschatten liegt auf dem rundlichen Gesicht. Seine ganze Erscheinung und sein dunkler Teint verraten, dass er orientalischen Ursprungs ist.

Der Besucher grinst Felix an und entblößt dabei ein kräftiges, strahlend weißes Gebiss. »Diggaaa!«, ruft er in gedehntem, norddeutschen Slang. »Da bin ich!«

Felix glotzt den Mann an, als sei ihm das Ungeheuer von Loch Ness erschienen.
Sonny! Ach du Scheiße! Wieso ...
Plötzlich fällt ihm siedendheiß ein, dass er mit Sonny vor drei Tagen für heute eine Verabredung getroffen hat. Er hat seinen alten Freund gebeten, von Hamburg nach Berlin zu kommen, um Franzi abzuholen und für ein paar Wochen in Pflege zu nehmen, weil er selbst ein paar Wochen verreisen will.

In der großen Anspannung der sich schnell entwickelnden Ereignisse und seiner nun fast täglichen Treffen mit Simon hat er offenbar den Tag verwechselt, für den Sonny sich angekündigt hatte.

»Sonny ... ich ...«, sagt Felix. »Ich hatte ganz vergessen ... Warum hast du nicht vorher angerufen? Hatten wir doch ausgemacht!«

Sonny grinst gut gelaunt und erwidert: »Digga, ich hab's versucht! Aber ich konnte dich nicht erreichen!«

Felix fällt ein, dass sein vor Simon verborgenes privates Handy, das er für die Kommunikation mit Yael, Magdalena, Melly und eben Sonny benutzt, stumm geschaltet ist und unter der Bettmatratze liegt.

Felix reagiert schnell. Er greift in die weite Seitentasche seiner Cargoshorts, nimmt sein Undercover-Smartphone heraus und fummelt daran herum. »O ja, ich hatte es wohl aus Versehen stummgeschaltet.«

Sonny lächelt nachsichtig. »Kann passieren. Jedenfalls wollte ich dich nicht überfallen.« Er betrachtet Simon neugierig und ergänzt: »Ich wusste ja nicht, dass du Besuch hast!«

Felix, der immer noch am offenen Fenster steht, bewegt sich vorsichtig ein Stück seitwärts in Richtung der kleinen Küchenzeile, so dass er ein wenig in den Rücken von Simon kommt, der, halb von ihm abgewandt, am Tisch sitzt und den Besucher unverwandt anstarrt.

An Simon gerichtet sagt Felix: »Das ist Sonny, ein alter Kumpel.« Und dann, zu Sonny: »Das ist ... Simon. Wir spielen manchmal Badminton zusammen.«

Sonny nickt Simon freundlich zu und sagt: »Hi!«

»Hi«, erwidert der und lächelt schmal, wobei seine Augen nicht mitmachen.

Felix sagt: »Ich hatte Sonny gebeten, meine Schildkröte für eine Weile in Pflege zu nehmen.«

»Ja«, sagt Sonny gut gelaunt, »das habe ich schon mal gemacht.« Er grinst wieder und fragt: »Wohin geht denn nun die Reise? Und was treibst du überhaupt die ganze Zeit in Berlin? Ich hatte neulich mal Melly an der Strippe, und die hat mir gesagt, dass sie hofft, dass du bald zurückkommst.«

In Felix' Adern gefriert das Blut so schnell wie eine Wasserleitung bei einem Blizzard.

Wenn Sonny jetzt noch ein falsches Wort sagt, fliegt alles auf!

Felix rückt noch ein Stück näher an die Kante der Spüle heran. Dann macht er hinter dem Rücken von Simon, dessen Aufmerksamkeit immer noch ganz von dem unverhofften Gast absorbiert ist, blitzschnell drei kurze Handzeichen. Sie gehören zu einer Gebärdensprache, die Sonny und er sich als Teenager in der KDS-Gang draufgeschafft haben. Es ist die Handsprache der *Crips*, jener berüchtigten Straßengang aus L. A., für die sie damals einen bewundernden Respekt hegten.

Zuerst fährt sich Felix einmal mit der flachen Hand von links nach rechts über die Brust, was Sonny bedeutet, dass er augenblicklich die Klappe halten soll. Dann hält er, den Blick starr auf Simons Hinterkopf gerichtet, beide Hände so, dass die ausgestreckten Zeigefinger, die abgespreizten Daumen und die nach innen gelegten anderen Finger zwei Pistolen darstellen, deren Läufe gegeneinander gerichtet sind. Es ist das Zeichen für *enemy* – Feind. Schließlich schnippt er noch den Zeigefinger der rechten Hand vom Daumen aus nach vorn – was heißt, dass Sonny so schnell wie möglich wieder verschwinden soll. Das Ganze hat keine zwei Sekunden gedauert.

Für einen kurzen Moment sieht Felix einen Funken der Verwirrung in Sonnys Augen, aber dann kapiert er und reagiert sofort. In einer ganz zufällig wirkenden Geste kratzt er sich am Kopf und sieht dann auf das Taucherchronometer, das er am linken Handgelenk trägt. »Wie auch immer«, sagt er in beiläufigem Ton. »Ich wollte nicht stören! Es ist jetzt halb vier. Ich würde noch mal raus und ein paar Besorgungen machen. Ist es okay, wenn ich so in ner Stunde wiederkomme und die Schildkröte hole? Ich muss ja auch noch zurück nach Hamburg.«

Felix beeilt sich, zuzustimmen. »Klar! Mach das so!«

Sonny nickt und sagt: »Gut.« Er wendet sich zu Simon und sagt in unverbindlich-freundlichem Ton: »Also dann! Gute Zeit noch!«

Simons blaue Augen ruhen wie Laser auf Sonnys Gesicht. »Bis dann!«, sagt er, ohne zu lächeln, und wendet seinen Blick erst ab, als sich die Tür längst hinter dem Besucher geschlossen hat. Dann dreht er sich zu Felix, der gerade wieder am Tisch Platz nimmt, und sieht ihm direkt in die Augen. »Wer war das?«

Felix fährt sich mit der Hand über das kurz geschorene Haar und antwortet so lapidar wie möglich: »Das ist ein alter Bekannter aus Hamburg. Wir haben damals beide im selben Hotel gearbeitet. Ich war da Koch und er so ne Art Mädchen für alles.«

Dass ich Sonny schon aus meiner Jugend kenne und wir die besten Freunde sind, darf er nicht wissen.

Simon runzelt die Stirn. »Der Junge ist doch Araber oder so was, nicht wahr? Sagtest du nicht, dass du mit den Ölaugen nichts mehr zu tun haben willst? Dass du sie alle zurück in die Wüste wünschst? Wo kommt der her?«

Felix reibt sich verlegen die Stirn und sagt: »Er ist aus Algerien. War noch ganz klein, als er nach Hamburg kam.« Er räuspert sich und fährt in entschuldigendem Ton fort: »Weißt du, Sonny ist für mich echt ne Ausnahme. Er ist schon in Ordnung, nicht wie die anderen. Er ist für mich ... fast ein Deutscher. Redet so, ist so drauf. Und er hat nen deutschen Pass.«

Simon verzieht spöttisch den Mund. »Hm, den haben ja viele von denen.« Er fixiert Felix scharf und ergänzt: »Ich hätte nicht erwartet, dass du so einen Kumpel hast. Hast du auch nie erwähnt. Ihr scheint sehr vertraut miteinander.«

Felix zieht abschätzend die Mundwinkel herunter und sagt: »Das würde ich nicht so sagen. Wir sehen uns nicht oft. Manchmal kaufe ich etwas Gras von ihm. Er ist da ein bisschen im Geschäft.«

»Hm«, macht Simon nur. Dann fragt er: »Aber er ist Moslem, oder?«

Felix' Antwort entspricht der Wahrheit. »Nur der Herkunft

nach. Er ist nicht wirklich religiös.« Nach einem Blick in Simons ausdrucksloses Gesicht fügt er ironisch lächelnd hinzu: »Nur gelegentlich. Wenn er ein schlechtes Gewissen hat. Dann betet er manchmal zu Allah.«

Simon betrachtet seinen Cousin und neuen SLF-*brother* ohne Regung. Sekunde um Sekunde verrinnt. Dann entspannt sich Simons Miene, und er sagt in großzügigem Ton: »Ist schon in Ordnung, Alter. Habe mich halt nur gewundert. Hauptsache, er ist kein Jude!«

Fast reflexhaft stößt Felix hervor: »Damit würde ich mich niemals abgeben!«

Seine Erleichterung über diese Wendung ist nur kurz, denn jetzt fragt Simon: »Aber wer ist Melly? Und warum hofft die, dass du bald zurückkommst?«

Felix winkt ab. »Ach, das ist ne gemeinsame Bekannte, mit der ich mal in Hamburg, als ich da zu Besuch war, kurz was hatte. Nichts Wichtiges, aber die bildet sich was ein.«

Simon scheint das zu schlucken, denn er kommt nun wieder auf Sonny zurück: »Wenn dein arabischer Kumpel gleich wiederkommt: Was wirst du ihm sagen, wohin du verreist?«

Felix macht ein konzentriertes Gesicht. »Ich wollte ihm sagen, dass ich ein paar Wochen nach Italien in die Apenninen will. Zum Wandern. Er weiß, dass ich so was gern mache.«

Simon scheint diese Tarnstory zuzusagen. »Okay«, sagt er. Dann überlegt er einen Moment und fragt: »Kennt er eigentlich deine politische Einstellung?«

»Ja ... irgendwie. Aber wir reden nicht viel über sowas. Spielt keine Rolle.«

»Hast du ihm denn nicht von deinem Rauswurf auf der Hütte erzählt? Weiß er, warum du gefeuert wurdest?«

»Ja. Aber er ist da ganz auf meiner Seite«, erwidert Felix und behauptet: »Er mag die Bimbos auch nicht so gern.«

Simon nickt verständnisvoll. Dann geht sein Blick zu dem Terrarium, in dem Franziska gerade an einem Blatt Feldsalat kaut. Er fragt: »Und der nimmt jetzt deine Schildkröte?«

»Ja, er hat das schon mal gemacht. Ist da sehr zuverlässig. Ich gebe ihm auch Kohle dafür.«

»Verstehe«, antwortet Simon. Zu Felix' großer Erleichterung ist das Thema Sonny für ihn damit offenbar erledigt, denn er nimmt nun einen langen Schluck aus seiner Bierdose und sagt: »Es wird noch etwas dauern, bis wir zum Meeting aufbrechen. Den Termin teile ich dir kurzfristig mit. Aber vorher will ich dich, wie gesagt, noch mit einem anderen *brother* bekanntmachen. Und ich hatte da noch eine Idee. Kannst du dich in den nächsten Tagen bereithalten?«

»Klar!«, sagt Felix und prostet ihm zu.

Als sich eine halbe Stunde später die Tür hinter Simon geschlossen hat und Felix allein ist, sinkt er auf seinen Stuhl und vergräbt den Kopf in beiden Händen.

Shit. Das war verdammt knapp.

33

Eine gute Stunde später kommt Sonny zurück. »Willst du ein Bier?«, fragt Felix. »Nein«, erwidert Sonny. »Heute nicht.« Felix nickt nur und weist auf den Stuhl, auf dem eben noch Simon Jenkins gesessen hat. Die beiden nehmen am Tisch Platz, und Sonny betrachtet Felix forschend. Ein paar Sekunden sitzen sie sich wortlos gegenüber, bevor die Fragen kommen, die Felix erwartet hat.

»Alter!«, sagt Sonny. »Was war das denn? Wer ist der Typ? Du hast das Zeichen für *enemy* gemacht! Was ist da los?«

Felix seufzt nur und schweigt eine Weile, bevor er antwortet. »Hör zu«, sagt er, »ich kann dir nicht sagen, worum es geht. Nur, dass ich für eine Weile in meinen alten Job zurückgekehrt bin. Dieser Mann darf das nicht wissen. Ich arbeite undercover.«

»Wow«, sagt Sonny, völlig überrascht. »Das ist ja der Hammer! Ich hätte nicht gedacht, dass du noch mal …« Neben Melly und Felix' Ex-Frau Lisa gehört Sonny zu den wenigen Menschen in Felix' privatem Umfeld, die wissen, dass er Agent des Militärischen Abschirmdienstes war.

»Dieser Typ«, sagt Sonny, »dieser Simon … was ist mit ihm los? Warum ist er *enemy*?«

Felix schüttelt den Kopf. »Sorry. Das kann ich dir nicht sagen.«

Sonny nickt nur. Dann sagt er: »Hm. Mir kam das alles gleich so seltsam vor, dass du zu Beginn der Saison von der Hütte verschwunden bist und nun seit Ewigkeiten in Berlin hockst. Von wegen Auszeit und so. Aber ich habe dann gedacht, dass Melly und du irgendwie Zoff hattet. Melly war am Telefon ziemlich einsilbig. Was weiß die denn eigentlich?«

»Die weiß nur, dass ich in einer geheimen Sache unterwegs bin.«

Sonny schaut gekränkt. »Und *mir* wolltest du das nicht sagen?«

Felix reibt sich nervös das Gesicht. »Hör zu, Melly musste ich es sagen, weil sie meine Legende stützen musste. Aber sonst weiß sie nichts. Und ich dachte einfach, es ist besser, dich da nicht reinzuziehen. Und wann hätte ich dir das auch sagen sollen? So was bespricht man ja nicht einen am Telefon oder schickt ne WhatsApp!«

Sonny scheint das einzusehen, denn er insistiert nicht weiter.

Felix sagt: »Jedenfalls bin ich froh, dass du die Zeichen sofort kapiert hast.«

Sonny grinst zufrieden. »Ja, das ist wohl noch in meiner DNA.«

Tatsächlich haben ihnen, als sie beide sechzehn waren, ein paar Handzeichen schon einmal den Arsch gerettet. Es war etwa ein Dreivierteljahr nach Felix' letzter Begegnung mit Simon, als er und Sonny an einem trüben Herbstnachmittag beim Einkaufszentrum Wilhelmsburg rumhingen und Pillen vertickten.

Felix wickelte gerade in einer Ecke einen Deal ab, als Sonny, der ein Stück entfernt Schmiere stand, plötzlich zwei Zivilbullen erkannte, die sich mit schnellen Schritten näherten. Er drehte sich sofort um und formte mit den Händen das Zeichen für *enemy*, was Felix, der zwischendurch immer mal in seine Richtung linste, gerade noch genug Zeit ließ, um zu verschwinden.

Inzwischen lebt nicht nur Felix in einer ganz anderen Welt. Denn nachdem er sich aus der KDS-Gang verabschiedet hatte und seine Ausbildung als Koch machte, hatte auch Sonny den Absprung aus Kirchdorf-Süd und dem Ghetto geschafft. Ein Verwandter hatte ihn für eine Lehrstelle in einer Friedhofsgärtnerei empfohlen, und Sonny hatte entdeckt, dass ihm der Job Spaß machte.

Auch nach zwanzig Jahren hat sich daran nichts geändert. Er liebt die Arbeit im Freien, den Wechsel der Jahreszeiten und die Gesellschaft, in der er sich befindet. »Die Toten sind in Ordnung«, pflegt er zu sagen. »Sie sind ruhig. Sie brauchen nichts. Sie bauen keinen Mist mehr.« Er betrachtet sie alle als seine Freunde, und im Parkfriedhof Ohlsdorf, wo er seit Jahren eine gute Anstellung hat, hat er über zweihunderttausend davon.

Felix mustert seinen alten Kumpel, voller Zuneigung.

»Wie geht es Sandra?«, fragt er und meint Sonnys Frau, eine hübsche, etwas pummelige Blondine, die Sonny kennengelernt hat, als sie mit ihm die Bepflanzung für das Grab einer soeben verstorbenen Tante besprach. Inzwischen sind sie seit zehn Jahren verheiratet. Sandra ist Friseurin und arbeitet in einem Salon in Winterhude, in dem sich auch eine berühmte Sängerin von ihr die Haare färben lässt. Felix versteht sich recht gut mit ihr, sie ist eine patente, allerdings auch ziemlich resolute Frau.

Sonny seufzt. »Geht ihr gut. Aber sie nervt im Moment total. Sie will unbedingt einen Hund anschaffen. Vielleicht, weil wir keine Kinder haben. Ich bin da gar nicht für. Wie ein Idiot hinter so nem Köter herlaufen und ständig seine Kacke aufsammeln? Wer bin ich denn?«

Felix grinst. »Oder liegt es mehr daran, dass du dann weniger Aufmerksamkeit von ihr kriegst?«

Sonny verzieht säuerlich den Mund. »Ach was!« Dann seufzt er wieder sehr vernehmlich. »Am Ende wird sie sich sowieso durchsetzen.«

Es entsteht eine Pause, in der Sonny in einer Felix vertrauten Geste kurz an der Haarsträhne zupft, die ihm in die Stirn fällt, ein Zeichen dafür, dass ihn ernste Gedanken bewegen.

Dann sagt er: »Ich gehe davon aus, dass du mir nicht sagen wirst, wohin du verreisen musst. Aber meldest du dich mal zwischendurch?«

Felix schüttelt den Kopf. »Das wird nicht möglich sein.«

Sonny schürzt die Lippen. »Verstehe. Wie lange wirst du weg sein?«

»Etwa drei Wochen.«

Hassan Abdel-Nabi, wie Sonny mit richtigem Namen heißt, betrachtet seinen alten Freund eine Weile mit todernstem Gesicht. Dann fragt er: »Was du da machst ... ist das gefährlich?«

Felix schnauft einmal und blickt Sonny ebenso ernst in die Augen. Dann sagt er:

»Ich hoffe nicht.«

34

»Das ist Nemo«, sagt Simon Jenkins und deutet auf den jungen Mann, der allein an einem Tisch vor der »Hasenschänke« sitzt, dem im Stil der 1950er gestalteten Kiosk-Lokal, das mitten im Volkspark Hasenheide liegt, dem riesigen Parkgelände zwischen Neukölln und Kreuzberg. Die beiden gehen auf den Tisch zu, und Simon macht Felix und den Jungen miteinander bekannt, wobei er Felix »John« nennt. Er hat seinem Cousin erklärt, dass sich aus Gründen der Geheimhaltung Mitglieder der Symbiotic Liberation Force nur unter Decknamen kennen. Simon selbst ist »Nemo« nur unter dem Namen »Peter« bekannt, und er hat Felix eingeschärft, ihn in dessen Gegenwart auch nur so zu nennen.

Nachdem »John« und »Nemo« sich die Hand geschüttelt haben, lässt Simon die beiden allein, um sich in die Schlange vor dem Verkaufstresen einzureihen und Getränke zu besorgen.

Felix nimmt am Tisch Platz und betrachtet sein Gegenüber intensiv. Der Junge ist höchstens achtzehn oder neunzehn Jahre alt, ein blasses, schmächtiges Kerlchen mit dunklem Haar, späten Pubertätspickeln und einem Ausdruck, der zwischen Nervosität und trotziger Selbstgewissheit schwankt. Er fixiert Felix mit schmalen, haselnussbraunen Augen und dreht dabei eine halb leere Colaflasche zwischen den dünnen Fingern.

Felix nickt dem Jungen zu und sagt: »*Brother* ... Peter sagt mir, dass du mit uns zum Meeting fährst?«

»Ja«, sagt der Junge mit zusammengekniffenen Augen.

»Das ist aufregend, oder?«

»Ja.«

Felix' Blick ruht auf Nemos Gesicht. Obwohl Simon es nicht direkt ausgesprochen hat, ist es offensichtlich, dass er in dem Jungen mit den leicht abstehenden Ohren einen angehenden SLF-Attentäter vor sich hat – jemanden, der bereit ist, bis zum Äußersten zu gehen, und der dabei den eigenen Tod mit einkalkuliert.
Ein Dutzendgesicht in einem gestreiften T-Shirt. Irgendwie gestört, vielleicht traumatisiert. Aber davon gibt es viele. Warum willst gerade du ein Massenmörder werden?
Felix Brosch, der neununddreißigjährige Ex-MAD-Agent und Extremismusspezialist, ahnt, dass es auf diese Frage vielleicht nie eine schlüssige Antwort geben wird. Ein Teil davon, liegt, wie er weiß, meist im Lebenslauf des Betreffenden verborgen, aber immer bleibt dabei eine *Terra incognita*, ein unbekannter, schwer fassbarer Bereich in der Seelenlandschaft, vielleicht auch eine biologische Disposition, die den entscheidenden Unterschied macht.

Der Junge, den Jenkins »Nemo« nennt, heißt in Wirklichkeit Tim, mit vollem Namen Tim Wohlfahrt, und stammt aus der Kleinstadt Alfeld in der Nähe von Hannover. Er war zehn Jahre alt, als seine Mutter, eine Angestellte der städtischen Musikschule, bei einem Autounfall starb. Bald darauf zog eine fremde Frau in das Einfamilienhaus, das er mit seinem Vater bewohnte, einem von seinem verschlossenen, durch die Tragödie traumatisierten Sohn überforderten Mann. Seine Stiefmutter war Tim verhasst, und so verlebte er eine in sich gekehrte Kindheit und Jugend, als ein zwar überdurchschnittlich intelligenter, aber linkischer und gehemmter Junge, der bei seinen Mitschülern die physikalische Beschaffenheit von Luft zu haben schien – wenn er nicht gerade das Opfer ihres Spotts wurde.
Tief deprimiert, begann er, sein Leben mehr oder weniger ausschließlich in die unlimitierten Welten des Internets zu verlegen und in Online Games seiner schwelenden Wut mit Explosionen, Panzerattacken und Waffengemetzel ein wenig Luft zu verschaffen. Aber anders als bei den allermeisten gleichaltrigen Jungs beschränkten sich diese Gewaltphantasien nicht auf den virtuellen Raum. Voller Ehrfurcht stand er während einer Klassenreise nach

Erfurt vor dem Eingang des Gutenberg-Gymnasiums, wo 2002 der neunzehnjährige Robert Steinhäuser sechzehn Menschen, Schüler und Lehrer erschoss, bevor er sich selbst tötete.

Als Tim sechzehn war, begann seine Wut zielgerichteter zu werden, nachdem er in Games der Plattform *Steam* mit Teilnehmern bekannt geworden war, die gern über gewisse *Memes*, harmlos wirkende Internet-Jokes, ihre rechtsextreme Gesinnung kommunizierten. Da gab es den Frosch Pepe, eine zwar auffallend hässliche, aber eigentlich völlig unpolitische US-Comic-Figur, die merkwürdigerweise als rechtes *Meme* gekapert wurde. Oder das mit Daumen und Zeigefinger geformte Ok-Zeichen. Die mehr oder weniger nichtssagende Geste war in den letzten Jahren ein international verstandenes Erkennungszeichen unter extremen Rechten geworden. Voller Faszination las Tim, dass auch der Attentäter von Christchurch in Neuseeland, der 2019 bei seinem Angriff auf zwei Moscheen einundfünfzig Menschen getötet hatte, in seinen Live-Videos dieses Zeichen geformt hatte.

Tim Wohlfahrts Interesse war geweckt, und über internationale rechtsextreme Chats stieß er auf das 1978 erschienene Buch *The Turner Diaries* des amerikanischen Physikdozenten William L. Pierce. In dem monströsen Roman, einem Bestseller und Standardwerk in der *White-Supremacy*-Bewegung, kämpft ein schwer geprüfter Held in einem gigantischen, zum Teil nuklear geführten Krieg gegen das »System« sowie die nichtweiße Weltbevölkerung, der mit dem Sieg der Weißen und der Tötung der meisten Nichteuropäer endet. Wer letztlich Herrscher des »Systems« und grausamster Feind des Helden ist, wird in blutigen Szenen grell beleuchtet: die Juden.

In den einsamen Nächten in seinem Zimmer in Alfeld verschlang Tim Wohlfahrt *The Turner Diaries* viele Male – in der englischen Originalversion und mithilfe des Google-Übersetzers, bis er jede Silbe verstanden zu haben glaubte. Als er über den Roman recherchierte, faszinierte ihn, dass sowohl Anders Breivik, der 2011 in Oslo und auf der norwegischen Insel Utoya siebenundsiebzig Menschen tötete, als auch die Mitglieder des Nationalsozialistischen Untergrunds in Deutschland Fans von Pierces Roman waren.

Es folgte eine Phase, in der Tims Aufmerksamkeit vom Abitur und dem Versuch eines Erdkundestudiums an der Uni Hannover absorbiert wurde. Aber er stellte dort schon nach kurzer Zeit fest, dass sein sozialer Aggregatzustand immer noch gasförmig war, was auch daran lag, dass er für das meist linke Weltbild und den als oberflächlich empfundenen Lebensstil seiner Kommilitonen nichts als schweigende Verachtung hatte. Er hörte auf, zur Uni zu gehen, und jobbte stattdessen als Pizza-Lieferant. Er schlief lange und verbrachte dann den Rest des Tages und oft auch die halbe Nacht im Netz, wo er – bevorzugt in Englisch – mit, wie ihm schien, vernünftigen Leuten auf der ganzen Welt chattete.

Darunter waren *QAnon*-Leute, rechte Esoteriker, *Proud Boys*, Leute, die sich verschlüsselt als Anhänger verbotener Organisationen wie *Combat 18*, *Blood & Honour* und *The Base* zu erkennen gaben. Bei einer dieser von kalter Restpizza und Red Bull gespeisten nächtlichen Sessions begegnete ihm ein Avatar namens »Balu«, dessen Icon den gleichnamigen Bären aus Disneys Dschungelbuch zeigte.

»Balu« reagierte stets aufmerksam und wohlwollend auf Tims immer radikaler werdende Postings, in denen viel von Gewalt gegen Muslime, Schwarze und Juden die Rede war.

Schließlich lud »Balu« Tim ein, mit ihm allein über einen kostenpflichtigen Messengerdienst namens Threema zu kommunizieren, dessen Verschlüsselungstechnik als absolut sicher galt. Dabei stellte sich heraus, dass auch »Balu« in Deutschland wohnte, nämlich in Berlin.

Nachdem Tim alias »Nemo« seinen Internet-Freund »Peter«, der niemand anderes als Simon Jenkins war, persönlich kennengelernt hatte, machte er sich die radikale antijüdische Ideologie von Hyperion und der SLF schnell zu eigen. Mehr noch, er begann, sich unter der behutsamen Anleitung von Peter danach zu sehnen, selbst Teil dieser Elitetruppe zu werden, die die Welt in Atem hielt und sich den Ruhm zu verdienen, den die toten Attentäter von Bergamo und Miami Beach bereits genossen.

Ein *saint* der SLF zu werden, ein Soldat Hyperions, das schien ihm auf seine Art noch größer als einsame Attentate wie das von Brenton Tarrant in Neuseeland. Zumal dieser, wie er jetzt überzeugt war, die falschen Prioritäten gesetzt hatte. Der Kampf gegen die Moslems kam, das wusste er jetzt, erst an zweiter Stelle. Zuerst galt es die Macht der Juden zu brechen.

Simon Jenkins tritt an den Tisch vor der »Hasenschänke« und verteilt Getränkeflaschen – eine weitere Cola Classic für den Jungen sowie einen Eistee für sich und ein Spezi für Felix. Er lässt sich auf einem Stuhl nieder, und auf sein Zeichen hin beugen sich alle drei vor und stecken die Köpfe zusammen, so dass die leise geführte Unterhaltung für niemanden hörbar ist.

Simon sagt: »Ich dachte, es ist gut, wenn ihr beide euch schon mal kennenlernt. Nemo«, er wendet sich an den Jungen, »ich habe dir erzählt, dass John ein militärischer Spezialist ist, der das Training beim Meeting leiten wird.«

Der Junge nickt.

»Du hast bis jetzt keinerlei Erfahrung mit Waffen«, sagt Jenkins. »Da wir hier alle nah beieinander sind, spräche nichts dagegen, wenn wir bereits vorher ein wenig trainieren. Um die Waffen kümmere ich mich. Und ich weiß einen Ort, wo wir damit ungestört ein bisschen rumballern können.«

Nemos schmale Augen weiten sich. »O ja!«, flüstert er aufgeregt. »Das wäre stark!«

35

Drei Tage später, an einem Donnerstag im späten Juli, sitzen Felix, Simon und Tim Wohlfahrt in Jenkins' schwarzem Land Rover und fahren auf der A 114 in Richtung Norden aus Berlin hinaus. Bei Schönerlinde wechseln sie auf die A 10, die sie bei Feldheim wieder verlassen. Von dort geht es auf der Landstraße geradewegs nach Norden, vorbei an Feldern, Wäldern und kleinen Flüsschen durch die bügelbrettflache sommerliche Landschaft Brandenburgs. Im Autoradio läuft irgendein Mainstream-Sender, und Simon und Felix unterhalten sich über Fußball, während Nemo, der im Fond sitzt, die ganze Zeit über schweigend aus dem Fenster starrt. Nach etwa einer Stunde taucht vor dem Kühler das Ortsschild von Zehdenick auf. Jenkins lenkt den Land Rover durch die östlichen Ausläufer der Kleinstadt und dann auf der B 109 nach Nordosten, geradewegs in ein riesiges Waldgebiet hinein, das die Einheimischen gern den »Russenwald« nennen.

Denn dort, mitten in dem entlegenen Gebiet, liegt ein ehemaliges sowjetisches Militär- und Kasernengelände, eine »Stadt im Wald«, in der zeitweise bis zu fünfzehntausend russische Soldaten und ihre Angehörigen lebten und wo in den Jahrzehnten des Kalten Krieges auch Nuklearwaffen gelagert wurden. Seit dem Abzug der russischen Streitkräfte im Jahr 1994 liegt das riesige Gelände brach, ein gigantisches Relikt einer vergangenen Epoche mit verfallenden Wohngebäuden, Hangars, Werkstätten, Läden, Sporthallen und Unterhaltungssälen.

Über halb zugewucherte Fahrwege dringt der Land Rover durch den Kiefernwald in die Geisterstadt vor. Nur die vielen Graffiti auf dem bröckelnden Putz der Gebäude zeugen davon, dass sich hier im Lauf der vergangen drei Jahrzehnte hin und wieder Besucher eingefunden haben.

Nach ein paar Minuten erreichen sie den nördlichen Rand der verlassenen Militärstadt, wo Jenkins den SUV vor einem lang gestreckten Gebäude parkt, über dessen türlosem Eingang in fast verblasster, kyrillischer Schrift das Wort Спортзал steht: »Sporthalle«.

Die drei Männer steigen aus, und Felix betrachtet staunend die Szenerie. Der morbide Hauch der Vergänglichkeit und des Verfalls liegt über dem vergessenen Stützpunkt, an dem außer ein wenig Vogelgezwitscher und dem leisen Rauschen der Baumkronen kein Laut zu hören ist.

»Immer rin in die jute Stube!«, sagt Simon Jenkins, spöttisch berlinernd, und weist auf den Eingang des Gebäudes. Dann läuft er um den Wagen herum und öffnet die Heckklappe. Er nimmt ein Sturmgewehr vom Typ G3 heraus, wie es bei der Bundeswehr benutzt wird, und eine Sporttasche, in der sich außer einigen Kastenmagazinen für das Gewehr auch eine tschechische Pistole vom Typ ČZ 52 befindet. Als Letztes folgt ein etwa ein Meter achtzig langes, zwei Zentimeter dickes Holzbrett, das sich mithilfe einer abklappbaren Stütze aufrecht aufstellen lässt und das Nemo zum Tragen in die Hände gedrückt wird.

Simon hat Felix die Waffen bereits am Vortag gezeigt, und auf dessen Frage, woher er sie habe, nur erwidert: »Da gibt es im Netz hervorragende Möglichkeiten.« Felix hat das Gewehr und die Pistole begutachtet und gesagt: »Das Sturmgewehr ist okay, aber die Pistole ... ich kenne das Modell zufällig. Es ist eine sehr robuste Waffe, aber schwer zu handhaben.«

»Keine Sorge«, hat Simon gesagt. »Beim Meeting werden wir andere Pistolen haben.«

Die drei betreten das Gebäude und durchqueren zuerst einen dunklen Gang, von dem aus die Umkleidekabinen und der Duschtrakt abgehen, bevor sie die eigentliche Sporthalle erreichen, durch deren hohe, zum Teil zerborstene Sprossenfenster helles Nachmittagslicht scheint. Der Holzboden ist an vielen Stellen abgetragen und gibt den Blick auf die darunterliegenden Kiefernbohlen frei. An den beiden Stirnseiten der Halle hängen noch die Bretter von Basketballkörben, die längst verschwunden sind. Darunter prangen Graffiti an der Wand: Ein in psychedelischen Farben gesprayter Schweinekopf, der von einem Dolch durchbohrt wird, und das Comicgesicht eines hässlichen Frosches, jenem Pepe, der sich als rechtes Meme so großer Beliebtheit erfreut.

Felix nimmt Nemo das Brett ab und stellt es an einer der Stirnseiten der Halle auf. Simon holt eine zusammengefaltete, bedruckte Folie aus der Sporttasche, entfaltet sie und befestigt sie mit Klebestreifen auf dem Brett. Die Folie zeigt die lebensgroße, schwarze Silhouette eines Mannes, dessen Brust- und Bauchpartie weiß ausgespart ist. In der Mitte der Brust befindet sich ein roter Kreis, etwa von der Größe einer Untertasse. Felix beobachtet Nemo, der mit angespanntem Gesicht auf die Zielscheibe starrt.

Und nun werde ich dir kleinem Irren beibringen, wie man eine Waffe handhabt. Hoffentlich kommst du nie dazu, diese Fähigkeit zu nutzen.

Felix beginnt seine Lehrstunde damit, dass er Nemo das Sturmgewehr und seine Bestandteile erklärt. Der Junge hat sich zwar bei YouTube unzählige Videos rund um die verschiedensten Waffen angesehen, aber noch nie eine in der Hand gehabt. Ziemlich ehrfürchtig nimmt er das G 3, und Felix zeigt ihm unter den aufmerksamen Augen von Simon, wie er das Gewehr in Ruhestellung halten soll, wie der Sicherungshebel funktioniert und dass, wenn sich auf keinen Fall unbeabsichtigt ein Schuss lösen soll, der Finger nicht um den Abzugshebel gekrümmt sein darf, sondern lang gestreckt darüber liegt. Er zeigt ihm, wie man das Kastenmagazin wechselt, lässt ihn das Gewicht und die Ausmaße der Waffe spüren, sie schwenken, sie schnell in Anschlag bringen, ruhig zielen – was immer es an Trockenübungen gibt.

Nemo ist mit großem Eifer bei der Sache, er hängt an Felix' Lippen und stellt sich trotz seiner Unerfahrenheit recht geschickt mit dem Gewehr an. Schließlich, nach einer Dreiviertelstunde, hält Felix den Zeitpunkt für gekommen, ihn ein bisschen schießen zu lassen. Er und der Junge stopfen sich die mitgebrachten Ohrstöpsel in die Ohrmuscheln, und Simon verlässt die Sporthalle, um sich draußen zu postieren und die beiden zu warnen, falls sich jemand nähern sollte.

Nemos braune Augen blitzen vor Aufregung, als Felix ihn auffordert, aus fünfzehn Meter Entfernung mit dem G 3 auf die Zielfigur anzulegen. Das Gewehr ist auf Einzelschuss eingestellt, und Nemo feuert im Stehen drei Schüsse ab. Er verfehlt die Zielfigur, was ihm auch noch zwei weitere Male passiert, bevor ihm Felix geduldig erklärt, was er falsch macht und ihm Hilfestellung gibt. Immer wieder unterbrochen von Anweisungen feuert der Junge fast zwei 10er-Magazine auf die Zielfigur, bis er es schafft, drei Schüsse in den Oberkörper und einen sogar ins Herz zu platzieren.

»Gut gemacht!«, lobt ihn Felix, und Nemo zeigt zum ersten Mal so etwas wie ein Lächeln.

»Ist aber was anderes als auf der PlayStation, was?«

»Ja, völlig anders.«

»Wie kommen deine Ohren klar?«

»Es ist laut, ja. Aber mit den Stöpseln geht es.«

»Hier ist es auch besonders laut in der Halle. Aber je nachdem, wo du ... wo du das Gewehr einsetzt, ist es ganz gut, sich daran zu gewöhnen. Vielleicht ja ebenfalls in einem geschlossenen Raum.«

Felix versucht angestrengt, in Nemos Miene lesen, ob er bereits weiß, wo und wie er als Attentäter eingesetzt werden soll, aber die indifferente Reaktion des Jungen zeigt ihm, dass das offensichtlich nicht der Fall ist.

Sie beenden das Schießtraining nach einer knappen halben Stunde – so wie mit Simon vereinbart, der nach wie vor draußen auf Posten steht. Weil Felix weiß, dass er gleich in der Halle aufkreuzen wird, versucht er noch schnell, ein kurzes Gespräch mit dem Jungen anzuknüpfen, der mit glühenden, verschwitzten Wangen vor ihm steht.

»Du machst das schon ganz gut. Vielleicht können wir das noch mal wiederholen – vor dem Meeting. Dann probieren wir auch mal Dauerfeuer. Weißt du, wann es losgeht?«

Der Junge schüttelt den Kopf. »Nein.«

»Vielleicht werden wir Hyperion kennenlernen. Hat Si…« Er verschluckt die erste Silbe von Simons Namen gerade noch rechtzeitig. »… hat Peter dir irgendetwas gesagt?«

Nemo sieht mit einem seltsamen, entrückten Ausdruck in die Ferne und sagt: »Ich bin sicher, dass ich ihn treffe. Das wird großartig sein!«

36

Fünf Tage später.

»Ich habe ein Geschenk für Sie«, sagt Yael Rubin und lächelt geheimnisvoll. Dann öffnet sie ihre Umhängetasche und nimmt einen kleinen, schwarzen Karton heraus. Sie platziert die Box vor Felix auf dem Tisch und sieht ihn aufmunternd an. »Bitte sehr.«

Felix starrt sie irritiert an.

Wie bei den meisten ihrer Treffen sitzen die Mossad-Agentin und Felix in dem karg ausgestatteten Safe House des Mossad in Berlin-Friedrichshain, wo Felix Yael nun fast täglich berichtet. Er hat ihr von seiner Begegnung mit Nemo und dem Schießtraining in der Geisterstadt in Zehdenick-Vogelsang erzählt, das sie an einem der darauffolgenden Tage noch einmal wiederholt haben.

»Der Junge ist Deutscher. Aber ich kann anhand seiner Sprechweise nicht verorten, aus welcher Gegend. Er hat keinen besonderen Akzent.« Felix überlegt kurz und fährt fort: »Er wird ein wenig ... zutraulicher, aber ich kriege keine Anhaltspunkte, was möglicherweise sein Auftrag ist. Simon hat mir klargemacht, dass es allen *brothers* streng verboten ist, über solche Dinge zu reden. Ich kann dieses Thema nicht direkt anschneiden, ohne mich sofort verdächtig zu machen.«

Die Israelin nickt. »Ich verstehe.« Dann fragt sie: »Sie sagen, er kennt Jenkins nur unter dem Decknamen Peter?«

»Ja.«

»Was glauben Sie, woher die beiden sich kennen und was ihre Beziehung ist?«

»Jenkins hat mir, ohne ins Detail zu gehen, erklärt, dass er Nemo schon länger kennt. Er hat ihn ganz offensichtlich im Griff, hat ihn entsprechend manipuliert. Ich habe den Eindruck, dass er für den Jungen eine Art Vaterfigur ist – oder, besser gesagt, eine Art älterer Bruder.«

Felix' Blick ruht unschlüssig auf der schwarzen Box, die vor ihm auf dem Tisch steht. Die Mossad-Agentin zwinkert ihm zu. »Na los! Machen Sie's auf!«

Felix öffnet den Karton – und glotzt ungläubig auf den Inhalt: ein massives Ketten-Armband aus glänzendem Edelstahl. Auf dem kastenförmigen Verschlussstück ist ein kleiner Skorpion eingraviert – Felix' Sternzeichen.

Er starrt Yael ungläubig an.

»Ist das ... Ihr Ernst?«

Die Israelin schürzt die Lippen. »Wussten Sie nicht, dass wir beim Mossad auch eine ausgezeichnete Abteilung für Schmuckdesign haben? Öffnen Sie mal den Verschluss.«

Felix runzelt die Stirn und nimmt das Armband aus dem Karton. Er wiegt das ziemlich schwere Ding in der Hand und betätigt dann den kleinen Druckhebel, mit dem sich der Verschluss öffnen lässt. Aus dem Deckel mit dem Skorpion löst sich innen ein kleineres, kastenförmiges Ende.

»Betrachten Sie das innere Verschlussteil. Fällt Ihnen etwas auf?«

Felix sieht genauer hin. »Nein.«

»Dieses Stück entspricht einem USB-Stecker. Dahinter, im verborgenen Inneren der Kettenglieder befindet sich die Speichereinheiten. Die haben eine Kapazität von mehreren Terabyte. Mit diesem Ding können Sie in kürzester Zeit den Inhalt einer Festplatte jedes Computers, Notebooks klonen, wenn er über einen USB-Eingang verfügt. Es hebelt auch die Passwortsperre aus.«

Felix betrachtet das Armband mit skeptischem Blick. »Hm«, sagt er. »Aber wie soll ich das benutzen?«

Die Israelin räuspert sich und sagt: »Wissen Sie, wir haben die verschiedensten Optionen geprüft, wie wir Sie für diese Zusammenkunft mit der SLF irgendwie präparieren können. Mikrophone, Minikameras, GPS-Tracker, all diese Dinge lassen sich mit ziemlich simpler Anti-Spy-Technik aufspüren. Das Risiko, dass so etwas entdeckt wird und Sie dadurch auffliegen, ist definitiv zu hoch.«

Yael streicht sich eine Strähne ihres langen, dunkelbraunen Haars aus der Stirn und nimmt einen Schluck aus ihrem Wasserglas. Dann fährt sie fort: »Dieses Ding hier ist mit einer Legierung umhüllt, die für Röntgenstrahlen undurchlässig ist. Es ist ein Tool für den Fall, dass es Ihnen gelingt, unbemerkt Zugang zu Computern zu bekommen, auf denen sich möglicherweise Daten über Identitäten und Anschlagsziele der Organisation befinden. Im Idealfall wäre es der Computer von Hyperion selbst.«

Felix verzieht den Mund. »Das ist aber sehr optimistisch, anzunehmen, dass ich an sowas rankomme! Ich bin da schließlich bloß der Drill Sergeant.«

Yael nickt ernst. »Ja, da könnten Sie recht haben. Aber wer weiß? Das Risiko, dass das Armband als Spionage-Tool entlarvt wird, ist jedenfalls gering.«

Felix betrachtet das Armband eine Weile und grinst dann.

»Na ja. James Bond ist das nicht gerade. Keine Mini-Raketen in Armbanduhren, keine ins Auge implantierte Minikamera. Eigentlich hätte ich vom Mossad schon etwas mehr erwartet.«

Die Israelin grinst zurück. »Wir arbeiten daran – glauben Sie mir!«

Dann wird sie wieder ernst. »Ich will natürlich nicht, dass Sie ein zu großes Risiko eingehen! Es ist nur für den Fall der Fälle. Aber ganz abgehen davon werden Sie ja mitten im Auge des Orkans sein. Sie werden den Ort kennenlernen, an dem die Terroristen ausgebildet werden, und engen Kontakt zu diesen Leuten haben. Sie werden Hyperion begegnen, ihn beschreiben können. Vielleicht Hinweise finden auf seine Identität und Nationalität. Auch Jenkins' genaue Rolle innerhalb der SLF wird sich sicher weiter erschließen. Und wenn Sie zurück sind, könnte schon der Moment gekommen sein, an dem man einen entscheidenden Schlag gegen die Gruppe führen kann.«

Felix wiegt das schwere Kettenarmband nachdenklich in seiner Hand. Yael beobachtet ihn mit einem kleinen, ironischen Funkeln in den im Moment moosgrünen Augen. »Legen Sie's doch mal an!« sagt sie. »Ich bin sicher, es steht Ihnen!«

37

Um dieselbe Zeit, als Yael Rubin und Felix sich in der Mossad-Wohnung in Berlin-Friedrichshain verabschieden und anschließend getrennt das Haus verlassen, tritt Tim Wohlfahrt alias Nemo seine Abendschicht beim »Pizza-Blitz«-Lieferdienst in Alfeld an. Es ist kurz vor siebzehn Uhr, und vor ihm liegen sieben Stunden anstrengender Strampelei auf dem Fahrrad durch die in der Augusthitze glühenden Straßen, ungezählte Treppenstufen und Kunden, die zumeist online bezahlen und das Trinkgeld wegfallen lassen. Tim hasst seinen Job, den er an vier Tagen in der Woche ausübt, aber er wirft genug ab, um das Einzimmer-Apartment, in dem er inzwischen nach einem finalen Streit mit seiner Stiefmutter allein lebt, zu unterhalten und seine ansonsten kargen Ansprüche zu befriedigen. Es ist ein Job, der zu seiner einsamen, isolierten Existenz passt, ohne echte Kontakte, die über »Hallo!« und »Danke!« hinausgehen. Das Tröstliche an der Sache ist, dass es mit diesem bedeutungslosen Leben bald vorbei sein wird.

Tim betritt das Foyer des Pizza-Lieferdienstes, wo der Schichtleiter, ein breitschultriger, mürrischer Typ mit Glatze, hinter seinem Counter sitzt und ihn mit einem stummen Nicken begrüßt.

Tim nimmt seine von zu Hause mitgebrachte, sperrige Lieferbox mit dem »Pizza-Blitz«-Logo vom Rücken und setzt sich auf die abgewetzte Couch, die an der Wand des Foyers steht. Dann nimmt er sein Smartphone aus seinen Shorts und loggt sich in die Firmen-App ein, wo bald die Daten für seine erste Lieferung erscheinen werden. Weil sich dort noch nichts tut, scrollt sich Tim durch eine Newsseite, als er plötzlich zu spüren glaubt, dass irgendjemandes Blick auf ihm ruht. Er hebt den Kopf und blickt durch eine geöffnete Tür am Ende des Foyers in das Büro der Firma. Dort sitzt eine junge Frau mit glatten, dunkelbraunen Haaren und einer schmalen Brille vor einem Computermonitor. Sie blickt Tim geradewegs ins Gesicht und lächelt ihm zu.

Tim Wohlfahrt ist perplex. Er ist es nicht gewohnt, überhaupt wahrgenommen zu werden, geschweige denn, dass ihn jemand einfach anlächelt. Erst recht keine Frau.

Er spürt, wie ihm vor Verlegenheit noch heißer wird, als ihm ohnehin schon ist, und produziert ein missglücktes, schiefes Lächeln, bevor er wieder den Kopf senkt und angestrengt auf sein Display starrt.

Kurz darauf erscheint mit einem Pling seine erste Bestellung in der Liefer-App. Tim erhebt sich und nimmt an der Durchreiche zur Küche vier Pizzakartons in Empfang.

Als er mit seiner Lieferbox auf dem Rücken durch die Straßen radelt, sind seine Gedanken immer noch mit dem Mädchen im Büro beschäftigt, das die Telefon- und Online-Bestellungen entgegennimmt und an die Küche und die Lieferfahrer weiterleitet. Tim hat sie noch nie in der Firma gesehen, er nimmt an, dass sie gerade erst angefangen hat. Er schätzt das Mädchen auf achtzehn, höchstens neunzehn Jahre. Mit ihrer Brille und dem dünnen strähnigen Haar ist sie nicht unbedingt eine Schönheit, aber ihr angenehmes, offenes Lächeln geht Tim eine Weile nicht aus dem Kopf.

Es ist 23:30, als Tim an diesem Abend das letzte Mal die Zentrale von »Pizza-Blitz« anfährt, um mit dem Schichtleiter seine Bargeldeinnahmen abzurechnen. Als das erledigt ist, verlässt er das Gebäude und will gerade sein Fahrrad aufschließen, als er plötzlich jemanden bemerkt, der neben dem Eingang steht. Es ist das Mädchen aus dem Büro. »Hi«, sagt sie und lächelt wieder ihr angenehmes Lächeln.

Tim glotzt sie ein paar Sekunden wortlos an, bevor er antwortet. »Hi!«

Das Mädchen breitet seine dünnen Arme in dem ärmellosen Top aus und sagt enthusiastisch: »Was für eine herrliche Sommernacht!«

Tim, der wenig Sinn für den Sternenhimmel hat, der sich über der Stadt wölbt, weiß nicht recht, was er antworten soll, und brummt nur: »Hm.«

Sie greift in die schwarze Jutetasche, die über ihrer Schulter hängt und nimmt eine Zigarettenschachtel heraus. Sie hält Tim die geöffnete Packung hin und fragt:

»Willst du eine?«

Tim schüttelt den Kopf. »Ich rauche nicht.«

Sie nickt lächelnd. »Ist vielleicht besser.« Dann nimmt sie selbst eine Zigarette aus der Packung und zündet sie an. Sie inhaliert einmal und sagt: »Heute war mein erster Tag. Ist ganz gut gelaufen. Der Schichtleiter ist natürlich ein Vollhonk. Aber der Job ist okay.« Sie nimmt wieder einen Zug und ergänzt: »Ich warte hier auf meine Mutter, die holt mich heute ab.«

Tim tritt von einem Bein aufs andere, unschlüssig, wie er sich verhalten soll.

Das Mädchen plaudert einfach weiter. »Ich wohne ein Stück weg. In Röllinghausen. Und du?«

Tim runzelt die Stirn. »Nicht so weit. Um die Ecke«, sagt er vage.

Sie nickt wieder. Tim kratzt sich verlegen am Kopf und sagt: »Dann will ich mal los.«

»Okay«, sagt sie leichthin. »Schönen Abend! Man sieht sich ja sicher.«

Tim nickt nur stumm und schließt sein Fahrradschloss auf, als sie noch sagt: »Ich heiße übrigens Sally.«

Tim wendet sich wohl oder übel noch einmal um. Er räuspert sich und sagt: »Ich ... bin ... ich heiße Tim.«

Sie lächelt wieder. »Okay, Tim! Dann bis morgen, schätze ich.«

Als sich Tim Wohlfahrt in dieser Nacht auf dem Ikea-Bett in seiner Mini-Wohnung ausstreckt, ist es das erste Mal seit Wochen, dass seine Gedanken nicht nur um seine große Mission kreisen.

38

Drei Wochen später.

Das Warten und das Nichtstun zehren an Felix' Nerven. Seit dem letzten Schießtraining im »Russenwald« bei Zehdenick hat er weder Simon Jenkins noch Nemo zu Gesicht bekommen. Simon hat ihn lediglich mit der Auskunft beschieden, dass er sich jederzeit für die Abreise zum Meeting bereithalten soll. Er selbst müsse verreisen und würde sich melden, wenn es so weit sei. Seitdem sind drei zähe, endlose Wochen vergangen, in denen Felix kaum mit jemandem Kontakt hatte. Er hat zweimal mit Melly telefoniert, die beide Male schlechte Laune hatte, und einmal mit Sonny, der ihm versichert hat, dass es Franziska gut geht. Magdalena Knoop war wieder einmal auf Reisen, und weil es nichts zu berichten gab, hat er auch Yael Rubin in dieser Zeit nicht getroffen, sondern lediglich zweimal kurz mit ihr telefoniert. Insgeheim ist er enttäuscht darüber, dass sie bislang ihre Einladung auf einen gemeinsamen Drink nicht erneuert hat, aber er selbst hat sich aus irgendeinem Grund nicht getraut, das Thema anzusprechen.

Weil es zum Joggen zu heiß war, hat Felix sich ein paarmal am Schlachtensee ein Boot gemietet und ist zu einer der einsamen Schilfbuchten am gegenüberliegenden Ufer gerudert, wo er sich in das immer noch leidlich kühle Wasser fallen ließ.

Schließlich, als die Hitzewelle vorüber und der August bereits in den September übergegangen ist, kommt Simons Anruf. Es ist später Abend, und Felix hat sich mit seinem Tablet auf dem Bett ausgestreckt und schaut sich noch einmal die erste Staffel der Serie *Fargo* an.

Simon erkundigt sich nur kurz nach Felix Befinden, bevor er zur Sache kommt:

»Bist du bereit?«

»Ja.«

»Wir brechen morgen auf!«

»Oh! Morgen schon? Was soll ich mitnehmen … an Klamotten?«

»Nichts Besonderes. Outdoorsachen. Ne warme Jacke, Hoodie. Und Unterwäsche, Socken, T-Shirts zum Wechseln. Und Sportschuhe. Für alles andere ist gesorgt.« Simon räuspert sich und fährt fort: »Und, wie ich dir schon gesagt habe – nimm keinerlei elektronische Geräte mit. Kein Handy, kein Tablet, kein E-Reader. Absolut nichts. Hörst du? Du wirst eingehend gecheckt werden.«

»Okay«, sagt Felix. »Sonst irgendetwas, was ich brauche?«

»Deinen Personalausweis. Und den Führerschein. Dann können wir uns beim Fahren abwechseln.«

Felix horcht auf.

»Okay«, sagt er wieder.

»Gut«, erwidert Simon. »Ich hole dich morgen früh um sechs Uhr ab.«

Als das Gespräch beendet ist, aktiviert Felix sofort die Nummer von Yael Rubin und informiert sie über seine bevorstehende Abreise zum Meeting, ebenso wie auch Magdalena Knoop. Beide wünschen ihm Glück, wobei Felix meint, in Magdalenas Stimme wieder jenen besorgten Unterton zu vernehmen, den sie auch bei ihrem letzten gemeinsamen Treffen mit Yael Rubin hatte.

Dann liegt Felix mit seinem Smartphone, das er nicht mit auf die Reise nehmen kann, auf der zu weichen Matratze und prägt sich in einer längeren, viele Male wiederholten Gedankenübung vier Handynummern ein: Es sind die von Magdalena, Yael, Sonny und Melly.

39

Es ist ein kühler, regnerischer Tag, als Felix auf dem Beifahrersitz von Simon Jenkins' Land Rover Platz nimmt. Im Fond des SUV sitzt bereits Nemo, blass und wortkarg wie immer. »Hi, John!«, sagt er nur und blättert dann weiter in dem dicken *Avengers*-Comicband, den er in der Hand hält.

Simon und Felix klatschen sich ab, wobei Jenkins sofort das Kettenarmband an Felix rechtem Handgelenk bemerkt.

»Oh«, sagt er mit mild spöttischem Unterton. »Du hast schmucktechnisch aufgerüstet.«

Felix grinst. »Weißt du, mir war langweilig, und ich kam zufällig an diesem Laden vorbei, wo es so Sachen gibt. Und dann ...« Er weist Simon auf den Skorpion auf dem Verschluss hin. »... habe ich mir das noch draufmachen lassen. Mein Sternzeichen. Ist ein kleiner Glücksbringer.«

Simons Begeisterung für das Accessoire scheint sich in Grenzen zu halten, aber er wendet sich halb zu Nemo um und sagt: »Ganz cool, oder?«

Nemo nickt. »Auf jeden Fall!«

Dann geht es zum Flughafen Berlin-Brandenburg, wo Jenkins einen Dauerparkplatz für den SUV ansteuert und Nemo und Felix zwei Flugtickets aushändigt. Felix starrt verblüfft auf die Destination: Stockholm-Arlanda.

»Wir fliegen nach Schweden?«

Jenkins nickt nur und dirigiert seine Begleiter zielsicher durch die endlosen Fluchten des neuen Monsterflughafens zum Security-Check ihres Flugsteigs. Sie passieren alle Kontrollen ohne Probleme und besteigen um 8:10 eine Maschine der SAS nach Stockholm, wo sie knappe zwei Stunden später landen. Sie passieren die Ausweiskontrolle und stehen, weil sie nur Handgepäck mit sich führen, schon fünf Minuten später in der Ankunftshalle des internationalen Flughafens der schwedischen Hauptstadt.

Simon blickt sich suchend um, bis er unter den Wartenden jemanden entdeckt. Er gibt Felix und Nemo ein Zeichen, und die drei bewegen sich auf eine Frau in einem braunen Trenchcoat zu, die etwas abseits in der Nähe des Ausgangs steht.

»Stella!«, sagt Jenkins und begrüßt die Frau mit Wangenküssen. Felix betrachtet sie eingehend.

Die Frau ist vielleicht Ende vierzig, schlank und groß, mit aschblondem, kurz geschnittenem Haar, das ihre Ohren freilässt. Das ausgeprägte, schmale Gesicht mit den hohen Wangenknochen und den hellen, graublauen Augen ist zweifellos attraktiv, aber der scharfe Zug um den schmalen Mund und ihre kerzengerade, fast starre Haltung verraten Härte und Unnachgiebigkeit.

Die Frau, die Simon Stella genannt hat, lächelt verbindlich und reicht Felix und Nemo ihre große, kräftige Hand. »Welcome to Sweden, *brothers!*«, sagt sie mit erstaunlich tiefer Stimme.

Fünfzehn Minuten später sitzen Felix, Jenkins und Nemo in einem schweren Volvo SUV mit Stella am Steuer und rollen auf der E 4 nach Norden, in Richtung Uppsala. Es schüttet ununterbrochen, und die Scheinwerfer der entgegenkommenden Autos verschwimmen in einem wabernden, diffusen Regenvorhang. Nach nur fünfzehn Minuten verlässt Stella die Autobahn, fährt in einem Bogen um den Ort Knivsta herum nach Süden und erreicht bald darauf eine schmale Landstraße, die von Eichen und niedrigen Hecken gesäumt ist, hinter denen man die für Skandinavien typischen, rot gestrichenen Holzhäuser, aber auch größere, verklinkerte Anwesen im Bungalow-Stil sieht. Immer noch pladdert der Regen mit unverminderter Heftigkeit auf Windschutzscheibe und Dach des Wagens, was dazu beiträgt, dass kaum gesprochen wird.

Bald darauf verlangsamt der Volvo die Fahrt und biegt in eine Zufahrt zu einem großen Bungalow mit einer Doppelgarage ein. Stella lenkt den Wagen vor das rechte Garagentor und öffnet es mithilfe einer Fernbedienung. Sie fährt den Wagen in die Garage und parkt ihn neben dem grauen Nissan X-Trail-SUV, der bereits dort steht. Dann wendet sie sich an Felix und Nemo. Wie schon bei der Begrüßung spricht sie Englisch. »Bitte bringt euer Gepäck ins Haus!«

Felix und Simon nehmen ihr Gepäck aus dem Kofferraum, während Simons Trolley dort zurückbleibt.

Die aschblonde, androgyn wirkende Frau führt die Männer durch die rückwärtige Garagentür direkt in einen langen, gefliesten Korridor. Sie weist auf eine Kofferablage an der Wand.»Das Gepäck bitte dorthin!«

Dann führt sie die drei Männer in einen spärlich möblierten Wohnraum, in dem sich eine Sitzgruppe befindet. Auf dem niedrigen Couchtisch sind Edelstahlplatten mit verschiedenen schwedischen Snacks angerichtet: Lachskuchen, gratinierte Fleischwurst, Sandwiches mit Rentierschinken. Daneben stehen zwei Thermoskannen sowie Flaschen mit Mineralwasser und Orangensaft.

»Bitte, bedient euch!«, sagt Stella und deutet auf das Arrangement. Mit diesen Worten verlässt sie den Raum.

Felix sieht Simon fragend an. Der lächelt und sagt:»Stella ist unser Sicherheitsoffizier. Sie wird jetzt euer Gepäck durchleuchten und später noch euch selbst.«

Nemo, der die ganze Zeit wenig gesagt hat, runzelt missmutig die Stirn.»Aber ich bin doch ein *brother*! Wozu ist das nötig?«

Simon legt den Arm um den Jungen und drückt ihn an sich.»Natürlich bist du ein *brother*, Nemo! Aber diese Regeln gelten für jeden, der zum Meeting kommt. Denk dran: Hyperion ist einer der meistgesuchten Männer der Welt. Da ist Security einfach das höchste Gebot!«

Felix und Nemo starren Simon an. Es hat zwar keiner von beiden daran gezweifelt, dass sie dem verborgenen Kingpin, dem Hohepriester des antijüdischen Terrors persönlich begegnen werden, aber es ist das erste Mal, dass sie das aus Simons Mund hören.

Während sie sich an den Snacks gütlich tun, trägt Stella Felix' und Nemos Gepäck in einen Nebenraum. Dort steht neben einem Tisch und zwei Stühlen ein ofengroßes, auf Rollen bewegliches Röntgengerät, ein professioneller Scanner zur Sicherheitskontrolle von Taschen und Koffern. Stella öffnet Felix' und Nemos Trolleys und die Rucksäcke und schiebt den Inhalt Stück für Stück in den Röntgentunnel. Sie kontrolliert die durchleuchteten Kleidungsstücke und Gegenstände auf ihrem Tablet, das mit dem Gerät gekoppelt ist, und als sie nichts Unerlaubtes oder Verdächtiges entdecken kann, packt sie die Sachen wieder in ihre Behältnisse und begibt sich zurück in das Zimmer, wo die Besucher warten.

»*Brother* Nemo«, sagt sie mit ihrer tiefen Stimme. »Komm bitte mit mir!«

Der Junge erhebt sich zögernd und folgt der hochgewachsenen Frau in das Zimmer mit dem Röntgengerät.

Dort bittet Stella Nemo um seine Armbanduhr und die dünne Goldkette mit dem Christopherus-Medaillon, das er um den Hals trägt. Er tut das nicht etwa, weil er in irgendeiner Weise religiös wäre, sondern weil das Schmuckstück ein Geschenk seiner verstorbenen Mutter ist.

Stella untersucht die beiden Gegenstände mit dem Röntgenscanner und wendet sich dann wieder dem Jungen zu: »Bitte zieh deine Schuhe und deine Kleidung aus. Und leg alles dort auf den Stuhl!«

Der Junge reagiert verstört.

»Was? Warum soll ich das ...«

Die aschblonde Frau unterbricht ihn. »Bitte, *brother*, es muss sein!«, sagt sie in höflichem, aber unmissverständlichem Ton.

Widerstrebend entledigt sich Nemo eines weißen T-Shirts und seiner Jeans, bis er nur noch in Socken und karierten Boxershorts dasteht.

»Auch die Socken und die Unterhose!«, befiehlt Stella.

Tim Wohlfahrt alias Nemo spürt eine glühende Welle der Scham in seinen Kopf steigen. Gleichzeitig regt sich sein Widerspruchsgeist. »Nein!«, sagt er. »Das ist ... ich möchte wirklich nicht ...«

Stella bleibt ungerührt. Sie fixiert den Jungen scharf mit ihren hellgrauen Augen an und sagt in gereiztem Ton: »Sei nicht dumm! Du willst schließlich ein Kämpfer der SLF werden, oder? Kein kleiner Junge, der sich noch in die Hosen pisst und für seine Nacktheit schämt. Ich werde dir schon nichts weggucken!«

Nemo starrt sie mit hochrotem Kopf an. Er will noch etwas erwidern, aber dann besinnt er sich, und kommt Stellas Aufforderung widerstrebend nach. Die Frau betrachtet ohne Regung Nemos bleichen, schmächtigen Körper und macht sich dann sofort daran, seine Kleidungsstücke eingehend zu untersuchen. Als das erledigt ist, weist sie auf ein fast mannshohes Gerät am anderen Ende des Raums, vor dem ein kleiner Tisch steht, auf dem ein Notebook liegt. »Ich werde dich jetzt röntgen«, sagt die Frau, die sich Stella nennt.

Tim alias Nemo glotzt irritiert.

Die Sicherheitsoffizierin der SLF bemerkt sein Zögern und sagt in strengem, keinen Widerspruch deutendem Ton.»Na los!«

Tim trottet auf nackten Füßen zu dem Gerät, stellt sich dort in Positur und lässt die von Stella aktivierten X-Ray-Strahlen durch seinen Körper dringen. Die Frau betrachtet das Röntgenbild eine Weile auf dem Bildschirm des Notebooks und sagt dann:»Gut.«

Tim, der glaubt, die peinliche Untersuchung nun überstanden zu haben, will sich schon wieder anziehen, als Stella sagt.»Moment! Ich konnte auf dem Bild etwas nicht genau erkennen.« Tim beobachtet ungläubig, wie die Frau sich einen Latexhandschuh über die rechte Hand zieht und sich eine kleine Stabtaschenlampe zwischen die kräftigen, auffallend weißen Zähne klemmt. Dann sagt sie:»Stell dich bitte mit dem Rücken zu mir und bück dich.«

Tim ist inzwischen so paralysiert, dass er dem Befehl widerstandslos Folge leistet.

Stella zieht ihm die verkrampften Gesäßbacken auseinander und beleuchtet mit der kleinen Stablampe den Anus des Jungen. Dann dringt sie mit ihrem latexverkleideten Finger gewaltsam in ihn ein und befühlt das Innere des Darmausgangs. Der Junge vergeht schier vor Peinlichkeit und körperlichem Ekel, aber er beißt die Zähne zusammen und gibt keinen Laut von sich.

»Gut«, sagt Stella schließlich und richtet sich auf.»Du kannst dich wieder anziehen.«

Als Nemo wieder zu Felix und Simon stößt, hat sein Gesicht die Farbe einer reifen Tomate. Schweigend nimmt er wieder auf dem Sofa Platz und starrt finster vor sich hin.

Simon lächelt ihm freundlich zu und sagt:»Na, so schlimm wird es doch nicht gewesen sein, oder? Vergiss nicht, wofür das alles gut ist!«

Als Nächster ist Felix an der Reihe, der die Prozedur gleichmütig über sich ergehen lässt. Die unangenehmen Gefühle werden dabei überdeckt von der Erleichterung darüber, dass der Mossad nicht irgendwelche plumpen Tricks mit Mikrophonen, GPS-Sendern oder Kameras versucht hat. Allerdings spürt er das Kettenarmband mit der verborgenen Computer-Spyware so schwer wie eine Bleimanschette an seinem Handgelenk. Als Stella die Kette öffnet, untersucht und anschließend durch den Röntgentunnel schickt, hält er innerlich den Atem an, aber das Accessoire besteht ihre Prüfung ebenso wie alles andere, was er bei sich trägt.

Am frühen Nachmittag setzen Felix, Jenkins und Nemo schließlich ihre Reise fort, jetzt in dem grauen Nissan X-Trail mit schwedischem Kennzeichen, der bei ihrer Ankunft in der Garage stand.

Mit Simon am Steuer fahren sie auf der E 4 nach Norden, vorbei an Uppsala und Gävle, bis die Autobahn fast auf die Ostküste trifft und sich viele hundert Kilometer daran entlangschlängelt. Immer weiter geht es die skandinavische Halbinsel hinauf, mal durch Regenschauer und mal durch sonnige Streckenabschnitte, während im Autoradio ein schwedischer Pop-Sender dudelt. Den Nachmittag über unterhalten sie sich noch ein wenig, besser gesagt, Felix und Simon, während Nemo in seine Comics vertieft ist, von denen er einen ganzen Stapel mitgenommen hat. Erst als das Gespräch auf Felix' Rolle als neuer militärischer Ausbilder der SLF kommt, blickt er interessiert auf.

Simon sagt: »Es ist eine glückliche Fügung, dass John gerade jetzt zu uns gestoßen ist. Unser letzter *Drill Sergeant* ist erst vor Kurzem ums Leben gekommen.«

Felix sieht ihn fragend an, worauf Simon fortfährt: »Er war ein guter Mann, ein Georgier. Aber er langweilte sich in der Zeit zwischen den Meetings und hat als Söldner in Afrika angeheuert. Dabei hat es ihn erwischt.«

»Oh«, sagt Nemo. »Warum ist er kein *saint* geworden?«

Simon räuspert sich. »Ein *saint* zu werden, das ist nicht jedem gegeben, *brother*.«

Kilometer um Kilometer frisst der Nissan auf seinem Weg nach Norden, und als gegen acht Uhr abends die Sonne hinter den unsichtbaren, fernen Gipfeln des Skandinavischen Gebirges untergeht, machen sie in der Nähe von Umeå Rast auf einem Autobahnparkplatz. Sie stärken sich mit dem Proviant, den ihnen Stella mitgegeben hat, bevor Felix Simon am Steuer ablöst und sie die Reise fortsetzen. Gegen zwei Uhr nachts, knapp zwei Stunden, nachdem sie die Stadt Luleå passiert haben, erfassen die Scheinwerfer ein großes Schild am Straßenrand, das in Schwedisch, Deutsch und Englisch verkündet, dass der Reisende nun dabei ist, den Polarkreis zu überschreiten.

»Der 66. Breitengrad!«, sagt Simon mit feierlichem Unterton. Felix betrachtet nachdenklich das Straßenschild. Kurz darauf, gegen fünf Uhr, wird es hell. Die milchige, hinter Dunstschleiern verborgene Sonne taucht die endlosen Wälder, sie sich in der ebenen Landschaft erstrecken, in ein fahles, bläuliches Licht. Die von Fichten, Kiefern und Birken dominierte Vegetation erreicht auf diesem Breitengrad nur noch niedrige Höhen, die größten Bäume sind gerade einmal fünf, sechs Meter hoch. Der Verkehr auf der zweispurigen E 10, die nach Nordwesten bis nach Narvik in Norwegen führt, ist spärlich, aber weil jetzt, Anfang September, noch Reisezeit ist, begegnen ihnen immer wieder mal Wohnmobile, die auf dem Weg zum Nordkap sind oder von dort zurückkommen.

Die Insassen des Nissan sind nach der fast vierundzwanzigstündigen Reise hundemüde, weshalb die letzte Etappe der Fahrt weitgehend schweigend verläuft.

Gegen sieben Uhr früh regt sich Simon schließlich auf dem Beifahrersitz und zeigt auf die blauen Wegweiser am Straßenrand:
KIRUNA 28
NARVIK 201
Jenkins erklärt: »Kiruna ist die nördlichste Stadt Schwedens und Zentrum eines der größten Abbaugebiete für Eisenerz. Im zweiten Weltkrieg wurde das Erz von dort in Güterzügen nach Narvik in Norwegen gebracht, das von den Deutschen besetzt war. Ohne dieses Eisenerz hätte Deutschland den Krieg gar nicht führen können.«

Ein paar Minuten nach dieser kleinen Geschichtslektion bittet Simon Felix um erhöhte Aufmerksamkeit.

»In etwa zwei Kilometern kommt rechts eine kleine Abzweigung. Die musst du nehmen!«

Kurz darauf rollt der SUV über eine unbefestigte Piste in den Wald hinein. Kein Schild oder Wegweiser weist auf ein Ziel hin, es geht etwa acht Kilometer durch die menschenleere Landschaft, bis plötzlich links eine Abzweigung auftaucht, an der ein Schild verkündet:

PRIVATE ROAD
Simon dirigiert Felix in die Privatstraße hinein. Wieder legen sie ein Stück durch den Wald zurück, bis inmitten der Bäume plötzlich ein etwa drei Meter hoher Maschendrahtzaun sichtbar wird. Der SUV rollt auf ein breites Tor zu, das mit einem Warnhinweis versehen ist:
NO TRESPASSING – PRIVATE PROPERTY
Felix stoppt den Wagen vor dem geschlossenen Tor, und Simon steigt aus und spricht einige Worte in das Mikrophon, das sich in einem Panel am rechten Torpfosten befindet. Die Stimmerkennungssoftware identifiziert die unverwechselbaren, individuellen Schwingungen seiner Stimmbänder und aktiviert ein grünes Licht. Mit metallischem Rattern fährt das breite Tor zur Seite und gibt den Weg auf das Grundstück frei.

Simon setzt sich wieder auf den Beifahrersitz, und Felix fährt in das abgesperrte Gelände hinein. Noch einmal geht es ein Stück durch einen Birkenwald, bis sich vor ihnen plötzlich ein großflächig gerodetes Areal öffnet. Darauf steht, zum Teil zwischen Bäumen, eine größere Anzahl von aus Naturholz gebauten Blockhütten, alle identisch in Form und Größe und offenbar neueren Baujahrs. Etwas abseits von dem Ensemble sieht Felix ein größeres, zweistöckiges und weiß gestrichenes Holzhaus mit spitzem Giebel und einer großen Satellitenantenne auf dem Dach. Vervollständigt wird die Bebauung durch eine kleinere, fensterlose Hütte, die wie ein Geräteschuppen wirkt, sowie ein flaches, lang gestrecktes Holzgebäude, das Felix irgendwie an den Versammlungssaal eines Kleingärtnervereins erinnert.

Auf Geheiß seines Cousins parkt Felix den Wagen vor einer der Blockhütten. Es ist empfindlich kühl, nur um die zwei Grad, und die Männer frösteln, als sie das geheizte Fahrzeug verlassen. Auf dem ganzen Areal ist kein Mensch zu sehen. Eine unheimliche Stille liegt über dem Ort.

»Zeit, sich auszuruhen«, sagt Simon. Er weist auf eines der Blockhäuser. »In dieser Hütte da seid ihr beide zusammen untergebracht. Was immer ihr braucht: Es ist dort alles vorhanden.«

Felix und Nemo holen ihr Gepäck aus dem Kofferraum und betreten das Blockhaus, dessen Tür unverschlossen ist. Das Innere ist modern und komfortabel eingerichtet – wie eine Ferienwohnung. An einen in hellem Holz möblierten Wohnraum mit Sitzgruppe und Flatscreen schließt sich eine offene, hypermodern eingerichtete Küche mit einem kleinen Esstisch an, ausgestattet mit Herd, Mikrowelle und einem mannshohen Kühlschrank, der, wie Felix registriert, reichlich gefüllt ist – vornehmlich mit gesund aussehenden Lebensmitteln und Bioprodukten. Zu Nemos Erleichterung bietet das Tiefkühlfach aber auch ein Sortiment verschiedener Pizzen sowie für die Mikrowelle geeignete Fertiggerichte. Irgendwelche alkoholischen Getränke sucht man indes vergebens. Als Felix die Fernbedienung des TVs im Wohnraum aktiviert, stellt er fest, dass das lineare Angebot ausgesprochen überschaubar ist: Es gibt nur Fox News, Discovery Channel und verschiedene Sportkanäle. Als er sein Gepäck in das Schlafzimmer mit zwei getrennten Betten bringt, entdeckt er, dass dort ebenfalls ein Flatscreen hängt. Von einer Fernbedienung ist jedoch nichts zu sehen.

Felix' Glieder ächzen von der endlosen Reise, und auch Nemo wirkt erschöpft und bleicher denn je. Felix sagt: »Ich nehme noch eine Dusche, oder willst du zuerst?«

Nemo schüttelt den Kopf. »Nee, bin zu müde. Dusche dann später.«

Felix nimmt seinen Kulturbeutel aus dem Rucksack und begibt sich in das penibel geputzte Badezimmer, das neben der Küche vom Wohnraum abgeht. Als er, nur mit einem Handtuch um die Hüften in das Schlafzimmer zurückkehrt, liegt Nemo mit bis unter das Kinn gezogener Decke im Bett und scheint tief zu schlafen.

40

Felix schwebt durch einen bizarren Traum. Da ist das Riesensteinhaus, da ist Melly, da sind zahlreiche Gäste auf der Terrasse. Aber die Menschen bewegen sich nicht, sie sind augenscheinlich mitten in der Bewegung eingefroren und stehen und sitzen reglos in der Umgebung wie hyperrealistische, dreidimensionale Skulpturen.

Felix bewegt sich zwischen den Figuren wie ein Besucher einer Ausstellung. Er geht um Melly herum, die sich mit erstarrtem Lächeln und gezücktem Bestellblock zu einem Gast neigt, der, den Blick auf die Karte gerichtet, mit zum Sprechen geöffneten Mund dasitzt. An einem anderen Tisch führt ein Mann gerade einen Löffel mit Suppe zum Mund, wie für die Ewigkeit konserviert. Durch das geöffnete Fenster der Küche sieht Felix Milan, der gerade dabei ist, Karottenscheiben in den großen Suppentopf zu schütten. Die Möhrenstücke schweben reglos in der Luft wie ins Bild geklebt.

Das ist irre. Wie haben die das gemacht?

Dann weicht Felix' Faszination jähem Entsetzen. Denn plötzlich ist er sich ganz sicher, dass diese eingefrorene, stille Welt die reale ist, dass sie keine vorübergehende Erscheinung, sondern von Dauer ist. Und dass er der einzige, lebendige Mensch in einem Universum ist, das jegliche Bewegung eingestellt hat, für immer erstarrt in seinem letzten Augenblick.

Plötzlich dringt eine schwungvolle Melodie an sein Ohr, ein Streicherensemble, das im barocken Rhythmus vorwärtsdrängt. Es spielt ein optimistisches, heiteres Motiv, das in seltsamem Kontrast zu der unheimlichen Szenerie steht.

Felix kennt die Melodie.

Das ist Bach. Aus den Brandenburgischen Konzerten.

Dann dringt Felix' waches Bewusstsein an die Oberfläche, und die stumme, eingefrorene Welt beginnt, sich aufzulösen. Als er die Augen öffnet, dauert es eine ganze Weile, bevor ihm klar wird, wo er sich befindet.

Schweden. In einem Camp der SLF. In einer Blockhütte mit Nemo.

Dann bemerkt er, dass die Musik, die das Ende seines Traums begleitet hat, immer noch da ist. Im nächsten Moment übertönt die resonante Altstimme einer Frau das Orchester: »Good morning, *brothers*!«, sagt sie. »Time to get ready!«

Felix erkennt die Stimme sofort.

Stella.

Er richtet sich ruckartig auf und blinzelt in den Raum. Nun erkennt er, dass die Musik und die Stimme aus dem TV-Screen kommen, der sich wie von Zauberhand von selbst aktiviert hat. Auf dem Bildschirm dreht sich ein gekonnt gestaltetes, dreidimensionales Logo: eine stilisierte, aufgehende Sonne, darunter drei massive, metallisch glänzende Buchstaben: SLF. Klar, einfach, modern.

Für einen Moment fühlt sich Felix' wie in einem Sci-Fi-Film, aber dann regt sich Nemo im Bett gegenüber, und alles erscheint wieder allzu real.

Felix' Blick fällt auf die Digitaluhr, die gut sichtbar über dem Durchgang zur Küchenzeile hängt. Sie zeigt 19:00. Sie haben beide mehr als acht Stunden geschlafen.

Während Nemo im Bad ist, zieht Felix sich an und tritt vor die Tür der Blockhütte. Dort stellt er fest, dass sich das Camp inzwischen gefüllt hat. Auf der Freifläche vor den Häusern stehen nun sechs weitere SUVs mit schwedischen Kennzeichen. Dann nimmt Felix bei einer der anderen Blockhütten zwei Männer wahr, die offenbar gerade dabei sind, das Haus zu beziehen.

Einen Augenblick später sieht er Simon auf sich zukommen.

»John! Gut gepennt?«, fragt er gut gelaunt.

Felix stutzt nur kurz.

Klar, wenn uns jemand hören könnte, bin ich natürlich John für ihn.

Er nickt. »Auf jeden Fall! Die Betten sind wirklich gut!«

Simon lächelt. »Das gehört zur Philosophie: Die *brothers* kriegen hier einen harten Drill verpasst, sie haben keinen Kontakt nach draußen, es wird viel von ihnen verlangt. Es spricht nichts dagegen, dass dafür wenigstens die Unterbringung gut ist und der Kühlschrank gefüllt.«

Felix nickt. »Das kann man sagen! Und wie geht es nun weiter?«

»Es wird um zwanzig Uhr eine Versammlung geben. Dort drin, in unserem *social house*!« Felix' Blick folgt seinem ausgestreckten Finger, der auf das flache, lang gestreckte Holzgebäude weist.

Simon fährt fort: »Die meisten *brothers*, die erwartet werden, sind inzwischen eingetroffen, zwei weitere folgen noch. Bei der Versammlung bekommen alle einen Überblick über den Tagesplan und die Regeln. Und morgen folgt dann der erste Trainingstag.«

»Wie viele *brothers* sind es?«
»Vierzehn.«
»Aber es gibt noch mehr?«
»Natürlich!«
Felix schaut sich um. Es gibt nichts, was auf ein militärisches Trainingsgelände oder irgendetwas in dieser Art hinweisen würde.
»Das Training«, fragt er, »wo findet das statt?«
Simon lächelt geheimnisvoll. »Das wirst du dann gleich sehen!«
Felix räuspert sich und fragt: »Und gleich bei der Versammlung – ist Hyperion dabei?«
»Heute nicht. Aber morgen Abend ist es so weit.«
Dann fragt Simon: »Und, wie kommst du mit Nemo klar?«
Felix macht ein neutrales Gesicht. »Reden tut er ja nie viel. Aber er ist okay, denke ich.«
Simon nickt. »Das glaube ich auch.«
Er deutet auf die Eingangstür der Hütte und sagt: »Noch was zum Dresscode: Da drin im Schrank liegen zwei Kampfanzüge für euch beide. Mit Namensschild. Die tragt ihr während eures Aufenthalts hier.«
Nachdem Felix und Nemo sich in der kleinen Küche der Hütte etwas zu essen gemacht haben, probieren sie die wintermäßig gefütterten Kampfanzüge aus grünbraunem Flecktarn an, die, wie von Simon angekündigt, sauber gefaltet auf einem Regalbrett im Kleiderschrank liegen. Auf der rechten Brustseite ist eine Kartusche mit den Decknamen JOHN und NEMO aufgenäht. Als sie die Sachen anprobieren, stellen sie fest, dass sie ausgezeichnet passen. Offenbar hat Simon im Vorfeld ihre Körpermaße durchgegeben.
Als John und Nemo kurz nach Einbruch der Dämmerung in ihrem neuen Outfit das *social house* betreten, sind dort bereits zahlreiche Männer versammelt. Sie sitzen, ebenfalls in Kampfanzügen, auf einfachen Stühlen in zwei Reihen vor einem niedrigen, bühnenartigen Podest, an deren Rückfront ein Videoscreen hängt, auf dem das SLF-Logo leuchtet. Davor befindet sich eine schmale Rednerkanzel aus dunklem Edelholz. Der ganze, mit Kiefernholz verkleidete Raum hat trotz seiner Schlichtheit etwas

Sakrales, was auch an den drei großen Porträtfotos liegt, die, jeweils eingerahmt von zwei LED-Fackeln, an der Längsseite des Raums hängen. Es handelt sich um Ronald Livmann, Dennis Palm und Richard Schaeffler, die ersten drei Attentäter und toten *saints* der SLF. Alle drei lächeln auf den Fotos, scheinbar harmlose Dutzendgesichter, denen kaum jemand die monströsen Taten zutrauen würde, die sie begangen haben.

Als Felix' Blick durch die Reihen der Versammelten geht, stellt er fest, dass fast alle der Anwesenden diesem Typus entsprechen: durchschnittlich aussehende Männer, die meisten davon ziemlich jung, alle weiß, wobei es in der Mitte der zweiten Reihe einen etwa dreißigjährigen Mann gibt, dessen Züge eine hispanische Herkunft vermuten lassen. Keiner von ihnen macht auf den ersten Blick den Eindruck eines potenziellen Attentäters, aber Felix weiß, dass das täuscht. Vom ersten Moment an, in dem er den Raum betreten hat, hat er eine unheilgeladene Atmosphäre verspürt. Ein Fluidum eines zu allem entschlossenen, gewaltbereiten Wahns, gespeist aus einer Mischung aus persönlicher Wut, gläubiger Gefolgschaft und der verzehrenden Sehnsucht nach einer höheren Bedeutung. Die Mienen sind ernst und voll angespannter Erwartung. Niemand redet, und die Blicke sind abwechselnd auf die leere Bühne und die Porträts der toten Attentäter von Bergamo und Miami Beach gerichtet. Felix registriert, dass an der Wand daneben noch viel Platz ist.

Felix und Nemo nehmen in der zweiten Reihe Platz, wo bereits Simon Jenkins sitzt, wie alle anderen nun auch im Kampfanzug und mit dem Namensschild PETER auf der Brust.

Es ist auf die Sekunde genau zwanzig Uhr, als sich neben der Bühne wie von Zauberhand eine automatische Tür öffnet, und die hochgewachsene, aschblonde Frau erscheint, die Felix als Stella kennengelernt hat. Auch sie trägt nun den üblichen Kampfanzug mit Namensschild, dazu schwarze, militärische Boots.

In kerzengerader Haltung schreitet sie durch den Raum, geht aber nicht zum erhöhten Rednerpult, sondern baut sich in ihrer ganzen Größe ebenerdig vor der ersten Reihe auf. Die Beine leicht gespreizt, wie eine militärische Autoritätsperson steht sie da und lässt ihren eisgrauen Blick über die Versammelten schweifen.

Ein leichtes Lächeln liegt auf dem scharf konturierten Gesicht. Stella verschränkt die Arme vor der Brust wie ein Ringer vor dem Kampf, bevor sie mit ihrer durchdringenden, tiefen Stimme eine längere Ansprache beginnt.
»Willkommen beim Meeting, brothers! Ich bin Stella, security officer der SLF. Ich habe ja bereits jeden von euch kennengelernt, und das ...« Sie lächelt breit.»... besser, als ihm wahrscheinlich lieb war.«
Verhaltenes Geraune sowie Kichern. Felix' Blick geht zu Nemo, dessen Gesicht keine Regung zeigt.
Stellas Lächeln verebbt.»Aber all das, die gründliche Überprüfung jedes Einzelnen dient unser aller Sicherheit. Vergesst nicht: Indem ihr euren Fuß in dieses Camp gesetzt habt, habt ihr einen Eid geschworen, den Eid der Verschwiegenheit und der Gefolgschaft. Ihr habt euch bewusst und aus freien Stücken entschlossen, Kämpfer der Symbiotic Liberation Force zu werden, und ihr wisst, dass es von nun an kein Zurück mehr gibt. Ihr habt geschworen, die Regeln unserer Gemeinschaft zu achten und zu befolgen. Und über diese Regeln und einige praktische Dinge, die euren Aufenthalt hier betreffen, möchte ich heute zuerst sprechen.«

Stella löst die verschränkten Arme und setzt die Hände auf beide Hüften. Dann fährt sie fort:»Es ist gut, dass ihr euch hier in den nächsten Wochen kennenlernt, dass ihr ein Gefühl der Zusammengehörigkeit bekommt, dass ihr die Erfahrung teilt, einer besonderen Elite anzugehören. Aber ...« Ihre Stimme bekommt einen mahnenden Ton.»... beherzigt dies: Bleibt bei euren Decknamen und redet nicht über eure genaue Herkunft. Zweitens: Irgendwann in den nächsten Wochen wird der Zeitpunkt kommen, wo jeder von euch von unserem Führer Hyperion auf seine besondere Mission vorbereitet wird und wo die *combat teams* gebildet werden, die die Angriffe ausführen. Und wenn ihr denn erfahren habt, mit wem und wo ihr zum Einsatz kommen sollt, teilt diese Information nur mit den *brothers*, mit denen ihr ihn durchführt. Der Grund dafür ist klar: Unser Kampf ist ein weltweiter und die von den Juden gesteuerten Regierungen, Polizeien und Geheimdienste jagen uns mit maximalem Einsatz. Wenn irgendeiner von uns den Schergen in die Hände gerät, ist es besser, wenn er nicht zu viel weiß. Wir kennen die Mittel unserer Feinde: Waterboarding, Wahrheitsdrogen, Folter aller Art. Kann ich mich auf euch verlassen, *brothers*?«

Allgemeines Nicken und zustimmendes Gemurmel.

Stellas Stimme bekommt einen ergriffenen Ton, als sie fortfährt: »Denkt immer daran, dass der Tag kommen wird, an dem das Versteckspiel ein Ende hat, wo jeder von euch mit seinem wirklichen Namen bekannt werden wird als Kämpfer der SLF – furchtlos und unerbittlich und unsterblich für immer.«

Sie weist mit der ausgestreckten Hand auf die flackernd beleuchten Porträtfotos an der Wand. »So wie unsere *brothers* und *saints* Ronald Livmann, Dennis Palm und Richard Schaeffler.«

Nach einem langen, andächtigen Blick in Richtung der Toten wendet sie sich wieder ihren Zuhörern zu. »Morgen ist ein ganz besonderer Tag für euch alle. Ihr werdet Hyperion kennenlernen, der uns leitet und unsere Inspiration in unserem Kampf ist.«

Stella hebt die Stimme ein wenig, als sie fortfährt: »Von morgen an wird er euch begleiten während eures Aufenthalts hier – und auch danach. Er wird mit jedem von euch lange Gespräche führen und euch auf eure heilige Mission vorbereiten. Er wird euch die Mittel geben, die ihr braucht: die Ziele, die Waffen, den Plan und die Vorbereitung, um die größtmögliche Wirkung zu erzielen. Er wird euch all das Vertrauen schenken, das ein Führer denen gibt, die ihm anvertraut sind.« Ihre schmalen, hellen Augen schießen blitzende Pfeile in den Raum. »Ich zweifle nicht daran, dass jeder von euch dieses Vertrauen auch rechtfertigen wird.«

Felix sieht sich verstohlen um und registriert, dass alle gebannt an Stellas Lippen hängen. Er ist überzeugt, dass die meisten dieser Männer ein schwer gestörtes Verhältnis zu Frauen haben, viele wahrscheinlich sogar einen pathologischen Frauenhass pflegen, wie er unter Fanatikern dieses Kalibers häufig ist. Aber die maskuline, hochgewachsene Erscheinung Stellas und ihre Stimme, aber vor allem die klare, Gefolgschaft gebietende Diktion ihrer Worte lassen solche Ressentiments offenbar gar nicht erst aufkommen. Diese Frau scheint nicht nur ebenbürtig, sie ist eine Offizierin der SLF – eine Respektsperson.

»Aber«, fährt Stella nun in einem scheinbar nachdenklichen Ton fort, »falls der unwahrscheinliche Fall eintreten sollte, dass einer von euch dieses Vertrauen nicht rechtfertigt, dass er vielleicht sogar zum Verräter wird ...« Sie senkt den Kopf und schüttelt ihn in scheinbar ungläubigem Staunen über diese absurde Vorstellung.» ... nun, dann gibt es zum Schutz unserer Mission und jedes einzelnen *brothers* nur eine Antwort: die Todesstrafe.« Sie blickt ernst in die Runde. »Darin sind wir uns doch alle einig, oder?«

Nachdrückliches Nicken und Rufe: »Yes!«

Stella schaut zufrieden und nimmt eine etwas entspanntere Haltung ein, indem sie das Gewicht auf ein Bein verlagert. »Nun zu ein paar praktischen Dingen zu eurem Aufenthalt hier: Die SLF ist eine Kampftruppe, keine Erziehungsanstalt für höhere Töchter. Aber hier im Camp sind Drogen absolut tabu. Notwendige Medikamente natürlich ausgenommen. Ihr könnt rauchen, aber nur in der Freizeit und außerhalb der Hütten. Was Alkohol betrifft: Zwei Dosen Bier pro Mann und Tag sind erlaubt, mehr nicht. In der Brusttasche eurer Overalls findet ihr eine Chipkarte. Damit könnt ihr euer Tageskontingent an Bier aus dem Automaten in der kleinen Versorgungshütte beim Parkplatz holen. Zigaretten sind nicht rationiert, bedient euch aus dem Schrank, der dort steht.«

Während einige der Männer suchend an ihrer Brusttasche herumtasten, hält Stella einen Moment inne, so als hake sie innerlich eine Liste ab. Dann fährt sie fort: »Ihr werdet hier auf einige Dinge verzichten müssen, und ihr werdet in den nächsten drei Wochen keinen Kontakt zur Außenwelt haben. Aber ...« Sie zeigt den Anflug eines Lächelns. »... für Unterhaltung ist gesorgt. Wie ihr vielleicht schon festgestellt habt, gibt es in den Hütten TV und Play Station, und ihr könnt Netflix und Amazon Prime sehen.«

Ein junger Typ mit kurz geschorenem, dunkelblondem Haar meldet sich und sagt: »Und welche Serie? Hätten Sie eine Empfehlung?« Sein Englisch ist okay, hat aber eindeutig einen osteuropäischen Akzent.

Zu Felix' Überraschung geht Stella darauf ein. Sie legt die hohe Stirn in Falten und sagt: »Hm ... wie wäre es mit ›Homeland‹?«

Der Junge zuckt die Achseln. »Schon gesehen.«

»Oder The ›Witcher‹.«

»Kenne ich auch schon.«

Stella schüttelt den Kopf, etwas ungläubig, welchen Verlauf die Unterhaltung nimmt, und sagt mit ironischem Lächeln: »*Brother*, da wird sich schon was finden. Vielleicht auch ›Arielle, die Meerjungfrau‹.«

Allgemeines, befreites Gelächter, in das auch Felix mit einstimmt. Selbst Nemo verzieht den Mund zu einem etwas verkniffenen Grinsen.

Felix' Hirn arbeitet auf Hochtouren. Immer klarer wird ihm, mit was für einem Typus von Extremisten er es zu tun hat. Der digitalen, weltweit vernetzten, englischsprachigen Generation, im Internet heimisch und dort schrittweise radikalisiert. Pathologisch, aber nicht dumm.

Aber wer hat sie letztlich für die SLF rekrutiert?

Felix' Blick geht zu Simon Jenkins, der mit übergeschlagenen Beinen und verschränkten Armen neben ihm sitzt.

Wahrscheinlich hat er nicht nur Nemo und mich angeworben. Er ist viel auf Reisen. Er ist mit Stella sehr vertraut. Er ist eine Schlüsselfigur.

Dann rätselt Felix über die Nationalitäten, die hier versammelt sein mögen.

Nemo ist Deutscher, Simon Deutsch-Brite. Stella kann ich nicht verorten. Der Junge, der gerade sprach, ist Osteuropäer. Aber die anderen? Amerikaner, Briten, Skandinavier, Australier?

Stellas tiefe Stimme unterbricht seine Gedanken.

»Wie ich vorhin schon sagte: Die SLF ist kein Damenkränzchen. Ihr seid alle Männer, und die haben Bedürfnisse. Deshalb findet ihr auf Programm 10 eurer Fernbedienung auch einen Videokanal für Erwachsene.«

Sie sagt das in einem Ton, als würde sie erklären, in welchem Küchenschrank das Waschmittel steht. Niemand verzieht eine Miene – bis auf Nemo, der ziemlich irritiert dreinschaut.

Stella bleckt ihr kräftiges Gebiss zu einem maliziösen Lächeln.

»Es kann aber auch gut sein, dass ihr abends zu müde für solche Sachen seid. Womit wir beim nächsten Thema wären.«

Sie weist mit zwei Fingern der ausgestreckten Hand auf Felix und sagt: »Das ist John. Er ist unser militärischer Ausbilder, unser *drill sergeant*. Er wird euch von morgen an jeden Tag auf Trab halten und euch alles beibringen, was ihr im Umgang mit Waffen und an Kampftaktik lernen müsst. Auch für die, die bereits über militärische Erfahrung verfügen, wird das eine gute Sache sein. Und er wird dafür sorgen, dass ihr das Camp fitter verlasst denn je. Richtig, John?«

Felix, etwas perplex über die direkte Ansprache, dreht sich nach allen Seiten und schickt ein Begrüßungsnicken in die Runde. Dann sagt er grinsend: »Ganz sicher!«

Während die Männer ihn interessiert betrachten, fährt Stella fort: »Und nun zeige ich euch, wo ihr ab morgen trainieren werdet. Folgt mir bitte alle.« Mit diesen Worten setzt sie sich zu der Tür neben der Bühne in Bewegung.

Allgemeines überraschtes Geraune. Auch Felix ist verblüfft. Sein Blick geht zu Simon, der nur verschwörerisch zwinkert. Die sechzehn Männer folgen der Frau im Gänsemarsch in einen völlig leeren Raum, der mit nacktem Beton ausgekleidet ist. An der rückwärtigen Wand befindet sich die Edelstahlfront eines Aufzugs. Stella betätigt eine Taste neben der Tür des Lifts und beugt sich leicht vor, um in ein Mikrophon zu sprechen: »Guten Abend! Hier ist Stella! Wir möchten runter.«

Die Stimmerkennungssoftware aktiviert ein grünes Lämpchen, und die Aufzugtür öffnet sich. Die Kabine ist sehr geräumig, groß genug, um die ganze Gruppe aufzunehmen. Stella drückt auf die Taste mit dem abwärts zeigenden Pfeil, und es geht einige Sekunden in die Tiefe. Als sich die Tür wieder öffnet und Felix neben Jenkins und Nemo aus dem Aufzug tritt, stockt ihm der Atem.

Felix blickt in eine riesige, hell beleuchtete Halle, die, wie er schätzt, gut siebzig Meter lang und etwa fünfzig Meter breit ist, was in etwa der Größe eines halben Fußballfeldes entspricht. Als er die Ausmaße zu erfassen versucht, sieht er, dass die Decke mit stachelförmigen Kunststoffelementen zur Schalldämmung versehen ist, ebenso wie ein Teil der Wände. Dazwischen ziehen sich wie in einer Parkgarage die glänzenden dicken Stahlrohre eines aufwendigen Heizungs- und Belüftungssystems.

Das Erste, was Felix im Inneren der Halle wahrnimmt, sind zwei Polizeiwagen – ein schwarz und weiß lackiertes US-amerikanisches *Patrol Car* und ein blau, weiß und gelb gescheckter

Volvo der schwedischen Polizei. Die Fahrzeuge stehen einige Meter voneinander entfernt auf einer großen, von allen Seiten frei zugänglichen Fläche. Nun erkennt Felix auch die vier Schaufensterpuppen, die, in undefinierbare Uniformen gekleidet, vorn in den Streifenwagen sitzen. Während die Puppen und die Scheiben der Autos unversehrt sind, weisen die Karosserien eine Menge Einschusslöcher auf. Felix bemerkt nun auch, dass einige der Reifen platt sind.

Das sind Trainingsobjekte. »*Wie schalten wir schnellstmöglich Polizei- und Security-Kräfte aus?*«

Dann geht Felix' Blick weiter in die Tiefe der Halle, wo sich, gut dreißig Meter von seinem Standort entfernt, ein noch bizarrerer Anblick bietet: etwa fünfzig lebensgroße Menschenfiguren, von denen die meisten stehen, aber einige auch auf Stühlen sitzen. Es sind ebenfalls Schaufensterpuppen, ganz unterschiedlich gekleidet sowie sorgsam in verschiedenen Posen und Abständen in Szene gesetzt – wie eine große Gruppe von Menschen bei einem gesellschaftlichen Anlass.

Trotz der Entfernung kann Felix die unterschiedlichen Typen gut unterscheiden: Es sind Männer und Frauen aller Altersstufen, und es sind ... Kinder.

Felix glotzt entgeistert auf das gespenstische Arrangement.

Wie krank ist das denn? Hier sollt ihr wohl alle mal mit scharfer Munition proben, wie das ist, auf Wehrlose zu schießen.

Für Sekundenbruchteile fürchtet Felix, dass ihm seine Mimik ein wenig außer Kontrolle geraten ist, aber dann hat er sich schnell wieder in der Gewalt.

»Wow«, sagt er zu Simon, der mit zufriedenem Gesicht neben ihm steht. »Das ist wirklich eindrucksvoll.«

Felix beobachtet aus den Augenwinkeln die anderen Männer, die mit unbewegten Gesichtern auf die Puppen starren, während ihm bei Nemo ein merkwürdiges Zucken im Gesicht auffällt, das er nicht deuten kann.

Als die Männer unter der Führung von Stella die Polizeiwagen und die Figurengruppe passieren, erklärt Stella lapidar: »Wie ihr seht, versuchen wir, unsere Übungen möglichst realistisch zu gestalten.«

Kurz darauf stehen sie vor einer Betonwand mit einer massiv aussehenden Tür. Während die Tür unversehrt ist, weist die Mauer Spuren der Zerstörung auf. »Hier«, sagt Stella, »... üben wir das Aufsprengen von Türen.« Sie betätigt die Klinke und öffnet die Tür. »Und hier drin simulieren wir die Wirkung von Handgranaten in geschlossenen Räumen.« Die Männer spähen einer nach dem anderen in den Raum: auch hier voll bekleidete Schaufensterpuppen aller Art. Felix beginnt schon beinahe, sich daran zu gewöhnen.

Ob Palm und Schaeffler hier geübt haben, wie sie bei der Bar-Mitzwa-Feier die Tür aufsprengen, hinter der sich einige Gäste verschanzt hatten?

Die nächste Station der Führung ist die fast dreißig Meter lange *shooting range*, auf der, wie Stella erklärt, das Einzelschießen aus unterschiedlichen Entfernungen geübt werden soll. Als Ziele stehen wiederum Schaufensterpuppen bereit, diese allerdings alle in polizeiähnlichen Uniformen.

Felix erschrickt kurz, weil ihn diese bizarre, makabre Puppenwelt plötzlich an den Traum erinnert, den er gerade erst hatte – als er plötzlich vor dem Riesensteinhaus allein in einer gefrorenen, lautlosen Welt war, voller lebloser Gestalten.

Bald darauf betreten sie einen großen, gym-ähnlichen Bereich, der mit verschiedensten Fitnessgeräten ausgestattet ist. Von Sandsäcken und Boxbirnen bis zu Sprossenwand und Gewichten. Eine größere Fläche ist mit Gummimatten belegt.

Stella sagt: »Hier machen wir Konditions- und Koordinationstraining. Aber auch Nahkampf wird hier geübt werden.« Sie wendet sich an Felix, der ein paar Meter hinter ihr inmitten der Gruppe steht, und fixiert ihn mit ihren Eisaugen. »Ich bin sicher, John kann euch auch in dieser Disziplin ein paar gute Tipps geben.«

Felix nickt. »Ja, ich denke schon.«

Schließlich landen sie in einem durch bewegliche Raumteiler abgegrenzten Segment, in dem sich drei Sofas und eine Anzahl einzelner Sessel befinden. Es gibt dort auch eine Küchenzeile mit Kaffeemaschine, Spülbecken und einem großen Kühlschrank.

»Hier könnt ihr euch zwischen den Trainingseinheiten ausruhen. Die Toiletten …« Sie weist auf eine beschilderte Tür am äußersten Ende der Halle.» … befinden sich dort!«

Felix bemerkt eine weitere Tür neben dem Eingang zur Toilette, eine Stahltür, die besonders massiv aussieht, und fragt:»Und was ist dort drin, hinter der zweiten Tür?«

Stella stutzt.»Ah ja! In diesem Raum bewahren wir die Waffen, die Munition und Sprengstoffe auf. Es sind Übungswaffen, die ich jeden Morgen ausgebe und abends wieder einsammele.«

Damit ist die Führung beendet, und Felix lässt seinen Blick noch einmal durch die Halle schweifen.

Genial. Ein riesiger, unterirdischer Bunker, mitten in der dünn besiedelten Wildnis Lapplands, mit Riesenaufwand gebaut und perfekt ausgestattet. Schallisoliert, geschützt gegen Blicke von außen und jede Satellitenüberwachung. Ein scheinbar normales, privates Anwesen mit einem Haupthaus und ein paar Blockhäusern für Gäste … komplett unauffällig.

Damit liegt Felix völlig richtig. Sofern sie überhaupt jemand an diesem entlegenen, abgeschirmten Ort zu Gesicht bekommt, wundert sich niemand über ein paar Männer, die in Kampfanzügen herumlaufen. Denn nur eine Autostunde entfernt liegt ein großes Jagdrevier für Elche, und jetzt, Anfang September, hat die Saison soeben begonnen.

Als der Rundgang durch die Halle beendet ist, ist es fast zweiundzwanzig Uhr. Die SLF-Leute verlassen den Bunker mit dem Aufzug, durchqueren den ebenerdigen Versammlungsbau und treten in die kalte Nachtluft. Stella verabschiedet sich mit einem knappen»Gute Nacht, *brothers*! Wecken ist um sechs Uhr!«. Dann verschwindet sie in Richtung des Haupthauses.

Felix bleibt mit den anderen vor dem *social house* zurück, wo die Männer in kleinen Grüppchen beisammenstehen, und beobachtet Simon, der mit jedem ein paar Worte wechselt. Er wirkt vertraut mit ihnen, was Felix' Vermutung bestätigt, dass er sie alle bereits kennt.

Die meisten sehen erschöpft aus, was auf eine lange Reise schließen lässt. Nach dem, was Felix aufschnappt, drehen sich die Unterhaltungen alle um das Camp. Man lässt Begeisterung für die Unterbringung und die unterirdische Trainingshalle erkennen, und Felix hört auch ein paar respektvolle Bemerkungen über Stellas Auftritt auf. (»Die hält den Laden zusammen, was?«) Das am meisten gebrauchte Wort ist jedoch »tomorrow«, ein Hinweis darauf, dass all das vor der Aussicht verblasst, am folgenden Tag dem »Lichtbringer« höchstpersönlich gegenüberzustehen.

Nun widmet Simon sich Nemo, der ein wenig verloren herumsteht, und verwickelt ihn in ein Gespräch. Simon redet lächelnd auf ihn ein, und Felix sieht, wie sich die Miene des Jungen merklich entspannt.

Schließlich gesellt sich Simon zu Felix. »Und?«, fragt er mit auftrumpfendem Lächeln. »Wie hat dir das gefallen?«

Felix nickt ernst. »Beeindruckend. Alles. Wirklich perfekt. Diese unterirdische Halle. Unglaublich. Wer hat all das gebaut? Wem gehört das hier alles?«

Simons blaue Augen leuchten. »Ihm.«

Felix nickt beeindruckt. Die Frage, wer mit »ihm« gemeint ist, erübrigt sich.

»Und Stella?«, fragt Simon. »Sie ist cool, oder?«

Felix stülpt anerkennend die Lippen nach vorn. »O ja. Beeindruckende Frau«, sagt er, während sein inneres Urteil weniger wohlwollend ausfällt.

Er zeigt in Richtung des großen Hauses, wo im oberen Stockwerk inzwischen Licht brennt. »Wohnt sie da?«

»Ja.«

»Und wer noch?«

»Hyperion.«

Felix stutzt. Dann fragt er, ein wenig zögernd: »Ist sie etwa ... seine Frau?«

Simon grinst spöttisch. »Nein, sie ist nicht seine Frau.«

Inzwischen hat sich die kleine Ansammlung vor dem Versammlungshaus aufgelöst, und die SLF-Leute haben sich jeweils zu zweit in ihre Blockhütten verzogen.

Felix und sein Cousin schlendern noch ein Stück über das Gelände und unterhalten sich in gedämpftem Ton.

»Wirst du auch beim Training dabei sein?«, fragt Felix.

Simon schüttelt den Kopf. »Nein«, sagt er nebulös, »ich habe andere Aufgaben.«

Als sie die äußerste Blockhütte erreichen, in der Simon wohnt, sehen sie in der vom zunehmenden Mond diffus erhellten Nacht zwei Männer in Kampfmontur und mit zwei großen Hunden an der Leine über den Pfad kommen, der in den Wald führt.

Felix sieht seinen Cousin verblüfft an. Er hat keinen dieser Männer bei der Versammlung gesehen, und Hunde hat er im Camp auch nicht bemerkt.

Simon sagt: »Oh! Ich wusste nicht, dass sie schon angekommen sind. Das sind Tito und Leo, seine persönlichen Bodyguards. Sie gehen auch auf dem Gelände Streife, und sie kümmern sich um den Nachschub an Lebensmitteln.«

Als die beiden Männer näher kommen, sieht Felix, dass sie zwei Glock-17-Pistolen an den Hüften tragen und – im Gegensatz zu den meisten anderen im Camp – eher dem vierschrötigen Söldnertypus entsprechen. Ihre bullige, stiernackige Erscheinung passt ausgezeichnet zu den beiden Hunden, zwei schwarzbraunen, muskelbepackten Rottweilern, deren Gesichtsausdruck nicht allzu freundlich wirkt. Sie fixieren Felix mit stierem Blick und geben dabei ein leises Grollen von sich.

Die Männer begrüßen Simon, wobei Felix einen osteuropäischen Akzent wahrnimmt. »Das ist John!«, stellt Simon Felix vor. »Er übernimmt ab jetzt Aslans Job.«

Die beiden Kerle nicken Felix zu und mustern ihn interessiert. Anschließend wechseln sie noch ein paar Worte mit Jenkins, bevor sie in Richtung Haupthaus verschwinden, wo, wie Felix bemerkt, jetzt auch im unteren Stockwerk Licht brennt.

Felix fragt: »Heißt das, dass er auch schon hier ist?«

»Ja. Sie müssen angekommen sein, als wir unten in der Trainingshalle waren.«

»Und die beiden wohnen auch im Haus?«

»Ja.«

Felix spürt das Gewicht des Kettenarmbands mit der Spyware am Handgelenk und seufzt innerlich.

Hyperions Computer muss also in diesem Haus sein. Und dort wohnt nicht nur er, sondern auch diese Stella und die beiden Gorillas mit den Kötern. Wie um alles in der Welt soll ich da unbemerkt reinkommen?

Simons Stimme reißt ihn aus seinen Gedanken.

»Ok, es ist jetzt elf Uhr. Ich werde noch mit Mona telefonieren und sehen, was die Kinder machen.«

Als Simon von Telefonieren spricht, wird Felix wieder bewusst, welch privilegierte Stellung sein Cousin im Camp besitzt, weil er offenbar ein Handy hat. Und plötzlich wird ihm auch klar, dass es, um Daten der SLF zu klonen, möglicherweise gar nicht den Computer des Bosses braucht.

Simon! Er ist nicht nur der Mann, der die SLF-Leute rekrutiert und den Kontakt hält, er koordiniert auch die Hackerangriffe zur Vorbereitung von Anschlägen. Und er muss all das auch tun, während wir hier im Camp sind! Natürlich! Er wird hier in Schweden das tun, was er auch in Berlin tut. Er steuert die IT-Aktivitäten der SLF.

Felix' Blick geht zu Simons Blockhütte, die er allein bewohnt und auf dessen Dach sich, wie bei dem Haupthaus, eine große Satellitenschüssel befindet.

Und das tut er wahrscheinlich dort drin. Dann muss er dort einen Rechner haben, auf dem sich alle wichtigen Informationen befinden. Klarnamen, Adressen, Anschlagsziele.

Simon verabschiedet sich und läuft über den Zugangsweg zur Eingangstür seines Blockhauses. Als er vor der massiv aussehenden Tür steht, drückt er auf dem Panel daneben eine Taste. Dann sieht Felix, wie sich seine Lippen bewegen und er ein paar Worte in ein Mikrophon spricht. Sekunden später drückt er die Tür auf und verschwindet im Inneren des Hauses.

Felix' Hoffnungen, unbemerkt in das Haus einzudringen, sinken so schnell, wie sie aufgetaucht sind.

Dasselbe Security-System wie bei dem Aufzug, der in den Trainingsbunker führt. Eine Stimmerkennungssoftware! Die Tür entriegelt sich nur, wenn die seine Stimme erkennt! Aussichtslos.

41

Es ist kurz vor fünf Uhr früh am nächsten Morgen, als Felix aus der Tür der Blockhütte tritt, die er mit Nemo bewohnt. Während sich der wie immer wortkarge Junge am Abend zuvor eine Pizza erhitzt und dann, mit dicken Kopfhörern auf dem schmächtigen Kopf, stundenlang *Call Of Duty* gespielt hat, hat Felix nur wenig gegessen und sich sofort in den Schlafraum zurückgezogen.

Er hat in der Nacht praktisch kein Auge zugemacht, was nicht nur daran lag, dass er fast den ganzen gestrigen Tag über geschlafen hat. Die Eindrücke des vergangenen Tages – Stellas Auftritt vor der versammelten Truppe, der unterirdische Trainingsbunker, die makabren Zielpuppen, die entschlossenen, gläubigen Gesichter der angehenden Terroristen –, all das zog in einem endlosen Strom von Bildern mit immer neuen Details an ihm vorbei.

Noch ist es fast völlig dunkel, aber im Osten zeigt sich über den niedrigen Baumwipfeln bereits ein rosiger Streifen der Dämmerung. Im ersten schwachen Licht zeichnen sich die Silhouetten der anderen Blockhütten und des *social house* ab. Nirgendwo brennt Licht. Es ist noch eine gute Stunde bis zum Wecken, das, wie Felix annimmt, in sämtlichen Hütten von Stellas Geisterstimme aus dem Flatscreen in den Schlafzimmern besorgt wird, untermalt von einem Thema aus den Brandenburgischen Konzerten des ahnungslosen J. S. Bach.

Es ist empfindlich kalt, und Felix schließt den Kragen seiner gefütterten Kampfjacke, bevor er über das Areal schlendert, auf dem, abgesehen vom leisen Rauschen der Bäume und vereinzelten Vogelrufen, völlige Ruhe herrscht.

Langsam, wie jemand, der mal eben frische Luft schnappen will, läuft Felix an der Reihe der Blockhütten entlang, bis er Simons Haus erreicht. Sein Blick fällt auf die durch Stimmerkennung gesicherte Eingangstür, und es ist ihm immer noch ein Rätsel, wie er dieses Hindernis überwinden soll.

Felix passiert das Haus und betritt den Pfad, der in den Wald hineinführt, um die Umgebung des Camps zu inspizieren.

So wie es bei unserer Ankunft aussah, muss das ganze Gelände umzäunt sein. Aber man sieht hier weit und breit keinen Zaun. Wie groß mag dieses Anwesen sein?

Bemüht, jedes Detail des Wegs aufzunehmen, läuft Felix immer tiefer in den Wald hinein, während die Morgendämmerung allmählich die Oberhand über die Nacht gewinnt. Dicke Tautropfen liegen auf den Blättern der Farne, und zwischen den dünnen

Stämmen der Kiefern und Birken steigt Dunst auf. In der Luft liegt der erdige, vollwürzige Geruch nach moderndem Laub und Pilzen, und überall sieht man Sträucher mit Blaubeeren, die so dick sind wie Kirschen. Felix pflückt sich ein paar von den matt schimmernden Früchten und probiert davon. Sie schmecken so köstlich, dass ihm ist, als würde er zum ersten Mal im Leben wirkliche Blaubeeren essen. Und natürlich muss er dabei auch unweigerlich an Franzi, seine Schildkröte denken, die genau diese Früchte so liebt.

Gedankenversunken läuft Felix fast eine halbe Stunde durch den Wald, bis schließlich vor ihm ein etwa drei Meter hoher Drahtzaun auftaucht, der offensichtlich die Grenze des Grundstücks markiert. Auf der anderen Seite des Zauns setzt sich hinter einem gerodeten Geländestreifen der Wald fort.

Dieses Anwesen ist riesig. Vom Camp bis hierher bin ich bestimmt eineinhalb Kilometer gelaufen.

Felix blickt auf seine Armbanduhr und stellt fest, dass er sich beeilen muss, wenn er noch vor dem Wecken wieder im Camp sein will.

Er will sich gerade umdrehen, um den Rückweg anzutreten, als er plötzlich hinter sich ein deutlich vernehmbares, metallisches Knacken hört. Es klingt, als würde jemand den Abzugshahn einer Pistole spannen. Felix erstarrt mitten in der Bewegung. Das Geräusch ertönt noch zweimal, so als seien nun mehrere schussbereite Waffen auf ihn gerichtet. Mit gesträubten Nackenhaaren dreht er sich langsam um.

Niemand ist zu sehen.

Erst als das Geräusch noch einmal zu hören ist, begreift Felix, dass es von oben kommt. Er hebt den Kopf und sieht, nur ein paar Meter entfernt, einen Auerhahn, der mit zum Halbkreis gefächerten Schwanzfedern und vorgerecktem, klobigem Schnabel auf dem Ast einer Kiefer hockt und sich für die morgendliche Herbstbalz warmmacht. Der imposante, schwarzglänzende Vogel produziert nun eine ganze Serie von knackenden Geräuschen.

Felix, der noch nie so ein Exemplar zu Gesicht bekommen hat, pfeift erleichtert durch die Zähne.

42

Gut eineinhalb Stunden später, um genau sieben Uhr steht Felix im kalten Neonlicht der riesigen unterirdischen Halle und beginnt unter den wachsamen Augen von Stella mit dem, was hier intern »militärisches Training« genannt wird. Felix ist klar, dass er, wenn er das Vertrauen des SLF- Führungstrios nicht verlieren will, seiner Rolle voll gerecht werden muss. Und obwohl es inzwischen mehr als zwölf Jahre her ist, seit er das letzte Mal Rekruten ausgebildet hat, weiß er, was zu tun ist.

Als Erstes schickt Felix die Männer in ihren Kampfanzügen auf einen Circle-Trainingskurs im Gym-Bereich. Es sind nur dreizehn, denn einer, ein etwas schwammig wirkender Kerl mit rotem Haar, ist von dieser Übung befreit, weil er einen Herzfehler hat. Er steht mit verschränkten Armen und etwas mürrischem Gesicht abseits des Parcours und beobachtet die anderen, die sich, bis auf den hispanischen Typen, der ziemlich schnell ins Japsen kommt, alle ganz gut halten.

Zu Felix' Überraschung macht auch der spirrige, kleine Nemo gut mit.

Nach der einstündigen Mittagspause im Aufenthaltsbereich, in der gegessen und ausgeruht wird, beginnt Felix mit dem Waffendrill. Wie er feststellt, verwaltet Stella ein ganzes Arsenal verschiedener Sturmgewehre und Handfeuerwaffen.

Felix fährt sich mit der Hand über das dunkelblonde Stoppelhaar und fixiert seine Schüler mit seinen hellgrauen Wolfsaugen. »In den ersten Tagen«, sagt er in befehlsgewohntem Ton, »wird das Training aus Trockenübungen bestehen. Das scharfe Schießen kommt erst ganz zum Schluss.«

Frustrierte Gesichter rundum.

Das missmutige Schweigen ignorierend, fährt Felix fort: »Unter anderem werde ich euch zeigen, wie ihr ein AR-15-Sturmgewehr und andere Gewehre auseinandernehmt und wieder zusammensetzt. Das werden wir von nun an jeden Tag machen, immer wieder, bis ihr in der Lage seid, das Gewehr mit verbundenen Augen auseinanderzunehmen und zusammenzusetzen. Und zwar in Schallgeschwindigkeit.«

Als sich einer der Teilnehmer, ein schlaksiger, dunkelhaariger Kerl von vielleicht Anfang zwanzig, vorlaut erkundigt, wozu das gut sein soll, mischt sich Stella ein.

»*Brother*, es geht darum, dass ihr eure Waffen im Schlaf beherrscht. Und dass ihr die Ursache möglicher Störungen schnell erkennen und beseitigen könnt.«

Felix nickt. Damit ist dieses Thema erledigt, und als Felix die Männer beim Hantieren mit den Waffen beobachtet, stellt er fest, dass ein paar von ihnen offenbar mit Gewehren vertraut sind.

Entweder waren sie beim Militär, oder sie sind Jäger.

So sehr Felix sich bemüht, darin zu lesen – die Gesichter dieser Männer sind schwer zu ergründen. Sie reden kaum, sondern widmen sich verbissen ihren Aufgaben. Jeder ist bemüht, eine gute Figur zu machen. Als er dem jungen Typen, der vorhin gemault hat, zeigt, wie man ein Magazin wechselt, bemerkt Felix dessen lange, feingliedrige Hände und Finger.

»Spielst du ein Musikinstrument, *brother*?«, fragt er aufs Geratewohl.

Der Junge, auf dessen Namensschild STEVE steht, sieht ihn überrascht an. Dann sagt er, ein wenig zögernd: »Ich spiele Klavier.«

Für einen Moment erscheint Felix die Kombination aus musischer Sensibilität und wahnhafter Mordlust geradezu unglaubhaft, aber dann fällt ihm ein, was er bei seiner Vorbereitung über rechtsextreme Attentäter gelernt hat. Auch der scheinbar aus ganz normalen Verhältnissen stammende John T. Earnest, der 2019 auf die Versammelten in einer Synagoge schoss, war ein recht begabter Pianist. Überhaupt wirkt Steve auf ihn wie eine zweite Ausgabe eben jenes Earnest: jung, bieder, unauffällig. Felix vermutet zudem, dass er ebenfalls US-Amerikaner ist.

Bald darauf geht es auf siebzehn Uhr, und der Trainingstag neigt sich dem Ende zu. Die stumme Konzentration der SLF-Terroristen weicht nun zunehmend einer angespannten Erwartung. In zwei Stunden soll ihnen ihr Messias persönlich erscheinen.

43

»Guten Abend, brothers!«, sagt Stella mit einem feierlichen Ausdruck im statuenhaften Gesicht. »Ein interessanter und lehrreicher erster Tag liegt hinter euch. Aber im Grunde beginnt alles erst jetzt, in diesen Minuten, wenn unser Führer und Kommandeur Hyperion zu uns sprechen wird. Und weil er unser Führer und Kommandeur ist, nennen wir ihn alle Sir. Allright?«

Felix blickt durch die Reihen. Folgsames Nicken. Wie am Abend zuvor sitzen er, Simon, Nemo und alle anderen im *social room* des Camps. Allerdings ist heute auch Tito, einer der beiden bulligen Bodyguards des Chefs, dabei, der mit ausdruckslosem Gesicht etwas abseits auf einem Stuhl hockt. Die Waffe, die er neulich an der Hüfte trug, kann Felix nicht entdecken.

Alle blicken auf die große, aschblonde Frau, die nun im Befehlston sagt: »*Brothers!* Erhebt euch und begrüßt unseren Führer – Hyperion!«

Während sich alle eiligst aufrichten, öffnet sich die automatische Tür auf der Rückseite der leicht erhöhten Bühne, und ein mittelgroßer, schlanker Mann betritt den Saal. Wie alle anderen trägt er einen schlichten Tarnanzug ohne irgendwelche besonderen Kennzeichen. Sofort brandet frenetischer Beifall auf. Mit beinahe ungläubigen Gesichtern starren die Männer auf die Figur, die sich hinter dem schmalen Rednerpult aufbaut und ihren Blick langsam über die Anwesenden schweifen lässt. Auf dem Flatscreen dahinter leuchtet das SLF-Logo mit der aufgehenden Sonne.

Felix sieht einen auf ganz eigene Art attraktiven Mann von vielleicht Mitte fünfzig vor sich, mit braunem, an den Schläfen grau meliertem Haar, das bürstenartig kurz geschnitten ist. Am auffälligsten sind zunächst die großen, ein wenig hervortretenden, wasserblauen Augen, mit denen er die Versammlung mustert. Zwischen den hohen Wangenknochen sitzt eine schmale Nase und darunter ein kultivierter, fast weich wirkender Mund, der im Moment von einem feinen Lächeln umspielt ist. Felix betrachtet ihn gebannt.

Das bist du also: einer der meistgesuchten Männer der Welt.

Obwohl er noch keinen Ton gesagt hat, füllt das Charisma dieses Mannes bereits den Raum, und als sich nach einer beschwichtigenden Geste von ihm der Beifall gelegt hat und alle wieder Platz genommen haben, tritt eine fast unnatürliche Stille ein. Man hört kaum einen Atemzug. Alle Anwesenden hier, Felix ausgenommen, kannten bislang nur die Stimme diese Mannes, aus Telefongesprächen. Diese Stimme und die Worte, die sie wählte, vermittelte ihnen das Gefühl, dass der Sprecher jeden von ihnen gut kannte, seine Umstände, Sorgen und Nöte, und sie wirkte wie Doping auf ihren Entschluss, sich dem Befehl dieses Mannes zu unterwerfen. Weil er ihnen das Gefühl gab, im Begriff zu sein, Teil einer Elite zu werden, einer Kaste der Auserwählten, die, ohne Rücksicht auf Verluste ein leuchtendes Beispiel für Konsequenz und Opfermut gab. Die Geschichte machte.

Der Mann am Pult steigert die Spannung, indem er einfach stumm bleibt und, scheinbar in Gedanken versunken, auf das gefüllte Wasserglas starrt, das zu seiner Rechten auf einem erhöhten Tischchen steht. Schließlich greift er zu dem Glas und rückt es ein wenig hin und her, so als müsse er es noch in die richtige Position bringen. Dann streicht er sich in einer langsamen Bewegung sacht über das kurze Haar, bevor er schließlich beide Hände auf den Rahmen des Rednerpultes legt. Alles deutet darauf hin, dass er jetzt anfangen wird zu sprechen. Aber das passiert nicht.

Im Raum könnte man eine Stecknadel fallen hören.

Felix beobachtet diese Vorstellung voller Faszination und ist zugleich belustigt. Das demonstrative Sich-Sammeln vor der Rede, das Getue mit dem Wasserglas, das in die ganze Länge gezogene, pantomimische Vorspiel kommt ihm aus TV-Dokus allzu bekannt vor.

Dieses Brimborium zu Beginn, diese Gesten, diese Steigerung der Spannung – das hast du dir vom alten Adolf abgeschaut. Allen Ernstes. Was für ein Schmierentheater! Das ist doch vollkommen ... grotesk.

Just in diesem Moment öffnet Hyperion endlich seinen Mund und lässt eine angenehme, sonor klingende Stimme ertönen. Langsam, fast tastend, beginnt er seine Rede.

»*Brothers* ... es ist schwer, in Worten auszudrücken ... welche Freude ich darüber empfinde, dass ich heute hier vor euch stehe. Dass ... jeder von euch hierher, zu mir gekommen ist, um den letzten Schritt zu machen – um ein aktiver Kämpfer der Symbiotic Liberation Force zu werden.«

Alle Augen hängen gebannt an den Lippen des Redners, der nach einer kleinen Kunstpause fortfährt: »Ich freue mich darauf, euch in den nächsten Wochen alle persönlich kennenzulernen und, wenn die Zeit gekommen ist, mit jedem von euch über seine Mission zu sprechen. Ich werde, das versichere ich euch, für jeden von euch ein offenes Ohr haben und mit ihm alles bereden, was ihm auf dem Herzen liegt. Jeder von euch ist ein rarer, unendlich kostbarer Mensch und Kämpfer, und ich werde jeden mit dem gebührenden Respekt behandeln, so wie ich erwarte, dass ihr das mir gegenüber – als eurem Führer – ebenso tut. Die Symbiotic Liberation Force ist eine Armee. Und wie jede Armee der Welt funktioniert auch sie nur nach dem Prinzip von Befehl und Gehorsam. Deshalb sagt mir zuerst: Seid ihr bereit, euch bedingungslos meinem Befehl zu unterwerfen? Erkennt ihr mich als euren Führer?«

Fußgetrappel und Rufe: »Yes!« und »Yes, Sir!«

Felix bemerkt die glänzenden, euphorischen Augen in den meist sehr jungen Gesichtern der Männer und stellt fest, dass es kaum fünf Minuten gedauert hat, bis dieser Mann vollkommen von ihnen Besitz ergriffen hat.

Hyperion schaut mit energischem Blick in die Runde und lässt den Beifall in aller Ruhe verebben. Dann sagt er: »Ich danke euch, *brothers*! Ich werde alles tun, um euer Vertrauen zu rechtfertigen!«

Nach diesem Beginn greift er zu seinem Wasserglas und nimmt einen langen Schluck. Er stellt das Glas sorgfältig wieder auf seinen Platz und fährt, den Blick die Ferne gerichtet, fort: »Im Januar dieses Jahres hat – nach langen Jahren der Vorbereitung – unser Kampf in Bergamo begonnen und in Miami Beach einen ersten Höhepunkt erreicht. Und das bringt mich zu der Frage, was eigentlich das Wesen dessen ist, was wir tun und warum wir es tun. Damit meine ich nicht unsere Weltanschauung oder die Frage, wer unser Feind ist und warum wir gegen ihn kämpfen. Das ist uns allen klar, sonst wären wir nicht hier. Ich meine vielmehr die Mittel, die wir wählen und die langfristige Perspektive, die Strategie dahinter.«

Die klar akzentuierte, volltönende Stimme klingt angenehm in den Ohren, der Rhythmus der Worte fließt elegant, und wäre da nicht der monströse Inhalt, könnte man glauben, einem Märchenonkel zu lauschen, der einem eine hübsche, spannende Geschichte erzählt.

»Lasst mich zunächst einmal ganz unverblümt aussprechen, was wir tun und worauf ihr euch hier in den nächsten Wochen vorbereiten werdet: Wir verüben Terror. Es gibt gar keinen Grund, das anders zu bezeichnen. Aber im Unterschied zu den ängstlichen, niedergedrückten Seelen um uns herum empfinden wir bei diesem Begriff weder Furcht noch Abscheu. Im Gegenteil: Wir haben die unvergleichlichen Vorzüge des Terrors im politischen Kampf erkannt und wir haben ihn – und werden das weiter tun zu neuer Blüte getrieben!«

Wieder streicht sich Hyperion mit seiner auffallend kleinen, fast zierlichen Hand sacht über das Bürstenhaar, und fährt fort: »Aber was sind denn nun die Vorzüge des Terrors? Lasst mich dazu vier Thesen formulieren und diese kurz erläutern.

Erstens: Der Terror ist eine Tugend. Er ist eine Tugend, weil er rein und edel ist. Er ist gerecht, denn er ist das Mittel der Notwehr der Unterdrückten gegen ihre übermächtigen Unterdrücker. Ein opfervoller, ein gefährlicher, ein selbstloser Weg. Das beste Beispiel dieser Selbstlosigkeit ...« Er schickt einen feierlichen Blick zu den Bildern der toten SLF-Terroristen. »... haben uns unsere drei *brothers* gegeben, deren Fotos dort an der Wand hängen. Unsere *saints* Ronald, Dennis und Richard.«

Ringsum ehrfurchtsvolle, ernste Gesichter.

»Zweitens«, fährt Hyperion fort. »Terror ist eine Kunst. Ja, *brothers*, so eine große, effektive Aktion zu planen und durchzuführen wie die in Miami Beach ist eine Meisterleistung, bei der die verschiedensten Rädchen ineinandergegriffen haben. Die sorgfältige Auswahl des Ortes, die IT-Angriffe, die Überwindung komplexer Sicherheitsvorkehrungen – all das ermöglichte eine Aktion von einzigartiger Dimension. Es ist der größte Angriff auf die Juden außerhalb des Nahen Ostens seit Menschengedenken. Ein Angriff im Herzen einer der größten jüdischen Gemeinden in den Vereinigten Staaten. Eben ein Kunstwerk.«

Felix ist zugleich abgestoßen und fasziniert von der Art, wie dieser Mann seine ungeheuerlichen Gedanken entwickelt. Seine gebannte Aufmerksamkeit ist nicht gespielt.

Hyperion spricht nach einer kurzen effektvollen Pause weiter. »Ein solches, in allen Details stimmiges Kunstwerk zu schaffen, ist aber eben nur möglich, wenn dahinter die richtige Struktur und die richtige Vorbereitung steckt. Das ist die große Stärke einer Organisation, die große Stärke der SLF!« Er lässt seine Worte kurz nachhallen, bevor er sagt: »Lasst mich das noch an einem Beispiel verdeutlichen. Wir erinnern uns alle an John T. Earnest, der 2019 eine Synagoge in Kalifornien angegriffen hat.«

Felix stutzt. *Ausgerechnet Earnest! An den ich heute Nachmittag noch gedacht habe – weil mich der Junge, der sich Steve nennt, an ihn erinnerte!*

»John Earnest war ein Aufrechter«, sagt der Mann am Rednerpult, »aber er hatte ein Problem: Er war schlecht vorbereitet. Er hatte nur eine Waffe dabei, ein Sturmgewehr, das nach ein paar Schüssen blockierte. Das führte dazu, dass er nur einen geringen Ertrag erzielte. Es gab nur ein Todesopfer und ein paar Verletzte.« Hyperion breitet die Hände zu einer bedauernden Geste aus. Dann fährt er voller Überzeugung fort: »Ich bin sicher, das wäre nicht passiert, wenn er einer von uns gewesen wäre. Er wäre nicht nur besser ausgerüstet gewesen, sondern hätte auch ein Waffentraining absolviert, das eine solche Panne wahrscheinlich verhindert hätte.«

Einige Blicke gehen zu Felix, der erst ein paar Stunden zuvor den Waffendrill geleitet hat, und ein paar andere zu Steve, dem vorlauten, jungen Klavierspieler, der am Nachmittag noch den Sinn der exzessiven Übung angezweifelt hat. Er hockt ein wenig schief und mit verlegenem Gesicht auf seinem Stuhl.

»Aber«, sagt Hyperion nun, »es gibt noch einen anderen Aspekt in John Earnests Verhalten, das eines SLF-Kämpfers nicht würdig wäre. Weil er nicht auf einen Kampf bis zum Letzten vorbereitet war, ließ er sich nach dem Angriff widerstandslos festnehmen. Eine solches Ende, eine solche Kapitulation darf es bei uns nicht geben. Wenn die Systemschergen uns stellen, kämpfen wir bis zur letzten Patrone! Bis zur letzten Handgranate!«

Entschiedenes Nicken und zustimmende Rufe: »So be it!«
Der Mann mit den quellblauen, wie illuminiert wirkenden Augen nimmt wieder einen Schluck Wasser. »Und nun zur dritten Bemerkung über den Terror: Terror ist eine wirksame Waffe. Es gibt ja Leute, die behaupten, dass der Terror letztlich wirkungslos sei, weil er aufgrund der realen Machtverhältnisse seine umwälzenden Ziele niemals erreichen könne. Ich behaupte das Gegenteil. Nehmen wir die Anschläge in den USA am 11. September 2001. Obwohl sie von Leuten verübt wurden, mit denen wir nichts gemein haben, sind sie doch ein Beispiel dafür, wie ungeheuer wirksam Terror sein kann. Denn dieser Tag hat eine Kettenreaktion in Gang gesetzt, die die USA und ihre Verbündeten in Kriege in Afghanistan und im Irak verwickelt haben, die den IS erst möglich und den syrischen Bürgerkrieg mit entfacht hat. Nine Eleven hat die gesamte weltpolitische Tektonik verändert – und zwar ganz im Sinne seiner Urheber!«

Felix kommt nicht darum herum, dem eloquenten Fanatiker in diesem Punkt recht zu geben.

»Und nun zum vierten, ganz wichtigen Punkt: Die Medien sind die natürlichen Verbündeten des Terrors. Auch von uns, der SLF!« Hyperion macht eine kurze Pause, während der er in ein wenig irritierte Gesichter blickt.

»Ja, es klingt paradox, denn die meisten Medien sind schließlich von den Juden und ihren Helfern gesteuert. Aber die Gier und die kapitalistische Konkurrenz untereinander zwingen sie dazu, dem Terror den breitesten Raum zu geben, das größtmögliche Grauen zu erzeugen, indem sie die Nachrichten und die Bilder in einem unablässigen Trommelfeuer in die Wohnzimmer tragen! In Zeitungen, TV und sozialen Netzwerken. Tag und Nacht! Sie erzeugen das, wozu wir allein gar nicht in der Lage wären und was unser eigentliches Ziel ist: Sie potenzieren den Schrecken, sie säen allgemeine Angst und Verunsicherung!«

Felix hört dem Mann mit verstörter Faszination zu. Abgesehen von den üblichen obsessiven Bezügen auf die Juden scheint ihm das, was er grundsätzlich über die unauflösliche und unheilvolle Wechselwirkung zwischen den Medien und dem Terror sagt, durchaus der Wahrheit zu entsprechen.

Da hast du Bastard leider recht.

»Und deshalb«, hört er Hyperions raumfüllende Stimme sagen, »… deshalb ist es wichtig, dass unsere Aktionen möglichst spektakulär sind, dass sie international sind, dass sie eine Dimension, eine Frequenz und Unerbittlichkeit haben, die ihresgleichen sucht! Dass sie Schockwellen durch den morschen Körper der Welt jagen!«

Felix blickt verstohlen in die Runde und sieht überall grimmige Gesichter und fiebrig glänzende Augen. Auch Nemo, der neben ihm sitzt, hängt mit vor Aufregung gerötetem Gesicht an den Lippen des Verführers. Der richtet seinen kleinen Zeigefinger wie einen Pistolenlauf auf sein Publikum und fährt fort: »Denn das, *brothers*, wird wiederum einen anderen Effekt zur Folge haben. Etwas, das unser Ziel ist: das System zu harten Maßnahmen zu verleiten, zu einer verschärften Unterdrückung! Denn dann wird der Widerstand zunehmen, und die Zahl der Aufrechten, die sich gegen das Schicksal wehren, dass die Juden ihnen zugedacht haben, wird wachsen. Und irgendwann …« Er hebt kontinuierlich die Stimme. »… wird ihre Macht gebrochen werden – vielleicht nicht heute, vielleicht nicht morgen, aber der Tag wird kommen! Ein Tag, an dem das Licht einer neuen Morgenröte erscheint! Sie wird eine Welt erhellen, in der man wieder atmen kann! Eine Welt der Freien und Gerechten!«

Hyperion steigert sich zu einem beschwörenden Ton. »Das, *brothers*, ist das langfristige Ziel! Das ist unsere Rolle und der Sinn unseres Terrors! Das ist unsere heilige Mission, der wir uns alle verpflichtet haben und für die man bereit sein muss, jedes Opfer zu bringen! Ich frage euch: Seid ihr bereit?«

Wilde, flackernde Blicke, begleitet von heftigem Applaus, trommelnden Füßen und lauten Rufen: »Yes, Sir!«

Felix applaudiert ebenfalls.

Nachdem ihm Hyperion zu Beginn wie eine nicht ganz ernst zu nehmende Hitler-Imitation erschienen ist, ist dieser Eindruck längst gewichen. Er erkennt, dass dieser Mann mit seinen rhetorischen Fähigkeiten und seinem Charisma sein Ziel mühelos erreicht. Unübersehbar stehen alle Anwesenden komplett in seinem Bann. Ihre Wonne, diesem Mann nahe zu sein, steht ihnen ins Gesicht geschrieben, sie scheinen mit jedem Nerv in seiner Anwesenheit zu baden. Das gilt auch für Simon und Stella, deren Mienen eine Art Besitzerstolz zeigen. Den Stolz von Menschen, die einem Halbgott besonders nahestehen.

Das Verstörendste ist für Felix jedoch, zu spüren, dass die verführerische Kraft, die von dem Mann am Pult ausgeht, selbst bei ihm nicht völlig ohne Wirkung bleibt. Der hypnotisierende Blick der großen, blauen Augen, die mal sanft-suggestive, mal fordernde Stimme, die geschliffenen Worte und die manchmal so verwirrend logisch klingende Argumentation, die er mit sparsamen, aber effektvollen Gesten unterstreicht: all das entwickelt einen unheilvollen Sog, einer sinnverwirrenden Droge ähnlich. Zum ersten Mal begreift Felix, warum dieser Mann eine solche Macht über seine Anhänger ausübt, eine Macht, die so weit geht, dass sie auf seinen Befehl hin nicht nur zum Töten, sondern auch zur Selbstopferung bereit sind.

Als sich der Beifall gelegt hat, legt Hyperion die breite Stirn in Falten und sagt: »Aber, *brothers*, wir machen uns nichts vor! Unsere Feinde sind mächtig, und es mag der Tag kommen, an dem die Kette der hellen Lichter, die wir rund um den Erdball angezündet haben, endet. Der Tag, an dem sich die SLF der Übermacht ihrer Feinde ergeben muss. An dem sie vernichtet wird.«

Teils verblüffte, teils betretene Gesichter. Auch Felix ist vollkommen überrascht über diese plötzliche Wendung.

»Und wenn ich sage, vernichtet«, fährt Hyperion in gleichmütigem Ton fort, »dann meine ich uns alle – auch Peter, Stella und mich. Dann werden auch wir das Opfer bringen, das ihr zu bringen bereit seid! Dessen seid gewiss!«

Felix' Blick geht unwillkürlich zu seinem mit unbewegtem Gesicht dasitzenden Cousin Simon, der, wie Felix nun endgültig klar ist, zur Führungsgruppe der SLF gehört.

Ist das wirklich so? Werdet ihr auch tote ›Heilige‹ werden? Oder überlasst ihr das dem Fußvolk?

»Vielleicht«, fährt der Terrorchef nun fort, »findet der eine oder andere diese Vorstellung deprimierend. Aber das ist sie überhaupt nicht! Denn dieser Tag ist noch weit, und in dem Moment, in dem wir hier versammelt sind, bereiten sich andere *brothers* darauf vor, neue vernichtende Schläge gegen die Juden zu führen. Und die Brut weiß nicht, wo sie mehr zittern soll. In New York? In Europa? In Singapur? In Australien? Sie werden es bald erfahren!« Die Worte klingen wie kleine Detonationen in Felix' Ohren.

»Und auch ihr«, sagt Hyperion weiter, »werdet die Gelegenheit bekommen, euren Heldenmut unter Beweis zu stellen! Die Missionen, die auf euch warten, sind bereits im Stadium der Vorbereitung. Und wenn es dann so weit ist, werdet ihr euren Lohn erhalten: Eure Namen und eure Taten werden für immer ins Gedächtnis der Welt gebrannt sein, noch in hundert Jahren wird man sie kennen! Es wird eine Flut von Büchern und Filmen geben, die die Kunde von euch weitertragen! Sie werden verleumderisch sein, aber die Wissenden werden daraus Inspiration und Ansporn ziehen! Und wenn dann jener Tag der Morgenröte gekommen ist, von dem ich eben sprach, der Tag der Befreiung, ja dann, *brothers*, dann wird man euch Denkmäler setzen, Straßen nach euch benennen, und jedes Schulkind wird eure Namen voller Ehrfurcht aussprechen!«

Felix blickt in gläubige, ergriffene Gesichter, und trotz seiner Vorkenntnisse über die Methoden psychologischer Manipulation solcher Fanatiker ist er einen Moment lang fassungslos.

Sie sind ganz weit weg. Längst nicht mehr erreichbar. Er verspricht ihnen zwar keine Horde Jungfrauen wie die Islamisten, aber ewigen Ruhm und Verehrung. Die Heiligsprechung. Und sie glauben es! In ihrer Welt ist alles auf den Kopf gestellt. Falsch wird zu Richtig, Grausamkeit zu Edelmut, pathologischer Hass zu gerechter Empörung. Hyperion kommt nun zum Finale, in dem er mit kontinuierlich steigender Erregung die Sätze wie Peitschenhiebe auf sein Publikum niedergehen lässt. »Ja, *brothers*, das ist unser Weg, und wir gehen ihn unbeirrt und ohne Zögern! Wir sind die Symbiotic Liberation Force, die Avantgarde, die Fackelträger, Rächer und Propheten zugleich, die Entzünder einer Revolution, die ihresgleichen sucht! Tod und Verderben über die Juden, die Vergifter alles Guten, Wahren und Schönen! Das ist unser Motto, das ist unser Glaube, das ist das, was uns zusammenschweißt! Ich bin in euch, und ihr seid in mir! Deshalb stimmt mit mir ein in unseren Kampfruf! *Time has come!*«

Mit schmerzendem Kopf erlebt Felix, wie dieser finale Ausbruch alle Mauern der Zurückhaltung wegfegt. Alle reißt es von den Stühlen, tosender Applaus mischt sich mit Sprechchören. »Time has come!«, steigt es aus rauen Kehlen, und Felix, der, wie alle anderen stehend applaudiert, sieht sich gezwungen, mit einzustimmen.

Kerzengerade, gewissermaßen in Habacht-Stellung nimmt der Mann am Rednerpult die Ovationen entgegen. Noch bevor der Beifall verebbt ist, deutet er eine Verbeugung an und verlässt das Rednerpult. Sekunden später ist er verschwunden.

44

Auch diese Nacht verbringt Felix weitgehend schaflos. Während Nemo im Bett an der anderen Wand keinen Mucks von sich gibt, ist Felix' Gedankenzug im Höchsttempo unterwegs. Wie Videoschnipsel ziehen Bilder und Eindrücke seiner Begegnung mit dem Terrorchef vorbei.

Wer ist dieser Mann? Sein Englisch klingt neutral, vielleicht etwas amerikanisch. Er muss reich sein. Er hat diesen unglaublich unterirdischen Terrorspielplatz gebaut. Höchstwahrscheinlich finanziert er auch die Reisen der Leute. Selbst mir haben sie fünfzigtausend Euro geboten. Was noch? Er ist es gewohnt zu befehlen. Ein ehemaliger Militär? Nein, mein Gefühl sagt mir: eher nicht. Er kann sehr gut reden, er hat offenbar Übung darin. Ist er schon einmal öffentlich in Erscheinung getreten? Wer ist Stella? In welchem Verhältnis steht sie zu ihm? Auch Simon kennt ihn offenbar gut. Woher und wie lange schon?

Die zweite Hälfte der Nacht verbringt Felix, indem er alle möglichen Szenarien durchspielt, wie der SLF-Terror gestoppt werden könnte. Dabei fragt er sich auch, was passieren würde, wenn er Hyperion töten würde, aber er verwirft den Gedanken sofort wieder. Abgesehen davon, dass er noch nie einen Menschen getötet hat und es gewiss schwierig sein würde, nah genug an ihn heranzukommen, gibt es noch andere Gründe, diese Möglichkeit gar nicht erst ins Auge zu fassen.

Selbst wenn ich ihn hier im Camp erwischen würde, würde ich kaum lebend entkommen. Die Gorillas, die Hunde, der Zaun, die ganze SLF-Meute. Und ich hätte keine Ahnung, wohin ich mich wenden soll, mitten in der Wildnis. Ich kann ja nicht die Zufahrtsstraße entlangspazieren. Da würden sie mich schnell erwischen.

Felix wälzt sich im Bett auf die andere Seite und tastet nach dem Mossad-Armband an seinem rechten Handgelenk.

Dieses Teil hier und der Rechner, der sich in Simons Blockhaus befinden muss, ist immer noch die größte Hoffnung. Eine sehr vage Hoffnung allerdings.

So grübelt er noch eine Weile vor sich hin, bis er schließlich, gegen drei Uhr morgens, erschöpft einschläft.

45

Zwei Tage später.

Es ist kurz vor zweiundzwanzig Uhr, als Tim Wohlfahrt alias Nemo mit einer Deluxe-Ausgabe des zweiten Bandes der großen Wikinger-Comic-Saga *Northlanders* auf seinem Bett in der Blockhütte liegt, die er mit John, dem anderen Deutschen bewohnt. Der ist gerade nicht anwesend, weil vor ein paar Minuten Peter erschienen ist und ihn gebeten hat, mit ihm zu kommen.

Tim kommt mit John gut klar, wobei er als Ausbilder natürlich in gewisser Hinsicht eine Art Vorgesetzter ist. Allerdings nur im Camp, denn wenn es in den Einsatz geht, das ist Tim klar, wird es andere Konstellationen geben. Die große, dominante Frau, die sich Stella nennt, mag er nach wie vor nicht, aber von Hyperion, dem Stifter und Führer seiner Religion, ist er tief beeindruckt. Der Auftritt seines Gurus im *social room* hat seine Erwartungen noch übertroffen, und nachdem Stella ihn vorhin nach dem Ende des Trainings beiseitegenommen und ihm erklärt hat, dass es bald so weit sein wird, erwartet er voller Nervosität das erste persönliche Gespräch mit ihm.

Tim, der neunzehnjährige Pizzabote aus Alfeld an der Leine, ist froh, dass er nun endlich hier ist, beim Meeting, bei den *brothers*, bei Hyperion, denn in den letzten Wochen gab es etwas, das ihn abgelenkt hat, das seine ganze Konzentration und innere Vorbereitung auf seine Mission zu stören begann.

Die Ursache dafür war Sally, das Office-Mädchen vom Pizza-Lieferdienst. Direkt am Tag nach ihrer ersten Begegnung hatten sie nach Feierabend wieder ein paar Minuten auf dem Gehweg gestanden und sich unterhalten. Sally verwickelte ihn in ein Gespräch über den Job und fragte ihn ein wenig nach seiner Familie aus, worauf Tim ausweichend geantwortet hatte. Das Mädchen ließ sich von seiner zurückhaltenden Art gar nicht irritieren, sondern plauderte munter drauflos. Sie erzählte, dass sie Fantasy-Geschichten liebte, davon träumte, selbst einmal Schriftstellerin zu werden, und dass sie Hunde mochte.

Tim musste in diesem Moment an den Familienhund Pepper denken, der ihm in seiner Kindheit so viel bedeutet hat und der von seinem Vater nach dem Tod seiner Mutter einfach weggeben worden war. Diesem Gespräch über Hunde folgten an den nächsten Tagen weitere Gehwegunterhaltungen, bis Sally schließlich ganz direkt fragte: »Sollen wir nicht mal was zusammen unternehmen? Wir könnten mit dem Rad rausfahren.«

Tim, der sonst nicht unbedingt mit viel Humor gesegnet ist, musste tatsächlich lachen.

»Ach, weißt du«, sagt er, »Radfahren tue ich genug! Lass uns lieber was anderes machen!«

Sie haben dann in der Fußgängerzone Eis gegessen und festgestellt, dass sie beide eine Vorliebe für die TV-Serie *The Crown* haben, was Tim ein wenig peinlich ist. Aber seine Mutter war ein Fan der britischen Royals, und das hatte sich auf ihn als kleiner Junge übertragen. Die harmlose, unbeschwerte Unterhaltung mit Sally war für ihn so ungewohnt wie angenehm, er mochte ihre verspielte Intelligenz, und Sally schien echtes Interesse an ihm zu haben. Ihrem ersten Treffen folgten weitere, bis Tim unweigerlich auf seine politische Überzeugung zu sprechen kam, die seine Gedanken, sein ganzes Leben und – was Sally natürlich nicht ahnte – sein ganzes Schicksal bestimmen würde.

Bei einem langen Spaziergang legte er ihr in wohlüberlegten

Worten dar, woran seiner Ansicht nach die Welt krankte und wer die Urheber dieser Krankheit waren: »Die jüdischen Globalisten!«

Sally lauschte ihm geduldig, aber ohne besondere Reaktion. Ein leichtes Lächeln lag auf ihren Lippen, das jedoch nicht ironisch war, eher milde. Ein wenig verständnisvoll, aber auch irgendwie desinteressiert.

»Ach«, sagte sie schließlich, »ich glaube, wir sind alle nur Menschen. Mit Politik verbinde ich immer ... na ja ... Lügen. Alle lügen, um ihre Weltanschauung durchzusetzen. Und wozu? Um die Welt zu verbessern? Ich glaube, das geht nur in kleinen Schritten und fängt bei einem selbst an. Die einzige Wahrheit liegt doch in den Dingen, die wir kennen, die wir wirklich beurteilen können. Familie, Freunde. Da fängt die Verbesserung der Welt an! Was weiß ich denn über die Juden? Ich kenne gar keine!«

Tim, der ebenfalls persönlich keine Juden kennt, wies sie erregt auf die globalen Zusammenhänge hin, bombardierte sie mit Namen wie Soros, Epstein, Strauss-Kahn, Abramowitsch und redete von weltumspannender Macht und geheimen, dunklen Plänen.

Wieder hörte ihm Sally zu, ohne ihn zu unterbrechen. Dann sagte sie nachdenklich: »Überschauen denn die, die da oben sitzen, selbst, was sie tun? Oder sind die nicht alle auch nur Getriebene, Rädchen in einer Maschine, das sich wie von selbst weiterdreht? Immer getrieben von Ehrgeiz, Eitelkeit, Gier oder aus Rache für die Verletzungen, die man ihnen zugefügt hat. Menschen sind doch irgendwie ... Narren!«

Tim war irritiert. Nicht, weil sie seine so lange und sorgfältig gereifte Weltanschauung anzweifelte – das war er gewohnt. Die allermeisten Menschen gehörten – jedenfalls noch – zu den Blinden und Manipulierten. Was ihn am meisten verstörte, war die Nonchalance, mit der Sally das abtat, was doch ganz offensichtlich die Welt bewegte: die große Politik, die globalen Konzerne, die skrupellosen Strippenzieher im Hintergrund. Stattdessen las Sally altmodische Gedichte von Rilke und Hölderlin und Geschichten von Edgar Allen Poe, Oscar Wilde und Emily Brontë.

Was er ihr da erzählte, drang einfach nicht zu ihr durch, ohne dass sie etwa empört war oder geneigt, mit ihm darüber zu diskutieren. Es war nicht, als beiße er bei ihr auf Granit, sondern in Luft.

Das Seltsame war, dass diese Luft voller Sommerwind war, einer Brise, in der das tonnenschwere, monolithische Fundament seiner Überzeugung plötzlich ein wenig zu schwanken schien. Es war, als würde hinter seiner düsteren, von Feinden bevölkerten Welt plötzlich eine andere aufscheinen – eine hellere, sinnliche Welt, in der eine milde Sonne schien und alles an seinem Platz war. Und er spürte, wie er sich trotz des unsicheren Terrains mehr und mehr zu Sally hingezogen fühlte, zu ihrer sanften, freundlichen, ein wenig verhuschten Art. Tatsächlich ertappte er sich dabei, sich vorzustellen, sie zu küssen, ihr Haar zu riechen und ihren zierlichen, zerbrechlich wirkenden Körper zu streicheln.

Wie ein Mönch, der mit den Versuchungen des Teufels ringt, hatte er sich gegen diese Empfindungen gewehrt. Er hatte sein Studium von *Time Has Come* noch mehr intensiviert, er hatte zwei Mal lange mit Peter telefoniert, der ihn vor gut eineinhalb Jahren in seine Obhut genommen und ihm den Eintritt in die SLF ermöglicht hatte. Dabei erwähnte er Sally mit keiner Silbe, aber Peters Zugewandtheit und ideologische Überzeugungskraft hatten seinen Widerstand entscheidend gestärkt.

Und schließlich, nach fünf Wochen einer kurzen, aber intensiven Bekanntschaft und einer schlaflosen Nacht hatte Tim seinen Job beim Pizzadienst von einem Tag auf den anderen gekündigt und Sally eine WhatsApp-Nachricht geschickt: Es tut mir leid, aber wir können uns nicht mehr sehen. Ich habe eine Aufgabe, die ich erfüllen muss. Ruf nicht mehr an und schick auch keine Nachrichten. Leb wohl!

Zurück kamen nur fünf Fragezeichen.

Tatsächlich hatte Sally sich dann nicht mehr gemeldet, das letzte Lebenszeichen von ihr war der *Northlanders*-Comic, den er ihr geliehen hatte und den er kurz nach seiner Abschiedsnachricht in einer Plastiktüte am Knauf seiner Wohnungstür fand.

Es ist der Band, den er gerade in der Hand hält.

46

Peter alias Simon Jenkins macht ein ernstes Gesicht. Felix rätselt, was wohl der Grund sein mag, dass er ihn zu so später Stunde gebeten hat, mit ihm zu kommen, aber sein Cousin hüllt sich in düsteres Schweigen.

Felix folgt ihm über den großen Hof des Anwesens, der von zwei Laternen erhellt ist. In den meisten Blockhütten ist es dunkel, aber bei zweien scheint hinter den Vorhängen das Geflacker von TV-Screens auf. Die ringsum herrschende Stille wird nur einmal kurz vom hellen Bellen eines Fuchses unterbrochen.

Felix fragt sich, ob beim Training irgendetwas vorgefallen sein könnte, das ihn möglicherweise in Schwierigkeiten bringt, aber ihm fällt nichts dergleichen ein. Immer noch macht er mit den Männern Circle-Training und Waffendrill sowie vereinzelte Schießübungen mit Pistolen. Und immer noch versucht er so unauffällig wie möglich mehr über die Herkunft und den Hintergrund der Terroristen zu erfahren, ohne dabei wirklich weiterzukommen. Allerdings hat er mitbekommen, dass inzwischen die persönlichen Audienzen bei Hyperion begonnen haben, bei denen, wie er überzeugt ist, die Männer mit ihren konkreten Anschlagsmissionen bekannt gemacht werden. Felix spürt die wachsende Anspannung und Erregung.

Simon steuert geradewegs auf das flache Gebäude zu, in dem Stella und Hyperion ihre Ansprachen gehalten haben. Über die übliche Stimmerkennung entriegelt er die Tür und strebt dann, ohne Licht zu machen, direkt dem Aufzugsaum hinter der Bühne zu. Er spricht wieder in ein Mikrophon, die Aufzugstür öffnet sich, und kurz darauf betreten beide die unterirdische Trainingshalle, die dunkel daliegt. Es ist beißend kalt hier unten, und die dicken Atemwolken, die sie ausstoßen, flirren im Schein der Taschenlampe, die Simon in der Hand hält. Tagsüber sorgt das kombinierte Heizungs- und Belüftungsgebläse stets für erträgliche Temperaturen, und nicht zum ersten Mal fragt sich Felix, woher die Energie dazu kommt.

Plötzlich nimmt er in der Tiefe der Halle, ganz am entfernten Ende, einen Lichtschein wahr.

»Komm mit«, sagt Simon im selben Moment und geht auf die Lichtquelle zu. Sie passieren die beiden Polizeiwagen und die Massenansammlung von Schaufensterpuppen, die im unsteten, zuckenden Licht der Lampe noch makabrer wirken. Dann nähern sie sich dem nach oben hin offenen, von gut drei Meter hohen, bunkerdicken Betonmauern umgebenen quadratischen Areal, wo bald Übungen mit kleineren Sprengladungen stattfinden sollen. Wie Felix von Stella erfahren hat, stehen dafür auch *Semtex* und andere hoch entwickelte Sprengstoffe zur Verfügung.

Als die beiden Männer noch etwa fünfzehn Meter von dem offenen Eingang des Karrees entfernt sind, richtet Simon den Kegel der Taschenlampe auf den Boden und bedeutet Felix, stehen zu bleiben. Durch die breite Aussparung in der Mauer sieht Felix, halb mit dem Rücken zu ihm, einen Mann auf einem Stuhl sitzen, angestrahlt von einem einzelnen Scheinwerfer. Seine muskulösen Arme sind mit Handschellen hinter der Stuhllehne gefesselt, und sein Mund ist mit silbernem Gaffer Tape verklebt. Auf dem Kopf trägt er einen dicken Kopfhörer, in dem die Lautstärke voll aufgedreht sein muss. Selbst auf die Entfernung hört Felix noch ein wenig von dem Sound, und er ist sich fast sicher, dass es ein Stück aus den Brandenburgischen Konzerten ist. Obwohl das Gesicht des Gefesselten durch das Mundpflaster halb verborgen ist, erkennt Felix ihn sofort. Es ist Tito, einer von Hyperions Bodyguards. Er und Leo sind ihm während der vergangenen Tage noch mehrmals begegnet.

Tito hockt, nur mit einem weißen T-Shirt bekleidet, auf dem man Blutspuren sieht, mit geschlossenen Augen und dem Kinn auf der Brust da und zittert vor Kälte, während seine Nasenlöcher rhythmisch kleine Atemwölkchen ausstoßen. Ganz offensichtlich hat er nicht bemerkt, wie sich die beiden Männer genähert haben.

Felix starrt einen Moment lang wie vom Donner gerührt auf die seltsame Szene, bevor er sich seinem Cousin zuwendet. »Was ... was ist mit ihm?«, fragt er flüsternd.

Simon fasst ihn am Arm und zieht ihn ein Stück zur Seite, bis Tito aus ihrem Blickfeld verschwindet. Dann sagt er, mit einer Geste bedeutend, dass der Mann sie wegen der Kopfhörer nicht hören kann. »Ja, das ist eine gute Frage. Was zum Teufel ist mit ihm?«

Er legt seine schön gewölbte Stirn in grimmige Falten und fährt mit Abscheu in der Stimme fort: »Das Schwein ist ein Verräter. Ein Spitzel. Er hat sein Diensthandy dazu benutzt, heimlich Fotos zu machen, was natürlich streng verboten ist. Von allem, vom Camp, von den persönlichen Gegenständen der *brothers*, von dieser Halle. Sogar in unbeobachteten Momenten von Stella und dem Chef. Durch einen Zufall hat ihn Stella dabei erwischt, und nachdem Leo und wir ihn bearbeitet haben, hat er gestanden: Er wollte die Fotos und alles, was er wusste, meistbietend an die Bullen oder an einen Geheimdienst verhökern. Und die Millionenbelohnungen einstreichen, die auf den Kopf des Chefs stehen.«

Felix traut seinen Ohren nicht.

Noch ein Maulwurf im Camp?

Er starrt Simon an, dessen Gesicht im schwachen Schein der nach unten gerichteten Lampe kaum zu sehen ist. Dann sagt er zwischen zusammengebissenen Zähnen: »Das ist ja ... Was für eine Ratte!«

Simon klingt bitter. »Ja, und das, nachdem er schon lange bei uns ist. Aber seitdem der Chef so im Fokus steht, war die Versuchung wohl zu groß. Gott sei Dank haben wir ihn geschnappt, bevor er das Material auf den Markt bringen konnte. CIA, FBI, Mossad oder die Schweden ... das war ihm wohl egal.«

In Felix arbeitet es.

Er fragt: »Was passiert jetzt mit ihm?«

»Was glaubst du? Du kennst die Regeln. Auf Verrat steht der Tod!«

»Und wie ...?«

»Er wird erschossen«, sagt Jenkins. Und dann, im selbstverständlichsten Ton: »Ich wollte dich bitten, das zu tun.«

Felix schnaubt vor Überraschung.

»Was? Wie ... wieso ich?«, stammelt er.

»Wieso nicht du? Du kennst dich bereits damit aus. Mit dem Töten meine ich. Aus Afghanistan. Und du bildest unsere Leute ja schließlich darin aus!«

Felix bleibt stumm, während sein Großhirn in rasendem Tempo seine Optionen durchspielt. Allerdings scheint in dieser Situation jeder Zug der falsche zu sein.

Was soll ich jetzt bloß machen? Ich kann den Typen nicht einfach abknallen. Abgesehen davon: Geldgier oder nicht, er hatte ja offenbar das Richtige vor. Und wenn ich schlicht ablehne? Ich habe mich wie alle anderen verpflichtet, den Regeln zu gehorchen. Dazu gehört, dass Verräter hingerichtet werden. Welches Licht wirft das auf mich – als Ausbilder der Terrorbabys – wenn ich jetzt als Pussy dastehe?

Wie von fern dringt Simons Stimme an sein Ohr.

»Wegen der Leiche musst du dir keine Sorgen machen. Der Bastard wird so spurlos verschwinden, als hätte es ihn nie gegeben.«

Mit diesen Worten greift er in die Tasche seiner Uniformjacke, zieht eine Pistole heraus und drückt sie Felix in die Hand. Es ist eine Heckler & Koch P 8. Felix glotzt verstört auf die Waffe.

Gottverdammt!

»Simon, ich weiß nicht ...«, fängt er an, aber Jenkins unterbricht ihn.

»Warum zögerst du? Am besten pumpst du das ganze Magazin in ihn rein! Verdient hätte er es!« Mit einem kalten Lächeln fügt er hinzu: »Du tust ihm nur einen Gefallen. Er friert sich ja hier den Arsch ab!«

Felix umklammert die Pistole und starrt ins Leere. In seinem Kopf scheint eine Uhr zu ticken, erst leise und dann immer lauter. Tack! Tack! Tack! dröhnt es und übertönt fast die Stimme von Simon, der ihn drängt. »Komm schon!«

Felix steht wie angewurzelt da und wiegt die schwere Waffe ein paar Sekunden in der Hand. Schließlich wechselt er die Pistole von der Linken in seine rechte Hand, entsichert sie und legt den Zeigefinger um den Abzug. Dann sagt er »Okay« und geht mit raschen Schritten zu dem Betonkarree, in dem der gefesselte Gorilla im brutalen Licht des Scheinwerfers sitzt. Jenkins folgt ihm mit etwas Abstand.

Felix bewegt sich von hinten auf Tito zu, der zusammengesunken und bibbernd dahockt und nichts wahrzunehmen scheint. Immer noch schrebbelt laute Orchestermusik in seinen Kopfhörern. Mit ein paar schnellen Schritten tritt Felix an ihn heran und richtet die Waffe auf seinen Hinterkopf. Dann hält er die Luft an und drückt ab.

Klack! Der Abzugshammer stößt ins Leere. Im Lauf befindet sich keine Patrone.

Heftig keuchend starrt Felix auf die Pistole. Die Streicher in Titos Kopfhörern steigern sich zu einem jubilierenden Finale.

47

24 Stunden zuvor.

»Auch einen Whisky?«, fragt der Mann, der sich Hyperion nennt, und wendet sich zu Stella und Simon Jenkins um, die in der Sitzgarnitur aus olivgrünem Leinen Platz genommen haben. Er selbst steht vor einem Regal aus Kiefernholz, auf dem ein paar Wassergläser und eine Flasche Johnny Walker Black Label stehen. Wie das ganze Haus ist der Raum praktisch, aber einfach ausgestattet. Ein paar helle, schmucklose Möbel, ein Rentierfell auf dem Naturholzboden vor dem offenen Kamin, ein paar nichtssagende, abstrakte Graphiken an der Wand. Das einzige besondere Merkmal ist der massive, antik-englische Schreibtisch im Kolonialstil. Das dunkle Mahagoniholz und die schweren Beschläge aus Messing lassen ihn wie einen Fremdkörper wirken. Auf dem Schreibtisch liegen neben einem zugeklappten Notebook einige verstreute Papiere.

Es ist kurz vor zehn Uhr abends, und Stella und Jenkins nehmen das Angebot auf einen Drink dankend an. Hyperion füllt jeweils zwei Fingerbreit Whisky in drei Gläser, die er dann von innen mit drei Fingern einer Hand ergreift und zu dem niedrigen Couchtisch hinüberträgt. Er reicht jedem sein Glas und erhebt seins. »Skol!«, sagt er. »Auf die Zukunft der SLF!«

»Auf die Zukunft!«, antworten beide.

Nachdem alle getrunken haben, nimmt Hyperion in einem Sessel Platz und schlägt die schlanken Beine übereinander. Wie die beiden anderen Anwesenden trägt er den üblichen Tarnanzug, allerdings ohne Namenskartusche, was seine Einzigartigkeit nur betont. Er streicht sich mit einer typischen Bewegung sanft über das kurz geschnittene, braune Haar und fixiert seine Gäste mit seinen knallblauen Augen. Trotz seiner äußerlichen Gelassenheit glaubt Simon, darin einen Hauch von Beunruhigung zu erkennen.

Der Mann mit der sonoren Stimme richtet das Wort zuerst an Stella: »Wie läuft das Training, meine Liebe?«

»Gut«, sagt Stella. »Die meisten *brothers* stellen sich sehr gut an. Sicher wird es am Ende zwei oder drei geben, die nicht als *saints* geeignet sind. Aber auch die brauchen wir – zur logistischen Unterstützung.«

Hyperion nickt. »Gut.« Dann fragt er: »Und wie macht sich unser John alias Felix Brosch, Simons Cousin?«

Die aschblonde Frau wirft einen kurzen Seitenblick auf Jenkins und sagt: »Er macht seinen Job gut. Sehr professionell. Man merkt, dass er ein guter, erfahrener Ausbilder ist. Die *brothers* lernen eine Menge von ihm.«

Hyperions Blick geht zu Simon Jenkins, der ausgesprochen zufrieden dreinblickt. Dann fragt er, wieder zu Stella gewandt: »Und sonst? Was hast du sonst so für ein Gefühl bei ihm? Wie verhält er sich abseits der Übungen?«

Stella legt die Stirn in Falten. »Hm. Nicht sehr auffällig. Kameradschaftlich. Hin und wieder verwickelt er die anderen in Gespräche. Er ist, na ja, ziemlich kommunikativ.«

»Du meinst, er fragt sie aus?«

Stella wiegelt ab. »Nein ... so würde ich das auch nicht sagen. Aber«, sagt sie dann, ein wenig zögernd, »wenn du mich schon so fragst ... Er hat sich gut unter Kontrolle, aber wenn er sich unbeobachtet fühlt, spürt man manchmal so eine gewisse Anspannung in ihm, eine Nervosität, als stünde er unter einem besonderen Druck.«

Simon mischt sich ein. »Er will einfach gut performen, er ist erst ein paar Tage hier, das ist alles noch neu für ihn. Kein Wunder, wenn er manchmal noch nervös ist. Wenn ich ihn sehe und wir privat sprechen, wirkt er völlig okay.«

Stella zieht die scharf gezupften, dunklen Brauen hoch. »Ja, ich weiß nicht, aber da ist ... irgendwas, was ich nicht einordnen kann. Nur so ein Gefühl.«

Simon lächelt sarkastisch. »Weibliche Intuition?«

Stella schaut wütend, aber bevor sie zu einer Erwiderung ansetzen kann, hebt Hyperion die Hand und sagt: »Es gibt einen ganz bestimmten Grund, warum ich das frage. Ich sprach heute mit Kormoran.«

Bei der Erwähnung dieses Namens weiten sich Stellas und Simons Augen ein wenig.

»Wir ihr wisst«, fährt Hyperion fort, »ist Kormoran der Mann, der Brosch auf einen möglichen Hintergrund als Polizeispitzel oder Geheimdienstagent abgeleuchtet hat. Mit dem Ergebnis, dass er aller Wahrscheinlichkeit nach sauber ist. Die Information stammte aus einer hochkarätigen Quelle im Lager unserer Gegner. Und nun ...« Er nimmt einen Schluck von seinem Whisky.

»... sagt Kormoran, dass in jüngster Zeit Zweifel aufgekommen sind, ob diese Quelle wirklich noch zuverlässig ist.«

»Zweifel?«, fragt Jenkins. »Was bedeutet das konkret?«

»Zweifel eben. Keine Gewissheit. Das hat Kormoran ausdrücklich gesagt. Er hielt es nur für richtig, uns darüber zu informieren.«

Jenkins blickt skeptisch. »Sir, so wie ich Felix von früher kenne und jetzt erneut kennengelernt habe, zweifle ich nicht an ihm. Ich halte ihn für absolut loyal. Er wird kein *saint* werden, aber er steht zu unserer Sache. Er wird sein Geld nehmen und schweigen. Und beim nächsten Meeting sicher wieder dabei sein. Stella sagt ja selbst, dass er seinen Job hervorragend macht.«

Während die Genannte mit unentschlossener Miene schweigt, ruht Hyperions Blick lange auf Felix' Cousin. Schließlich sagt er: »Das klingt alles gut, Simon. Dennoch sollten wir ein besonderes Auge auf ihn haben.« Dann leert er sein Glas und dreht es nachdenklich in den Fingern. »Und vielleicht auch mehr als das. Wir sollten ihn auf die Probe stellen.«

48

Als Simon Jenkins und Felix Brosch vierundzwanzig Stunden nach diesem Gespräch aus der eiskalten, unterirdischen Trainingshalle zurückkehren, in der Felix soeben mit einer ungeladenen Pistole auf den vermeintlichen Verräter Tito gefeuert hat, gibt es ebenfalls Whisky. Die beiden sitzen im Wohnraum von Jenkins' Blockhütte, deren Einrichtung so austauschbar wie die aller anderen ist.

»Shit, man! Du hättest dein Gesicht sehen sollen, als du abgedrückt hast!«, sagt Simon grinsend und stellt Felix ein Wasserglas hin, das zu einem Drittel mit Whisky gefüllt ist.

Felix lässt sein Glas unberührt. Stattdessen reibt er sich die immer noch unterkühlten Hände und fragt wütend: »Alter, was sollte dieser Scheiß? Vertraust du mir so wenig, dass du diese beschissene Komödie inszenieren musstest? Als Bewährungsprobe? Alles hat seine Grenzen! Ich bin echt angepisst!«

Sein Cousin hebt beschwichtigend die Hände. »Ich weiß, es war ein bisschen krass. Aber …«, sagt er in ernstem Ton, »… aber es gab in der Kommandoebene na ja, gewisse Unsicherheiten, was dich betrifft. Du bist eben neu bei uns, und man weiß so wenig über dich.«

Felix wird laut. »Wie bitte? Du weißt so wenig über mich? Wir kannten uns gut, und ich dachte, wir sind wieder das, was wir früher mal waren! Freunde!«

»Felix«, erwidert Simon in versöhnlichem Ton, »das sehe ich auch so. Und du hast bewiesen, dass du unser Mann bist. Du hättest das Richtige getan.«

Felix antwortet nicht, sondern brütet scheinbar düster vor sich hin. In Wirklichkeit triumphiert er innerlich.

Das denkst du, du Bastard! Du glaubst, du hättest mich überlistet. Dabei ist das Gegenteil der Fall.

Tatsächlich hat er keine Sekunde daran gedacht, Tito zu erschießen, auch nicht, als er die Pistole auf ihn richtete und abdrückte. Denn in dem Moment, in dem er unschlüssig mit der Waffe in der Hand vor Simon stand, hatte sein analytisches Gehirn eine entscheidende Schlussfolgerung gezogen.

Es lag am Gewicht der Pistole.

Felix hatte die Heckler & Koch P 8, die Dienstwaffe der Bundeswehr, in seiner Armeezeit hunderte Male in der Hand gehabt. Mit voll gefülltem Magazin mit fünfzehn Patronen wiegt sie knapp ein Kilogramm, mit leerem Magazin etwa hundertfünfzig Gramm weniger. Ein Unterschied, der gemessen am Gesamtgewicht kaum auffällt. Tatsächlich war Felix' Aufmerksamkeit erst darauf gelenkt worden, als Simon bemerkte, dass nichts dagegen spräche, gleich das ganze Magazin in Titos Körper zu leeren. Er wechselte die Waffe von einer Hand in die andere und ihm schien, dass die Waffe zu leicht war. Wie ein heller Blitz durchfuhr ihn die Erkenntnis, dass das Magazin leer sein musste. Dass das Ganze ein Hoax war, ein Bluff.

Halb abwesend hört Felix Simon zu, der über den »armen Tito« spottet, der jetzt mit einer Sonderration Whisky und zwei Wärmflaschen unter dem Arsch im Bett liege.

Nach ein paar weiteren, beschwichtigenden Sätzen von Simon, in denen er seinem Cousin sein ungebrochenes Vertrauen ausdrückt, hat Felix das Gefühl, dass er seine gespielte Empörung über die Scheinexekution herunterfahren kann. Er schweigt noch eine Weile mit unbewegtem Gesicht, bis er schließlich zu seinem Whiskyglas greift und es an die Lippen setzt. Er lässt die Flüssigkeit langsam die Kehle herunterrollen und setzt das Glas ab. Dann fixiert er Simon mit einem spöttischen Funkeln in den hellgrauen Augen und fragt: »Mag Tito überhaupt klassische Musik?«

Simon kichert amüsiert. »Er hasst sie! Aber es sollte ja echt wirken. Torture by sound, verstehst du?«

Felix senkt sarkastisch lächelnd seinen Blick und schüttelt den Kopf. »Was für eine bescheuerte Idee!«

Während sie reden, wandern seine Augen durch den Raum und zu der offenen Küchenzeile. Nirgendwo ist ein Computer oder ein Notebook zu entdecken.

Aber irgendwo hier muss es so etwas geben.

Während Felix Brosch und sein Cousin in Jenkins' Blockhütte sitzen und Whisky trinken, blättert Tim Wohlfahrt alias Nemo die letzte Seite des *Northlanders*-Comics um, mit dem er sich, nicht zum ersten Mal und in Ruhe das beeindruckende Artwork betrachtend, eine ganze Stunde lang beschäftigt hat. Als die Innenseite des rückwärtigen Buchdeckels sichtbar wird, stutzt er. Dort klebt, mit Tesafilm befestigt, ein Briefumschlag.

Tim erschrickt, als ihm klar wird, dass dieser Umschlag von Sally stammen muss, der er den Comicband geliehen hatte. Ein mulmiges Gefühl breitet sich in seinem Magen aus, als er so plötzlich und unverhofft wieder die Präsenz des Mädchens spürt, das ihn so verunsichert hat und mit dem er den Kontakt so schroff abgebrochen hat.

Tims gläubiges Über-Ich als der SLF- Kämpfer Nemo rät ihm sofort, den Umschlag ungeöffnet zu vernichten.

Vorsichtig löst er den Klebestreifen mit dem Kuvert aus dem Buch. Einen Moment lang wünscht er sich einen Röntgenblick, um wenigstens etwas von seinem Inhalt zu erspähen. Und je länger er darauf starrt, umso schwächer wird sein Vorsatz, den Brief ungeöffnet zu vernichten. Seine Neugier und Nervosität steigen mit jeder Minute, und schließlich gibt er auf. Mit langsamen, zögerlichen Bewegungen reißt er den Umschlag auf und nimmt einen zusammengefalteten Brief heraus.

Er entfaltet das Papier und beginnt zu lesen.

Als Felix um kurz nach Mitternacht in die Blockhütte zurückkehrt, liegt der Junge, den er nur als Nemo kennt, scheinbar in tiefem Schlaf in seinem Bett.

Obwohl er seit seinem Besuch bei Simon zwei Whisky intus hat, ist Felix innerlich noch komplett aufgewühlt von der dramatischen Situation in der Trainingshalle. Ihm ist nach einem Joint, um seine Nerven zu beruhigen, aber da das nur ein frommer Wunsch bleiben kann, zieht er sich bis auf Boxershorts und T-Shirt aus, löscht das Licht und legt sich ins Bett. Zum ersten Mal fragt er sich, ob die Sache nicht auch anders hätte ausgehen können.

Was wäre, wenn ich mich geirrt hätte? Wenn die Pistole doch geladen und alles kein Fake gewesen wäre? Was wäre, wenn mir meine Sinne einen Streich gespielt hätten?

Felix denkt noch eine Weile über den Ablauf der Geschehnisse nach, bis ihm irgendwann scheint, dass es letztlich eine mysteriöse und schwer zu fassende Kraft war, die ihm im entscheidenden Moment das Richtige geraten hat. Eine Kraft, die oft beschworen wird, ohne dass jemand genau sagen könnte, was sie eigentlich ausmacht: Instinkt.

49
Zwei Tage später.

Es ist kurz nach dreiundzwanzig Uhr in einer vom nahenden Vollmond erhellten, klaren Nacht, als Felix mit einer Dose 7 Up in der Hand im Schatten des Vordachs auf der kleinen Veranda vor seiner Blockhütte steht. Drinnen spielt Nemo wie so oft seit Stunden und mit dicken Kopfhörern von der Außenwelt abgeschottet, Computergames. Dass der Junge extrem introvertiert ist, ist für Felix nichts Neues, aber ihm scheint, dass er auch beim täglichen Training neuerdings immer öfter einen Ausdruck der Abwesenheit zeigt. Im Gegensatz zu den ersten Tagen im Camp wirkt er manchmal unkonzentriert, so wie bei den Schießübungen mit Sturmgewehren, die zurzeit auf dem Programm stehen.

Felix inhaliert die kalte, unwirklich saubere Luft und lässt seinen Blick über das weitläufige Gelände schweifen. Im Haupthaus, dort wo Hyperion wohnt, brennt in der unteren Etage Licht, und aus dem Schornstein zieht Rauch in den von Sternen übersäten Nachthimmel. Bei den anderen Hütten das übliche Bild. In den meisten ist es dunkel, nur hier und da sieht man Bildschirmgeflacker.

Die Teilnehmer des Meetings sind inzwischen sechs Tage hier im Camp in Nordschweden, und nach wie vor versucht Felix, jede Gelegenheit zu nutzen, um so unauffällig wie möglich irgendetwas über die Männer zu erfahren, die er zum Töten ausbildet. Er plaudert mit ihnen über Filme, Musik, irgendwelche Banalitäten, und inzwischen ist er sicher, dass er es unter anderem mit vier Osteuropäern und vier Amerikanern zu tun hat. Zwei von diesen haben eine typischen Südstaaten-Drawl, den Felix identifizieren kann. Einer der Osteuropäer erwähnte einmal den Namen der Stadt Vilnius, weshalb Felix vermutet, dass er möglicherweise aus Litauen stammt.

Aber all diese Hinweise sind spärlich, die Männer halten sich strikt an die Geheimhaltungsregeln, und das tägliche Kontingent von zwei Dosen Bier pro Mann reicht bei Weitem nicht aus, um ihre Zungen zu lockern.

Felix will gerade zurück in die Hütte gehen, als er, ein ganzes Stück entfernt, auf dem Gelände eine Bewegung wahrnimmt. Eine schlanke Gestalt läuft mit schnellen Schritten über den Hof, nimmt die Abzweigung zum Haupthaus und geht darauf zu. Sie ist weit entfernt, aber weil die Statur und die Art des Ganges Felix wohlvertraut sind, erkennt er die Person sofort.

Simon! Sieh an. Gibt es noch ein Meeting der Chefetage?

Felix beobachtet, wie sein Cousin um die Ecke des Hauses verschwindet, um auf die abgewandte Seite zu gelangen, wo sich der Eingang befinden muss.

Felix blickt sich um, und weil niemand zu sehen ist, gibt er einer Eingebung nach und beschließt, Simon zu folgen. Um nicht bemerkt zu werden, schlägt er einen großen Bogen, indem er zunächst in die entgegengesetzte Richtung geht, um das *social house* herumläuft und sich dann im Schutz der Bäume, die das bebaute Areal säumen, dem großen Haus nähert, in dessen Erdgeschoss nach wie vor Licht brennt..

Vorsichtig, die Sohlen seiner Sneaker behutsam aufsetzend, nähert sich Felix der Fassade. Als er näher kommt, nimmt er leise Musik wahr. Zu seinem Entsetzen ist es die Fünfte Sinfonie von Beethoven, die er so liebt.

Felix schleicht sich bis zur Hauswand und duckt sich unter das schwach erleuchtete Fenster, dessen Vorhänge zugezogen sind. Dass er durch das geschlossene Fenster und die recht laute Musik etwas erlauschen kann, erscheint ihm unwahrscheinlich, aber er bemerkt, dass der Vorhang unten ein wenig auseinanderklafft. An dieser Stelle scheint ein Streifen Licht heraus.

Es ist ein bisschen riskant, aber Felix kann der Versuchung nicht widerstehen, zumindest einen kurzen Blick ins Innere zu werfen. Mit pochendem Herzen und ein Stück von der Scheibe entfernt, um im Dunkel zu bleiben, schiebt er seinen Kopf in die Höhe und späht durch den kleinen Spalt im Vorhang in das Zimmer.

Sein Cousin Simon Jenkins und der Mann, der sich Hyperion nennt, sitzen sich gegenüber an einem Tisch in der Mitte des Raums, ihren Blick fest auf das Schachbrett gerichtet, das zwischen ihnen steht. Neben dem Spielbrett und ein paar wenigen, bereits aus der Partie genommenen Figuren sieht Felix zwei bauchige Gläser mit einer goldgelben Flüssigkeit. Im Hintergrund lodert ein offener Kamin.

Hyperion hebt seine kleine, feingliedrige Hand und bewegt einen seiner weißen Bauern ein Feld weiter. Felix sieht, dass Simon das Manöver mit einem kaum merklichen Zucken seines Mundwinkels begleitet, bevor er in einer routiniert wirkenden, lässigen Handbewegung Hyperions Bauern gegen einen seiner eigenen tauscht.

Felix löst sich schnell von der Hauswand und verschmilzt mit der Dunkelheit. Als er sich auf der verstohlenen Route zurück zu seiner Blockhütte bewegt, kommt ihm in den Sinn, dass der Terrorchef und sein Cousin nicht wie Leute wirkten, die zufällig ein Schachspiel gefunden haben und aus einer Laune heraus ein bisschen damit herumdilettieren.

Die beiden wirkten, als würden sie komplett in dem Spiel aufgehen. So, als würden sie das öfters machen. Vielleicht ein häufiges oder sogar regelmäßiges Ritual am Feierabend? Nach einem harten Tag als Terrorchefs?

Und während er darüber nachdenkt, wird Felix klar, dass sich in dem, was er beobachtet hat, vielleicht eine Chance verbirgt.

Was wäre, wenn es so ist? Das sie das öfters, vielleicht sogar jeden Abend machen? Dann stünde Simons Hütte immer eine Zeit lang leer. Hm, wie lange dauert eine Schachpartie? Unmöglich zu sagen! Von einer halben Stunde bis acht Stunden, oder? Nun, so lange werden sie sicher nicht spielen. Aber wie lange?

Ganz abgesehen davon, dass es schwer vorherzusehen ist, wie oft und wie lange sein Cousin von seiner Hütte abwesend ist, bleibt da natürlich immer noch jenes ganz andere, unüberwindlich scheinende Hindernis: Wie er die Spracherkennung zur Öffnung der Tür austricksen soll, ist Felix nach wie vor schleierhaft.

Als er bei seiner Blockhütte ankommt, beschließt er, auf der Veranda zu warten, um zu beobachten, wann Simon von seinem gemütlichen Spieleabend zurückkehrt.

Es vergeht über eine Stunde, in der Felix, von einem Bein aufs andere tretend, in der Kälte ausharrt und zwischendurch eine Zigarette raucht, wobei er die Glut in der hohlen Hand verbirgt. Schließlich geschieht das, worauf er gewartet hat. Im allmählich vergehenden Mondlicht sieht er in der Ferne Simons drahtige Gestalt über den Hof gehen und die Richtung zu seinem Blockhaus einschlagen. Felix sieht auf seine Uhr. Es ist kurz nach halb eins.

Felix wendet sich um, um ins Haus zu gehen, froh, dass er nun der Kälte entkommen kann. Als er den Wohnraum betritt, stellt er fest, dass Nemo immer noch mit seinem Controller und Kopfhörern vor dem Screen sitzt. Im Gegensatz zu sonst drückt er jedoch jetzt die Pausentaste, nimmt den Kopfhörer ab und richtet das Wort an Felix.

»John! Du warst ewig draußen! Was hast du gemacht?«

»Nichts Besonderes. Bin ein bisschen rumgelaufen. Ist bald Vollmond, da kann ich immer schlecht schlafen.«

Nemo mustert ihn mit einem merkwürdigen Ausdruck. »Du musst dir den Arsch abgefroren haben.«

Felix lächelt unverbindlich. »Ich bin da nicht so empfindlich.«

Um von sich selbst abzulenken, fragt Felix: »Und du? Warum pennst du noch nicht?«

Nemo zieht die Schultern hoch. »Ich konnte auch nicht schlafen.«

»Warum? Liegt irgendwas Besonderes an?«

Nemo fasst sich an die Stirn, wo gerade ein postpubertärer Pickel zu voller Blüte reift, und reibt abwesend daran herum. Dann sagt er: »Nein.«

50

Felix beobachtet auch am darauffolgenden Abend, wie Simon Jenkins sich gegen elf Uhr auf den Weg zum Haupthaus macht und etwa neunzig Minuten später zurückkehrt. Er hofft nun, dass sich das auch an den folgenden Tagen wiederholen wird, und verbringt den größten Teil der Nacht damit, in seinem Bett ins Dunkle zu starren, auf Nemos unruhigen Schlaf zu lauschen und an einem Plan zu spinnen, der sowohl kompliziert als auch mit vielen Unbekannten behaftet ist. Obwohl ihm die Erfolgsaussichten nicht allzu hoch erscheinen, beschließt er, es zu versuchen.

Als er am darauffolgenden Morgen mit Stella in der Waffenkammer der unterirdischen Halle steht, um mit ihr die Gewehre und Pistolen zu bestimmen, die heute zum Einsatz kommen sollen, sagt er zu ihr: »Stella, ich hatte da eine Idee.«

Die große Frau mit den blaugrauen Augen wendet sich ihm zu und sieht ihn aufmerksam an.

»Es geht um den *brother* namens Steve«, sagt Felix. »Dir ist wahrscheinlich aufgefallen, dass er sich als sehr begabter Schütze entpuppt hat. Er lernt schnell und macht es wirklich gut.«

Stella nickt. »Ja, das habe ich bemerkt. Sehr erfreulich.«

»Okay«, sagt Felix, »ich habe keine Ahnung, wie er konkret eingesetzt werden soll, aber als ich ihn gestern beim Schießen über dreißig Meter sah, dachte ich, dass aus ihm ein wirklich guter Distanzschütze werden könnte. Ein echter Scharfschütze, ein Sniper. Möglicherweise könnte es ja Gelegenheiten geben, bei denen gezielte Schüsse über größere Entfernung, vielleicht zweihundert oder sogar dreihundert Meter, ein gutes Mittel der Wahl wären. Zum Beispiel in einer konzertierten Operation. Ein verborgener Scharfschütze könnte anderen *brothers* Deckung geben, indem er im Vorfeld Sicherheitskräfte ausschaltet. Oder aber er könnte ganz gezielt eine Einzelperson ins Visier nehmen – sagen wir ... einen israelischen Botschafter.«

Stella sieht ihn interessiert an. »Well, John, du machst dir wirklich Gedanken, was? Das klingt alles nicht schlecht, aber worauf willst du hinaus?«

»Ich würde gern mit Steve draußen im Wald über größere Entfernung Schießen üben. Ich nehme mal an, dass ein paar Runden Einzelschüsse irgendwo auf dem Anwesen kein Problem darstellen.«

Stella runzelt die Stirn und denkt nach. Dann sagt sie: »Okay, ich wüsste nicht, was dagegenspräche. Aber ich muss das besprechen.«

Felix nickt voller Verständnis. »Klar.« Dann sagt er: »Und falls das läuft, wäre da noch etwas.«

Stella zieht die scharf konturierten Augenbrauen hoch.

»Es gibt da ein geniales Tool für Scharfschützen, eine App für das iPhone, die nach Eingabe einiger Daten genau die Flugbahn der Kugel berechnet und dem Schützen präzise Anweisungen zum Einstellen seines Visiers liefert. Diese App erleichtert das Schießen auf große Distanz ungemein. Sie ist sozusagen narrensicher. Ich würde gern mit Steve trainieren, wie man sie benutzt.«

»John, du weißt, dass Handys hier im Camp nicht erlaubt sind.«

Felix nickt. »Klar. Aber dabei geht es doch sicher vor allem darum, dass die *brothers* während sie hier sind, keine Verbindung nach draußen haben und auch nicht geortet werden können. Und natürlich auch keine Fotos machen.«

Stella lauscht ihm aufmerksam.

»Alles, was ich für das Training mit Steve brauche, ist ein iPhone, auf dem die App heruntergeladen wurde. Es braucht keine SIM-Karte oder Internetverbindung. Wenn ich das drei Tage hätte, würde das reichen.«

Stella spitzt ihren schmalen Mund und überlegt eine Weile. Dann sagt sie: »Okay, ich werde das besprechen. Wie heißt diese App?«

»BulletFlight M. Kostet bloß um die dreißig Dollar.«

51

»Okay«, sagt die aschblonde Security-Offizierin der SLF am nächsten Morgen, als sie mit Felix in der Waffenkammer steht. »Der Chef hat zugestimmt, dass du mit Steve das Scharfschützentraining machst. Er hält das für eine gute Idee. Ein Stück nördlich von hier befindet sich auf dem Gelände eine größere Lichtung. Dort könnte man das machen.«

Felix nickt, scheinbar zufrieden. Die entscheidende Frage kommt allerdings noch. Er fragt: »Und was ist mit der Scharfschützen-App? Mit BulletFlight?«

Stella zeigt den Anflug eines Lächelns und greift in die Tasche ihrer Uniformjacke. Sie nimmt ein iPhone heraus und überreicht es Felix. »Hier«, sagt sie. »Die App ist dort drauf. Du entsperrst das Handy mit sechsmal der Sechs.«

Felix gibt die Zahlen ein und aktiviert das Smartphone, dessen Kameraauge mit einer rot glänzenden Lackschicht blind gemacht ist. Wie erwartet gibt es keine Mobilfunk- oder Internet-Verbindung, aber das Display zeigt die üblichen Icons für ein paar Basisfunktionen: Uhrzeit, Kalender, Notizen, Rechner – und das Logo der BulletFlight App von der Firma *Runaway Technologies*. Es besteht aus einem stilisierten Ritterhelm mit Axt und Schwert.

»Sehr gut«, sagt Felix.

Stella lächelt. »Was hältst du davon, wenn du mit Steve heute Nachmittag zum Schießen den Wald gehst?«

»Willst du nicht dabei sein?«

»Nein, ich habe heute noch etwas anderes zu tun. Du wirst das schon machen. Bin gespannt, wie es läuft.«

Felix nimmt erfreut zur Kenntnis, dass die sonst so kontrollsüchtige Frau ihm die Möglichkeit gibt, unbeobachtet mit Steve allein zu sein – was, wie er glaubt, auch damit zu tun hat, dass er die Bewährungsprobe bei Titos Scheinexekution so überzeugend bestanden hat. Tatsächlich wirkt sie inzwischen zugänglicher.

Stella sagt: »Was das Handy betrifft: Für die Zeit des Snipertrainings mit Steve kannst du es behalten. Du sagst, du willst das an drei Tagen machen? Wie lange jeweils?«

»So zwei Stunden.«

»Okay. Dann gibst du mir anschließend das Teil zurück. Alles klar?«

»Alles klar!«, sagt Felix so gleichmütig wie möglich. Dabei kribbelt es in seinen Fingerspitzen, denn er sieht nun plötzlich die Chancen steigen, dass sein Plan aufgehen könnte.

Es ist kurz nach fünfzehn Uhr an diesem Tag, als Felix sich mit dem Jungen, der sich Steve nennt, auf den Weg in den Wald macht.

Bei sich haben sie ein M-24-Scharfschützengewehr aus US-Produktion, eine Waffe, die, wie Felix weiß, sowohl beim US-Militär als auch bei den israelischen Streitkräften verwendet wird. Als er das Gewehr von Stella entgegengenommen hat, musste er deshalb kurz an Yael Rubin denken, von der er weiß, dass sie bei der Israel Defense Force gedient hat.

Felix hat, seit er hier im Camp ist, nur selten an die Mossad-Agentin gedacht oder an Magdalena und nur ab und zu an das Riesensteinhaus, an Melly und Milan, an Franziska oder an seinen Freund Sonny. Die von der Außenwelt abgeschnittene, surreale Atmosphäre in diesem Lager, die partielle Schlaflosigkeit, der permanente Druck, keinen Fehler zu machen – all das hat einen rauschhaften Zustand erzeugt, ihn zu einem Instinktwesen mit Tunnelblick gemacht, jede Sekunde auf der Hut und psychisch und physisch aufs Höchste angespannt. Dabei nimmt er den stetigen, krassen Widerspruch zwischen seinem sichtbaren Verhalten und seinem inneren Monolog schon gar nicht mehr wahr. Es ist, als würde er mit zwei Gehirnhälften denken, die säuberlich getrennt voneinander funktionieren.

Es hat den ganzen Tag über geregnet, und während Felix und Steve sich durch den Wald bewegen, herrscht ein diffuses, düsteres Nachmittagslicht – absolut nicht die besten Bedingungen zum Schießen. Aber darauf kommt es Felix auch gar nicht an.

Als sich der Wald etwas lichtet, laufen sie nebeneinander, und Felix wirft ab und zu einen verstohlenen Blick auf seinen Begleiter. Bei den wenigen Gelegenheiten, bei denen er ein paar private Worte mit ihm wechseln konnte, hat der dunkelhaarige, schlaksige Kerl mit dem starren Blick sich keine große Mühe gegeben, zu verbergen, dass er US-Amerikaner ist. Er sprach vom Superbowl und einigen amerikanischen Politikern, deren Namen Felix kaum geläufig waren. Mehr gab er allerdings nicht preis.

Nach gut fünfzehn Minuten erreichen sie die große Lichtung, von der Stella gesprochen hat. Hier erstreckt sich ein Stück offener Graslandschaft, durchzogen von einem kleinen Bachlauf. Kein Lebewesen ist zu sehen, und es herrscht eine fast unwirkliche Stille. An diesem trüben Tag scheinen selbst die Vögel keine Lust auf Konversation zu haben.

Felix sieht sich um und schätzt, dass das freie Schussfeld etwa hundert Meter beträgt. Auf sein Zeichen laufen sie bis zum Ende der Lichtung, wo Felix eine große, auf Karton gedruckte Zielscheibe aus seinem Rucksack nimmt und sie mit dem mitgebrachten Hammer etwa in Brusthöhe an den Stamm einer größeren Kiefer nagelt. Dann bewegen sie sich zum entgegengesetzten Ende der offenen Fläche. Dort nimmt Felix das iPhone aus der Tasche seiner Uniformjacke, öffnet die Scharfschützen-App und beginnt mit seinen Erklärungen. Obwohl er bei der Bundeswehr nicht gezielt als Scharfschütze ausgebildet worden ist, hat Felix doch mehrmals an einem Distanzschusstraining teilgenommen und dabei auch dieses Tool kennengelernt.

Felix zeigt Steve, wie er verschiedene Daten wie Entfernung, Waffentyp und Munitionstyp richtig eingibt und wie die App daraufhin anzeigt, welche Zahleneinstellungen er am Zielfernrohr des Gewehrs vornehmen muss, damit das Zielkreuz im Visier richtig justiert ist und die ballistische Flugbahn der Kugel den gewünschten Verlauf nimmt. Dann reicht er Steve das Handy und lässt ihn alles mit verschiedenen Parametern wiederholen.

Während der junge Amerikaner mit dem Gerät hantiert, betrachtet Felix nachdenklich dessen Klavierspielerhände. Wie er beim Training in der Halle beobachtet hat, legen sie auch beim Schießen höchste Feinfühligkeit an den Tag. Im Gegensatz zu einigen anderen ist Steve sehr ruhig dabei, er streichelt den Abzug geradezu.

Zwischen zwei App-Einstellungen fragt Felix im Plauderton: »Du sagtest, du spielst Klavier. Was für Musik? Klassik?«

Der Junge verzieht das Gesicht. »Eher nicht. Am liebsten Musical-Sachen. Andrew Lloyd Webber zum Beispiel.«

Felix ist fast erleichtert, das zu hören. Wenigstens einer von den Nazis hier, der kein Beethoven-Fan ist.

52

Gut zwei Stunden später, gegen siebzehn Uhr fünfzehn, ist Felix' Schießtraining mit Steve beendet, und die beiden Männer machen sich auf den Rückweg zum Camp. Der junge Amerikaner hat sich trotz der schlechten Sichtverhältnisse ganz gut angestellt, und als ihn Felix aus verschiedenen Entfernungen auf die Zielscheibe feuern ließ, recht passable Ergebnisse erzielt.

»Das war wirklich nicht schlecht«, sagt Felix. »Aus dir wird noch ein richtiger Präzisionsschütze.«

Steve lächelt stolz. Wie Felix schon früher bemerkt hat, hat er auffallend schlechte Zähne.

Den Rest des Weges legen sie schweigend zurück, was Felix sehr recht ist, weil seine Gedanken schon längst mit etwas anderem beschäftigt sind, das weder mit dem Schießtraining noch mit Steve zu tun hat, sondern mit dem iPhone in seiner Jackentasche.

Als sie das Camp erreichen, verabschieden sie sich, und Felix geht mit dem Gewehr und dem Zubehör zum *social house*, wo Stella wartet, um wie verabredet die Waffe und die überzählige Munition entgegenzunehmen.

Die große, meist reservierte Frau scheint gut gelaunt zu sein.

»Wie lief es?«, fragt sie in freundlichem Ton.

»Gut, für den Anfang.«

»Schön. Dann bleib da mal am Ball.«

»Werde ich«, sagt Felix.

Stella lächelt wohlwollend und entfaltet dabei einen gewissen, unterkühlten Charme. »Du machst wirklich einen guten Job, John! Wir sind sehr froh, dass wir dich haben. Auch, weil du wirklich mitdenkst. Ich mag es, wenn jemand eigene Initiative zeigt. Das mit dem Snipertraining mit Steve ist wirklich eine gute Sache.«

Felix lächelt zufrieden. »Das freut mich!«

Sie verabschieden sich bis zum darauffolgenden Tag, und Felix geht mit entspannten Schritten über den Hof zu der kleinen Versorgungshütte, wo man mit der Chipkarte seine tägliche Bierration aus dem Kühlautomaten holen kann. Vor der Tür trifft er Derek, einen der Männer, die er ausbildet. Er hält eine Dose Heineken in der Hand und scheint Felix ein klein wenig blau zu sein.

Er wirkt, als hätte er mehr als zwei Bier gehabt. Ob er jemanden überredet hat, ihm sein Kontingent zu überlassen? Soweit ich das mitgekriegt habe, trinken ein paar von den Typen hier gar nicht.

Derek ist ein hünenhafter, leicht übergewichtiger Kerl mit langem, zum Pferdeschwanz gebundenem, blondem Haar, der älter ist als die meisten anderen Terroristen. Felix schätzt ihn auf Ende dreißig oder Anfang vierzig. Er hat festgestellt, dass er zwar Erfahrung im Umgang mit Waffen hat, aber eine eher laxe Disziplin. Er vermutet, dass Derek mal bei der Armee war und möglicherweise unehrenhaft entlassen wurde. Aus dem Kragen seiner Kampfjacke wächst, halb verdeckt, ein Tattoo. Der recht dürftig gestochene Kopf eines Drachen.

Sein Englisch ist ganz gut, aber da ist ein Akzent. Nicht deutsch, aber ... vielleicht ist er Holländer. Oder Belgier.

»Hi«, sagt Derek. »Wie geht's?«

»Alles cool«, gibt Felix zurück. Normalerweise würde er die Gelegenheit nutzen, den Mann in ein Gespräch zu verwickeln, aber er hat Dringenderes zu tun.

Er geht an Derek vorbei in die Hütte hinein und hält seine Chipkarte mit dem QR-Code vor den Scanner des Automaten. Zwei Bierdosen poltern in das Ausgabefach. Felix holt die Dosen heraus und verlässt damit die Hütte. »Bis morgen!«, sagt er zu Derek. »Und schönen Abend noch!«

Der Hüne grinst und hebt seine Bierdose. »Skol!«

Felix läuft langsam an der Reihe der Blockhütten entlang. Dabei begegnen ihm Tito und Leo, Hyperions Gorillas, mit den beiden Rottweilern. Jetzt, am frühen Abend, ist die übliche Zeit, zu der sie immer eine Wachrunde über das ganze Gelände drehen. Als er vorübergeht, grüßt Felix die beiden freundlich, was nur von Leo mit einem knappen Nicken erwidert wird. Felix geht weiter bis zu der Stelle, wo sich der Weg T-förmig gabelt. Links führt er zu dem gut fünfzig Meter entfernten Haupthaus, in dem Hyperion, Stella und die beiden Bodyguards wohnen, und rechts zu der etwas abseits liegenden Blockhütte von Simon. In beiden Häusern brennt Licht. Felix nimmt die Abzweigung nach rechts, und wenig später steht er vor Simons Tür mit dem Panel für die Stimmerkennung neben dem Türrahmen. Er betrachtet die Vorrichtung einen Moment lang und klopft dann mehrmals an die Tür.

Es vergeht eine Weile, aber dann öffnet sich die Tür, und Simon steht mit erstauntem Gesicht vor ihm. Er hat seinen Kampfanzug gegen ein T-Shirt und eine weite, bequeme Jeans ausgetauscht. »Hey, Mann!«, ruft er aus.

Felix grinst. »Ich dachte, wir könnten zusammen ein Feierabendbier trinken. Nemo ist wirklich kein allzu guter Gesellschafter.«

Simon grinst zurück. »Klar. Komm rein!«

Als beide in der Sitzgruppe im Wohnraum Platz genommen haben, öffnet Felix vorsichtig die Verschlüsse der beiden Bierdosen und reicht Simon eine. »Cheers!«, sagt er, und beide trinken einen Schluck.

Simon betrachtet Felix wohlgefällig. »Stella hat mir erzählt, dass du aus Steve einen richtigen Scharfschützen machen willst.«

»Er hat wirklich Talent.«

Sie reden eine Weile über das Training und das Camp, bevor Felix auf private Dinge kommt: »Wie läuft es bei dir zu Hause? Was macht Mona? Wie geht es den Kindern?«

»Gut!«, erwidert Simon.

»Schön«, sagt Felix.

Simon erzählt irgendeine Anekdote von seinem Sohn Cedrick, wobei Felix nur mit einem halben Ohr zuhört. Irgendwann sagt er unvermittelt: »Sorry, das ich dich unterbreche, aber ich habe echt Druck auf der Blase. Kann ich mal deine Toilette benutzen?«

»Klar«, sagt Jenkins gut gelaunt und nimmt einen Schluck Bier.

Ein paar Augenblicke später betritt Felix das kleine Badezimmer und schließt die Tür hinter sich. Dann klappt er den Klodeckel hoch und setzt sich mit geschlossener Hose auf die Brille.

Okay. Ganz ruhig.

Er nimmt das iPhone aus seiner Jackentasche und legt es vorsichtig auf dem breiten Rand des Wachbeckens ab, das sich direkt neben der Toilette befindet. Dann holt er eine Rolle Gaffer Tape aus der anderen Tasche. Das supersolide, faserige Klebeband wird in der Trainingshalle für alles Mögliche benutzt, und Felix hat eine fast leere Rolle davon heimlich an sich genommen.

Nun trennt er mit den Fingern das Ende des Klebebands in der Mitte auf und zieht einen etwa zweifingerbreiten und knapp fünfzig Zentimeter langen Streifen von der Rolle. Er trennt den Streifen ab und klebt ihn mit einem Ende an den Seitenrand des Waschbeckens, wo er nun lose herunterhängt. Dann nimmt Felix das Handy vom Beckenrand und entsperrt es mit der von Stella genannten, einfachen Zahl. Das Display zeigt die vielen Basis-Apps, die er bereits am Morgen inspiziert hat. Unter den etwa zehn Icons befindet sich ein recht unscheinbares Symbol mit einer gezackten Oszillationkurve. Darunter steht in winziger, weißer Schrift Voice Memos. Wie Felix bereits bei einem Versuch auf der Toilette der Trainingshalle festgestellt hat, funktioniert die Sprachaufnahme einwandfrei.

Felix öffnet die Sprach-App und tippt auf den roten Aufnahmebutton. Die Worte *New Recording* und ein laufender Timecode zeigen an, dass die Aufzeichnung begonnen hat. Er winkelt den linken Arm ab und dreht die Innenseite des Unterarms so, dass sie waagerecht nach oben zeigt. Mit der Rechten fasst er das Handy mit spitzen Fingern und legt es so auf seinen Unterarm, dass die Kante mit der unteren Mikrophonöffnung gerade eben an die Palme seiner Hand anstößt. Dann zieht er den Klebebandstreifen vom Rand des Waschbeckens ab, befestigt damit das Handy an seinem Unterarm und umwickelt beides noch ein paar Mal mit dem Tape. Die Konstruktion sitzt bombenfest, und die Soundaufzeichnung läuft ungehindert. Schließlich schiebt er den Ärmel seiner Uniformjacke über sein Handgelenk. Das Smartphone ist nun nicht mehr sichtbar.

Felix erhebt sich und betätigt die Klospülung. Er atmet einmal tief durch und geht zurück in den Wohnraum, wo Simon entspannt in seinem Sessel sitzt.

Sie unterhalten sich weiter, und nicht zum ersten Mal kommen sie auf die gemeinsamen Sommertage in Brighton, was in Simon immer eine sentimentale Saite anzurühren scheint. Felix hat manchmal den Eindruck, dass er diesen unbeschwerten Tagen in einer intakt scheinenden Familie immer noch ein wenig nachtrauert.

Ein wenig verstört nimmt Felix wahr, wie sich sein Cousin für Momente in den alten Simon zurückverwandelt, seinen Kumpel, den er schätzte und mochte, den Simon, der nicht eine Spur von Fanatismus oder Besessenheit ausstrahlte, sondern lediglich eine selbstbewusste, manchmal etwas überhebliche Lässigkeit.

Als beide ihre Bierdosen geleert haben, geht Simon an seinen Kühlschrank und holt zwei neue Dosen heraus. Offenbar verfügt er im Gegensatz zum Fußvolk über einen unlimitierten eigenen Vorrat. Schließlich, nach fast einer Stunde, erhebt sich Felix, um sich zu verabschieden. Simon steht ebenfalls auf und begleitet ihn zur Tür. Als Felix den Ausgang erreicht hat, dreht er sich noch einmal um und sieht seinem Cousin fest in die attraktiven, tiefblauen Augen. Er legt ihm in einer freundschaftlichen Geste beide Hände auf die Schultern und sagt: »Schön, mal wieder in Ruhe zu quatschen.«

Simon grinst und erwidert: »Ja! Und wenn wir zurück in Deutschland sind, machen wir mal wieder richtig zusammen einen drauf, was? Aber nicht mit der Heineken-Plörre! Mit Kilkenny's!«

Felix drückt noch einmal Simons Schultern und sagt: »Das machen wir! Schönen Abend noch!«

53

Es ist kurz vor zehn und längst dunkel, als Felix in seine Blockhütte zurückkehrt. Er wirft einen Blick in das Schlafzimmer und stellt fest, dass Nemo in seinem Bett liegt und offenbar schläft. Felix lauscht eine Weile auf seine Atemzüge, bevor er die Tür sachte zuzieht und ins Badezimmer geht, wo er zuerst seine Blase leert und dann das iPhone aus seiner Tasche nimmt. Er aktiviert den Lautsprecher, regelt die Lautstärke etwas herunter und startet die Sprachaufnahme, die er soeben mit dem verborgenen Smartphone im Ärmel in Jenkins' Wohnzimmer gemacht hat. Auf den ersten Minuten hört man deutlich ihn selbst und Jenkins, man versteht auch fast jedes Wort, aber der Klang der Stimmen und besonders der von Jenkins ist ein wenig leise und dumpf, was an der Entfernung zum Mikrophon liegt, als sie sich beide, mit dem Couchtisch zwischen sich, gegenübersaßen. Felix bewegt mit dem Daumen die Zeitleiste des Aufnahmetakes nach rechts und hat bald die Stelle gefunden, wo sie sich beide verabschieden. In dem Moment, als Felix seinem Cousin beide Hände auf die Schultern gelegt hat, war das Mikrophon Simons Gesicht sehr nahe. Seine Stimme klingt an dieser Stelle laut und natürlich, gerade so, als würde er vor ihm stehen. Felix fährt den Regler, der den Abspielstart festlegt, ein paar Mal hin und her, bis er den exakten Beginn der Sequenz gefunden hat. Dann drückt er auf Pause und kontrolliert noch einmal den Ladezustand des Akkus. Weil es keine WLAN- und Mobilfunkverbindung hat, hat das Handy kaum Energie verbraucht. Das Batteriesymbol in der rechten oberen Ecke ist immer noch fast voll.

Felix nickt zu sich selbst und verstaut das iPhone wieder in seiner Tasche, bevor er auf seine Armbanduhr sieht. Er hat fast zehn Minuten auf der Toilette verbracht.

In seinem Magen spürt er plötzlich ein flaues Gefühl, weil er seit dem Frühstück nichts mehr zu sich genommen hat, aber er ist viel zu nervös, um etwas zu essen. Stattdessen streckt er sich auf der Couch im Wohnraum aus. Alles, was er jetzt tun kann, ist warten.

Als er sich gegen halb elf erhebt, wirft er noch einmal einen Blick ins Schlafzimmer. Einen Moment lang steht er da und betrachtet Nemos still daliegende Silhouette, die sich undeutlich im Dunkeln abzeichnet. Dann zieht er seine dicke Kampfjacke mit dem Kunstfellbesatz an, schnürt seine Schuhe zu und verlässt leise die Hütte.

Um nicht auf dem Hof gesehen zu werden, schlägt er wieder einen großen Bogen um das Camp, diesmal allerdings zur anderen Seite. Er läuft in Richtung des *social house* und nimmt dann eine Abzweigung in den Wald hinein.

Während es tagsüber stets bedeckt war, ist der Himmel nun klarer, und der sinkende Mond schickt immer noch ein wenig Licht durch die Bäume. Als Felix sich auf der Höhe von Simons Blockhaus befindet, wendet er sich wieder in Richtung des Camps. Vorsichtig nähert er sich zwischen den Birkenstämmen der Rückseite der Hütte, wo hinter den Vorhängen gedämpftes Licht zu sehen ist.

Felix weiß, dass es das Schlafzimmer sein muss, in dem er auch Simons Computer vermutet. Er sieht auf seine Uhr: 22:46.

Bitte, bitte tu mir den Gefallen und spiel auch heute eine Partie mit deinem Herrn und Meister!

Felix' Hoffnung ist vergebens. Zwar beobachtet er, dass in der Hütte um kurz nach elf das Licht gelöscht wird, aber Simon verlässt das Haus nicht.

Als Felix eine Viertelstunde später in seine Hütte zurückkehrt, erwartet ihn eine Überraschung. Er sieht Nemo voll angezogen und hellwach auf dem Sofa im Wohnzimmer sitzen, beinahe so, als habe er auf ihn gewartet.

»Oh«, sagt Felix. »Was ist los? Kannst du wieder nicht schlafen?«

Der Junge bleibt stumm und starrt ihn nur mit seinen schmalen, braunen Augen an. Felix wird ein wenig unbehaglich.

Schließlich öffnet Nemo seinen Mund und fragt völlig unvermittelt: »John, bist du ein Bulle oder so was?«

Felix ist so fassungslos, dass er sekundenlang kein Wort herausbringt. Dann fängt er sich und fragt in empörtem Ton. »Bist du irre? Wie kommst du denn darauf?«

Nemo starrt ihn unverwandt an und sagt: »Ich habe dich in den letzten Nächten beobachtet. Ich bin dir gefolgt. Ich habe gesehen, wie du zu Hyperions Haus geschlichen bist und durch das Fenster gesehen hast. Und heute Nacht hast du Peters Hütte beobachtet. Und vorher hast du hier auf der Toilette etwas sehr Seltsames gemacht. Du hast gedacht, ich schlafe, aber ich habe an der Tür gelauscht. Und habe Peters Stimme gehört. Hast du sie aufgenommen? Ich weiß, dass hier im Camp viele Türen nur über eine Stimmerkennung geöffnet werden können. Was hast du vor?«

Felix ist vollkommen perplex. Er versucht verzweifelt, irgendeine plausible Antwort auf Nemos Fragen zu finden, aber er hat einen kompletten Blackout.

Verdammt, was soll ich jetzt bloß sagen? Der Junge ist nicht dumm und hat sich das prima zusammengereimt. Wie kann es sein, dass ich nicht bemerkt habe, dass er mir hinterherspioniert hat!

Nemo bemerkt Felix' Verunsicherung, was ihn in seinem Verdacht bestärkt.

Er entschließt sich, alles zu riskieren und in die Offensive zu gehen.

Mit einem tiefen Seufzer sagt er zu dem Mann, den er nur als John kennt: »Wenn du ein Bulle bist ... dann ... dann musst du mir helfen!«

Wenn Felix' Verwirrung noch zu steigern ist, dann ist das in diesem Moment der Fall.

Was? Wie? Ihm helfen? Wobei?

Alles, was ihm einfällt, ist, in einer scheinbar hypothetischen Weise den Ball zurückzuspielen. »Hm«, sagt er mit gespielter Ruhe. »Nehmen wir mal an, ich sei ein Bulle. Wobei könnte ich dir helfen?«

Nemo schluckt und sagt mit einem verzweifelten Ausdruck in den Augen: »Wenn ich mich irre und du bist kein Bulle oder ein Spitzel, dann bin ich tot. Aber das wäre ich ja so oder so bald. Deshalb sage ich es dir jetzt: Ich will raus aus dieser Sache! Aus der SLF, aus allem! Ich will raus!«

In Felix arbeitet es. Er denkt darüber nach, was er in den letzten Tagen an Nemo beobachtet hat: dessen häufig spürbare Nervosität und phasenweise Abwesenheit.

Irgendetwas geht schon länger in ihm vor.

»Warum?«, fragt Felix. »Was ist passiert?«

Nemo seufzt wieder und sagt: »Ich ... ich weiß auch nicht. Ich weiß nur, dass ich raus will. Ich will nicht sterben! Und ich glaube inzwischen, dass ich keine kleinen Kinder töten kann.«

»Wie kommst du speziell auf Kinder?«

»Das sage ich dir erst, wenn du mir sagst, wer du bist. Ob du ein Bulle bist!«

Felix sieht Nemo schweigend an, während er versucht, zu erspüren, ob der Junge es ernst meint oder ob er ihm nur eine Falle stellt.

Selbst, wenn ich das jetzt abstreite: Wenn er zu Peter und Stella rennt und ihnen erzählt, was er beobachtet hat, bin ich sowieso geliefert.

Dann wird ihm klar, dass Nemo das längst hätte tun können.

Aber das hat er nicht getan.

Felix versucht, seine Gedanken so logisch wie möglich zu ordnen, aber am Ende ist es wiederum sein Instinkt, der ihm sagt, dass der Junge nicht lügt.

Nachdem er eine Weile nachgedacht hat, sagt er schließlich: »Also gut. Ich bin kein Bulle, aber so was Ähnliches. Jedenfalls stehe ich nicht auf der Seite dieser Leute hier. Ich bekämpfe sie.«

Nemo nickt langsam. Dann sagt er: »Und? Hilfst du mir?«

Felix schaut ihm direkt in die Augen und schweigt ein Weile. Schließlich nickt er und sagt: »Ja. Aber das geht nur, wenn wir beide unsere Rolle hier schön weiterspielen, so als ob nichts wäre. Wenn wir dann wieder zurück in Deutschland sind, gehen wir gemeinsam zur Polizei. Und da packst du aus, okay? Ich werde ein Wort für dich einlegen.«

Tim schnaubt hektisch durch die Nase und sagt: »Die werden mich finden und mich umbringen. Peter weiß alles über mich. Wie ich heiße, wo ich wohne – alles!«

»Hör zu, ich werde persönlich dafür sorgen, dass sie dich nicht finden!«

Nemo alias Tim Wohlfahrt sieht Felix eine Weile angestrengt an. Schließlich nickt er.

»Gut«, sagt Felix, »vielleicht fangen wir mal damit an, dass wir uns richtig vorstellen. Ich heiße Felix Brosch. Und du?«

»Tim ... Tim Wohlfahrt.«
»Wo kommst du her?«
»Aus Alfeld. Das liegt bei Hannover.«
»Wie alt bist du?«
»Neunzehn.«
»Was bringt dich dazu, aussteigen zu wollen?«

Nemo blickt eine Weile stumm vor sich hin, so als wüsste er nicht, wo er anfangen soll. Schließlich atmet er einmal tief durch und beginnt zu reden.

54

Vier Tage zuvor.

Die Erosion von Tim Wohlfahrts Identität als antisemitischer Terrorist und *brother* der SLF beginnt in dem Moment, als er den Brief liest, den Sally ihm in das *Northlander*-Comicbook geklebt hat. Genauer gesagt, hat sie schon früher begonnen, in den Wochen, in denen er Sally regelmäßig traf und sich plötzlich die seltsame Vision einer Zukunft mit ihr wie ein unbekannter, hell leuchtender Planet vor die schwarze Sonne seines Hasses und seiner Wut schob. Aber seit er den Kontakt mit ihr abgebrochen hat, schien es ihm gelungen zu sein, diese Empfindung, die ihm falsch und trügerisch vorkam, wieder zu verdrängen.

Aber nun ist da Sallys Brief, und alles ist plötzlich wieder da. Mit zittrigen Fingern hält er das linierte Blatt in der Hand und starrt auf ihre klare, ein wenig rundliche Handschrift:

Lieber Tim! Ich kann dir nicht sagen, wie traurig ich war, als ich deine letzte Nachricht bekam. Ich dachte, wir könnten Freunde sein und vielleicht auch mehr, aber du hast dich offenbar anders entschieden. Natürlich habe ich mich gefragt, was der Grund ist. Du schreibst in deiner Nachricht, dass du mich nicht mehr sehen kannst, weil du eine Aufgabe zu erfüllen hast. Ich habe keine Ahnung, was du damit meinst, aber es klingt irgendwie bedrohlich. Ich werde das Gefühl nicht los, dass es etwas mit deiner politischen Überzeugung zu tun hat und dass es etwas Unheilvolles ist. Unheilvoll für andere, aber auch für dich. Tim, du bist neunzehn Jahre alt und du hast dein ganzes Leben noch vor dir – so wie ich auch. Bitte tu nichts, was dein Leben zerstört und das nicht mehr rückgängig zu machen ist!

Auch wenn ich deine Ansichten nicht teile, verurteile ich dich nicht. Lass uns darüber reden und gib der Zeit eine Chance, deine Überzeugung zu prüfen, bevor du etwas Unüberlegtes und Verhängnisvolles tust. Versuch die Menschen in denen zu sehen, die du als Feinde betrachtest. Denn Menschen sind wir alle, mit allen Fehlern und Unzulänglichkeiten. Man muss nicht alle Menschen lieben, das ist unmöglich. Aber was macht man mit seinem Leben, wenn man immer nur hasst? Man beraubt sich all der schönen Dinge, die das Leben zu bieten hat! Freude, Lachen, Freundschaft – und sogar Liebe. Ich kann es nicht wirklich wissen, aber es mag sein, dass du all diese Dinge nie erfahren hast. Aber das heißt nicht, dass du sie nicht noch erfahren kannst.

Gib dem Leben wenigstens eine Chance! Tim, ich kenne dich nicht lange, aber ich mag dich sehr. Du bist intelligent, und obwohl du dir alle Mühe gibst, es zu verbergen, spüre ich doch, wie sensibel du eigentlich bist. Ich spüre auch, wie verletzt und wütend du bist. Aber glaub mir: Ich weiß, dass deine Wunden geheilt werden können. Du musst es nur zulassen!

Tim, was auch immer in dir vorgeht, du kannst es mir sagen, weil du mir vertrauen kannst. Ich würde dich nie fallenlassen oder bloßstellen. Deshalb bitte ich dich, deine Entscheidung noch einmal zu überdenken. Lass uns reden, über ernste und lustige Dinge, lass uns Zeit verbringen, lass uns zusammen am Fluss spazieren gehen oder Comics lesen und The Crown schauen. Lass uns ans Meer fahren, reinspringen und danach Fischbrötchen essen. Lass uns albern sein und einfach Spaß haben.

Lieber Tim, es liegt allein an dir! Ich erwarte nicht direkt eine Antwort von dir, aber lass auch nicht zu viel Zeit verstreichen. Ich warte auf dich.

Sally

Als Tim Wohlfahrt alias Nemo am nächsten Abend in dem großen, weißen Haus seinem Idol und vermeintlichen Führer Hyperion gegenübersitzt, herrscht in ihm Aufruhr. Das ist die sirrende Nervosität in der Gegenwart des charismatischen Mannes mit dem verschlingenden Blick, dem er sein Leben – und seinen Tod – verschrieben hat. Und gleichzeitig zerrt an ihm eine entgegengesetzte Kraft, die er schon besiegt zu haben glaubte. Seit er Sallys Brief gelesen hat, ist das dünne Mädchen mit dem offenen, warmen Lächeln mehr denn je in seinen Gedanken. Zum ersten Mal, seit er denken kann, ist jemand wirklich an ihm als Tim interessiert. Wie in Dauerschleife laufen Sallys eindringliche, beschwörende Zeilen durch seine Gehirnwindungen: »Tim, was auch immer in dir vorgeht, du kannst es mir sagen, weil du mir vertrauen kannst. Ich würde dich nie fallenlassen oder bloßstellen. Gib der Zeit eine Chance, deine Überzeugung zu prüfen, bevor du etwas Unüberlegtes und Verhängnisvolles tust!«

Es ist die Saat des Zweifels, die, noch zaghaft, aber unaufhaltsam in Tim Wohlfahrt zu keimen begonnen hat. Weil er jedoch sein Leben lang gelernt hat, seine wahren Gefühle zu verbergen, ist ihm von all dem nichts anzumerken, als der Chef der SLF ihn mit seinen quellblauen Augen anblickt und das Wort an ihn richtet. Zuerst erkundigt er sich mit einem warmen, persönlichen Ton nach Tims Befinden im Camp, ob er sich unter den *brothers* wohlfühlt und wie ihm das Waffentraining zusagt.

Tim beantwortet alle diese Fragen mit »Gut, Sir!« und »Ja, Sir!«

Hyperion nickt mit einem kleinen Lächeln.

Dann wird er ernst. »Tim, mein *brother*«, sagt er. »Die Zeit ist gekommen, um mit dir über deinen Einsatz zu reden. Bist du bereit?«

Die Antwort kommt ohne Zögern. »Ja, Sir!«

»Ich möchte, dass du in Deutschland aktiv wirst. Genauer gesagt in Hamburg. Warst du da schon mal?«

»Nein, Sir.«

»Das macht nichts. Du wirst ein paar Tage vorher dort sein und dir den Ort, um den es geht, näher ansehen können.«

Tim schweigt und wartet auf weitere Erklärungen.

Hyperion dreht das aufgeklappte Notebook, das vor ihm liegt, in Tims Richtung. Auf dem Bildschirm sieht man ein hochaufgelöstes Foto. Es zeigt ein großes, dreistöckiges Gebäude aus rotem Backstein, mit weißen Sprossenfenstern und einem breiten, dreigeteilten Portal, über dem die Worte stehen: TALMUD-TORA-REALSCHULE. Tim starrt wie hypnotisiert auf das Bild.

»Sir ...«, sagt er zögernd, »... das ist eine Schule?«

Hyperion nickt ernst. »Dieses Gebäude ist über hundert Jahre alt und beherbergte früher – wie der alte Name über dem Eingang zeigt – eine jüdische Realschule. Im Jahr 1942 wurde sie wie alle jüdischen Schulen in Deutschland geschlossen. Die Juden verschwanden aus der Stadt, und man dachte, dass das auch für immer so bleiben würde.«

Der Terrorchef lächelt sardonisch und fährt fort: »Aber dem war leider nicht so. Inzwischen sind sie zurück, und weil sie von ihren willfährigen Büttel so liebevoll gepflegt werden, hat man ihnen auch dieses Gebäude zurückgegeben. Heute ist es immer noch eine Schule, aber mit allen Jahrgangsstufen. Es gibt dort eine Kindertagesstätte, eine Grundschule und eine höhere Schule. Alles unter einem Dach.«

Tim spürt, wie sein Mund trocken wird. Natürlich weiß er, dass bei den beiden ersten Anschlägen der SLF auch etliche Kinder getötet worden sind, aber das hat er ausgeblendet. Sie waren, so dachte er, ja nicht das Hauptziel, sondern lediglich unvermeidliche Opfer am Rand des Geschehens. Doch nun sieht er verschwommen einen Raum voller winziger Kitakinder und Erstklässler mit viel zu großen Schulranzen und runden, glänzenden Augen vor sich, die noch kaum etwas von der Welt wissen. Konnten sie wirklich schon schuldig sein – so wie es ihre Eltern sicher waren?

Hyperion entgeht Tims Verunsicherung nicht. Er neigt den Kopf ein wenig und sagt in sanft forschendem Ton: »Tim, mein brother, hast du irgendein Problem damit?«

Der Junge aus Alfeld an der Leine weiß, dass es gefährlich wäre, sich in diesem Moment eine Blöße zu geben. Er reißt sich zusammen und sagt mit fester Stimme: »Nein, Sir! Auf keinen Fall!«

Hyperion nickt wohlwollend. »Das ist gut! Es ist sicher natürlich, wenn dich bei der Vorstellung im ersten Moment ein ... sagen wir ... etwas mulmiges Gefühl überkommt. Schließlich sind wir ja Menschen. Aber wir müssen uns immer wieder klarmachen: Diese Judenkinder sind die, die das verderbliche Werk ihrer Väter einst fortführen werden! In Schulen wie diesen erwerben sie die Bildung und die Chuzpe, die sie später so gefährlich macht. Mitleid ist hier völlig fehl am Platz. Habe ich recht?«

Tim nickt mit allem Nachdruck. »Absolut, Sir!«

Hyperion macht eine kurze Pause, bevor er fortfährt: »Und denk immer daran: Durch dein eigenes Opfer erfährt deine Mission erst ihre hohe Gerechtigkeit und Unangreifbarkeit. Niemand wird dir Feigheit vorwerfen können!«

Die Worte hallen schwer wie Donnerschläge in Tims Kopf.

Er schluckt trocken und blickt einen Moment starr auf seine Hände. Dann gibt er sich einen Ruck, hebt den Kopf und sieht Hyperion direkt an. »Ich bin bereit, Sir!«, sagt er mit fester Stimme.

Hyperion betrachtet ihn einen Moment mit feierlichem Ernst. »Gut! Und jetzt will ich dir erklären, wie wir vorgehen werden. Du wirst Teil eines Teams von fünf *brothers* sein.«

Tim schaut überrascht. »Oh«, sagt er. »Wir sind zu fünft!«

Hyperion nickt. »Ja, es wird unsere bisher größte Operation. Aber es wird nicht die einzige sein. Zeitgleich werden woanders zwei weitere Angriffe dieser Größenordnung stattfinden. Es wird wie der Einschlag eines Meteoriten sein, der die Welt und ihre falschen Vorspiegelungen erschüttern wird, wie es nie zuvor geschehen ist. Ein wahrhaft historisches Ereignis. Und du wirst ein wichtiger Teil davon sein!«

Tim macht ein entschlossenes Gesicht, aber Hyperions Stimme dringt nur noch wie von fern an sein Ohr. Immer wieder drängen Bilder sich türmender, blutiger Kinderleichen in sein Bewusstsein. Und zum ersten Mal steht ihm die Vorstellung des eigenen Todes, die für ihn immer etwas Abstraktes hatte, in ihrer kalten Endgültigkeit wirklich vor Augen. Er versucht, diese Gedanken zu verdrängen, und sich auf Hyperions Worte zu konzentrieren, was ihm jedoch nur mit äußerster Mühe gelingt.

»Wir werden in Hamburg einige Hindernisse überwinden müssen«, hört Tim Hyperion sagen. »Nach unseren ersten Missionen sind die Sicherheitsvorkehrungen in jüdischen Einrichtungen überall auf der Welt noch einmal verschärft worden. Und in Deutschland ganz besonders. Um in das Gebäude zu gelangen, müssen zuerst bis zu fünf bewaffnete Polizisten ausgeschaltet werden, die vor der Schule postiert sind.«

Tim blickt starr auf den Monitor des Notebooks mit dem Foto der Talmud-Tora-Schule und fragt mechanisch: »Wer werden die anderen *brothers* sein?«

»Zwei der von ihnen befinden sich hier im Camp. Es sind Derek und Jeff. Die beiden anderen wirst du dann in Deutschland kennenlernen. Sie stoßen dort zu euch.«

In Tim arbeitet es. Obwohl er zu keinem der anderen Männer im Camp engere, persönliche Beziehungen angeknüpft hat, ist ihm doch klar, dass er Derek alles andere als sympathisch und vertrauenswürdig findet. Er hält ihn für einen Alkoholiker und Geistesgestörten, dem es im Grunde egal ist, gegenüber wem er seine Gewaltphantasien auslebt.

»Wir werden ein Ablenkungsmanöver vorbereiten«, fährt Hyperion fort, »um die Polizisten in eine Falle locken. Wenn ihr dann erst einmal im Gebäude seid, hält euch so schnell niemand mehr auf.«

Während er nur halb zuhört, ruht Tim Wohlfahrts Blick wie in einer Art Trance auf Hyperions Gesicht. Und dann plötzlich, von einer Sekunde auf die andere, geschieht etwas völlig Unerwartetes. Dieses Gesicht beginnt sich aufzulösen. Das Einzige, was von ihm bleibt, sind unnatürlich große, künstlich wirkende, blaue Augen und ein fast abstoßend weicher Mund, aus dem monotone Sätze perlen, deren Sinn Tim nicht versteht, so als entstammten sie einer unbekannten Sprache. Eine fragmentierte, mechanische Sprechpuppe, ebenso tot wie bedrohlich. In diesem Moment ist nichts mehr übrig von der suggestiven, ehrfurchtgebietenden Macht seines Idols, nichts mehr von der allwissenden, väterlichen Ausstrahlung. Da ist plötzlich nichts anderes mehr als eine Aura der Monstrosität und der Gefahr.

Tim schließt die Augen. Als er sie nach einer Weile wieder öffnet, schweben die Bruchstücke der Sprechpuppe immer noch in der Luft, aber langsam fügen sie sich wieder zu einem kompletten

Gesicht zusammen. Allmählich beginnen auch die Worte der Erscheinung wieder einen Sinn zu ergeben. Hyperion verwandelt sich zurück in einen realen Menschen, doch Tim scheint es, als habe er soeben sein wahres Gesicht gesehen: Eine Maske, hinter der sich ein uferloses, gähnendes Nichts verbarg.

Tief erschrocken und gleichzeitig bemüht, sich nichts davon anmerken zu lassen, reibt sich Tim nervös über einen Pickel an seiner Stirn und konzentriert sich angestrengt auf die Worte des Mannes, der ihm plötzlich so irreal und unwahr erschienen ist.

Hyperion zieht das Notebook, auf dessen Screen immer noch das Foto der jüdischen Schule in Hamburg zu sehen ist, wieder zu sich heran und klappt den Deckel zu. Dann sagt er: »Ich werde in den nächsten beiden Tagen auch mit Derek und Jeff sprechen. Danach ist es Zeit, dass ihr euch näher kennenlernt und euch unter meiner und Peters Anleitung gemeinsam auf eure Mission vorbereitet. Deshalb wird Derek nächste Woche zu dir in die Blockhütte ziehen.«

»Oh«, sagt Tim. »Und was ist mit John?«

Hyperion lächelt nachsichtig. »Nun, den werden wir woanders unterbringen.«

Dann wird er wieder ernst. Er legt die kleinen, gepflegten Hände übereinander und sieht Tim mit seinen Hypnotiseursaugen direkt an.

Dann sagt er: »*Brother* Tim, sag mir, dass du deine Mission annimmst und zu unserer aller Ehre pflichtgemäß und tapfer durchführen wirst!«

»Ja, Sir!«, erwidert Tim mechanisch.

Bald darauf ist die Audienz beendet, und Tim läuft eine Weile ziellos über den dunkel und still daliegenden Hof, während es in seinem Kopf zugeht wie in einem Booster-Karussell. Da ist das ihm Übelkeit verursachende Bild von fünfzig oder sechzig Kindern, die von seinen Kugeln durchsiebt werden, die Ahnung eines nie gesehenen Blutbads, das er mit einem Partner anrichten soll, mit dem er nichts zu tun haben will. Und mit dem er zusammen sterben soll. Da ist Sallys Brief, der ihn nicht mehr loslässt. Und da ist diese unbegreifliche Verwandlung Hyperions in diese groteske, unheimliche Sprechpuppe. So verwirrend all diese Erlebnisse und Gefühle sind, und so wenig er weiß, was er nun tun soll, so klar wird ihm in der darauffolgenden, schlaflosen Nacht, was er nicht tun will.

55

Als Tim Wohlfahrt einige Tage später Felix Brosch im Wohnzimmer ihrer gemeinsamen Blockhütte von jener Unterredung mit Hyperion erzählt, spart er lediglich seine Vision der leeren, sprechenden Maske aus, in die sich sein Führer vor seinen Augen verwandelt hat.

Felix hört ihm ruhig zu, stellt hin und wieder Fragen und versucht, Tim ein Gefühl von Sicherheit zu geben, indem er ihn spüren lässt, dass er ihn versteht und ihm helfen wird.

»Und da ist noch etwas anderes«, sagt der sonst so verschlossene Junge schließlich. »Ich habe eine Freundin.«

Felix schaut überrascht. »O ja?«

Tim nickt. »Ich hatte mit ihr Schluss gemacht, weil sie ... meine Überzeugung nicht teilt und weil ich dachte, dass ich meine Aufgabe erfüllen muss.«

»Wusste sie etwa, was du vorhattest?«

Tim schüttelt heftig den Kopf. »Nein! Sie wusste nur, wie ich allgemein politisch denke. Auch über die Juden. Aber sie hat wohl irgendwas geahnt.«

»Wie kommst du darauf?«

Tim seufzt. »Sie hat mir einen Brief geschrieben«, sagt er. »Den ich erst hier im Camp gefunden habe.« Er greift in die Brusttasche seines Overalls und zieht ein zusammengefaltetes Stück Papier heraus. Dann fragt er, ein wenig unsicher: »Willst du ihn sehen?«

Felix ist überrascht, dass ihn Tim an etwas so Persönlichem teilhaben lassen will, und zögert einen Moment. Dann sieht er den Blick des Jungen, in dem das verzweifelte Bemühen steht, in ihm jemanden zu sehen, dem er vertrauen kann.

»Okay«, sagt Felix. »Wenn du meinst, dass ich ihn lesen soll ...«
Tim Wohlfahrt entfaltet Sallys Brief mit zittrigen, dünnen Fingern und reicht ihn Felix, der ihn mit wachsendem Erstaunen liest.

Was für ein kluges, einfühlsames Mädchen!

Als er bei Sallys geschwungener Unterschrift angekommen ist, faltet Felix das Papier zusammen und reicht es an Tim zurück. Dann sagt er ernst: »Zu so einer Freundin kann man dir nur gratulieren!«

Über Tims angespanntes Gesicht huscht ein leiser Ausdruck der Freude. Felix betrachtet nachdenklich den Lost Boy aus der niedersächsischen Provinz, der in seinem Tarnanzug mit angezogenen Beinen wie eine winddürre Spinne auf der Couch hockt. Nach einer Weile erhebt er sich und geht in die Küche, um ein Mineralwasser für sich und eine Cola Classic für den Jungen zu holen. Als er sich wieder gesetzt hat, sieht er Tim ernst an und sagt in eindringlichem Ton: »Hör zu, Tim! Wir müssen beide unsere Rollen hier weiterspielen, bis das Meeting zu Ende ist und wir wieder nach Deutschland fahren. Du darfst dir auf keinen Fall etwas anmerken lassen! Erst recht nicht Derek gegenüber, wenn der nächste Woche hier einzieht!«

Tim schaut ihn mit großen Augen an und nickt dann langsam.

Felix nimmt einen langen Schluck aus seiner Wasserflasche und sagt: »Wenn wir wieder in Deutschland sind, kümmere ich mich um dich. Ich sorge dafür, dass dir nichts passiert!«

Dann kommt er auf den geplanten Anschlag auf die jüdische Schule in Hamburg zu sprechen, von dem ihm Tim erzählt hat.

»Hat er gesagt, wann dieser Anschlag stattfinden soll?«

»Nein«, erwidert Tim. »Aber ich glaube, dass das ziemlich bald sein soll. In ein paar Wochen vielleicht. Und er sagte, dass zeitgleich woanders ähnliche Aktionen stattfinden sollen.«

»Mehrere?«

»Ja«, erwidert der Junge. »Das hat er eindeutig gemeint.«

»Aber er hat nicht angedeutet, wo das sein soll?«

»Nein.«

Felix denkt eine Weile nach, bevor er sich entschließt, Tim, der sich eh schon seinen Reim auf seine heimlichen, nächtlichen Aktivitäten gemacht hat, in sein Vorhaben einzuweihen. »Hör zu, Tim«, sagt er, »Peter geht nachts manchmal noch ins Haupthaus, und falls er das morgen wieder tut, werde ich versuchen, in seine Hütte und an seinen Computer zu kommen. Ich muss herauskriegen, was sie außer der Sache in Hamburg noch planen. Das wird gefährlich, und ich möchte, dass du mit deinem Arsch hierbleibst und dich bedeckt hältst!«

Tim nickt wortlos.

56

Am nächsten Tag geht Felix nach dem allgemeinen Training, das inzwischen aus dem Anbringen und Zünden von Sprengladungen besteht, wie vorgesehen wieder mit Steve zu der Lichtung im Wald, um mit ihm Distanzschüsse zu üben. Anschließend liefert er das Gewehr bei Stella ab und kehrt gegen sieben Uhr abends in seine Blockhütte zurück, wo ihn Tim bereits erwartet. Sie essen zusammen eine Tiefkühlpizza, trinken Cola dazu und unterhalten sich. Nachdem Tim sich einmal entschlossen hat, sich Felix anzuvertrauen, ist seine Verschlossenheit einem starken Mitteilungsdrang gewichen. Er erzählt Felix von seiner Kindheit und seinem Leben in Alfeld, ebenso wie von der ersten Berührung mit rechtsextremen Chat-Partnern und seiner Bekanntschaft mit Peter, dessen richtigen Namen er nicht kennt.

Auch Felix erzählt Tim ein wenig von sich, ohne allzu viel preiszugeben. Dass er unter der Regie des Mossad hier ist, sagt er ihm nicht, sondern nur, dass er für eine staatliche Behörde arbeitet.

Schließlich sagt Felix: »Okay, ich werde mich jetzt noch ein wenig ausruhen. Um elf gehe ich wieder raus.«

Drei Stunden später steht Felix wieder auf seinem Beobachtungsposten im Wald hinter Simons Blockhütte und hofft inständig, dass Hyperion und sein Cousin heute Lust auf eine Partie Schach verspüren. Und tatsächlich: Gegen Viertel nach elf geschieht das, worauf Felix gewartet hat. Hinter den zugezogenen Vorhängen des Schlafzimmers erlischt der Lichtschein, und als Felix nach einer kleinen Weile um die Ecke des Hauses späht, sieht er, wie Simons schmale Gestalt mit dem Rücken zu ihm über den Hof in Richtung des Haupthauses geht.

Felix innere Spannung steigt. Nachdem Simon in der Dunkelheit verschwunden ist, schleicht er sich vorsichtig zur Vorderfront der Hütte. Er blickt sich um, und als er sich sicher ist, dass ihn niemand beobachtet, nimmt er das Handy aus der Tasche und entsperrt es. Dann schwebt sein Daumen über dem Startknopf der Sprachaufnahme.

Wenn diese Software auf bestimmte Codewörter programmiert ist, dann war alles umsonst. Wenn es nur um die Stimmerkennung als solche geht, mit ein paar x-beliebigen Worten, dann habe ich eine Chance.

Er nähert das Handy dem Panel neben dem Türrahmen, wo unter einer Mikrophonöffnung ein rotes Lämpchen leuchtet, das anzeigt, dass die Tür verriegelt ist. Felix hält den Atem an und drückt den Startknopf. Sofort ertönt Simons Stimme: »Und wenn wir zurück in Deutschland sind, machen wir mal wieder richtig zusammen einen drauf, was? Aber nicht mit der Heineken-Plörre! Mit Kilkenny's!«

Felix stoppt die Aufnahme und starrt gebannt auf das rote Licht. Als sich nach drei Sekunden immer noch nichts getan hat, will er schon beinahe resignieren, aber dann geschieht das erhoffte Wunder. Die Lichtfarbe wechselt von Rot auf Grün, und ein leises Summen zeigt an, dass das Schloss entriegelt ist. Felix drückt die Tür auf, tritt ins Haus und schließt sie schnell wieder hinter sich.

Eine Weile steht er still da, bis sich seine Augen an die fast vollkommene Dunkelheit im Inneren gewöhnt haben. Dann zeichnen sich vor ihm schemenhaft die Konturen der Möbel und Türen ab.

Felix bewegt sich vorsichtig durch den Wohnraum und betritt das Schlafzimmer. Weil das einzige Fenster zum Wald hinausgeht, traut er sich, die Taschenlampenfunktion des Handys zu aktivieren.

Den schmalen Lichtschein mit der Hand vorsichtig dosierend, inspiziert er den Raum. Da ist ein einzelnes ungemachtes Bett, und dort, wo sich in den anderen Hütten ein zweites befindet, steht ein schlichter Schreibtisch der Art, wie sie ein bekanntes schwedisches Möbelhaus herstellt. Und darauf: ein großer Desktop-Computer.

Felix verliert keine Zeit. Mit schnellen Schritten tritt er an den Schreibtisch und fährt den Rechner hoch, der wie erwartet zum Entsperren der Desktopoberfläche ein Passwort verlangt. Felix löst den Verschluss seines Kettenarmbands und führt das kleinere, innere Stück, das wie ein USB-Stecker geformt ist, in eine der Buchsen auf der Rückseite des Computers ein. Sofort gibt das Gerät die Desktopoberfläche frei, auf der sich vor einem neutralen Hintergrund einige Ordner mit kryptisch wirkenden Zahlenbezeichnungen befinden.

Felix ist beeindruckt.

Dieses Zauberteil hat mühelos die Passwortsperre ausgehebelt.

Er startet den Computer neu und betätigt sofort die Tastenkombination cmd + R die er so lange gedrückt hält, bis auf dem Bildschirm ein Fortschrittsbalken erscheint. Der Kopiervorgang hat begonnen.

Felix starrt gebannt auf den Monitor.

Wie lange mag das dauern? Yael Rubin hat gesagt, dass dieses Ding in der Lage ist, in ein paar Minuten einige Terabyte an Daten zu klonen.

Der Balken, der den Verlauf des Kopiervorgangs anzeigt, bewegt sich nur millimeterweise nach rechts. Für Felix' Geschmack viel zu langsam.

Qualvolle Minuten vergehen, während er wie hypnotisiert auf den Bildschirm starrt. Dann bewegt sich der Balken plötzlich schneller, und zwei Minuten später hat er sein Limit erreicht. Sämtliche Daten sind nun auf die Speichereinheit im Inneren des Armbandes kopiert.

Felix stößt einen leisen Seufzer der Erleichterung aus. Er zieht den Steckverschluss des Armbandes aus der USB-Buchse und will den Computer gerade ausschalten, als es im Raum plötzlich hell wird.

Felix erstarrt mitten in der Bewegung.

Im nächsten Moment hört er hinter sich eine ihm gut bekannte, kalt klingende Stimme: »Ich wusste es! Ich wusste, dass du irgendeine Schweinerei vorhast!«

Felix dreht sich langsam um und blickt direkt in die eisgrauen Augen von Stella, der Security-Offizierin der SLF. In der Hand hält sie eine klobige Pistole, deren Mündung auf Felix' Bauch zielt. Die groß gewachsene Frau durchbohrt Felix mit Blicken. »Ich habe es geahnt!«, sagt sie in einem triumphierenden Ton. »Dass mit dir irgendwas faul ist! Und als du um das Handy gebeten hast wegen der Scharfschützenapp, kam mir so ein Gedanke. Dass das nur eine Finte sein könnte, um etwas anderes damit anzustellen. Natürlich! dachte ich plötzlich. Es könnte die Aufnahmefunktion sein! Um die Stimmerkennung an einer der Türen zu täuschen. Als mir Peter erzählt hat, dass du ihn direkt nach dem ersten Schießtraining noch besucht hast, war ich mir fast sicher.«

Für Felix fühlt es sich an wie ein dumpfer Schlag in die Magengrube. Wie gelähmt steht er da, während Stella unbeirrt weiterredet.

»Dein Cousin hat dir vertraut. Aber ich war mir nie so sicher. Nun, jetzt habe ich den Beweis. Ich bin gespannt, was er sagen wird – er und der Chef.«

Ein bösartiges Lächeln umspielt ihren scharf geschnittenen Mund, als sie fortfährt:

»Eines ist jedenfalls gewiss: Wir werden herausfinden, für wen du arbeitest!«

Felix schweigt und beobachtet, wie Stella mit der freien Hand ein Handy aus der Jackentasche ihres Kampfanzugs zieht.

Sie wird die anderen alarmieren. Wahrscheinlich zuerst die beiden Gorillas.

Für einen Moment sieht sich Felix schon gefesselt auf einem Folterstuhl sitzen, mit ausgeschlagenen Zähnen und zertrümmerten Kniescheiben, hilflos wimmernd und blutüberströmt.

In Felix' Stirnlappen glühen alle kognitiven Vernetzungen, während er versucht, die Situation einzuschätzen. Stella steht im Türrahmen des Schlafzimmers, etwa vier, fünf Meter von ihm entfernt. Durch die offene Tür blickt er in den Wohnraum, der von dem Licht, das aus dem Schlafzimmer fällt, halb erhellt ist. Plötzlich hat er eine Eingebung. Er richtet den Blick auf einen imaginären Punkt hinter Stella und zieht die Augenbrauen hoch.

»Simon, hör zu …«, beginnt er und breitet die Hände in einer bedauernden Geste aus. Stellas Blick geht unwillkürlich für einen winzigen Moment zur Seite, in dem Bemühen, Simon, der vermeintlich hinter ihr steht, zu erfassen.

Es ist der Moment, auf den Felix gewartet hat. Er schleudert das schwere Stahlarmband, das er immer noch in der Hand hält, mit aller Kraft in Stellas Richtung. Tatsächlich trifft es die Frau hart am Hals, direkt am Kehlkopf. Sie stößt einen halb erstickten, gurgelnden Laut aus, während sich ihre Haltung verändert. Das Handy in ihrer linken Hand entgleitet ihr und fällt zu Boden.

Mit einem Satz ist Felix bei ihr und versucht, den rechten Arm zu packen, mit dem sie die Waffe hält, aber Stella gelingt es, seinem Griff auszuweichen. Felix versetzt ihr einen Faustschlag ins Gesicht, der sie taumeln lässt. Für einen Moment sinkt der Arm mit der Waffe herab. In einer wilden Attacke packt Felix den Kopf der Frau und reißt ihn mit einem brachialen, furchtbar gewalttätigen Ruck nach hinten und gleichzeitig ein Stück zur Seite. Mit einem lauten, hässlichen Knacken bricht einer ihrer oberen Halswirbel und durchtrennt die Nervenbahnen, die ihr Gehirn mit dem Rest ihres Körpers verbinden.

Die große, athletische Frau sackt ohne einen Laut in sich zusammen wie eine Gliederpuppe. Als sie auf dem Boden aufprallt, gleitet die Pistole aus ihrer Hand und schlittert unter Simons Bett, ohne dass sich ein Schuss löst. Stella gibt noch stoßweise zwei reflexhafte Atemzüge von sich, bevor ein gewaltiges Zittern durch ihren Körper geht und sie vollkommen erstarrt. Die hellen Augen brechen und nehmen das Aussehen von trübem Glas an.

Sekundenlang steht Felix schwer keuchend da und starrt verwirrt auf die tote Frau.

Im nächsten Moment besinnt er sich auf seine Lage und kommt in Bewegung. Mit schweißnassen Fingern hebt er das Stahlarmband mit den kopierten Computerdaten vom Boden auf und verschließt es um sein Handgelenk. Dann legt er sich flach auf den Bauch und fischt mit dem ausgestreckten Arm nach der Pistole unter dem Bett. Als er sie gefasst hat, springt er auf die Beine, sichert die Waffe und stopft sie in die Tasche seiner Kampfjacke, bevor er über Stellas Leiche hinwegsteigt und das Licht im Schlafzimmer löscht. Dann bewegt er sich schnell durch den Wohnraum zur Haustür, die einen Spaltbreit offen steht. Er späht vorsichtig auf den dunklen Hof, und als dort niemand zu sehen ist, schließt er die Tür hinter sich, läuft um die Hütte herum und verschwindet zwischen den Bäumen.

Ein paar Minuten später hat er seine Blockhütte erreicht und stiehlt sich ins Haus. Im Wohnraum sitzt Tim angekleidet auf dem Sofa und glotzt ihn mit weit aufgerissenen Augen an. Felix' gehetzter, wilder Blick spricht Bände.

»Was ... was ist passiert?«, fragt der Junge.

»Keine Zeit!«, stößt Felix hervor. Er weiß, dass es nicht mehr lange dauern kann, bis Simon aus dem Haupthaus zurückkehrt und Stellas Leiche entdeckt.

»Ich muss verschwinden«, presst er hervor. »Sofort!«

Tims Gesicht bekommt einen panischen Ausdruck.

»Du ... du haust ab? Ich will nicht allein hierbleiben! Nimm mich mit!«

Felix ist kurz davor, die Nerven zu verlieren. »Nein!«, ruft er mit mühsam unterdrückter Lautstärke. »Auf keinen Fall! Das ist unmöglich! Du bleibst hier und weißt von nichts!«

Tim springt vom Sofa auf und gestikuliert wild mit seinen dünnen Amen. »Ich will mit dir raus! Ich bleibe nicht hier!

Felix merkt, dass der Junge kurz davor ist, durchdrehen. Er starrt ihn ein paar Sekunden wütend an, bevor er schließlich resigniert.

»Also gut«, sagt er schnell. »Wir haben nicht viel Zeit. Zieh dir warme Sachen an und nimm deinen Rucksack! Pack etwas zu essen und Wasser rein!«

Weil Tim nicht gleich reagiert, herrscht er ihn an: »Sofort!«

Der Junge kommt nun in Bewegung. Während er sich am Kühlschrank zu schaffen macht, holt Felix seinen Rucksack aus dem Schlafzimmer und füllt ihn dann ebenfalls mit etwas Proviant.

Nur etwa zwanzig Minuten nach Stellas Tod machen sich Felix und Tim, in gefütterten Kampfjacken und olivgrüne Basecaps auf dem Kopf, auf den Weg in die herbstliche Polarnacht.

57

Halb gehend und halb rennend bewegen sie sich durch den lichten Birkenwald. Der Widerschein des sinkenden Mondes auf der geschlossenen Wolkendecke schickt gerade noch genug Licht durch die Kronen der niedrigen Bäume, um einigermaßen sehen zu können. Felix läuft voran, während ihm Tim in kurzem Abstand folgt.

»Was ist passiert?«, fragt Tim, heftig atmend. »Warum musstest du abhauen?«

Ohne seinen Schritt zu verlangsamen, wirft Felix einen schnellen Blick hinter sich. Schemenhaft erkennt er die dürre Gestalt des Jungen, der offenbar Schwierigkeiten hat, sein Tempo mitzugehen.

Den Kopf halb nach hinten gewandt, raunt Felix: »Jetzt ist nicht die Zeit, um zu reden! Lass uns lieber alle Kraft sparen, um schnell von hier wegzukommen!«

So hasten sie gut zehn Minuten durch die Nacht, bis sie die Lichtung erreichen, auf der Felix noch am Nachmittag mit Steve Distanzschießen trainiert hat. In der Dunkelheit um sie herum herrscht fast vollkommene Stille. Felix' Hoffnungen, dass ihre Flucht gelingt und sie irgendwann auf eine Straße stoßen, wo sie ein Auto anhalten können, steigen.

Er dreht sich zu dem Jungen um und sagt: »Wir müssen über diese Lichtung hier! Dann sind es nur noch ein paar hundert Meter bis zu dem Zaun, der das Gelände umgibt. Da müssen wir rüber!«

Felix hat die Worte kaum ausgesprochen, als er plötzlich entferntes Hundegebell hört. Es kommt aus der Richtung des Camps. Als er angestrengt in die Dunkelheit späht, nimmt er in der Tiefe des Waldes winzige Lichter wahr, die zwischen den Stämmen der Birken tanzen. Er stöhnt kurz auf.

»Sie kommen!«, raunt Felix Tim zu und beginnt zu rennen. Wie von Furien gehetzt hasten sie über das offene Gelände. Nach kurzer Zeit bemerkt Felix, dass er Tims Schritte nicht mehr hören kann. Als er abstoppt und sich umdreht, kann er den Jungen kaum erkennen. »Wo bleibst du?«, zischt er in die Dunkelheit.

Ein entferntes Keuchen ist die Antwort. Dann ein halb ersticktes, kaum hörbares Wispern: »Ich ... ich kann nicht ... ich habe ... einen Anfall ... Asthma!«

In Felix steigt sekundenlang Panik auf, bevor er sich wieder im Griff hat und ein Stück zurückläuft. Als er Tim erreicht hat, legt er ihm die Hand auf die Schulter und sagt: »Ruhig. Hast du keinen Inhalator?«

»In ... Rucksack.«

Felix reißt Tim den Rucksack vom Rücken und beginnt, darin herumzutasten, ohne irgendetwas zu fassen zu kriegen, das sich wie ein Inhalator anfühlt. Das pfeifende Atemgeräusch des Jungen mischt sich mit dem Hundegebell, das immer näher kommt. Mit fliegenden Fingern durchwühlt er weiter den Inhalt des Rucksacks, bis er nach endlos scheinender Zeit einen knapp handtellergroßen, abgewinkelten Gegenstand fühlt. Er zieht den Inhalator heraus und drückt ihn dem röchelnden Jungen in die kalte Hand. Der setzt das Gerät sofort an den Mund und nimmt ein paar tiefe Züge. Felix starrt in die Richtung, aus der sich ihre Verfolger nähern. Der Schein ihrer Taschenlampen zeigt, dass sie schon bedrohlich nahe sind, und Felix nimmt nun auch Fetzen menschlicher Stimmen wahr.

Zu seiner Erleichterung hat Tim das Inhalieren Linderung gebracht, und sie setzen ihren Weg über die Lichtung fort. Als sie das Ende der Freifläche erreicht haben, tauchen sie wieder in den Wald ein. Weil sich dort Kiefern zwischen die Birken drängen, sieht man kaum noch die Hand vor Augen. Felix aktiviert die Taschenlampe des Handys, mit dem er Simons Türsicherung überlistet hat, und leuchtet damit notdürftig den Weg aus.

Plötzlich hört er hinter sich einen unterdrückten Aufschrei, gefolgt von einem Aufprall und dem Geräusch knackender Äste. Tim ist über eine Wurzel gestolpert und der Länge nach hingeschlagen. Felix ist sofort bei ihm, aber es dauert eine ganze Weile, bis sich der Junge unter Schmerzen wieder aufgerappelt hat. »Meine Hand«, flüstert er. »Sie ... ist verstaucht. Vielleicht sogar gebrochen.«

Trotz der beißenden Kälte bricht Felix der Schweiß aus.

»Denk nicht daran!«, presst er hervor. »Wir müssen weiter!«

Während sie weiter durch den Wald hasten, werden die Geräusche ihrer Verfolger immer lauter. Als er einen kurzen Blick über die Schulter wirft, sieht Felix, dass aus den winzigen, blitzenden Lichtern inzwischen schon schmale Lichtkegel geworden sind, die die Bäume bestreichen.

»Tim!«, raunt er. »Halt durch! Der Zaun ist jetzt ganz nah!«

Zwei Minuten später erreichen sie einen schmalen Streifen gerodeten Geländes, hinter dem sich, wie Felix bei seiner Exkursion vor einigen Tagen festgestellt hat, der hohe Maschendrahtzaun erhebt, der das Gelände sichert. Wie er weiß, befindet sich auch auf der anderen Seite ein etwa zwanzig Meter breiter, baumloser Streifen. Der Zaun ist in der Dunkelheit kaum zu erkennen, aber als sie direkt davorstehen, sehen sie ihn. Das Hundegebell kommt unterdessen unerbittlich näher.

»Los!«, raunt Felix. »Du zuerst!«

Tims Atem geht schwer, als er seine Hände in die Drahtmaschen des gut drei Meter hohen Hindernisses krallt und versucht, sich hochzuziehen. Augenblicklich flammt ein jäher Schmerz in seiner rechten Hand auf. Sein Griff löst sich, und er stößt einen unterdrückten Laut aus.

»Tim«, flüstert Felix beschwörend, »du musst es versuchen! Ich helfe dir! Du musst es versuchen!«

Tim stößt einen grunzenden Laut aus. Dann beißt er die Zähne zusammen, greift erneut in die Drahtmaschen und zieht sich mit der linken Hand ein Stück hoch.

Als er seinen Fuß in eine der unteren Maschen setzt, greift ihm Felix von hinten um den Unterkörper und drückt ihn mit kräftigem Schub weiter nach oben. Der Junge ächzt und keucht, aber er schafft es irgendwie, sich weiter nach oben zu hangeln und die Zaunkrone zu fassen zu kriegen. Hinter sich hört Felix' Stimmen.

Er wendet sich nicht um, sondern hält den Blick fest auf Tim gerichtet, der inzwischen die Krone des Zauns erreicht hat und gerade ein Bein auf die die andere Seite schwingt.

In Felix' adrenalingetränkter Wahrnehmung ist es ein Zeitlupenfilm. In verlangsamter Geschwindigkeit nimmt er auch wahr, was als Nächstes geschieht. Der Lichtkegel einer starken Lampe erfasst den Jungen, der immer noch halb auf der Zaunkrone hockt. »Da sind sie!«, brüllt es, und praktisch im selben Moment ertönt das tückische, hölzerne Tackern eines AK-47-Maschinengewehrs.

Tim Wohlfahrt alias Nemo stößt einen lauten Schrei aus, und Felix sieht im Licht der auf ihn gerichteten Lampe, dass ihn die Garbe voll erwischt hat. Wie ein nasser Sack fällt der Junge von der Zaunkrone herunter und prallt auf der gegenüberliegenden Seite des Zauns mit einem dumpfen Geräusch auf dem Boden auf. Ein kurzer Blick genügt Felix, um zu sehen, dass Tim nicht mehr zu helfen ist.

Im nächsten Moment spürt Felix auch auf sich grelles Licht. In einer fließenden Bewegung reißt er Stellas Pistole aus seiner Tasche und feuert ein paar Mal in Richtung der Verfolger. Sofort erlöschen die Lampen, und die Rufe verstummen. Nur das wilde Gebell der beiden Rottweiler ist noch zu hören. Felix stopft die Pistole wieder in die Tasche und rennt ein Stück nach links am Zaun entlang. Dann stoppt er, macht einen hohen Satz und krallt seine unterkühlten Hände fest in die Drahtmaschen. Den Schmerz ignorierend, zieht er sich in affenartiger Geschwindigkeit nach oben bis auf die Krone.

Im selben Moment hört er ein lautes Hecheln, dann prallt etwas Schweres gegen den Zaun und lässt ihn so schwanken, dass Felix fast den Halt verliert. Entfesseltes Gekläff ertönt, als sich der Rottweiler wie von Sinnen mit den Pfoten voran immer wieder gegen den Zaun wirft. Bald ist auch der zweite Hund bei ihm.

Felix springt auf der anderen Seite vom Zaun herunter und wirft seinen Rucksack ab, der ihn auf seiner hektischen Flucht nur behindern kann.

Vor Anstrengung keuchend rennt Felix dem angrenzenden Waldstück zu, als ihn erneut der Lichtkegel einer Taschenlampe erfasst. Felix schlägt einen Haken, um ihm zu entkommen, und holt alles aus seinen Beinen heraus.

Dann ertönen wieder Schüsse, und im selben Moment spürt Felix einen heftigen, dumpfen Schlag auf seinen linken Oberarm. Es fühlt sich an wie ein Hieb mit einem Baseballschläger. Der Schock des Einschlags der Kugel raubt ihm für einen Moment das Gleichgewicht, aber er schafft es irgendwie, aufrecht zu bleiben und weiterzuhasten. Noch einmal fallen Schüsse, aber diesmal treffen sie ihn nicht. Er wendet sich kurz um und erkennt im zuckenden Licht der Lampen, wie sich Tito daran macht, mit einer Drahtschere ein Loch in den Zaun zu schneiden, durch das die Verfolger und die beiden Rottweiler, die vor Jagdwut schier außer sich sind, hindurchpassen. Dahinter sieht Felix schemenhaft noch weitere Gestalten. Felix feuert, die Pistole mit dem unversehrten rechten Arm haltend, noch ein paarmal in diese Richtung, bis das Magazin leer ist. Ein leiser Aufschrei zeigt ihm an, dass er einen Glückstreffer gelandet hat. Wieder erlöschen die Lampen.

Felix spürt, dass seine Chancen gering sind, aber das hält ihn nicht davon ab, mit jeder Faser um sein Leben zu kämpfen. Ohne an seine Verwundung zu denken, rennt er in den Wald hinein. Nach einiger Zeit stoppt er kurz und lauscht auf seine Verfolger. Offenbar hat der Zaun ihnen Schwierigkeiten bereitet, denn sie sind wieder ein ganzes Stück hinter ihm.

Aber die Hunde werden meine Spur bald wieder aufnehmen.

Felix hastet weiter. Inzwischen ist der Mond durch die Wolken gebrochen und erhellt vor ihm eine kleine Lichtung, durch die sich ein knapp drei Meter breiter Bach zieht. Als er darauf zurennt, bemerkt er plötzlich zu seiner Rechten eine massige, schwarze Silhouette im Gras. Zuerst hält er das Objekt für einen großen Felsbrocken, aber dann nimmt er wahr, dass es der Kadaver eines Elchs ist. Im schwachen Mondlicht erkennt er die gezackten Konturen der gewaltigen Geweihschaufeln und die leeren Augenhöhlen, deren Inhalt längst von Tieren verzehrt worden ist. An dem riesigen, gewölbten Leib ist die Bauchhöhle weit aufgerissen, ein paar bleiche Rippenknochen ragen aus dem klaffenden, dunklen Loch. Sofort sieht Felix ein Rudel Wölfe vor seinem geistigen Auge.

Er wendet sich um. Die Lichter nähern sich und das Gekläff wird lauter.

Sein Blick geht zu dem sich schemenhaft abzeichnenden Bachlauf und dann zu dem Elchkadaver, und plötzlich kommt in ihm eine Assoziationskette in Gang, die sich in weniger als einer Sekunde zu einer Entscheidung verdichtet. Mit dem unversehrten, rechten Arm reißt er sich sein Basecap vom Kopf und schleudert die Mütze in weit ausholendem Schwung wie eine Frisbee-Scheibe auf die gegenüberliegende Seite des Bachs. Dann lässt er sich auf alle Viere nieder und zwängt seinen Körper in den offenen Leib des toten Elchs. Immer noch betäubt das Adrenalins, das durch sein Hirn pulst, den Schmerz seiner Verwundung, und es gelingt ihm, ganz im Inneren des riesigen Körpers zu verschwinden. Glibberige, stinkende Substanz und die Reste von Innereien umhüllen ihn, und er schafft es nur mit äußerster Willensanstrengung, den Würgereiz, der ihn überfällt, zu unterdrücken. Mit seiner rechten Hand zerrt er noch ein großes, loses Stück Fell von innen über die Öffnung, bevor er, ganz flach und lautlos atmend, regungslos im Bauch des Kadavers verharrt.

Es vergehen nur wenige Minuten, bis die Stimmen und das Hundegebell ganz nah sind.

»Verdammt! Wo ist das Schwein geblieben?«, hört er. Dann ist das Gebell ganz nah an seinem Ohr. Das Geräusch zerreißt ihm fast die Trommelfelle. Unterbrochen wird das Gegeifer nur von lauten Schnüffelgeräuschen.

Ein heftiger Fluch ertönt, und er hört Titos Stimme: »Raider! Ghost!«, brüllt er. »Lasst den Dreck da in Ruhe! Hierher!« Die Hunde scheinen zu gehorchen, denn ihre Geräusche entfernen sich. Dann hört Felix plötzlich Simons Stimme: »Da drüben! Auf der anderen Seite des Bachs! Da liegt seine Mütze! Er muss sie verloren haben, als er da rüber ist! Er ist da drüben in den Wald rein!«

Felix hört undeutliche Rufe. Dann leise, platschende Geräusche.

Immer leiser werden die Stimmen und die Lautäußerungen der beiden Rottweiler, bis sie schließlich nicht mehr zu hören sind. Eine unheimliche Stille tritt ein. Felix liegt reglos in seinem dunklen, stinkenden Gefängnis und lauscht atemlos. Dann wird ihm plötzlich bewusst, dass viele kleine Beine auf seinem Gesicht und seinen Händen herumkrabbeln.

Aaskäfer!

Er hat den Impuls, sich sofort aus dem Inneren des Kadavers zu befreien, aber er zwingt sich, noch eine Weile zu warten, bis er das Gefühl hat, dass sich seine Verfolger weit genug entfernt haben. Dann arbeitet er sich mit unterdrücktem Stöhnen aus der Bauchhöhle heraus, was ihn mit dem paralysierten linken Arm enorme Anstrengung kostet. Als das vollbracht ist, steht er schwankend da, über und über mit fauliger, organischer Masse und schwarzen, daumennagelgroßen Insekten bedeckt. Ohne sich damit zu beschäftigen, entfernt er sich, so schnell es geht von dem Kadaver, verlässt die Lichtung und läuft ein Stück in den Wald zu seiner Rechten hinein, halb entgegengesetzt zu der Richtung, die seine Verfolger eingeschlagen haben. Als er knapp zehn Minuten gegangen ist, macht er bei einer Kiefer Halt. Vor Erschöpfung und Ekel zitternd, sinkt er auf die Knie und übergibt sich.

58

Es dauert fast zehn Minuten, bis Felix sich einigermaßen erholt hat. So ruhig wie möglich atmend, sitzt er auf dem feuchten Waldboden und betastet vorsichtig seinen linken Ärmel, der klatschnass mit Blut getränkt ist. Inzwischen spürt er auch den halb brennenden, halb dumpf pochenden Schmerz der Schusswunde. Immerhin hat er das Gefühl, dass die Kugel den Oberarmknochen nicht berührt hat, sondern dass es ein glatter Durchschuss durch den Bizepsmuskel ist. Und obwohl die Wunde ziemlich blutet, ist er sich sicher, dass die Arterie, die die Innenseite des Arms durchzieht, nicht verletzt ist.
Dann wäre ich längst tot.
Felix beißt die Zähne zusammen und zieht sich mit der rechten Hand den dünnen Wollschal, den er vor ihrem Aufbruch umgelegt hat, vom Hals. Leise stöhnend umwickelt er damit die Wunde an seinem linken Oberarm und zurrt den Schal mithilfe seiner Zähne fest. Dann tastet er in seiner Brusttasche nach dem verbindungslosen iPhone, das er sich von Stella erschlichen hat. Es ist verschwunden.
Ich muss es verloren haben, als ich über den Zaun geklettert bin.
Felix flucht leise, weil er gehofft hatte, sich mithilfe der kleinen Taschenlampe und des Kompasses, der sich unter den Standard-Apps befand, besser orientieren zu können. Schließlich rappelt

er sich auf und läuft, so schnell es geht, in die Richtung, in der er Osten vermutet – weg vom Terrorcamp und der Route, die seine Verfolger nehmen müssten, wenn sie umkehren und erneut versuchen, seine Spur zu finden.

Fast drei Stunden lang marschiert Felix Brosch durch den kargen, monotonen Wald, während der Schmerz in seinem verwundeten Arm immer wütender pulsiert und ihn die Erschöpfung, die Kälte, der Blutverlust und der Mangel an Flüssigkeit immer schwächer werden lassen. Seine Entscheidung, den Rucksack zurückzulassen, in dem sich zwei Flaschen Wasser befanden, verflucht er längst.

Felix' einzige Hoffnung ist, dass er bald auf ein bewohntes Haus oder eine Straße trifft, aber es deutet nichts darauf hin. Der scheinbar endlose Wald, der ihn umgibt, liegt dunkel und schweigend da. Nicht einmal Tiergeräusche sind zu vernehmen.

So bewegt er sich ziellos weiter, inzwischen mehr stolpernd als gehend. Irgendwann, als er den Blick kurz nach oben richtet, sieht er plötzlich riesige, neongrün leuchtende Schlieren am Himmel, die sich wie gigantische Rauchfahnen durch die unendliche Schwärze winden. Sekunden später erscheint an den Rändern ein tiefes Violett, das sich wie eine Flüssigkeit zwischen die giftgrünen Lichtschwaden ergießt und seltsame, sich schnell verändernde Formen bildet.

Felix starrt in verständnislosem Staunen auf die Erscheinung am Himmel. Erst nach einer ganzen Weile dämmert ihm durch den Nebel seiner Benommenheit, um was es sich handelt.

Polarlichter!

Vor Müdigkeit und Kälte zitternd, steht er da, unfähig, den Blick von den wabernden Lichtern abzuwenden. Plötzlich verspürt er das überwältigende Verlangen, sich einfach hier auf den Waldboden zu legen und zu dieser gigantischen Lasershow aus dem All langsam zu verdämmern.

Ich kann nicht mehr weiter. Bin zu schwach.

Wie in Trance steht Felix da, betört von der Vorstellung, all seiner Qual hier ein Ende zu machen. Dann vernichtet er den Gedanken in einer letzten Willensanstrengung.

Ich muss weiter.

Mühsam stolpert er weiter durch den Wald, sich hin und wieder an einem Stamm abstützend, um zu verschnaufen.

Und dann, etwa zwanzig Minuten, nachdem Felix die *Aurora Borealis* beobachtet hat und er beinahe endgültig am Ende seiner Kräfte ist, nimmt er zwischen den Bäumen einen winzigen Lichtschein wahr. Einen Moment lang glaubt er, dass ihm seine getrübten Sinne einen Streich spielen, aber als er weiter auf die Lichtquelle zutaumelt, erkennt er die Silhouette einer kleinen Blockhütte, hinter deren kleinen Fenstern elektrisches Licht brennt.

Dann steht er schwer atmend vor der Tür der Hütte und klopft mit seiner unversehrten Hand kraftlos an die Tür. Als sich nichts regt, pocht er heftiger. Schließlich öffnet sich die Tür, und ein großer, ziemlich junger Mann mit langen Haaren und einem wild wuchernden, langen Bart steht vor ihm und starrt ihn mit großen Augen an.

»I ... need help ...«, presst Felix hervor.

Der Fremde blickt kurz in Felix' abgezehrtes, schmerzgepeinigtes Gesicht und auf den blutdurchtränkten Schalverband an seinem linken Arm. Dann legt er auch schon seinen kräftigen Arm vorsichtig um Felix' Oberkörper und hilft ihm, die Hütte zu betreten.

Mit verschwommenem Blick nimmt Felix einen karg möblierten Wohnraum mit einem alten Holztisch und einem abgewetzten Sofa wahr. Er wankt darauf zu und lässt sich auf die Polster fallen.

Dann blinzelt er zwischen halb geschlossenen Lidern und sagt mühsam, immer noch auf Englisch: »Ich ... hatte einen ... Unfall ... Haben Sie ... ein Telefon?«

Felix scheint, dass der Mann ihn versteht, aber er antwortet nicht. Schließlich fragt er in gutem Englisch: »Was ist mit Ihnen passiert?«

Felix schluckt mühsam und flüstert: »Ich wurde ... angeschossen. Vielleicht von ... Jägern ...«

Der Langhaarige schaut skeptisch. Felix schluckt erneut und presst hervor: »Ich muss jemanden in Deutschland anrufen. Meine Frau. Sie muss ... wissen ... wo ich bin.«

Der Fremde runzelt die Stirn und sagt: »Sie müssen sofort in ein Krankenhaus!«

»Ja«, erwidert Felix schnaufend. »Aber … bitte … benachrichtigen Sie meine Frau …«

Der Fremde betrachtet ihn ein paar Sekunden mit forschendem Blick, bevor er sagt: »Okay. Geben Sie mir die Nummer! Und danach versorge ich Ihre Wunde!«

»Danke …«, murmelt Felix.

Der junge Mann nimmt ein Satellitenhandy vom Tisch, und Felix schafft es mit letzter Kraft, seinem umnebelten Gehirn die Handynummer von Magdalena Knoop zu entwinden, die er sich vor seiner Abreise nach Schweden eingeprägt hat. Er diktiert dem Fremden die Nummer, wobei er spürt, wie ihm allmählich die Sinne schwinden. »Sie heißt … Magdalena …«, presst er noch hervor. »Sagen Sie ihr … dass Felix hier ist … Felix …«

Er hat die Worte kaum ausgesprochen, als sich sein Blickfeld plötzlich verengt. Einen Wimpernschlag später wird es dunkel um ihn.

59

Das Erste, was Felix sieht, als er die Augen aufschlägt, sind zwei gepflegte Hände mit perlmuttfarben lackierten Nägeln, die ein Zeitschriftenmagazin halten.

Dann erkennt er, dass die Hände zu einer Frau mit tizianrotem Haar gehören, die, die Augen fest auf die Zeitschrift gerichtet, ganz nah bei ihm sitzt. Gleichzeitig nimmt er wahr, dass er in einem Bett liegt und bemerkt einen schwachen Geruch nach Desinfektionsmitteln.

Felix öffnet seinen Mund und versucht zu sprechen, aber es kommt nur eine Silbe heraus: »Ma…«

Die Frau lässt das Magazin sinken und lächelt ihn an. »Na, Junge? Bist du wieder unter uns?«

»Magdalena!«, bringt Felix hervor.

»Ja«, sagt die BND-Agentin. »Ich bin hier, bei dir.«

Felix schluckt trocken und fragt: »Wo bin ich?«

»In einem Krankenhaus in Kiruna, in Schweden. Erinnerst du dich, was passiert ist?«

Felix schweigt, während seine Gehirn versucht, die Bruchstücke seiner Erinnerung zusammenzusetzen. Es dauert eine Weile, aber dann ist plötzlich alles wieder da.

»Ja«, sagt er schließlich.

Magdalena lächelt aufmunternd. »Das ist gut. Aber das Wichtigste ist, dass du überlebt hast.«

Felix denkt eine Weile nach. Plötzlich runzelt er die Stirn und fragt: »Der Mann aus der Hütte im Wald ... Er hat dich also angerufen ...«

»Ja. Ein junger Schwede aus Göteborg, der oft den ganzen Sommer allein hier im Wald verbringt. Er sagte, du hättest Glück gehabt, dass er überhaupt noch da war. Am nächsten Tag wollte er aufbrechen und nach Göteborg zurück.«

»Wie bin ich hierhergekommen?«

»Der Junge war echt auf Zack. Nachdem er mich angerufen hat, hat er deine Wunde desinfiziert und dir einen sehr professionellen Verband angelegt. Dann hat er dich in seinem klapprigen, alten Pick-up so schnell es ging gut vierzig Kilometer hier ins Krankenhaus nach Kiruna gefahren.«

»Wo ist er?«

»Schon wieder über alle Berge. Ich soll dich grüßen und dir gute Besserung wünschen.«

Ein Gefühl der Dankbarkeit durchströmt Felix.

Magdalena füllt ein Glas mit Mineralwasser und reicht es Felix, der es mit langsamen Schlucken leert. Dann atmet er tief durch und fragt: »Wie lange bin ich schon hier?«

Magdalena sieht auf ihre goldene Cartier-Uhr und sagt: »Fast achtundzwanzig Stunden. Du warst die ganze Zeit bewusstlos. Die Ärzte sagen, der Blutverlust war hoch, dazu kamen Dehydrierung und völlige Erschöpfung.«

Felix durchzuckt ein bedrohlicher Gedanke.

»Ich ... musste fliehen ...«, sagt er. »Aus dem Camp. Sie haben mich angeschossen. Wenn sie jetzt die Krankenhäuser in der Umgebung abklappern ...«

Magdalena nickt ernst. »Ich habe mir das schon zusammengereimt und mit dem Krankenhaus Verbindung aufgenommen. Glücklicherweise hat man keine Ausweispapiere bei dir gefunden. Ich habe mich als deine ältere Schwester ausgegeben und der Verwaltung einen falschen Namen gesagt. Und Yael Rubin hat sofort drei bewaffnete Mossad-Leute mit einem Privatflieger aus Stockholm herbeordert. Einer beobachtet den Eingang, und zwei andere haben hier auf der Etage in der Lobby unauffällig Quartier bezogen.«

Felix runzelt voller Unverständnis die Stirn. »Warum habt ihr nicht die schwedische Polizei alarmiert?«

Magdalena lächelt ein wenig säuerlich. »Der Mossad legt Wert darauf, dass die Schweden nicht wissen, dass auf ihrem Territorium ein Undercover-Einsatz unter israelischer Regie stattgefunden hat.«

»Hm«,, macht Felix nur und verlagert sein Gewicht ein wenig. Sofort spürt er einen scharfen, stechenden Schmerz im linken Oberarm. Vorsichtig betastet er mit der Rechten den blütenweißen Verband.

Magdalena sagt: »Keine Sorge, der Arm kommt wieder in Ordnung. Nichts gebrochen, nur eine Fleischwunde. Hast du starke Schmerzen?«

Felix grunzt. »Ein bisschen, aber es geht schon.«

»Wenn es zu schlimm wird, lass dir was geben.«

Felix nickt. »Vielleicht später.« Dann fragt er: »Und was sagen die Ärzte zu der Schusswunde? Erregt die nicht Verdacht?«

Magdalena lächelt. »Ich habe ihnen gesagt, dass es ein Jagdunfall war.«

Felix nickt und lächelt ein wenig.

Sie hat denselben Gedanken gehabt wie ich, als mich der Junge in der Hütte fragte, was mit mir passiert ist.

Felix' Blick geht zum Fenster des Zimmers. Es ist hell draußen, aber er hat keine Ahnung, welche Tageszeit es ist. Er fragt: »Wie spät ist es jetzt?«

»Zehn Uhr morgens.«

»Wie lange bist du schon hier?«

»Seit gestern Abend«, erwidert Magdalena.

Felix betrachtet stumm den Infusionsschlauch in seiner rechten Armbeuge, der zu einem Stativ neben dem Bett führt. Aus der daran befestigten bauchigen Flasche tropft gelbe Flüssigkeit in seine Vene.

Magdalena Knoop bemerkt seinen Blick und sagt: »Antibiotika. Die Ärzte sagen, dass sie die Faserreste von deiner Kleidung, die mit der Kugel eingedrungen sind, weitgehend entfernt haben. Mit dem Tropf dürfte dann die letzte Entzündungsgefahr beseitigt sein.«

Felix starrt eine Weile stumm aus dem Fenster, bis ihm plötzlich das Kettenarmband mit dem kleinen, eingeprägten Skorpion in den Sinn kommt, mit dem er die Festplatten von Simon Jenkins' Computer geklont hat. Er erschrickt, als er feststellt, dass es sich nicht mehr an seinem Handgelenk befindet.

»Das Armband«, sagt er alarmiert. »Das mir der Mossad gegeben hat! Wo ist es?«

»Das hat Yael.«

Felix seufzt erleichtert. Dann stutzt er und fragt: »Wieso? Wo ist sie?«

»Sie ist auch hier. Sie wollte sich nur einen Kaffee besorgen.«

Wie aufs Stichwort öffnet sich die Tür, und die schlanke Gestalt der Israelin betritt den Raum. In der Hand hält sie einen großen, dampfenden Pappbecher. Als sie sieht, dass Felix bei Bewusstsein ist, hellt sich ihre Miene auf. Wie immer leicht hinkend, nähert sie sich seinem Bett und sagt mit ihrer angenehmen, rauchigen Stimme: »Herr Brosch! Wie geht es ihnen?«

Felix blickt ihr direkt in die smaragdgrünen Augen und sagt: »Ganz gut!«

»Haben Sie Hunger?«

Felix wird bewusst, dass ihm vor Hunger fast übel ist. »O ja!«

»Ich lasse Ihnen sofort etwas bringen. Glauben Sie, dass Sie dann in der Lage sind, zu erzählen, was passiert ist?«

Felix nickt.

Yael verlässt kurz das Zimmer, und bald nachdem sie zurückgekehrt ist, kommt ein graubärtiger, schwarzer Pfleger in einem dunkelblauen Hemdkittel und weißen Hosen herein. In der Hand trägt er ein großes Tablett mit einem abgedeckten Teller, das er auf dem Betttisch neben Felix' Bett abstellt. »Enjoy your meal!«, sagt er gut gelaunt. »Do you need help?«

Yael Rubin lächelt ihn freundlich an und sagt: »Danke! Ich kümmere mich darum.«

Als der Pfleger wieder verschwunden ist, schiebt Yael das Tischchen auf Rollen an Felix' Bett heran, bis die Abstellfläche mit dem Tablett über seiner Körpermitte schwebt. Für einen kurzen Moment steigt ihm der Lavendelduft ihres Parfüms in die Nase. Dann hebt Yael die Abdeckhaube des Tellers ab, und ein köstlicher Essensgeruch überdeckt den ihres Parfüms.

Yael sagt: »Das sind diese schwedischen ... diese ... wie heißen die noch?«

»Köttbullar« erwidert Magdalena lächelnd.

Voller Wonne betrachtet Felix den bis zum Rand gefüllten Teller mit Fleischklößchen in Rahmsauce sowie Kartoffelpüree, Preißelbeerkompott und ein wenig Brokkoli.

»Ich dachte, das können Sie mit einer Hand gut essen!«, sagt Yael.

Leise ächzend ruckelt Felix seinen Oberkörper zurecht und greift zu einer Gabel, als ihm plötzlich siedendheiß etwas einfällt. Er lässt die Gabel wieder sinken und sagt unvermittelt: »Es soll einen Anschlag in Hamburg geben! Auf eine jüdische Schule!«

»Wann? Wo genau?«, fragt Yael Rubin alarmiert.

»Die Tora-Talmud-Schule am Grindelhof. Sie soll von fünf Terroristen angegriffen werden. Ich weiß aber nicht, für wann der Anschlag geplant ist.«

Magdalena nickt ernst und erhebt sich. Dann zieht sie ein Handy aus der Tasche ihres Blazers und sagt: »Ich werde sofort mit der Zentrale in Berlin sprechen und auch den Innensenator in Hamburg informieren!«

»Und ich spreche mit Tel Aviv!«, sagt Yael und folgt Magdalena zur Tür.

Nachdem die beiden Frauen das Zimmer verlassen haben, beginnt Felix mit dem unversehrten Arm gierig das Essen in sich hineinzuschaufeln. Undeutlich wird ihm bewusst, dass er seit mehr als achtundvierzig Stunden nichts mehr zu sich genommen hat.

Kaum zehn Minuten später hat er seine Mahlzeit beendet und schiebt den Betttisch mit einem tiefen Seufzer zur Seite.

Nicht lange danach kehrt Yael Rubin in das Krankenzimmer zurück und unmittelbar darauf auch Magdalena. »Die Terrorwarnung ist raus«, sagt sie.

Felix nickt zufrieden und nimmt einen langen Schluck aus seinem Wasserglas.

Dann lehnt er sich zurück und betrachtet die beiden Agentinnen, die auf zwei Stühlen vor seinem Bett Platz genommen haben, und ihn erwartungsvoll ansehen.

»Okay«, sagt er heiser. »Ihr werdet ziemlich neugierig sein.«

Magdalena lacht leise. »Überhaupt nicht! Was soll schon groß passiert sein?«

Yael lächelt flüchtig über den Witz, bevor sie ihr Smartphone aus ihrer Umhängetasche nimmt und sagt: »Ich zeichne alles auf, okay?«

Felix nickt. Yael aktiviert die Sprachaufnahme und legt in ihrer typischen Art kurz einen Finger auf den Nasenrücken, was stets ein Ausdruck erhöhter Konzentration ist.

Und dann erzählt Felix alles, soweit das bei der Fülle der Erlebnisse und Eindrücke überhaupt möglich ist. Von der Reise nach Nordschweden mit Simon und Tim, von Stella, von der unterirdischen Trainingshalle, von den SLF-Terroristen und natürlich von dem Mann, der sich Hyperion nennt. Er berichtet von den spätabendlichen Schachpartien zwischen dem Terrorchef und seinem Cousin und wie er die Spracherkennung an dessen Haustür ausgetrickst hat.

Er schildert, wie er die Daten von Simons Computer geklont hat, und seinen Kampf mit Stella, der für die SLF-Terroristin tödlich endete. Er erzählt von Tim Wohlfahrts alias Nemos Sinneswandel und schließlich von ihrer gemeinsamen Flucht, bei der der Junge auf der Strecke blieb.

Als er über Tim Wohlfahrts Tod spricht, wird Felix schlagartig ein wenig flau im Magen, und er muss einen Schluck Wasser trinken.

Wenn all das vorbei ist, werde ich seine Freundin besuchen und ihr von Tim und seiner Absicht, aus dem Terror auszusteigen, erzählen.

Dass Felix mit Stella zum ersten Mal in seinem Leben einen Menschen, noch dazu eine Frau, getötet hat, ist eine Erfahrung, deren Erschütterung er noch gar nicht verspürt, weil sie noch von dem Drama seiner Flucht und seinem glücklichen Entkommen absorbiert wird.

Während Felix seinen Bericht gibt, werden die Augen der beiden Agentinnen immer größer. Ohne ihn auch nur einmal zu unterbrechen, hängen sie an seinen Lippen, und als er nach beinahe zwei Stunden erschöpft geendet hat, herrscht für eine Weile völlige Stille.

Schließlich schüttelt Magdalena den Kopf und sagt nur: »Unfassbar!«

Yael Rubin blickt Felix bloß mit einem Ausdruck an, der nichts anderes als Respekt, vielleicht sogar ein wenig Bewunderung zeigt. Felix wird mit einem leisen Gefühl der Verlegenheit bewusst, wie angenehm er davon berührt ist.

Dann öffnet die Israelin ihre schön modellierten Lippen und sagt: »Herr Brosch, ich danke Ihnen für Ihren Mut und Ihren Einsatz!«

Magdalena pflichtet ihr mit einem warmen Lächeln bei.

Felix grunzt nur, und nachdem einen Moment Schweigen geherrscht hat, setzt Yael Rubin wieder ihr dienstliches Gesicht auf und beginnt, Fragen zu stellen: »Lassen Sie uns zuerst über das Terrorcamp sprechen. Können Sie diesen Ort näher lokalisieren?«

Felix runzelt die Stirn und überlegt eine Weile. Dann sagt er: »Einigermaßen. Das letzte Straßenschild, das ich sah, zeigte an, dass es noch achtundzwanzig Kilometer bis nach Kiruna waren. Kurz danach sind wir abgebogen, ich glaube, es ging nach Westen. Dann ging es bestimmt noch mal zehn, zwölf Kilometer in den Wald hinein.«

Magdalena nickt und erhebt sich. »Das sollte der schwedischen Polizei genügen, um den Ort zu finden. Ich werde jetzt mit einem guten Kontakt bei der Terrorismusabteilung der schwedischen Sicherheitspolizei telefonieren und ihnen einen Hinweis auf das Camp geben.« Mit einem Blick zu Yael fügt sie hinzu. »Wie wir es besprochen haben. Keine Erwähnung von Felix und seiner Anwesenheit dort. Ich werde es als Hinweis ›aus einer Quelle‹ verkaufen.«

Yael nickt wortlos. Magdalena fährt fort: »Als Gegenleistung für den Tipp werde ich meinen Kontakt bei der SÄPO bitten, mich über die Ermittlungen auf dem Laufenden zu halten.«

Felix kratzt sich am Kopf und sagt: »Sie werden nach meiner Flucht längst über alle Berge sein. Seitdem sind fast zwei Tage vergangen.«

Yael nickt. »Ja, davon gehe ich auch aus. Man muss sehen, was für Spuren man dort noch findet.«

»Das Armband!«, sagt Felix. »Was geschieht jetzt damit?«

»Ich fliege heute noch nach Tel Aviv und gebe es an unsere IT-Spezialisten weiter. Dann werden wir sehen.«

Magdalena verlässt erneut das Zimmer, und Felix und die Mossad-Agentin setzen ihre Unterhaltung zu zweit fort. Felix sagt: »Tim hat noch etwas gesagt. Dass zeitgleich mit dem Anschlag in Hamburg zwei weitere Anschläge erfolgen sollen. Aber er hatte keine Ahnung, wo.«

Yael Rubin schnaubt durch die Nase und sagt: »Ich hoffe, dass wir das über Jenkins' Computerdaten herausfinden!«

Sie räuspert sich und überlegt kurz, bevor sie weiterspricht.

»Herr Brosch, ich schätze, dass Sie in zwei, drei Tagen wieder einigermaßen fit sind. Könnten Sie dann nach Tel Aviv kommen? Wir sollten anhand Ihrer Beschreibung Phantombilder von Hyperion und den anderen Terroristen herstellen und durch unsere Software jagen. Kombiniert mit anderen Beobachtungen und den Fakten über das Camp können wir vielleicht einige identifizieren.« Sie lächelt flüchtig. »Natürlich werden sie weiter ärztlich versorgt, und außerdem könnten Sie sich wunderbar erholen. Der Herbst ist eine besonders schöne Zeit in Israel. Nicht mehr so heiß, aber angenehm warm. Das Meer auch. Und der Strand von Tel Aviv ist wirklich ein Traum.«

Felix ist ein bisschen überrascht, aber er sieht ein, dass das Ganze Sinn ergibt.

Abgesehen davon erscheint ihm die Aussicht, sich ein paar Tage in einem warmen Klima zu erholen, sehr verlockend.

Und ich wäre direkt vor Ort, wenn die Computerleute des Mossad Simons Festplatte auswerten.

Er nickt und sagt: »Klar, warum nicht?«

»Gut«, sagt Yael. Dann fügt sie mit einem Augenzwinkern hinzu: »Ich schulde Ihnen ja auch noch einen Drink.« Felix grinst breit. »Und ich war mir schon sicher, dass Sie das vergessen haben!« Die Israelin bedenkt ihn mit einem tiefen Blick. »No way. Ich freue mich darauf.«

60

Vier Tage später. Tel Aviv, Israel.

Ein azurblauer, nur hier und da von weißen Cumuluswolken getupfter Himmel überspannt die *Gordon Beach*, einen breiten, mit feinem, fahlgelbem Sand bedeckten Strandabschnitt im Westen der Doppelstadt Tel Aviv-Jaffa, dem wirtschaftlichen und kulturellen Zentrum Israels. An der scharf gezogenen Linie des Horizonts trifft der helle Himmel auf das tiefe Saphirblau des Mittelmeers, das in Ufernähe in ein leuchtendes Türkis übergeht. Hinter den vorgelagerten länglichen Wellenbrechern aus Blocksteinen gleiten Segelboote und Windsurfer vorbei, während sich zum Strand hin badende Menschen in der sanften Dünung tummeln. Entlang der Wasserlinie ziehen sich Reihen von Sonnenschirmen und Strandliegen, die sowohl von Touristen als auch von Einheimischen gut frequentiert sind, ebenso wie der mit vielerlei Geräten ausgestattete öffentliche Fitnessbereich, der von großen Sonnensegeln überspannt ist. Überall sieht man junge, athletische Menschen mit wie gemeißelt wirkender Muskulatur, die sich den verschiedensten körperlichen Aktivitäten widmen. Man spielt Strandtennis, stemmt Gewichte oder joggt leicht bekleidet an der Wasserlinie oder die von haushohen Palmen gesäumten Shlomo-Lahat-Promenade entlang. Hinter der angrenzenden Uferstraße erheben sich die weißen Betontürme der Fünf-Sterne-

Hotels: das *Renaissance*, das *Sheraton* und, ein Stück weiter südlich, das *Dan Tel Aviv*.

Felix sitzt allein an einem Tisch auf der Holzterrasse des *La La Land*, eines großen Strandrestaurants, von wo er den Sandstrand sowie auch ein Stück der Uferpromenade überblicken kann. Die Lufttemperatur liegt jetzt, an einem Nachmittag im späten September, immer noch bei knapp dreißig Grad, aber die vom Meer kommende Brise mildert die Hitze und lässt die weißblaue Flagge Israels mit dem Davidstern, die an einem hohen Mast neben der Terrasse hängt, sanft wehen.

Felix studiert die Menükarte und stellt nach ein wenig Rechnerei fest, dass die Preise ziemlich gesalzen sind. Allerdings muss er sich drüber keine Gedanken machen, nachdem ihm Yael Rubin gleich bei seiner Ankunft am Ben-Gurion-Flughafen vor zwei Tagen einen Umschlag mit viertausend Schekel – umgerechnet etwa tausend Euro – überreicht hat. (»Damit sollten Sie fürs Erste über die Runden kommen!«)

Bevor Felix die Reise überhaupt antreten konnte, hat ihm Magdalena noch in Kiruna ein paar neue Klamotten besorgt: ein paar T-Shirts, ein Hoodie, Jeans, Socken, Unterwäsche und weiße Nike-Sneaker. Und weil neben seinem Gepäck auch seine Papiere im Terrorcamp zurückgeblieben sind, hat sie mithilfe eines Handy-Porträts von ihm per Kurier von der deutschen Botschaft in Stockholm einen vorläufigen Ausweis angefordert, der am Morgen zuvor eingetroffen ist. Yael Rubin hat zudem dafür gesorgt, dass die Einreise nach Israel ohne die sonst üblichen, ausgiebigen Überprüfungen und Befragungen vonstattengegangen ist.

Felix beobachtet die flinken Servicekräfte – alles junge Männer und Frauen, die zwischen den Tischen hin und her flitzen und neben Hebräisch auch sehr gut Englisch und Französisch sprechen.

Felix ordert einen Café Americano und eine Cola Classic und beobachtet die Gäste an den anderen Tischen.

Ein schwules Paar in ärmellosen, schwarzen T-Shirts, das sich engagiert küsst. Eine Familie mit Kindern im Teenager-Alter, die sich über scharfe Merguez-Würstchen und Chicken Wings hermachen, während sie in breitem amerikanischem Englisch vor sich hin schnattern. Zwei ältere, üppig mit Gold behängte Damen mit einem ziemlich fetten Hund.

Das bisschen, was Felix bislang von Tel Aviv mitkommen hat, vermittelt den Eindruck einer sehr modernen, westlich orientierten Großstadt, jung, tolerant und international. Die selbstbewusste Lässigkeit und die Aura des guten Lebens können allerdings nicht ganz darüber hinwegtäuschen, dass sich Israel wieder einmal in einem Zustand erhöhter Wachsamkeit befindet. Die Anschläge von Attentätern der palästinensischen Hamas, die lange Jahre eher selten waren, haben seit einiger Zeit wieder zugenommen. Deshalb sieht man überall in den Straßen Soldaten beiderlei Geschlechts, Polizisten und zivil gekleidete Sicherheitskräfte mit umgehängten MPs.

Felix reibt mit der Rechten sein Kinn, was ein sehr ungewohntes Gefühl hervorruft. Denn als er am Morgen in dem schick eingerichteten Apartment, das dem Mossad gehört, aufgewacht ist, hat er mit einem elektrischen Haarschneider und anschließender Nassrasur seinen Bart abgenommen, den er, obwohl zuletzt gestutzt, seit gut fünf Jahren getragen hat.

Es war gewissermaßen eine rituelle Reinigung von seiner Undercover-Identität als Felix Brosch, Sympathisant und Unterstützer der SLF. Dafür ist jetzt die blasse, dünne Narbe auf seiner rechten Wange zur Gänze sichtbar, ein ewiges Andenken an Simons und seinen Fight mit den Araberkids am Strand von Brighton-Hove. Felix stand eine Weile nachdenklich vor dem Spiegel und dachte an seinen Cousin.

Mein Gott, Simon! Was ist aus dir geworden? Wie ist es bloß gekommen, dass du ein Jünger dieses Wahnsinnigen geworden bist?

Felix trinkt einen Schluck Cola und zupft dann die um den Hals gehängte leichte Trageschlinge zurecht, in der er seinen linken Arm trägt. Obwohl die Schusswunde gut verheilt, schmerzt sie immer noch. Immerhin kommt er mit zwei Ibuprofen 400 gut über den Tag.

Direkt nach seiner Ankunft hat ihn in seinem Apartment ein Militärarzt des Mossad aufgesucht, um seine Verletzung zu versorgen und ihm ein paar Tipps gegeben, wie er sie in Zukunft selbst säubern kann. (»Nur Wasser verwenden, nichts sonst!«) Er hat Felix gezeigt, wie man die Ein- und Ausschusswunde nach der Reinigung mit einem mit Wundsalbe bestrichenen kleinen Gaze-Tissue bedeckt und darüber anschließend ein leichtes Pflaster anbringt. Nachdem der untersetzte, kahlköpfige Mann dann das Röntgenbild studiert hat, das Felix aus Kiruna mitgebracht hat, hat er sich, was den weiteren Verlauf der Heilung betrifft, sehr optimistisch gezeigt: »Glück gehabt! In höchstens ein, zwei Wochen ist der Arm wie neu!«

Trotz des entspannten Ambientes um ihn herum ist Felix keineswegs in Urlaubsstimmung, denn er erwartet, dass jeden Moment Yael Rubin auftaucht, um ihn über die neuesten Entwicklungen im Zusammenhang mit Hyperion und der SLF zu informieren. Weil Yael und Magdalena dazu übergegangen sind, nur noch über verschlüsselte Leitungen zu kommunizieren, ist er im Moment ein bisschen außen vor und auf Yaels mündliche Updates angewiesen. Die hat ihm auch bei seiner Ankunft vor zwei Tagen berichtet, was inzwischen geschehen ist:

Nachdem Magdalena Knoop noch von Kiruna aus der Terrorismusabteilung der schwedischen Sicherheitspolizei einen angeblich aus einer anonymen BND-Quelle stammenden Hinweis auf das Terrorcamp gegeben hat, ist das Lager zwar rasch aufgespürt, aber verlassen vorgefunden worden.

Ansonsten hatte man genau das entdeckt, was Felix den beiden Agentinnen beschrieben hatte: das Haupthaus, die Hütten, in denen die Terroristen lebten, das *social house* und schließlich die unterirdische Trainingshalle samt der makabren Zielpuppen. Allerdings habe man weder Waffen noch persönliche Gegenstände gefunden, und die wenigen Fingerabdrücke, die gesichert wurden, konnten bislang niemandem zugeordnet werden. Von Toten im Camp war keinerlei Rede gewesen, woraus Magdalena geschlossen hat, dass die Leichen von Stella und Tim beim Rückzug der Terroristen mitgenommen oder irgendwo beseitigt wurden.

Felix betrachtet eine Weile das bunte Strandpanorama. Es tut gut, draußen zu sein, nachdem er fast den gesamten gestrigen Tag mit einem jungen Porträtkünstler des Mossad in seinem Apartment verbracht hat. Wieder und wieder sind auf dem Screen eines Notebooks Augen, Nasen, Münder und Frisuren erschienen, die sich unter den fliegenden Fingern des Grafikers schnell in vollständige Gesichter verwandelten. Allerdings war es langwierig und mühselig, alle Elemente so mit Felix' Erinnerung zu verknüpfen, dass er glaubte, in den Porträts annähernd die Personen erkennen zu können, die ihm im Camp begegnet waren.

Felix hat gerade den letzten Schluck von seinem Kaffee genommen, als er Yael auf einem metallicrot gespritzten, eleganten Rennrad über die Uferpromenade kommen sieht. Mit ihrer blau verspiegelten Sonnenbrille, dem ärmellosen, korallenroten Top und den schwarzen Leggins passt sie sich mühelos in die Umgebung ein – wobei ihre unübersehbare Schönheit selbst in Tel Aviv, das an attraktiven Frauen nicht gerade arm ist, heraussticht. Das empfindet Felix jedenfalls so, während er beobachtet, wie die Mossad-Agentin von ihrem Rad steigt und es lässig am Stamm einer dünnen Palme ankettet. Dann steuert sie in ihrem leicht hinkenden Gang auf die Terrasse des *La La Land* zu und sieht sich suchend um.

»Yael! Hier!«, ruft Felix und winkt mit dem unversehrten Arm.

Kurz darauf steht sie vor ihm, schiebt ihre Sonnenbrille ins Haar und betrachtet ihn aufmerksam. »Hm, der Bart ist ab!«, sagt sie mit einem ironischen Funkeln in den im hellen Sonnenlicht türkisfarben wirkenden Augen. »Das gefällt mir. Ich stehe nicht so sehr auf Männer mit Bärten.«

Felix beobachtet die Kellner, die wie die meisten der anderen jungen Männer am Strand gestylte Gesichtsbehaarungen tragen und meint: »Dann wird die Auswahl hier aber deutlich geringer!«

Yael lächelt amüsiert, bevor sie übergangslos in den Profimodus schaltet. »Es gibt wichtige Neuigkeiten. Lassen Sie uns ein paar Schritte auf der Promenade gehen, wo wir ungestört reden können.«

Felix winkt eine Bedienung heran und zahlt seine Zeche. Dann gehen sie auf dem breiten, mit dunklen Holzbohlen belegten Promenadenweg langsam am Meer entlang, während die Israelin mit gedämpfter Stimme ihren Bericht gibt.

»Es geht um Hyperion. Die schwedische Polizei tappt noch im Dunkeln, aber ich glaube, dass wir anhand des Phantombildes und Ihrer Beobachtungen im Terrorcamp herausgefunden haben, wer er ist. Unsere Leute haben die ganze Nacht und den heutigen Tag gearbeitet, und schließlich stellte sich heraus, dass wir sogar eine Akte über ihn haben. Das erkläre ich Ihnen gleich. Erst mal zeige ich Ihnen ein Foto.« Sie nimmt ihr Smartphone aus der Westentasche und sieht sich unauffällig nach allen Richtungen um. Dann tippt sie auf den Touchscreen und reicht Felix das Handy. »Ist er das?«

Elektrisiert starrt Felix auf das Bild. Das Foto ist offenbar etliche Jahre alt, aber Felix erkennt den Mann darauf sofort. Er schluckt einmal und sagt: »Das ist er. Kein Zweifel.«

Yael nickt voller Befriedigung und sagt: »Sein Name ist Gunnar Matias Eriksson, achtundfünfzig Jahre alt und schwedischer Nationalität. Er ist aufgewachsen in Stockholm als Sohn eines Industriellen und hat sich Mitte der 1980er als sehr junger Mann der relativ unbedeutenden linksextremistischen Szene in Schweden angeschlossen. Er war zunächst Mitglied der Kommunistischen Partei des Marxismus-Leninismus, einer kleinen Splitterpartei, bei der er sich allerdings einen Namen als guter Redner und gewaltbereiter Aktivist gemacht hat. Sein besonderes Augenmerk galt damals dem sogenannten Antizionismus und der Solidarität mit den Palästinensern.«

Felix lauscht der Israelin mit gebannter Aufmerksamkeit.

Yael fährt fort: »Eriksson hat sich als Spendensammler für Arafats PLO hervorgetan und war in den 1980ern ein paarmal in Tunis, wo die PLO damals ihr Hauptquartier hatte. Aus dieser Zeit stammt unsere Akte über ihn. Anfang der 1990er scheint er dann vom Radar des schwedischen Staatsschutzes verschwunden zu sein. Und auch wir haben danach nichts mehr von ihm gehört.«

Yael hinkt zu dem hüfthohen, breiten Geländer, von wo aus man den Strand überblickt, und stützt sich darauf mit beiden Händen ab. Felix schließt sich ihr an. Während sie aufs Meer hinausschauen, fährt Yael fort: »Ganz offenbar hat sich Eriksson dann nicht mehr sichtbar politisch betätigt, dafür umso erfolgreicher auf anderem Gebiet: Als wir ihn einmal eingekreist hatten, hat ein ganzes Team recherchiert, um mehr über ihn herauszukriegen. Es hat, als sein Vater Anfang der 2000er starb, ein ziemlich großes Vermögen geerbt und dies durch geschickte Investitionen und Börsenaktivitäten sehr erfolgreich gemehrt. Sein Name tauchte vor Jahren mal in Wirtschaftsblättern auf. Er gilt als etwas exzentrischer, zigfacher Millionär, viel auf Reisen und ansonsten sehr zurückgezogen lebend. Jedenfalls scheint er eine Weile in den USA und in England gelebt zu haben.«

Die Mossad-Agentin schweigt einen Moment nachdenklich, während sie einem Windsurfer nachblickt, der in rasantem Tempo das silbrig glitzernde Wasser durchpflügt. Dann fährt sie fort:»Irgendwann in dieser Zeit muss Erikssons politischer Extremismus, den er offenbar nie aufgegeben hat, in eine andere Richtung umgeschlagen sein. Aus dem Kommunisten wurde ein beinharter Nazi und fanatischer Judenhasser.«

Felix ist nicht einmal allzu verblüfft über diese scheinbar widersinnige Wandlung.

Er muss sofort an die schillernde Figur des Horst Mahler denken und dessen Metamorphose vom linken Anwalt und RAF-Terroristen zum Rechtsextremen und Hitlerbewunderer, der für seine hartnäckige Leugnung des Holocausts ungerührt jahrelange Knaststrafen in Kauf nahm.

»Was das Trainingscamp betrifft …«, sagt Yael Rubin,»habe ich einige Informationen von Magdalena bekommen, die in Kontakt mit der SÄPO steht. Die unterirdische Halle ist vor etwa zwei Jahren fertiggestellt worden. Trotz der abseitigen Lage blieb die ziemlich aufwendige Bautätigkeit natürlich nicht verborgen. Offiziell hieß es, dass dort irgendeine Investmentgesellschaft ein schickes Jagdcamp samt einer unterirdischen Garage baut.«

Felix schnaubt durch die Nase.»Nicht schlecht. So was soll es geben!« Dann fragt er:»Sie sagen, die Schweden wissen noch nichts von Eriksson? Wie kann das sein? Sie müssen doch herauskriegen, wer hinter dem Camp steckt!«

»Magdalena weiß von ihrem SÄPO-Kontakt, dass das Anwesen vor Jahren von einer Tarnfirma erworben wurde und die Verträge offenbar mit gefälschten Papieren zustande kamen. Sie konnten den eigentlichen Besitzer noch nicht identifizieren.«

»Nun, jetzt werden sie es ja sicher von euch erfahren.«

Die Israelin schüttelt den Kopf.»Nein.«

Felix sieht sie irritiert an.

Yael verzieht ein wenig den Mund. »Wenn die Schweden erfahren, dass der Mossad auf ihrem Territorium eine Antiterror-Operation durchgeführt hat, werden sie ziemlich sauer sein. Umso mehr, wenn herauskommt, dass dabei eine schwedische Staatsbürgerin zu Tode gekommen ist.«

Felix ist kurz wie vor den Kopf geschlagen. So sehr ihn die Szene der Tötung Stellas und das hässliche, trockene Geräusch, mit dem ihr Genick brach, manchmal noch verfolgt, so wenig hat er über die politischen Implikationen seiner Taten in Schweden nachgedacht.

Er starrt eine Weile stumm vor sich hin, bevor er stutzt. »Wieso überhaupt schwedische Staatsbürgerin?«

»Wir glauben, dass Stella Erikssons Halbschwester Astrid ist.«

Felix blickt sie erstaunt an, dann versinkt er, tief über das Geländer gebeugt, eine Weile in nachdenkliches Schweigen. Schließlich fragt er: »Es gibt also vorerst keine öffentliche Fahndung nach Eriksson und Jenkins?«

»Nein. Wir arbeiten erst mal weiter mit geheimdienstlichen Mitteln. Neben anderen Aspekten könnte eine öffentliche Fahndung nach Eriksson und Jenkins die Terroristen auch veranlassen, sofort loszuschlagen, auch wenn sie dann vielleicht improvisieren müssen. Wir werden versuchen, die beiden aufzuspüren, und dabei alle Hebel in Bewegung setzen.«

»Was ist mit dem Armband? Den Daten von Jenkins' Computer?«

Yael seufzt. »Es sind offensichtlich jede Menge Daten drauf, aber sie sind verschlüsselt. Und zwar so gut, dass unsere Leute den Code bisher nicht knacken konnten. Und, glauben Sie mir, die kriegen so was normalerweise hin!«

Felix sinkt ein Stück in sich zusammen. *Wenn sie die Daten nicht knacken können, wäre vieles umsonst gewesen. Auch der Tod von Tim.*

Yael, die offenbar spürt, was in ihm vorgeht, sagt voller Überzeugung: »So oder so: Wir werden sie alle kriegen! Und das liegt vor allem an Ihrem Einsatz! Ohne Sie wüssten wir immer noch nicht, wer Hyperion ist! Und welche Rolle Jenkins wirklich spielt!«

Felix reibt sich über das angespannte Gesicht und atmet tief durch.

Sie hat recht. Die Jagd hat jetzt begonnen.

Yael streicht sich eine Strähne ihres langen Haars zurück, die die Meeresbrise in ihr Gesicht geweht hat. Dann sagt sie: »Einstweilen müssen wir befürchten, dass die SLF zu einem weiteren Schlag ausholt. Die Sache in Hamburg dürfte wegen Tim Wohlfahrts offensichtlichem Verrat für sie verbrannt sein, aber die beiden Anschläge, die zeitgleich geplant waren und über deren Ziele Wohlfahrt nichts wusste, dürften weiter in Vorbereitung sein.«

Felix nickt. Dann fällt ihm plötzlich Simons Familie in Berlin ein. »Was ist mit Jenkins' Frau? Und den Kindern? Daphne und Cedrick?«

»Sie sind alle drei verschwunden. Jenkins muss sie direkt nach Ihrer Flucht aus dem Camp gewarnt haben, und es scheint, dass Mona auf alles vorbereitet war. Als die deutsche Polizei die Wohnung gestürmt hat, war sie längst verlassen. Und der Computerraum war ausgeräumt. Keine Rechner, keine Datenträger, keine Handys. Den Hund hat sie bei der Nachbarin abgegeben und ihr gesagt, dass sie ein paar Tage mit den Kindern verreisen müsse.«

Felix runzelt ungläubig die Stirn. »Und die Kinder sind wirklich auch verschwunden? Nicht bei Großeltern oder sonstwo?«

»Nein. Die Deutschen haben das ganze Umfeld abgeleuchtet. Sie hat die Kinder offenbar mitgenommen.«

Felix starrt einen Moment mit abwesendem Blick zum Horizont, wo ein großes Containerschiff auf dem Weg zum Suezkanal entlangzieht. Dann räuspert er sich. »Und wie geht es jetzt weiter?«

»Wir konzentrieren uns auf die Jagd nach Eriksson und Jenkins. Bei ihnen laufen alle Fäden zusammen. Wenn wir einen von ihnen kriegen, werden sie über kurz oder lang auspacken.«

Yael sagt das in einem entspannten Plauderton, so als würde sie über eine Verabredung zum Kaffeetrinken reden, aber Felix schaudert innerlich.

Falls sie nicht irgendwo der Polizei, sondern dem Mossad direkt in die Hände fallen, dann Gnade ihnen Gott. *Die Verhöre bei der Polizei dürften sie überstehen, aber nicht die Behandlung durch die Israelis.*

Die beiden schweigen eine Weile, während um sie herum das relaxte Strandleben weitergeht. Schließlich sagt Yael mit ihrer angenehmen Altstimme: »Wie geht es Ihnen überhaupt? Was macht der Arm?«

Felix nickt. »Alles cool. Wird besser.«

»Schön.« Dann fragt sie: »Wie gefällt Ihnen Tel Aviv?«

»Gut«, sagt Felix, nicht nur aus Höflichkeit. »Aber das bringt mich zu der Frage, warum ich eigentlich hier bin. Wie geht es jetzt mit mir weiter?«

»Wir sind noch dabei, Ihre Aussagen, die ich im Krankenhaus in Kiruna aufgenommen habe, zu analysieren. Ebenso die Ermittlungsergebnisse über das Terrorcamp, die Magdalena von den Schweden bekommen hat. Dabei ergeben sich ständig neue Fragen. Spätestens am Montag sollten wir so weit sein, dass ich und mein Kollege Avi mit Ihnen noch einmal jedes Detail durchgehen.«

Felix seufzt innerlich. So sehr er sich danach sehnt, in sein altes Leben zurückzukehren, um die Gespenster seiner Erlebnisse hinter sich zu lassen, so sehr ist ihm bewusst, dass er immer noch mit Haut und Haaren in dieser Sache drinsteckt. Er weiß, dass er niemals zur Ruhe kommen wird, solange das Schicksal von Gunnar Eriksson alias Hyperion und seines Cousins Simon nicht geklärt und die SLF zerschlagen ist.

Er wendet sich zu Yael und sagt: »Okay. Ich bin bereit.«

»Danke! Wir werden nicht vergessen, was Sie für uns tun!« Dann lächelt Yael. »Morgen ist Freitag. Was halten Sie davon, wenn wir uns abends zum Essen treffen? Ich würde Sie abholen.«

Felix fixiert die Mossad-Agentin mit seinen grauen Wolfsaugen. »Trifft sich gut. Morgen Abend habe ich noch nichts vor.«

61

Am nächsten Morgen säubert und verpflastert Felix seine Wunde und kleidet sich an, was ihm jeden Tag weniger Mühe bereitet. Dann braut er sich in der perfekt ausgestatteten Küche des Mossad-Apartments einen starken Kaffee und setzt sich damit auf den schmalen Balkon. Der Ausblick, den Felix hier im vierten Stock hat, zeigt ein fast durchgängig weißes, nur hier und da von blassen Gelb- und Beigetönen unterbrochenes Häusermeer, und Felix begreift, warum in den Online-Reiseführern dieser Teil von Tel Aviv als »die weiße Stadt« bezeichnet wird. Wie er bei Wikipedia erfahren hat, wurden die rund viertausend Gebäude in den 1930er Jahren von jüdischstämmigen deutschen Architekten entworfen, die auf der Flucht vor den Nazis nach Palästina emigriert waren und von zu Hause den minimalistischen, würfelförmigen Bauhaus-Stil mitgebracht hatten.

Mit müden Augen betrachtet Felix die Szenerie, über die sich ein fast wolkenloser, blassblauer Himmel spannt. Er hat nicht besonders gut geschlafen, weil die Erinnerung an die dramatischen Ereignisse im SLF-Camp noch viel zu frisch ist und ihn bis in seine Nächte verfolgt. Während er seinen Kaffee trinkt, fragt er sich nicht zum ersten Mal, was er hätte tun können, um Tim Wohlfahrts tödliches Schicksal abzuwenden. Aber wie schon zuvor kommt er wieder zu dem Schluss, dass er darüber einfach keine Kontrolle hatte.

Schließlich verdrängt Felix diese Gedanken wieder. Stattdessen gibt er sich der Frustration darüber hin, dass es den Mossad-Spezialisten bislang nicht gelungen ist, die Daten von Simons Computer zu entschlüsseln.

Aber wer weiß? Vielleicht hat Yael ja heute Abend schon gute Neuigkeiten.

Felix trinkt seinen Kaffee aus und erhebt sich, um die Tasse auszuspülen, als ihm plötzlich das Riesensteinhaus und Melly in den Sinn kommen.

Er geht in das Schlafzimmer, das von einem mit blütenweißer Leinenbettwäsche bezogenen Doppelbett dominiert wird, und nimmt das nagelneue Smartphone vom Nachttisch, das ihm Yael bei seiner Ankunft zusammen mit dem Geld gegeben hat. Zum ersten Mal, seit er vor fast drei Wochen sein eigenes Handy in Berlin zurücklassen musste, hat er wieder Kontakt zur Außenwelt.

Felix setzt sich auf die Bettkante und ruft sich Mellys Mobilnummer in Erinnerung. Schon nach dem zweiten Rufton hört er ihre Stimme, die distanziert klingt, weil sie auf ihrem Display »Anonym« liest. »Jo, bitte?«

Felix räuspert sich und sagt: »Hi, Melly! Felix hier!«

Sofort wechselt seine Chefin und Teilzeit-Geliebte die Tonlage. »Felix!«, ruft sie laut in den Hörer. »Du Hund! Du hast dich ewig nicht gemeldet!«

»Ja, sorry. Ich war unterwegs und hatte viel zu tun.«

»Geht's dir gut?«

»Absolut, ja«, erwidert Felix, der keineswegs die Absicht hat, Melly zu erzählen, dass er angeschossen worden ist.

Mit einem leisen Vorwurf in der Stimme sagt Melly: »Du bist jetzt scho vier Monate weg. Lässt du dich irgendwann amol wieder blicken?«

»Ja, bald. Aber ein paar Tage habe ich noch zu tun.«

»Wo bist 'n du überhaupt?«

»In Israel.«

»In Israel?«, fragt Melly verwundert. »Was machst du da?«

»Das kann ich dir nicht sagen.«

Felix wechselt das Thema. »Wie läuft es bei euch?«

»So weit okay. Der große Sommeransturm ist erst mal vorüber. Hier ist auch a ziemliches Sauwetter.«

»Verstehe.«

Sie plaudern noch ein paar Minuten, bevor sie sich verabschieden und Felix sich auf den Weg macht, um ein wenig die Umgebung zu erkunden. Er verlässt das Haus und schlendert den breiten, von Eichen und Pinienbäumen gesäumten Mittelstreifen des Ben-Gurion-Boulevards entlang, der Fußgängern vorbehalten ist. Dort gibt es Parkbänke, Obststände und kleine, oft etwas windschief und improvisiert wirkende Cafés und Imbissbuden.

Felix passiert einen kleinen Kinderspielplatz und erreicht die Kreuzung der Ben-Yehuda-Street, einer breiten Geschäftsstraße, in die er rechts abbiegt. Er läuft an Läden, Restaurants, Bankfilialen und mit leeren Plastikflaschen gefüllten, großen Gitterkästen vorbei und studiert die Beschriftungen der Geschäfte. Die fremdartigen hebräischen Schriftzeichen wirken vollkommen kryptisch auf ihn, aber fast überall werden sie durch englische und, wie Felix erstaunt feststellt, vereinzelt auch durch deutsche Beschriftungen ergänzt.

Auf der Straße und in den Supermärkten herrscht reger Betrieb. Der darauffolgende Tag ist ein Samstag und somit *Shabbat*, der jüdische Feiertag, und die Bewohner Tel Avivs decken sich mit allem ein, was für das übliche Festessen benötigt wird.

Felix betritt einen Kiosk, in dem er eine englischsprachige Ausgabe der Tageszeitung *Haaretz* erwirbt, und macht sich dann auf die Suche nach etwas Essbarem. An einer Straßenecke stößt er auf ein Café, in dessen Außenbereich noch ein Tisch frei ist. Er bestellt einen French Toast und einen Café Americano und studiert, während er frühstückt, die Zeitung.

Noch immer ist viel von dem verlassenen Terrorcamp in Nordschweden die Rede, aber es gibt nichts Neues über die Identität und die Suche nach den Terroristen.

Felix' Gedanken wandern nach Deutschland, zu Sonny und seiner Schildkröte Franziska, die nun schon ein paar Wochen bei seinem Freund in Pflege ist. Er hat beinahe ein schlechtes Gewissen, weil er lange nicht an seine gepanzerte Freundin gedacht hat.

Felix nimmt das Smartphone und kramt in seinem Gehirn nach Sonnys Nummer. Als er sie wählt, hat er ihn sogleich an der Strippe.

»Hi, Mann«, sagt Felix sofort. »Ich konnte mich länger nicht melden.«

Sonny schnauft erleichtert. »Digga! Ich hatte echt Schiss, dass dir was passiert ist. Was immer du da genau treibst.«

»Keine Sorge, alles bestens. Die Sache ist auch so gut wie erledigt.« Bevor Sonny weiter nachfragen kann, setzt er hinzu: »Und bei dir? Alles cool?«

»Ja.«

»Wie geht es Franzi?«

»Bestens. Sie futtert wie ein Scheunendrescher.«
Felix runzelt die Stirn. »Hm«, brummt er. »Das ist vielleicht gar nicht so gut. In ein paar Wochen muss sie in den Winterschlaf, und da darf sie nicht zu viel wiegen.«
»Oh! Ich dachte, Winterspeck ist gut.«
»Bei Schildkröten nicht. Hast du eine Waage? Kannst du sie mal wiegen?«
»Kann ich machen.«
»Gut, gib mir das Gewicht durch. Und dann musst du sie eventuell etwas auf Diät setzen.«
»Okay. Wie lange bist du noch weg?«
»Ich weiß es noch nicht genau. Aber ich denke, ich bin in ein paar Tagen zurück.«

62

Es ist kurz vor acht Uhr abends, als Felix auf den Gehweg vor seinem Apartmenthaus tritt. Vor gut einer Stunde ist die Sonne untergegangen, und Felix inhaliert nach einem heißen Tag die angenehm temperierte, seidige Abendluft, in der sich die verschiedensten Gerüche mischen: der Duft von *Shabbat*-Speisen, der aus den geöffneten Fenstern weht, das leichte Flair von Benzin, das harzige, erdige Aroma der Pinienbäume und der schwache Salzgeruch des nahen Meeres. Von einem der Balkone dringt laute Musik. Ein schneller Discobeat untermalt eine weibliche, hebräisch singende Stimme, die ihre nach westlichem Pop klingende Gesangsmelodie immer wieder mit orientalisch wirkenden Vierteltonintervallen verschnörkelt. Der ethnisch-kulturelle Mix Israels schlägt sich auch in der populären Musik nieder.

Felix steht wartend im gelben Licht einer Laterne, als sich auf der Straße ein flaschengrünes BMW-4er Cabriolet mit hoher Geschwindigkeit nähert und mit quietschenden Pneus direkt vor ihm zum Stehen kommt. Am Steuer sitzt Yael. »Steigen Sie ein!«, ruft sie Felix zu.

Felix hat kaum auf dem Beifahrersitz Platz genommen, als die Israelin einen sportlichen Start hinlegt und dicht zu einem vorausfahrenden Auto aufschließt.

Felix fummelt nervös seinen Sicherheitsgurt fest und sagt: »Heute nicht mit den Fahrrad unterwegs?«

Yael lächelt mit ihren kleinen Vampirzähnen. »Wollten Sie auf dem Lenker mitfahren?«

Nach einem knappen Kilometer biegt der BMW links ab und wechselt auf die Retsif Herbert Samuel, auf der es in fast schnurgerader Linie direkt am Meer entlanggeht. Zur Landseite hin erhebt sich die glitzernde Skyline Tel Avivs in den schwarzen Nachthimmel. Die Lichter der vielen Kräne, die wie gigantische, dürre Insektenarme zwischen den Wolkenkratzern aufragen, zeugen davon, dass Tel Aviv eine expandierende Stadt ist, in der ständig gebaut wird.

Die Uferstraße hat in beiden Richtungen zwei Fahrspuren, und Yael nutzt trotz des ziemlich dichten Verkehrs jede Gelegenheit, um links oder rechts zu überholen, indem sie dem 250-PS-Motor kurz die Sporen gibt. Ihr langes, dunkelbraunes Haar flattert leicht im Fahrtwind, während sie mit einem konzentrierten, kleinen Lächeln ihre Fahrmanöver ausführt.

»Schickes Auto!«, sagt Felix möglichst laut, um den Lärm des Motors zu übertönen.

»Ich liebe BMW!«, ruft Yael enthusiastisch und setzt erneut zum Überholen an.

In schnellem Tempo geht es ein paar Kilometer nach Süden, während zur Linken Hotel- und Apartmenttürme und rechts die bunten Lichter der Strandbars vorüberziehen.

Als sie direkt vor einer roten Ampel halten müssen, betrachtet Felix seine Begleiterin im hellen Licht der Straßenbeleuchtung. Sie trägt ein ärmelloses, jadegrünes Seidenkleid, das knapp über dem Knie endet und den Blick auf ihre gebräunten, schön geformten Waden freigibt, dazu flache, goldfarbene Sandalen. Neben der schmalen, goldenen Uhr, die sie stets trägt, hängt heute ein schweres, geflochtenes Goldarmband an ihrem linken Handgelenk, und Felix bemerkt, dass die Israelin auch mehr Make-up als sonst aufgelegt hat. In seinem T-Shirt, dem grauen Hoodie und den 08/15 -Jeans, die Magdalena ihm in Kiruna besorgt hat, kommt er sich plötzlich ziemlich underdressed vor.

Kurz darauf springt die Ampel auf Grün, und Yael drückt das Gaspedal durch.

»Wohin geht es überhaupt?«, brüllt Felix in den Fahrtwind.

»Nach Jaffa!«, kommt es zurück. »Wir sind gleich da!«

Nach etwa fünfzehn Minuten Fahrtzeit auf der Uferstraße biegt Yael ab und erreicht kurz darauf einen Kreisverkehr. Sie nimmt die zweite Ausfahrt und lenkt den Wagen auf einen von unzähligen Lichtern erhellten, lang gestreckten Platz, der von einem hübschen, altertümlichen Uhrturm mit violett leuchtenden Bogenfenstern überragt wird.

Zu Füßen dieses Turms entfaltet sich die Altstadt von Jaffa, jener jahrtausendealten Hafenstadt, die in ihrer langen Geschichte so ziemlich alles gesehen hat: Phönizier, Griechen, Römer, Araber, Kreuzritter, Osmanen, Briten – und schließlich die Juden Israels, die inzwischen über achtzig Prozent der Einwohner Jaffas stellen.

Hat man in Tel Aviv oft den Eindruck, sich in einer amerikanischen Großstadt zu befinden, hat in Jaffa das jahrhundertealte arabische und türkische Erbe überdauert. Allerdings werden diese Spuren der Geschichte zunehmend weniger. Zwischen die ehrwürdig vor sich hin bröckelnden, osmanisch-arabischen Gebäude mit den hohen Fensterläden und den zierlichen, kleinen Balkonen schieben sich mehr und mehr auch die Tel-Aviv-liken, quadratischen Klötze schicker neuer Wohnanlagen. Die Gentrifizierung des alten Jaffa ist in vollem Gange, immer mehr wohlhabende jüdische Familien, aber auch Künstler und Kreative, haben den einst maroden Stadtteil für sich entdeckt, während die rund zwanzig Prozent arabischen Israelis, die hier leben, oft die subalternen Berufe ausüben: Sie sind Kellner, Taxifahrer, kleine Ladenbesitzer.

Yael weicht einem der allgegenwärtigen, wie grüne Insekten durch den dichten Verkehr surrenden E-Scooter aus und lenkt den BMW mit routinierten Bewegungen in eine schmale Straße, in der marode Altbauten einem nagelneu wirkenden, nüchternen Apartmentkomplex gegenüberstehen. Zu dem Neubau gehört eine Tiefgarage, deren Tor Yael mit einer Fernbedienung öffnet, bevor sie den BMW über eine Rampe in die Garage rollen lässt. Sie parkt den Wagen schwungvoll in einer freien Lücke, die offenbar für sie reserviert ist, und fährt das Verdeck des Cabrios hoch. »Okay«, sagt sie. »In diesem Haus wohne ich. Von hier sind es nur ein paar Minuten zu Fuß.« Yael öffnet die Fahrertür und schwingt beide Beine aus dem Wagen. Sie schließt den BMW ab, und Felix folgt ihr auf dem schmalen Fußstreifen die Rampe hinauf zum Ausgang. Der ziemlich steile Anstieg ist sichtlich mühsam für sie, aber sie lässt sich davon nicht beirren. Dann tauchen beide in die schmalen Gassen der Altstadt von Jaffa ein.

Obwohl der *Shabbat* mit dem Sonnenuntergang begonnen hat und in Tel Aviv die meisten Geschäfte und viele Restaurants geschlossen sind, herrscht hier reger Betrieb. Die Straßen sind voller Menschen, Touristen und Einheimischen, die in der milden Abendluft ihren Geschäften oder ihrem Vergnügen nachgehen. Aus den zur Straße hin offenen zahlreichen Bäckereien und Imbissstuben dringen buntes Licht und der Duft von Sesam, Zimt und Kardamom, und von überallher wehen Musikfetzen der unterschiedlichsten Stilrichtungen durch die levantische Nacht.

Ein leichtes Lächeln liegt auf Yaels Lippen, während sie sich langsam durch die Straßen bewegt und Felix auf verschiedene Details aufmerksam macht. Als sie auf einen großen, von Laternen erhellten Platz stoßen, auf dem unter Wellblechüberdachungen leere Marktpodeste stehen, sagt Yael: »Das sind die Ausläufer des Alten Flohmarkts. Tagsüber ist hier die Hölle los. Es gibt nichts, was es da nicht gibt. Eine Attraktion für Touristen, aber ich gehe selber auch ganz gern hin.«

Nach knapp zehn Minuten Fußweg betreten sie die Rabbi Hannina Street, eine kurze Gasse, deren rechte Seite in ganzer Länge von einem schmucklosen, modernen Industriegebäude eingenommen wird, während sich auf der anderen Seite niedrige, schrundige Häuser mit verbogenen Fenstergittern reihen, in denen sich kleine, ärmlich wirkende Läden befinden. Sie passieren ein kleines Café und einen garagenartigen Laden, in dem Teppiche, Decken und Kuhhäute verkauft werden. Direkt gegenüber sitzen ein paar weißhaarige, alte Männer in Jogginganzügen auf Plastikstühlen um einen Campingtisch herum und spielen im Licht einer Laterne Karten. Yael steuert geradewegs auf das Ende der Gasse zu, wo sich ein ganz gegensätzliches Bild bietet: ein schick erleuchtetes, großes Restaurant, in dessen bis zum Bersten gefüllten Außenbereich das materiell sorglose, globalisierte Leben zelebriert wird. An den Tischen mit den braunen Korbstühlen sitzen vor allem junge, modisch gestylte Menschen jeglicher Coleur und Hautfarbe, die ihre Drinks und das Essen genießen. Untermalt werden das mehrsprachige Geschnatter und das Klirren der Gläser von entspannter House-Musik, die aus den Speakern links und rechts des Eingangs dringt. Dort befindet sich auch ein dekorativ verrostetes Eisenschild, in dem der Namen des Lokals ausgestanzt ist: *Onza*.

Als sie sich dem Eingang des Restaurants nähern, steigt Felix der köstliche Duft von mediterranem Essen in die Nase. Yael bleibt stehen und blickt sich suchend um. Dann entdeckt sie in der Menge jemanden und winkt zu ihm hinüber. »Asaf!«, ruft sie.

Von einem der Tische erhebt sich ein dunkelhaariger Mann von etwa vierzig Jahren mit einer modischen Brille und einem sorgsam ziselierten, kurzgeschnittenen Bart. Mit einem blendend weißen Lächeln und ausgebreiteten Armen kommt er zu ihnen herüber.

»Shabbat Shalom!«, sagt Yael fröhlich und begrüßt ihn mit Wangenküssen. »Shabbat Shalom!«, erwidert Asaf ebenso gut gelaunt.

Yael weist auf Felix und wechselt ins Englische: »This is Felix, a German friend of mine!«

Der Israeli lächelt Felix freundlich an und reicht ihm die Hand. »My pleasure!«, sagt er. Sein Händedruck ist fest und ohne Zögerlichkeit.

»Shabbat Shalom!«, sagt Felix höflich.

Yael und Asaf wechseln noch ein paar Worte in Hebräisch, dessen raue, eigentümliche Melodie Felix langsam vertrauter wird, nachdem er den halben Tag damit verbracht hat, sich durch israelische TV- Kanäle zu zappen.

Dann manövriert Asaf Yael und Felix zu einem etwas abseits gelegenen freien Tisch, direkt vor dem verrosteten Stahlrollo eines angrenzenden Ladens. Es ist nicht der idyllischste Platz, aber wie gemacht für eine diskrete Unterhaltung. Als sie sich gesetzt haben und der smarte Israeli verschwunden ist, erklärt Yael, nun wieder auf Deutsch: »Asaf ist der Manager. Ich kenne ihn schon lange. Schon aus der Zeit, als ich noch in Tel Aviv wohnte.«

»Wie lange wohnen Sie schon hier in Jaffa?«

»Drei Jahre. Ich mag das Flair hier.«

Felix nickt und sagt, ganz in der Manier des Touristen, der er ja gewissermaßen ist: »Ja, das ist hübsch hier.«

Nicht zum ersten Mal ist Felix fasziniert von den Augen der Israelin, deren Farbe je nach Lichteinfall zwischen dunklem Kastanienbraun, einem hellen Bernsteinton und einem tiefen Seegrün changiert. Im Moment sind sie grün wie das Mittelmeer.

Um sich abzulenken, beobachtet er Asaf, der offenbar gerade einem der jungen Kellner Instruktionen gibt. Er fragt: »Weiß Asaf, was Sie beruflich machen?«

»Nein. Nur, dass ich etwas bei der Regierung mache. Aber vielleicht denkt er sich sein Teil.«

»Was würde er von Ihnen denken, wenn er es wüsste?«

»Oh, ich hoffe nur Gutes«, sagt Yael in amüsiertem Ton. Dann wird sie ernster und ergänzt, nicht ohne eine Spur von Stolz: »In Israel genießt der Mossad hohes Ansehen bei der Bevölkerung. Es gibt natürlich auch Kritiker, aber die meisten Israelis sehen unsere Arbeit positiv, als den neben der Armee wichtigsten Schutz gegen äußere Bedrohungen.«

Yael wechselt das Thema, indem sie Felix auf die Liste der Cocktails hinweist, die einen großen Teil der Karte einnimmt. »Wie wäre es mit einem Drink zu Beginn? Wir Israelis lieben Cocktails.«

Weil alkoholische Mixgetränke noch nie Felix' Fachgebiet waren, fragt er: »Welchen würden Sie empfehlen? Was nehmen Sie?«

»Ich nehme einen Onza Special. Mit Gin, einem Likör aus … ich weiß den deutschen Namen nicht … Gurke und Basilikum.«

Felix spitzt anerkennend die Lippen. »Hm, klingt wirklich spezial. Ich probier's!«

Während sie auf ihre Drinks warten, kreist ihre gedämpfte Unterhaltung um die Neuigkeiten in Sachen SLF. Felix erfährt zu seiner Enttäuschung, dass die Dateien von Simon Jenkins' Computer nach wie vor nicht entschlüsselt werden konnten. Und ebenso, dass Eriksson und Jenkins immer noch wie vom Erdboden verschluckt sind.

Dennoch gibt sich Yael kämpferisch: »Wir haben viel erreicht! Wir wissen jetzt, wer Hyperion ist, wir haben die ganze Bande aus ihrer Höhle getrieben. Und das ist in erster Linie Ihr Verdienst! Ich finde, wir haben was zu feiern!«

Die Mossad-Agentin erhebt ihr gerade von einem jungen Kellner mit Pferdeschwanz serviertes Cocktailglas, in dem sich ein heller, milchiger Farbton mit dem saftigen Grün von frischem Basilikum mischt. »Chaim!«, sagt sie.

»Chaim!«, erwidert Felix und stößt mit ihr an. Als sich ihre Blicke treffen, fragt Felix mit seinem charmantesten Lächeln: »Wo wir gerade anstoßen … wie wäre es, wenn wir uns von jetzt an duzen? Wir kennen uns ja nun schon eine Weile.«

Yael Rubin lächelt zurück. »Gern.« Sie hebt ihr Glas ein zweites Mal und bietet es Felix dar. »Also dann: Chaim, Felix!«

»Chaim, Yael!«, erwidert Felix und lässt sein Glas leise an das ihre klirren.

Yael nimmt einen guten Schluck von ihrem Onza Special und sagt: »Weißt du, diese ganze Geschichte deiner Flucht aus dem Camp geht mir immer noch durch den Kopf. Der Elchkadaver in dem du dich versteckt hast. Unglaublich.«

Felix reibt sich mit der Rechten über die Stirn. »Ich hatte ehrlich gesagt einfach verdammtes Glück. Ich habe zwar heftig geblutet, aber weil das Futter der dicken Kampfjacke das Blut aufgesogen hat, gab es am Boden keine Blutspuren. Die Hunde hätten sie sicher bemerkt.«

Yael hebt ihr Glas und leert es einem Zug. Felix tut es ihr gleich. Der Cocktail schmeckt ihm gar nicht so übel, auch wenn diese Art Getränk nie zu seinen Favoriten zählen wird.

Dann kommt ihr Essen, zu dem Yael eine Flasche israelischen Rosé bestellt hat, und beide machen sich heißhungrig über ihre Teller her. Mit großem Genuss verzehrt Felix sein *Seafood Han-*

nina mit Shrimps, Calamari und Muscheln, während Yael das *Sea Bass Filet* mit Artischockencreme gewählt hat. Der Wein schmeckt Felix ausgezeichnet, und weil sich Yael auch nicht zurückhält, ordern sie bald eine zweite Flasche.

Zunehmend gut gelaunt erzählt Felix Yael von der israelischen, in Tel Aviv spielenden Amazon-Serie, von der er am Nachmittag vier Folgen mit englischen Untertiteln gesehen hat: »Es geht darin um einen einfachen Bäcker, der mit einem reichen Supermodel zusammenkommt und den familiären Verwicklungen und Intrigen, die dabei entstehen.«

Yaels Miene leuchtet auf. »Oh!«, ruft sie entzückt. »*The Beauty And The Baker!* Ich liebe das!« Ihr Gesicht strahlt plötzlich eine fast kindliche Begeisterung aus.

Kurz darauf tritt Asaf mit einem Tablett an den Tisch, auf dem sich drei Gläser von der Größe von Zahnputzbechern befinden, die mit einer klaren Flüssigkeit gefällt sind. »Arrak!«, sagt Yael fröhlich. »Der gehört zu einer guten Mahlzeit.«

»To Life!« Asaf hebt sein Glas. Felix und Yael stoßen mit ihm an. Felix spürt, wie klebrige Süße seine Kehle herunterläuft.

Als sich Asaf diskret entfernt hat und Felix sich wieder setzt, spürt er die leichten Turbulenzen, die der kapitale Schnaps in seinem Blutkreislauf ausgelöst hat. Yael hingegen wirkt frisch wie ein Rosenblatt am Morgen und schenkt ihnen beiden weiteren Wein ein.

Sie plaudern eine Weile über Tel Aviv, wobei Yael erzählt, dass sie Fan des Fußballclubs *Makkabi Tel Aviv* ist, und, wann immer sie hier ist, die Heimspiele der Mannschaft besucht. Das gibt Felix die Gelegenheit, sich auf das Terrain ihres Privatlebens vorzutasten.

»Wie lebst du denn überhaupt hier? Mit Mann? Und vielleicht auch Kindern?«

»Nein«, sagt sie. »Ich bin Single und lebe allein.« Dann spielt sie den Ball zurück: »Und du?«

»Ich bin auch Single. Ich war mal verheiratet, bin aber geschieden.« Seine On-Off-Beziehung mit Melly zu erwähnen, erscheint ihm absolut unnötig. Stattdessen fragt er: »Hast du viel Familie? Eltern, Geschwister?«

Yael lächelt ein wenig seltsam. »Ja, habe ich alles. Eltern, Geschwister.«

»Meine Eltern sind beide tot«, sagt Felix, wobei das im Fall seines Vaters, dessen Identität er nicht kennt, eher metaphorisch zu verstehen ist. »Und Geschwister habe ich auch nicht.«

Yael schenkt ihm einen milden Blick. »Das klingt … ein bisschen traurig.«

Felix schüttelt ein wenig unwillig den Kopf. »Nein, nein, ich bin daran lange gewöhnt!«

Yael sieht ihn nachdenklich an. Dann sagt sie unvermittelt: »Ich war auch mal verheiratet. Mein Mann war Pilot bei der israelischen Luftwaffe. Aber er ist verunglückt, bei einem Trainingsflug über der Negev-Wüste.«

Felix sieht sie ernst an. »Das tut mir leid«, sagt er. »Wann war das?«

Yael erwidert seinen Blick. »Vor dreizehn Jahren. Ich war zwanzig und hatte gerade mein Studium begonnen.«

Beide schweigen eine Weile, bis Felix sagt: »Ich habe auch jemanden verloren – vor fünf Jahren. Meinen vierjährigen Sohn Louie. Auch ein Unfall.« Er ist von sich selbst überrascht, weil er dieses Thema normalerweise meidet.

Yael blickt ihn voller Mitgefühl an. »Wie ist das passiert?«

Felix starrt auf seine Hände und erwidert: »Er ist ertrunken. In einem Swimmingpool.«

Wieder tritt eine Zeit lang Schweigen ein, bis Yael im Sog der plötzlichen Offenheit, die sich zwischen ihnen ergeben hat, sagt: »Und weil du dir sicher schon mal Gedanken über meine Gehbehinderung gemacht hast … auch das war ein Unfall. Vor acht Jahren. Bei einem Waffentraining des Mossad. Ein Schuss aus der Waffe eines Kameraden hat sich versehentlich gelöst. Ich wurde in der Hüfte getroffen. Sie haben mich halbwegs wieder zusammengeflickt, aber die Gehbehinderung ist halt geblieben. Schicksal. Ich hadere nicht damit.«

Die kühle, kontrollierte Art, mit der sie über die erlittenen Schicksalsschläge spricht, erstaunen und beeindrucken Felix gleichermaßen.

Yael nimmt einen Schluck Wein und fährt fort: »Weißt du, ich habe ja noch das Glück, dass meine Verletzung mich nur beim Gehen behindert. Ich kann immerhin Rad fahren, und das Autofahren funktioniert auch gut.« Mit einem ironischen Zwinkern fügt sie hinzu:»Oder?« Felix, der Yaels rasanten Fahrstil noch bestens in Erinnerung hat, grinst und sagt:»Ohne Weiteres! Du könntest Formel 1 fahren!«

Yael lächelt zufrieden und leert den Rest der Flasche in ihre Gläser.

Felix hat das dringende Bedürfnis, sich eine der Zigaretten anzuzünden, die sich in seiner Jeanstasche befinden, aber weil Yael nicht raucht, verkneift er es sich. Stattdessen nimmt er einen weiteren Schluck Wein und fragt:»Dein Name – Yael, hat der eine Bedeutung?«

»Er stammt aus der Bibel. Er bezeichnet eine Bergziege.«

»Eine Ziege?«

Yael lächelt.»Man verbindet damit das Emporsteigen. In der Bibel war Yael ein Symbol des Glücks und des Friedens. Eine Heldin Israels.«

Felix kneift ihr ein Auge.»Na, dann passt es doch!«

Yael zwinkert zurück.»Nicht wahr?«, sagt sie mit halb kokettem, halb ironischem Lächeln.

Nachdem Asaf zwischendurch mit drei weiteren Zahnputzbechern voll Arrak an den Tisch getreten ist, reden sie über die Alpen, über Felix' Vorliebe für Beethoven – und die etwas unbehagliche Tatsache, dass auch»Hyperion« alias Gunnar Eriksson sie offenbar teilt. Yael erzählt, dass sie Chopin mag und House-Musik, so wie sie gerade in entspanntem Groove aus der Musikanlage des *Onza* schwebt. Irgendwann sieht Felix auf seine Uhr und stellt fest, dass sie schon seit fast drei Stunden hier sind und dass auch die Besetzung der beiden nächstgelegen Tische immer noch dieselbe ist.

Yael bemerkt seinen verwunderten Blick und interpretiert ihn richtig. Sie sagt:

»Wenn wir Israelis ausgehen, bleiben wir gern lange am selben Ort. Im Restaurant verbringt man Stunden. Das ist nicht wie in Deutschland, in Berlin zum Beispiel, wo die Leute sich immer benehmen, als seien sie auf der Flucht.«

Felix grinst zustimmend und versinkt eine Weile in dem klassisch schönen Gesicht der Mossad-Agentin, dem eleganten Bogen ihrer hohen Wangenknochen, den langen, fast schwarzen Wimpern und dem perfekten Schwung ihrer starken Augenbrauen. Und wie angenehm ist es, ihrer vollen, angerauten Stimme und dem etwas harten Akzent zu lauschen, mit dem sie Deutsch spricht! Je länger der Abend dauert und je mehr der Alkohol seine vitalen Instinkte befeuert, desto stärker werden diese Empfindungen, bis sie schließlich in dem brennenden Verlangen münden, mit dieser Frau zu schlafen.

Und irgendwie ist ihm, als sei auch in Yaels Verhalten etwas, das mehr als ein rein kollegiales, freundliches Interesse signalisiert. Da ist manchmal ein seltsames, kleines Glitzern in ihren Augen, das ihm Hoffnung macht. Dann wieder kommen ihm Zweifel.

Felix' Skepsis scheint sich zu bestätigen. Nachdem Yael nach drei letzten Zahnputzbechern voller Arrak bei Asaf die Rechnung beglichen hat, schlägt sie ihm vor, sie die paar Schritte zu ihrem Apartmenthaus zu begleiten, wo sich an der Ecke ein Taxistand befindet. »Da kriegst du garantiert ein Taxi!«

Als sie sich erheben, spürt Felix mit Wucht die Wirkung des ungewohnt vielen Alkohols. Yael hingegen wirkt fast wie immer, nur der leichte Schweißfilm auf ihrer Stirn und ihr ein wenig verschleierter Blick verraten, dass auch sie ziemlich betrunken ist.

Der Fußweg verläuft weitgehend schweigend, gedankenversunken gehen sie nebeneinander her. Schließlich erreichen sie den Eingang des Gebäudes, in dem sich Yaels Wohnung befindet. Wie von ihr vorhergesagt, stehen direkt gegenüber zwei blau-weiße Taxis, die auf Kunden warten. Yael bleibt stehen und blickt eine Weile scheinbar unschlüssig auf das Pflaster, bevor sie sich Felix zuwendet und sagt: »Oder willst du noch mit raufkommen? Auf einen letzten Drink? Es ist ja noch früh.«

Felix, der sich nach dem Fußweg ein wenig nüchterner fühlt und dessen Hoffnungen plötzlich wieder steigen, lässt sich nicht zweimal bitten. Er folgt ihr in das Apartmenthaus, wo sie den Aufzug betreten und in die dritte Etage fahren. Schon während sie in der schmalen Kabine eng beieinanderstehen, hat Felix das überwältigende Bedürfnis, sie zu küssen, aber es gelingt ihm, den Impuls zu unterdrücken. Als sie die modern eingerichtete Wohnung betreten, führt Yael ihn ins Wohnzimmer und bittet ihn, auf der Couch Platz zu nehmen. Dann dreht sie sich um, um in die Küche zu gehen und Gläser und Eiswürfel zu besorgen. Felix setzt sich nicht, sondern betrachtet ihre Rückseite, wo sich unter dem grünen Seidenkleid ihr schöner, klar modellierter Rücken und ihr kräftiger, gerundeter Po abzeichnen. Es ist der Moment, in dem er die Spannung nicht mehr erträgt.

»Yael!«, sagt er mit rauer Stimme.

Sie hält mitten in der Bewegung inne und dreht sich langsam um. Mit leicht gespreizten Beinen steht sie im Türrahmen, das starke Kinn etwas erhoben und den Mund leicht geöffnet. Ihre im Licht der Deckenlampe bernsteinfarbenen Augen sprühen Funken. Es ist ein Blick, der ihm alles sagt.

Mit drei Schritten ist Felix bei ihr. Er bleibt direkt vor ihr stehen und zieht ihren Kopf sanft zu sich heran, was sie völlig passiv geschehen lässt, während er seinen Mund sehr behutsam ihren Lippen nähert. Aber sie wartet nicht, bis seine Lippen ihre berühren, sondern fasst ihn fest im Nacken und presst ihren Mund auf seinen. Sie küsst ihn mit wilder Hingabe und Leidenschaft, minutenlang, spielt mit der Zunge an seinen Zähnen, seinen Lippen und seinem Gaumen, beißt hin und wieder auch ein wenig zu, wobei ihm der winzige Schmerz, den ihm ihre spitzen Eckzähne bereiten, wollüstige Schauer verursacht. Der Geruch ihres Lavendelparfüms, der sich mit einem erdigen, archaischen Schweißgeruch mischt, ihre leicht alkoholisch schmeckende, laszive Zunge, der elastische Druck ihrer Brüste auf seinem Oberkörper, die samtweiche Haut und das feste, trainierte Fleisch ihrer Arme. All das lässt in ihm eine Begierde aufsteigen, die er nie zuvor verspürt hat.

63

Felix erwacht gegen halb zwölf Uhr vormittags. Ein hintergründiger, dröhnender Schmerz im Schädel erinnert ihn daran an, dass er am Abend zuvor eine ganze Menge getrunken hat. Er liegt eine Weile mit geschlossenen Augen da, bis er einen leichten Lavendelgeruch wahrnimmt, und ein wenig Schweiß. Mit einem Mal ist er hellwach.
Yael!
Felix öffnet die Augen und blickt zur Seite. Der Platz neben ihm im Bett ist leer. Als er sich aufsetzt, durchzuckt ein kurzer, stechender Schmerz seinen linken Arm, mit dem sich seine Wunde in Erinnerung bringt. Sie heilt jedoch so gut, dass er schon beim Essen am Abend zuvor die linke Hand trotz der Armschlinge gut gebrauchen konnte. Er stutzt kurz, als er feststellt, dass die Schlinge verschwunden ist, bevor er sich nebulös daran erinnert, dass er sie einfach irgendwohin gefeuert hat, als er mit Yael Rubin Sex hatte.

Ein wohliges Prickeln durchläuft ihn bei der Erinnerung an die vergangene Nacht. Der Sex mit Yael hatte etwas von einer funkelnden Explosion, so als habe das schwere Gewicht und der Stress, der auf ihrer beider Schultern lastet, einfach weggesprengt werden müssen.

Sie hatten auf viele Arten Liebe gemacht, ohne Hemmungen, bis auf den Moment, als sie ihm sagte, dass eine bestimmte Position für sie aufgrund ihrer Hüftverletzung zu schmerzhaft war.

In Felix genussvolle Erinnerung mischt sich plötzlich ein Gefühl der Unsicherheit. Er fragt sich, wie wohl die erste Begegnung mit Yael an diesem Morgen verlaufen wird.

Wir hatten beide verdammt viel getrunken. Vielleicht ist ihr das heute alles sogar etwas peinlich. Wo sie wohl steckt?

Felix' Blick schweift durch das Schlafzimmer, dessen Einrichtung er im hellen Mittagslicht das erste Mal überhaupt wahrnimmt. Bis auf den hellgrauen Teppich ist es ganz in Weiß gehalten. Das Bett, die Wände, die Schränke, alles strahlt in laminiertem makellosen Glanz. Nirgendwo herrscht Unordnung, kein Kleidungsstück liegt irgendwo herum, und der einzige Farbtupfer in der monochromen Umgebung ist ein großes abstraktes Gemälde, das über dem Bett hängt. Das Zimmer wirkt wie das eines sehr auf Klarheit, Ordnung und Reinheit bedachten Menschen, fast ein wenig unpersönlich, was, wie Felix scheint, in einem seltsamen Gegensatz zu der wilden, unlimitierten Erotik steht, die Yael in der vergangenen Nacht verströmt hat.

Felix reibt sich ausgiebig die verklebten Augen, bevor er die weiße Leinendecke zurückschlägt und die Füße auf den Boden schwingt. Weil er völlig nackt ist, sucht er zunächst nach seinen Boxershorts, die er schließlich am Fußende des Betts findet. Dann streift er seine Jeans und sein leicht müffelndes T-Shirt über und tappt barfuß über den mit Parkettboden belegten, schmalen Flur in die Richtung, in der er die Küche vermutet.

Als er sie betritt, sitzt Yael in einem grünen, mit roten Ornamenten bestickten Seidenkimono an einem kleinen Esstisch. Sie wirkt wie frisch geduscht und hat die nackten Beine in gekreuzter Haltung auf den zweiten Stuhl gelegt. In der Hand hält sie eine große, dampfende Tasse, der ein minzeähnlicher Geruch entweicht.

Sie lächelt Felix freundlich an. »Hey«, sagt sie. »Ausgeschlafen?«

Felix zwirbelt leicht verlegen sein rechtes Ohrläppchen. »Sieht so aus«, sagt er lächelnd.

»Kater?«, fragt Yael gut gelaunt.

»Hm, ein bisschen.«

Yael zeigt mit dem schlanken Zeigefinger auf ihre Tasse. »Hyssoptee. Der wirkt Wunder!«

Felix verzieht den Mund. »Also, das riecht ja gut, aber um ehrlich zu sein, wäre mir ein Kaffee lieber.«

Yael lächelt. »Klar!«

Sie schwingt ihre schön geformten Beine vom Stuhl und richtet sich ein wenig mühsam auf. Dann hinkt sie zu der Arbeitsplatte neben dem Herd und setzt eine italienische Kaffeemaschine in Gang. Dabei fällt ihr langes, dunkelbraunes Haar, das ein wenig zerzaust ist, wie ein Vorhang vor ihr Gesicht.

Felix steht unschlüssig da und grübelt darüber nach, wie er sich verhalten soll.

In diesem Moment hebt Yael den Kopf und sieht ihn an. Sie lächelt und sagt: »Wie sieht's aus? Wollen wir zusammen frühstücken?«

»Gern!«, sagt Felix erfreut.

»Ich habe noch Shakshuka im Ofen. Perfekt als Katerfrühstück!«

Obwohl Felix keine Ahnung hat, was Shakshuka ist, nickt er. Yael öffnet die Klappe des amerikanischen Gasherds und nimmt eine Auflaufform heraus, in der sich die Grundform des israelischen Nationalgerichts befindet: Tomaten, Paprika, Zwiebeln und kleine Peperoni in einer würzigen, dicken Tomatensauce, verfeinert mit etwas Kreuzkümmel, Koriander und Chiliflocken.

Yael erklärt Felix die Zutaten und sagt: »Wenn es erwärmt ist, kommen noch Eier dazu. Du wirst sehen!«

»Sieht gut aus!«, sagt Felix. Dann geht er Yael zur Hand, indem er mit der verchromten Saftpresse frischen Orangensaft bereitet und den Tisch deckt.

Während er Teller und Besteck verteilt, entschließt er sich, Yael auf die vergangene Nacht anzusprechen. »Kann ich dich was fragen?«

»Klar!« antwortet sie, mit dem Rücken zu ihm.

»Äh ... wir hatten ja beide ganz gut geladen. Erinnerst du dich an alles ... von gestern Nacht, meine ich.«

Sie dreht sich um. »Du etwa nicht?«, fragt sie, die Stirn in bedrohliche Falten gelegt.

Felix grinst. »Natürlich tue ich das. Ich erinnere mich an jedes Detail.«

Die Falten auf ihrer Stirn verschwinden. Dann sagt sie, in beiläufigem Ton: »Ich liebe Sex, aber ich habe ihn leider viel zu selten. Sex ist das Geschenk der Götter an die Menschen. Er kostet nichts, und er ist sehr beglückend.«

»Gestern war er das für mich.«

Yael kneift ihm ein Auge, bevor sie ihm wieder den Rücken zuwendet. Sie nimmt die Form aus dem beheizten Ofen, drückt mit einem Löffel vier tiefe Kuhlen in den Auflauf und gibt vier Eier hinein. Dann verteilt sie noch frische Petersilie und kleine Stückchen Feta-Käse auf der Oberfläche, bevor sie alles für weitere fünfzehn Minuten zurück in den Ofen schiebt.

Felix betrachtet ihre routinierten Bewegungen und den schmiegsamen Fall ihres Kimonos, der die Konturen ihres Körpers nahtlos hervorhebt, und spürt, wie sich in ihm wieder Begehren regt. Er unterdrückt den Impuls und lässt stattdessen seinen Blick durch die Küche wandern, die beinahe ebenso aufgeräumt und clean wirkt wie Yaels Schlafzimmer. Allerdings gibt es hier ein paar persönliche Dinge: Post-Its an dem mannshohen Kühlschrank, ein Pinboard mit ein paar Grußkarten. Auf einem schmalen Regalbrett stehen einige Fotos in Rahmen aus gebürstetem Stahl. Felix betrachtet die Bilder voller Interesse. Die sehr junge Yael in Soldatenuniform, zusammen mit Kameraden. Das Porträt einer alten, dunkel gekleideten Frau. Ein geradezu verboten gut aussehender, junger Mann in der Uniform der israelischen Luftwaffe.

»Ist das dein Mann?«, fragt Felix.

Yael wendet sich kurz um und sagt dann. »Ja.«

»Cooler Typ.«

»Ja, das war er«, erwidert Yael, ohne sich umzudrehen.

Dann fällt Felix' Blick auf ein unleserlich signiertes Foto, das Yael mit einem untersetzten, älteren Mann mit rundem Gesicht, Stirnglatze und Brille zeigt. Er lächelt freundlich und zeigt dabei Hasenzähne. Felix kommt er irgendwie bekannt vor.

Er fragt: »Wer ist der kleine, dicke Mann mit der Brille, mit dem du da auf einem Foto bist?«

Yael, die gerade das Shakshuka aus dem Ofen geholt hat, antwortet über die Schulter hinweg: »Das ist Meir Dagan. Er war lange Jahre Chef des Mossad.

Ich traf ihn nach seiner Pensionierung mal auf einer Tagung. Da war ich noch ein Greenhorn. Ist zehn Jahre her!«

Felix erinnert sich ein bisschen vage daran, dass der so unscheinbar wirkende Dagan sowohl berühmt als auch berüchtigt war, ein Agentenchef mit »einem Messer zwischen den Zähnen«. Schon als junger Mann war er, als Araber verkleidet, in den dunklen Gassen Gazas auf »Terroristenjagd« gegangen und hatte manchen Gegner eigenhändig liquidiert.

Dann fällt Felix plötzlich ein, dass derselbe Meir Dagan sich gegen Ende seines Lebens öffentlich für eine Verständigung mit den Palästinensern eingesetzt hat.

»Ja, Dagan«, sagt Felix. »Später hat er sich dann für eine Friedenslösung zwischen Israel und den Palästinensern eingesetzt, nicht wahr? Und die eigene Regierung heftig kritisiert.«

»Ja, das hat er.«

»Wie siehst du das denn?«

Yael wendet sich vom Herd ab und sieht Felix einen Moment lang ernst in die Augen. Dann sagt sie: »Es wäre gut, wenn wir zu einem friedlichen Ausgleich kämen. Auch beim Mossad gibt es kaum jemanden, der das nicht so sieht. Aber«, fügt sie dann mit unbewegter Miene hinzu, »ich fürchte, davon sind wir weit entfernt.«

Mit diesen Worten nimmt sie die Auflaufform vom Herd und platziert sie auf einem Stahlrost auf dem Küchentisch.

Tatsächlich weckt das Shakshuka, das sie aus der Form auf ihre Teller schaufeln, alle Lebensgeister. Sie essen voller Inbrunst, wischen genüsslich die Sauce mit Stücken des Pita-Fladenbrots auf und spülen mit reichlich Orangensaft und starkem, arabischen Kaffee nach.

»Wow«, sagt Felix, als er schließlich seinen wie poliert wirkenden Teller von sich schiebt. »Das muss ich mir merken. Wenn ich je ein eigenes Restaurant aufmache, kommt das auf die Karte!«

Yael lächelt erfreut. »Gut.« Dann fügt sie hinzu: »Vielleicht ist das mit dem Restaurant ja jetzt genau der richtige Zeitpunkt. Die hunderttausend Dollar, die wir dir für deinen Einsatz zahlen werden, sind doch ein gutes Startkapital.«

Felix ist unangenehm berührt, weil er plötzlich das Gefühl hat, als Söldner dazustehen. Tatsächlich war das Geld das Letzte, woran er in den vergangenen Monaten und Tagen gedacht hat.

Er runzelt die Stirn. »Hör zu, ich möchte, dass du weißt, dass das Geld nicht meine Motivation war!«

Sie sieht ihm ernst in die Augen. »Ja, das glaube ich dir.« Dann wechselt sie das Thema: »Ich habe noch eine Weile Zeit, bevor ich eine Verabredung habe. Wir könnten ein wenig auf meinem Balkon draußen sitzen, wenn du magst. Später kann ich dich dann bei deinem Apartment absetzen.«

Felix nickt. »Ja, gern.«

Er erhebt sich vom Küchentisch und geht ins Bad, um sich zu erleichtern. Anschließend steht er vor dem großen Spiegel über dem Waschbecken und blickt in sein ein wenig müde aussehendes, inzwischen nicht mehr ganz so glattrasiertes Gesicht. Nach dem Abebben des sexuellen Rauschs überkommt ihn plötzlich Melancholie.

Was passiert hier eigentlich? Wohin wird das führen? Führt es überhaupt zu irgendwas?

Dann fällt sein Blick auf den kleinen Medizinschrank, der neben dem Spiegel hängt. Der Schlüssel steckt im Schloss. Einem neugierigen Impuls nachgebend, öffnet Felix das Schränkchen und inspiziert den Inhalt. Pflaster, Aspirin, Verpackungen – und ein Medikament, dessen Name ihm gut bekannt ist: Tilidin. Es sind gleich mehrere Packungen, sowohl in flüssiger als auch in Tablettenform.

Felix erschrickt ein wenig. Er weiß aus der Zeit seines Absturzes nach Louies Tod, wie stark dieses opioidhaltige Schmerzmittel ist.

Sich für seine Indiskretion ein wenig schämend, verlässt er schnell das Bad und geht durch das Wohnzimmer auf den von einer Markise beschatteten Balkon, wo Yael, die nun T-Shirt und Jeans trägt, an einem Tisch sitzt und auf ihrem Tablet scrollt. Als sie Felix sieht, legt sie das Gerät weg und sagt: »Ich habe gerade auf unserem Server gecheckt, ob es irgendwelche Neuigkeiten wegen Jenkins' Computerdaten gibt. Aber das scheint nicht der Fall zu sein. Jenkins muss wirklich eine Art Genie sein. Vielleicht erfahre ich morgen im Büro mehr.«

»Du gehst morgen ins Büro? Da ist doch Sonntag!«

»Der Sonntag ist in Israel ein normaler Arbeitstag.«

»Verstehe.«

»Ich würde gern auch morgen Nachmittag mit Avi, einem Kollegen, bei dir vorbeikommen und noch mal über deine Zeit in dem Terrorcamp sprechen.«

»Sicher.« Felix steht einen Moment unschlüssig da und reibt sich verlegen den Arm. Dann sagt er: »Ich fürchte, ich stinke wie drei tote Katzen. Ich sollte mal duschen. Wäre das okay? Und hast du vielleicht ein altes Shirt für mich? Kriegst du dann gewaschen wieder!«

Yael betrachtet Felix' breite Schultern und sagt lächelnd: »Ich schätze, da gibt es nur eins, das dir passen würde. Mir ist es definitiv zu groß.«

Eine Viertelstunde später sitzt Felix frisch geduscht und mit einem gelb-blauen Heim-Trikot von *Makkabi Tel Aviv* auf dem Balkon und trinkt in langen Schlucken von dem Gurken-Zitrone-Minze-Wasser, das Yael zubereitet hat.

»Passt doch prima, das Trikot! Und Gelb steht nicht jedem!«

Felix zupft mit skeptische Miene an dem Kleidungsstück herum. »Na ja, eins vom Hamburger SV wäre mir lieber.«

Yael verzieht den Mund in spöttischem Bedauern. »Du armer Kerl! Da läuft es ja seit Jahren nicht so gut, oder?«

Felix ist verblüfft. »Verfolgst du etwa deutschen Fußball?«

»Ein bisschen. Ich tippe auch ganz gern. Habe auch schon ein paar Schekel gewonnen.«

»Nutzt du da auch deine geheimdienstlichen Mittel?«

»Was denkst du denn? Wie bestechen Schiedsrichter, sabotieren den Ball und erpressen Spieler mit Sexvideos!«

Felix muss lachen. Dann wechselt er das Thema. »Deine Verabredung – triffst du deine Familie? An *Shabbat*?«

Yael schüttelt den Kopf. »Nein. Ich treffe einen alten Mossad-Kollegen, mit dem ich schon lange befreundet bin.«

»Sind die meisten deiner Freunde auch beim Geheimdienst?«

Yael legt den Kopf schief, so als müsse sie darüber nachdenken. Dann sagt sie: »Hm, ja. Außer einer alten Freundin, die ich beim Studium kennengelernt habe und die jetzt in London lebt. Ab und zu besuche ich sie dort.« Schließlich setzt sie noch hinzu: »Mein Job und die ständigen Reisen machen es schwer, Freundschaften zu pflegen.«

Nun erkundigt sich Yael nach Felix' privatem Umfeld, worauf er ihr ein wenig von Melly und von Sonny erzählt, den er, wie er ihr erklärt, kennengelernt hat, als sie beide Mitglied einer Straßengang waren. Yael verfolgt die Schilderung seiner kleinkriminellen jugendlichen Vergangenheit mit amüsiertem Interesse.

Schließlich ist es wieder an Felix, Fragen zu stellen: »Aber was ist mit deiner Familie? Du hast gestern Abend Eltern und Geschwister erwähnt. Leben die auch in Tel Aviv?«

»Nein. In Jerusalem, wo ich aufgewachsen bin.«

Felix, der weiß, dass die zwischen Juden und Moslems so umstrittene, auf ewig schicksalsträchtige Stadt nicht sehr weit von Tel Aviv entfernt ist, fragt: »Und, siehst du sie oft?«

Yael zieht die starken Augenbrauen zusammen. »Nein.«

Felix sieht sie fragend an. Yael schweigt und nimmt einen Schluck Gurkenwasser. Dann sagt sie. »Es ist alles etwas kompliziert.«

Sie scheint eine Weile unschlüssig zu sein, ob sie Felix' Neugier nachgeben soll, aber schließlich sagt sie mit ihrer rauen Stimme: »Ich stamme aus einer ultraorthodoxen, jüdischen Familie aus Me'a Sche'arim, einem Viertel Jerusalems, das fast nur von Orthodoxen bewohnt wird. Ich bin in einer abgeschotteten, von sehr rigiden, altertümlichen Regeln bestimmten Umgebung aufgewachsen. In einer weltabgewandten, nur von der Religion bestimmten Blase. Fernsehen, Kino, Tanzen gehen, all das war mir als Kind und Teenager verboten. Ich bin mit achtzehn aus dieser Welt ausgebrochen und nach Tel Aviv gegangen. Hier ist alles viel freier. Ich wollte anders leben. Und das wurde mir von meiner Familie bis heute nicht verziehen.«

Felix blickt sie verblüfft an. »Du bist abgehauen – quasi über Nacht?«

Yael lächelt mit milder Ironie. »Ja, meine Eltern, meine Großeltern, meine Tanten und Onkels, sie alle wollten, dass ich Yoni heiratete, den Sohn einer befreundeten Familie. Ein Metzger.« Sie lacht leise. »Yoni war ein netter Kerl, aber ich wollte ihn auf keinen Fall heiraten. Das war aber nur der Auslöser, der Tropfen, der ... wie sagt man in Deutsch ... na egal. Ich hatte mich innerlich schon länger von dieser engen Welt gelöst. Ich ging heimlich in Internet-Cafés und las, sah und hörte die Welt da draußen. Musik, Filme, Nachrichten. Ich verfolgte das politische Schicksal Israels. Die iranische Bedrohung, die Intifada, die Gaza-Kriege. Und ich fand es immer absurder und moralisch verwerflich, dass die Ultraorthodoxen mit dem Staat Israel nichts zu schaffen haben wollten. Dem Land, das doch ihre Sicherheit garantierte. Sie weigerten sich zum Beispiel Militärdienst zu leisten, was sonst alle Israelis müssen. Männer und Frauen. Ich ging, kurz nachdem ich fort bin, auch zur Armee.«

»Und jetzt hast du gar keinen Kontakt mehr zu deiner Familie?«

Yael blickt auf den Tisch und sagt: »Kaum. Mein Vater, der Rabbi ist, hat mir nie verziehen, dass ich, wie er das sieht, vom wahren Glauben abgefallen bin. Für ihn bin ich eine verlorene, dem Bösen verfallene Seele. Ich fürchte auch, dass er meine Verletzung als gerechte Strafe Gottes betrachtet. Jedenfalls bin ich auf den Familienzusammenkünften unerwünscht.«

»Und deine Mutter?«

»Ich telefoniere ab und zu mit ihr. Aber das ist immer komisch.«

»Wie viele Geschwister hast du denn?«

»Acht. Meine jüngste Schwester ist gerade mal zehn.«

»Oh«, macht Felix. »Und die sind alle noch in der Gemeinde?«

»Außer mir ist auch mein jüngerer Bruder Chaim abtrünnig geworden. Er lebt jetzt in New York und ist Künstler geworden. Graffiti-Kunst. Ich sehe ihn so einmal im Jahr. Und zwei meiner Schwestern treffe ich manchmal heimlich in Jerusalem.«

Felix schweigt einen Moment nachdenklich, bevor er fragt: »Vermisst du deine Leute denn gar nicht?«

Yael antwortet nicht gleich, sondern streicht sich in einer langsamen Bewegung das lange Haar zurück. Schließlich sagt sie, ein wenig zögernd: »Ja ... manche Dinge. Wie mein Vater den *Kiddusch* spricht. Das ist der Segensspruch, mit dem das *Shabbat*-Essen eingeleitet wird. Er hat eine ganz besondere Stimme. So tief und ... würdevoll. Und er spricht so wunderbar hebräisch.« Sie überlegt einen Moment und fügt hinzu: »Ansonsten sprachen wir aber Jiddisch, in dem, wie du vielleicht weißt, viel mittelalterliches Deutsch steckt. Auch deshalb fiel es mir nicht allzu schwer, Deutsch zu lernen.«

In Yaels Augen glimmt ein leiser, melancholischer Schimmer auf. »Ja, es gab schöne Dinge. Die fröhlichen Familienfeiern mit achtzig Leuten, wo so ausgelassen gelacht und getanzt wurde. Und die wilden Trinkgelage am *Purimfest*, die so etwas wie eine heilige Pflicht waren. Da ging es ziemlich lustig zu.« Sie lächelt bei dem Gedanken daran.»Und ich vermisse meine spleenige Großmutter, die jetzt fünfundachtzig ist und die so schön gruselige und verrückte Geschichten erzählen kann. Ja, all das fehlt mir manchmal.« Sie blickt eine Weile gedankenversunken vor sich hin, bevor sie einmal tief Luft holt und mit trotziger Entschiedenheit sagt:»Aber glaub mir, es gibt eine Menge Dinge, die ich nicht vermisse: Die hässlichen Kleider und dicken Perücken, die die verheirateten Frauen in der Öffentlichkeit tragen müssen, um ihr Haar zu bedecken. Bei vierzig Grad im Schatten! Während die Männer den ganzen Tag nichts anderes tun, als die Thora und den Talmud zu studieren und dabei eine Zigarette nach der anderen rauchen.« Sie schnaubt verächtlich durch die Nase.»Bei den Ultraorthodoxen ist nämlich der Broterwerb fast ausschließlich Sache der Frauen. Ein Religiöser darf einer fremden Frau nicht mal die Hand geben!«

Felix, dessen Vorstellung vom ultraorthodoxen, jüdischen Lebens bislang kaum über die Bilder von Männern mit Schläfenlocken und breiten Hüten hinausging, sieht sie voller Verwunderung an.

Yaels schöne Augen sprühen jetzt kleine, zornige Funken.»Und die Kinder! Sie werden mit Drill und in ständiger Angst vor dem Zorn Gottes erzogen!«

Ein wenig erstaunt registriert Felix, welchen Redefluss das Thema bei Yael nach ihrer anfänglichen Zurückhaltung ausgelöst hat.

»Weißt du«, sagt sie nun,»nur ein Beispiel, was die Kinder betrifft: Im Talmud steht, dass es verboten ist, an *Shabbat* Feuer zu machen. Weil elektrisches Licht aber Funken – also Feuer – erzeugen kann, darf man es nicht benutzen. Uns Kindern wurde erzählt, dass uns, wenn wir an *Shabbat* den Schalter betätigen, sofort Gottes Blitzstahl treffen würde und wir tot umfallen würden.«

Yael starrt, in der Erinnerung gefangen, einen Moment abwesend vor sich hin, bevor sie Felix direkt ansieht und sagt:»Aber weißt du, was dabei seltsam war?«

»Was?«

»Das Seltsame war, dass es mich, obwohl ich so viel Angst hatte, dazu drängte, den Lichtschalter zu betätigen. So wie man ... wenn man in einen Abgrund blickt und das Gefühl hat, dass er einen hypnotisch anzieht – so als müsse man hineinspringen.«

»Und hast du den Schalter schließlich betätigt?«

Yael blickt ernst. »Erst, nachdem ich meine Familie und Jerusalem verlassen hatte. Aber noch heute bereitet es mir manchmal ein komisches Gefühl, wenn ich an *Shabbat* einen Lichtschalter betätige.«

»Bist du denn heute überhaupt noch religiös?«

Yael schaut über die Brüstung des Balkons in die Ferne und antwortet: »Weißt du ... eigentlich nicht. Ich zweifle sehr daran, dass Gott existiert. Aber wenn man so aufgewachsen ist wie ich, steckt einem die Religion irgendwie tief in der Seele. Ab und zu gehe ich in die Synagoge, und manchmal bete ich auch. Und die Rituale, die Feier des *Shabbat* und anderer religiöser Feste – das hat für uns Juden allgemein eine wichtige Bedeutung, auch wenn man nicht wirklich gläubig ist. Diese Dinge geben uns Trost, Geborgenheit und das Gefühl der Zusammengehörigkeit. Auch in schweren Zeiten.«

Felix nickt nachdenklich. Als Yael von »schweren Zeiten« spricht, fragt er sich, ob es unter Yaels Vorfahren Opfer des Holocausts gab. Er ist versucht, sie danach zu fragen, zögert aber, und schließlich kommt ihm Yael mit einer Frage zuvor: »Und du? Bist du religiös?«

»Nein«, sagt Felix. »Das war ich noch nie. Aber es gab Momente, in denen ich mir gewünscht hätte, es zu sein.«

Yael blickt ihn mit einem Ausdruck des Verstehens an. Beide schweigen eine Weile, bevor Felix sich räuspert und sagt: »Wir sprachen vorhin über meine Zukunft, meinen Plan, ein eigenes Restaurant aufzumachen. Wie ist das bei dir? Hast du Pläne für deine Zeit nach dem Mossad?«

Sie sieht ihn erstaunt an, so als sei das eine sehr seltsame Frage: »Wie meinst du das? Ich werde das machen, solange ich kann!«

»Ich meine bloß so. Es ist doch ein harter, total aufreibender Job. Und ich habe mal gelesen, dass viele Mossad-Agenten irgendwann den Dienst quittieren und in die israelische Wirtschaft gehen, wo sie große Aufstiegschancen haben.«

Yael legt ihre Stirn in unwillige Falten.»Das stimmt, doch für mich ist das kein Thema. Welcher Job soll besser sein, als an vorderster Front gegen die Feinde Israels und der Juden zu kämpfen?«

Als sie das sagt, nimmt Felix zum ersten Mal wieder den harten Zug um Yaels Mundwinkel und den kühlen, unbeugsamen Willen in ihren schönen Augen wahr.

Yael bemerkt seinen prüfenden Blick und sagt in ruhigem Ton: »Der Mossad ist jetzt meine Familie. Er hat mir immer Sinn und eine Aufgabe gegeben. Mir damals über den Tod meines Mannes hinweggeholfen. Und mich nicht ausgemustert, als ich durch den Unfall zum Krüppel wurde.«

Felix erschrickt über das hässliche Wort, das in so krassem Gegensatz zu der kühlen Nonchalance steht, mit der Yael bisher über ihr Handicap gesprochen hat.

Er ist für einen Moment unschlüssig, ob er auf ihre Bemerkung etwas erwidern soll, als plötzlich der Rufton von Yaels Smartphone die Situation auflöst.

Die Mossad-Agentin nimmt das Handy vom Tisch und schaut auf das Display. Sie hebt erstaunt die Brauen.»Eine Nachricht von Magdalena Knoop. Sie bittet mich, sie auf einer sicheren Leitung anzurufen.«

Yael erhebt sich von ihrem Stuhl.»Okay, ich hoffe, das bedeutet, dass es wichtige Neuigkeiten gibt. Ich werde jetzt ins Hauptquartier fahren und mit Magdalena sprechen. Auf dem Weg dahin kann ich dich an deinem Apartment absetzen.«

»Kann ich nicht mitkommen? Ich will hören, was sie zu sagen hat!«

Yael schüttelt den Kopf.»Sorry, aber ich kann dich nicht mit ins Hauptquartier nehmen. Wir machen Folgendes: Ich spreche mit Magdalena und komme dann bei dir vorbei und berichte, worum es geht – wenn es denn mit der SLF zu tun hat.«

64

Eine Dreiviertelstunde später lenkt Yael Rubin ihren flaschengrünen BMW im Zentrum Tel Avivs in die Tiefgarage eines nüchternen Betonklotzes mit hohen Funkmasten auf dem Dach.

Das *Hadar-Dafna-Gebäude* in der Nähe der Henrietta-Szold-Street ist, obwohl nie offiziell bestätigt, das geheimnisumwobene Hauptquartier des israelischen Auslandsgeheimdienstes. Allerdings verfügt der Mossad inzwischen auch über ein großes Areal an der nördlichen Peripherie Tel Avivs. Die über Jahrzehnte stetig gewachsene Größe des Geheimdienstes und die wachsende Diversität seiner Aufgaben haben diesen Neubau nötig gemacht.

Als Yael vor dem Aufzug steht, der die Garage mit den oberen Stockwerken verbindet, hält sie die Innenfläche ihrer Hand vor ein unscheinbares, dunkles Rechteck mit einem roten Leuchtpunkt am Rand. Es handelt sich um einen Venenscanner, der per Infrarotlicht den unverwechselbaren Verlauf der Venen in ihrer Handfläche erfasst und mit den eingespeicherten Daten abgleicht. Bei Übereinstimmung wird der Zutritt gewährt. Venenscans verkörpern die modernste Technologie zur biometrischen Erfassung der Identität und sind sicherer als jeder Fingerabdruck.

Es dauert nur zwei Sekunden, bis das Kontrollgerät grünes Licht anzeigt und sich die Tür des Aufzugs öffnet. Yael fährt in den sechsten Stock und wiederholt die Identifikationsprozedur vor einer schweren Stahltür, in die ein kleines Fenster mit zentimeterdickem Panzerglas eingelassen ist. Als sie diese Sicherheitsschleuse passiert hat, betritt sie das Innere der Mossad-Räumlichkeiten.

Yael läuft durch den Flur eines Bürotrakts, von dem zu beiden Seiten einsehbare, verglaste Büros abgehen. Heute, an *Shabbat*, sind viele davon verwaist.

Yael nickt Yossi zu, einem Kollegen, der offensichtlich eine Feiertagsschicht schiebt, und betritt ein Büro am Ende des Ganges. Sie schließt die Tür hinter sich und geht zu einem Wandsafe, den sie mit einer mehrstelligen Zahlenkombination öffnet. Neben einigen Papieren und einer Glock-19-Pistole aus den Beständen der israelischen Armee befindet sich darin ein Satellitenhandy.

Sie nimmt das Mobilgerät heraus, verschließt den Safe wieder und setzt sich an den Schreibtisch vor dem Fenster, durch dessen halb geschlossene Jalousie gedämpftes Nachmittagslicht dringt.

Yael wählt die Nummer, die ihr Magdalena Knoop per SMS-Nachricht übermittelt hat. Nach wenigen Ruftönen erklingt die ruhige, immer cool klingende Stimme der BND-Agentin.

»Yael! Danke für den Rückruf! Wie geht es dir?«

»Gut!«

»Bist du im Büro?«

»Ja.«

Magdalena seufzt. »Ich auch. Obwohl Samstag ist.«

Nach dieser Einleitung kommt Magdalena Knoop zur Sache: »Hör zu, es gibt Neuigkeiten von meinem Kontakt bei der SÄPO. Vor drei Tagen hat sich nach der Berichterstattung über das verlassene Terrorcamp ein Zeuge bei der Polizei in Kiruna gemeldet. Er gab an, am Morgen nach Felix' Flucht an einem Rastplatz nicht allzu weit vom Terrorcamp entfernt zwei verdächtig wirkende Männer beobachtet hat, die offenbar in großer Eile einen Müllsack im Container entsorgt haben. Die Polizei hat eine Streife dorthin geschickt, und durch einen puren Zufall war der Container noch nicht geleert worden. Sie haben diesen Müllsack gefunden. Darin befanden sich zwei Kampfanzüge und Hausmüll, der auf das Camp hindeuten könnte. Und ein offenbar mutwillig zerschlagenes Handy, in viele Stücke zerbrochen und ohne SIM-Karte. Die Spezialisten bei der SÄPO haben versucht, das Teil zusammenzusetzen und mögliche Verbindungen zu rekonstruieren, aber ohne Erfolg.«

Die BND-Agenten macht eine kurze Pause, bevor sie fortfährt: »Als mein Kontaktmann mir das sagte, kam mir eine Idee. Ich habe ihm erzählt, dass ich wegen der SLF auch in Kontakt mit dem Mossad stehe, der, wie er sich denken kann, großes Interesse an der Zerschlagung der Gruppe hat. Und ihn daran erinnert, dass die IT-Spezialisten und Techniker des Mossad als die besten der Welt gelten. Ich habe ihm dann den Vorschlag gemacht, dass ich das kaputte Gerät an den Mossad weiterleite, der möglicherweise etwas damit anfangen kann. Nach einigem Hin und Her war er damit einverstanden. Was meinst du?«

Yael lauscht der BND-Agentin interessiert. »Okay, ja, wir werden uns das mal ansehen. Wie kommen wir an das Ding ran?«

»Es liegt vor mir auf meinem Schreibtisch. Alle Bruchstücke säuberlich in einen Klarsichtbeutel verpackt. Die Schweden haben ihn einem unserer Leute in Stockholm übergeben. Ich soll sie dafür auf dem Laufenden halten.«

Yael überlegt kurz. Dann sagt sie »Okay, dann lass uns keine Zeit verlieren. Ich schicke heute noch jemanden in Berlin los, der es abholt. Wie lange bist du im Büro?«

»Sicher bis sechs.«

Nachdem das geklärt ist, wechselt Magdalena das Thema. »Wie geht es Felix in Tel Aviv?«

Yael spürt eine kleine Hitzeaufwallung, als Magdalena den Namen des Mannes erwähnt, mit dem sie die Nacht verbracht hat.

»Er erholt sich gut«, sagt sie in neutralem Ton. »Wir wollen uns über die nächsten Tage mit einem Kollegen von mir treffen, um noch einmal mit ihm jedes Detail seiner Erinnerung an das Camp durchzugehen.«

»Wann kommt er zurück nach Deutschland?«

»Ich weiß nicht. Ich habe ihn gebeten, noch ein paar Tage hierzubleiben.«

»Was ist mit Jenkins' Computerdaten? Seid ihr da weiter?«

»Leider noch nicht.«

»Ich drücke die Daumen! Das ist gewiss die größte Hoffnung.«

Die beiden Agentinnen wechseln noch ein paar freundliche Worte, bevor sie sich verabschieden.

Eine Dreiviertelstunde später sitzt Yael mit Felix in seinem Apartment am Ben-Gurion-Boulevard und unterrichtet ihn in knappen Zügen über ihr Gespräch mit Magdalena Knoop, was nicht sehr lange dauert. Anschließend tritt eine merkwürdige Pause ein, in der keiner von beiden recht weiß, wie er sich verhalten soll. Schließlich sagt Yael: »Passt es dir, wenn ich morgen um sechzehn Uhr mit Avi hier bin?«

»Klar.«

»Was wirst du tagsüber machen?«

Felix zuckt die Achseln. »Ein bisschen in der Stadt rumlaufen. Ein paar Klamotten kaufen.« Er grinst und fügt hinzu: »Das Zeug, das Magdalena mir in Kiruna besorgt hat, ist nicht so ganz mein Geschmack.« Er überlegt einen Moment. »Ach ja, ich wollte mich auch nach Gewürzen umsehen, die ich mit nach Deutschland nehmen kann.«

Yael nickt. »Geh auf den *Shuk Ha'Carmel*, den Carmel Market, der ist im südlichen Zentrum. Von hier aus sind das aber ein paar Kilometer. Nimm am besten ein Taxi!« Sie blickt ein wenig nervös auf ihre Cartier-Uhr. »Ich konnte meine Verabredung verschieben, aber jetzt bin ich schon wieder spät dran.« Mit diesen Worten erhebt sie sich und sagt lächelnd: »Hab einen schönen Abend! Wir sehen uns morgen!«

Felix bleibt auf dem Sofa sitzen, während Yael sich auf den Weg zur Wohnungstür macht und sie, ohne sich noch einmal umzudrehen, hinter sich zuzieht. Als sie verschwunden ist, hockt Felix eine Weile da, ein wenig verblüfft darüber, wie schnell die Atmosphäre der Intimität zwischen ihnen verflogen ist und wie Yael offensichtlich bemüht ist, nicht den Eindruck aufkommen zu lassen, sie seien jetzt ein Liebespaar.

Aber das sind wir ja auch nicht.

65

Fünf Tage später.

Es ist ein regnerischer, dunkler Tag in Tel Aviv, an dem die Metropole wie in Watte gepackt unter einer dicken Wolkendecke liegt. Über dem bleigrauen Meer zucken hin und wieder Blitze, gefolgt von fernem rollenden Donner. Immer wieder regnet es in feinen, durchdringenden Fäden, und die Passanten laufen mit Schirmen und Gummiponchos durch die Straßen, auf deren nassem Asphalt sich Autoscheinwerfer spiegeln.

Von all dem bekommen die fünf Männer und die eine Frau, die sich um Punkt dreizehn Uhr in einem fensterlosen, von kaltem Neonlicht erhellten und abhörsicheren Konferenzraum des *Hadar-Dafna-Gebäudes* versammeln, nichts mit. Die Teilnehmer der Besprechung nehmen an einem spiegelblanken, schwarz laminierten Konferenztisch Platz, auf dem Kaffee, Tee, Mineralwasser und Fruchtsäfte bereitstehen, und legen ihre Notizblöcke, Tablets und Notebooks vor sich hin. An der längsseitigen, weiß getünchten Wand des Raums reihen sich die Porträts früherer Mossad-Chefs: von Reuven Shiloah über Meir Dagan bis hin zu Yossi Cohen, genannt »der schöne Yossi«, sowie dem gegenwärtigen Direktor. Unterbrochen wird die lange Doppelreihe der Porträts vom Emblem des Geheimdienstes, das die Menora, den siebenarmigen Leuchter des Judentums zeigt, umrahmt von den hebräischen Worten: *Wo kein Rat ist, stürzt das Volk, wo aber viele Ratgeber sind, da ist Sicherheit.*

Am Kopf des Tisches sitzt David »Dino« Arlozorov, der Leiter der *Tsomet*, der größten Abteilung innerhalb des Mossad. *Tsomet* ist für die Sammlung von Informationen inklusive der Führung von Spionen und Undercover-Agenten zuständig.

Arlozorov, ein ehemaliger Major der Israel Defense Force, ist fünfundfünfzig Jahre alt, ein Sohn ukrainischer Juden, die als Kinder den Holocaust mit knapper Not überlebten und später nach Palästina eingewandert waren. Der *Tsomet*-Chef ist ein unauffällig wirkender, bebrillter Mann, der höchst effektiv darin ist, die besonderen Vorteile zu nutzen, die die jüdische Community für die Informationssammlung und Spionagetätigkeit bietet.

Israels Juden entstammen über siebzig verschiedenen Ländern, sprechen oft die Sprachen ihrer früheren Heimat und sind mit deren kulturellen Gepflogenheiten vertraut. Dazu kommen die vielen Unterstützer aus der weltweit verstreuten jüdischen Diaspora, die als *Sayanim*, freiwillige Helfer und »Schläfer«, in ihren Heimatländern dem Mossad zuarbeiten. Auch das macht den israelischen Geheimdienst zum wohl bestinformierten der Welt.

Zur Rechten Arlozorovs sitzt Yael Rubin als eine enge Mitarbeiterin des *Tsomet*-Chefs, der ihr trotz ihrer vergleichsweise jungen Jahre größtes Vertrauen schenkt.

Neben Yael hat Avi Cohen, ihr enger Mitarbeiter bei der *Tsomet*, Platz genommen. Er ist siebenunddreißig, ein schlanker, gut aussehender Brillenträger mit traurigen, braunen Augen und exzellenten Manieren. Er ist Psychologe von Beruf und wurde, als er sich dem Mossad anschloss, ein Spezialist für die Auswertung menschlicher Quellen – unter anderem bei Verhören verdächtiger Personen. Was Cohen besonders auszeichnet, ist sein Sprachgenie. Außer Hebräisch und dem obligatorischen Englisch spricht er fließend Arabisch, Farsi, Russisch, Französisch, Spanisch und Deutsch.

Der Nächste in der Runde ist Shlomo »Teddy« Weizmann, stellvertretender Leiter der Abteilung *Queshet* und somit für Einbrüche, Abhörmaßnahmen und andere verdeckte Aufklärungsoperationen zuständig. Er ist einundfünfzig, ein hochgewachsener, silberhaariger Mann mit smarter Scheitelfrisur und tiefer Sonnenbräune, die er beim Tennisspielen und beim Segeln pflegt. Auch Weizmann ist ein ehemaliger Offizier der israelischen Streitkräfte.

Ein weiterer Teilnehmer des Meetings ist Amos Gavriel, fünfundfünfzig Jahre alt und Sohn irakischer Juden, die in den 1960ern nach Israel kamen. Er ist ein gemütlich wirkender, rundgesichtiger Mann mit Stirnglatze, dessen verschmitztes Lächeln einem freundlichen kleinen Ladenbesitzer oder Hotelconcierge gut stehen würde. Nichts könnte irreführender sein. Denn der Ex-Kommandosoldat und Armeeoffizier ist Chef einer der berüchtigtsten Abteilungen in der Welt der internationalen Geheimdienste: der *Metsada*, früher *Caesarea* genannt. Sie ist für die wirklich schmutzigen und allergeheimsten Dinge zuständig: Anschläge, Sabotage und paramilitärische Operationen, inklusive gezielter Tötungen. Für letztere gibt es die unter Gavriels Aufsicht stehende berüchtigte Untereinheit *Kidon* (»Bajonett«), deren Einsätze vom *Komitee X*, dem der Premierminister vorsteht, genehmigt werden müssen. Es wurde nach dem Münchner Olympia-Attentat von 1972 gegründet und setzte eine viele Jahre dauernde Vergeltungskampagne in Gang, die ohne Beispiel war. Der Mossad verfolgte die Terroristen des *Schwarzen September* um den halben Globus, und der *Kidon* beförderte einen nach dem anderen ins Jenseits, inklusive des Drahtziehers Arash Hassan Salameh. Er wurde 1979 in Beirut von einer Autobombe getötet, wobei auch vier völlig unbeteiligte Personen starben.

Schließlich ist da noch Ariel Peretz, der schmächtige, mäusegesichtige Leiter der Abteilung *Tsafirim*. Peretz ist die Personifizierung des besonderen, einzigartigen Auftrags des Mossad, sich um den Schutz aller Juden weltweit zu kümmern. *Tsafirim* pflegt den Kontakt zu den jüdischen Gemeinden in der Diaspora, warnt sie vor Bedrohungen und leitet sie auch zu Selbstverteidigungsmaßnahmen an.

Dino Arlozorov rückt seine dicke Brille zurecht und eröffnet das Meeting: »Shalom! Ich danke euch allen, dass ihr gekommen seid.« Wie in Israel im öffentlichen Leben üblich duzen sich alle Beteiligten.

»Shalom!«, tönt es von allen zurück, bevor Arlozorov zur Sache kommt:

»Wie ihr wisst, geht es um die Operation ›Hundert Arme‹.« Der *Tsomet*-Chef hat sich diesen Namen selbst ausgedacht, nachdem er sich das erste Mal mit der SLF und dem Namen Hyperion beschäftigt hat. Die Recherche führte ihn zu der Titanensage in der griechischen Mythologie, in der die Titanen, von denen Hyperion einer war, mithilfe eines mysteriösen Volkes von »Hundertarmigen« besiegt worden waren.

»Das Ziel ist die Zerschlagung der rechtsextremen Terrororganisation Symbiotic Liberation Force, die für die Anschläge in Bergamo und Miami Beach verantwortlich ist, wo, wie ihr wisst, auch eine fünfköpfige Familie aus Israel ausgelöscht wurde. Auf Vermittlung des Bundesnachrichtendienstes ist es uns gelungen, einen deutschen Undercover-Agenten im engen Umfeld der Kommandoebene und im Ausbildungscamp der SLF in Nordschweden zu platzieren. Er wurde entdeckt und musste fliehen, aber mit seiner Hilfe glauben wir mit praktisch hundertprozentiger Sicherheit den Schweden Gunnar Matias Eriksson als Hyperion, den Chef der Terrororganisation, identifiziert zu haben. Er ist untergetaucht, ebenso wie seine rechte Hand, der Brite Simon Trevor Jenkins, der sicher identifiziert ist. Die Identität der aktiven Terroristen ist hingegen noch ungeklärt. Durch Felix Brosch, unseren deutschen Untercover-Agenten, haben wir von einem geplanten Angriff auf eine jüdische Schule in Hamburg erfahren, die nun in besonderem Maße geschützt wird. Es gibt aber sehr harte Informationen, dass noch andere Anschläge der SLF unmittelbar bevorstehen, über deren Ziele und Zeitpunkt wir nichts wissen. Die Computerdateien, die unser Undercover-Mann unter Lebensgefahr aus dem Camp herausgeschafft hat, konnten bislang nicht entschlüsselt werden. Inzwischen konzentrieren wir uns deshalb besonders auf die Suche nach Jenkins und vor allem Eriksson, bei denen alle Fäden zusammenlaufen. Und dabei gibt es möglicherweise eine interessante Entwicklung.«

Dino nimmt seine Brille ab und lehnt sich zurück. »Darüber wird euch jetzt Yael berichten.«

Yael reibt sich in einer etwas nervösen Geste über die Stirn. Es ist das erste Mal, dass sie in einer so hochrangigen Runde eine wichtige Rolle spielen soll. Um ihre Nerven ein wenig zu beruhigen, hat sie sich vor dem Beginn des Meetings von ihrem Kollegen Yoni eine Zigarette geschlaucht, was ganz und gar nicht ihre Art ist. Sie weiß, dass sie, wenn sie die ganze SLF-Mission zu einem erfolgreichen Ende bringt, ihr Standing innerhalb des Mossad, das ohnehin gut ist, noch einmal verbessern wird. Und warum, so hat sie sich schon oft insgeheim gedacht, soll es nicht irgendwann auch eine Abteilungsleiterin beim Mossad geben?

Yael beginnt: »Ich pflege engen Kontakt mit Magdalena Knoop, der stellvertretenden Abteilungsleiterin in der Terrorismusabteilung des BND, die Person, die uns den Undercoveragenten Felix Brosch vermittelt hat und die auch in die Operation in Berlin involviert war. Für uns günstig, steht sie in sehr guten Beziehungen mit der schwedischen Sicherheitspolizei, die die Ermittlungen in dem von den Terroristen verlassenen Ausbildungscamp leitet. Sie hat erfahren, dass es vor einigen Tagen einen Zufallsfund der Polizei in Kiruna gab, einen Müllsack, der sich im Container eines Rastplatzes befand, und der aufgrund der Umstände und des Inhalts möglicherweise der SLF zugeordnet werden konnte. Darunter befand sich ein zerstörtes Mobilfunkgerät, mit dem die schwedischen Techniker nichts mehr anfangen konnten.«

Yael spürt, dass ihre Stimme ein wenig sehr heiser klingt, und nimmt einen Schluck von dem Mineralwasser, das sie sich zu Beginn des Meetings eingeschenkt hat. Dann fährt sie fort: »Knoop hat es daraufhin hingekriegt, dass die Schweden das Handy dem BND übergeben haben, und hat es mit deren Einverständnis an uns weitergeleitet. Und tatsächlich ist es unseren Leuten gelungen, die Bruchstücke zusammensetzen und trotz fehlender SIM-Karte die letzten drei Verbindungen zu rekonstruieren. Die Anrufe gingen allesamt an einen Teilnehmer in Antalya, in der Türkei.«

Yael macht eine kurze Pause, um sich erneut zu sammeln, bevor sie fortfährt: »Wir haben den angerufenen Teilnehmer lokalisiert, in einer kleinen Villa am Stadtrand von Antalya. Es handelt sich um einen türkischen Geschäftsmann, der offenbar viel auf Reisen ist. Daraufhin hat *Tsomet* einen unserer Leute von Ankara aus in Marsch gesetzt, um das Haus auszuspähen. Und dabei gab es einen Hinweis, der uns elektrisiert hat. Es ist unserem Mann gelungen, zwei Fotos von einem Mann zu machen, der das Haus verlässt, wegfährt und eine Weile später mit Einkäufen zurückkehrt.«

Yael dreht das vor ihr liegende, aufgeklappte Notebook herum, so dass die ihr gegenübersitzenden Männer die beiden Fotos auf dem Bildschirm betrachten können. Sie zeigen – einmal direkt von hinten und einmal im Halbprofil – einen untersetzen, rundköpfigen Mann mit geschorenem Schädel.

Yael sagt: »Ich habe diese Fotos Felix Brosch gezeigt, der für uns im Ausbildungscamp der Terroristen war und sich noch in Tel Aviv aufhält. Er ist sich so gut wie sicher, auf den Bildern einen der Männer zu erkennen, die er im Camp kennengelernt hat: Es ist ein Mann, der ›Tito‹ genannt wurde, wahrscheinlich ein Osteuropäer. Und jetzt kommt das Entscheidende: Er ist einer der beiden persönlichen Bodyguards von Gunnar Eriksson alias Hyperion!«

An dieser Stelle meldet sich Teddy Weizmann, der Chef der Einbruchs- und Abhörabteilung zu Wort: »Du hältst es für möglich, dass sich Eriksson in diesem Haus aufhält?«

Yael antwortet knapp: »Ja.«

»Hm«, macht Weizmann. Dann fragt er: »Dieser Deutsche, Brosch, er ist ein guter Mann, oder? Absolut verlässlich?«

An dieser Stelle übernimmt Arlozorov, Yaels Chef: »Ja Teddy, alle seine Beobachtungen waren bis jetzt von höchstem Wert. Nur durch ihn konnten wir Eriksson identifizieren. Seine Informationen über die Vorgänge im Terrorcamp in Schweden haben sich bislang alle als zutreffend erwiesen. Inzwischen wurden in Schweden in einem See in der Nähe des Terrorcamps auch zwei Leichen entdeckt, von denen Brosch sprach. Die Identifizierung dauert noch an, aber ich bin ziemlich sicher, dass es sich um Erikssons Halbschwester und den jungen Deutschen handelt, der mit Brosch und Jenkins in das Camp gereist war.«

Weizmann nickt, offenbar zufrieden mit der Auskunft. Dann fragt er: »Was ist mit dieser BND-Agentin? Wie war der Name?«

»Madalena Knoop«, antwortet Yael.

»Ist sie absolut vertrauenswürdig?«

Yael nickt. »Ich kenne sie seit Jahren. Sie ist ein Freund Israels, und sie hat sich als absolut zuverlässig erwiesen.«

Weil keiner der Anwesenden weitere Fragen hat, fährt Yael, nun immer sicherer, fort: »Aber zurück zu dem Haus in Antalya. Es muss uns zunächst darum gehen, herauszufinden, ob sich Eriksson tatsächlich dort aufhält.«

Weizmann sagt: »Unbemerkt ins Haus reingehen und Kamera- und Abhörtechnik reinbringen.«

»Ja, das wäre ideal«, räumt Yael an, um dann einzuschränken: »Aber das kann sehr lange dauern, bis sich die Gelegenheit bietet, und wir haben keine Zeit. Wir gehen davon aus, dass zwei weitere Anschläge unmittelbar bevorstehen.«

Dino Arlozorov wendet sich an Ariel Peretz, den Leiter der *Tsifirim*, die den Kontakt zur jüdischen Diaspora pflegt. »Ariel, was die Warnungen an die jüdischen Gemeinden betrifft: Wie ist da der Stand?«

Peretz legt die dünnen Finger zusammen und sagt: »Was menschenmöglich ist, wird getan. Die Sicherheitsvorkehrungen sind überall noch einmal verschärft worden. Aber klar ist auch: Solange die SLF nicht völlig zerschlagen ist, leben unsere Leute in ständiger Angst.«

Arlozorov nickt. »Womit wir wieder beim Thema Antalya wären. Yael wird erläutern, wie wir weiter vorgehen könnten.«

Die Genannte nimmt wieder einen Schluck Wasser. Dann sagt sie: »Ich dachte daran, mit deiner Hilfe, Teddy, ein sechsköpfiges Observationsteam zusammenzustellen, das das Haus abwechselnd beobachtet. Das Problem ist, dass wir, was das Aussehen von

Eriksson betrifft, nur eine sehr dünne Referenz haben. Ein jahrzehntealtes, nicht allzu gutes Foto. Der Einzige, der Eriksson erst vor kurzem gesehen und leibhaftig erlebt hat, ist Felix Brosch. Auch wenn Eriksson sein Aussehen inzwischen verändert hat, dürfte Brosch ihn anhand von Mimik, Stimme und anderen Details erkennen.«

Die Männer sehen sie fragend an.

»Aus diesem Grund, und weil wir so wenig Zeit haben, will ich selbst mit Brosch nach Antalya fahren und mit seiner Hilfe versuchen, Eriksson zu identifizieren. Brosch ist einverstanden.«

Weizmann fährt sich mit der Hand über die gepflegte Frisur und sagt: »Wenn ich das richtig verstehe, kennen dieser Tito und Eriksson ihrerseits aber auch Brosch. Man wird ihn also gut tarnen müssen.«

»Ja«, sagt Yael. »Unsere Leute bei *Tsomet* arbeiten bereits daran.«

Weizmann nickt. Alle Anwesenden wissen, dass bei verdeckten Observationen nicht nur Hightech-Mittel benötigt werden, sondern auch die guten alten Tricks der klassischen Spionagegeschichten: falsche Brillen, Bärte, Perücken und irreführende Bekleidung und Accessoires.

Nachdem Yael den Plan skizziert hat, den sie mit Arlozorov abgestimmt hat, ergreift Amos Gavriel zum ersten Mal das Wort. Der breitschultrige, kahlköpfige Chef der für die blutigen Dinge zuständigen *Metsada* zupft sich am Ohrläppchen und sagt: »Und angenommen, Eriksson ist dort und eindeutig identifiziert? Ich nehme an, dann kommen wir ins Spiel?« Er lächelt dabei so harmlos-vergnügt, als ginge es darum, dem Mann eine freundliche Abmahnung wegen einer nicht bezahlten Stromrechnung zu erteilen.

»Ja, Amos«, sagt Arlozorov. »Was dann folgt, wäre eine Aufgabe für *Kidon*. Wir kidnappen Eriksson, bringen ihn an einen sicheren Ort und quetschen alles aus ihm raus. Namen, Adressen, Anschlagspläne.«

Gavriel lächelt nun nicht mehr, sondern redet ganz sachlich. »Okay. Aber auf türkischem Boden? Was ist eigentlich mit den Türken?«

Dino erwidert: »Na ja, du weißt doch. Wie groß wird die Motivation der Türken sein, sich mit einer ausländischen Terrororganisation zu beschäftigen, die ausschließlich Juden umbringt? Vor nicht langer Zeit hat Erdoğan Israel noch einen Terrorstaat genannt, der wahllos Muslime tötet. Nein, ich traue den Türken nicht! Es ist besser, wenn wir das selbst in die Hand nehmen.«

Gavriel nickt. »Gut. Ich werde mich sofort mit den personellen und logistischen Fragen beschäftigen, um im Fall der Fälle schnell bereit zu sein.«

Die Sachlichkeit der Unterhaltung lässt nicht erahnen, was mit Eriksson geschehen wird, wenn man ihn in die Hände bekommt: Folter aller Art: Schlafentzug, permanente Beschallung, Drogen, Schläge, Elektroschocks, Waterboarding. Niemand hat Zweifel, dass der Mann, der sich so hochtrabend Hyperion, der Lichtbringer nennt, am Ende ein winselndes Häuflein Mensch sein und reden wird.

Weizmann reibt mit der gebräunten Hand an seiner goldenen Uhr herum und fragt wie nebenbei: »Was machen wir mit Eriksson, wenn wir alles aus ihm rausbekommen haben?«

»Es gibt Müllpressen«, sagt Gavriel mit einem matten Lächeln. Die Bemerkung wird von allen ohne besondere Reaktion aufgenommen. »Allerdings«, schiebt der *Metsada*-Chef hinterher, »dürfen wir keinen Fehler machen, wenn wir uns in Antalya jemanden schnappen und der besonderen Behandlung unterziehen. Es darf keine Verwechslung oder so etwas geben.«

An dieser Stelle meldet sich Avi Cohen, der Verhörspezialist mit den traurigen Augen, zum ersten Mal zu Wort: »Ich bin sicher, dass wir schon nach kurzer Zeit wissen werden, ob er unser Mann ist oder nicht. Dann haben wir immer noch Optionen.«

Die Runde nimmt das zustimmend zur Kenntnis, und Arlozorov, der *Tsomet*-Chef, leitet das Ende des Treffens ein. »Gut«, sagt er, »dann werde ich heute noch dem Chef über den Stand der Dinge und unsere Unterredung berichten. Wenn er einverstanden ist, setzen wir sofort ein Observationsteam nach Antalya in Marsch. Und wenn wir dort fündig werden, zünden wir Stufe zwei. Natürlich müssen dafür das Komitee und die Nummer Eins zustimmen.«

Die Anwesenden wissen, dass damit das *Komitee X* und der Premierminister gemeint sind, aber keiner hat große Zweifel daran, dass im Fall von Gunnar Matias Eriksson auch das äußerste Mittel genehmigt werden wird.

66

Einen Tag später.

»Chaim!«, sagt Yael Rubin und hebt ihr Rotweinglas. Felix liftet seins mit dem linken Arm, der inzwischen wieder fast voll gebrauchsfähig ist und erwidert: »Chaim!« Die beiden stoßen an, und Yael sagt: »Auf eine erfolgreiche Mission in Antalya!«
»Auf Antalya!«, erwidert Felix. Dann beobachtet er, wie die Mossad-Agentin mit offensichtlichem Appetit beginnt, Felix' Cajun-Hühnchen mit Blumenkohlreis und frischem Salat zu verzehren, das er aus Anlass ihres heutigen Treffens zubereitet hat. Dabei hat er ein paar der orientalischen Gewürze verarbeitet, die er auf dem Carmel Market erstanden hat: Zatar, Cumin, Baharat, Safran und exotische Pfeffersorten, die er mit nach Deutschland nehmen wollte – ein Plan, der nun allerdings erst mal Makulatur ist.

Es ist kurz nach einundzwanzig Uhr, und Felix und die Israelin sitzen, lässig in T-Shirts und Jeans gekleidet, am Esstisch des Mossad-Apartments am Ben-Gurion-Boulevard, das seit seiner Ankunft in Tel Aviv Felix' Bleibe ist. Seit jener Nacht, die Felix mit Yael in ihrem Apartment in Jaffa verbracht hat, ist fast eine Woche vergangen, und beide sind in wortloser Übereinkunft wieder in den professionell-kollegialen Verhaltensmodus zurückgekehrt, in dem sie sich zuvor bewegt haben. Sie scheinen sich darin einig zu sein, dass ihre sexuelle Begegnung nur eine alkoholindizierte, spontane Eruption der Begierde gewesen ist, einmalig und folgenlos. Zumindest bei Felix gibt es aber eine Regung, die das Arrangement ein wenig stört: So sehr er versucht, den Gedanken an jene Nacht zu verdrängen, so wenig gelingt es ihm.

Felix nimmt einen Bissen von dem gut durchgebratenen, rot marinierten Hühnchen, das ihm, wie er findet, gut gelungen ist, und sagt:»Was für ein glücklicher Zufall mit dem geschredderten Handy! Und dass ihr dem Ding die letzten Verbindungen entlocken konntet!«

Yael zeigt mit ihrer Gabel auf Felix und sagt mit hörbarem Stolz in der Stimme:»Das ist kein Zufall! Unsere Techniker sind die besten der Welt.«

Felix muss daran denken, dass es den »besten Technikern« nach wie vor nicht gelungen ist, die Computerdateien seines Cousins Simon zu entschlüsseln.

Aber gut. Diese Türkei-Spur scheint wirklich heiß zu sein.

Vor Felix' geistigem Auge erscheint das Foto aus Antalya, das Yael ihm vor zwei Tagen bei einem Spaziergang auf der Strandpromenade gezeigt hat. Er ist sich ziemlich sicher, darauf Tito erkannt zu haben, Hyperions Gorilla und sein vermeintliches Opfer bei der Scheinexekution in der unterirdischen Trainingshalle des Terrorcamps.

Felix sagt:»Es passt schon zusammen. Im Camp hatten nur Eriksson, Jenkins und Stella Mobiltelefone. Und vermutlich auch die Bodyguards, die mit Eriksson in ständiger Verbindung bleiben mussten und auch logistische Aufgaben im Camp hatten. Das Handy könnte Tito gehört haben.«

»Ja«, stimmt Yael zu.»Er wird der Meinung gewesen sein, es vollkommen zerstört und sicher entsorgt zu haben. Der Müllcontainer wäre wohl nur ein paar Stunden nach seiner Entdeckung geleert worden. Dann wäre das Ding auf Nimmerwiedersehen verschwunden.«

Felix dreht nachdenklich sein Weinglas in der Hand.»Was ist mit dem zweiten Gorilla? Der Leo genannt wurde? Auch ein bulliger Typ.«

Yael zuckt mit den Schultern.»Bis jetzt gibt es keine Anzeichen, dass er auch in dem Haus sein könnte. Auch keine Spur von den Hunden, von denen du sagtest, dass sie stets dabei waren.«

Felix runzelt die Stirn.»Eriksson hat mich nur einmal gesehen, aber Tito werde ich in bleibender Erinnerung sein. Und was ist, wenn Jenkins auch dort ist? Er wird mich sofort erkennen, wenn ich da irgendwo auftauche.«

»Darüber haben wir uns schon Gedanken gemacht. Ich zeig's dir nach dem Essen.« Als Nächstes kommt das Gespräch auf Magdalena Knoop, zu der Felix seit einigen Tagen keinen Kontakt hatte.

Felix fragt: »Weiß Magdalena Bescheid? Dass ich mit dir in die Türkei fahre und warum?«

»Ja. Ich habe ihr gesagt, dass wir über das vermeintlich zerstörte Handy tatsächlich eine Spur zu Eriksson gefunden haben, der wir jetzt nachgehen. Und dass die Schweden das jetzt noch nicht zu wissen brauchen.«

»Und?«

»Na ja, sie war erfreut, dass sich aus der Sache diese Spur ergeben hat. Aber sie war nicht so erbaut darüber, dass du mit nach Antalya fährst. Sie meinte, du solltest dich lieber erholen.«

Felix lächelt. »Die gute Magdalena. Wenn es um mich geht, kriegt sie immer etwas Mütterliches.«

Yael lächelt ebenfalls. »Ja, das ist mir auch schon aufgefallen. Jedenfalls wünscht sie uns Glück.«

Felix denkt an die Leichenfunde in Schweden und fragt: »Sind diese Toten denn immer noch nicht identifiziert?«

»Offenbar noch nicht.«

Felix beobachtet, wie Yael eine Gabel mit Blumenkohlreis füllt und sagt: »Nehmen wir an, Eriksson ist in diesem Haus in Antalya und ich kann ihn identifizieren. Was werdet ihr dann machen?« Es ist eine rein rhetorische Frage, denn die Antwort glaubt Felix zu kennen.

Yael Rubin kaut sorgfältig, schluckt herunter und spült mit einem Schluck Rotwein nach. Dann setzt sie das Glas behutsam ab und zuckt mit den Schultern. »Wir werden uns um ihn kümmern.« Im nächsten Moment wendet sie sich wieder ihrem Essen zu.

Felix betrachtet sie nachdenklich.

Sie werden ihn in kleine Streifen schneiden.

Felix hat die Folter stets verdammt, sie für barbarisch und verachtenswert gehalten. Aber die gruseligen Bilder ausgedehnter

Quälerei, die ihm dabei in den Sinn kommen, werden schnell wieder von denen der Opfer der Anschläge von Bergamo und Miami Beach überlagert. Besonders präsent ist ihm dabei das Foto des kleinen, rothaarigen Jungen, der ihn so sehr an seinen Sohn Louie erinnert.

Wenn weitere Schlächtereien dieser Art verhindert werden können, indem man Eriksson – egal mit welchen Mitteln – zum Reden bringt, dann muss es eben so sein.

Die beiden beenden ihre Mahlzeit, und Felix schenkt von dem Rotwein nach, den er in einem kleinen Weinladen auf der Ben Yehuda Street erstanden hat. Yael lehnt sich mit zufriedenem Gesicht zurück. »Das war ganz ausgezeichnet! Danke für die Einladung!«

Felix nickt. »Gern.« Er zögert einen Moment, bevor er mit einem kleinen Lächeln hinzufügt: »Ich musste mich ja auch für das Shakshuka revanchieren.«

Yael lächelt ebenfalls. Es entsteht eine längere Pause, in der beide daran denken, dass es seit ihrer gemeinsamen Nacht das erste Mal ist, dass sie sich ganz allein und in einer privaten Umgebung begegnen. Ihre letzten, relativ kurzen Treffen fanden jeweils auf der Strandpromenade und in einem Café in der Nähe statt. Aber weil es der Abend vor ihrer Abreise in die Türkei ist und es viel zu besprechen gibt, hat Felix vorgeschlagen, etwas zu kochen und sich in seiner Bleibe zu treffen.

Nun sitzen sie sich gegenüber, und ihre Blicke treffen sich für einen recht langen Moment. Dann senkt Yael den Kopf und bückt sich neben ihren Stuhl, wo ihre Ledertasche steht. Sie nimmt ein Notebook heraus und schiebt ihren Teller zur Seite. Danach platziert sie den Computer vor sich auf dem Tisch, klappt den Deckel auf und sagt: »Wir werden morgen früh nach Frankfurt fliegen. Dort suchen wir ein Safe House des Mossad auf, wo wir falsche Pässe erhalten und unser Aussehen verändern. Dort übernehmen wir auch den Hund.«

Felix glaubt, sich verhört zu haben. »Welchen Hund?«

Yael lächelt. »Der gehört zu unserer Tarnung. Wir reisen als Ehepaar aus Darmstadt, das in der Nähe des verdächtigen Hauses in Antalya ein Ferienapartment gemietet hat. Und oft mit seinem Hund Gassi geht.«

»Oh«, sagt Felix mit einem feinen, ironischen Lächeln. »Wir reisen als Ehepaar? Und wohnen zusammen in einem Apartment?«

»Ja«, sagt Yael knapp und ohne zu lächeln. Dann ruft sie eine Bilddatei auf und dreht den Bildschirm zu Felix. »Und so etwa sehen wir dann morgen aus.«

Felix starrt verblüfft auf zwei Passfotos von sich und Yael, die von Grafikern des Mossad bearbeitet worden sind. Sie zeigen zwei Menschen, die nur entfernte Ähnlichkeit mit denen haben, die sich am Tisch gegenübersitzen. Yael trägt eine blonde Kurzhaarfrisur, eine eckige, modische Brille mit einem pinkfarbenen Metallgestell und große, türkisfarbene Ohranhänger. Ihre Lippen sind in einem knalligen Zinnoberrot geschminkt, und um ihren Hals liegt eine enge, aus größeren Kugeln bestehende Kette aus orange leuchtender Edelkoralle. Sie sieht aus wie die leicht überspannte Besitzerin einer Boutique für preiswerte, modische Accessoires. Das betont Schrille und gleichzeitig Spießige ihrer Erscheinung lassen die Israelin einige Jahre älter wirken.

Felix stellt fest, dass auch er eine Verwandlung durchgemacht hat, die ihn um einiges älter aussehen lässt: Eine virtuelle Perücke mit über die Ohren fallendem, von grauen Strähnen durchzogenem Haar, ein buschiger, grauer Schnäuzer und eine gelb getönte, tropfenförmige, große Brille verleihen ihm die Aura eines auf US-Modelle spezialisierten Gebrauchtwagenhändlers. Felix muss zugeben, dass ihm der Mann auf dem Bild völlig fremd vorkommt, was auch daran liegt, dass ihn dunkelbraune Augen anblicken, obwohl seine Augenfarbe ein helles Grau ist.

»Meine Augenfarbe ...«, sagt er. »Kontaktlinsen, nehme ich an?«

»Ja.«

Felix fällt nun auch auf, dass die dünne Narbe auf seiner Wange auf dem Bild nicht zu sehen ist.

»Die Narbe?«, fragt er.

»Die überschminken wir. Ich kann das.«

Felix betrachtet sein verändertes Konterfei und sagt amüsiert: »Dieser Schnurrbart. Unmöglich. Früher nannte man sowas ›Pornobalken‹.«

Yael schaut verständnislos. »Wieso?«

Felix grinst: »Weil in den Siebzigern sämtliche Pornodarsteller solche Schnauzbärte hatten.«

Yael lacht ein kurzes, kehliges Lachen. »Ach ja? Woher weißt du das denn? Stehst du auf Retro-Pornos?«

Felix lacht kurz auf und erklärt: »Ich habe vor einiger Zeit mal eine Doku über die Anfänge der Pornoindustrie gesehen, wo das erwähnt wurde.«

»Deine Interessen scheinen ja wirklich sehr breit gefächert zu sein.«

Während Felix noch über irgendeine smarte Replik nachdenkt, schaltet Yael schon wieder in den Profimodus.

»Außer uns beiden«, sagt sie, »werden bald noch zwei weitere Teams in Antalya sein, die das Haus ausspähen. Möglicherweise gelingt es ihnen auch, Fotos zu machen, auf denen du Eriksson eindeutig erkennst. Wenn er identifiziert ist, ist unser Auftrag erledigt, und wir verlassen die Türkei wieder.«

»Hm«, macht Felix und schweigt eine Weile, bevor er sich daranmacht, das benutzte Geschirr abzuräumen.

Yael erhebt sich ebenfalls, um ihm zu helfen. Als sie ihre Teller auf der Arbeitsplatte neben der Spüle abstellen, berühren sich für eine Sekunde ihre nackten Arme.

Felix fühlt einen leichten, elektrischen Schlag.

Yael, die, das Gesicht von den Haaren verdeckt, an der Spüle steht, hat diese Berührung ähnlich wahrgenommen wie er. Um die erotische Spannung, die zwischen ihnen aufflammt, schon im Keim zu ersticken, entschließt sie sich, das Thema, das sie bisher vollkommen gemieden haben, direkt anzusprechen. Sie wendet sich Felix zu und sieht ihn an. »Was da neulich zwischen uns passiert ist ...«

»Ja?«

»Na ja, ich dachte – und du ja wohl auch –, dass es nicht so gut ist, das fortzusetzen.«

»Woher weißt du, was ich dachte?«

»Du hast dich so verhalten.«

»Weil du dich so verhalten hast«, erwidert Felix in gleichmütigem Ton.

Yael runzelt ein wenig irritiert die Stirn. »Egal, jedenfalls sollten wir das als einmalige ... Sache betrachten. Wir sind beide in einer professionellen Mission unterwegs. Berufliche Partner. Das sollte man nicht vermischen.«

Felix nickt ernsthaft. »Das hast du sicher recht!«

Yael schaut, als hätte sie ein bisschen mehr Widerspruch erwartet.

Sie fragt: »Also kommst du gut damit klar?«

Felix verzieht keine Miene. »Klar.«

In Yael Rubins schönen Augen blitzt plötzlich ein Funken Zorn auf.

Felix schaut sie mit arglosem Ausdruck an und fragt: »Macht es *dir* was aus?«

»Wie kommst du darauf?«

»Ich frag nur so.«

Die kleinen Funken in den Augen der Israelin beginnen zu tanzen. Mit lauter werdender Stimme sagt sie: »Es macht mir überhaupt nichts aus! Was bildest du dir ein? Hältst du dich etwa für Gottes Geschenk an die Frauen?«

Dann wird Yael plötzlich bewusst, dass die Szene einen etwas merkwürdigen Verlauf nimmt, und hält inne. Sie verschränkt die Arme vor der Brust und sagt: »Ach, Scheiß drauf! Ich wollte das nur klarstellen.«

»Das hast du!«

Es entsteht eine Pause, in der beide vor sich hin brüten. Schließlich entschließt sich Felix, sein Pokerface abzulegen und aus der Deckung zu kommen. Er sagt: »Hast du denn nie daran gedacht ... ich meine an diese Nacht? Ich schon.«

Yael bleibt ein paar Sekunden stumm. Dann sagt sie in sachlichem, ruhigem Ton: »Doch, das habe ich, aber das spielt keine Rolle. Es ist eine Frage der Vernunft. Und der Professionalität!«

»Ich weiß nicht, was das eine mit dem anderen zu tun hat.«

»Verdammt, kapierst du das nicht? Ich bin israelische Agentin, du bist ein Koch aus Deutschland, den ich für den Mossad als Undercover-Agenten rekrutiert habe. Dabei sollten wir es belassen. Unsere Wege werden sich sowieso bald trennen.«

»Umso mehr sollten wir die Zeit nutzen. Man lebt nur einmal.«

Yael weicht seinem Blick aus und starrt auf einen imaginären Punkt auf den Bodenfliesen. »Felix, ich bitte dich! Lass es uns nicht so schwermachen. Ich mag dich wirklich sehr, aber das war ... das ist einfach unklug!«
Felix hält es nicht länger in seiner Passivität. Er stellt sich vor Yael und fasst sie an den Schultern. Er spürt, wie sie sich unter der Berührung ein wenig versteift, aber sie wehrt sich nicht dagegen. Zögernd hebt sie den Blick und sieht ihn an. »Felix, bitte!«, protestiert sie noch einmal, aber er sieht, wie ihr Widerstand bröckelt. Er fasst sie noch fester und nähert seine Lippen den ihren. Als er sie berührt, lässt sie es zuerst nur widerstrebend geschehen, aber dann öffnet sie ihre Lippen und küsst ihn mit all der Wildheit und Intensität, die ihn schon beim ersten Mal Sternchen sehen ließ.

67

Teheran. Islamische Republik Iran.

Während Felix Brosch und Yael Rubin unaufhaltsam auf ihre zweite Liebesnacht zusteuern, sitzt in Teheran im zehnten Stock eines hässlichen, grauen Hochhauses ein Mann allein in seinem Büro am Schreibtisch und nimmt einen Schluck von dem starken Kaffee, den er sich in der Gemeinschaftsküche des Bürotrakts gebraut hat. Er ist einundsechzig Jahre alt, aber die tiefen, bläulichen Gräben unter den Augen, die runzeligen Tränensäcke und das Knittergeflecht der Falten, die sein Gesicht durchziehen, lassen ihn glatt wie siebzig wirken. Er ist etwas übergewichtig, aber athletisch gebaut, mit einem kurz gestutzten, grauen Vollbart und immer noch dichtem, straff zurückgekämmtem, grauen Haar. Seine türkisgrünen Augen verraten hohe Intelligenz und Entschlusskraft, auch wenn sie im Moment glanzlos sind vor Müdigkeit. In Teheran ist es bereits kurz nach Mitternacht, und der Mann ist schon seit Tagen beinahe ununterbrochen dabei, einen sehr komplexen Plan in Szene zu setzen. Die letzten beiden Nächte hat er auf der ausklappbaren Pritsche in seinem Büro verbracht.

Mit automatischen Bewegungen fingert er eine *Bahman*-Filterzigarette aus der Packung und entzündet sie, während die letzte gerade erst in dem randvollen Glasaschenbecher verglüht. Er ist im wahrsten Sinne des Wortes Kettenraucher, eine Eigenschaft, mit der ihm bei der strengen Antiraucher-Politik der iranischen Regierung gewisse Berufe verwehrt blieben. Lehrer zum Beispiel könnte jemand wie er nicht werden. Aber das wäre ohnehin der falsche Beruf für Arash Dehghani – so sein Name –, denn seine Begabung liegt nicht in der öffentlichen Belehrung und Bekehrung, sondern in der verborgenen, zwielichtigen Sphäre der verdeckten Operationen. Dehghani ist ein hoher Mitarbeiter des iranischen Geheimdienstes MOIS.

Arash löst den Blick von dem Monitor seines Computers, auf dem ein aktuelles Satellitenbild eines Hauses mit einem weiß getünchten, flachen Dach und einem kleinen Garten zu sehen ist. Er lehnt sich zurück, hebt die Arme und streckt seinen Oberkörper. Um diese Zeit – es geht es bereits auf Mitternacht – wird es selbst im so lauten Teheran ein wenig ruhiger. Kaum Verkehrslärm dringt durch die vom Smog fast blinden Scheiben, und außer den Sicherheitsleuten unten im Foyer befindet sich kein Mensch mehr im Gebäude.

Arashs Blick schweift über die Seitenwand des Büros, wo zwei Porträtfotos hängen: Eines zeigt den Ayatollah Khomeini, Gründer und Heiligengestalt des iranischen »Gottesstaates«, und das andere Ali Chamenei, den aktuellen »Obersten Führer«, der gleichzeitig das religiöse und politische Oberhaupt der Islamischen Republik ist. Dazwischen hängt das gerahmte Emblem des MOIS: ein achteckiger, grüner Stern mit einem Auge in der Mitte.

Dehghani war siebzehn Jahre alt, als der Ayatollah Khomeini die Islamische Revolution im Iran entzündete und damit nicht nur die Verhältnisse in seinem Heimatland auf den Kopf stellte, sondern auch die gesamte strategische und politische Ordnung des Mittleren Ostens. Arash, der Sohn eines armen Schusters, hatte in seiner Heimatstadt Teheran den Sturz des korrupten und protzsüchtigen Schahs, der in die mit ihm verbündeten USA geflohen war, hautnah erlebt und von Herzen begrüßt. Und als sich die Amerikaner weigerten, den verhassten Ex-Kaiser auszuliefern, war er unter den Demonstranten, die Zeugen wurden, wie die US-Botschaft in Teheran von vierhundert radikalen Studenten erstürmt und die Botschaftsangehörigen als Geiseln genommen wurden. Direkt vor den Augen des jungen Arash wurde Geschichte gemacht: Der desaströse Verlauf einer von US-Präsident Carter befohlenen, militärischen Aktion zur Befreiung der US-Geiseln war ein Sieg der Sache Irans und der letzte Nagel im Sarg von Carters Präsidentschaft. Der intelligente Arash, der solche Zusammenhänge aufmerksam verfolgte, war bis in die Haarspitzen elektrisiert.

Bald darauf hatte er als Wehrpflichtiger in einem epischen, blutmühlenartigen Zermürbungskrieg gegen den Irak Saddam Husseins gekämpft, der die Islamische Republik Iran angegriffen hatte, um sich zum alleinigen Herrscher der Region aufzuschwingen. Das vermeintlich schwache iranische Regime kämpfte, mit allem, was es hatte, und das tat auch Arash, der bei den furchtbaren Gemetzeln, die die stumpfen Frontalangriffe mit sich brachten, zweimal schwer verwundet wurde. Schließlich, nach mehr als acht Jahren von Angriffen und Gegenangriffen, nach Hunderttausenden von Toten, Bombenangriffen, Granatenhagel und Giftgasattacken, ließen die beiden kämpfenden Parteien erschöpft voneinander ab. Ein simpler Waffenstillstand beendete einen Krieg ohne Sieger.

Für Arash Dehghani jedoch war der Krieg ein Sprungbrett zum sozialen Aufstieg. Mehrmals ausgezeichnet und ideologisch linientreu, bekam er einen geförderten Studienplatz an der Islamischen Azad-Universität in Teheran, wo er seinen Abschluss in Rechts- und Politikwissenschaft machte. Bald darauf bekam er über einen Bekannten Kontakt zum »Ministerium für Nachrichtenwesen«, wie der iranische Geheimdienst offiziell heißt, und wurde einer der – wie Khomeini sie genannt hatte – »Unbekannten Soldaten des Imam Zaman«, einem bei den Schiiten hochverehrten Heiligen, der von Allah als »Retter der Menschheit« beauftragt worden war.

Arashs Blick geht zu dem Foto, das in einem silbernen, verzierten Rahmen auf dem Sideboard neben dem Schreibtisch steht. Es ist fünfzehn Jahre alt und zeigt ihn und den damaligen Präsidenten Ahmadinedschad, der im Westen gern »der Irre von Teheran« genannt wurde, bei dessen Besuch der MOIS-Zentrale. Wie Ahmadinedschad war und ist auch Arash ein Hardliner, ein glühender Anhänger des rigorosen Mullah-Regimes, der alle Bestrebungen, einen liberaleren Kurs zu verfolgen, als Angriff auf die Republik betrachtet, die ihm seinen Aufstieg ermöglicht hat. Und ebenso unnachgiebig und klar ist sein Kurs gegen die mächtigen äußeren Feinde der Republik, ja, den Todfeinden des Islam schlechthin: Das ist vor allem der »große Satan« USA, der in dem »kleinen Satan« Israel einen bereitwilligen Vollstrecker und heimtückischen Einflüsterer fand.

Arash sieht auf seine Rolex Explorer aus Edelstahl und Gelbgold, die er vor Jahren bei einem Abstecher nach Dubai gekauft hat. Sie zeigt an, dass er noch etwa fünfzehn Minuten Zeit hat bis zu seiner Verabredung. Weil ihn niemand hören kann, erhebt er sich mit einem lauten, befreienden Ächzen von seinem Drehstuhl und richtet sich auf. Eine seiner Kriegsverletzungen, ein Schrapnelltreffer am Rücken, macht ihm immer noch Schwierigkeiten. Um sich ein wenig Linderung zu verschaffen, geht er auf den langen Gang vor seinem Büro, wo eine defekte Deckenleuchte ein elektrisches Bratzen von sich gibt. So aufrecht es geht, läuft er mit langsamen Schritten an den verwaisten Büros vorbei.

Hatte Dehghani zu Beginn seiner Karriere noch Operationen gegen oppositionelle Journalisten, Kommunisten und kurdische »Unruhestifter« begleitet, war er schon bald mit »Counterintelligence«, der Abwehr feindlicher Agententätigkeit im Iran, befasst. Dabei hatte er gegen CIA und Mossad einige Erfolge zu verzeichnen und stieg in der Hierarchie rasch auf. Seit vielen Jahren schon lebt er in einer geräumigen, schönen Wohnung im Stadtteil Darband im Norden Teherans, der einige hundert Meter höher liegt und bessere Luft bietet als der von Hitze und Abgasen geplagte südliche Teil der 12-Millionen-Stadt.

Arash ist ein frommer Moslem, den genussvollen Seiten des Lebens jedoch keineswegs abgeneigt. Er trinkt gern französischen Wein, liebt – obwohl amerikanisch – die Rocky-Filme und versenkt sich als Hobby-Linguist in seiner Freizeit gern in die verschiedenen Versionen des Gilgamesch-Epos, jener uralten, mythischen Geschichte aus Babylonien. In ihr ist der Held auf der Suche nach Unsterblichkeit, muss aber nach vielen Abenteuern und tragischen Ereignissen einsehen, dass der Tod nur die Götter verschont und dass das Sterben zur menschlichen Natur gehört. Es ist eine Weisheit, die Arash hin und wieder Trost gibt.

Dehghani liebt seine Frau Behice, eine bedingungslos loyale Schönheit aus der Unterschicht, mit der er seit fast dreißig Jahren verheiratet ist, ebenso aufrichtig wie seinen schwerbehinderten Bruder, der im Haushalt der Dehghanis wohnt und dem er viel Zeit widmet.

Arashs berufliche Karriere, seine liebevolle Ehe und sein tadelloses Privatleben hätten vorbildlich wirken können, wäre da nicht ein Makel in seinem Leben, der den Eindruck der Perfektion gründlich zerstört: seine beiden Kinder. Zu seiner grenzenlosen Enttäuschung hatten sie sehr unterschiedliche Wege beschritten, die aber nach Arashs Überzeugung beide in den Abgrund führten. Aus seinem Sohn Qasem war nicht, wie er es sich gewünscht hätte, ein schneidiger, junger Offizier der Revolutionsgarden geworden, sondern ein unsicherer, haltloser Mann, der nach einer Odyssee durch Schulen und Universitäten dem Heroin verfiel, das, zum Teil im Iran selbst angebaut und zum Teil aus dem benachbarten Afghanistan importiert, die Venen ganzer Wohnblocks verseuchte. Mochte er seinem Sohn noch eine Art von Krankheit attestieren und seine erfolglosen Entzugsversuche unterstützen, überstieg der Dissens mit seiner Tochter Shayan die Grenze alles Erträglichen.

Shayan hatte sich als Medizinstudentin auf der Universität einer oppositionellen Gruppe angeschlossen, die mehr demokratische Rechte forderte, und war bei Demonstrationen gegen das Regime zweimal verhaftet worden. Eine solche offene Auflehnung gegen alles, wofür Arash stand und was seinen Kindern erst ihr materiell sorgloses Leben ermöglicht hatte, bereitete ihm viel Kummer und schlaflose Nächte. Beim MOIS rümpfte man die Nase über seine offensichtliche Unfähigkeit, seine renitente, im Verständnis seiner Behörde gefährliche Tochter zur Räson zu bringen. Und als an dieser Front unverhofft ein wenig Ruhe eingekehrt war, weil Shayan ein Kind bekam, folgte der nächste Rückschlag: Im November 2020 wurde Mohsen Fachrisadeh, führender iranischer Atomwissenschaftler und Schlüsselfigur auf dem Weg Irans zur Atombombe, direkt vor den Toren Teherans in seinem Auto erschossen – von einem vielköpfigen Mossad-Kommando, das danach unerkannt entkommen war.

Weil es Arash Dehghanis Aufgabe im Bereich der Gegenspionage war, solche Attentatsverschwörungen rechtzeitig aufzudecken, geriet seine Position in eine gefährliche Schieflage. Allein durch den glücklichen Umstand, dass er im Fall Fachrisadeh nur in zweiter Reihe aktiv war und sein Vorgesetzter, der viel von ihm hielt, schützend seine Hand über ihn hielt, war Arash mit einem blauen Auge aus der Sache herausgekommen. Doch die Frustration und die Wut über das quasi unter seinen Augen verübte Attentat saßen tief, und so kam in ihm ein Treibstoff zustande, der ihn rastlos und besessen nur noch ein Ziel verfolgen ließ: Noch vor dem Ende seiner Karriere dem Mossad, dem verhassten Geheimdienst des »kleinen Satans«, eine spektakuläre Niederlage zu bereiten.

Und nun, plötzlich, könnte sich dafür eine Gelegenheit bieten. Arash Dehghani sieht wieder auf seine Uhr und geht noch einmal in die große Gemeinschaftsküche, wo er seine Kaffeetasse auffüllt, bevor er sich wieder an seinen Schreibtisch setzt und sich eine Zigarette anzündet. Dann nimmt er ein Satellitenhandy mit einer Krypto-Software aus der Schreibtischschublade und wählt eine Nummer. Nach drei schnarrenden Ruftönen meldet sich eine sonore, männliche Stimme, die Arash gut bekannt ist.

»Kormoran!«, sagt der Mann am anderen Ende, und es klingt ein wenig erleichtert.

»Guten Abend, Gunnar«, sagt Dehghani auf Englisch, der Sprache, in der auch der Rest der Unterhaltung geführt wird. »Wie geht es dir? Hast du dich gut eingelebt?«

»Ja«, sagt Gunnar Eriksson alias Hyperion mit müder Stimme. »Es ist okay.«

Dass der Führer der Symbiotic Liberation Force sich in einem vom MOIS zur Verfügung gestellten Versteck in Antalya in der Südtürkei befindet, ist den unberechenbaren Kräften der Natur geschuldet. Denn zu dem Unglück des Verrats und der Flucht von

Brosch und Wohlfahrt, Stellas Tod und der eigenen erzwungenen Flucht aus Schweden kam ein weiteres hinzu: Das sorgsam getarnte, voll ausgestattete Versteck in der Einöde des finnischen Lappland ist im vergangenen Sommer, während einer Hitzewelle in Nordeuropa, einem gigantischen Waldbrand zum Opfer gefallen. Von dem hochgesicherten Holzhaus mit der Satellitenantenne ist nur eine verkohlte, unbewohnbare Ruine geblieben.

So blieb Eriksson nichts anderes übrig, als die schnell angebotene Hilfe des Mannes am anderen Ende der Leitung anzunehmen.

Mit gefälschten Papieren sind Eriksson und seine Bodyguards Tito und Leo im Volvo SUV mit dänischen Kennzeichen zunächst bei Kolari über die finnische Grenze gefahren, dann fast tausend Kilometer nach Süden, bis nach Helsinki, wo sie ein Flugzeug nach Antalya bestiegen. Seit zwei Wochen verbergen sie sich nun in dem türkischen Urlaubsort.

Dehghani drückt seine halb aufgerauchte Bahman aus und ignoriert, dass die Kippe anschließend neben den Aschenbecher auf die Schreibtischplatte fällt.

»Und ist das Wetter gut?«, fragt er seinen Gesprächspartner.

»Es ist heiß«, sagt Eriksson.

»Hier auch«, gibt Arash zurück.

Eriksson räuspert sich und sagt: »Im Iran würde ich mich sicherer fühlen.«

»Das ist im Moment nicht möglich.«

Arash betrachtet das Satellitenbild des Hauses mit dem kleinen Garten, in dem sich sein Gesprächspartner zurzeit befindet und das über einen türkischen Strohmann vom MOIS gemietet worden ist. »Das Haus ist doch okay, nicht wahr?«

»Aber ja.«

»Glaub mir, es ist ein sehr sicherer Ort. Hast du dein Aussehen verändert?«

»Ich lasse mir einen Bart stehen.«

»Bart ist immer gut«, sagt der Iraner mit sarkastischem Unterton und streicht sich über sein eigenes, behaartes Kinn. »Es ist ja auch nur für eine kurze Zeit. Dann sehen wir weiter.«

»Okay. Ich danke dir!«

»Was ist mit Jenkins? Ist er okay?«

»Ich denke, ja. Er hat sich an einen sicheren Ort abgesetzt.« Arash Dehghani und Gunnar Eriksson sind sehr vertraut miteinander, und tatsächlich reicht der Beginn ihrer Bekanntschaft viele Jahre zurück. Genau gesagt, bis ins Jahr 2006. Der Schwede war damals Teilnehmer der berüchtigten Holocaust-Konferenz in Teheran, einer wissenschaftlich getarnten Propagandaveranstaltung, bei der das Jahrtausendverbrechen der Hitler-Nazis als Fiktion und Erfindung der Juden dargestellt wurde. Am Rande dieser Konferenz war Dehghani mit Eriksson ins Gespräch gekommen. Der war auch damals schon auf einem radikalen rechtsextremen und antijüdischen Kurs, und Arash, der das alte Motto »Der Feind meines Feindes ist mein Freund!« beherzigte, hielt den Kontakt zu ihm. Eriksson hatte dann auch bereitwillig einige seiner Geschäftskontakte zur Verfügung gestellt, die die Iraner nutzten, um verbotene Importe von technischen Anlagen einzufädeln. Das alles war nichts Weltbewegendes gewesen, aber es hatte das beiderseitige Verhältnis vertieft, und als aus Eriksson dann Hyperion wurde, war Arash Dehghani – ungeachtet der islamkritischen Passagen in dessen Manifest *Time Has Come* – höchst interessiert und bereit, ihn bei seinen Terrorvorhaben zu unterstützen. Dabei war Dehghani von keinerlei Skrupeln geplagt. Schließlich war es noch gar nicht so lange her, dass der MOIS, seine eigene Behörde, selbst höchst aktiv in ein Massaker dieser Art verwickelt war – dem Bombenanschlag auf ein jüdisches Kulturzentrum in der argentinischen Hauptstadt Buenos Aires im Jahr 1994, der fünfundachtzig Todesopfer und über zweihundert Verletzte gefordert hatte.

All das war, so schien es Arash, vollkommen gerechtfertigt, denn die Juden in aller Welt, mochten sie nun Amerikaner, Argentinier, Engländer, Russen oder Deutsche sein, waren in seinen Augen nur eine Fünfte Kolonne Israels, des Todfeindes der Islamischen Republik Iran.

Mit dem Einverständnis der höchsten Stellen leistete Dehghani nun bei Erikssons Aktivitäten diskrete Unterstützung, zum Beispiel bei der Ausspähung von möglichen Anschlagszielen und der Beschaffung geheimdienstlicher Informationen. Dieser schwedische Millionär mochte verrückt sein, aber er tat etwas Nützliches. Er hielt die Juden weltweit in Atem, und – so hoffte

Dehghani – besonders den Mossad, der einige Ressourcen einsetzen würde, um die SLF zu bekämpfen. Ressourcen, die nicht gegen das iranische Atomprogramm gewandt werden konnten – zumindest eine gewisse Zeit lang. Dass die Halbwertzeit der SLF begrenzt sein würde, hatte Arash schon vermutet. Aber dass ausgerechnet die Israelis so schnell in den inneren Kern der Terrororganisation eindringen würden, war auch für ihn eine Überraschung gewesen. Denn inzwischen weiß er, dass hinter Felix Brosch der Mossad steckt. Allerdings hat er nicht die Absicht, diese Information mit Gunnar Eriksson zu teilen.

»Was diesen Mann namens Felix Brosch betrifft«, sagt Dehghani, »wissen wir nicht viel. Er könnte Polizist sein, vielleicht CIA, vielleicht stecken die Deutschen dahinter. Man wird sehen.«

Eriksson fragt: »Oder der Mossad?«

Arash gibt sich unverbindlich. »Klar, auch möglich.« Dann sagt er, mit leisem Tadel in der Stimme: »Eine dumme Geschichte jedenfalls. Aber du wirst dich erinnern: Ich hatte dir gesagt, dass wir uns bei der Quelle, die Broschs Hintergrund abgeleuchtet hat, nicht mehr so ganz sicher waren. Ob sie tatsächlich noch zuverlässig war.«

»Ich weiß«, sagt Eriksson. »Deshalb haben wir Brosch auch noch mal auf den Zahn gefühlt. Aber er schien über alle Zweifel erhaben.« Er schnaubt einmal heftig und fügt dann in hasserfüllten Ton hinzu: »Ich hoffe, dass wir ihn irgendwann kriegen. Dafür wäre mir kein Aufwand zu groß!«

»Was denkst du«, fragt Dehghani, »welchen Schaden er angerichtet hat, abgesehen davon, dass das Camp verbrannt ist und ihr untertauchen musstet? Fotos? Computerdaten?«

»Fotos eher nicht«, erwidert Eriksson. »Alles andere ist schwer zu beurteilen. Fest steht nur, dass er in Simon Jenkins' Hütte eingedrungen ist und meine Sicherheitsoffizierin, die ihn offenbar dort überrascht hat, getötet hat. Was er dort genau wollte und ob er erfolgreich war, wissen wir nicht. Wahrscheinlich ging es um den Computer.«

»Hm«, brummt Arash, der längst weiß, dass die Israelis im Besitz der Daten von Simon Jenkins' Computer sind, sie aber bisher nicht entschlüsseln konnten. Aber auch das sagt er Eriksson nicht. »Deine Leute sind offenbar noch nicht identifiziert. Was ist mit weiteren Aktionen?«

»Hamburg ist abgeblasen. Der deutsche Verräter, der mit Brosch fliehen wollte, war dafür vorgesehen und wird ihm davon erzählt haben. Aber es stehen Melbourne und Paris bevor. Beide Aktionen sollen in etwa zeitgleich stattfinden – in gut sechs Wochen.«

»Gut. In der Türkei bist du jedenfalls erst mal sicher. Wer würde dich da schon vermuten? Außerdem: Ich habe da ein paar Leute in der Nähe, die aufpassen.«

Bald darauf beenden die beiden Männer das Gespräch, und Arash schließt das Satellitenhandy wieder in der Schreibtischschublade ein. Dann lehnt er sich zurück und reibt sich die schmerzenden, geröteten Augen. Sein Kopf ist taub von der Konzentration, die es braucht, alle Fäden seines Vorhabens unter Kontrolle zu behalten und im richtigen Moment den richtigen Zug zu machen.

Ein Blick auf seine Rolex zeigt Dehghani, dass es inzwischen ein Uhr fünf ist. Weil es im Moment nichts anderes mehr zu tun gibt, als zu warten, beschließt er, diese Nacht in seinem eigenen Bett zu verbringen.

Der alte MOIS-Agent fährt seinen Computer herunter, erhebt sich mühsam und greift zu dem zerknitterten, braunen Tweedsakko, das über der Lehne seines Stuhls hängt. Er verstaut seine Zigaretten in der Seitentasche, löscht das Licht seiner Schreibtischlampe und verlässt sein Büro. Leise hustend und mit schweren Schritten läuft er über den Flur der Etage zum Aufzug, der, wie er feststellen muss, gerade außer Betrieb ist. Arash seufzt gottergeben und geht zum Treppenhaus, wo er sich auf den zwölf Stockwerke tiefen Abstieg in die unterirdische Garage macht.

68

Zwei Tag später. Antalya, Türkei.

Es ist kurz vor neunzig Uhr, als Felix Brosch und Yael Rubin das *Karima-Beach-Apartmenthotel* in der Denizstraße in Kemer verlassen, einem direkt am Meer gelegenen Stadtteil der südtürkischen Metropole Antalya. Hinter dem vom langen Sommer ausgedörrten, bewaldeten Bergrücken, der sich in der Ferne erhebt, geht soeben glutrot die Sonne unter, aber noch immer zeigt das Thermometer knapp dreißig Grad, und kein Lüftchen bewegt die trockene, wüstenheiße Luft. Als sie die Straße überqueren, wirft Felix einen Seitenblick auf Yael, die wie gewohnt das rechte Bein nachzieht, an deren sonstige Erscheinung er sich jedoch immer noch gewöhnen muss. Zu der auffälligen, pinkfarbenen Brille und der weißblonden, stacheligen Kurzhaarfrisur, die ihr am Tag zuvor ein Frisör im Safe House des Mossad in Frankfurt am Main verpasst hat, trägt Yael ein grellbunt geblümtes, wadenlanges Strandkleid und an den nackten Füßen mit Pailletten besetzte, pinkfarbene Birkenstock-Sandalen. Wie auf dem bearbeiteten Foto, das sie Felix vor zwei Tagen bei ihrem Essen zu zweit gezeigt hat, ist sie deutlich zu stark geschminkt. All das kann ihre Attraktivität zwar nicht komplett überdecken, erinnert aber nur entfernt an die Yael, die er kennt. Allerdings hat das der Leidenschaft, mit der er sie in der vergangenen Nacht geliebt hat, keinen Abbruch getan. Als sie nackt mit ihm im Bett lag, war sie immer noch dieselbe.

Felix ist bewusst, dass auch er wenig Ähnlichkeit mit sich selbst hat. Die halbseiden wirkende, getönte Brille, die graue Langhaarperücke, der Schnauzbart, der taubenblaue Leinenanzug und die weißen Lederslipper machen aus ihm einen alternden Vorstadt-Casanova – mit Goldarmband und weißem Einstecktuch.

Er muss zugeben, dass Sandro und Vanessa Strauch aus Darmstadt, als die sie ihre perfekt gefälschten Papiere ausweisen, verdammt authentisch wirken, auch wenn er das i-Tüpfelchen ihrer Tarnung, das Yael an einer roten Leine führt, etwas skeptisch betrachtet. Es handelt sich um eine männliche Französische Bulldogge, die auf den Namen »Bully« hört, ein kleines, gedrungenes Tier mit Fledermausohren und einem mit Strass besetzten Halsband um den wulstigen Nacken. Die absurd kurze, vollkommen ergraute Schnauze wirkt wie der Kühler eines SUV, der mit hohem Tempo gegen eine Mauer gefahren ist. Felix weiß, dass diese Rasse aufgrund dieser anatomischen Besonderheit allgemein ziemlich kurzatmig ist, aber dieses offensichtlich altersschwache Exemplar erscheint ihm wirklich in einem bedenklichen Zustand zu sein. Wenn er nur ein paar Meter auf seinen Beinstummeln zurückgelegt hat, gibt Bully ein erbarmungswürdiges Röcheln und Schnaufen von sich gibt. Aber auch in Ruhestellung hechelt er ohne Unterlass in dem verzweifelten Bemühen, genug Luft zu bekommen, was Felix schon bei ihrem Kennenlernen in Frankfurt nervös gemacht hat. Dass gerade die Hitze in Antalya dem Tier nicht besonders zuträglich ist, hat Felix schon am Nachmittag festgestellt, als er mit dem Hund kurz vor die Tür gegangen ist. Auch jetzt watschelt Bully missmutig über das Mosaikmuster des Trottoirs, wobei er an jedem Laternenpfahl haltmacht und eins seiner Stummelbeinchen hebt. Felix betrachtet ihn mit einer Mischung aus Abneigung und Mitgefühl.

Er wendet sich zu Yael, die mit stoischem Ausdruck darauf wartet, dass der Hund sein Geschäft beendet, und sagt: »Vielleicht wäre eine andere Rasse besser gewesen.«

»Er passt zu meinem Gehtempo«, erwidert Yael trocken.

Sie passieren ein Ladengeschäft, in dem man Schiffstouren entlang der türkischen Riviera buchen kann. Die kyrillischen Buchstaben über der verglasten Front wirken ein wenig wie aus der Zeit gefallen, denn die Scharen von russischen Touristen und Eigenheimbesitzern, die Antalya früher fluteten, sind seit dem Ukraine-Krieg komplett verschwunden.

Felix, Yael und die Bulldogge bewegen sich langsam in nördlicher Richtung die Straße entlang, vorbei an ein paar Geschäften und gepflegten Hotelanlagen, deren Palmenbewuchs zum Teil von gigantischen Wasserrutschbahnen überragt wird. Als sie ein zur Straße hin fensterloses Gebäude passieren, fällt Felix' Blick auf ein Schild, auf dem – neben kyrillischen und englischen Bezeichnungen – das deutsche Wort »Standesamt« steht. Er wendet sich zu Yael. »Hier könnten wir heiraten – wenn wir nicht schon verheiratet wären!«

Yael lächelt nur milde über diesen etwas müden Witz und zerrt an Bullys Leine, um den Hund von einem Häufchen Unrat wegzubringen.

Auf den Straßen herrscht wenig Betrieb. Vereinzelte Badegäste, die spät vom nahe gelegenen Strand zurückkehren, ein Anwohner, der seinen Vorgarten bewässert. Ein paar Kinder, die ihnen, auf Deutsch schwatzend, mit Eistüten in der Hand entgegenkommen.

Nach etwa zehn Minuten biegen Felix und Yael links ab und betreten eine Straße mit Wohnhäusern, denen kleine Gärten mit niedrigen Bäumen und Kaktushecken vorgelagert sind. Inzwischen ist es vollkommen dunkel, und das Laternenlicht taucht die Umgebung in einen gelblichen, monochromen Farbton. Sie passieren einige geparkte Autos und haben fast das Ende der Straße erreicht, als Yael leise sagt: »Da vorn! Das helle Gebäude. Das ist es.«

Als sie auf der gegenüberliegenden Straßenseite die Höhe des Hauses erreicht haben, nimmt Yael eine Tüte mit Hunde-Leckerlis aus ihrer nietenbesetzten, schwarzen Umhängetasche und verabreicht dem schnaufenden Bully ein Stück, während Felix unauffällig die Fassade mustert. Ein zweistöckiger, weiß verputzter Bau mit quadratischen Fenstern, der mit seinen rechten Winkeln, dem wie angeklebt wirkenden Vorbau und dem flachen Dach ein wenig an die Bauhaus-Gebäude in Tel Aviv erinnert. Ein schmiedeeiserner Zaun grenzt den kleinen, spärlich bewachsenen Vorgarten von der Straße ab, neben dem sich eine schmale Einfahrt befindet, an deren Ende ein grüner Volvo SUV mit türkischem Kennzeichen parkt. Hinter den zugezogenen Vorhängen in der unteren Etage scheint gedämpftes Licht.

Felix zündet sich mit einem goldenen Dupont-Feuerzeug, das zu seiner Ausstattung gehört, eine Zigarette an und lässt seinen Blick noch ein wenig schweifen, bevor sie weitergehen und um die nächste Ecke verschwinden.

Yael sagt: »Lass uns noch ein Stück gehen und dann noch mal an dem Haus vorbei. In den nächsten Tagen können wir das öfter machen. Ein deutsches Urlauberpaar, das um die Ecke wohnt und hier immer mit seinem Hund Gassi geht.«

Felix grinst. »Wir sollten Bully mit Wasser vollpumpen, damit er oft pinkeln muss.«

Die Israelin lacht leise, bevor sie meint: »Die beiden anderen Teams könnten zu zweit oder einzeln am Ende der Straße parken. Dann können sie das Haus über längere Zeiträume beobachten. Und wir werden versuchen, an dem Wagen einen GPS-Tracker anzubringen. Sobald er bewegt wird, hängen wir uns mit unserem Mietwagen dran!«

»Was ist eigentlich mit eurem Mann, der schon seit Tagen hier rumschleicht und die Fotos von Tito gemacht hat?«

»Er ist jetzt abgelöst. Wir fürchteten, dass er zu auffällig wurde.«

Sie kehren um und laufen noch einmal in entgegengesetzter Richtung langsam an dem Haus vorbei, bevor sie sich auf den Rückweg zu ihrem Apartment machen.

Dabei unterhalten sie sich intensiv über den Ablauf des nächsten Tages. So ins Gespräch vertieft, bemerken sie den weißen VW California Van mit den abgedunkelten Scheiben nicht, der sie in gemächlichem Tempo überholt.

69

Am Morgen darauf. Teheran. Islamische Republik Iran.

Um kurz vor sieben Uhr passiert ein silbermetallicfarbener Peugeot 3008 SUV die Schranke am Eingangstor der *Imam-Arash-Garnison*, benannt nach einem Cousin und Vertrauten des Propheten Mohammed. Es handelt sich um eine Kaserne der Iranischen Revolutionsgarde, jener ideologisch diamanthart geschliffenen Elite-Untereinheit der iranischen Streitkräfte, die die reine Flamme der islamischen Revolution hüten soll und seit einigen Jahren von den USA als Terrororganisation eingestuft ist.

Im Fond des Peugeot sitzt Arash Dehghani, der Agent des MOIS, und hüstelt leise vor sich hin. Obwohl er in der vergangen Nacht wieder wenig Schlaf bekommen hat, ist er bester Laune, denn es sieht ganz so aus, als würden seine Bemühungen bald von Erfolg gekrönt sein.

Arashs Fahrer lenkt den SUV auf den großen Parkplatz vor dem mehrstöckigen Hauptgebäude des Kasernenkomplexes, in dem sich die Büros der Kommandeure befinden, und parkt ihn dort. Die beiden Insassen steigen aus und begeben sich zum Eingang, wo ihre Sicherheitsausweise ein weiteres Mal kontrolliert werden. Während der Fahrer im Wartebereich Platz nimmt, benutzt Dehghani den Aufzug in die dritte Etage. Kurz darauf sitzt er in einem einfach ausgestatteten Büro, an dessen Wänden die unvermeidlichen Porträts der Revolutionsführer hängen, aber auch das Maschinengewehr-Logo der gefürchteten al-Quds-Brigaden, die ihren Namen von dem arabischen Wort für Jerusalem haben und Irans Kampftruppe für verdeckte Operationen im Ausland sind.

Hinter dem Schreibtisch, vor dem Arash Platz genommen hat, sitzt ein mittelgroßer, schlanker Mann in einer dunkelgrünen, mit schwarzgoldenen Schulterklappen und roten Kragenspiegeln besetzten Uniform, die ihn als hohen Offizier der iranischen Streitkräfte ausweisen. Sein Name ist Mustafa Mousavi, ein distinguiert wirkender Mittfünfziger mit silbrigem, sorgsam frisierten Haar und feinen Gesichtszügen. Wie praktisch alle ranghohen, iranischen Militärs trägt er einen kurz gestutzten Bart, der in seinem Fall silbergrau meliert ist und in Form und Farbe an den des späten Sean Connery erinnert. Hinter der dünnrandigen Brille blitzen dunkle, intelligente Augen. Seine ganze Erscheinung ist die eines orientalischen Gentlemans, den man sich gut im Smoking an einem Roulettetisch in Monte Carlo vorstellen könnte.

»Mustafa«, nennt Dehghani sein Gegenüber mit Vornamen, denn die beiden kennen sich schon lange, »wir haben unsere Zielpersonen jetzt identifiziert. Ich habe für dich mehrere Fotos und ein Video auf dem internen Server hinterlegt.«

Mousavi lässt seine feingliedrigen Finger über das Keyboard seines Computers huschen und loggt sich mithilfe eines regelmäßig wechselnden Passworts in das interne Netzwerk ein. Er öffnet seine Nachrichtenbox und ruft einen Ordner mit Fotos und einem Videoclip auf. Ohne ein Wort zu sagen, klickt er sich durch die Dateien. Sie sind offenbar aus einem Auto heraus aufgenommen worden und zeigen alle, deutlich erkennbar und gestochen scharf, einen Mann in einem blauen Anzug und eine blonde Frau im Strandkleid, die einen krummbeinigen, untersetzten Hund an der Leine führt.

Dehghani sagt: »Diese Aufnahmen haben meine Leute gestern Abend in Antalya gemacht. Es handelt sich um eine hochrangige israelische Mossad-Agentin und einen Deutschen, der für den Mossad arbeitet.«

Mousavi verzieht keine Miene, sondern studiert weiter konzentriert die Fotos und das Video von Yael Rubin und Felix Brosch. Schließlich sagt Dehghani: »Ich bin von höchster Stelle beauftragt, dir nun grünes Licht für die Operation zu geben.«

»Gut«, sagt der al-Quds-Kommandeur in ruhigem Ton. »Wir sind vorbereitet und können sofort aktiv werden.«

»Deine Leute sind schon in Antalya?«

»Ja.«

»Wie viele?«

»Sieben.«

»Wann wollt ihr es machen?«

»So bald wie möglich. Vielleicht schon heute.«

Arash Dehghani schaut erfreut. »Das klingt gut! Ich habe dir im Netzwerk noch weitere Infos hinterlegt, Koordinaten etc. Wir wissen, dass die beiden in einem Apartmenthotel in der Nähe des Objekts abgestiegen sind. Wir beobachten sie nach wie vor, aber wir müssen sehr vorsichtig sein. Sie können mit uns nicht rechnen, aber sie sind beide Profis.«

»Gut«, sagt Mousavi wieder und legt seine gepflegten Hände übereinander. »Mit all dem Material werden wir agieren können.«

Dehghani sagt: »Man kann auf dem Video sehen, dass die Frau hinkt. Nach allem, was wir wissen, ist das keine Tarnung, sondern echt.«

»Ja, ich habe das bemerkt.«

Dehghani kratzt sich nervös das graubärtige Kinn. In ihm brennt das dringende Verlangen nach einer Zigarette, aber im

Büro des Nichtrauchers Mousavi verbietet sich der Gedanke. Er fragt: »Wie transferiert ihr die beiden?«

»Wir packen zwei Pakete und liefern sie unseren Brüdern. Sie halten sich bereit, um sie abzuholen.«

»Gut. Lass uns ab jetzt permanent in Kontakt bleiben. Es wäre natürlich optimal, die Sache schon heute durchzuziehen.« Mousavi nickt. »Ich werde meine Leute direkt nach unserem Gespräch instruieren und ihnen alles Material weiterleiten. Dann können sie sofort das Terrain sondieren.«

70

Am Abend desselben Tages. Antalya, Türkei.

»Exitus!«, sagt Yael Rubin und entblößt mit einem triumphierenden Lächeln ihre kleinen Reißzähne. Felix starrt missmutig auf das Spielbrett, auf dem sie soeben den entscheidenden Zug mit ihrer Dame gemacht hat. Es ist kurz vor dreiundzwanzig Uhr, und um sich die Wartezeit bis zum letzten Gassigang mit Bully zu vertreiben, haben sie mit dem Schachspiel, das sie in ihrem Apartment gefunden haben, eine Partie gespielt. Zu Felix' Missvergnügen hat sie nicht allzu lange gedauert, weil sich Yael schnell als die klar überlegene Spielerin herausgestellt hat. Mit einem ärgerlichen Grunzen schiebt er das Brett, auf dem immer noch etliche Figuren stehen, von sich weg und sagt: »Okay.«

Yael summt zufrieden eine kleine Melodie vor sich hin und fragt: »Noch eine Partie?«

»Nein, danke.« Felix nimmt einen Schluck Cola. Sie haben sich darauf verständigt, während dieses Einsatzes auf Alkohol zu verzichten. Auch Yael trinkt etwas von ihrem Orangensaft, bevor sie sagt: »Ich habe Nachricht erhalten, dass die beiden anderen Observationsteams ab morgen Abend ebenfalls aktiv werden. Den Volvo vor dem Haus mit einem GPS-Tracker zu versehen, steht ganz oben auf der To-do-Liste.«

Während Yael die Schachfiguren wieder in das dafür vorgesehene Holzkästchen räumt, unterhalten sie sich über die Ereignisse des Tages. Oder besser, die Nicht-Ereignisse, denn immer, wenn sie mit der Bulldogge dort vorbeiflaniert sind, hat sich bei dem Haus, in dem sie Tito und Eriksson vermuten, nicht das Geringste getan.

»Aber irgendwann«, sagt Yael, »muss sich ja mal jemand draußen blicken lassen. Oder mit dem Auto wegfahren.«

»Ja«, stimmt Felix zu und sieht auf seine Uhr. Dann seufzt er. »Dann werde ich jetzt mal wieder meine Tarnkappe aufsetzen.« Die Aussicht darauf, die dicke, graue Langhaarperücke wieder über seinen Kopf stülpen zu müssen, stimmt ihn alles andere als fröhlich. Das Jucken darunter ist manchmal schier unerträglich, und ständig muss er dem Impuls widerstehen, daran herumzurücken. Als er seine Stenz-Frisur wieder angelegt hat, klebt ihm Yael den dicken Schnauzbart an und überschminkt seine Narbe. Felix legt sich vorsichtig die braunen Kontaktlinsen auf die Augäpfel und setzt die Fahrradbrille auf, deren Gläser lediglich aus getöntem Glas bestehen. Als Yael ebenfalls mit ihrem bieder-grellen Make-Up und Outfit fertig ist, wecken sie Bully, der den Abend laut schnarchend auf dem Sofa verbracht hat, und machen sich auf den Weg.

Als sie zehn Minuten später das weiße Haus mit dem Flachdach erreichen, stellen sie fest, dass dort Licht brennt, der Volvo jedoch nicht in der Einfahrt steht.

»Der Wagen ist weg!«, sagt Yael mit gedämpfter Stimme.

Sie hat das kaum ausgesprochen, als sich vom entgegengesetzten Ende der Straße die Scheinwerfer eines Autos nähern. Als es Yael und Felix passiert, erkennen sie, dass es der grüne Volvo ist. Mit angehaltenem Atem verfolgen sie von der gegenüberliegenden Straßenseite, wie der Wagen in die Einfahrt zu dem Würfelhaus einbiegt. Glücklicherweise verspürt Bully das dringende Bedürfnis, sich an einer Laterne erleichtern, weshalb sie, ohne Verdacht zu erregen, stehen bleiben und die Einfahrt verstohlen beobachten können.

Nachdem die Bremslichter erloschen sind, steigen zwei Männer aus dem Volvo, ein untersetzter, bulliger Typen mit Stiernacken und ein schlanker, mittelgroßer Mann. Im schwachen Schein der

Laterne auf dem Gehweg sind ihre Gesichter kaum zu erkennen, aber als sich der Bullige, der eine bunte Einkaufstüte trägt, der Haustür nähert, öffnet sie sich, und ein heller Lichtschein fällt nach draußen. Nun sind die Gesichter deutlich erkennbar, und Felix erhascht auch einen Blick auf den Mann, der im Türrahmen steht. Die schlanke Gestalt sagt etwas zu ihm, bevor er zusammen mit dem Bulligen das Haus betritt. Die Tür schließt sich, und die Zufahrt liegt nun wieder dunkel da.

Ohne ein Wort zu reden, laufen Yael und Felix mit dem Hund zum Ende der kurzen Straße und biegen nach rechts auf die Denizstraße ein. Erst jetzt bricht Yael das angespannte Schweigen.

»Und?«, fragt sie leise, ohne ihre Erregung verbergen zu können. »Ist er das?«

»Ja«, raunt Felix. »Das ist er! Der Bart ist neu, aber das ist eindeutig Eriksson. Die Figur, das Profil, die Augen, die Nase. Ich habe auch seine Stimme erkannt. Das ist er! Und auch Leo und Tito, seine beiden Gorillas, habe ich eindeutig erkannt.«

Yael stößt hörbar die Luft aus und sagt: »Okay. Das ist verdammtes Glück! Wir haben ihn festgenagelt. Ich muss jetzt von unserem Apartment aus mit Tel Aviv sprechen.«

Mit der schnaufenden Bulldogge an der Leine laufen sie langsam über den Gehweg. Um diese Zeit tut sich in der Gegend so gut wie nichts mehr, und bis auf ein entferntes Motorengeräusch herrscht ringsum Ruhe. Sie passieren das fensterlose Gebäude mit der Glaskuppel, in dem man ohne viel Papierkram Blitztrauungen vollziehen kann. Neben dem Standesamt befindet sich eine kleine, parkähnliche Grünfläche und ein Kinderspielplatz, der dunkel und verlassen daliegt.

Als sie den Spielplatz gerade hinter sich gelassen haben, fliegen ein paar Meter vor ihnen plötzlich die Fahrer- und die Beifahrertür eines geparkten Wagens auf.

Felix' Nackenhaare sträuben sich, weil er die Gefahr riecht, aber die Zeit ist viel zu kurz, um auf das zu reagieren, was nun geschieht. Von vorn sieht er zwei dunkel gekleidete Gestalten auf sich und Yael zurennen, während sich von hinten ebenfalls schnelle Schritte nähern. Einen Wimpernschlag später spürt er einen harten Schlag auf seinen Hinterkopf, der seinen Blick verschwimmen lässt. Er hört Yael aufschreien und Hundegekläff, aber er kann nicht sehen, was geschieht, weil sie seine Arme nach hinten gerissen haben und seinen Kopf niederdrücken. Undeutlich nimmt er das Geräusch eines sich nähernden Fahrzeugs und einer sich öffnenden Schiebetür wahr. Immer noch benommen von dem Schlag auf den Kopf wehrt er sich, so gut es irgend geht, bis er voll ohnmächtiger Wut begreift, dass seine Kräfte nicht ausreichen, um sich dem Griff seiner Gegner zu entwinden. Das Letzte, was er spürt, ist ein kleiner, spitzer Schmerz an seinem Hals.

71

Gegen ein Uhr fünfundvierzig, gut zwei Stunden nach dem Überfall auf Felix Brosch und Yael Rubin, schenkt sich Gunnar Eriksson von dem Whisky ein, den er sich am Abend bei seiner Exkursion mit Tito in dem großen Einkaufszentrum *Mall Of Antalya* besorgt hat. Es war das erste Mal, dass er das Haus, das er seit vierzehn Tagen bewohnt, verlassen hat, und es hat ihm gutgetan, ein wenig in der milden Abendluft zu spazieren und sich von den hellerleuchteten Geschäften und dem Gewimmel der Menschen von seinen düsteren Gedanken ablenken zu lassen.

Eriksson nimmt einen Schluck Whisky und denkt ein wenig wehmütig an sein Anwesen auf Mallorca, wo er in den letzten fünfzehn Jahren zusammen mit seiner Halbschwester Astrid gelebt hat, die in der SLF unter dem Namen Stella auftrat und von Felix Brosch getötet wurde. Es ist ein Ort, an den er niemals zurückkehren wird. In der in den Bergen gelegenen, von hohen Mauern umgebenen Finca hat er in vierjähriger, akribischer Arbeit sein 800-Seiten-Manifest *Time Has Come* verfasst und später, mit der Hilfe von Simon Jenkins, den er 2002 während dessen Studiums in den USA kennengelernt hatte, die Organisation aufgebaut, deren Namen die Welt nun mit Schrecken erfüllt.

Eriksson fährt sich durch den immer noch ungewohnten Bart

an Kinn und Wangen und lauscht einen Moment auf das leise Schnarchen von Tito und Leo, die sich das benachbarte Zimmer teilen, während sein eigenes Schlafzimmer in der ersten Etage liegt.

Gunnar Matias Eriksson war schon als Kind eine auffällige Persönlichkeit: ein hyperaktiver und gleichzeitig grüblerischer Junge, dabei äußerst intelligent und von einem geradezu abnormalen Selbstbewusstsein erfüllt. Selbst bei den harmlosesten Kinderspielen wusste er sich stets im Recht und brauste auf, wenn ihm jemand widersprach. Dieser Jähzorn flackert bis heute hin und wieder in ihm auf, aber mit etwa zwölf Jahren hat er gelernt, dass die Kunst der subtilen Manipulation ein viel besseres Mittel war, um seinen Willen durchzusetzen. Der wiederum war geprägt von einem Faible für alles Radikale, Extreme, Umstürzlerische. Seinen Fabrikantenvater verachtete er zutiefst, er war für ihn ein krämerischer Spießer mit schlaffen, weichen Händen. Eine opportunistische Null. Dass seine Mutter ihren Mann und die Familie verließ, als Gunnar fünfzehn war, wunderte ihn weder, noch bekümmerte es ihn groß, denn zu tieferen, emotionalen Bindungen war seine narzisstische Persönlichkeit absolut ungeeignet. Er lebte längst in seiner ganz eigenen Welt, in der außer flüchtigen sexuellen Begegnungen auch kein Platz für das andere Geschlecht war. Denn wichtiger als die Verstrickung in Affären oder gar Liebesbeziehungen war ihm stets die Gewissheit, dass er zu etwas Besonderem, etwas Höherem berufen war. Dazu, die Welt zu verändern. Sie in Brand zu stecken.

Das war schon in der Schule so, wo er als Unruhestifter bekannt war, der andere zu allen möglichen Arten von Unbotmäßigkeit und Renitenz aufstachelte. Das liberale, schwedische Schulsystem gab ihm dafür viel Spielraum, aber als er ein paar Mitschüler zu einem brutalen, körperlichen Angriff auf einen Lehrer anstiftete, wurde er der Schule verwiesen. Sein resignierter Vater hatte ihm daraufhin den höheren Schulabschluss in einer Privatschule finanziert, bevor sich Eriksson als Student der Sozialwissenschaften in Stockholm einer linksradikalen Gruppierung anschloss, die er aufgrund seiner Eloquenz, seines einnehmenden Äußeren und seines Charismas bald dominierte. Der orthodoxe Kommunismus schien ihm damals die einzig richtige Antwort auf das verfaulte, verhasste »System«, gerade auch, weil er die gewalttätige Beseitigung desselben einschloss. Die Faszination an der Gewalt als politisches Mittel ließ ihn nicht mehr los, er wurde ein Bewunderer der deutschen *Rote Armee Fraktion*, der italienischen *Brigate Rosse* und der palästinensischen Freischärler, die er nach dem Tod seines Vaters und dem damit verbunden, erheblichen Erbe mit großzügigen Spenden unterstützte. Zum Dank dafür wurde ihm in den 1980ern in Tunis sogar einmal eine fast zwanzigminütige Audienz bei Yassir Arafat gewährt, dem damaligen Führer des palästinensischen Widerstands gegen Israel.

Eriksson hört Schritte und blickt zu der offenen Tür zum Flur, in deren Rahmen jetzt Leo in T-Shirt und Unterhosen auftaucht. Hyperions Bodyguard reibt sich das unrasierte Kinn und fragt: »Alles in Ordnung, Sir?«

»Alles in Ordnung!«, gibt Eriksson zurück. »Ich gehe auch gleich schlafen.«

Leo nickt und verschwindet, um die Toilette aufzusuchen. Eriksson schenkt sich noch einen Whisky ein und denkt voller Bitterkeit an seine tote Halbschwester Astrid, eine uneheliche Tochter seines Vaters, die, als sie dreizehn war, zu ihnen gezogen war. Sie hatte Anschluss und Orientierung gesucht und war ein perfektes Objekt, an dem der vier Jahre ältere Gunnar seine Manipulationskünste perfektionieren konnte. Astrid folgte ihm auf allen Wegen, zunächst in den Linksextremismus und dann, als er Mitte der 1990er seinen politischen Kurs änderte, auch in die entgegengesetzte Richtung.

Gunnar Erikssons Wandlung vom extrem linken Kommunisten zum glühenden Rassisten und Judenhasser begann mit dem Zusammenbruch des Ostblocks und dem damit verbundenen allgemeinen Niedergang linker Ideen und Konzepte. Voller Entsetzen verfolgte er, wie die USA zur einzig verbliebenen Supermacht aufstiegen und Russland gleichzeitig in die Hände von Wildwestkapitalisten fiel, die das Land mit Mafia-Methoden aussaugten und immer mehr politischen Einfluss nahmen. Von nun an beschäftigte ihn nichts so sehr wie die Frage, wer die treibenden Kräfte hinter dieser weltumstürzenden Veränderung waren. Und weil er ein Mensch war, der die absolute Erleuchtung, die eine und einzige radikale Wahrheit suchte, schien in ihm in einer schlaflosen Nacht plötzlich eine ungeheuerliche Erkenntnis auf: Hitler, der ihm als Kommunist als Verkörperung des Bösen erschienen war, hatte doch recht! Chodorkowski, Abramowitsch, Fridmann, all diese Oligarchen, die das einst stolze Russland zerstört hatten, waren Juden, und auf der anderen Seite des Atlantiks regierte, so glaubte er nun klar zu sehen, die jüdische Wallstreet! Und so, praktisch innerhalb von Sekunden, schien es ihm wie Schuppen von den Augen zu fallen: Nicht der Klassen-, sondern der Rassenkampf war das wahre Bewegungsmoment der Geschichte, eine Erkenntnis, die zwar alt, aber durch die allgemeine Gleichschaltung des Systems rigoros unterdrückt wurde! Nun studierte Gunnar Eriksson nicht mehr Lenin und Mao Tse-tung, sondern die gesammelte antisemitische Literatur von Houston Stewart Chamberlain über Henry Ford bis zu Horst Mahler, suchte und fand antijüdische Zitate bei Geistesgrößen aller Art – sogar bei Marx, der selbst jüdischer Abstammung war. Und, wie konnte es anders sein, auch der von ihm seit seiner Jugend verehrte Beethoven hatte sich einmal in einem Brief in abfälligem Jargon über einen Juden beschwert.

Gunnar Erikssons Blick fällt auf die Flasche Johnny Walker Black Label, die vor ihm auf dem Sofatisch steht und deren Füllpegel bereits sichtbar gesunken ist. Einen Moment lang hat er den Impuls, sich ein drittes Glas einzuschenken, aber er verwirft den Gedanken sofort wieder.

Bald darauf schnarrt der Signalton des Kryptohandys in der Tasche seiner Funktionsweste. Einen Moment lang hofft Eriksson, dass sich Simon endlich meldet, aber ein Blick auf das Display zeigt ihm, dass es Kormoran ist, der ihn anruft. Kurz darauf hört er die wohlbekannte, verqualmte Stimme des Iraners.

»Gunnar«, sagt Dehghani. »Es gibt ein Problem. Meine Leute haben verdächtige Personen ausgemacht, die sich in der Nähe des Hauses herumtreiben und es ausspähen. Wir wissen es nicht genau, aber wir fürchten, dass es der Mossad ist – wie auch immer sie deine Spur gefunden haben.«

Eriksson ist einen Moment lang sprachlos vor Schreck.

Zwei Sekunden später hat er seine Fassung wiedergewonnen und sagt mit leicht belegter Stimme: »Ich verstehe. Ich muss also sofort von hier verschwinden.«

»Ja«, sagt der Iraner. »Wenn du willst, bringen wir dich da heute noch raus und holen dich in den Iran.«

Eriksson ist erleichtert. »Ja, einverstanden.«

»Gut«, sagt Dehghani. »Wir machen es so: Ihr lasst das Licht brennen und verlasst das Haus durch den Hinterausgang zum Garten. Dann klettert ihr über die Mauer auf das Nachbargrundstück. Ihr gelangt dort auf einen Hinterhof, der einen Ausgang zur Parallelstraße hat. Dort wartet ein dunkelblauer, geschlossener Van mit der Aufschrift eines Reinigungsunternehmens auf euch. Das sind meine Leute. Sie nehmen euch auf und bringen euch zur Grenze.«

Die beiden Männer wechseln nur noch wenige Worte, bevor sie das Gespräch beenden. Gunnar Eriksson verliert keine Zeit. Er weckt Tito und Leo und befiehlt ihnen, nur das Nötigste einzupacken.

Kaum zehn Minuten, nachdem Arash Dehghani seine Instruktionen gegeben hat, verlassen die drei Männer das Haus über die Terrasse und verschwinden in der Dunkelheit.

72

In langen Spiralen, durch Schichten von Nebel und und Dunkelheit, windet sich Felix' Bewusstsein an die Oberfläche. Minutenlang liegt er bewegungslos, während seine verschwommenen Sinne um Schärfe ringen und er seinen Körper zu spüren beginnt. Sein Kopf schmerzt und dröhnt, als befinde er sich in einer vibrierenden Schraubzwinge. Die geschwollene, staubtrockene Zunge klebt schmerzhaft am Gaumen.

Felix öffnet mühsam seine verklebten Augen.

Vollkommene Schwärze.

Instinktiv zwinkert er ein paarmal mit den Augenlidern, aber die Dunkelheit bleibt.

Er bewegt die Finger seiner Hände, aus denen nur langsam die Taubheit weicht. Dann hebt er unter großer Anstrengung seine Arme ein wenig an, die sich so kraftlos anfühlen, als seien sie aus Gummi. Als er sie zur Seite spreizen will, stoßen sie sofort gegen etwas Hartes. Er ertastet zwei Wände, direkt neben seinem Körper. Als er die Arme nach oben hebt, stoßen sie erneut sofort auf Widerstand. Dort, nur zwanzig Zentimeter über seinem Gesicht, befindet sich eine weitere Wand.

Ein eisiger Schock durchfährt ihn, als ihm klar wird, dass er in einer engen Kiste liegt.

Ein Sarg!

Würgende Angst steigt in ihm auf. Für einen Moment fürchtet er, lebendig begraben zu sein.

Aber dann nimmt er das Geräusch wahr. Ein fernes, mechanisches Stampfen, wie von einer Maschine. Ein paar Augenblicke später wird ihm bewusst, dass sich sein Körper in einer lang gezogenen, rhythmischen Bewegung der Länge nach sanft hebt und wieder senkt. Hebt und senkt.

Ein Schiff! Ich bin auf einem Schiff!

73

Beirut, Libanon.

Es ist kurz vor achtzehn Uhr, als an einem etwas abgelegenen Kai im Hafen von Beirut ein kleiner Frachter anlegt, der schon bessere Tage gesehen hat.

Die dunkelgrüne Lackierung der Schiffswand ist an vielen Stellen abgeplatzt, der Bug von einer stürmischen Begegnung mit einer Hafenmauer eingedellt, und an den Seiten der Aufbauten mit dem Steuerstand ziehen sich breite, senkrechte Roststreifen entlang.

Nichtsdestotrotz ist die *Buna*, an deren Heck die Flagge Zyperns weht, voll seetüchtig und hat die rund vierhundert Seemeilen lange Strecke zwischen Antalya an der Südküste der Türkei und der Hauptstadt des Libanon in weniger als neunzehn Stunden zurückgelegt.

Normalerweise verschifft der Frachter Container mit Bananen aus dem Süden Libanons in andere arabische Staaten und bringt von dort Tabakerzeugnisse zurück, aber hin und wieder hat er bei ihrer Rückkehr auch eine ganz andere, sorgfältig getarnte Fracht geladen – zum Beispiel Waffen und Sprengstoffe. Heute allerdings sind die wenigen Container an Deck leer, und an Bord des Schiffes tut sich, nachdem es vertäut worden ist, erst einmal gar nichts.

Erst nach Einbruch der Dunkelheit, gegen 19 Uhr, sieht man im spärlichen Licht der gelben Kaibeleuchtung vier in Jogginghosen und Arbeitsjacken gekleidete Männer, die zwei große Holzkisten von Bord bringen.

Am Kai wartet bereits ein geschlossener, dunkelblauer Lieferwagen, auf dem in arabischen Schriftzeichen sowie in französischer Sprache der Name eines Obsthandels steht.

Die Männer verstauen die beiden Kisten im Laderaum des Vans, in den auch drei von ihnen hineinspringen, während der vierte neben dem wartenden Fahrer Platz nimmt. Der Lieferwagen passiert ohne Probleme die Zollposten und Schranken, die das Hafengelände abriegeln, und taucht in den dichten, abendlichen Verkehr des Boulevard Charles Helou ein. Zur Linken erheben sich die hell glitzernden Hochhaustürme von Beiruts Skyline in den samtblauen Abendhimmel. Zur Rechten liegt die Waterfront, ein Amüsierviertel, dessen unzählige Bars, Restaurants und Clubs zum großen Teil bei der Explosionskatastrophe im August 2020, die den Hafen in Schutt und Asche legte, zerstört worden sind. Inzwischen haben jedoch viele davon wieder geöffnet, und vor den Eingängen sieht man Trauben von modisch gekleideten Männern und Frauen, die viel Haut zeigen.

Noch immer liegt hier etwas von dem süßen, dekadenten Leben in der Luft, das, als die Franzosen noch die Herren des Libanon waren, Beirut zum »Paris des Nahen Ostens« gemacht hat. Unter Palmen und einem sternensatten Himmel spielte, soff und hurte die arabische Oberschicht hier genauso wie betuchte Amerikaner, britische Aristokraten und italienische Playboys – und das alles vor der traumhaft schönen Kulisse des levantischen Mittelmeers.

Und auch heute – nach Bürgerkrieg, israelischer und syrischer Besatzung und trotz der stets instabilen Lage des Libanon – tanzt man hier auf den Tischen und gibt sich dem verruchten Taumel des Beirut Nightlife hin. Falls einer der Männer in dem Obstlieferwagen gegen die Verlockungen dieser Welt nicht immun sein sollte, würde er es gewiss nicht zugeben. Denn sie sind alle Kämpfer der Hisbollah, jener radikalislamischen Miliz, die von ihren schiitischen Glaubensbrüdern, den mächtigen Mullahs im Iran, unterstützt wird und längst der heimliche Herrscher des Zedernstaats ist. Für diese Männer ist der westliche Lebensstil mit seinem gottlosen Materialismus und seiner Zügellosigkeit eine dem Untergang geweihte Welt.

Der blaue Van biegt auf den Boulevard Bechara El Koury ein und kollidiert dabei beinahe mit einem verbeulten, alten Mercedes Diesel, der unvermittelt vor ihm die Spur gewechselt hat. Normalerweise würde der Fahrer des Lieferwagens den Wagen nun überholen und mit erhobener Faust auf Arabisch eine deftige Schmähung durch das geöffnete Seitenfenster schicken. Er unterlässt es jedoch, weil er weiß, dass es besser ist, auf dieser Fahrt keinerlei Aufmerksamkeit zu erregen.

Wie immer in den früheren Abendstunden ist der Verkehr in Beirut mörderisch und der technische Zustand vieler Autos so bedenklich wie das explosive Temperament ihrer Fahrer. Unfälle gehören zum gewöhnlichen Straßenbild und wütende Hupkonzerte zum Soundtrack der Zwei-Millionen-Metropole.

Auf der Straße des 22. November staut sich prompt der Verkehr, weil ein Pick-up sich in einen alten Renault verkeilt hat. Bärtige Männer stehen wild gestikulierend um die havarierten Autos herum. Der Fahrer des blauen Van trommelt nervös mit den Fingern auf dem Lenkrad. Wie seine Kameraden möchte er seine kostbare Fracht so schnell wie möglich an ihren Bestimmungsort bringen.

Zehn Minuten später hat er die Unfallstelle umkurvt und passiert die hell erleuchtete Pferderennbahn, vor deren Eingang sich Hunderte von Menschen drängen. Dann zieht zur Rechten das schlanke Minarett des »Friedhofs der Islamischen Märtyrer« vorbei, zwischen dessen Gräberreihen die dunklen Silhouetten haushoher Schirmpinien aufragen.

Je weiter es nach Süden geht, umso mehr verblasst der Eindruck des poshen, wohlhabenden Beirut. Als der Lieferwagen den Bezirk Dahieh erreicht, taucht er in eine ganz andere Welt ein. Schicke Glasfassaden und Apartmentgebäude sind hier selten. Schnell hochgezogene, schäbige Mietskasernen, zum Teil unverputzt, bestimmen das Straßenbild, ebenso wie kleine Läden, schlichte Cafés mit Plastikstühlen sowie bunt dekorierte Handy- und Onlineshops.

Für die Männer in dem Lieferwagen ist es eine Heimkehr, denn sie sind alle hier, im überwiegend schiitischen Süden Beiruts geboren und aufgewachsen. Und seit vielen Jahrzehnten ist dies Hisbollah-Land, so wie auch die Bekaa-Ebene im Norden des Libanon und der ganze Süden des Landes. Überall sieht man die gelb-grüne Fahne der Miliz, auf der aus den arabischen Zeichen für »Partei Gottes« ein stilisierter Arm mit einem automatischen Gewehr emporwächst.

An manchen Gebäuden hängen beleuchtete Plakate mit dem Konterfei eines bärtigen, bebrillten Mannes mit einem schwarzen Turban auf dem imposanten Kopf. Es ist Hassan Nasrallah, der unumstrittene Führer der »Partei Gottes« und Oberbefehlshaber von Zehntausenden, bis an die Zähne gerüsteter und gut ausgebildeter Kämpfer, deren Endziel stets aufs Neue beschworen wird: die völlige Auslöschung des südlichen Nachbarn Israel, jenes »zionistischen Gebildes«, das, so die Lesart der Hisbollah, arabisches und muslimisches Land widerrechtlich okkupiert hat und danach trachtet, seine arabischen Nachbarn zu unterdrücken.

Zwei der Männer in dem Lieferwagen konnten ihre Tapferkeit im Kampf gegen diesen Feind schon als blutjunge Kämpfer unter Beweis stellen. Als im Sommer 2006 Hisbollah-Kämpfer im Grenzgebiet acht israelische Soldaten töteten und zwei gefangennahmen, antwortete Israel mit einer Luft- und Bodenoffensive, um der Miliz einen entscheidenden Schlag zu versetzen. Ein Unterfangen, das wegen des zähen Widerstands der Islamisten und ihrer von Iran finanzierten, hervorragenden Bewaffnung jedoch nur unzureichend gelang. Trotz hoher Verluste behauptete sich die Hisbollah, und dieser zum »göttlichen Sieg« verklärte Kampf trug viel zum heroischen Nimbus von Nasrallahs Männern bei.

Gespeist wurde diese Verehrung vom Zorn auf Israel, dessen Einmischungen im Libanon immer wieder auch viele zivile Opfer forderten. Die Propaganda der Islamisten, dass der Staat der Juden der wahre Terrorist sei, fällt hier auf fruchtbaren Boden. So stehen die Bewohner Südbeiruts in ihrer großen Mehrheit fest zu der radikalen Miliz, die sich hier bewegt wie der berühmte Fisch im Wasser und in der extrem hohen Anzahl junger, meist aus armen Verhältnissen kommender Männer ein riesiges Rekrutierungsrerservoir vorfindet. Hier schließt praktisch jedes Kind Hassan Nasrallah in sein Abendgebet ein und steht ehrfürchtig vor den überall sichtbaren Porträts toter Hisbollah-Kämpfer. Mütter sind stolz darauf, einen gefallenen Märtyrer in ihrer Familie zu haben, dessen Andenken am Jahrestag seines Todes mit einer großen Festivität begangen wird. Vor einem überlebensgroßen Foto eines bärtigen, jungen Mannes in Uniform verneigen sich dann die vielköpfige Verwandtschaft und das gesamte Viertel.

Der dunkelblaue Van bleibt auf der Old Saida Road kurz in einer Traube von jugendlichen Motorradfahrern hängen und passiert dann ein dreistöckiges, gepflegtes Gebäude, das von Palmen und Zedern umstanden ist. Es ist das St.-George-Hospital, das von der Hisbollah betrieben wird und Teil des sozialen Engagements der »Partei Gottes« ist. Die ebenfalls von Iran finanzierten Krankenhäuser, sozialen Einrichtungen und Hilfen für Bedürftige sind neben dem bewaffneten Kampf das wichtigste Feature der Islamisten, das ihnen viel Zuspruch bringt, zumal dieser Service nicht nur Schiiten, sondern der gesamten, auch der christlichen und sunnitischen Bevölkerung zuteilwird. In einem von Korruption und Schlamperei geprägten Land ist es nicht die offizielle, parlamentarische Regierung, in die die Menschen ihre Hoffnungen setzen, sondern in die meist effektive und disziplinierte Verwaltungsarbeit der Islamisten. Auf diese Weise hat die Hisbollah auch große Teile der christlichen Minderheit hinter sich gebracht.

Nach einer knapp vierzigminütigen Fahrt biegt der Lieferwagen links ab und taucht in ein Gewirr von engen Gassen ein. Er stoppt vor einem schäbigen mehrstöckigen Gebäude, in dessen Erdgeschoss sich eine kleine Autowerkstatt befindet, die jetzt, um kurz vor acht Uhr abends, geschlossen ist.

Der Beifahrer nimmt ein Handy aus der Tasche und wählt eine Nummer. »Nhna huna!«, (»Wir sind hier!«) sagt er, und ein paar Sekunden später öffnet sich das Rolltor der Werkstatt. Der blaue Van fährt in die Garage, woraufhin sich das Tor sofort wieder schließt.

Im Inneren der neonbeleuchteten, kleinen Halle warten drei Männer in blauen Arbeitsoveralls, die man für Automechaniker halten könnte, wären da nicht die AK-47-Gewehre, die sie an Gurten vor dem Bauch tragen.

Der Fahrer und der Beifahrer steigen aus und öffnen die Hecktür des Vans. Die Männer im Laderaum springen heraus, und mit vereinten Kräften heben alle die schweren Kisten heraus und tragen sie in den hinteren Teil der Werkstatt, wo sich das Büro befindet. Hinter zwei Schreibtischen stehen hohe Regale an der Wand, die mit Aktenordnern gefüllt sind. Einer der Männer aus dem Empfangskomitee drückt einen verborgenen Knopf unter einem Schreibtisch, woraufhin sich die Regalfront mit einem leisen Quietschen teilt und den Blick auf eine grüne Stahltür freigibt. Der Mann spricht in eine Gegensprechanlage, dann ertönt ein Summen, und die Tür öffnet sich. Vorsichtig bugsieren die Männer die beiden Kisten eine steile, lange Treppe hinunter, bis sie in einem tief unter der Erdoberfläche gelegenen Kellergeschoss ankommen.

Es handelt sich um ein geheimes Gefängnis der Hisbollah, allen Blicken entzogen und gegen Bombenangriffe geschützt. Die unterirdische Anlage misst in der Grundfläche knapp fünfhundert Quadratmeter und besteht aus vier großen Gefängniszellen, die sich in einem langen Gang aneinanderreihen, dem Büro des Kommandeurs, einem Aufenthaltsraum für die Wachen, einem Bad mit Toilette und Duschzelle und einer kleinen Kaffeeküche. An den Aufenthaltsraum schließt sich ein Lagerraum an, der den Rest der Fläche einnimmt und an dessen Rückseite sich ein getarnter Notausgang befindet, der über einen langen Tunnel in den Keller eines der benachbarten Gebäude führt.

Die Männer mit den Kisten betreten den Gang, in dem das Büro des Kommandeurs und der Aufenthaltsraum liegen. Dort erwarten sie zwei weitere Bewaffnete in Arbeitsoveralls und ein untersetzter Mann mit einem buschigen, grau melierten Schnäuzer im pockennarbigen Gesicht. Er trägt einen olivgrünen Kampfanzug und eine Makarov-Pistole an der rechten Hüfte, und sein ganzes Gebaren lässt erkennen, dass er hier die Befehlsgewalt hat. Sein Name ist Hussein Haddad, sechsundvierzig Jahre alt und einer der beiden stellvertretenden Leiter des *Amn al-Muddad*, der Abteilung des Geheimdienstes der Hisbollah, die für die Bekämpfung gegnerischer Nachrichtendienste zuständig ist.

Haddad weist den Männern mit den Kisten den Weg an Kaffeeküche und Toilette vorbei, bevor sie nach links in den Zellentrakt abbiegen. Trotz ihrer anstrengenden Last frösteln sie in ihren T-Shirts, denn während es in den Straßen oben immer noch sommerlich warm ist, herrschen hier, sechs Meter tief unter der Erde, konstant Temperaturen um die vierzehn Grad. Das ist der Grund, warum Haddad und die beiden Wachen dicke Pullover unter ihrer Oberbekleidung tragen. Die Luft, die von oben durch die beiden vergitterten Lüftungsschächte in der Decke dringt, richtet nur wenig gegen den feucht-muffigen Geruch aus, der den Keller erfüllt.

Haddad öffnet die Tür der ersten Zelle und lässt die Männer eine der Kisten darin absetzen. Die andere schleppen sie in die letzte Zelle am Ende des Gangs.

Der Kommandeur wendet sich an einen der Transporteure, einen fülligen Mann mit dickwandiger Brille. »tnynetkon tamem?«, (»Sind sie beide in Ordnung?«) fragt er. Der Mann nickt. »Ich habe vor zwei Stunden zuletzt nach ihnen gesehen und ihnen Wasser gegeben. Dann habe ich sie noch mal schlafen gelegt, aber nur mit einer geringen Dosis. Sie dürften bald zu sich kommen.« Er rückt an seiner Brille und fügt hinzu: »Aber sie waren lange bewusstlos und bewegungsunfähig. Es wird eine Weile dauern, bis sie wieder einigermaßen beieinander sind.«

Haddad lässt die Kiste, vor der er steht, öffnen, und betrachtet voller Neugier die blonde Frau in dem bunten Strandkleid, die mit fahlem Gesicht und geschlossenen Augen darin liegt. Der mit der Brille prüft ihren Puls und nickt. »Alles in Ordnung.«

Dieselbe Prozedur wiederholt sich bei der anderen Kiste, in der ein Mann in einem taubenblauen Leinenanzug und weißen Le-

derslippern liegt, der ebenfalls tief zu schlafen scheint. »Sein Puls ist ein bisschen flach«, sagt der mit der Brille.
»Aber das wird sich geben. Vielleicht gebe ich ihm gleich eine Adrenalinspritze.«
»In Ordnung«, sagt der Geheimdienstoffizier. »Du bleibst hier und beobachtest sie beide. Tu, was du für nötig hältst, um sie fit zu machen. Sie sollen essen und trinken und sich erholen. Wenn sie so weit sind, kümmere ich mich um sie.«
Er überreicht dem Mann mit der Brille die Zellenschlüssel und wendet sich dann an die anderen Männer aus dem Lieferwagen.
»Ihr könnt jetzt heimgehen. Ich danke euch, Brüder! Ihr habt euren Auftrag vorbildlich erfüllt. Ich bin sicher, der Scheich wird euch persönlich belobigen!«
Die Angesprochenen schauen ergriffen. Sie wissen, dass mit »Scheich« niemand anderes als Hassan Nasrallah gemeint ist, der wie ein Heiliger verehrte, oberste Führer der Hisbollah.
Haddad registriert zufrieden, wie seine Worte auf die Männer wirken – auch wenn alle wissen, dass die Aufgabe eher eine leichte war. Schließlich wurden diese Pakete quasi frei Haus geliefert – fertig verpackt von den iranischen Freunden.

74

Als Yael Rubin zwei Stunden später zu sich kommt, fühlt sich ihr Kopf so taub an wie nach einem Schlag mit einem Knüppel, und ihr Rücken schmerzt fast so sehr wie ihre versehrte Hüfte. Verschwommen nimmt sie wahr, dass sie auf einer Art Pritsche liegt. Helles Neonlicht trifft schmerzhaft auf ihre Netzhaut.
Minutenlang verharrt sie in liegender Position, bis sie glaubt, die Kraft zu haben, sich aufzurichten. Mit einem unterdrückten Ächzen kommt sie hoch und setzt sich vorsichtig, um ihre rechte Hüfte nicht falsch zu belasten, auf die Kante der Pritsche.
Dann inspiziert sie die Umgebung. Sie ist allein in einem großen, fensterlosen Raum mit unverputztem Mauerwerk und nacktem Betonboden. Bis auf die nur mit einer dünnen Matratze ausgestat-

tete Pritsche ist der Raum vollkommen leer. Allerdings gibt es in einer Ecke eine rechteckige Vertiefung im Boden, in deren Mitte sich ein rundes, tellergroßes Loch befindet, neben dem ein Blecheimer steht. Erst als sie die danebenliegende Papierrolle bemerkt, wird Yael klar, dass es sich um eine primitive Hocktoilette handelt. Dann fällt ihr Blick auf die einzige Tür des Raums. Es ist eine gelb gestrichene, massive Stahltür mit einem vergitterten Sichtfenster. Yael zuckt innerlich zusammen.

Eine ... Gefängniszelle.

Langsam setzt sich ihre Erinnerung wieder zusammen. *Ich war in Antalya mit Felix. Wir hatten Eriksson aufgespürt. Dann wurden wir überfallen.*

Ihr erster Gedanke ist, dass sie sich in der Gefangenschaft von Erikssons Nazi-Terroristen befindet. Sie grübelt eine Weile darüber nach, bis sie plötzlich das giftgrüne Plastiktablett entdeckt, das auf dem Boden neben dem Kopfende der Pritsche steht. Darauf befinden sich eine Schüssel mit Hummus, ein Fladen Pitabrot und eine große Flasche Mineralwasser. Die geschwungenen, mit Punkten versehenen Schriftzeichen auf dem Etikett sind unverkennbar.

Arabisch! Warum Arabisch? Verdammt, wo bin ich hier? Und wo ist Felix? Was haben die mit ihm gemacht?

Die unangenehme Kälte, die in der Zelle herrscht, kriecht Yael unter die Haut. Unwillkürlich legt sie beide Arme um den Oberkörper. Erst jetzt wird ihr bewusst, dass sie immer noch das dünne Strandkleid trägt, das sie anhatte, als sie entführt wurde. Es ist verschmutzt, und ein starker Geruch nach Schweiß und Urin geht von ihm aus, so wie von ihrem ganzen Körper. Sie verspürt Scham und Ekel, aber bald wird die Empfindung von ihrem infernalischen Durstgefühl überdeckt. Ihr Blick saugt sich an der Mineralwasserflasche fest. Zuerst zögert sie, aber dann öffnet sie die Flasche und trinkt sie fast ganz leer.

Im nächsten Moment hört sie, wie sich ein Schlüssel im Schloss der schweren Stahltür dreht, die sich mit einem hässlichen Rasseln öffnet. Dann betreten drei in Overalls gekleidete und mit Sturmhauben vermummte Männer die Zelle. Zwei von ihnen tragen umgehängte Kalaschnikows und bleiben bei der Tür stehen, während der Dritte, ein kleiner, korpulenter Mann mit Brille, sich der Pritsche nähert.

Er fixiert Yael mit scharf blickenden, dunklen Augen und weist auf das Tablett. »Eat!«, sagt er auf Englisch.

Yael ignoriert die Aufforderung. Sie starrt den Mann mit der Brille an und fragt auf Deutsch: »Wer sind Sie? Was wollen Sie von mir? Wo ist mein Mann?« Obwohl sie davon ausgeht, dass sie nicht als harmlose deutsche Touristin entführt wurde, sondern ihre Tarnung längst gelüftet ist, hat sie sich entschlossen, ihre Rolle so lange wie irgend möglich weiterzuspielen.

Der dicke Mann mit der Brille reagiert nicht auf Yaels Frage, sondern zieht stattdessen ein Stethoskop und einen Blutdruckmesser aus der Tasche.

»Lie down!«, befiehlt er in scharfem Ton und unterstreicht die Aufforderung mit einer Handbewegung.

Yael schüttelt störrisch den Kopf, woraufhin der mit der Brille den beiden anderen mit einer knappen Kopfbewegung ein Zeichen gibt. Mit ein paar Schritten sind die Vermummten bei Yael und drücken sie gewaltsam auf die Pritsche nieder.

»No!«, ruft sie, aber sie ist viel zu schwach, um wirklich Gegenwehr leisten zu können. Der mit der Brille beugt sich zu ihr herunter, fühlt ihren Puls und misst ihren Blutdruck. Dann horcht er ihre Brust ab, ohne sie zu entblößen. Heftig atmend lässt Yael die Untersuchung über sich ergehen.

Schließlich richtet sich der Kerl mit der Brille auf und sagt nur: »Good!« Dann wiederholt er seine Aufforderung: »Eat!« Yael reagiert nicht und starrt nur zur Decke.

Wenig später ist sie wieder allein. Sie lauscht angestrengt, aber sie kann in der Umgebung nicht das leiseste Geräusch wahrnehmen. Eine unheimliche Stille liegt über ihrem Gefängnis, so niederdrückend und beunruhigend wie ihre Gedanken. Sie hat gehört, dass zwei der Männer kurz Arabisch sprachen, eine Sprache, die sie wie nicht wenige Mossad-Agenten gut beherrscht. Nun hat sie keinen Zweifel mehr daran, dass sie sich in der Hand arabischer Terroristen befindet, Leuten, die wissen müssen, dass sie Israelin und Mossad-Agentin ist.

Aber wer sind die? Hamas? Hisbollah? Oder der IS?

Das eine klingt in ihren Ohren so übel wie das andere. *Aber woher wussten die, dass wir in Antalya waren? Verdammt, es muss eine undichte Stelle geben. Ein Leck beim Mossad?*

Yael fährt sich mit der Hand durch ihr verfilztes, blond gefärbtes Haar.

Wieder fragt sie sich mit bangen Gefühlen, was mit Felix passiert ist. *Ist er auch hier? In einer anderen Zelle? Oder haben sie ihn umgebracht?* Bei dem Gedanken krampft sich ihr Innerstes zusammen. Sie versucht, sich selbst zu beruhigen. *Nein! Er ist sicher auch hier – woanders.*

Ein tiefes Gefühl der Einsamkeit ergreift von Yael Besitz. Sie befindet sich offensichtlich in der Gefangenschaft von Leuten, die Todfeinde Israels sind, und sie hat keine Ahnung, was mit ihr geschehen wird. Von jahrelanger Einkerkerung bis zum Tod sind alle Optionen vorstellbar. Und vielleicht auch Folter. Und so gut sie in ihrer Ausbildung auch auf solche Extremsituationen und das innere Überleben dabei vorbereitet worden sein mag – in diesem Moment überwältigt sie die nackte Verzweiflung. Sie legt sich mit zur Wand gerichtetem Gesicht auf die Pritsche und rollt sich, beide Knie mit den Armen umschlingend, zusammen.

75

Eine Stunde später holen sie sie. Yael hat inzwischen dem bohrenden Hungergefühl nachgegeben und das Fladenbrot und das Hummus gegessen, was ihr ein wenig Kraft und Zuversicht gegeben hat. Als sie von den beiden Vermummten mit den Gewehren auf den Zellengang geführt wird, ist sie beinahe in einer kämpferischen Stimmung.

Die beiden Wächter fassen sie an beiden Armen und zerren sie, ihre Behinderung ignorierend, grob über den Gang. »Please!«, ruft sie, »slow!«, woraufhin die Männer ihr Tempo tatsächlich verlangsamen. Weil die Sandalen, die sie zuletzt trug, verschwunden sind, tappt sie auf nackten Füßen über den kalten Betonboden. Als sie an den anderen Zellentüren vorbeikommen, ruft Yael laut auf Deutsch: »Hallo? Bist du da? Hallo?«

Sie erhält keine Antwort, dafür aber einen mit der flachen Hand ausgeführten Schlag auf den Hinterkopf. »Shut up!«, zischt es in ihren Ohren.

Kurz darauf steht sie in der Tür eines Raums, in dem ein breitschultriger, schnauzbärtiger Mann in Uniform hinter einem Schreibtisch sitzt. Er ist unmaskiert und starrt Yael mit undurchdringlichem Gesicht an. Yael betrachtet ihn sekundenlang, bevor ihr Blick an den drei gerahmten Porträtfotos an der Wand hinter dem Schreibtisch hängenbleibt. Die Gesichter sind ihr alle gut bekannt:

Es sind Hassan Nasrallah, der Ayatollah Khomeini und der syrische Machthaber Assad. Damit ist für Yael das Rätselraten über die Frage, wer ihre Entführer sind, schlagartig beendet.

Hisbollah! Ich bin in der Hand der gottverdammten Hisbollah!

Auf ein Zeichen des Mannes hinter dem Schreibtisch stoßen die beiden Wächter Yael auf einen Klappstuhl aus Plastik, der vor dem Schreibtisch steht. Obwohl sie ihn zu unterdrücken versucht, entfährt ihr ein kleiner Schmerzenslaut.

Hussein Haddad nimmt eine Pistazie aus der Plastikschüssel, die vor ihm steht, und knackt sie vernehmlich. Er wirft die Schale in den Papierkorb neben dem Schreitisch, steckt sich die Pistazie in den Mund und schiebt Yael die Schüssel hin.

Geräuschvoll kauend fragt er auf Arabisch: »bdak?« (»Möchtest du?«)

Yael, die ihn gut versteht, schaut ratlos und ignoriert die Schüssel. Sie starrt den Mann mit halb ängstlicher, halb wütender Miene an und fragt auf Deutsch: »Wer sind Sie? Wo bin ich hier? Wo ist mein Mann?«

Hussein Haddad hebt die Hand und sagt, wieder auf Arabisch: »trok el masrah! baaref eno enta bthke loghtna!« (»Lass das Theater. Ich weiß, dass du unsere Sprache sprichst!«)

Yael schaut noch verständnisloser und schüttelt den Kopf. »Ich verstehe Sie nicht … ich …« Sie unterbricht sich und wechselt die Sprache: »Do you speak English?«

Ihr Gegenüber verzieht abschätzig den Mund und durchbohrt Yael mit Blicken. Eine Weile herrscht Schweigen, während Haddad ein weitere Pistazie knackt. Dann wirft er die Schale mit einer heftigen Bewegung in den Papierkorb und sagt in hart akzentuiertem, aber gutem Englisch: »Okay. Sprechen wir also Englisch. Fürs Erste ...«

Yael räuspert sich und führt die Unterhaltung in derselben Sprache fort. »Wer sind Sie?« fragt sie. »Und wo ist mein Mann?«

Haddad lächelt maliziös und weist auf das gelb-grüne Emblem mit dem erhobenen Gewehr auf dem Ärmel seiner Uniformjacke. »Du weißt, wer wir sind«, sagt er. Dann breitet er die Hände in einer scheinbar gastlichen Geste aus und fügt hinzu: »Willkommen im Libanon!«

Yael mimt die Ahnungslose. Sie starrt Haddad mit verständnislosem Ausdruck an und sagt: »Warum bin ich im Libanon? Mein Name ist Vanessa Strauch. Ich bin eine Touristin aus Deutschland und war mit meinem Mann im Urlaub in der Türkei. Was wollen Sie von mir?«

Haddad hebt tadelnd die Augenbrauen. »Lass das! Wir wissen, wer du bist! Dein Name ist Yael Rubin. Du bist ein zionistischer Agent. Du bist vom Mossad!«

Yael erschrickt, weil sich ihre schlimmsten Befürchtungen bewahrheitet haben.

Obwohl sie ahnt, dass sie ihr Gegenüber kaum überzeugen wird, spielt sie ihre Rolle konsequent weiter. Sie schüttelt verständnislos den Kopf und sagt: »Ich verstehe nicht, wovon Sie reden. Mein Mann und ich ... wir ... sind Touristen aus Deutschland und ...«

Haddad unterbricht sie: »Touristen, ja? Warum trägt der, den du deinen Mann nennst, dann falsches Haar und einen falschen Bart?« Er tippt mit dem Zeigefinger auf seinen Schnäuzer und lächelt spöttisch.

Yael spürt einen kleinen elektrischen Schlag, als sie an Felix' Perücke, den angeklebten Bart und die Brille aus Fensterglas denkt.

Sie schweigt eine Weile verbissen, bis ihr plötzlich etwas einfällt. Sie schaut Haddad mit halb resigniertem, halb verständnisheischendem Blick an und sagt: »Okay. Ich sage es Ihnen.

Mein Mann, er ... er muss sich verstecken. Die deutsche Polizei sucht ihn.«

Haddad ist verblüfft über diese Antwort. Er lacht laut auf und fragt: »Warum? Was hat er getan?«

Yael zuckt mit den Achseln. »Er hat Geld gestohlen.«

Haddad grinst amüsiert und entblößt dabei einen Goldzahn in seinem rechten Oberkiefer. »Was du nicht sagst!«, sagt er, offenbar vergnügt über den Einfallsreichtum seiner Gesprächspartnerin. Er zweifelt keine Sekunde an dem, was ihm die Freunde von den iranischen Revolutionsgarden versichert haben:

In den beiden Kisten befinden sich zwei als deutsche Touristen getarnte Agenten des Mossad, die auf einer Observationsmission in Antalya waren und dort von einem iranischen Kommando gekidnappt worden sind. Zur freien Verfügung der Freunde von der Hisbollah – eine wahrhaft wertvolle Beute.

Der Hisbollah-Kommandeur reibt mit dem Daumen kurz über den dicken Goldring an seiner rechten Hand, bevor er in gefährlich leisem Ton sagt: »Ich frage dich zum letzten Mal. Du bist Yael Rubin vom Mossad. Und der Mann ist nicht dein Mann. Sein Name ist Felix ... Brosch. Ebenfalls vom Mossad!«

Yael schaut entnervt und wiederholt monoton: »Bitte ... mein Name ist Vanessa Strauch and mein Mann ...«

»Shut up!«, brüllt Haddad. Dann bohrt er den Blick seiner schwarzen Augen wie einen Dolch in die von Yael und sagt: »Wir haben Zeit. Viel Zeit. Du wirst reden!«

Yael schüttelt scheinbar in ratloser Verzweiflung den Kopf und schweigt, während ihr wieder bewusst wird, wie schmutzig sie ist und wie schlecht sie riecht. Sie sieht den Hisbollah-Kommandeur mit bittendem Blick an und fragt: »Kann ich mich waschen?«

»Warum?«, sagt Haddad mit hohntriefender Stimme. »Du bist ein jüdisches Schwein. Du kannst dich tagelang waschen und wirst den Gestank doch nie los.«

Yael starrt ihn nur entgeistert an, so als hätte sie nicht die leiseste Ahnung, wovon dieser Fremde redet. Dabei ist ihr, als spüre sie von der Wand aus den stechenden Blick von Nasrallah auf sich, der, wie sie weiß, alle Juden als »Nachkommen von Affen und Schweinen« bezeichnet hat. Sie weiß auch, dass die »jüdische

Weltverschwörung« zu den festen Glaubensartikeln der Hisbollah und anderer Islamisten gehört. Von diesen Leuten hat sie als Jüdin und als Agentin des verhassten Mossad keine Gnade zu erwarten. Umso entschlossener ist sie, nichts von sich preiszugeben.

Haddad starrt Yael eine Weile finster an, bis sich plötzlich seine Miene aufhellt. Es scheint, als sei ihm gerade etwas Amüsantes eingefallen. »Du willst eine Dusche?«, fragt er.

Yael nickt und sagt leise: »Ja ... bitte!«

Haddad nickt. »Okay. Du kannst eine Dusche haben.«

Plötzlich schaudert es Yael innerlich, denn ihr fällt ein, dass schon die Hitler-Nazis in den Vernichtungslagern vorgaben, es ginge zum Duschen, als sie die Juden in die Gaskammern trieben. Sie verdrängt den Gedanken sofort wieder und fragt stattdessen erneut: »Wo ist mein Mann?«

»Er ist nicht dein Mann.«

»Wo ist er?«

»Wer weiß?«

»Geht es ihm gut?«

»Wer weiß?«

»Sir«, sagt Yael in verzweifeltem Ton. »Ich bin Vanessa. Ich habe mit alldem nichts zu tun. Ich bin Deutsche und habe einen kleinen Laden. Ich bin kein Agent von ... irgendetwas. Mein Mann auch nicht. Er ist ...« Sie sucht scheinbar einen Moment lang nach dem englischen Wort. »... er ist Buchhalter. Er hat Probleme mit der Polizei, aber er hat nichts getan, was Sie anscheinend glauben.« Ihr Gesicht bekommt einen flehentlichen Ausdruck. »Ich bitte Sie ... Lassen Sie uns gehen!«

So geht es noch fast eine halbe Stunde zwischen ihr und dem Hisbollah-Offizier hin und her, bis es Haddad schließlich reicht.

»Du wirst reden!«, brüllt er und gibt den beiden vermummten Wächtern, die bei der Tür warten, einen Befehl auf Arabisch: »khuduha lbaaid!« (»Bringt sie weg!«).

76

Als Yael mit den beiden Wachen wieder auf dem Zellengang ist, ruft sie auf Deutsch: »Bist du da? Du wirst von der deutschen Polizei gesucht! Du hast Geld gestohlen!« Sie klammert sich an die Hoffnung, dass Felix dort ist und sie hören kann, vor allem, dass er versteht, was er sagen soll, wenn er ebenfalls verhört wird. Sie ist sich ziemlich sicher, dass ihre Wächter kein Wort Deutsch verstehen.

Wieder erhält sie keine Antwort, dafür aber einen schmerzhaften Stoß in den Rücken, zusammen mit der Aufforderung, still zu sein. Dann schließt man sie wieder in ihrer Zelle ein.

Yael hat gerade eine Stunde auf der Liege in ihrem fensterlosen Verlies verbracht, als die Zellentür erneut geöffnet wird und drei Männer den Raum betreten. Einer von ihnen zieht einen roten Wasserschlauch hinter sich her. Es ist kein gewöhnlicher Gartenschlauch, sondern ein dickwandiger Hochdruckschlauch, wie er bei der Kanalspülung verwendet wird.

Die beiden anderen Hisbollah-Leute ziehen Yael von der Pritsche hoch und zerren sie gewaltsam in eine Ecke der Zelle, wo ein vertiefter Wasserabfluss eingelassen ist. Dann reißen sie ihr mit roher Gewalt das dünne Strandkleid und den Slip vom Leib, bis sie vollkommen nackt ist. Yael schreit auf und versucht sich zu wehren, aber die Männer drücken sie brutal nieder, bis sie in halb liegender Position auf dem kalten Betonboden kauert. Dann ruft der Mann mit dem Schlauch durch die offene Tür ein Kommando in den Zellengang.

Sekunden später spürt Yael einen brachialen Schlag auf ihre nackten Brüste. Der Druck ist so stark, dass ihr der Wasserstrahl förmlich ins Fleisch schneidet. Sie stößt einen lauten Schrei aus und versucht, sich mit den Armen zu schützen, aber der maskierte Kerl mit dem Schlauch bewegt sich so um sie herum, dass sie dem steinharten Strahl nicht entweichen kann. Ihre Arme, ihr Oberkörper, ihr Unterleib und ihre Beine – ihr ganzer Körper windet sich unter der brutalen Gewalt der eisigen Wasserkeule, die unablässig auf sie einprügelt.

Minuten verrinnen, und die Tortur will nicht enden. Mit immer tauber werdenden Gliedern und mit den Händen so gut es geht ihr Gesicht schützend, hockt Yael keuchend am Boden und stöhnt ab und zu laut auf, wenn der Schmerz kaum noch zu ertragen ist. Als sie nach endlos scheinender Zeit das Gefühl hat, das Bewusstsein zu verlieren, weicht der Druck plötzlich, und das wütende Prasseln verstummt.

Es dauert eine ganze Weile, bis Yael realisiert, dass das Wasser versiegt ist.

Die Augen immer noch geschlossen, kauert sie haltlos zitternd da, als sie plötzlich die Stimme des Hisbollah-Offiziers vernimmt, der sie zuvor verhört hat.

»Du wolltest eine Dusche, nicht wahr? Fühlst du dich jetzt besser?«

Yael öffnet ihre Augen und sieht den untersetzten Mann mit dem Schnäuzer breitbeinig vor sich stehen. Mit klappernden Zähnen sieht sie zu ihm auf.

»Wir Muslime sind sehr saubere Leute«, sagt der Peiniger. »Ihr Juden seid es nicht. Ich denke, du solltest jeden Tag eine Dusche nehmen. Oder auch mehrere.«

Yael sieht ihn nur apathisch an.

Haddad fragt: »Wirst du mir nun von deiner Arbeit für den Mossad erzählen?«

Obwohl ihr Körper schmerzt, als sei jeder einzelne Knochen gebrochen, ist Yaels Widerstandswillen noch längst nicht erschöpft.

»Bitte«, flüstert sie, »es muss eine Verwechslung sein. Mein Name ist Vanessa Strauch. Ich bin ...«

Haddad unterbricht sie: »Ich sehe, dass du die Dusche wirklich liebst.«

Mit diesen Worten gibt er einem der vermummten Wächter ein Zeichen, der ein großes Frotteehandtuch und eine abgenutzte, braune Wolldecke in den Armen hält.

Er wirft Yael das Handtuch zu und lässt dann die Decke auf die Pritsche fallen.

Haddad sagt: »Und jetzt ruh dich eine Weile aus. Du hast später eine Verabredung und musst hübsch aussehen!«

Yael stöhnt innerlich auf.

Dieser Teufel! Was meint er damit? Werden Sie mich vergewaltigen?

Während sich bei dieser Vorstellung ihr Herz verkrampft, beginnt sie, mit zitternden Händen ihren mit blauen Flecken übersäten, unterkühlten Körper abzutrocknen. Haddad beobachtet sie dabei mit unbewegter Miene. Schließlich ziehen die beiden Vermummten Yael vom Boden hoch und bringen sie zu der Pritsche, wo sie sich auf die Kante setzt und die Wolldecke eng um ihren Körper schlingt. Mit blaugefrorenen Lippen sieht sie Haddad an und fragt mit flüsternder Stimme: »Mir ist kalt. Bitte ... kann ich etwas zum Anziehen haben?«

Statt einer Antwort wendet sich Haddad um und verlässt mit den anderen Männern die Zelle. Die Tür schließt sich mit dem Yael schon bekannten rasselnden Geräusch. Dann ist sie wieder allein.

77

Felix hört Schritte auf dem Gang, undeutliche Stimmen und das entfernte Geräusch einer sich öffnenden Stahltür. Er hört eine Frau aufschreien, und seine Nackenhaare richten sich auf.

Yael! Das ist Yael!

Sekunden später hört er ein gedämpftes Rauschen durch die Wand seiner Zelle – und den erneuten Aufschrei einer Frau.

Felix' Magen krampft sich zusammen. Mit bangen Gefühlen lauscht er auf die Geräusche. Inzwischen ist nur noch das seltsame Rauschen zu hören. Irgendwann bricht das Geräusch schließlich ab, und er meint, sehr leise und undeutlich menschliche Stimmen zu vernehmen. Anschließend hört er, wie eine Tür geöffnet und wieder verschlossen wird. Dann tritt Stille ein.

Voller Verwirrung und ohnmächtigem Zorn hockt Felix auf der Pritsche mit der dünnen Matratze und reibt sich die schmerzenden Schläfen. Er ist erst seit einer Stunde wieder bei vollem Bewusstsein und hat ebenso wie Yael entsetzt festgestellt, dass er in einer Gefängniszelle eingesperrt ist. Und genau wie sie hat er verstört die arabische Schrift auf der Mineralwasserflasche betrachtet, aus der er gierig getrunken hat, während er das Brot und das

Hummus auf dem Tablett nicht angerührt hat. Und er hat sich genau dieselbe Frage gestellt wie Yael, die zwei Stunden vor ihm zu sich gekommen ist.

Wo bin ich? Wer sind die? Erikssons Leute? Aber warum dann die arabischen Schriftzeichen auf der Flasche?

Felix blickt an sich herunter und betrachtet nachdenklich die verschmutzten Ärmel seines blauen Leinenanzugs. Dann betastet er sein Gesicht und seinen Kopf und bemerkt, dass seine Perücke, der falsche Bart und die falsche Brille verschwunden sind. Sein Blick fällt auf seine nackten Füße. Auch die weißen Lederslipper, die er trug, hat man ihm weggenommen.

Dann ist ihm plötzlich, als habe er vorhin, als er noch halb sediert war, Yaels Stimme gehört, die ihm zurief, er werde von der Polizei gesucht, weil er Geld gestohlen habe.

Wie seltsam. Es muss eine Art Wachtraum gewesen sein.

Dass es kein Traum war, dämmert Felix eine Stunde später, als auch er auf dem Plastikstuhl in Hussein Haddads Büro sitzt. Er braucht ein wenig länger als sie, um die Porträts an der Wand und die Embleme auf der Uniformjacke Haddads richtig einzuordnen, aber dann fällt es ihm ein. Er kennt das Gesicht Nasrallahs von Fotos und aus TV-Dokus – ebenso wie das Logo mit dem Maschinengewehr.

Hisbollah! Die schiitische Miliz im Libanon.

Obwohl ihm der Mann hinter dem Schreibtisch in seinem hart akzentuierten Englisch sofort klarmacht, dass er seinen wahren Namen kennt und weiß, dass er ein deutscher Staatsbürger ist, der im Auftrag des Mossad in der Türkei war, spielt auch Felix den Ahnungslosen.

Haddad wedelt seine Beteuerungen, dass er Sandro Strauch heiße und auf Urlaub in der Türkei war, mit einer Handbewegung beiseite und sagt: »Unsinn! Ihr wart auf einer Undercovermission. Warum sollte ein Tourist eine falsche Brille, eine Perücke und einen falschen Bart tragen?«

Felix starrt den Hisbollah-Offizier schweigend an, ohne dass ihm eine plausible Antwort auf diese Frage einfiele. Aber dann, nach ewig scheinenden Sekunden, blitzt in ihm eine Erkenntnis auf.

Das war kein Traum! Als Yael mir zurief, dass ich von der Polizei gesucht werde. Sie hat mir mitgeteilt, was ich sagen soll, wenn es um meine Verkleidung geht.

Felix räuspert sich und sagt, mit scheinbar zerknirschter Miene. »Also gut. Ich musste aus Deutschland verschwinden und mich verstecken. Die deutsche Polizei sucht mich. Deshalb die Verkleidung.«

Haddad zieht die Augen zu Schlitzen zusammen. »Warum sucht dich die Polizei?«

»Ich habe Geld gestohlen.«

»Ha!«, ruft Haddad aus und lässt die fleischige Hand mit dem Goldring auf die Schreibtischplatte niedersausen. Es gibt ein lautes, knallendes Geräusch, das Felix unwillkürlich zusammenzucken lässt.

Der Hisbollah-Mann betrachtet ihn mit verwunderter Abscheu.

Er streicht sich nachdenklich über den buschigen Schnäuzer und fragt: »Sag mir bloß eins: Warum arbeitet ein Deutscher für die Juden? Bist du selbst ein Jude?«

Felix schaut einen Moment verständnislos, so als habe er keine Ahnung, was diese Frage soll. Schließlich schüttelt er den Kopf und sagt: »Nein. Ich bin weder Jude noch arbeite ich für einen … Juden. Ich … bin Buchhalter, und ich ….«

Nun explodiert Haddad. »Bullshit!«, brüllt er. »Du arbeitest für den Mossad und du wirst reden!«

Wie Yael bleibt Felix stur bei seiner Rolle, bis Haddad in drohendem Ton sagt: »Deine Partnerin ist wirklich in Schwierigkeiten. Wir werden sie … wie sagt man … auf links drehen. Willst du dabei zusehen?«

Felix gefriert das Blut in den Adern.

Er hat den wilden Impuls, dem pockennarbigen Mann mit dem Schnäuzer über den Schreibtisch hinweg an die Kehle zu gehen, aber seine körperliche Schwäche und die beiden vermummten Wachhunde an der Tür lassen den Gedanken sofort wieder verpuffen.

Das Verhör dauert eine weitere Stunde, in der Felix nicht das Mindeste preisgibt, bis Haddad ihn schließlich in seine Zelle zurückbringen lässt.

78

Seine versteckte Drohung, Yael vergewaltigen zu lassen, macht Hussein Haddad nicht wahr, weil er nicht will, dass seine Männer sich beim Verkehr mit einer Jüdin beschmutzen.

Stattdessen lässt er Yael an sechs weiteren Tagen der Folter mit dem Hochdruckschlauch unterziehen, nach der sie jedes Mal nackt und halb bewusstlos in ihrer Zelle zurückbleibt, in der ununterbrochen taghelles Neonlicht brennt.

Trotz der dünnen Wolldecke, die sie ihr gelassen haben, friert sie ständig, und jedes Mal, wenn ihr ausgelaugter Geist und ihr malträtierter Körper versuchen, etwas Schlaf zu finden, beginnt eine neue Quälerei. Aus einem Lautsprecher unter der Decke brüllt in unregelmäßigen Intervallen ohrenbetäubend laute Musik – martialische, arabische Gesänge ohne musikalische Begleitung, die, wie sie erkennt, Kampflieder der Hisbollah sind.

Immer wieder schreckt sie hoch, wenn der Lärm einsetzt, unterbrochen nur von den kurzen, stillen Phasen, in denen sie zu halluzinieren beginnt. Ihr Geist löst sich dann aus ihrem Gefängnis, entschwebt durch die Mauern weit weg nach Israel und in die Vergangenheit. Sie sieht Szenen aus ihrer Kindheit in Jerusalem, als sie die Enge ihrer ultraorthodoxen Umgebung noch nicht als so bedrückend empfunden hat wie später. Es sind helle, lichte Momente, in denen sie mit ihren Schwestern und ihrer Mutter stolz das Shabbat-Essen vorbereitet und mit ihnen alte, jiddische Kinderlieder singt. Dann sieht sie sich selbst als junge Soldatin auf der Luftwaffenbasis Chazerim in der Negev-Wüste. Es sind ineinanderfließende Sequenzen, in denen auch Ron auftaucht, den sie damals geheiratet hat und der kurz darauf mit seinem Lockheed-Martin-Kampfjet über der Wüste abgestürzt ist. Er ist weit weg, sein Bild flimmert in der Luft wie eine Fata Morgana, aber sie sieht, dass er lächelt und ihr zunickt, so als wolle er ihr Mut machen.

Längst hat Yael jedes Zeitgefühl verloren, sie weiß nicht, ob es Tag oder Nacht ist, und es fällt ihr immer schwerer, die Realität von ihren Traumbildern zu unterscheiden.

Dann, als sie ihre Kräfte immer mehr schwinden fühlt, steht

plötzlich wieder der Hisbollah-Offizier mit dem Schnäuzer vor ihr.

»Bist du nun bereit zu reden?«

Yael hebt ihr Gesicht so langsam, als sei sie in Trance. Sie öffnet die aufgequollenen Lippen und sagt monoton: »Bitte ... das ist ein Missverständnis! Mein Name ist Vanessa Strauch, und ich weiß nicht, was Sie von mir wollen. Bitte lassen Sie mich gehen ...«

Es ist schwer begreiflich, woher Yael Rubin, die dreiunddreißigjährige Mossad-Agentin, die Kraft dazu nimmt, aber noch ist ihr Wille, zu widerstehen, nicht gebrochen. Das muss auch Hussein Haddad irritiert feststellen. Weil auch der Mann, obwohl er unter ähnlichen Bedingungen gefangen gehalten und außerdem bei den Verhören ausgiebig verprügelt worden ist, bei seiner Geschichte bleibt, fragt er sich tatsächlich kurz, ob es sich nicht vielleicht doch um eine Verwechslung handeln könnte. Dann verwirft er den Gedanken sofort wieder.

Die iranischen Brüder sind keine Dilettanten.

So geht die Tortur für Yael Rubin und Felix Brosch drei weitere Tage in unveränderter Art und ohne Ergebnis weiter, bis schließlich der kleine, korpulente Arzt, der die beiden regelmäßig untersucht, seinen Kommandanten Haddad beiseitenimmt und sagt: »Ich glaube, wir müssen aufpassen. Der Frau geht es sehr schlecht. Sie hat extrem an Gewicht verloren und ist unterkühlt. Die Blutergüsse am ganzen Körper und der Schlafentzug setzen ihr extrem zu. Sie könnte sterben!«

Haddad runzelt missmutig die Stirn. Dass einer oder beide der Mossad-Leute nun das Zeitliche segnen könnte, wäre definitiv nicht im Sinne seines Auftrags.

»Wie geht es dem Mann?«, fragt er.

»Er hält sich besser, aber er ist auch in keiner guten Verfassung.«

Haddad nickt. »In Ordnung. Wir gönnen ihnen etwas Zeit zur Erholung. Gib beiden eine weitere Decke und etwas zum Anziehen. Und mehr zu essen!«

79

Drei Tage später.

Yael Rubin schöpft ein wenig Hoffnung. Die gefürchtete Folter mit dem Wasserschlauch, der erzwungene Schlafentzug das ewig brennende, grelle Licht, die gebrüllten, immergleichen Fragen des Hisbollah-Kommandeurs – all das hat plötzlich aufgehört. In der letzten Zeit hat in der Nacht stets für einige Stunden Dunkelheit und Stille geherrscht, so dass sie endlich über längere Zeit Schlaf gefunden hat. Auch das Essen ist nun reichhaltiger. Mehrmals hat sie Reis mit ein wenig Hammelfleisch und etwas Gemüse bekommen, zusammen mit Tabletten, die der dicke Arzt als »painkiller« bezeichnet hat. Obwohl Yael ihre Tilidin-Tabletten gegen ihre Hüftschmerzen seit Beginn ihrer Gefangenschaft qualvoll vermisst, hat sie die Pillen zuerst nicht angerührt, weil sie fürchtete, dass es sich um Drogen handelte, die sie willenlos machen. Aber dann hat sie, gepeinigt von den vielen Hämatomen an ihrem Körper, doch eine halbe Tablette probiert und festgestellt, dass sie ihr Linderung brachte, ohne ihr Bewusstsein zu trüben.

Und schließlich haben sie ihr, die viele Tage lang nackt und nur mit einer dünnen Wolldecke als Schutz in ihrer Zelle gefroren hat, sogar eine zweite Decke und einen alten Jogginganzug gegeben, mit dem sie seitdem bekleidet ist. Yael hat all das mit ungläubiger Verwunderung registriert.

In den ersten Tagen ihrer Gefangenschaft hat sie durch die Mauern ihre Zelle ab und zu undeutliche, menschliche Stimmen vernommen – und einmal einen entfernten Schrei. Sie ist sich sicher, dass auch Felix gefoltert worden ist.

Nun aber scheint auch in der anderen Zelle Ruhe eingekehrt – bis auf das übliche, in regelmäßigen Intervallen hörbare Öffnen und Schließen der Tür. Dass es diese Geräusche gibt, beruhigt Yael ein wenig, denn sie nimmt sie als Zeichen dafür, dass Felix noch am Leben ist.

Und dann, als sie ein wenig zu Kräften gekommen ist, steht plötzlich wieder der pockennarbige Kommandeur in ihrer Zelle und fragt in mildem Ton: »Fühlst du dich besser?«

Yael nickt. Dann fragt sie: »Glauben Sie mir jetzt endlich? Lassen Sie uns gehen?«

Hussein Haddad lächelt entschuldigend mit seinem Goldzahn und sagt bedauernd: »Ja. Ich fürchte, wir haben einen Fehler gemacht. Es tut mir wirklich leid.«

Yael traut ihren Ohren nicht.

Obwohl ihr analytischer Verstand ihr sagen müsste, dass das höchst unwahrscheinlich ist, wird sie plötzlich von einer Woge der Hoffnung überspült. Um so mehr, als der Mann mit dem Schnauzbart immer noch lächelt und in aufmunterndem Ton fragt: »Willst du deinen Mann sehen?«

»Yes!«, platzt es aus Yael heraus.

»Gut«, sagt der Kommandeur in aufgeräumtem Ton. »Komm mit!«

Yael erhebt sich in freudiger Erregung von der Pritsche und folgt dem Offizier und seinen vermummten Schergen auf den Zellengang, wo sie sie vorangehen lassen. Sie sieht, dass die Tür der Zelle am anderen Ende des Gangs offen steht. Dann bemerkt sie das lange, elektrische Kabel, das von der Abzweigung, wo es zum Büro des Kommandeurs geht, über den Boden bis in die Zelle führt. Plötzlich macht sich ein ungutes Gefühl in ihr breit. Ein paar Augenblicke später steht sie in der geöffneten Zellentür, und als sie in den Raum blickt, ist ihr, als packe sie eine eisige Faust beim Genick. Dort sitzt Felix nackt und an Händen und Füßen gefesselt, auf einem Holzstuhl. Sein Körper ist mit blauen Flecken übersät, und auf seiner Stirn sieht sie verkrustetes Blut. Sein Gesicht ist eingefallen, und der Stoppelbart wirkt grau. Die hellgrauen Augen sind geweitet und starren sie mit einer Mischung aus Überraschung und nacktem Entsetzen an. Seine geschwollenen Lippen beben, aber er bringt keinen Ton hervor.

Dann sieht Yael den maskierten Wächter, der, ein Bein angewinkelt, vor dem Stuhl kniet und in beiden Händen eine große Bohrmaschine hält. Auf ein Zeichen des Kommandeurs betätigt er den Schalter. Sofort erfüllt das bösartige, hochtourige Kreischen der Maschine den Raum. Ganz langsam, zentimeterweise, nähert sich der rotierende Bohrkopf Felix' rechter Kniescheibe.

Yael steht da wie versteinert, als sie plötzlich die Stimme des Kommandeurs ganz dicht an ihrem Ohr hört. Er brüllt so laut hinein, dass es ihr fast das Trommelfell zerreißt: »Siehst du das? Wenn du nicht endlich redest, bohren wir deinem Partner erst das eine und dann das andere Knie durch. Und noch manches mehr! Er wird am Ende aussehen wie ein Sieb! Verstehst du das, du jüdisches Schwein?«

Es ist der Moment, in dem Yael Rubins Widerstand zusammenbricht. Der jähe Sturz aus ihrer vagen Hoffnung auf Freilassung und der Anblick ihres Geliebten, der in namenloser Angst auf den rasenden Drill starrt, lässt ihre so lange aufrecht erhaltene Fassade implodieren. »Stop! Please!«, ruft sie in höchster Erregung. »I will talk!«

80

»Okay«, sagt Hussein Haddad zu Yael, die in ihrem abgewetzten Jogginganzug vor seinem Schreitisch auf dem Klappstuhl sitzt. »Nun wirst du mir alles erzählen. Wenn du lügst, gehen wir zurück zu Stufe Eins. Der Schlauch, kein Schlaf, keine Kleidung. Und für deinen Partner ... « Er zeigt auf ein schäbiges Sideboard an der Wand, auf dem die Bohrmaschine liegt. »... gibt es das da.«

Yael sieht den stämmigen, uniformierten Mann, dessen Namen sie nicht kennt, der aber, wie sie annimmt, ein hoher Offizier des Hisbollah-Geheimdienstes ist, nur stumm an. Immer noch ist sie erleichtert darüber, dass Sekunden nach ihrer Kapitulation das tückische Geräusch der Maschine verstummt ist und Felix von der unmenschlichen Tortur verschont geblieben ist. Sie hat dann behauptet, dass sie die Toilette benutzen müsse und die Gelegenheit genutzt, um sich zu sammeln und auf das vorzubereiten, was jetzt kommt.

Nachdem der Hisbollah-Kommandeur die Aufnahmetaste seines Smartphones gedrückt hat, beginnt das Verhör, das wie immer auf Englisch geführt wird.

Auf Haddads erste Frage bestätigt Yael, dass sie tatsächlich Yael Rubin heißt, jüdische Israelin und Mossad-Agentin ist. Dann fragt der Libanese: »Was habt ihr in der Türkei gemacht?«

»Wir haben einen rechtsextremen Terroristen observiert, ein führendes Mitglied einer Organisation namens Symbiotic Liberation Force, die in den USA und Europa Anschläge auf Juden verübt hat.«

Haddads undurchdringliche Miene lässt nicht erkennen, ob er von dieser Tatsache weiß. Dabei ist er über Yaels und Felix' Mission durchaus im Bilde. Er weiß von seinem iranischen Verbindungsmann von der Mossad-Operation gegen die SLF, deren blutige Taten er bei CNN nicht ohne eine gewisse Genugtuung verfolgt hat. Allerdings ahnt er nichts von der aktiven Unterstützung des iranischen Geheimdienstes für die Terroristen, und der Einsatz des Mossad gegen sie ist für ihn nur ein Randthema. Immerhin ist er zufrieden damit, dass die zionistische Agentin in diesem Punkt die Wahrheit sagt.

Haddad rollt eine Pistazie zwischen den breiten Fingerkuppen, ohne sie zu öffnen, und lässt Yael die wichtigsten Stationen ihrer Biographie herunterbeten: Alter, Herkunft, Ausbildung. Als sie erzählt, dass sie in der israelischen Armee gedient hat, fragt er: »Wo? Einsätze? Im Libanon? In Gaza?«

»Nein«, antwortet Yael wahrheitsgemäß. »Ich war nach meiner Grundausbildung die ganze Zeit auf der Luftwaffenbasis in Chazerim stationiert.«

Auf Haddads Aufforderung gibt sie eine ausführliche Beschreibung des Stützpunkts, davon ausgehend, dass ihrem Gegenüber diese Dinge in groben Zügen bekannt sind und sich die Gefahr, wirklich brisante Geheimnisse zu verraten, in Grenzen hält. Auf diese Weise hofft sie ihn davon zu überzeugen, dass sie die Wahrheit sagt.

Haddad hört ihr mit unbewegtem Gesicht zu, bevor er plötzlich fragt: »Was ist mit deinem Bein? Woher hast du das?«

»Ein Autounfall«, lügt Yael. Dass ihre Behinderung in Wirklichkeit von einem Schießunfall beim Mossad stammt, möchte sie dem Libanesen um keinen Preis verraten.

Haddad kommt auf Felix zu sprechen: »Dein Partner: Er hat

eine größere Verletzung am Arm. Offenbar ziemlich frisch verheilt. Woher hat er das?«

Yael gibt sich unbedarft.»Darüber weiß ich nichts.« Dabei fragt sie sich nicht zum ersten Mal, ob es eine Verbindung zwischen der Hisbollah und Eriksson gibt und wie viel ihr Gegenüber möglicherweise über Felix' Einsatz gegen die SLF weiß.

Der Hisbollah-Kommandeur geht nicht weiter darauf ein, sondern widmet sich Yaels Tätigkeit beim israelischen Geheimdienst.

»Wie lange bist du beim Mossad?«, fragt er.

»Über zehn Jahre.«

»Warst du im Libanon aktiv?«

»Nein.«

»Gegen Iran?«

»Nein.«

»Du lügst! Der Mossad arbeitet ständig gegen Iran und die Hisbollah!«

Yael blickt ihn ernst an:»Ich bin bei der *Tsomet*, der Aufklärungsabteilung, die sehr unterschiedliche Aufgaben hat. Mein Job war es, in verschiedenen westlichen Ländern Informationen zu sammeln. Ich war in Deutschland und in England, auch in den USA. Ich habe geheime Kontakte zu Leuten aus dem Umfeld der jeweiligen Regierungen geknüpft, um etwas über die Politik und die Absichten dieser Länder gegenüber Israel zu erfahren.«

Haddad verzieht spöttisch das Gesicht.»Das klingt ja nach einer eher langweiligen Tätigkeit. Beinahe offiziell. Das soll alles gewesen sein?«

In der Tat lügt Yael in diesem Punkt. Es stimmt zwar, dass sie in all diesen Ländern war, aber dabei ging es in erster Linie darum, herauszufinden, welche Absichten deren Regierungen bei ihrer Politik gegenüber Irans Atomwaffenprogramm verfolgten. Ebensowenig gibt sie zu, dass sie nichts unversucht gelassen hat, um über angeworbene Spitzel die Hisbollah-Filialen in Deutschland, England und den USA auszuspähen. Und erst recht nicht, dass sie vor drei Jahren, als britische Geschäftsfrau getarnt, in Beirut war, um dort einen arabischen Doppel-Agenten innerhalb der Hisbollah zu führen – einen Mann, der allerdings bald bei einem profanen Unfall ums Leben kam.

Haddad fragt: »Und warum warst du dann plötzlich auf der Jagd nach dieser Organisation?«

»Der Grund dafür ist, dass es in der Sache eine deutsche Verbindung gab. Und weil ich lange in Deutschland war und gut Deutsch spreche, hat man mich dafür ausgesucht.«

An dieser Stelle sagt der Hisbollah-Mann urplötzlich auf Arabisch: »Iesch am tkazbe ya aahra yahudiye bl weeaa kl el waet? baataed enik bhaje tethamame mra tenye!!« (»Warum lügst du jüdische Hure eigentlich die ganze Zeit? Ich glaube, du brauchst wieder eine Dusche!«)

Yael, die jedes Wort versteht, zuckt mit keiner Wimper.

Sie schüttelt mit einem müden Ausdruck den Kopf und erwidert auf Englisch: »Ich spreche wirklich kein Arabisch. Nicht alle von uns tun das.«

Haddad, der gehofft hat, dass er der Israelin eine Reaktion entlocken kann, die verrät, dass sie ihn versteht, starrt sie ausdruckslos an. Schließlich lässt er es dabei bewenden und wechselt wieder ins Englische: »Welche Rolle spielt dein Partner ... Felix Brosch?«

»Er ist Deutscher, und er hatte eine persönliche Verbindung zu einem der führenden Terroristen. Deshalb haben wir ihn als Undercover-Agenten angeworben. Er ist ein normaler Mann, ein Zivilist. Koch auf einer Berghütte in Bayern. Kein ständiger Mitarbeiter des Mossad. Er war für uns nur bei dieser Operation tätig und kann Ihnen darüber hinaus nichts erzählen. Sie sollten ihn freilassen.«

Haddad spitzt süffisant die fleischigen Lippen. »Für einen ganz normalen Mann, einen Koch, wie du sagst, ist er aber verdammt hartgesotten. Wie kommt das? War er Soldat?«

Yael überlegt innerhalb von Sekunden, was sie darauf erwidern soll. Schließlich kommt sie zu dem Schluss, dass es unglaubwürdig wirken würde, wenn sie vorgibt, kaum etwas über Felix zu wissen. Sie nickt und sagt: »Er war Elitesoldat in der deutschen Armee.«

»Wo war er eingesetzt? Hat er gekämpft? Etwa in Afghanistan?«

Obwohl die afghanischen Taliban Sunniten und somit für Haddad mehr oder weniger Ungläubige sind, hat ihr Sieg über den

Westen ihm doch großen Respekt abgenötigt, so wie er den radikalen Islamisten allgemein Auftrieb gegeben hat.

Yael weicht Haddads Frage aus, indem sie tief Luft holt und sagt: »Hören Sie, wenn Sie wollen, dass er redet ...« Sie macht eine Kopfbewegung hin zu der Bohrmaschine.» ... gibt es eine einfachere Methode als das da. Lassen Sie mich zu ihm. Ich werde ihm klarmachen, dass ich schon ausgesagt habe und dass es keinen Zweck hat, weiter zu schweigen.«

Haddads Hohngrinsen ist so breit, dass sein Goldzahn im Neonlicht der Deckenbeleuchtung aufblinkt. »Damit ihr eure Geschichten aufeinander abstimmen könnt? Für wie dumm hältst du mich?«

Yael zuckt mit den Achseln. »Wenn Sie das glauben.« Sie schweigt einen Moment und sagt dann: »Egal, was Sie ihm antun – er kann Ihnen nicht mehr sagen, als ich es schon getan habe. Er ist kein Mossad-Mann und hat mit dem Libanon, Iran und Israel nicht das Geringste zu tun. Lassen Sie ihn frei!«

Haddad betrachtet die Israelin nachdenklich. Er kann nicht umhin, ihr einen gewissen Respekt zu zollen.

»Hm«, macht er. »Wenn er kein Jude ist und nur ein angeworbener Spitzel, noch dazu ein Deutscher – warum setzt du dich dann so für ihn ein?« Plötzlich huscht der Schatten eines Verdachts über sein Gesicht. »Oder läuft da was zwischen euch?«

Yael schaut unbewegt. »Nein«, antwortet sie ruhig. »Die Sache ist einfach die: Sie sind Hisbollah, und ich bin vom Mossad. Wir betrachten uns als Feinde – und dafür gibt es viele Gründe. Aber ich sehe nicht ein, warum ein Unbeteiligter, der mit all dem nichts zu tun hat, darunter leiden soll. Was wollen Sie mit Brosch? Er hat für Sie keinen Wert!«

Haddad streicht sich über den Schnäuzer und erwidert: »Das werden wir noch sehen.« Dann knackt er die Pistazie, die er seit Ewigkeiten in der Hand hält, schiebt sich die Frucht in den Mund und denkt einen Moment nach.

Hussein Haddad, der Sohn eines schiitischen Gebrauchtwagenhändlers aus dem südlibanesischen Tyros und stolzer Vater von fünf Söhnen und drei Töchtern, kennt in der Ausübung seines Jobs zwar keine Skrupel, ist aber nicht unbedingt ein geborener

Sadist. Gewalt und Psychoterror sind für ihn mehr ein Mittel zum Zweck, über den es für ihn allerdings keinerlei Zweifel gibt. Den Hass auf Israel hat er schon mit der Muttermilch eingesogen und sich, nachdem er eine gute Schulbildung genossen und sich als intelligenter, sprachbegabter Junge erwiesen hatte, der Hisbollah angeschlossen. Er bewährte sich bei einer bewaffneten Auseinandersetzung mit israelischen Truppen und tat sich bei der Feindaufklärung hervor, was dazu führte, dass er in den 1990ern zum Geheimdienst der Hisbollah stieß, in dem er rasch aufstieg.

Das Verhör dauert weitere drei Stunden, in denen Yael einen Drahtseilakt zwischen Lüge und Wahrheit vollbringt. Einerseits ist sie bestrebt, ihrem Vernehmer glaubwürdige, echte Informationen zu liefern, andererseits aber nie solche, die allzu brisant oder gefährlich für den Mossad, Israel oder sie selbst sein könnten. Wenn sie nach der aktuellen Struktur und den laufenden Missionen des israelischen Geheimdienstes befragt wird, nennt sie mal echte und mal falsche Namen, vertauscht Zuständigkeiten und verschleiert Zusammenhänge.

Und immer, wenn die Rede auf Aktivitäten des Mossad gegen die Hisbollah, den Iran oder die Hamas kommt, verweist sie darauf, dass sie darüber so gut wie nichts wisse, weil diese Dinge nicht in ihren Zuständigkeitsbereich gehörten.

Haddad hört ihr mit wachsender Frustration zu, bis schließlich sein Jähzorn die Oberhand gewinnt. »Du lügst!«, brüllt er. »Ich weiß, dass du eine hohe Offizierin beim Mossad bist! Du musst mehr wissen!«

»Sie können mir glauben! Ich kann Ihnen nichts sagen, was ich nicht weiß! Oder soll ich mir etwas ausdenken?«

Haddad schüttelt über diese provozierende Frage nur den Kopf. »Du willst es darauf ankommen lassen, nicht wahr?«, fragt er in drohendem Ton. »Denk an den Schlauch, die Kälte, den Lärm!«

Yaels Magen krampft sich zusammen, wenn sie an die Quälerei denkt, die erst ein paar Tage hinter ihr liegt. Aber sie reißt sich zusammen und sagt, so ruhig und überzeugt, wie es nur eben möglich ist: »Sie können mit mir machen, was Sie wollen, aber ich kann Ihnen nicht mehr sagen, als ich weiß!«

Der Hisbollah-Geheimdienstmann schweigt und starrt sie eine Weile finster an. Dann ruft er die beiden vermummten Wächter herein und lässt Yael zurück in ihre Zelle bringen.

81

Einen Tag später.

Felix' Herz macht einen Satz, als sich seine Zellentür öffnet und Yael hereingebracht wird. Mit dabei sind der Offizier, der ihn tagelang verhört hat und zwei der mit Sturmhauben maskierten Wächter, die wie üblich Kalaschnikows schussbereit an einem Gurt über der Schulter tragen.

Felix starrt Yael an, die in einem verwaschenen Jogginganzug und verschmutzten, weißen Leinenslippern vor ihm steht und deren bleiches, abgezehrtes Gesicht um Jahre gealtert wirkt. Dennoch strahlt es eine leise Zuversicht aus. »Felix«, sagt sie mit heiserer Stimme. »Wie geht es dir?« Sofort geht Hussein Haddad dazwischen, weil sie die Frage auf Deutsch gestellt hat. »You talk English!«, befiehlt er. Felix begreift, dass der Mann jedes Wort ihrer Unterhaltung verstehen will und antwortet auf Englisch: »I am okay.«

Das ist eine ziemlich beschönigende Auskunft, denn die Tortur der vergangenen Wochen hat ihm schwer zugesetzt, wobei sich die Methoden der Folter von denen unterschieden, die Yael erdulden musste. Im Gegensatz zu ihr wurde er ausgiebig geschlagen, mit der behandschuhtem Faust und mit Gummiknüppeln. Man hat ihm tagelang das Wasser verweigert, bis er begann zu halluzinieren. Man hat ihn zwar nicht beschallt, dafür aber nachts jede halbe Stunde geweckt und gezwungen, in seiner Zelle auf- und abzugehen, bis er irgendwann zusammenbrach. Schließlich hat man ihm seine Pritsche weggenommen, so dass er zusammengekrümmt auf dem nackten Betonboden liegen musste, bis ihm die Kälte durch sein schmutziges T-Shirt und die dünne Leinenhose bis ins Mark jedes Knochens kroch. Dass er trotz allem nicht geredet hat, sondern bei seiner Tarngeschichte geblieben ist, hatte zwei Gründe: Da war der unbändige Wille, seinen Peinigern zu widerstehen, ein wilder, reflexhafter Trotz gegen gewalttätigen Zwang, der seit seiner Kindheit im Ghetto von Kirchdorf-Süd ein Teil seiner Persönlichkeit ist. Aber noch mehr war es die Sorge um die Frau, die jetzt unverhofft vor ihm steht. Wie er dem Wasserrauschen und dem Musiklärm, die schwach durch die Wände seiner Zelle drangen, entnommen hat, ist auch sie gefoltert worden. Umso fester war er entschlossen, niemals preiszugeben, dass Yael eine Mossad-Agentin ist. Sein Widerstand war von großer Tapferkeit, aber er wäre sicher gebrochen worden, wenn jene Bohrmaschine wirklich zum Einsatz gekommen wäre.

Mit einem schmerzhaften Ziehen in der Brust blickt Felix Yael an, die, wie er ahnt, ihre Tarnung geopfert hat, um ihn davor zu bewahren.

Wie zur Bestätigung sagt sie: »Felix, ich habe ihnen alles gesagt. Ich werde ihnen alles sagen, was sie wissen wollen. Ich bitte dich, tu du das auch. Der Offizier hier«, sie weist auf Haddad, »hat mir gesagt, dass wir dann besser behandelt werden. Dass sie uns nicht mehr foltern.«

Felix' Blick geht von Yael zu dem Mann mit dem Schnäuzer. Der stülpt seine dicken Lippen vor und nickt bestätigend.

Felix atmet tief durch und sagt: »Gut. Ich sage alles, was ich weiß. Aber«, fügt er dann hinzu, »ich wüsste gern, was danach mit uns geschieht. Werdet ihr uns freilassen? Umbringen? Oder uns hier vermodern lassen?«

Hussein Haddad breitet in einer Geste der Ungewissheit die Hände aus und erwidert: »Das hängt allein von eurer Kooperation ab.«

82

Die nächsten drei Wochen vergehen mit stundenlangen Einzelverhören, bei denen sich der Hisbollah-Offizier seine beiden Gefangenen im zweitägigen Turnus abwechselnd vornimmt – außer am Freitag, dem muslimischen »Tag der Versammlung«, an dem Haddad zum Gebet in die *Al-Hasanain-Moschee* strebt. An den übrigen Tagen stellt er Yael und Felix mit schier unerschöpflicher Ausdauer mal neue, mal sich ständig wiederholende Fragen. Während er bei Felix bald zu dem Schluss kommt, dass ihm dieser Deutsche kaum verwertbare Informationen über den Mossad im Allgemeinen und Yael Rubin speziell liefern kann, ist er sich bei der Israelin nicht so sicher. Im Gegenteil: Er glaubt zu spüren, dass sie stets geschickt ausweicht, wenn die Rede auf den Iran, den Libanon und die Hisbollah kommt, ausgerechnet bei den Themen, die für ihn von größtem Interesse sind. Immer wieder betont sie, dass die Nahostaufklärung nicht zu ihrem Aufgabenbereich gehört und bestreitet, den Namen auch nur eines einzigen Agenten zu kennen, der im Libanon für Israel spioniert. Haddad stellt ihr Fallen, versucht, sie zu verunsichern, indem er behauptet, einen Doppelagenten zu führen, der vorgebe, für Israel zu arbeiten, und wisse, dass sie selbst im Libanon für den Mossad spioniert habe. Damit ist er so nah an der Wahrheit, dass Yael für Sekunden das Blut in den Adern gefriert. Erst recht, weil sie befürchtet, dass sich das Leck, das zu ihrer Entführung geführt hat, innerhalb der eigenen Reihen befindet.

Dann bemerkt sie, dass ihr Vernehmer sie bei seiner Behauptung nicht ansieht, sondern auf eine auffallende, betont gleichmütige Art in seiner Pistazienschüssel herumkramt, und entschließt sich, darauf zu setzen, dass der Mann blufft.

»Nein«, sagt sie mit ruhiger Stimme. »Ich war nie im Libanon. Es muss eine Verwechslung sein.«

Und so geht es Tag um Tag, in der immer gleichen Routine, bei der sich eine beinahe geschäftsmäßige Unterhaltung ab und an in wildes Gebrüll von Seiten Haddads verwandelt. Er droht Yael wiederholt damit, die Folter wieder aufzunehmen, ebenso damit, Felix' Kniescheiben nun doch der Bohrmaschine auszuliefern, was Yael immer wieder aufs Neue beteuern lässt, dass sie alles sage, was sie wisse. Schließlich kommt der Hisbollah-Offizier zu der Ansicht, dass es an der Zeit ist, sich mit höheren Gewalten über Yael Rubin und Felix Brosch zu beraten.

83

Newark, New Jersey, USA.

Während sich Hussein Haddad den Kopf über das weitere Schicksal seiner beiden Gefangenen zerbricht, bereitet sich fünfeinhalbtausend Kilometer entfernt in einem etwas heruntergekommenen Einfamilienhaus ein schlaksiger, junger Mann mit braunen Augen, dunklem Haarschopf und schlechten Zähnen auf eine weite Reise vor.

Das Haus, das er allein mit seiner Tante bewohnt, steht in Newark, einer in direkter Nachbarschaft von New York City gelegenen Zweihunderttausend-Einwohner-Stadt, die ihre besten Zeiten hinter sich hat. Außer einer großen Versicherung, der Verkehrsgesellschaft *New Jersey Transit* und dem *Liberty International Airport*, einem internationalen Großflughafen, der die Weltmetropole New York mitbedient, gibt es hier kaum noch größere Arbeitgeber, und das schlägt sich in viel Armut und einer atemberaubenden Kriminalitäts- und Mordrate nieder.

Der zweiundzwanzigjährige Edward T. Hawthorne, so der Name des jungen Mannes, hat es da noch recht gut getroffen. Er arbeitet als kleiner Sachbearbeiter bei *NJ Transit*, ebenso wie seine Tante, aber das ist so ziemlich das Einzige, was sie verbindet. Denn Sandra Hawthorne, die heute schon früh das Haus verlassen hat, ist eine, wie Edward findet, nervtötend frömmelnde Frau, die all ihre freie Zeit der wohltätigen Arbeit in der benachbarten baptistischen Gemeinde und dabei besonders den armen Schwarzen widmet, an denen in der Gegend kein Mangel herrscht. Solche Mildtätigkeit gegenüber Angehörigen einer offensichtlich minderwertigen Rasse stößt ihn ab, eine Empfindung, die nur von der tiefen Abscheu gegen die zahlreichen, in Newark lebenden Juden übertroffen wird.

Hawthorne beendet sein Frühstück aus Cornflakes und getrockneten Himbeeren, das er am Esstisch in der geräumigen Küche eingenommen hat, und wählt auf seinem Handy die Nummer seiner Firma. »Sorry«, sagt er zu seinem Abteilungsleiter. »Ich bin krank. Herbstgrippe. Werde wohl ein paar Tage flachliegen.«

Sein Vorgesetzter ist alles andere als erfreut, weil Hawthorne in der letzten Zeit verdammt oft krank ist. Erst vor zwei Monaten ist er angeblich wegen eines schweren Bandscheibenvorfalls mehrere Wochen ausgefallen. Was der Mann nicht weiß, ist, dass sein Untergebener zu dieser Zeit in Wahrheit gelenkig wie ein junges Reh im Mai war und sich in Schweden aufhielt – im Ausbildungscamp der Symbiotic Liberation Force.

Edward T. Hawthorne ist niemand anderer als »Steve«, der Hobbypianist und talentierte Schütze, den Felix Brosch beim Meeting unter seine Fittiche genommen hat.

Hawthorne hat in den letzten Wochen des Öfteren und voller Verachtung an den Mann gedacht, den er nur unter dem Decknamen John kennt. Jenen Verräter, der ihn, seine Kameraden und Hyperion, sein Idol und bewunderten Führer, zur überstürzten Flucht aus dem so sorgsam geheim gehaltenen Camp gezwungen hat.

Als er wieder in Newark war, hat Hawthorne eine Zeit lang gefürchtet, dass seine geheime Identität gelüftet worden sein könnte, aber Hyperion, mit dem er einmal telefoniert hat, hat ihn beruhigt und angewiesen, sich streng an den Plan zu halten. Weil nichts geschah, kein Besuch von der Polizei oder des FBI, hat er genau das getan.

Hawthorne greift zu seinem Smartphone und öffnet das auf den heutigen Tag ausgestellte Flugticket, das den Newark International Airport als Abflugort und als Ziel den Flughafen Orly in Paris, Frankreich, ausweist. Ein Blick auf die Zeitanzeige zeigt ihm, dass er noch eine Stunde Zeit bis zur Ankunft des Uber-Fahrers hat, der ihn zum Flughafen bringen soll. Er trinkt einen Schluck aus seiner Kaffeetasse und ruft eine Reihe von Fotos auf, die ein pittoreskes, von bunten Fassaden dominiertes Viertel in Paris zeigen. Es ist das *Marais*, das wie kein anderes Quartier in der französischen Hauptstadt von jüdischen Geschäften, Restaurants, Bäckereien, koscheren Metzgereien und Synagogen geprägt ist. Das *Marais* ist der Ort, an dem Hawthorne alias Steve zusammen mit vier anderen SLF-Terroristen ein Massaker anrichten will, das der Welt den Atem verschlagen wird.

Hawthorne verlässt die Küche, um in seinem Zimmer in der oberen Etage sein altes T-Shirt und seine Jogginghose gegen ein schwarzes Oberhemd und eine schwarze Jeans einzutauschen. Dann inspiziert er noch einmal sein nicht sehr umfangreiches Gepäck, trägt es die Treppe hinunter und stellt es in der Diele neben der Haustür ab. Als das erledigt ist, setzt er sich an das jahrzehntealte, abgestoßene Klavier im Wohnzimmer, klappt aber nicht den Deckel hoch, sondern blickt abwesend durch das Fenster in den Vorgarten, auf dessen schütterem Rasen sich das Herbstlaub türmt.

Nach einer Weile nimmt er ein zweites Handy aus der Hosentasche und aktiviert eine Nummer. Sekunden später hört er die wohlklingende, wie immer Sicherheit und überlegene Vorausschau suggerierende Stimme seines Herrn.

»Edward«, sagt Gunnar Eriksson, »Wie geht es dir?« Hawthorne kennt inzwischen den wahren Namen seines Gesprächspartners, weil er schon vor einiger Zeit von der schwedischen Polizei identifiziert worden ist und seitdem weltweit nach ihm gefahndet wird. Allerdings würde er sich hüten, diesen Namen in den Mund zu nehmen.

»Gut, Sir!«, erwidert Hawthorne »Und Ihnen?«

»Mir geht es auch gut. Hat Peter mit dir gesprochen?«

»Ja, das hat er.«

Eriksson, der seit einiger Zeit wieder Kontakt mit Peter alias Simon Jenkins hat und weiß, dass er sich an einem sicheren Ort befindet, gibt ein zufriedenes Brummen von sich. Dank der unermüdlichen Arbeit des Deutschbriten sind trotz des Rückschlags bei Kiruna alle Gewerke bereit für die beiden großen, lange geplanten Anschläge, die in Paris und Melbourne, Australien, stattfinden sollen.

»Sehr gut«, sagt der Terrorchef. »In gut zwei Stunden geht dein Flug. In Paris beziehst du das vorbereitete Hotel und wartest auf die Ankunft der anderen *brothers*. Wenn alle da sind, spreche ich noch einmal mit jedem von euch persönlich. Ihr erfahrt dann auch, wo eure Waffen deponiert sind.«

»Okay, Sir. Ich bin bereit.«

»Ich bin sicher, du wirst dir und uns allen Ehre machen!«

»Das werde ich«, sagt der junge Amerikaner ohne jede Spur von Nervosität. Nachdem das Gespräch beendet ist, geht Hawthorne in das Badezimmer im Erdgeschoss, nimmt die SIM-Karte des Handys, mit dem er soeben telefoniert hat, heraus, und spült sie im Klo weg.

Dann setzt er sich wieder an das Klavier im Wohnzimmer, klappt den Deckel hoch und beginnt, mit beachtlichem Können und elegantem Timing eine Melodie aus *Star Wars* zu spielen. Während seine langen Finger über die Tasten gleiten, ist sein Blick träumerisch auf einen imaginären Punkt an der Wand gerichtet, und so bemerkt er nicht, dass draußen auf der Straße und im Vorgarten plötzlich hektische Aktivität einsetzt. In blauschwarze Kampfanzüge gekleidete sowie mit Helmen, Panzerwesten und Sturmgewehren ausgerüstete Gestalten huschen über den Rasen und nehmen am Fenster und neben der Haustür Aufstellung. Auf der Straße kauern hinter den blinkenden Lichtern zweier Einsatzfahrzeuge weitere Uniformierte, von deinen einer ein Megaphon zum Mund führt. Nach einem krachenden, verzerrten Geräusch dröhnen daraus ohrenbetäubend laut und in der ganzen Nachbarschaft hörbar die Worte: »Edward Hawthorne! Hier spricht das FBI! Kommen Sie mit erhobenen Händen aus dem Haus! Ich wiederhole: Edward Hawthorne! Kommen sie mit erhobenen Händen heraus!«

Der junge SLF-Terrorist ist viel zu überrascht, um Widerstand zu leisten, zumal er hier im Haus über keinerlei Waffen verfügt. Einen Moment lang sucht er hektisch nach einer Fluchtmöglichkeit, aber als er bemerkt, dass auch der Hinterausgang von Einsatzkräften besetzt ist, gibt er auf. Eine Weile steht er reglos da und hört noch einmal die Megaphonstimme, die ihn auffordert, sich zu ergeben. Schließlich geht er wie in Trance zur vorderen Haustür und öffnet sie vorsichtig. Dann tritt er mit emporgereckten Armen langsam ins Freie.

84

»Ich verstehe«, sagt Hassan Nasrallah, der Generalsekretär der »Partei Gottes«, und streicht sich mit den Fingerspitzen der rechten Hand über den buschigen, sorgsam gestutzten Bart, dessen Farbe seit einiger Zeit von einem Grauton in ein Weisheit suggerierendes, reines Weiß übergeht. Nicht zum ersten Mal fällt Hussein Haddad auf, dass die Hände des »Scheichs« so weich und sauber wirken wie die eines frisch gebadeten Babys. Am kleinen Finger der linken Hand befindet sich ein klobiger Silberring, in den ein Rubin eingelassen ist. Wie immer trägt Nasrallah einen schwarzen Turban, dazu heute ein, taubengraues, hochgeschlossenes Hemd mit verborgener Knopfleiste. Seine wachen Augen ruhen fest auf dem Gesicht des stellvertretenden Chefs des *Amn al-Muddad*, der ihm soeben einen langen Bericht über die Aussagen der zionistischen Agentin und ihres deutschen Partners gegeben hat.

Das Treffen findet an einem geheimen Ort im Straßengewirr Südbeiruts statt, genau gesagt, in einem der Büros des Hisbollah-Chefs, die er in unregelmäßigen Abständen wechselt. Die Gefahr, Opfer eines israelischen Anschlags zu werden, ist stets präsent, weshalb Nasrallahs öffentliche Auftritte rar sind und er sich meist in Videoansprachen an seine Anhänger wendet. Davon zeugt auch das Kameraequipment, das aufnahmebereit in einer Ecke des Büroraums aufgebaut ist. Auf dem Flachbildschirm an der rückwärtigen Wand läuft stumm der Hisbollah-eigene TV-Sender *al-Manar* (»Der Leuchtturm«), auf dem gerade eine samtäugige, arabische Schönheit in einem eleganten pfirsichfarbenen Hijab, der Haar und Hals verdeckt, Nachrichten verliest.

Nasrallah und Haddad sitzen in einer modernen, mit beigem Leinen bezogenen Sitzgarnitur, der Hisbollah-Führer in einem Sessel, während Haddad in respektvollem Abstand auf dem Sofa Platz genommen hat. Auf dem niedrigen Couchtisch zwischen den Männern stehen zwei große, mit den neunundneunzig Namen Allahs verzierte Kaffeetassen, die inzwischen geleert sind. Normalerweise wäre auch Haddads direkter Vorgesetzter, der Hisbollah-Geheimdienstchef Mohammed Al-Din, bei dem Treffen dabei, er befindet sich jedoch auf einer wichtigen Dienstreise in Teheran.

Hussein Haddad, der unauffällige Zivilkleidung trägt und das Gebäude auf verschlungenen Wegen betreten hat, ist ein wenig unwohl, weil ihm die verwertbaren Informationen, die er aus den Gefangenen und speziell der Israelin herausbekommen hat, außerordentlich dünn erscheinen. Dieser Meinung ist offenbar auch Nasrallah, der oberste Führer der »Partei Gottes«, denn sein Gesichtsausdruck zeigt nicht unbedingt Zufriedenheit. Seine angenehme, volltönende Stimme, die bei seinen Videoansprachen stets eine ruhige Gewissheit ausstrahlt, bleibt allerdings sanft.

»Glaubst du«, fragt er Haddad, »dass das wirklich alles ist, was die Frau liefern kann? Keine Namen von zionistischen Agenten? So gut wie nichts über Libanon, kaum etwas über Iran und über die Wühlarbeit gegen unsere Brüder im Ausland?«

Damit meint Nasrallah die gut organisierten Ableger der Hisbollah innerhalb der schiitischen Gemeinden auf allen Kontinenten – insbesondere in Europa, den USA und Südamerika.

»Sayid«, sagt Haddad, ehrfürchtig den Beinamen des Hisbollah-Führers benutzend, der ihn als direkten Abkömmling des Propheten kennzeichnet, »ich bin geneigt, zu glauben, dass sie die Wahrheit sagt. Ich habe sie ununterbrochen verhört, auch alles versucht, um sie in Widersprüche zu verwickeln. Ohne Erfolg. Aber natürlich könnte ich sie wieder der Folter unterziehen.«

Nasrallah zieht die Brauen hinter der randlosen Brille hoch und denkt eine Weile nach. Dann sagt er. »Du hast gesagt, dass sie nach dem letzten Mal in einem sehr schlechten Zustand war. Sie ist auch körperlich behindert, nicht wahr?«

»Ja.«

»Dann lassen wir das. Es ist wichtig, dass wir sie dem Feind halbwegs unversehrt präsentieren können.«

Hussein Haddad, der noch vor der Ankunft seiner Gefangenen instruiert wurde, es bei der Folter nicht zu übertreiben, ist klar, was damit gemeint ist. Von Anfang an war geplant, Yael Rubin und Felix Brosch gegenüber Israel als Austauschobjekte zu nutzen – ihre Freiheit gegen die von Hisbollah-Gefangenen in israelischen Hochsicherheitsgefängnissen. Haddad weiß, dass diese

Taktik grundsätzlich erfolgversprechend ist. Schon mehrmals hat Israel als Terroristen verurteilte Hisbollah-Leute gegen an der Grenze entführte israelische Soldaten ausgetauscht. Im Fall von Felix Brosch bereitet ihm die Sache allerdings Kopfzerbrechen. »Aber was ist mit dem Deutschen?«, fragt er. »Er ist offenbar nur ein vom Mossad angeworbener Spitzel. Nicht mal ein Jude. Welches Interesse sollten die Zionisten an ihm haben?«

Nasrallah senkt ein wenig die lang bewimperten Lider und erwidert: »Wir werden zweigleisig fahren. Wir nutzen die Frau als Faustpfand gegenüber den Zionisten und den Mann als Druckmittel gegenüber den deutschen Behörden. Kürzlich sind in Düsseldorf zwei unserer führenden Leute in Deutschland verhaftet worden. Wir sagen den Deutschen, dass wir diesen Brosch nur freilassen, wenn die Anklage gegen sie fallengelassen wird.«

»Sayid«, sagt Haddad vorsichtig, »ist es nicht zweifelhaft, dass die Deutschen darauf eingehen?« Er erinnert sich daran, dass schon in den späten 1980er Jahren der Versuch der noch jungen Hisbollah, durch die Verschleppung zweier Siemens-Manager in Beirut einen Gesinnungsgenossen aus deutscher Haft freizupressen, gescheitert war. »Außerdem ist er ja offenbar kein Agent eines deutschen Dienstes, sondern ein Söldner, der sich vom Mossad hat anheuern lassen.«

Nasrallah nickt ernst. »Ich verstehe, was du sagen willst, Hussein. Aber der Mann ist deutscher Staatsbürger und war auf einer Mission, die die deutsche Regierung – ob sie davon wusste oder nicht – nur gutheißen kann. Eines werden die Deutschen gewiss tun. Sie werden zahlen. Das tun sie immer!«

Haddad nickt nachdenklich.

Er denkt daran, dass zwar damals der Versuch der Freipressung gescheitert war, die Bundesregierung jedoch ein Lösegeld in Millionenhöhe für die Freilassung der deutschen Geiseln gezahlt hatte.

Inzwischen ist die Entführung westlicher Geiseln bei der Hisbollah zwar nicht mehr en vogue, aber da man nun einmal Felix Brosch als Beifang in der eigenen Gewalt hat, wird man versuchen, den größtmöglichen Profit zu erzielen.

Solcherlei Gangstermethoden sind der »Partei Gottes« keineswegs fremd. Weil der heilige Zweck jedes Mittel rechtfertigt, füllt die Hisbollah – speziell in Südamerika – ihre Kassen unter anderem mit Menschenhandel, Drogengeschäften und der Verschiebung von Waffen.

»Soll ich die Verhöre dann beenden?«, fragt Haddad.

Der Mann mit dem schwarzen Turban nickt. »Ja, das kannst du. Ich möchte, dass du als Nächstes Videoaufnahmen von den Gefangenen machst. Das Material spielen wir über unsere geheimen Kanäle den Zionisten zu – im Fall des Mannes auch den deutschen Behörden. Ich gehe davon aus, dass wir dann Verhandlungen eröffnen können.«

Haddad nickt folgsam. »Ich stelle mich also darauf ein, dass wir sie noch lange behalten. Es werden sicher schwierige Verhandlungen werden.«

»Ja, davon gehe ich aus. Aber, wie in der Schrift steht: ›Allah ist mit den Geduldigen.‹«

»Was genau werden wir von den Zionisten fordern?«

»Die Freilassung unserer Leute aus dem Al-Bashir-Zwischenfall.«

Haddad nickt. Vor knapp einem Jahr haben acht Hisbollah-Kämpfer bei dem südlibanesischen Dorf Al-Bashir in einem Tunnel die Grenze zu Israel unterquert, um dort einen Hinterhalt für israelische Grenzpatrouillen zu legen. Solche bis zu achtzig Meter tiefen und tausend Meter langen Angriffstunnel sind eine Spezialität der Miliz, werden aber hin und wieder von den Israelis entdeckt. Das war bei der Al-Bashir-Sache der Fall, was dazu führte, dass fünf Eindringlinge von Soldaten der Israel Defense Force getötet und drei gefangen genommen wurden, die nun in israelischen Gefängnissen sitzen.

Der Zufall will es, dass Yael Rubin mit Haddad bei den Verhören über diese Tunnel gesprochen hat, bei einer der ganz wenigen Gelegenheiten, bei denen sie zuzugeben schien, dass sie etwas über geheime israelische Aktivitäten gegen die Miliz wusste. Einer Eingebung folgend, hat sie behauptet, erfahren zu haben, dass die israelische Luftwaffe in naher Zukunft über eine Technologie verfügen werde, um solche, selbst in großer Tiefe verlaufenden Tunnel aus der Luft aufzuspüren.

Das war eine reine Erfindung, hatte aber den gewünschten Effekt: Es verunsicherte Haddad, ebenso wie Nasrallah. Als die beiden vorhin über das Thema sprachen, hat Nasrallah gemeint: »Hm ... kann man das glauben? Es könnte eine gezielte Desinformation sein.«

»Möglich«, hat Haddad erwidert. »Aber was ist, wenn es stimmt?«

Nasrallah hat die breite Stirn in Falten gelegt und gesagt: »Nun, wir werden das testen, und wenn es wahr ist, werden wir uns eine andere Taktik überlegen.«

In einem keine Zweifel zulassenden Ton fügte er hinzu: »Wir werden immer einen Weg finden, um die Schlange zu würgen.«

Als nun zwischen ihm und Haddad die Rede auf das geplante Austauschgeschäft kommt, ist Nasrallah klar, dass es sich in einem Punkt von früheren Deals dieser Art unterscheidet. Damals handelte es sich bei den Geiseln um einfache, israelische Soldaten, deren Eltern und Familien medienwirksam an die Regierung appellierten, einen Handel zu machen, um ihre Söhne und Brüder nach Hause zu holen. Hier geht es jedoch um eine Agentin des Mossad in geheimer Mission, bei der eine solche öffentliche Diskussion in Israel kaum stattfinden dürfte. Dennoch hofft Nasrallah, dass die Israelis ihre Landsmännin und langjährige Agentin nicht im Stich lassen werden, zumal er vorhat, mit Yael Rubins Exekution zu drohen, wenn die Zionisten auf stur schalten. Der Mann mit dem Rubinring, der seit über einem Vierteljahrhundert unangefochten an der Spitze der Hisbollah steht, glaubt inzwischen zu wissen, wie der Feind tickt, auch, wenn man dabei, wie er erfahren musste, vor Überraschungen nicht gefeit ist.

Hussein Haddad räuspert sich und fragt: »Wie sollen wir nun mit den Gefangenen umgehen? Sie haben den Wunsch geäußert, dass sie sich ab und zu sehen dürfen.«

Nasrallah stülpt die fleischigen Lippen vor und überlegt einen Moment. Dann sagt er: »Nein. Vorerst nicht. Irgendwann vielleicht. Das hängt ganz von der Verhandlungsbereitschaft unserer Gegner ab.«

Mit diesen Worten erhebt sich der Hisbollah-Chef, anzeigend, dass die Besprechung nun beendet ist. Trotz seiner deutlich über sechzig Jahre und der nicht geringen Leibesfülle wirken seine Bewegungen leicht und flüssig, er scheint topfit und auf der Höhe seiner Leistungskraft.

Hussein Haddad schüttelt dem »Sayid« die weiche, gepflegte Hand und sagt: »qad yakun allah maeka!« (»Allah sei mit dir!«). Nasrallah antwortet ebenso und fügt hinzu: »Danke, Hussein! Du machst deine Arbeit gut. Ich vertraue dir voll und ganz!«

85

Yael blickt mit ausdruckslosem Gesicht direkt in die Linse der Videokamera, die auf sie gerichtet ist und sagt monoton: »Mein Name ist Yael Rubin. Ich bin eine zionistische Spionin und eine Kriegsgefangene der Hisbollah. Ich bitte meine Regierung, den Forderungen bezüglich meiner Freilassung nachzukommen. Andernfalls wird man mich wegen Spionage und feindlicher Agententätigkeit hinrichten.«

Sie will noch etwas ergänzen, aber dann sieht sie, dass die rote Aufnahmeleuchte der Kamera bereits erloschen ist. Sie legt die aktuelle Ausgabe der *International Herald Tribune*, die sie während der Aufnahme vor ihre Brust halten musste, beiseite und sieht Haddad an, der breitbeinig und die rechte Hand auf das Halfter seiner Makarov-Pistole gestützt, hinter dem Kameramann in der Mitte der Zelle steht. »Gut«, sagt er. »Nun werden wir sehen, was du deinen Leuten wert bist.«

Yael wendet ihren Blick ab. Die Sätze, die sie eben gesagt hat, waren ihr Wort für Wort vorgeschrieben. Niemals hätte sie sich selbst als »zionistische Spionin« und »Kriegsgefangene« bezeichnet. Und dass ihr Vergehen in »feindlicher Agententätigkeit« bestehe, ist eine seltsame Beschuldigung, denn schließlich befanden sie und Felix sich in der Türkei, nicht etwa im Libanon, und waren auf einer Mission, die nichts mit der Hisbollah zu tun hatte. Immerhin ist ihr jetzt klar, dass ihre Entführer Israel einen Handel vorschlagen wollen, was sie jedoch nicht unbedingt hoffnungsfroh stimmt. Obwohl sie nicht glaubt, dass ihre Regierung sie in diesem Verlies einfach verrotten lassen wird, weiß sie, dass sich solche Geiselverhandlungen über Jahre hinziehen können. Einen Moment lang sieht sie sich schon, bleich und vorzeitig gealtert, auf ihrer Pritsche sitzen, stumpfsinnig geworden von der zermürbenden Monotonie ihre Tage und der klaustrophobischen Enge ihres Gefängnisses.

Sie verscheucht den Gedanken und fragt Haddad: »Darf ich fragen, welche Forderungen es sind, die Sie an Israel richten?«

Haddads Mundwinkel zucken ironisch, als er antwortet: »Natürlich darfst du fragen. Aber ebenso klar ist, dass du es nicht erfahren wirst.«

»Was ist mit meiner Bitte, dass Brosch und ich uns ab und zu sehen können? Es ist nur ... ich möchte mich mal mit jemandem unterhalten können.«

»Haben dir denn die Unterhaltungen mit mir nicht gereicht? Ich habe mir doch viel Zeit genommen!«

Yael starrt ihn an, mit einem Ausdruck nackter Verachtung in den seegrünen Augen.

Ob Haddad diesen Ausdruck wahrnimmt, ist nicht offensichtlich, in jedem Fall ignoriert er ihn und sagt: »Wenn deine Regierung sich kooperativ zeigt, werde ich über deine Bitte nachdenken.«

86

Vier Wochen später.

Felix schöpft mit der hohlen Hand Wasser aus dem Eimer und spült seine Achselhöhlen aus, die er zuvor mit einem winzigen Stück Seife eingeschäumt hat. Dann wäscht er sorgfältig und langsam seinen ganzen Körper. Als das erledigt ist, trocknet er sich mit dem alten, fadenscheinigen Handtuch ab, das sie ihm gegeben haben, und zieht fröstelnd den grauen Jogginganzug wieder an, der inzwischen, zusammen mit schwarzen Leinenslippern, seine tägliche Bekleidung darstellt. Dass er sich nun jeden Tag waschen darf, ist eine der Wohltaten, die ihm seit einiger Zeit zuteilwerden.

Sich regelmäßig säubern zu können, gehört zu den wenigen Dingen, die ihm seine Situation ein wenig erträglicher machen, weil es ihm das Gefühl gibt, einen Rest von Menschenwürde zu besitzen – und ein täglicher Ankerpunkt in der fast ereignislos verrinnenden Zeit ist. Abgesehen davon gibt es aber noch eine andere Neuerung: Er wird nun alle zwei Tage aus seiner Zelle geholt, um, streng bewacht, die Toilette und die kleine Duschzelle des Wachpersonals zu reinigen. Während dieser Zeit wird auch sein fensterloses Gefängnis gelüftet, was zuvor während der Verhöre geschah. Weil die Frischluftzufuhr ausschließlich durch den vergitterten Lüftungsschacht auf dem Zellengang erfolgt, ist das Ergebnis jedoch überschaubar. Abgestandene Luft und der Gestank, der dem primitiven Hockklo entweicht, sind ständige Begleiter von Felix' Gefangenschaft, aber weil sein Gehirn inzwischen gelernt hat, diese unangenehmen Sinnesreize auszublenden, nimmt er den Geruch kaum noch wahr.

Aus verschiedenen Geräuschen auf dem Zellengang hat Felix geschlossen, dass auch Yael regelmäßig zum Putzdienst herangezogen wird und sich dabei jeden zweiten Tag mit ihm selbst abwechselt. Er hat sie, seitdem sie in seine Zelle gebracht wurde, um ihm zu sagen, dass sie reden wird, nicht mehr gesehen, aber ein paarmal ihre Stimme auf dem Gang gehört. Es hat Felix jedes Mal gedrängt, mit Rufen Kontakt zu ihr aufzunehmen, aber weil ihnen das unter der Androhung von Schlägen streng verboten ist, hat er den Impuls unterdrückt.

Felix erledigt die Putzarbeit ausgesprochen bereitwillig, weil sie die Gelegenheit, bietet, wenigstens für kurze Zeit aus seiner Zelle herauszukommen und die Welt außerhalb zu inspizieren.

Dass er sich in einem ziemlich tief unter der Erde befindlichen Kellergewölbe befindet, ist ihm aufgrund der überall fehlenden Fenster, der beiden Lüftungsschächte und der stets gleichbleibenden Temperatur schnell klar gewesen. Die Assoziation zu der unterirdischen Trainingshalle im Nazicamp in Schweden kam ihm dabei sofort.

Verstärkt wird die düstere Atmosphäre des unterirdischen Verlieses durch das schroffe Gebaren der stets mit Sturmhauben maskierten Wächter, die nur in kurzen, abgehackten Befehlen und Gesten mit ihm kommunizieren, während er gehalten ist, sie nicht anzusprechen. Eine Ausnahme ist der kleine, korpulente Arzt, der zwar ebenfalls sein Gesicht verbirgt, dessen Gehabe und dessen flinke Augen hinter den dicken Brillengläsern ihm jedoch längst vertraut sind. Tatsächlich ist er praktisch der Einzige, an den er manchmal das Wort richtet und der ihm antwortet. Inzwischen kommt er allerdings nur noch alle paar Tage, um ihn einer kurzen Untersuchung zu unterziehen. Den schnauzbärtigen Offizier, der ihn wochenlang verhört hat, hat Felix schon lange nicht mehr zu Gesicht zu bekommen. Immer wenn er auf dem Weg zu seiner Putzarbeit an der Tür des Büros vorbeigeht, scheint dieses verwaist. Dafür hat er jedoch zum ersten Mal mitbekommen, wo sich der Ausgang aus dem Kellerbereich befinden muss. Er hat beobachtet, wie eine der Wachen am Ende des Bürogangs eine offenbar lange Treppe hinaufstieg. Er hörte ihn in eine Gegensprechanlage sprechen, woraufhin das Geräusch einer sich öffnenden Stahltür zu hören war.

Die Tür wird offenbar von außen geöffnet – auf Ankündigung, dass eine der Wachen hinauswill. Dort oben werden sich also weitere Hisbollah-Leute aufhalten.

Felix setzt sich auf seine Pritsche und nimmt das Plastiktablett mit seinem Frühstück auf die Knie, das wie jeden Tag aus Hummus und Pitabrot besteht, aber inzwischen durch eine Abendmahlzeit aus Reis mit ein wenig Gemüse und manchmal einem Bissen Hammelfleisch ergänzt wird.

Tatsächlich spürt Felix, dass ihn die bessere Verpflegung wieder mehr zu Kräften gebracht hat. Während er an einem Stück Brot kaut, fällt sein Blick auf den weißen Plastikbecher mit der dunkelroten Flüssigkeit, der noch unberührt auf dem Tablett steht. Es handelt sich um den Saft des Granatapfels, frisch gepresst im Obst- und Gemüseland Libanon und sehr vitaminreich, wie ihm der Arzt erklärt hat, als er ihm befahl, jeden Tag einen Becher davon zu trinken.

Ansonsten tut Felix alles ihm Mögliche, um sich einigermaßen fit zu halten. Er absolviert jeden Tag zweistündige Märsche durch seine Zelle, immer hin und her oder im Kreis, wobei ihm irgendwann das berühmte Gedicht von Rilke über den Panther in den Sinn kam, der in verzweifeltem Bewegungsdrang in seinem Käfig auf und ab läuft. Er macht auf dem harten Betonboden Liegestütze, Situps und Kniebeugen, dabei oft von den Wachen durch die offen stehende Sichtklappe beobachtet.

Immer wieder hat Felix versucht, einen Sinn in das ganze Geschehen zu bringen, was ihm jedoch nie gelang. Nach wie vor scheint es ihm einfach nicht real, welche Entwicklung die Dinge genommen haben, seitdem Magdalena Knoop plötzlich im Riesensteinhaus auftauchte und ihn bat, seinen Cousin Simon Jenkins auszuspionieren.

Auf seine Frage, wo er sich eigentlich befinde, hat Felix von dem uniformierten Offizier zwar nie eine Antwort erhalten, aber er zweifelt nicht daran, dass er im Libanon ist.

Dazu passt die Schiffsreise, aber auch das Detail, dass alle paar Tage der Strom für ein paar Stunden ausfällt, woraufhin er sich erinnerte, einmal gelesen zu haben, dass das Land seit Jahren mit schweren Energieproblemen kämpft. Für seine Bewacher scheint das Phänomen jedenfalls nicht neu, denn immer, wenn es hier unten dunkel wird, schalten sie routiniert auf eine Notversorgung um.

Felix nimmt einen letzten Plastiklöffel voll Hummus und spült mit einem Schluck Mineralwasser nach. Dabei denkt er an die Videobotschaft, die er an die deutsche Regierung richten musste. Es ist klar, dass sie irgendeinem Erpressungsgeschäft dienen soll.

Magdalena wird mit Sicherheit in diese Sache involviert werden. Und gewiss alles tun, um meine Freilassung zu erreichen. Aber die Entscheidung wird nicht bei ihr liegen.

Obwohl man es ihm nicht gesagt hat, nimmt er an, dass ihre Entführer auch mit Yael einen Tauschhandel planen. Zumindest hofft er das, denn es würde bedeuten, dass man sie, solange die Verhandlungen dauern, am Leben lassen wird.

Felix hat keine Ahnung, wie seine eigenen Chancen hinsichtlich seiner Freilassung stehen, aber eins ist ihm vollkommen klar: Er will diesen düsteren Ort niemals ohne Yael verlassen. Die Vorstellung, dass sie in ihrem Verlies allein zurückbleibt, während man ihn an irgendeiner Straßenkreuzung aussetzt und in die Freiheit entlässt, ist ihm schier unerträglich.

Es ist das Gefühl der völligen Ohnmacht gegenüber der Willkür seiner Entführer, die Verbitterung über die erlittene Folter und die quälende Sorge um Yaels Schicksal, die ihn Tag und Nacht peinigen. Zuerst war da nur ein hilfloser Zorn, der ihn manchmal die Fäuste ballen ließ, bis sie schmerzten. Aber irgendwann ist dieser Zorn etwas anderem gewichen: dem unüberwindlichen Drang zu handeln, all dem so schnell wie möglich ein Ende zu machen. Seitdem ist er nur noch von einem Gedanken beherrscht: *Gibt es einen Weg, wie wir beide von hier entkommen können?*

Als er sich das erste Mal diese Frage stellte, kam er zu dem Ergebnis, dass die Chancen gleich null waren – schon allein, weil sich, wie es schien, stets zwei, oft drei Bewaffnete im Keller aufhielten. Nie betrat einer allein seine Zelle. Dann jedoch stellte er irgendwann fest, dass es in den Nachtstunden, wenn die Zellen verschlossen blieben, einen Slot von mehreren Stunden gab, in dem sich immer nur einer der Wächter im Keller aufhielt. Sie anhand ihrer Größe und ihren Stimmen unterscheidend, stellte er bald fest, dass es sich um zwei Männer handelte, die sich alle zwei Tage abwechselten. Der, der jeweils Dienst hatte, saß dann auf einem Klappstuhl am Kopfende des Zellentrakts, fast auf der Höhe, wo sich Felix' Zelle befand, und erhob sich etwa alle zwei Stunden, um durch das Sichtfenster zu kontrollieren, ob darin alles ruhig war. Aus den nachfolgenden Schritten und Geräuschen hatte Felix gefolgert, dass sich bei Yael am anderen Ende des Gangs die Prozedur wiederholte.

Einer der Wächter, die nachts Dienst hatten, erregte Felix' besondere Aufmerksamkeit. Er schien sehr jung zu sein, denn während Felix ihn im Dunkel seiner Zelle durch das geöffnete Sichtfenster beobachtete, spielte er stundenlang Games auf seinem Smartphone und kicherte unter seiner Sturmhaube dabei oft wie ein kleiner Junge. Felix hat ihn zweimal angesprochen und anhand der Antwort, die der Hisbollah-Mann mit hoher Stimme gab, gemerkt, dass er offenbar recht gut Englisch sprach: »You have to be silent! I will not talk to you!«

Felix greift zu dem Becher mit dem Granatapfelsaft, mit dem er sein Frühstück stets beendet. Bevor er trinkt, macht er kleine, kreisende Bewegungen mit dem Becher und beobachtet, wie die tiefrote Flüssigkeit darin sanft hin- und herschwappt.

Und plötzlich, wie aus dem Nichts, flackert in seinem Gehirn eine Kette von Assoziationen auf, die sich innerhalb von Sekunden zu einer Idee verdichten. Schließlich reift daraus sogar eine Art komplexer Plan, der aber, wie ihm schnell klar wird, schon in seinem Anfangsstadium auf ein unüberwindlich scheinendes Hindernis stößt.

Um das durchzuziehen, müsste ich erst mal mit Yael kommunizieren können.

87

Dass Felix Broschs Hoffnungen auf eine erfolgreiche Flucht zwei Tage später doch wieder neue Nahrung bekommen, ist ironischerweise seiner demütigend gemeinten Aufgabe zu verdanken, den Abort seiner Kerkermeister zu putzen. Denn nachdem er Toilette, Waschbecken und Duschzelle gereinigt sowie den gefliesten Boden gewischt hat, besteht der letzte Akt seiner Arbeit darin, den Müllbeutel aus dem niedrigen Abfalleimer neben dem Klo herauszunehmen und ihn in dem großen Mülleimer in der offenen Kaffeeküche zu entsorgen.

Er geht davon aus, dass Yael an den Tagen, an denen sie an der Reihe ist, die gleiche Aufgabe hat. Bei der Abfallentsorgung hat sich Felix, seinem Bewacher mit dem AK-47 den Rücken zuwendend, angewöhnt, den immer nur zu einem Teil gefüllten Beutel so schnell und so unauffällig wie möglich nach etwas zu durchsuchen, was ihm irgendwie von Nutzen sein könnte. Leider fand sich dort bis jetzt nur scheinbar unbrauchbares Zeug wie leere Plastikbecher, zusammengeknüllte, arabische Zeitungen oder Kippen – seine Bewacher rauchten gern, wenn sie ihr Geschäft verrichten –, aber heute ertasten seine Finger einen dünnen, länglichen Gegenstand.

Ein abgebrochener Kugelschreiber! Und die Mine steckt noch halb in der Hülle!

Mit einem kurzen Strich auf der Innenseite seiner Hand stellt Felix fest, dass der demolierte Schreiber noch funktionstüchtig ist und lässt ihn unbemerkt in den offenen Kragen seiner Joggingjacke gleiten, die er in den Hosenbund gestopft hat, ebenso wie eine leere Zigarettenschachtel.

Als er wieder allein in seiner Zelle ist und sich unbeobachtet fühlt, holt Felix den zerbrochenen Kugelschreiber hervor. Erst jetzt bemerkt er das Hisbollah-Logo auf dem noch vorhandenen Teil der Hülle.

Felix erleichtert über dem Hockklo seine Blase und zieht drei Blätter von der Klopapierrolle ab, die neben dem Abort liegt. Er nimmt das Papier mit zu seiner Pritsche, wo er, mit dem Rücken zur Zellentür und nur mit seiner Handfläche als Unterlage eine kurze Botschaft darauf schreibt. Das ist mit der abgebrochenen Mine und auf dem dünnen, faserigen Papier nicht wirklich einfach, aber die Schrift ist, obwohl krakelig und hier und da unterbrochen, definitiv lesbar:

Wie geht es dir? Ich bin ok. Weißt du, wo wir hier sind? Ich habe einen Plan. Denke an dich!

Als Felix zwei Tage später seine Putzarbeit im Bad der Wachen beendet hat, deponiert er die Zigarettenschachtel mit dem Kassiber und dem abgebrochenen Kugelschreiber in dem frischen Müllbeutel, den er in den Abfalleimer unter dem Waschbecken einsetzt.

Als er sich wieder aufrichtet, fällt sein Blick in den kleinen Spiegel über dem Becken. Sein vormals kurzgeschorenes Haar ist ziemlich gewachsen und steht nach allen Seiten ab. Die hohl gewordenen Wangen werden von einem struppigen Bart verdeckt, der ganz neue, zuvor nicht vorhandene graue Zonen aufweist. Die bleiche, so dünn wie Papier wirkende Haut ist verschorft, und tiefe Ringe liegen unter seinen geröteten Augen.

Ich sehe aus wie ein Wrack. Aber das ist gar nicht so schlecht.

Am Vormittag des darauffolgenden Tages wartet Felix ungeduldig auf die Geräusche, die anzeigen, dass Yael aus ihrer Zelle geholt und zum Putzen gebracht wird. Als er schließlich hört, wie sich ihre Schritte und die ihrer Bewacher nähern, trommelt er mit den Fäusten von innen gegen die Tür seiner Zelle und ruft laut: »Cigarettes! Fucking trash! Cigarettes! Cigarettes!« Er hört, wie die Wärter in lautes Lachen ausbrechen. Einer ruft: »You want beer, too?«, gefolgt von erneutem Gelächter. Dann entfernen sich die Schritte, und es kehrt wieder Stille ein.

88

Drei Tage später.

Als Felix an diesem Morgen erwacht, ist er voller nervöser Anspannung. Nachdem Yael am Tag zuvor wieder mit dem Putzdienst an der Reihe war, wird sich heute zeigen, ob sein Versuch, mit ihr Kontakt aufzunehmen, von Erfolg gekrönt war.

Die Zeit dehnt sich für Felix wie eine zähe, klebrige Flüssigkeit, bis er endlich aus seiner Zelle geholt und zum Putzen gebracht wird. Als er das Bad betritt, saugt sich sein Blick sofort an dem Abfalleimer fest, aber er zwingt sich, zuerst wie immer ruhig seine Reinigungsarbeit zu verrichten, bevor er endlich mit klopfendem Herzen den Eimer öffnet und den Inhalt des Müllbeutels inspiziert. Und tatsächlich ertasten seine Finger unter der üblichen Schicht von Abfall eine leere Zigarettenschachtel, die, wie er mit einem schnellen Blick feststellt, den abgebrochenen Schreiber sowie ein zusammengefaltetes Stück Klopapier enthält.

Wie beim letzten Mal bunkert Felix die Schachtel in seiner Jacke und schmuggelt sie in seine Zelle, wo er das darin befindliche Papier mit spitzen Fingern entfaltet.

Dort steht, ähnlich krakelig wie bei ihm, aber genauso lesbar: *Bin ok. Bin sicher, wir sind in Südbeirut. Habe Gespräch gehört. Was hast du vor?*

Felix' Herz klopft schneller. Es ist ein fast schmerzhaft schönes Gefühl, eine Nachricht von Yael in der Hand zu halten, die stets in seiner Nähe war und die er doch seit Wochen weder gesehen noch gesprochen hat. Er ist erleichtert, dass es ihr einigermaßen gut zu gehen scheint, und weil sie beide, wie es aussieht, einen Weg gefunden zu haben, um in dreitägigen Abständen kurze Nachrichten auszutauschen.

Dann denkt er über die Worte »Habe Gespräch gehört« nach. Er erinnert ihn erneut daran, dass Yael ihm einmal erzählt hast, dass sie fließend Arabisch spricht und wie wichtig dieser Umstand für das Gelingen seines Vorhabens ist.

Felix' nächste Nachricht an Yael lautet: Falls wir fliehen: Weißt du, wohin wir uns wenden können?

Drei Tage später hat er die denkbar knappste Antwort:
Ja.

Felix' darauffolgender Kassiber besteht aus zwei Blättern des Toilettenpapiers, auf denen er Yael in ganz kurzen Sätzen seinen Plan erläutert. Die Nachricht schließt mit den Worten:

Wenn es schiefläuft, gehen wir wahrscheinlich beide drauf. Trotzdem versuchen? Falls ja, hörst du erst in einer Weile wieder von mir.

Wiederum drei Tage später hat er Yaels Antwort:
Ja. Ich küsse dich.

Voll innerer Aufruhr starrt Felix auf das Papier.
Sie hat den Mut einer Löwin. Und sie sendet mir Küsse.

Es drängt ihn, seiner israelischen Geliebten eine emotionale Nachricht zu schreiben, aber das Risiko der Entdeckung, das dabei jedes Mal besteht, lässt ihn den Gedanken daran sofort wieder verdrängen. Von nun an darf er sich nur von kalter Überlegung und der völligen Konzentration auf seine Aufgabe leiten lassen.

89

Zur selben Zeit, in der Nähe von Teheran, Iran.

Arash Dehghani, der alte MOIS-Offizier, schnippt die Asche von seiner *Bahman*-Zigarette in den Porzellanaschenbecher, der auf dem Couchtisch zwischen ihm und Gunnar Eriksson steht, und fixiert sein Gegenüber mit scharfem Blick. Das kalte, fanatische

Feuer in den hervorstehenden, quellblauen Augen des Schweden und der dahinterstehende, unbedingte Wille scheinen keineswegs erloschen, aber dennoch wirkt er auf den Iraner, als sei er innerhalb von Wochen um Jahre gealtert. Das einst scharfkantige Gesicht ist aufgedunsen, bleich und halb zugewuchert von einem ungepflegt wirkenden, rötlichen Bart, der von vielen grauen Fäden durchzogen ist. Wenn er beim Sprechen die Sätze mit den Händen untermalt, wirken seine Bewegungen fahrig, und Dehghani hat nicht zum ersten Mal den Eindruck, dass der Führer der Symbiotic Liberation Force zu viel trinkt.

Die beiden Männer sitzen im Wohnzimmer eines abgelegenen, von hohen Mauern umgebenen Hauses in der ländlichen Umgebung von Teheran, das der iranische Geheimdienst Hyperion und seinen beiden Bodyguards vor knapp drei Monaten als Versteck zur Verfügung gestellt hat. Durch das große Fenster zur Terrasse sieht Dehghani Tito und Leo in dem großen Garten mit dem Jacuzzi herumlungern, in den sie während der Besprechung verbannt worden sind.

»Simon Jenkins und ich«, sagt Eriksson mit trotziger Erregung in der sonst so ruhigen Stimme, »wir werden die Symbiotic Liberation Force wieder aufbauen! Wir haben eine Niederlage erlitten, aber der Krieg ist nicht zu Ende!«

»Gewiss«, erwidert Dehghani und nickt. »Gewiss, Gunnar!« Seine Gedanken sagen etwas anderes.

Tatsächlich gibt es für den Iraner wenig Grund, die Zukunft der selbst ernannten antijüdischen »Befreiungsmacht« optimistisch zu sehen. Beginnend mit der Festnahme von Edward Hawthorne in Newark in den USA hat es in den letzten Wochen eine Verhaftungswelle in insgesamt neun Ländern gegeben, bei denen sechsundneunzig aktive Terroristen und Unterstützer der SLF aus dem Verkehr gezogen wurden. In Belgien und in der Slowakei hat es Feuergefechte gegeben, die mit dem Tod zweier Terroristen und zweier Polizisten endeten, aber meistens schlugen die Sicherheitskräfte so überraschend zu, dass Gegenwehr unmöglich war. Die Anschlagspläne für Paris und Melbourne sind auf ganzer Linie vereitelt worden, und die Köpfe der SLF, Simon Jenkins und Gunnar Eriksson, sind enttarnt und werden weltweit gesucht.

Dehghani nimmt einen Zug aus seiner Zigarette und schaut Eriksson dabei unverwandt an. Unübersehbar macht es den Schweden nervös, dass er in seiner Gegenwart raucht, aber das stört den Iraner nicht im Geringsten. Schließlich ist Eriksson hier der Gast.

Nach einem Moment des Schweigens hüstelt Dehghani kurz und sagt: »Diese Kette von Verhaftungen, die frühzeitige Aufdeckung der Pläne für Frankreich und Australien – all das deutet darauf hin, dass der Mossad durch diesen Deutschen tatsächlich an Jenkins' Computerdaten gelangt ist und sie schließlich entschlüsseln konnte.«

Eriksson blickt finster und sagt mit gepresster Stimme: »Ja! Dieses Schwein hat ganze Arbeit geleistet.« Dann fügt er mit hasserfülltem Blick hinzu: »Aber ich ... wir ... wir werden ihn kriegen! Irgendwann ...«

Dehghani nickt. »Bestimmt.« Dass sich Felix Brosch bereits seit zweieinhalb Monaten im Libanon in der Gefangenschaft der Hisbollah befindet und der Terrorchef selbst der Köder bei dieser Geiselnahme war, gehört zu den vielen Dingen, die er Eriksson verschweigt.

»Und Jenkins?«, fragt er. »Er fühlt sich sicher in seinem Versteck?«

»Ja«, erwidert der Schwede und fährt sich nervös durch den Bart. »Er hat bereits begonnen, rund um die *brothers*, die untertauchen konnten, ein neues Netzwerk aufzubauen.«

Arash Dehghani hört ihm scheinbar interessiert zu, hat aber das untrügliche Gefühl, dass Erikssons Zuversicht dem berühmten Pfeifen im Walde gleicht.

Das alles findet Dehghani nicht allzu tragisch. Zwar hat er gehofft, dass es den Israelis nicht gelingen möge, die Terrororganisation, die seinen taktischen Interessen durchaus dienlich war, zu zerschlagen, weshalb er Eriksson auch im Iran Unterschlupf geboten hat, aber nun, wo es geschehen ist, wird er sich anderen Dingen zuwenden. Immerhin ist es ihm im Zuge der Kooperation mit Eriksson gelungen, zwei Mossad-Agenten in seine Gewalt zu bekommen und sie auf höhere Weisung den Brüdern von der Hisbollah als Faustpfand gegenüber Israel zu überlassen. Die Freipressung eigener Leute aus israelischen Gefängnissen ist stets ein großer Propagandaerfolg für die libanesischen Freunde und damit auch einer für deren Schutzmacht, die Islamische Republik Iran.

Eriksson und Dehghani reden noch eine Weile, bevor sich der alte MOIS-Agent mit einem leisen Ächzen aus seinem Sessel erhebt und sich verabschiedet. »Auf Wiedersehen, Gunnar! Ich melde mich!«

Der Kies, mit dem der Vorplatz des Hauses bestreut ist, knirscht unter Arash Dehghanis braunen Halbschuhen, als er langsam zu dem Peugeot geht, in dem sein Fahrer wartet. Unablässig kreisen seine Gedanken um die Entwicklungen der letzten Wochen und das jämmerliche Bild, das ihm der Führer der SLF soeben geboten hat.

90

Vierzehn Tage später.

Selim Boukhani, der kleine, dicke Arzt, der Felix zweimal in der Woche in der Zelle besucht, um nach seinem Befinden zu schauen, macht sich ein wenig Sorgen.

Der Deutsche benimmt sich in der letzten Zeit seltsam. Während er sonst das Gespräch mit ihm geradezu gesucht hat, reagiert er kaum noch auf Ansprache, sondern starrt nur abwesend vor sich hin. Er isst auch immer weniger, verweigert manchmal sogar ganz die Nahrung. Wie ihm die Wachen berichtet haben, hat er auch sein Fitnesstraining eingestellt. An anderen Tagen wiederum läuft er unruhig in seiner Zelle herum und singt in einem monotonen, leiernden Ton vor sich hin. Nachdem man ihm zuerst befohlen hat, ruhig zu sein, lassen ihn die Wachen inzwischen gewähren, weil man sich damit abgefunden hat, dass der Deutsche offenbar ein wenig *majnun*, »irre«, geworden ist. Immerhin ist er nie aggressiv oder störrisch, sondern reagiert immer sofort auf Befehle, so wie er nach wie vor mit mechanischer Akribie seine Putzarbeit verrichtet.

Boukhani betrachtet Felix, der mit gesenktem Kopf auf dem Rand seiner Pritsche hockt und auf das Tablett mit seinem Frühstück starrt, das wie jeden Tag aus gelblichem Hummus, Pitabrot und einem Becher mit Granatapfelsaft besteht.

»You eat today, do you hear?«, sagt der Arzt.

Felix hebt langsam den Kopf und blickt ihn eine Weile mit leerem Blick an. Dann seufzt er und sagt tonlos: »Yes.«

Der Arzt nickt. »Good.«

Vor drei Tagen hat Boukhani mit Hussein Haddad, der nun wieder regelmäßig zu kurzen Inspektionsbesuchen kommt, über Felix gesprochen.

»Er ist schwer depressiv«, hat er gesagt. »Aber ich hoffe, das geht vorbei. Das ist eine Phase, wie ich sie schon bei anderen erlebt habe. Aber«, fügt er hinzu, »wir sollten ein besonders wachsames Auge auf ihn haben. Darauf achten, dass er sich nicht selbst verletzt.«

»Hm«, hat der stellvertretende Geheimdienstchef erwidert. »Mich wundert das. Er war so ein harter Knochen. Ein Elitesoldat. Kann es sein, dass er uns täuscht?«

»Ich glaube nicht«, hat Boukhani geantwortet. »Ich glaube, die Folter wirkt in ihm nach. Das Trauma kommt erst jetzt zum Vorschein.«

»Aber er müsste doch Hoffnung auf seine Freilassung haben!«

»Ich glaube, er ist so im Tunnel, dass er diese Möglichkeit im Moment gar nicht sieht. Im Moment scheint ihm, dass sein Zustand ewig dauert.«

Boukhanis so überzeugend gesprochene Worte haben bei Haddad ihre Wirkung nicht verfehlt. Er hat allen Wachen eingeschärft, Felix ab sofort jede Viertelstunde in seiner Zelle zu kontrollieren, um zu verhindern, dass er sich irgendetwas antut. Dass der deutsche Mossad-Spitzel in der Hisbollah-Haft stirbt, wäre durchaus nicht im Sinn des »Scheichs«. Wie Haddad weiß, gestalten sich die über geheime Kanäle geführten Verhandlungen mit den Deutschen sowieso schon schwierig, aber der Tod des Gefangenen würde sie nicht nur sofort beenden, sondern auch schärfste Reaktionen und eine schlechte Presse hervorrufen.

Selim Boukhani wirft Felix unter seiner Sturmhaube einen letzten, aufmunternd gemeinten Blick zu und verlässt zusammen mit dem Wächter, der wie immer an der Tür gewartet hat, die Zelle. Durch die Gitterstäbe des Sichtfensters beobachtet der Mann noch eine Weile, wie der Gefangene mit stierem Blick und langsamen Bewegungen beginnt, sein Frühstück zu verzehren, bevor sein maskiertes Gesicht hinter der Luke verschwindet.

Felix verliert keine Zeit. Er nimmt den noch voll gefüllten Plastikbecher mit dem Granatapfelsaft und taucht damit unter seine Pritsche, wo er ihn, ganz in der verborgenen, hintersten Ecke auf dem Boden abstellt. Dann greift er den im Müll gefundenen, leeren Becher, den er dort versteckt hat, kommt unter der Pritsche hoch und stellt ihn auf das Frühstückstablett. Nun sieht es so aus, als habe er den roten Saft, so wie meistens, ganz ausgetrunken.

Nicht lange, nachdem ein Wärter das Tablett aus der Zelle geholt hat, hört Felix das entfernte Geräusch einer sich öffnenden Stahltür, was bedeutet, dass Yael, die heute mit dem Putzen an der Reihe ist, aus ihrer Zelle geholt wird. Er erhebt sich sofort, und als er Schritte auf dem Gang näher kommen hört, beginnt er laut zu singen: »It's such a perfect day, oh such a perfect day ...« in einer sehr schiefen Interpretation von Lou Reeds Klassiker.

Die Schritte entfernen sich, ohne dass er irgendeine Reaktion vernommen hat. Aber er ist sich sicher, dass Yael verstanden hat, was er ihr sagen wollte. Heute ist der Tag, an dem sie versuchen werden zu fliehen.

91

Khalil El Khoury ist erst achtzehn Jahre alt, hat aber bereits eine gründliche militärische Ausbildung bei der Hisbollah hinter sich. Er gilt als sehr zuverlässig und spricht außerdem gut Englisch, das er in YouTube-Kursen gelernt hat, weshalb ihn Hussein Haddad für das Kontingent von Kämpfern ausgesucht hat, die Yael Rubin und Felix Brosch rund um die Uhr bewachen. Weil er noch so jung und in der Rangordnung ziemlich weit unten ist, hat man ihn allerdings im zweitägigen Turnus für die unbeliebte Nachtschicht eingeteilt, wenn die Zellen mit den beiden Gefangenen verschlossen bleiben und nur eine Wache im Keller ist. Sechs lange Stunden hockt er dann allein auf seinem Klappstuhl im Zellengang und schlägt mit Zigaretten, Kaffee und Handygames die Zeit tot. Telefonieren oder im Internet surfen kann er nicht, weil es hier unten, sechs Meter unter der Erde, keinen Netzempfang gibt.

Heute ist Khalil ein wenig nervös, weil man ihm am Tag zuvor gesagt hat, dass er ein besonders wachsames Auge auf den Deutschen haben soll, der seit einiger Zeit depressiv und nicht ganz bei Sinnen wirkt. Während er früher nur gelegentlich durch die Sichtfenster kontrolliert hat, dass in den Zellen alles okay ist, hat man ihn nun dazu vergattert, in kurzen Abständen nach dem Deutschen zu sehen, um zu verhindern, dass er sich etwas antut.

Khalil hat gerade bei *Fortnite* ein neues Level erreicht, als ihn ein Blick auf seine billige Armbanduhr daran erinnert, dass es Zeit für die nächste Kontrolle ist. Leise seufzend legt er das Smartphone auf den kleinen Tisch neben ihm, auf dem sein AK-47- Gewehr liegt, und erhebt sich.

Er schlurft zur Zellentür des Deutschen, öffnet die Sichtklappe und betätigt den Lichtschalter neben der Tür. Sekundenbruchteile später stockt ihm der Atem.

Da liegt der Deutsche wie tot rücklings auf seiner Pritsche. Der linke Arm hängt abgewinkelt über die Kante des Betts, so dass der nach außen gedrehte Handrücken etwa zwanzig Zentimeter über dem Boden hängt. Zwischen den Fingern tropft eine rote Flüssigkeit herab, die auf dem Betonboden bereits eine große, im Neonlicht glänzende Lache gebildet hat.

In Khalils lymbischem System springt die Amygdala, der Panikschalter an. Seine Gedanken jagen sich wie Furien. Blut. Der Deutsche blutet wie verrückt. Er hat sich die Pulsadern aufgeschnitten!

Eine Sekunde lang denkt er daran, über den langen Bürogang zu rennen und die Treppe hinaufzuhetzen, um über die Gegensprechanlage den Arzt alarmieren zu lassen, doch das würde unter Umständen zu lange dauern.

Khalil, der in seiner Ausbildung wie alle anderen auch einen intensiven Erste-Hilfe-Kurs absolviert hat, sieht sich hektisch um. Sein Blick fällt auf den dünnen Tragegurt seiner Kalaschnikow. Damit könnte er die Wunde abbinden.

Mit fliegenden Fingern löst er den Gurt von seinem Gewehr und öffnet mit dem schweren Schlüssel, den er am Hosengurt trägt, Felix' Zellentür. Er nimmt seine Browning-Pistole aus dem Halfter und nähert sich der Pritsche. Die Waffe im Anschlag und den Gewehrgurt in der anderen Hand, tritt er vor die Liege und beugt sich vor, um zu sehen, ob der Deutsche noch lebt.

In diesem Moment schnellt Felix' herabhängender Arm in einer weit ausholenden sichelförmigen Bewegung nach hinten und sofort wieder nach vorn. Er trifft Khalil hart auf der Höhe seiner Waden und reißt ihm die Beine nach vorn weg. Der Hisbollah-Soldat stößt einen Laut der Überraschung aus und kippt hintenüber. Hilflos mit den Armen rudernd, stürzt er, mit dem Rücken voran, schwer auf den harten Betonboden.

Felix ist sofort bei ihm. Er schlägt dem Maskierten mit der Faust zweimal hart ins Gesicht und tritt ihm dann mit aller Kraft auf das Gelenk der rechten Hand, mit der er immer noch die Pistole umklammert hält. Der Griff des Mannes löst sich, und zwei Sekunden später hält Felix die Browning in seiner Faust. Er richtet sie auf den Kopf des Wächters, der nur ein Stöhnen von sich gibt, und reißt ihm mit einem Ruck die Sturmhaube vom Kopf.

Zwei türkisgrüne, vor Schock und Schmerz verschleierte Augen starren ihn an.

Ein Junge. Fast noch ein Kind. So wie ich vermutet habe.

Felix hockt sich ein Stück entfernt auf den Boden und wartet, bis der junge Araber, der an der Oberlippe und aus dem Mund blutet, einigermaßen zu sich gekommen ist. Dann bedeutet er ihm mit einer Geste, dass er sich mit dem Rücken an die Zellenwand gelehnt, hinsetzen soll.

Der Junge tut mechanisch, wie ihm geheißen. Immer noch steht der Ausdruck völliger Überraschung in seinen Augen, in den sich aber bald Trotz und Wut mischen.

»What is your name?«, fragt Felix barsch.

Der Junge blickt an Felix vorbei und schweigt.

»Your name!«, wiederholt Felix und spielt demonstrativ am Sicherungshebel der Pistole herum, indem er ihn geräuschvoll vor- und zurückbewegt.

Der Junge starrt auf die Pistole und bleibt stumm. Erst als Felix ihm mit der Waffe einen weiteren, schmerzhaften Schlag ins Gesicht versetzt, stöhnt er auf und besinnt sich eines Besseren.

»Khalil«, sagt er heiser.

Felix nickt. »Okay, Khalil! Hör mir jetzt bitte genau zu! Ich und die Frau in der anderen Zelle – wir werden diese Ort heute verlassen. Und du wirst uns dabei helfen.«

Der junge Araber spuckt Blut aus und schüttelt den Kopf. »Nie!«

Felix hat mit Widerstand gerechnet und weiß, dass er sein ganzes psychologisches Geschick aufbieten muss, um diesen gewiss fanatischen jungen Kämpfer gefügig zu machen. Aber er muss es schaffen, weil sein Plan sonst bereits im Ansatz scheitert.

»Khalil«, sagt Felix bedrohlich ruhig, »wenn du nicht mitspielst, verpasse ich dir genau eine Kugel. Und zwar in den Bauch. Genau hier, siehst, du?« Felix tippt mit dem Zeigefinger auf eine Stelle seiner unteren Bauchregion. »Weißt du, was dann passiert? Du wirst ganz langsam innerlich verbluten, unter Schmerzen, die du dir nicht vorstellen kannst und für die es keinen Namen gibt. Das kann viele Stunden dauern, sogar Tage. Und niemand kann dir helfen, auch keine Schmerzmittel. Du wirst schreien, bis deine Stimme und deine Lungen versagen, und du wirst nach deiner Mutter rufen und Allah anflehen, er möge deinen Qualen ein Ende bereiten. Aber es hört und hört nicht auf. Es wird dir vorkommen, als dauere es hundert Jahre. Möchtest du so sterben?«

Der Junge blickt verstört. Offenbar hat er die Phantasie, sich auszumalen, wovon Felix redet. Dann verdunkeln wieder Zorn und Trotz seine grünen Augen.

»Was nützt es euch, wenn ihr mich tötet?«, fragt er. »Ihr würdet nie hier rauskommen. Oben sind noch mehr von uns. Ihr werdet sterben – beide!«

Felix zuckt mit den Achseln. »Mag sein. Aber wir haben jetzt deine Pistole und dein Gewehr, das draußen auf dem Tisch liegt. Und wir werden so viele von euch mitnehmen, wie es eben geht. Du bist der Erste.«

Der Junge schweigt verbissen, aber Felix sieht, wie es in ihm arbeitet. Schließlich fragt er. »Was willst du von mir?«

»Du wirst jetzt die andere Zelle aufschließen und die Frau herauslassen. Dann gehen wir alle zusammen die Treppe hoch. Oben wirst du deinen Leuten über die Gegensprechanlage sagen, dass du krank bist. Dass dir übel geworden ist und du abgelöst werden musst.«

Felix beobachtet den Jungen, der plötzlich eine Chance zu wittern scheint. *Vermutlich denkt er, dass er uns austricksen kann.*

Er sagt: »Du wirst genau das sagen, was wir verlangen. Die Frau spricht perfekt Arabisch. Sie wird sofort merken, wenn du versuchst, die anderen zu warnen.«

Tatsächlich hat Khalil diesen Hintergedanken gehabt. Enttäuschung und Wut spiegeln sich in seinem Gesicht, während er an Felix vorbei in den Raum starrt. Schließlich schüttelt er entschieden den Kopf und sagt: »Nein! Ich mache das nicht!«

Felix rückt an den Jungen heran und schlägt ihm mit der flachen Hand hart ins Gesicht. Dann drückt er Khalil die Waffe in den Bauch, genau an der Stelle, die er ihm vorhin gezeigt hat. Khalil stöhnt auf und windet sich. Der harte Stahl des Pistolenlaufs bohrt sich schmerzhaft in seine Eingeweide.

Felix versucht, äußerlich völlig ruhig zu bleiben, während seine Nerven vor Anspannung sirren.

»Khalil«, sagt er, »wenn du nicht mitspielst, drücke ich ab. Ich denke, ich stopfe dir die Decke in den Mund damit du nicht zu laut wirst. Das Gebrüll hält nämlich kein Mensch aus. Und dann warten die Frau und ich hier unten in aller Ruhe auf deine Leute und nehmen sie uns vor.«

Khalil muss an seinen älteren Bruder Djamal denken, der in wenigen Stunden seinen Wachdienst hier unten antreten soll. Sein Blick beginnt ein wenig zu flackern, weil er spürt, dass dieser Deutsche das alles bitterernst meint.

Felix' eisig kalter, zu allem entschlossener Blick, der Gedanke an seinen Bruder und die Vorstellung, in diesem Keller unter Höllenqualen sein Leben aushauchen zu müssen, lassen Khalils Widerstand allmählich bröckeln. Felix legt nach: »Was wird man dir schon vorwerfen? Du bist jung, du hast einen Fehler gemacht, doch du hattest keine böse Absicht! Du wolltest deine Pflicht tun! Du bist eben von mir überrumpelt worden. Das kann passieren. Ich bin schließlich Mossad, nicht wahr? Man wird dir verzeihen, und du wirst noch genug Gelegenheit haben, deine Tapferkeit unter Beweis zu stellen! Warum also jetzt sterben?«

Khalil schluckt trocken und scheint nachzudenken.

»Khalil«, sagt Felix. »Deine Zeit läuft ab! Zum allerletzten Mal: Wirst du tun, was ich dir sage?«

Der junge Hisbollah-Kämpfer schließt seine Augen und atmet einmal tief durch. Dann wischt er sich mit der rechten Hand Blut vom Mund ab und sagt mit tonloser Stimme: »Okay.«

»Lets go!«, befiehlt Felix und richtet sich auf. Als sie, Khalil voran, die Zelle verlassen, fällt Felix' Blick auf die große, rote Pfütze aus Granatapfelsaft auf dem Boden neben seiner Pritsche.

92

Yael Rubin ist hellwach, als ihre Zellentür aufgeschlossen wird. Zuerst sieht sie den unmaskierten, jungen Wächter und dann Felix, der, mit einer Pistole im Anschlag, hinter ihm steht. In der anderen Hand hält er ein AK-47. Felix sieht Yael ruhig an und fragt: »Bist du bereit?« Die Mossad-Agentin nickt. Sie erhebt sich, die Leinenschuhe schon an den Füßen, und verlässt hinkend ihre Zelle. Als sie alle drei auf dem Gang stehen, sagt Felix auf Englisch zu ihr: »Das ist Khalil. Er wird mit uns die Treppe raufgehen und seinen Leuten oben durch die Gegensprechanlage sagen, dass er krank ist und abgelöst werden muss. Ich habe ihm gesagt, dass du jedes Wort verstehen wirst, weil du Arabisch sprichst.«

Yael lächelt Khalil maliziös an und sagt: »Hadha sahihun.« (»Das stimmt.«) Dann fügt sie, ebenfalls im umgangssprachlichen, libanesisch-arabischen Dialekt, hinzu: »ya khsara, enno nhna aana waet ktr alil, w ela ken fina baaed ndardesch shwi.« (»Schade, dass wir so wenig Zeit haben. Sonst könnten wir noch ein bisschen plaudern!«)

Der junge Hisbollah-Mann starrt sie finster an.

»Wie viele von euch sind da oben?«, fragt Felix ihn auf Englisch.

»Zwei«, lügt Khalil, der weiß, dass es in Wirklichkeit immer mindestens drei Bewaffnete sind, die den Eingang des geheimen Gefängnisses sichern und die Zeit mit TV, Zeitungen und den obligatorischen Gebeten verbringen. Er hofft, dass die Gefangenen dadurch ihre Chancen besser einschätzen als sie in Wahrheit sind.

»Bist du sicher?«, fragt Felix in drohendem Ton. »Vorhin klang das noch irgendwie anders. Sind es vielleicht auch drei oder vier?«

Der junge Libanese zuckt die Achseln. »Vielleicht sind es auch drei.«

Felix geht nicht weiter darauf ein, sondern übergibt Yael die Pistole, während er selbst nun die Kalaschnikow auf Khalil richtet. »Let's go!«, befiehlt er abermals, bevor sich alle drei, der Hisbollah-Mann voran, auf den Weg machen.

Sie durchqueren den Zellengang und danach den Bürotrakt, der still und verlassen daliegt. Dann steigen sie die steile, lange Treppe hinauf, an deren Ende sich der Ausgang befindet. Als sie den breiten Treppenabsatz mit der Stahltür und der Gegensprechanlage erreichen, flüstert Felix Khalil, der dicht vor ihm steht, ins Ohr:

»Das ist jetzt deine große Chance, zu überleben! Vermassel sie nicht!«

Der junge Araber schluckt und betätigt den Sprachknopf. Dann sagt er mit ein wenig brüchiger Stimme: »Hon khalil. ana msh mnih. ana marid. lezm hda tene yekhod mhale! (»Hier ist Khalil. Mir geht es nicht gut. Ich bin krank. Jemand muss mich ablösen!«)

Felix dreht sich fragend zu Yael herum, die nickt. Sekunden später knackt es im Lautsprecher, und eine Stimme sagt: »Hasanan ya 'akhi! 'ana 'aftahi!« (»Okay, Bruder! Ich mache auf!«)

Wieder vergehen einige Sekunden, bis ein elektrisches Summen ertönt und die Stahltür von außen aufgezogen wird. Als sie sich ein Stück weit geöffnet hat, stößt Felix Khalil, der vor ihm steht, zur Seite und versetzt der Tür einen kräftigen Tritt. Er hört, wie die Tür hart auf einen Körper und auf Metall prallt, und gleichzeitig einen überraschten Aufschrei. Einen Wimpernschlag später ist Felix durch die Tür und wendet sich blitzschnell nach rechts. Der bärtige Mann im Arbeitsoverall, der ihn mit aufgerissenen Augen anstarrt, blutet aus der Nase. Seine Hand zuckt zu dem AK-47-Gewehr, das er hüfthoch an einem Gurt trägt, aber Felix kommt ihm zuvor. Eine kurze Garbe aus Khalils Gewehr zerfetzt den Brustkorb des Hisbollah-Kämpfers, der ohne einen Laut zu Boden geht.

Nun bricht die Hölle los. Khalil brüllt etwas auf Arabisch, und durch die offen stehende Tür des Büros, das dem Kellerausgang vorgelagert ist, gellen laute Rufe.

Yael holt mit der Pistole aus und trifft Khalil hart am Hinterkopf. Der Junge taumelt ein paar Schritte nach vorn, während im Türrahmen des Büros plötzlich ein weiterer Bewaffneter auftaucht. Er feuert eine unkontrollierte Gewehrgarbe in den Raum, trifft aber lediglich Khalil an der Schulter, der aufschreit und zu Boden stürzt.

Felix taucht ab und schickt noch im Fallen ein paar Kugeln in Richtung des Schützen. Eine davon trifft ihn unterhalb des Kinns und lässt ihn augenblicklich zusammenbrechen. Eine rote Blutfontäne schießt aus seinem Hals empor und sprayt den Türrahmen rot.

Felix schnellt hoch, rennt zur Tür, und als er hindurchspäht, erkennt er, dass sich dahinter eine Garagenwerkstatt befindet, in der ein blauer Lieferwagen steht. Er sieht eine Hebebühne, Regale mit Ersatzteilen und Reifen sowie eine zerschlissene Couchgarnitur mit einem niedrigen Tisch, auf dem sich Mineralwasserflaschen, Tassen und eine Schale mit irgendetwas Essbarem befinden. Niemand ist zu sehen.

Ich weiß, dass in der Garage noch einer von euch sein muss. Ich habe die Rufe von zwei Männern gehört. Aber wo steckst du, Junge?

Felix atmet tief durch und macht einen Satz in die Werkstatt hinein. Sofort rattert eine AK-47 los, aber Felix entgeht dem Feuer, indem er zu dem Lieferwagen sprintet und dahinter in Deckung geht. In das hölzerne Tackern des Gewehrs mischt sich das prasselnde Geräusch, mit dem die Kugeln in die Karosserie des Wagens einschlagen. Kurz darauf verstummt die Kalschnikow.

Felix Blick geht zur Tür des Büros, aus dem er gekommen ist. Dort steht Yael, eng an den Türholm gepresst, mit der Browning, die sie Khalil abgenommen haben. Ihre Blicke treffen sich, und Felix gibt Yael mit Gesten zu verstehen, dass er den Schützen zum Feuern animieren will, damit er seinen Standort verrät und Yael ihn möglicherweise von ihrer Position aus ausschalten kann.

Die Mossad-Agentin nickt stumm.

Felix bewegt sich in geduckter Haltung schnell um das Heck des Vans herum und feuert eine Garbe in die Richtung, aus der zuvor die Schüsse kamen. Sofort antwortet ihm wütendes Feuer, dem Felix gerade noch entgeht, indem er sich fallen lässt und in die Deckung zurückrollt. Dann mischen sich drei schnell aufeinanderfolgende helle Detonationen in das Knattern der Kalaschnikow – die Schussgeräusche einer Handfeuerwaffe. Ein lauter Aufschrei ertönt, gefolgt von Yaels Ausruf: »Ich hab ihn!«

Eine unheimliche Stille tritt ein, abgesehen von dem leisen Röcheln des Mannes, den Yael in Brust und Unterkiefer getroffen hat. In verdrehter Haltung liegt er vornübergekippt auf dem Sofa, hinter dem er Deckung gesucht hatte.

Felix richtet sich auf und geht zu dem bewusstlosen, schwer verwundeten Hisbollah-Mann. »Der macht nichts mehr«, sagt er und nimmt das AK-47 des Mannes an sich.

In diesem Moment peitscht von hinten ein Schuss, und Yael schreit auf. Felix wirbelt herum und sieht den blutenden Khalil, der, die Pistole eines seiner toten Kollegen in einer Hand, schwankend und vor Anstrengung keuchend, im Türrahmen steht und erneut zu zielen versucht. Felix schießt sofort und trifft den Jungen in beide Beine, bevor der einen weiteren Schuss abfeuern kann. Er bricht über der Leiche des Mannes zusammen, den Felix in den Hals getroffen hat. Die Pistole entgleitet seiner Hand und rutscht über den Boden ein Stück in die Garage hinein.

Felix dreht sich zu Yael um, die mit der Rechten ihren blutenden, linken Arm hält. »Es ist nur ein Streifschuss!«, bringt sie keuchend hervor.

Felix stößt erleichtert Luft zwischen den Zähnen aus. Dann wendet er sich dem blauen Lieferwagen mit der Werbung eines

Gemüsehandels zu, einem Peugeot Boxer aus den 1990er Jahren. Die Fahrertür ist unverschlossen, aber der Zündschlüssel fehlt.

»Wir müssen den Schlüssel finden!«, sagt er.

Hektisch durchsuchen beide die Taschen der toten und verletzten Hisbollah-Leute, aber der Zündschlüssel findet sich nicht. Felix inspiziert noch einmal den Innenraum des Vans, und plötzlich blitzt in ihm eine Szene aus seiner Teenager-Zeit im Ghetto von Kirchdorf-Süd auf. Er nimmt auf dem Fahrersitz Platz und reißt gewaltsam die Verkleidung unter der Lenksäule heraus. Dahinter kommt ein freiliegender Kabelbaum zum Vorschein. Felix löst zwei rote und ein braunes Kabel und entfernt mit dem Daumennagel bei allen dreien ein etwa zwei Zentimeter langes Stück der Umhüllung, so dass die metallenen Enden freiliegen. Anschließend verdreht er die Enden der beiden roten Kabel miteinander und berührt mit ihnen ganz leicht das Ende der braunen Leitung. Ein winziger Funke sprüht, gefolgt vom Orgeln des Anlassers. Sekunden später springt der Motor an, und Felix drückt mit den Füßen Kupplung und Gas, um ihn am Laufen zu halten.

Genauso haben Sonny und ich das damals gemacht, wenn wir uns ein Auto für eine kleine Spritztour ausgeliehen haben. Gut, dass das hier so eine alte Karre ist, wo das noch funktioniert.

Felix deponiert die erbeuteten AK-47-Gewehre im Fußraum der Beifahrerseite und beobachtet Yael, die, so schnell es ihr möglich ist, zum Rolltor der Garage hinkt und auf dem Panel daneben einen Knopf drückt. Sofort beginnt sich das Tor mit einem rasselnden Geräusch zu heben.

Felix stößt die Beifahrertür auf, und, während Yael in den Van klettert, wirft Felix einen schnellen Blick in den Rückspiegel. Dort sieht er Khalil, am Boden liegend, aber bei Bewusstsein. Mit aufgerissenen Augen starrt er in Felix' Richtung.

Du kleiner Bastard! Um ein Haar hättest du Yael erwischt. Trotzdem wünsche ich dir nicht, dass du hier mutterseelenallein verblutest. Wenn du bald Hilfe kriegst, könntest du es schaffen.

Dann hat sich das Rolltor ganz geöffnet und gibt den Blick auf die dahinterliegende, schwach beleuchtete Straße frei. Felix legt den Gang ein und gibt Gas.

93

Als der Lieferwagen auf die Straße vor der Autowerkstatt einbiegt, sieht man in einigen Fenstern der umliegenden Häuser Licht. Felix blickt auf die Digitaluhr am Armaturenbrett. Sie zeigt 2:46. »Offenbar sind die Leute von den Schüssen geweckt worden«, sagt Felix.

Yael hält sich den blutenden Arm und sagt zwischen zusammengebissenen Zähnen: »Wir müssen irgendwie auf einer Hauptverkehrsstraße landen. Vielleicht finde ich dann einen Orientierungspunkt. Ich war vor Jahren einmal länger in Beirut!«

Sie entfernen sich in westlicher Richtung und passieren dunkel daliegende, schäbige Mietskasernen und kleine Geschäfte. Aufs Geratewohl biegt Felix an einer Kreuzung rechts ab und fährt ein Stück nach Norden. Nachdem er sich durch permanente Blicke in den Rückspiegel überzeugt hat, dass sie nicht verfolgt werden, wendet er sich zu Yael und sagt: »Dein Arm! Geht es?«

»Es brennt wie Feuer«, antwortet Yael. »Aber die Blutung ist nicht so schlimm. Ein Streifschuss eben. Glück gehabt!«

Felix nickt. »Allerdings.«

An der nächsten Ecke biegt Felix nach links auf eine breitere Straße ein, in der sich größere Geschäfte befinden. Sie passieren ein Einkaufszentrum, ein paar Bekleidungsgeschäfte und einen Elektromarkt, während Yael angestrengt durch die Windschutzscheibe starrt. Dann entdeckt sie auf einem Wegweiser über der Fahrbahn das Piktogramm eines Flugzeugs mit arabischen Schriftzeichen und dem französischen Wort »Aéroport«.

»Vorsicht!«, ruft sie. »Wir dürfen nicht die Nähe des Flughafens geraten. Die Hisbollah kontrolliert ihn, es gibt dort überall Kameras und Posten.«

Felix wechselt an der nächsten Kreuzung die Richtung, fährt aber, als sie die direkte Umgebung des *Rafik-Hariri-Airports* verlassen haben, auf Yaels Geheiß wieder nach Westen, bis sie auf eine der beiden Hauptachsen stoßen, die den Airport mit der Innenstadt Beiruts verbinden. Es ist die Straße des Imam Khomeini.

»Okay!«, ruft Yael. »Ich weiß jetzt, wo wir sind! Fahr hier rechts!« Felix biegt auf die mehrspurige, von einem breiten Mittelstreifen geteilte Fahrbahn ein und schwimmt mit dem um diese frühe Stunde spärlichen Verkehr in Richtung Norden. Sie legen etwa zwei Kilometer zurück, bis zu ihrer Rechten ein Drive-in von Kentucky Fried Chicken auftaucht und Yael Felix bedeutet, dass er an der nächsten Kreuzung rechts abbiegen soll. Bald darauf erreichen sie eine schmale Wohnstraße, in der sich hauptsächlich ältere, mehrstöckige Mietshäuser befinden, an deren schäbigen Fassaden Satellitenantennen wie weißgraue Pilze sprießen. Im spärlichen gelben Licht der wenigen Laternen erkennt man parkende Autos, an denen eine getigerte Katze vorbeistreicht. Sonst regt sich nichts auf der Straße, und hinter fast allen Fenstern herrscht Dunkelheit. Es gibt hier weder Läden noch Cafés, mit der Ausnahme eines Geschäfts für Berufsbekleidung, das sich im Erdgeschoss eines einzeln stehenden, zweistöckigen Hauses befindet. Als der Lieferwagen die Schaufensterfront des Ladens passiert, sagt Yael: »Da ist es! Fahr gleich rechts um die nächste Ecke und park dort irgendwo.« Felix lenkt den blauen Peugeot-Van mit der Gemüsewerbung in die nächste Querstraße und findet eine Parklücke zwischen einem alten Renault und einem Motorrad. Er dreht die roten Zündkabel auseinander, und der Motor erstirbt.

Yael atmet tief durch und sagt: »Lass uns beten, dass sie da sind und uns öffnen!«

»Wer sind *sie*?«, fragt Felix.

»Ahmad und Fatmeh«, antwortet Yael. »Ein libanesisches Ehepaar, das für uns arbeitet. Ich war vor Jahren schon einmal undercover in Beirut und hatte mit ihnen zu tun. Sie kennen mich nur unter dem Namen Sharon.«

Felix nickt. »Verstehe.« Nicht zum ersten Mal fragt er sich, wie viele Namen seine Mossad-Geliebte haben mag und ob Yael Rubin tatsächlich ihr richtiger Name ist.

Die Israelin sagt: »Dich werde ich als George vorstellen, okay?«

Felix muss unwillkürlich grinsen. »Erst war ich John, dann George. Das nächste Mal werde ich Ringo heißen!«

Yael lacht leise. »Nein, nein«, sagt sie. »Ich dachte an Angus!«

Nach diesem kleinen Geplänkel steigen beide aus dem Lieferwagen und laufen zurück zu dem Bekleidungsgeschäft. Als sie vor der gläsernen Eingangstür stehen, die innen mit einem Vorhang verhängt ist, betätigt Yael die mit arabischen Schriftzeichen versehene Klingel.

Minuten vergehen, ohne dass jemand reagiert. Yael sieht sich nervös um und wiederholt die Aktion noch zweimal – ohne Erfolg. Still und dunkel liegt das Geschäft da, so wie auch die benachbarten Häuser. Felix sieht Yael an, in deren Gesicht nun Beunruhigung steht. Dann plötzlich, nach einer gefühlten Ewigkeit, scheint im Inneren des Ladens ein schwaches Licht auf. Kurz darauf wird der Vorhang hinter der Tür ein Stück beiseitegeschoben, und es erscheint das Gesicht einer älteren Frau, die Yael und ihn mit großen Augen mustert.

In ihrem Blick steht Misstrauen. Dann bemerkt sie den zerfetzten, blutgetränkten Ärmel von Yaels Joggingjacke und erschrickt sichtlich. Als es scheint, dass sie sich zurückziehen will, klopft Yael hektisch an die Scheibe, weist auf sich selbst und und formt mit dem Mund stumm die Silben ihres Tarnnamens: »Sha-ron!«

Für einen Moment werden die Augen der Frau noch größer, dann blitzt plötzlich der Ausdruck des Erkennens in ihrem breiten Gesicht auf. Der Vorhang wird zurückgezogen, und Sekunden später dreht sich ein Schlüssel im Schloss. Schnell schlüpfen Felix und Yael durch die Tür, die danach von der Frau sofort wieder verschlossen und mit dem Vorhang verhängt wird. Felix sieht sich um. Ein großer Verkaufsraum, in dem sich in schummrigem Licht einer einzelnen Deckenlampe Regale mit Verpackungen, Reihen von auf Bügel gehängten Kleidungsstücken und einige Schaufensterpuppen in Arbeitsoveralls abzeichnen. Dann wendet er seine Aufmerksamkeit der Frau zu, die sie hereingelassen hat. Eine kleine, etwas korpulente Gestalt mit wachsamen, dunklen Augen. Sie trägt einen gesteppten Morgenmantel mit Blümchenmuster und einen safrangelben Seidenschal auf dem Kopf, den sie sich offenbar in großer Eile übergeworfen hat.

»Sharon!«, sagt sie in warmem Ton zu Yael und dann etwas auf Arabisch, das Felix nicht versteht, aber anhand ihrer Mimik und Gestik deuten kann.

Ganz offensichtlich erklärt sie Yael, dass sie sie mit ihrer blond gefärbten, inzwischen dunkel nachwachsenden und zerzausten Kurzhaarfrisur sowie ihrem seltsamen Jogging-Outfit zuerst nicht erkannt hat. Dann hört Felix aus Yaels Mund den Namen »Ahmad«, und die Frau bedeutet ihnen, ihr in die hinteren Räumlichkeiten zu folgen.

Durch einen mit einem bunten Glasperlenvorhang verhängten Durchgang betreten sie einen langen Flur und von dort eine modern eingerichtete, große Küche. Dort erwartet sie ein weißhaariger Mann mit einem grau melierten, kurz gestutzten Bart in einem grünen Bademantel, der über seinem kugelförmigen Bauch spannt. Er starrt Yael ungläubig an. »Sharon!« sagt er mit einer tiefen, sonoren Stimme.

»Ahmad!«, sagt Yael lächelnd und dann auf Englisch: »Schön, dich wiederzusehen!«

Der Angesprochene nickt mit einem nachdenklichen Lächeln. Dann wandert sein Blick zu Felix.

»Das ist George«, sagt Yael. »Wir gehören zusammen.«

»George«, sagt der Libanese und nickt Felix zu, bevor er in stark akzentuiertem, aber gutem Englisch hinzufügt: »Willkommen in meinem Haus!«

Felix bedankt sich und beobachtet Fatmeh, die sich daranmacht, mit einer großen Siebkanne auf dem modernen Gasherd Kaffee zu brauen.

»Was ist passiert?«, fragt Ahmad, den Blick auf Yaels blutgetränkten Ärmel gerichtet.

»Es ist nur ein Kratzer. Ein Streifschuss. Es ist eine lange Geschichte, die ich dir nicht komplett erzählen kann. Nur, dass wir in die Fänge der Hisbollah geraten sind und fliehen mussten.«

Ahmads dunkelbraune, scharf blickende Augen zeigen Beunruhigung. »Sie suchen euch? Seid ihr sicher, dass euch niemand gefolgt ist?«

Yael nickt. »Ja. Aber da ist der Lieferwagen, mit dem wir geflohen sind. Er gehört ihnen. Und ist ziemlich auffällig. Er ist um die Ecke geparkt. George hat ihn kurzgeschlossen. Kannst du ihn schnell verschwinden lassen?«

»Ich denke ja«, erwidert Ahmad, und nachdem ihm Yael eine Beschreibung des Vans gegeben hat, erhebt er sich, um in einem anderen Raum zu telefonieren. »Ach so«, hält ihn Yael zurück. »Da ist noch etwas: Im Fußraum liegen zwei Gewehre, die wir ihnen abgenommen haben. Die müsste man ebenfalls irgendwo verschwinden lassen.«

Ahmad lächelt amüsiert. »Noch irgendetwas? Vielleicht eine Kiste mit Plutonium?«

Yael lächelt fröhlich zurück. »Nein, das ist alles.«

»Und ihr seid jetzt beide unbewaffnet?«, fragt Ahmad.

»Nein.« Yael weist auf ihre Joggingjacke. »Wir haben ihnen auch zwei Pistolen abgenommen.« Weil Ahmad einen beunruhigten Ausdruck zeigt, ergänzt sie: »Nur für alle Fälle.«

Als der Libanese verschwunden ist, nehmen Felix und Yael an dem großen Küchentisch Platz und sehen Fatmeh zu, die gerade die blubbernde Kaffeekanne vom Herd nimmt und daraus vier kleine, verzierte Tassen vollschenkt. Sie platziert sie mit einer Schale braunen Zuckers auf dem Tisch und setzt sich zu den beiden Ankömmlingen. Kurz darauf gesellt sich auch Ahmad wieder zu ihnen. »Der Wagen wird gleich verschwunden sein«, sagt er.

Yael nickt erleichtert und nimmt einen Schluck aus ihrer dampfenden Tasse. Dann sagt sie: »Ahmad, wir müssen uns hier verstecken, bis ich Kontakt zu meinen Leuten in Israel aufgenommen habe und es einen Plan gibt, wie wir aus dem Libanon herauskommen.«

Ahmad rollt mit den Augen und murmelt etwas auf Arabisch, das wie ein Stoßgebet klingt. Dann seufzt er und sagt: »Okay.«

»Gut«, sagt Yael mit einem dankbaren Lächeln. »Aber wir haben keine Kommunikationsmittel, keine Handys oder dergleichen. Ich werde deine Kanäle nutzen müssen.«

Ahmad nickt. »Das ist kein Problem.«

Für einen Moment tritt Schweigen ein, während alle Anwesenden an ihrem Kaffee nippen. Fatmehs wachsamer Blick schweift durch die Runde. Obwohl sie aufmerksam an den Lippen der Sprecher hängt, hat Felix den Eindruck, dass sie kein Englisch versteht.

Ahmad setzt die Kaffeetasse ab und deutet auf Yaels verletzten Arm, dessen Blutung inzwischen zum Stillstand gekommen ist. »Wir müssen die Wunde desinfizieren und verbinden«, sagt er und erhebt sich. Bald darauf kommt er mit einem Erste-Hilfe-Kasten zurück. Mit Felix' Hilfe und zusammengebissenen Zähnen streift Yael die Jacke ihres Jogginganzugs ab, unter der ein grünes T-Shirt mit dem Konterfei von Hassan Nasrallah zum Vorschein kommt. Ahmad glotzt ungläubig auf das Bild des »Scheichs«. »Warum trägst du ein Hemd mit diesem Teufel?«, fragt er.

»Es gab nichts anderes«, erwidert Yael lakonisch und denkt daran, welch albernes Vergnügen es ihren Kerkermeistern bereitet hat, sie zu zwingen, ein Shirt mit dem Porträt von Israels Todfeind zu tragen.

Ahmad grummelt etwas Unverständliches und öffnet den Erste-Hilfe-Kasten. Er nimmt ein großes Wattepad heraus, das er mit einer Flüssigkeit aus einem Fläschchen tränkt. Dann beginnt er, Yaels Streifschusswunde damit abzutupfen. Die Mossad-Agentin verzieht vor Schmerz das Gesicht, gibt aber keinen Laut von sich. Nachdem die Prozedur erledigt ist, verpflastert Ahmad die Wunde und wickelt einen leichten Verband um Yaels Arm.

Ahmad El-Ramsi ist zweiundfünfzig Jahre alt und schon seit siebzehn Jahren ein Spion des israelischen Geheimdienstes. Er ist schiitischer Muslim, aber nicht besonders religiös, sondern seit seinen zahlreichen Besuchen bei Verwandten in Europa der westlichen Lebensart zugeneigt. Die radikale Ideologie der Hisbollah ist ihm zuwider, erst recht, seitdem sein jüngerer Bruder Amir vor vielen Jahren dem Lockruf Nasrallahs gefolgt ist und bei einer, wie Ahmad weiß, sinnlosen und selbstmörderischen Attacke auf einen israelischen Militärkonvoi getötet worden ist.

Der Märtyrermythos der Islamisten stößt ihn zutiefst ab, aber weil das in seiner Nachbarschaft hier in Südbeirut kaum jemand sonst so sieht, hat er sich stets gehütet, seinen Widerwillen, ja seinen Hass gegen die Hisbollah zu offenbaren. Als er dann vor vielen Jahren zufällig in Kontakt mit dem Mossad kam, der ihm anbot, gegen ein erkleckliches Salär für den israelischen Geheimdienst im Libanon zu spionieren, sah er eine Gelegenheit, gleich zweien seiner Neigungen Raum zur Entfaltung zu geben: seiner politischen und persönlichen Abneigung gegen die Islamisten sowie seinem ausgeprägten Erwerbstrieb. Inzwischen führt er eine Gruppe von arabischen Libanesen – viele davon maronitische Christen –, die Israel mit Informationen über die komplizierten politischen Verflechtungen und die Akteure im Zedernstaat versorgen: Da gibt es die vielen, religiös und ethnisch gebundenen Parteien, korrupte Präsidenten, die kriminellen Clans, die religiös geschiedenen, schwer bewaffneten Milizen und die offizielle libanesische Armee. Aber der mächtigste Player von allen ist die »Partei Gottes« von Hassan Nasrallah. Mit deren Mitgliedern steht Ahmad auf bestem Fuß. Weil er sich als Unterstützer gibt und als angenehmer Zeitgenosse gilt, kaufen viele Hisbollah-Leute Kleidung bei ihm, und mancher plaudert auch gern ein wenig bei einer Tasse Kaffee oder Tee in Ahmads Küche, wobei der Spion immer mal etwas aufschnappt, das für den Mossad von Interesse ist.

El-Ramsi nimmt ein verziertes, silbernes Etui aus der Tasche seines Bademantels und bietet Yael und Felix eine Filterzigarette an. Yael zögert einen Moment, doch dann greift sie begierig zu, ebenso wie Felix. Fatmeh holt einen großen Kristallaschenbecher von der Anrichte neben dem Herd und stellt ihn mitten auf den Tisch.

Ahmad gibt den beiden Besuchern Feuer, bevor er auf seine Chronometer-Armbanduhr schaut und sagt: »Es ist jetzt drei Uhr fünfzig. In etwa zweieinhalb Stunden geht die Sonne auf. Bis dahin wird der Lieferwagen verschwunden sein. Und im Laufe des Vormittags werde ich versuchen, mit meinem hiesigen Kontaktmann vom Mossad in Verbindung zu treten. Ich werde ihm sagen, dass zwei ihrer Leute hier sind, die den Libanon auf schnellstem Wege verlassen müssen.«

Yael sagt: »Richte ihm Grüße von Vanessa aus Antalya aus. Und das Codewort ›Hundert Arme‹. Dann wissen sie in Tel Aviv Bescheid.«

Ahmad schaut einen Moment verwirrt, aber dann rekapituliert er die Information. »Grüße von Vanessa aus Antalya. Hundert Arme.«

Yael nickt zufrieden und betrachtet verwundert die brennende Zigarette in ihrer Hand. Obwohl sie sich das Rauchen eigentlich längst abgewöhnt hat, ist ihr der Geschmack noch nie so köstlich erschienen.

Ahmad beobachtet die Israelin mit einem kleinen Lächeln. Dann sagt er: »Ihr werdet beide müde sein. Am besten schlaft ihr euch aus. Eure Unterkunft ist etwas beengt, aber ihr werdet klarkommen. Natürlich müsst ihr euch auch bei Tag darin verstecken. Die Hisbollah hat ihre Augen und Ohren überall.«

Ahmad spricht ein paar Worte auf Arabisch zu Fatmeh, die nickt und Felix und Yael mit einer Handbewegung auffordert, ihr zu folgen. Sie betreten wieder den Flur und gehen ihn bis zum Ende, wo sich zur Linken ein kleines Zimmer befindet, das nur mit einem Kleiderschrank, einem Bücherregal, einem Schreibtisch und einem ziemlich schmalen Einzelbett ausgestattet ist. Fatmeh weist auf das Bett und breitet in einer entschuldigenden Geste die Hände aus. Yael lächelt und sagt: »Btshakarak ktr!« (»Ich danke dir vielmals!«)

Dann schließt Ahmads Frau die Tür von außen, und Felix und Yael sitzen nebeneinander im Dunkeln auf der Kante des offenbar frisch bezogenen Bettes. Ahmad hat ihnen noch eingeschärft, dass sie auf keinen Fall Licht machen dürfen, weil das den Verdacht der Nachbarn erregen könnte. Lediglich der beleuchtete Digitalwecker auf dem Schränkchen neben dem Bett wirft einen schwachen, rötlichen Schein in den Raum.

Felix denkt an den Schal, mit dem Fatmeh ihr Haar bedeckt hielt, als sie ihnen öffnete und sagt: »Dieser Ahmad und seine Frau … sie sind doch Araber und Muslime, oder? Wie kommt es, dass sie für euch arbeiten?«

»Ahmad hasst die Hisbollah. Außerdem wird er sehr gut von uns bezahlt.«

Felix sieht sich in dem kleinen Zimmer um und erkennt im schummrigen Licht des Weckers undeutlich eine große Weltkarte und ein Nirvana-Poster an der Wand über dem Schreibtisch.

»Wem gehört dieses Zimmer?«, fragt er.

»Ahmads Sohn, Samir. Er ist zwanzig und studiert in England.«

Auf Felix' fragenden Blick hin ergänzt sie: »Ahmad wird von uns sehr gut bezahlt. Deshalb kann er seinem Sohn auch eine Top-Ausbildung finanzieren.«

»Hm«, macht Felix. »Macht er sich damit nicht verdächtig?«

Yael schürzt die Lippen und antwortet. »Die Leute denken einfach, dass sein Laden sehr gut läuft, was auch der Fall ist. Außerdem erzählt er ihnen, dass er Verwandte in England hat, bei denen sein Sohn untergekommen ist. Es gibt diese Verwandten auch tatsächlich.«

Beide schweigen eine Weile, während in Felix' Kopf die blutigen Szenen ihrer dramatischen Flucht wiederauferstehen. Schließlich seufzt er und sagt: »Was für ein Wahnsinn! Es ist fast ein Wunder, dass wir heil da rausgekommen sind!«

Yael sieht Felix an. »Ja«, sagt sie. »Du musst mir erzählen, wie du die Wache im Keller überwältigt hast. Aber nicht heute. Morgen. Ich bin unendlich müde.«

94

Als Felix erwacht, braucht er einen Moment, um zu realisieren, wo er sich befindet. Er lässt seinen Blick durch das Zimmer wandern, durch dessen geschlossene Vorhänge ein wenig Tageslicht dringt. Dann wendet er sich zu Yael, die neben ihm liegt und noch tief zu schlafen scheint. Sie in seiner Nähe zu haben erscheint Felix nach den langen Monaten, die er allein in seiner Zelle verbracht hat, geradezu unwirklich. Für einen Moment steigt ein Gefühl der Euphorie in ihm auf, das jedoch bald wieder von der Erkenntnis gedämpft wird, dass ihre Lage nach wie vor heikel ist.

Felix atmet tief durch und richtet sich mit einem unterdrückten Ächzen auf. Sein ganzer Körper schmerzt von den Strapazen seiner Gefangenschaft und ihrer Flucht, und ihm ist, als dröhne sein Kopf noch von den Schüssen der vergangenen Nacht. Ein hohles, schmerzhaftes Ziehen in seinem Magen erinnert ihn daran, dass er seit Ewigkeiten nichts mehr gegessen hat.

Felix' Blick fällt auf den Digitalwecker, dessen rote Ziffern 12:38 zeigen. Über der Uhrzeit befindet sich auch eine kleine Datumsanzeige: *Jan 02*.

Verwundert glotzt Felix auf das Datum. Obwohl es angesichts der Ereignisse eigentlich ganz nebensächlich ist, berührt es ihn seltsam, dass Weihnachten und der Jahreswechsel verstrichen sind, ohne dass er etwas davon mitbekommen hat.

Felix stellt eine schnelle Rechnung an. *Am ersten Oktober wurden wir in Antalya entführt. Wir waren über drei Monate in Gefangenschaft!*

Es ist ein seltsames Gefühl, plötzlich wieder Uhrzeit und Datum zu besitzen. In seiner fensterlosen Zelle waren Stunden, Tage und Wochen zu einem bleiernen, fast unterschiedslosen Zeitstrom verschmolzen.

Felix lässt seinen Kopf wieder auf das nach Flieder duftende Kissen sinken, schließt die Augen und lauscht auf Yaels gleichmäßige Atemzüge.

Dann sieht er seine Schildkröte Franziska vor sich, die mit halb geschlossenen Augen in ihrem sonnenbeschienenen Gehege hinter dem Riesensteinhaus sitzt und an einer Blaubeere knabbert.

Und er denkt an Sonny, in dessen geräumigem Kühlschrank Franziska gerade schlummert, und sehnt sich danach, mit seinem alten Kumpel in einer Sportkneipe in Hamburg zu sitzen und Fußball zu schauen, so unbeschwert und easy durch den Tag driftend, wie sie das früher, wenn er aus den Bergen zu Besuch war, oft gemacht haben.

Plötzlich nimmt Felix den schmalen Streifen hellen Sonnenlichts wahr, der durch einen Spalt im Fenstervorhang dringt. Ihm scheint, dass er dieses Licht buchstäblich trinken könnte.

Die Sonne! Ich habe sie seit Monaten nicht gesehen!

Die Matratze quietscht leise, als sich Yael im Schlaf umdreht und sich ihm zuwendet. Der schmale Lichtstreifen fällt genau auf ihr Gesicht. Auch sie hat einiges an Gewicht verloren, und Felix scheint, dass ihre früher olivfarbene Haut einen helleren, ausgebleicht wirkenden Ton angenommen hat. Auch die kleinen, scharfen Fältchen und die bläulichen Schatten um die Augen zeugen von den hinter ihr liegenden Strapazen, aber die klassische Schönheit ihres Gesichts ist immer noch unversehrt. Sie scheint ganz ruhig zu sein, auf ihren vollen, etwas rissigen Lippen, die von winzigen, feinen Härchen umflort sind, liegt ein kleines Lächeln. Felix betrachtet sie voller Zuneigung und ein wenig Melancholie.

So klar Felix ist, dass er sich von Yael angezogen fühlt wie kaum je von einer Frau, so wenig vorhersehbar scheint ihm, welchen

Verlauf ihrer beider Beziehung nehmen wird. Eines aber glaubt er zu wissen: Wenn sie beide heil aus dem Libanon herauskommen, wird das, was sie gemeinsam erlebt haben, ihr Leben in einer besonderen, exklusiven Weise verbinden.

Ein vorsichtiges Klopfen an der Zimmertür reißt Felix aus seinen Gedanken. »Yes!«, ruft er, und kurz darauf steht Fatmeh im Zimmer, in den Händen ein Tablett mit dem Frühstück für die heimlichen Gäste. Nun wird auch Yael wach und setzt sich im Bett auf. Sie lächelt Fatmeh an, die den Blick schamhaft zu Boden senkt. In diesem Moment wird ihnen beiden bewusst, dass sie nackt sind. Yael wickelt sich schnell die Bettdecke um die entblößte Brust und überspielt ihre Verlegenheit, indem sie Fatmeh fröhlich lächelnd die Arme entgegenstreckt, um das Tablett anzunehmen. Dann bedankt sie sich auf Arabisch, und Sekunden später ist Ahmads Frau verschwunden.

»Guten Morgen!«, sagt Yael aufgeräumt und küsst Felix auf den Mund. Dann streifen sie sich die alten, offenbar von Ahmads Sohn stammenden T-Shirts und Boxershorts über, die Fatmeh am Abend zuvor für sie bereitgelegt hat, und machen sich voller Heißhunger über die riesigen Omeletts mit Schafskäse her, aus denen neben Pitabrot, Orangensaft und zwei großen Tassen mit schwarzem Tee ihr Frühstück besteht.

»Mmh, war das gut!«, sagt Yael, als sie die Mahlzeit beendet hat, und leckt sich genüsslich die Lippen. »Aber weißt du, wonach ich mich am meisten sehne?«

Felix sieht sie fragend an.

»Nach einer guten Kneidelsuppe!«

»Was ist *das*?«

»Eine Gemüsesuppe mit Matzeknödeln!«, erwidert Yael voller Begeisterung. »Die hat meine Großmutter immer so unvergleichlich gemacht! Ich mache sie mir manchmal selbst, das ist Balsam für die Seele. Kneidelsuppe ist für die aschkenasischen Juden der Inbegriff ihrer Kultur.«

Felix streicht mit der Hand sanft über Yaels Rücken und sagt lächelnd: »Ich hoffe, dass du bald wieder eine bekommst!«

In diesem Moment klopft es erneut, und Ahmad betritt das Zimmer. Er trägt ein blütenweißes Hemd zu einer weiten, braunen

Lederjacke, einer schwarzen Anzughose und braunen Halbschuhen. Offenbar ist er von seiner Frau bereits darüber informiert worden, dass seine beiden Mossad-Gäste sehr intim miteinander bekannt sind, denn er wirkt nicht im Mindesten überrascht, sie so eng beieinander zu sehen.

»Der Lieferwagen ist gestern Nacht noch entsorgt worden«, sagt er ohne Umschweife. »Kann lange dauern, bis der gefunden wird.«

»Was ist mit den Gewehren?«, fragt Yael.

»Die rosten jetzt in der Kanalisation.«

»Perfekt.«

Der Libanese lächelt zufrieden und sagt: »Ich habe noch eine gute Nachricht: Ich habe meinen Kontaktmann vor ein paar Stunden getroffen. Eure Botschaft ist überbracht.«

Yael ist hocherfreut. »Wow, das ist großartig, dass das so schnell ging!«

Felix wendet sich zu ihr: »Was werden deine Leute machen?«

»Sie werden einen Weg finden, uns unbemerkt aus dem Libanon herauszubringen«, sagt Yael voller Überzeugung.

Ahmad runzelt die Stirn. »Eines ist jedenfalls klar: Der direkte Weg nach Süden über die Grenze ist viel zu gefährlich. Dort ist Hisbollah-Land. Man würde euch schnappen!«

»Ja, das fürchte ich auch«, erwidert Yael. »Und in Syrien sollten wir auch nicht unbedingt landen. Wann rechnest du mit einer Antwort?«

»Ich treffe den Mann morgen wieder.«

»Danke, Ahmad«, sagt Yael mit einem warmen Ton in der Stimme. »Ich bin sicher, du wirst für deinen Einsatz gut belohnt werden.«

In Ahmads dunklen Augen blitzt ein Funken Begehrlichkeit auf. In gespielter Bescheidenheit senkt er kurz den Blick und murmelt etwas Unverständliches, bevor er wieder zu einigen praktischen Dingen kommt.

»Wo das Bad ist, wisst ihr ja bereits. Aber ihr könnt nicht die Dusche benutzen. Das können die Nachbarn hören und wäre auffällig. Wascht euch am Waschbecken.«

Felix und Yael nicken folgsam.

Als Yael und er wieder allein sind, sagt Felix:»Kann man Ahmad wirklich trauen? Was ist, wenn er uns an die Hisbollah verkauft? Wenn er ein Doppelagent ist?«

Weil eine gute Portion Paranoia zum Berufsbild jedes Geheimagenten gehört, scheint in Yael tatsächlich kurz die Vision eines möglichen Verrats durch Ahmad auf, aber sie verdrängt den Gedanken sofort wieder.

»Nein«, sagt sie entschieden.»Ich kenne Ahmad seit Jahren. Er ist habgierig, aber ich kaufe ihm auch seine persönliche Motivation ab.«

Dennoch kreist Felix' und Yaels Gespräch weiterhin um Verrat, nun aber einen, der tatsächlich stattgefunden haben muss. Es geht dabei um die Umstände ihrer Entführung in Antalya.

»Sie haben uns erwartet«, erklärt Felix.»Sie wussten, dass wir kommen. Sie kannten unsere wirklichen Namen. Woher?«

Yael seufzt.»In eine solche Operation sind beim Mossad viele Leute eingebunden. Die Planungsabteilung, die Passfälscher, die Leute in dem Safe House in Frankfurt, die unsere Tarnung besorgt haben. Der Mann in Antalya, der vor uns das Haus observiert hat und das Foto von Tito gemacht hat. Jemand aus den anderen Observationsteams, die im Anmarsch waren.« Sie schnaubt.»Es gibt einige Möglichkeiten.«

»Du glaubst also an eine undichte Stelle beim Mossad? Jemand, der den Islamisten Informationen verkauft?«

Yael zuckt mit den Achseln.»Ich will es nicht gern glauben, aber es ist möglich. Das hat es auch bei uns in der Vergangenheit schon gegeben. So wie bei allen Geheimdiensten. Theoretisch gibt es natürlich noch eine andere Möglichkeit. Die Hisbollah verfügt seit einigen Jahren über eine Abteilung, die auf SIGINT spezialisiert ist.«

Felix hebt die Augenbrauen, weil ihm dieser Begriff als ehemaliger MAD-Agent natürlich geläufig ist. Es handelt um ein Akronym für *signal intelligence*, womit die Nachrichtengewinnung mittels digitaler Bespitzelung gemeint ist – wie das Eindringen in Handy- und Computernetzwerke. SIGINT ist neben HUMINT – *human intelligence* – der Spionage mittels menschlicher Quellen – sowie IMINT – *imagery intelligence* – der Auswertung von Fotos und Satellitenbildern – eine der drei Säulen jeder Geheimdienstarbeit.

Felix verzieht das Gesicht. »Du hältst es für möglich, dass sie in die hochverschlüsselte Kommunikation des Mossad eingedrungen sind?«

Yael wiegt den Kopf hin und her und antwortet: »Es wäre eine große Überraschung, aber ganz auszuschließen ist das vielleicht nicht. Ich hoffe, wir wissen bald, wie die in Tel Aviv darüber denken.«

Felix denkt einen Moment lang nach und sagt: »Okay, das ist das eine. Aber was sollte die Hisbollah mit Eriksson zu tun haben? Arabische Islamisten mit westlichen Nazis, die die Überlegenheit der weißen Rasse predigen?«

»Ja, das klingt widersinnig. Ich halte es aber inzwischen für möglich, dass es irgendeine Art Zweckbündnis zwischen Eriksson und den Islamisten gibt. Terror gegen Juden ist ihre gemeinsame Leidenschaft.«

Felix sieht sie nachdenklich an.

Yael legt den Zeigefinger auf den Nasenrücken, wie sie das oft tut, wenn sie konzentriert nachdenkt. Felix beobachtet sie mit Rührung, weil sie in diesem Moment so ganz die alte Yael ist. »Aber vielleicht«, sagt sie, »gibt es gar keine Verbindung. Vielleicht haben die Islamisten nur durch ein Leck Wind von einer Mossad-Operation in Antalya bekommen und die Gelegenheit genutzt.«

Als Ahmad das Zimmer betritt, um nach ihnen zu sehen, bittet ihn Yael um einen Zugang zum Internet, um sich nach einem Vierteljahr der völligen Isolation einen Überblick über die Nachrichten zu verschaffen. Der Libanese erklärt sich bereit, ihnen für eine halbe Stunde sein Tablet zu überlassen.

In diesen dreißig Minuten stoßen Felix und Yael auf eine Flut von Artikeln, die über die weltweite Verhaftungswelle gegen Mitglieder einer rechtsterroristischen Organisation namens Symbiotic Liberation Force berichten. Mit angehaltenem Atem scrollen sie sich durch aktuelle und ältere Meldungen, erfahren Zahlen, Namen und Details, lesen über die erfolgreiche Vereitelung geplanter Anschläge in Deutschland, Frankreich und Australien und von der weltweiten Fahndung nach Gunnar Eriksson und Simon Jenkins. Und oft ist davon die Rede, dass »Geheimdienstinformationen« zu diesem vernichtenden Schlag gegen den rechten Terror geführt haben.

»Wow«, flüstert Yael irgendwann wie erschlagen. »Sie müssen es geschafft haben. Unsere IT-Leute haben es geschafft, Jenkins' Daten zu knacken! Und darin alles gefunden: Adressen, Namen, Pläne.«

»Ja, das sieht so aus«, murmelt Felix. Wie vom Donner gerührt sitzt er da, überwältigt von der Erkenntnis, dass sein Einsatz in Schweden allem Anschein nach doch noch von Erfolg gekrönt war.

Er schaut Yael an und nimmt ein seltsames Glitzern in ihren grünen Augen wahr. »Felix«, sagt sie mit vibrierender Stimme. »Wir haben gewonnen! Die SLF ist so gut wie zerschlagen. Wir haben gewonnen!« Dann vergräbt sie ihr schmal gewordenes Gesicht in den Händen und stößt einen tiefen Seufzer der Erleichterung aus.

Felix legt seinen Arm um sie, und so sitzen sie ein paar Minuten da, ohne zu reden, bis Yael sich räuspert. »Aber bevor Eriksson und Jenkins nicht aus dem Verkehr gezogen sind, ist der Job noch nicht erledigt.«

»Hm«, macht Felix und betrachtet gedankenversunken seine Hände.

95

Zwei Tage später.

Ein Regenschleier liegt über dem nächtlichen Beirut, als Ahmad El-Ramsi seinen geschlossenen Lieferwagen vom Hinterhof seines Hauses lenkt, mit dem er einmal im Monat im Norden Libanons herumfährt, um auf den Dörfern lokalen Händlern Restbestände seiner Arbeitsjacken, Jeans und T-Shirts zu verkaufen. Auf diesen Rundreisen hat er auch stets Gelegenheit, Augen und

Ohren für Informationen offenzuhalten, die den israelischen Geheimdienst interessieren könnten. Und im Grunde interessiert den Mossad fast alles, was den Libanon betrifft.

Wie immer ist es früher Morgen und noch Stunden bis zum Sonnenaufgang, als Ahmad seine Reise antritt, aber im Gegensatz zu sonst befinden sich nicht nur große Kartons mit Kleidung in dem bis zur Decke gefüllten Laderaum.

Ahmad steuert den Lieferwagen durch die schmalen, stillen Straßen seines Viertels, als vor ihm unerwartet ein Checkpoint der Hisbollah auftaucht. Glücklicherweise kennt er die beiden dort postierten Männer, und nachdem Ahmad durch das geöffnete Seitenfenster ein paar freundliche Worte mit ihnen gewechselt hat, lassen sie ihn unbehelligt passieren. Ahmad dankt seinem Schöpfer, denn in den letzten Tagen war bei den Hisbollah-Leuten Südbeiruts eine große Nervosität zu spüren, was, daran zweifelt er nicht, mit der Suche nach den beiden entflohenen Mossad-Agenten zu tun hat.

Bald darauf biegt er auf die Straße des Imam Khomeini ein, die ihn nach Norden führt. Im Nieselregen zieht zur Rechten die moderne City der libanesischen Hauptstadt vorbei. Zwischen Hochhaustürmen sieht man einen überdimensionalen, hell erleuchteten Weihnachtsbaum – eine Referenz an die zahlenmäßig nicht geringe, christliche Bevölkerung. Links und rechts ist der Baum eingerahmt von roten Leuchtbuchstaben, die zwei Worte bilden: LOVE und HOPE.

Der Kleiderhändler erreicht den südlichen Rand des Hafens, der von der Hisbollah weitgehend kontrolliert wird und über den die Islamisten so gut wie ungestört Waffen, Drogen und Sprengstoffe verschiffen. Letzteres, da ist sich Ahmad mit den meisten Bewohnern Beiruts einig, war auch die Ursache der verheerenden Explosion im August 2020, bei der Hunderte starben. Die in einer Lagerhalle deponierten fast dreitausend Tonnen Ammoniumnitrat, einem Grundstoff für Sprengstoffe, die sich damals durch einen benachbarten Brand entzündeten, gehörten offensichtlich den Islamisten. Eine Panne, die die Hisbollah zu Ahmads Befriedigung in schwere Erklärungsnot brachte und ihr Image in der Bevölkerung empfindlich ankratzte.

Am östlichen Ende des Hafengebiets fädelt sich Ahmad in den spärlichen, nächtlichen Verkehr des Highways 51 ein, der in nördlicher Richtung aus Beirut hinausführt. Kurz vor der Stadtgrenze taucht im Regengrau am rechten Straßenrand ein weiß gestrichener Holzverschlag mit einem Vordach auf. Es handelt sich um einen Kontrollposten der *Forces armeés libanaises*, der offiziellen libanesischen Armee, die als militärische Macht hinter der Hisbollah nur die zweite Geige spielt. Allerdings ist Ahmad klar, dass eine Entdeckung seiner geheimen Fracht durch die Soldaten mit den schwarzen Baretts kaum weniger unangenehme Folgen hätte.

Im Licht der Straßenbeleuchtung sieht er, wie einer der Männer unter dem schützenden Regendach hervortritt und ihm mit einer Stablampe ein Signal gibt.

Mit äußerster Willensanstrengung zwingt er sich zur Ruhe, und als der Uniformierte ihm das Zeichen gibt, rechts ranzufahren, macht er sich auf alles gefasst.

Wie in Trance setzt Ahmad den rechten Blinker und verlangsamt seine Fahrt auf Schritttempo, als der Posten plötzlich seine Meinung ändert. Ahmad sieht, dass er seinen Blick starr auf ein Fahrzeug hinter ihm richtet, das ihn mehr zu interessieren scheint. Mit einer ungeduldigen Handbewegung fordert er Ahmad auf, wieder Fahrt aufzunehmen und den Kontrollposten zu passieren. Im Rückspiegel sieht Ahmad noch, wie der nach ihm folgende große LKW von dem Soldaten herausgewinkt wird.

Als der Posten hinter ihm liegt, schnauft der libanesische Mossad-Spion tief durch und zündet sich mit zittrigen Fingern eine Zigarette an. Er inhaliert ein paarmal, und seine Nerven beruhigen sich. Er weiß, dass es nun, nachdem er das Stadtgebiet von Beirut verlassen hat, eigentlich keine bösen Überraschungen mehr geben sollte.

Der weitere Verlauf seiner Reise führt geradewegs nach Norden, immer am zur Linken gelegenen Meer entlang, das in der Dunkelheit und im Regendunst nicht auszumachen ist. Ahmad kommt durch die Orte Jounieh und Byblos, in denen sich nicht viel regt, und erreicht nach einer knappen Stunde Fahrt den kleinen Ort Aamchit. Im Gegensatz zu der bisher zurückgelegten

Strecke, wo stets eine fast ununterbrochene Kette von Gebäuden die Fahrbahnen säumte, beginnt hier ein Stück weitgehend unbebautes Gebiet. Ahmad legt noch drei weitere Kilometer zurück, bevor er direkt hinter einer beleuchteten Reklametafel, auf der eine schöne Frau in einem roten Kleid für Coca-Cola wirbt, den Highway 51 verlässt und in Richtung Meer fährt. Die unbefestigte Straße führt mitten durch eine große Brachfläche, die mit kleinen Felsbrocken übersät ist. Ahmad fragt sich kurz nervös, ob er die richtige Abzweigung genommen hat, aber dann taucht vor den Scheinwerfern des Vans ein großes Schild auf: *Breathe Beach Resort*. Wie ihm sein Verbindungsmann beim Mossad gesagt hat, handelt es sich um ein ziemlich luxuriöses Strandbad mit Pools, Restaurant und Zugang zum Meer, das an diesem Küstenabschnitt keinen Sandstrand hat, sondern von flachen Felsklippen gesäumt wird. Das von hohen Palmen umstandene Gebäude des Resorts liegt dunkel da, weil es nur tagsüber geöffnet hat, und in der flachen, frei einsehbaren Umgebung regt sich nichts. Weil der Niederschlag inzwischen aufgehört hat, fährt Ahmad die Seitenscheibe herunter und atmet den würzigen Geruch des Meeres und die milde, regenerfrischte Luft ein. Auch in dieser Januarnacht herrschen in der Levante recht angenehme sechzehn Grad.

Ahmad El-Ramsi umfährt das große Gebäude des Beach Resorts und folgt dann einem kleinen, vom Regen aufgeweichten Weg in Richtung Meer. Das Rumoren der Brandung, die klatschend auf die Klippen trifft, ist jetzt deutlich zu hören. Ahmad parkt den Lieferwagen am Rand des Wegs, stellt den Motor ab und sieht auf seine beleuchtete Armbanduhr. Drei Uhr dreißig. Er ist pünktlich.

Er steigt aus, geht um das Fahrzeug herum und öffnet die beiden Hecktüren, »Wir sind da!«, ruft er halblaut in den Laderaum. Dann macht er sich daran, einige der großen Kartons, die sich drinnen stapeln, aus dem Wagen zu laden. Dahinter kommen im schwachen Licht der Innenbeleuchtung die angespannten Gesichter von Yael Rubin und Felix Brosch zum Vorschein.

»Stimmt die Zeit?«, fragt Yael.

»Ja«, erwidert Ahmad und hilft ihr beim Aussteigen. Felix folgt ihr schnell nach. Dann laden alle zusammen die Kartons zurück in den Wagen und machen sich, Ahmad voran, der mit einer Stablampe den Weg beleuchtet, auf den Weg hinunter zum Meer.

Um zum Wasser zu gelangen, müssen sie über ein paar noch regenfeuchte, glitschige Felsklippen klettern, was ein wenig heikel ist. Aber alles geht gut, und schließlich stehen die drei sicher auf einem größeren, flachen Felsen direkt an der Wasserlinie. Nur einen halben Meter unterhalb ihrer Füße gluckst das schwarze Wasser gegen den Stein.

Alle drei starren einen Moment auf das in undurchdringlicher Finsternis daliegende Meer hinaus, bevor Ahmad die Stablampe auf Schulterhöhe hebt und mit dem Zeigefinger Lichtsignale in die Schwärze schickt: Dreimal kurz, einmal lang, dann viermal kurz und schließlich einmal kurz und einmal lang. Es sind die Morsesignale für die mit seinem Mossad-Verbindungsmann vereinbarten Buchstaben V, H und A: Vanessa _ Hundert_ Arme.

Sie halten gebannt den Atem an, aber sie müssen nicht lange warten. Nach ein paar Sekunden blinkt in der Ferne ein kleines Licht auf. Wie vereinbart sind es nur drei kurze Signale, um die Gefahr zu verringern, dass irgendjemand anderes von der Küste aus darauf aufmerksam wird.

»Sie sind da!«, sagt Yael halblaut, gerade eben das Rauschen der Brandung übertönend. Die Erleichterung ist ihr deutlich anzumerken.

Etwa fünfzehn Minuten später hören sie das näher kommende Geräusch eines Außenbordmotors. Dann löst sich im Lichtkegel von Ahmads Lampe ein großes Schlauchboot mit einem hohen Radaraufbau und langen Antennen am Heck aus der Dunkelheit und hält direkt auf sie zu. An Bord befinden sich vier Männer mit Sturmgewehren und Nachtsichtgeräten vor den Augen. Sie sind Angehörige der *Schajetet 13*, einer Spezialeinheit der israelischen Marine, die für geheime Landungsoperationen zuständig ist. Als das Boot die flachen Klippen fast erreicht hat, hört Felix einen der Männer etwas auf Hebräisch zu ihnen herüberrufen, worauf Yael ebenfalls auf Hebräisch antwortet. Sofort springen zwei der Soldaten in das seichte Wasser und waten die letzten Meter bis zum Ufer.

Yael wendet sich zu dem Libanesen, dessen Gesicht sie in der Dunkelheit kaum erkennen kann, und sagt: »Danke, Ahmad! Man wird dir das nicht vergessen.«

Sie reicht ihm die Hand und verschiedet sich, ebenso wie Felix. Dann ergreifen beide die ausgestreckten Arme der beiden Kommandosoldaten, die ihnen von der Klippenstufe hinunterhelfen und sie durch das hüfthohe Wasser zum Boot geleiten. Als alle an Bord sind, entfernt sich das Boot von der Küste, zuerst mit gedrosseltem Motor, bevor es schließlich mit voller Kraft und erhobenem Bug auf die See hinausprescht.

Das Schlauchboot legt in vollem Tempo gut drei Seemeilen zurück, bis sich in dem nun durch Lücken in der Wolkendecke scheinenden Mondlicht die scharf gezackte Silhouette eines kleinen Kriegsschiffs abzeichnet. Es ist das Schnellboot *INS Keshet* der israelischen Marine. Der Bootsführer des Schlauchboots legt an der hinteren Bordwand des Schiffes an, und die sechs Insassen klettern über eine Leiter an Deck. Sofort wird das Landefahrzeug mit einem Kran an Bord gehisst, und die *Keshet* nimmt, nur eine knappe Stunde nach Beginn des Einsatzes, Fahrt in Richtung Süden auf.

Nachdem Felix und Yael vom Kommandanten begrüßt und mit trockener Kleidung versorgt worden sind, stehen beide dicht nebeneinander an der Reling und blicken zurück zur Küste, wo vereinzelte ferne Lichter wie winzige Edelsteine funkeln.

»Wir habe es geschafft!«, sagt Yael mit beinahe ungläubiger Erleichterung. »Wir haben es tatsächlich geschafft!«

»Ja!« Felix tastet mit der Rechten nach Yaels Hand, die ihm sofort entgegenkommt.

96

Es ist kurz vor neun Uhr morgens, als die *INS Keshet* in der Marinebasis in Haifa im Norden Israels anlegt. Morgendliches Sonnenlicht überflutet die Bergkuppen des sich landeinwärts erhebenden Karmelgebirges. Das leuchtende Hellgrün der Höhen kontrastiert scharf mit den schattigen, schwarzen Schluchten und den weißen oder erdfarbenen Häusern, die an den steilen Hängen kleben. Über all dem wölbt sich ein zartblauer, wolkenloser Himmel.

Direkt am Kai wartet ein schwarzer Jeep Cherokee auf die beiden Passagiere des Schnellboots. Als sich Yael und Felix dem Wagen nähern, steigt ein schlanker, gut aussehender Mann mit einer modischen Brille an der Beifahrerseite aus und kommt ihnen entgegen. Er begrüßt Yael mit einer herzlichen Umarmung und Felix mit einem festen Händedruck und einem breiten Lächeln. Es ist Avi Cohen, Yaels engster Mitarbeiter bei der *Tsomet*, der Aufklärungsabteilung des Mossad, und von Beginn an mit der Operation »Hundert Arme« verbunden. Er hat Felix seinerzeit tagelang nach seinen Erlebnissen im Terrorcamp in Schweden befragt und stand als vielsprachiger Verhörspezialist bereit, um Gunnar Eriksson alias Hyperion und seine beiden Bodyguards zu vernehmen.

Die drei besteigen den Jeep, dessen Fahrer, ein breitschultriger, athletischer Typ mit Sonnenbrille, sie mit einem fröhlichen »Shalom! Willkommen zurück!« begrüßt, bevor er das Hafengelände verlässt und auf dem Highway 2 nach Süden, in Richtung Tel Aviv fährt.

Der erste Teil der Unterhaltung dreht sich um Yaels und Felix' Entführung, Gefangenschaft und Flucht. Abwechselnd schildern beide in knappen Sätzen das Geschehen, während Avi ihnen gebannt lauscht, nur ab und zu einen Laut des Erstaunens von sich gebend. Auch der Fahrer wendet hin und wieder den Kopf und zischt ungläubig durch die Zähne.

Anschließend kreist das Gespräch um die neuesten Entwicklungen rund um die Symbiotic Liberation Force. Avi bestätigt Yaels und Felix' Vermutung, dass die Aufdeckung der Attentatspläne in Melbourne und Paris sowie die Verhaftungswelle der Arbeit der IT-Spezialisten des Mossad zu verdanken sind: »Nur knapp zwei Wochen nach eurer Entführung ist es unseren Leuten schließlich gelungen, Jenkins' Computerdaten zu knacken.«

Avi nimmt seine schicke, stahlgefasste Brille ab und reibt mit einem Reinigungstuch an den Gläsern herum, während er fortfährt: »Inzwischen sind einhundertsechs Terroristen verhaftet worden. Einige wenige sind untergetaucht. Aber ich denke, ich übertreibe nicht, wenn ich sage, dass die SLF damit mehr oder weniger Geschichte ist.«

»Ja«, stimmt Yael zu. »Aber ich nehme an, das ›mehr oder weniger‹ bezieht sich darauf, dass Eriksson immer noch auf der Flucht ist ...«

»In der Tat«, erwidert Avi. »Eriksson und die beiden Leibwächter waren nach dem Tag, an dem ihr entführt wurdet, verschwunden und sind es immer noch. Offenbar sind sie gewarnt worden.«

Yael stößt einen zischenden Laut aus. »Also doch! Die Islamisten von der Hisbollah stecken mit den SLF-Nazis unter einer Decke!«

Avi nickt. »Ja, das scheint ganz offensichtlich. Der zeitliche Ablauf der Ereignisse lässt keinen anderen Schluss zu.«

»Aber woher wussten die von unserer Operation?«, fragt Yael in erregtem Ton. »Verdammt, von wem, Avi? Wisst ihr da inzwischen mehr?«

Avi räuspert sich unbehaglich. »Nein. Wir haben alle unsere Leute, die mit der Operation ›Hundert Arme‹ zu tun hatten, gründlich befragt und durchleuchtet. Bis jetzt ohne Ergebnis.«

Yael verzieht das Gesicht. »Ein Datenleck? Ein Hackerangriff? Die Hisbollah wird in der Beziehung immer besser.«

Avi Cohen erwidert: »Es gibt keinen Hinweis auf so etwas.«

Yael überlegt kurz. »Wäre es nicht möglich, dass auch der Iran in dieser Sache mit drinsteckt? Die Hisbollah hängt schließlich an der Nabelschnur der Mullahs.«

»Sicher«, erwidert Avi. »Möglich wäre das.«

Yael blickt eine Weile stumm aus dem Seitenfenster, scheinbar versunken in den Anblick der Orangenplantagen, die draußen vorbeiziehen. Dann bringt sie das Gespräch wieder auf die Jagd nach den Führern der SLF. »Eriksson mag der ideologische Kopf sein, der oberste Führer, Planer und Befehlshaber. Aber Jenkins ist sein engster Vertrauter, das IT-Genie und nach allem, was wir wissen, derjenige, der die Anhänger rekrutiert hat. Ihn aus dem Verkehr zu ziehen wäre genauso wichtig!«

»Zweifellos«, stimmt Avi zu. Dann fügt er noch in einem etwas geheimnisvollen Ton hinzu: »Aber wer weiß? Manche Dinge sind nur eine Frage der Zeit.«

97

Zehn Tage später. Minsk, Belarus.

Simon Trevor Jenkins, der zweite Mann in der Hierarchie der SLF, steht im elften Stock eines Plattenbaus am Fenster und blickt missmutig in den Schneeregen, der seit Tagen über der weißrussischen Hauptstadt niedergeht. Im Hintergrund der Zweieinhalb-Zimmer-Wohnung hört man das Geschrei seiner beiden Kinder Daphne und Cedrick, das hin und wieder von der kräftigen Stimme seiner Frau Mona übertönt wird, wenn sie versucht, die beiden zur Ordnung zu rufen.

Nach seiner Flucht aus dem Camp im Schweden ist Jenkins mit falschen Papieren über Helsinki nach Minsk geflogen, wo er sich mit Mona und den Kindern wiedervereinigt hat, die von Berlin aus mit einem Fernbus hierhergelangt sind. Hier, im Reich des schnauzbärtigen Diktators Lukaschenko, fühlt sich Jenkins relativ sicher, obwohl er ebenso wie Gunnar Eriksson weltweit zur Fahndung ausgeschrieben ist. Das liegt einerseits daran, dass es in Belarus so gut wie keine Kooperation mit westlichen Strafverfolgungsbehörden gibt, aber auch daran, dass Jenkins seit Jahren gute Kontakte zur hiesigen rechtsextremen Szene pflegt. Das hat dazu geführt, dass ein heimlicher Sympathisant der SLF ihm diese Wohnung als Versteck zur Verfügung gestellt hat und selbst zu seiner alleinstehenden Mutter gezogen ist.

Wie Simon Jenkins in den letzten Jahren mit Genugtuung festgestellt hat, ist der rabiate Antisemitismus, der in Osteuropa eine lange Geschichte hat, nach ruhigeren Jahren wieder erstarkt. Das Lukaschenko-Regime selbst ist daran beteiligt, indem es die immer wieder aufflammenden Massenproteste gegen die Diktatur als Resultat ausländischer Drahtzieher darstellt, hinter denen vor allem Juden stehen. Dabei fällt immer wieder der Name von Bernard-Henri Lévy, einem jüdischstämmigen, französischen Publizisten, der als Erster und unermüdlich über die Proteste berichtet und ihnen weltweite Aufmerksamkeit verschafft hat.

Jenkins' Blick wandert über die Fassade des Apartmenthauses gegenüber und dann nach links, wo er über die Dächer der Häuser blicken kann. Obwohl er schon seit über drei Monaten in Minsk ist, fällt es ihm nach wie vor schwer, sich an die schroffe, kalte Architektur der weißrussischen Hauptstadt zu gewöhnen: Dicht gedrängte Plattenbauwälder, die von absurd breiten Prachtstraßen durchzogen werden, ab und an unterbrochen von riesigen, zugigen Plätzen, auf denen sich pompöse, spätstalinistische Prachtbauten erheben. Am Horizont ragen Kraftwerkstürme empor, deren weiße Rauchfahnen von der bleigrauen Wolkendecke verschluckt werden.

Simon wendet sich um und beobachtet seine Frau Mona, die sich gerade daranmacht, auf dem alten Gasherd das Mittagessen vorzubereiten. Sie hat ihr wallendes, dunkelbraunes Haar abgeschnitten und blonde Strähnen hineingefärbt. Er selbst hat es umgekehrt gemacht: Er hat sein zuvor penibel getrimmtes, sandfarbenes Haar wachsen lassen und dunkel gefärbt, sich wie sein Chef Eriksson einen Vollbart stehenlassen und diese Tarnung mit einer dicken, mit Fensterglas versehenen Brille vervollständigt. Den Fahndungsfotos, die durch die Medien gingen, sieht er so nur noch sehr entfernt ähnlich. Daphne und Cedrick hatten sich die Augen gerieben, als sie ihre Eltern das erste Mal so verändert sahen, sich aber, wie Kinder es tun, schnell daran gewöhnt.

Anatol, Jenkins' Unterstützer und Mieter der Wohnung, hat den Nachbarn erzählt, dass er seine Wohnung eine Zeit lang untervermietet habe – an einen Mr. Miller aus England, der als Softwareentwickler bei einer der zahlreichen, auf hippe Computergames spezialisierten IT-Firmen in Minsk angeheuert habe. Jenkins ist diesen Nachbarn seitdem so gut wie nie begegnet, und wenn es doch einmal geschah, ließ sich jedes Gespräch vermeiden, weil diese kein Englisch sprachen und er wiederum kein Russisch.

So sicher Simon Jenkins Weißrussland als Zufluchtsort erscheinen mag, so tief frustriert ist er darüber, dass fast alle aktiven Kämpfer der SLF verhaftet worden sind oder gezwungen waren, unterzutauchen. Alle Kommunikationswege scheinen aufgedeckt und entschlüsselt, ebenso wie die Ziele und aufwendigen Vorbereitungen für weitere Attentate. Das alles kommt der Zerstörung jenes kunstvollen Gebäudes gleich, das er unter der Führung von Hyperion in vielen Jahren mit ihm zusammen aufgebaut hat.

Jenem Mann, den er, als er neunzehn Jahre alt war, während seines College-Studiums in den USA zufällig kennengelernt hat und der seitdem nicht nur sein politischer Mentor, sondern auch sein väterlicher Freund ist. Die Zerschlagung des Netzwerks hat Simon, daran zweifelt er nicht, vor allem seinem Cousin Felix Brosch zu verdanken. Die bitteren Selbstvorwürfe, die er sich gemacht hat, weil er diesem Mann vertraut hat, sind inzwischen einem glühenden Hass gewichen. Einem Hass, der nur von der Hoffnung gemildert wird, dass es ihm und Hyperion gelingt, aus dem Untergrund heraus neue Anhänger um sich zu scharen und die SLF in zweiter Generation wieder erstehen zu lassen. Spätestens dann wäre auch der Zeitpunkt gekommen, um mit Felix Brosch abzurechnen.

Dieser Wiederaufbau liegt zwar noch in weiter Ferne, aber immerhin ist es Jenkins gelungen, über verdeckte Online-Kanäle und mithilfe seines verschlüsselten Satellitenhandys den Kontakt mit den wenigen SLF-Mitgliedern zu halten, die rechtzeitig untertauchen konnten. Eine weitere gute Nachricht ist, dass auch Gunnar Eriksson, offenbar zusammen mit Tito und Leo in Sicherheit ist. Hyperion hat ihm am Telefon gesagt, dass er sich »bei unseren Freunden« befindet, was, wie Jenkins weiß, nur bedeuten kann, dass er im Iran Schutz gefunden hat – unter der Regie jenes heimlichen Unterstützers, den Jenkins nur unter dem Decknamen Kormoran kennt, von dem er aber ahnt, dass er ein Offizier des iranischen Geheimdienstes MOIS ist.

Voller Zuneigung schaut Simon Mona zu, die gerade das Wasser für die Kartoffeln aufsetzt, die sie in einem großen Supermarkt um die Ecke einkauft. Obwohl die Qualität keineswegs ihrem hohen, an teure Bioprodukte gewöhnten Standard entspricht und ihr ebensowenig behagt wie die beengte Behausung und die fremde Umgebung, beklagt sie sich nie. Sie ist seine stets vertraute und loyale Partnerin auf allen Wegen, ideologisch nicht weniger gefestigt als er und einer der wenigen Menschen, die die wahre Identität von Hyperion kannten. Tatsächlich hat sie ihn vor Jahren bei einem Besuch auf seinem Anwesen auf Mallorca einmal kennengelernt, wo sie wie ihr Mann lange zuvor sofort dessen Charisma verfiel.

Die dreijährige Daphne kommt tränenüberströmt angerannt, weil ihr fünfjähriger Bruder ihr in einem Wutanfall einen Plastiksaurier an den Kopf geworfen hat. Während Mona mit dem pummeligen, kleinen Jungen schimpft, nimmt Jenkins das blonde, stupsnasige Mädchen auf den Arm und tröstet es. Nachdem sich die Wogen geglättet haben und die Kinder wieder in ihrem kleinen Zimmer verschwunden sind, wendet sich Mona Simon zu und sagt: »Die Kinder drehen hier allmählich durch. Sie müssen mal raus! Und ich auch!«

Simon grunzt und sagt: »Du gehst doch täglich mit ihnen auf den Spielplatz um die Ecke.«

»Hast du dir den überhaupt mal richtig angesehen? Was Trostloseres gibt es nicht! Erst recht nicht bei diesem Wetter!«

»Woran dachtest du denn?«

»Ich habe online gelesen, dass es im Zentrum eine überdachte Eisbahn gibt. Wo man Schlittschuhlaufen kann. Das wäre doch mal was!«

Jenkins denkt daran, dass seine Frau ihm einmal erzählt hat, dass sie früher eine talentierte Eisläuferin war.

»Aber ich«, wendet er ein, »kann überhaupt nicht Schlittschuhlaufen.«

»Die Kinder auch nicht. Aber es wäre sicher aufregend für sie. Ich bringe es ihnen bei.«

»Wann wolltest du denn dahin?«

»Heute Nachmittag, nachdem Daphne ihren Mittagsschlaf gemacht hat.«

»Heute ist Dienstag. Du weißt doch, dass ich da nachmittags immer mit Anatol verabredet bin!«

Um der Enge ihrer Behausung und dem Gequengel der Kinder wenigstens hin und wieder zu entkommen, hat Jenkins es sich zur Gewohnheit gemacht, jeden Dienstag und Freitag zu einem Sportzentrum in der Ulitsa Osipenko zu fahren, wo er mit seinem Unterstützer Anatol Badminton spielt.

»Ich weiß«, erwidert Mona ungeduldig. »Aber du musst jetzt auch mal an die Kinder denken!«

»Hm, ich weiß nicht …«, sagt Jenkins widerstrebend.

»Simon, das muss jetzt mal sein!«, sagt Mona in einem Ton, der keinen Zweifel daran lässt, dass sie in diesem Fall keinen Widerspruch duldet. »Weihnachten war für die Kinder schon trist genug!« Ihre schmalen, fast schwarzen Augen funkeln gefährlich.

Simon, der diesen Blick kennt, merkt, dass es besser ist, nachzugeben. Er setzt ein freundliches Gesicht auf. »Also gut! Dann machen wir das.«

Mona lächelt zufrieden und wendet sich wieder dem Herd zu, auf dem das Wasser für die Kartoffeln gerade zu brodeln beginnt.

98

Lew Abramov legt das Fernglas, mit dem er soeben Simon Jenkins am Fenster im Hochhaus gegenüber beobachtet hat, beiseite und zieht geräuschvoll die Nase hoch. Er ist seit Tagen erkältet, was bei dem unterirdischen, nasskalten Wetter in Minsk und dem unzureichend geheizten Mietapartment kein Wunder ist.

Abramov ist 46 Jahre alt, ein untersetzter, kräftiger Mann mit schütter werdendem Haar, der Anfang der 1990er Jahre, als er sechzehn Jahre alt war, mit seinen jüdischen Eltern aus Russland nach Israel emigriert ist, wo er nach seiner Militärzeit ein Ingenieursstudium absolvierte. Ein paar Jahre lang arbeitete er in der freien Wirtschaft, heiratete und wurde bald wieder geschieden, bevor ihn das Abenteuer lockte und er sich dem israelischen Geheimdienst anschloss, der gerade händeringend Personal suchte. Und weil Lew Abramov ein hartgesottener Mann ist, landete er nach ein paar Jahren bei der Abteilung *Kidon*, jener Mossad-Einheit, die für die blutigen Dinge zuständig ist.

Abramov tritt von seinem Beobachtungsposten am Fenster des Apartments zurück und wendet sich seinem Partner Ron Fridman zu. Der schlanke, gut aussehende Fridman ist ein Nachfahre polnischer Juden und spricht wie Abramov perfekt Russisch, weshalb sie beide für diese Mission ausgewählt wurden. Sie sind als angeblich in Moldawien ansässige, russische Geschäftsleute mit falschen Papieren nach Weißrussland eingereist, nachdem der Mossad einen Tipp von einem Informanten bekommen hatte. Dabei handelt es sich um Fedor Volkov, einen weißrussischen Rechtsextremisten, der seit Jahren für den Mossad als Spitzel arbeitet. Volkov, ein neunundzwanzigjähriger Angestellter der Energiebehörde, versorgte die Israelis seit zwei Jahren gegen gute Bezahlung mit Informationen über das weißrussische, rechtsextreme Milieu und dessen Verbindungen zu Leuten der Lukaschenko-Verwaltung.

Als dieser Volkov nun bei einem konspirativen Treffen erwähnte, dass ein guter Bekannter aus der rechten Szene, nämlich Anatol Lipkin, ziemlich überraschend seine Wohnung an einen britischen Computerspezialisten samt seiner Frau und zwei kleinen Kindern vermietet hatte, war man beim Mossad hellhörig geworden. Und hatte, nachdem man ein Observationsteam zusammengestellt und in Bewegung gesetzt hatte, nach einiger Zeit die Gewissheit, um wen es sich bei Mr Miller in Wirklichkeit handelte.

Lew Abramow schüttelt noch heute manchmal den Kopf, wenn er daran denkt. Dass ausgerechnet ein guter Bekannter des Mossad-Spions Volkov einem der meistgesuchten Terroristen der Welt Unterschlupf bieten würde, war schlicht einer jener rätselhaften Zufälle, die einem, wie Abramov glaubt, höchstens einmal im Leben begegnen. Obwohl er nicht besonders religiös ist, fällt ihm dazu nichts anderes als der Begriff »Göttliche Fügung« ein.

Der Chef des *Kidon*-Kommandos schnäuzt sich die Nase mit einem altmodischen Taschentuch aus kariertem Stoff und sagt zu Fridman:»Gadi hat mitgeteilt, dass alles bereit ist.«

Fridman nickt ernst.»Gut.«

Abramov sieht auf seine russische Vostok-Armeeuhr mit dem roten Stern auf dem Zifferblatt und sagt:»In einer halben Stunde müsste Jenkins wie gewöhnlich herauskommen.«

Seit sechs Wochen liegen sie beide jetzt hier auf der Lauer, zusammen mit einem mobilen Team des Mossad und haben minutiös jedes Detail in Simon Jenkins' Tagesablauf ausgespäht. Nun ist die Zeit gekommen zu handeln.

Abramov greift zu einem Stuhl und rückt ihn so ans Fenster, dass er in sitzender Position einen guten Blick auf den Eingang des gegenüberliegenden Hochhauses und die diagonal angeordneten Parkplätze davor hat.

Cedrick und Daphne sind aufgeregt, als Mona Jenkins sie in ihre Winterjacken einpackt und ihnen ihre gefütterten Boots anzieht. Das dreijährige Mädchen hat noch keine rechte Vorstellung von dem bevorstehenden Ausflug, aber Cedrick kann mit dem Begriff »Eislaufen« etwas anfangen. »Wenn wir Eislaufen gehen«, sagt er mit gewichtiger Miene, »… brauchen wir dann nicht Eisschuhe?«
»Schlittschuhe nennt man das«, erwidert Mona lächelnd. »Ja, die brauchen wir, aber die kann man sich dort leihen!«
»Auch für Kinder?«
»Gerade für Kinder!«, sagt Simon lächelnd und zieht den Reißverschluss seiner Winterjacke hoch.

Mona packt noch Wasser, Saft für die Kinder sowie ein paar Müsliriegel in ihre Umhängetasche, bevor die Familie die Wohnung verlässt und den Aufzug ins Erdgeschoss nimmt.

Lew Abramov sieht sie kommen und erschrickt. »O verdammt«, sagt er zu Fridmann. »Da ist Jenkins, aber er hat seine Frau und seine Kinder dabei. Das ist noch nie vorgekommen!«

Fridmann ist aufs Höchste alarmiert. »Eize basa!«, (»Was für eine Scheiße!«) flucht er auf Hebräisch und fragt: »Was machen wir jetzt?«

Abramov zieht die Nase hoch und sagt bloß: »Wir können nichts machen. Es gibt kein Zurück!«

Er muss daran denken, wie sie tagelang gegrübelt haben, wo und auf welche Art sie ihren Job erledigen könnten. Jenkins bewegte sich so gut wie nie aus dem Haus, außer zum Badminton, doch die Sporthalle stellte sich stets als zu belebt heraus und der Parkplatz davor war bewacht. Sie hatten die verschiedensten Möglichkeiten durchgespielt, dabei immer bemüht, einen Weg zu finden, der kein Mitglied des Kommandos in die Gefahr brachte, gefasst zu werden. Und sich schließlich für diese Option entschieden.

Ron Fridmann beobachtet mit schreckgeweiteten Augen, wie Jenkins und seine Familie durch den immer noch niedergehenden Schneeregen auf die Parkplätze vor dem Haus zusteuern und sagt: »Gadi ist unten auf der Straße. Ruf ihn an! Er könnte Sie aufhalten!«

Abramov ist entsetzt. »Bist du verrückt?«, fragt er. »Jenkins wüsste sofort Bescheid! Er wäre gewarnt und die ganze Operation würde auffliegen! Und Gadi könnte gefasst werden! Wir alle! Willst du hier in Weißrussland im Knast verschimmeln?«

»Nein. Aber, verdammt, wir können doch nicht ...«, beginnt Fridmann, doch Abramov schneidet ihm das Wort ab. »Wir haben keine andere Wahl! Es ist zu spät.«

Ron Fridmann, der im Gegensatz zu Lew Abramov eine siebenjährige Tochter hat, wird aschfahl, als er begreift, dass das Unvermeidliche nicht mehr abzuwenden ist. Dennoch versucht er es mit einem letzten Einwand und sagt mit heiserer, gepresster Stimme: »Die Frau, ja, die steckt mit drin! Aber die Kinder ... mein Gott, Lew!«

»Denk an die Kinder, die das Schwein auf dem Gewissen hat!«, brüllt Abramov erregt, obwohl auch er ein mulmiges Gefühl im Magen spürt. Sein Blick sagt seinem Partner jedoch, dass die Sache damit entschieden ist.

Dann starren beide stumm auf die Straße, in nervöser Erwartung der Dinge, die sich dort unten anbahnen.

Mona Jenkins öffnet die Heckklappe des schwarzen VW Tiguan, den ihr Mann mit der Hilfe von Anatol Lipkin bei einem Gebrauchtwagenhändler in der Nachbarschaft erstanden hat. Sie verstaut ihre Umhängetasche und die bunten Rucksäcke der Kinder, schließt die Klappe und macht sich daran, Daphne und Cedrick in den beiden Kindersitzen im Fond anzuschnallen, wobei Simon ihr assistiert.

Dann nehmen Mona und Jenkins vorne im Wagen Platz und schließen die Türen. Jenkins zündet den Motor und regelt die Heizung voll auf, bevor er das Navi aktiviert und sich von Mona die Adresse des Eislaufzentrums buchstabieren lässt. Während der Rechner die Strecke ermittelt, stellt Simon den Regler der Automatikschaltung auf Rückwärtsgang und sieht in den Rückspiegel. Er wartet, bis ein Motorradfahrer den parkenden Wagen passiert hat, und berührt mit dem Fuß leicht das Gaspedal. Der Wagen setzt sich in Bewegung, und das ist das Letzte, was Simon Trevor Jenkins wahrnimmt. Denn eine Nanosekunde später zündet ein mit dem linken Vorderrad verbundener Mechanismus die fünf Kilogramm SEMTEX H unter dem Bodenblech des VW und reißt den Wagen mitsamt seinen vier Insassen in Stücke.

99
Einen Tag später. Tel Aviv, Israel.

Auch in Tel Aviv ist es Winter, wenn auch der milden Art. Hin und wieder regnet es, aber als sich Felix Brosch an diesem Vormittag von dem Mossad-Apartment am Ben-Gurion-Boulevard, das er schon bei seinem Aufenthalt im September bewohnt hat, aufmacht, um frühstücken zu gehen, ist es sonnig und achtzehn Grad warm. Mit Sonnenbrille, T-Shirt und einer leichten Jeansjacke schlendert er über den Mittelstreifen mit den Sitzbänken, Spielecken und kleinen Snackbuden. Yael, die bei ihm übernachtet hat, ist schon am frühen Morgen verschwunden und mit ihrem BMW in ihr Büro im *Hadar-Dafna-Gebäude* gefahren.

Seit Yaels und Felix' Rückkehr aus dem Libanon sind inzwischen fast zwei Wochen vergangen. Nachdem sie sich ein wenig erholt hatten, haben sofort die Befragungen durch Avi Cohen und einen anderen Mossad-Spezialisten begonnen, bei denen sie jedes mögliche Detail ihrer Entführung, ihrer Gefangenschaft und ihrer Flucht wieder und wieder durchgekaut haben. Lediglich bei der Beschreibung der erlittenen Folter wurden beide einsilbig und schilderten nur knapp die Fakten, so als seien das eigene, traumatische Erlebnis und ihre Empfindungen zu intim, um sie mit jemand anderem zu teilen. Umso sorgfältiger haben sie das Gebaren und das Aussehen des schnauzbärtigen Hisbollah-Offiziers, der sie verhört hat, beschrieben, ebenso wie den Inhalt der Verhöre selbst.

Als Felix auf die Ben Yehuda Street einbiegt, beept sein Handy. Es ist eine Nachricht von Sonny, der ihm einen Webgag weiterleitet, über den Felix amüsiert grinsen muss. Sonny hat nach seiner Rückkehr sein erster Anruf gegolten, wobei sein alter Kumpel vor Erleichterung hörbar durchatmete, als er Felix' Stimme hörte.

»Alter! Ich habe wirklich gedacht, du hast ins Gras gebissen! Was zum Teufel hast du gemacht? Wo bist du?«

»Irgendwann erzähl ich dir mal alles. Aber nicht jetzt. Wie geht es Franzi?«

»Gut! Sie träumt im Kühlschrank vor sich hin.«

»Wiegst du sie regelmäßig? Und ist ihr Untergrund immer feucht?«

»Klaro. Kannst dich auf mich verlassen.«

Sie redeten noch ein paar Takte über den Hundewelpen, den Sonny, nachdem er sich lange gesträubt hatte, auf den Befehl seiner Frau nun doch anschaffen musste, bevor Felix ankündigt, dass er bald nach Hamburg kommen werde, um Sonny zu besuchen und Franziska abzuholen.

Als Nächstes hat Felix mit Magdalena Knoop telefoniert, die seine und Yaels glückliche Flucht aus der Hisbollah-Gefangenschaft euphorisch kommentierte: »Das ist sagenhaft. Historisch! Du kannst dir nicht vorstellen, wie erleichtert ich bin. Es ist wirklich der Hammer, dass ihr sie ausgetrickst habt. Wenn du zurück nach Deutschland kommst, musst du mir alles haarklein erzählen!«

»Das werde ich!«

»Wie geht es Yael?«

»So weit gut. Sie hat einen Streifschuss bekommen, aber es ist nur ein Kratzer.«

»Gott sei Dank!«, erwiderte Magdalena, bevor ihre Altstimme einen besorgten Ton bekam: »War es schlimm … in der Gefangenschaft?«

Felix seufzte. »Es war übel, ja. Aber wir haben's überstanden.«

Magdalena brachte dann das Gespräch auf die durchschlagenden Erfolge bei der Jagd nach den SLF-Terroristen und die Verhinderung der geplanten Anschläge: »Auch dazu muss ich dir gratulieren. Es ist vor allem dein Verdienst. Aber das Wichtigste: Wann kommst du zurück?«

»Bald. Ich melde mich, okay?«

»Gut. Mach bitte unbedingt einen Umweg über Berlin! Dann koche ich für dich!«

Felix musste an einen Abend vor vielen Jahren denken, als Magdalena einmal für ihn und ihren Mann Robert ein vorzügliches Menü mit mehreren Gängen zubereitet hat. »Ja, ich komme gern!« In ironischem Ton fügte er hinzu: »Ich muss ja schließlich auch noch meinen Haushalt in Berlin auflösen.«

Inzwischen hat Felix auch mit Melly telefoniert, die gleichfalls erleichtert war, wieder von ihm zu hören. Nachdem Felix ihr versichert hatte, dass er wohlauf sei, fragte auch sie: »Wann kommst du zurück?«

Felix zögerte mit der Antwort. »Ich ... ich weiß es noch nicht genau. Jedenfalls bald.«

»Das hab ich nun schon ein paarmal von dir gehört. Warum nicht? Was ist los?«

Felix druckste herum, weil er Melly nicht sagen wollte, dass der Grund für sein Zögern Yael Rubin war.

»Hör mal«, hat Melly gesagt. »Mitte Februar läuft der Zeitvertrag des anderen Kochs aus, und dann machen wir, wie du weißt, zwei Monate zu. Ich muss wissen, ob ich in der neuen Saison mit dir rechnen kann. Ich muss planen können!«

»Klar!«, hat Felix gesagt und ihr versichert: »Ich gebe dir bald Bescheid!«

Während er mit dem Strom der morgendlichen Passanten an den Läden der Ben Yehuda Street vorbeitreibt, sind Felix' Gedanken bei Yael. In den ersten Tagen nach ihrer Rückkehr haben sie extrem viel Zeit miteinander verbracht. Abseits der Befragungen durch Avi Cohen und seinen Kollegen sind sie über die Strandpromenade in Jaffa spaziert, haben zusammen gekocht und die zweite Staffel von *The Beauty & The Baker* gesehen. Nachts liebten sie sich oder lagen eng aneinander gekuschelt beieinander und lauschten dem Regen, der gegen die Scheiben klopfte, oder der Musik von Frédéric Chopin.

Sie erzählten sich Geschichten aus ihrer Kindheit und Jugend, lachten zusammen über *Shaun, das Schaf* oder spielten Schach. Und dann kam der Tag, als Yael, obwohl ihr der Mossad einen unbegrenzten Erholungsurlaub angeboten hatte, begann, wieder ins

Büro zu gehen, wo sie inzwischen wieder bis zu zehn Stunden am Tag verbringt.

Felix hat das mit einem leisen Gefühl von Eifersucht registriert, was ihm regelrecht peinlich war, bevor er sich daran erinnerte, was ihm Yael nach ihrer ersten gemeinsamen Nacht gesagt hat: »Der Mossad ist meine Familie.«

Die naheliegende Frage, wie lange Felix noch in Tel Aviv bleiben und wie es überhaupt mit ihnen beiden weitergehen würde, schwebte die ganze Zeit über ihnen, blieb aber unausgesprochen. Felix ist klar, dass der Tag seiner Abreise näher rückt, aber noch verdrängt er den Gedanken daran. So sehr es ihn nach Hause zieht, so schwer fällt es ihm, sich von seiner israelischen Geliebten zu trennen. Und so treibt er im Moment unschlüssig durch seine Tage, stets den Abend herbeisehnend, wenn Yael und er sich sehen können.

Felix setzt sich an einen freien Tisch im Außenbereich seines Lieblingscafés und bestellt wie immer einen French Toast, schwarzen Kaffee und Orangensaft. Dann nimmt er ein Tablet aus dem kleinen Rucksack, den er bei sich trägt, loggt sich ins WLAN-Netz des Lokals ein und scrollt sich durch die Meldungen des Tages.

Eine Tankerhavarie vor der nordfranzösischen Küste. Der Tod eines bekannten, amerikanischen Filmschauspielers durch eine Überdosis Fentanyl. Neue Machtdemonstrationen Chinas vor der Küste Taiwans. Die Explosion einer Autobombe in Minsk mit vier noch nicht identifizierten Opfern, darunter zwei Kinder. Felix gehen dabei kurz die Worte »Russische Mafia« durch den Kopf, bevor er sich der Nachricht widmet, dass am Tag zuvor bei einem Grenzzwischenfall am Gaza-Streifen ein Palästinenser von israelischen Soldaten getötet worden ist. Seitdem fürchtet man in Israel Racheaktionen der Hamas. Felix muss daran denken, dass erst vor zwei Wochen in Jerusalem vier Israelis bei einem Hamas-Anschlag starben. Er legt das Tablet zur Seite.

Es wird nie aufhören.

Felix bestellt bei dem schwarzen Kellner noch einen Café Americano. Dann zündet er sich eine Zigarette an und denkt über eine Sache nach, die ihm schon seit einigen Tagen nicht mehr aus dem Kopf geht.

100

Am Abend dieses Tages ist Felix in Yaels Apartment in Jaffa zu Gast, wo sie es sich mit Pizzas von einem Lieferdienst und einer Flasche israelischem Rosé auf dem weißen Ledersofa gemütlich machen. Obwohl oberflächlich alles scheint wie sonst, glaubt Felix bei seiner Geliebten eine unterschwellige Nervosität wahrzunehmen. Als sie beide ihre Mahlzeit beendet haben, fragt Felix. »Ist irgendwas? Gibt es was Neues? Habt ihr den Maulwurf geschnappt?«

»Nein«, erwidert Yael einsilbig. Dann erhebt sie sich vom Sofa und bringt, das rechte Bein wie immer ein wenig nachziehend, die leeren Pizzakartons in die Küche.

Felix nimmt einen Schluck Wein und schaltet mit der Fernbedienung den großen Flachbildschirm ein, der an der Wand gegenüber hängt. Der eingestellte Sender ist CNN, und nach ein paar Sekunden erscheinen Bilder eines grauschwarz verkohlten Autowracks, um das Bewaffnete in Kampfmontur herumstehen. Dazu verliest der Sprecher den Text: »Die Opfer des Autobombenanschlags in Minsk am gestrigen Nachmittag sind inzwischen identifiziert: Es handelt sich um den international gesuchten, rechtsextremen Terroristen Simon Jenkins, einen britischen Staatsbürger. Mit ihm starben seine Frau und seine beiden Kinder, drei und fünf Jahre alt. Jenkins ist offenbar mit falschen Papieren unerkannt nach Weißrussland eingereist. Der Brite, der auch die deutsche Staatsbürgerschaft besitzt, wurde im Zusammenhang mit den Anschlägen auf Juden in Bergamo, Italien und Miami, USA gesucht. Er hat ...«

Felix glotzt wie erstarrt auf den Bildschirm, auf dem am unteren Rand die Nachricht auch als Schriftmeldung durchläuft.

Er ringt noch um Fassung, als sein Blick zur Tür wandert, in der Yael kerzengerade in ihrem *Makkabi*-Hoodie und engen Leggins steht und ihn mit ernstem Gesicht ansieht. Ganz offenbar hat sie den Kommentar des Sprechers mitgehört. Sie sagt kein Wort.

Felix stiert sie mit aufgerissenen Augen an. Dann bricht es aus ihm heraus: »Du wusstest das! Das wart ihr, nicht wahr? Der Mossad! Wer sonst? Du wusstest das! Wann wolltest du es mir sagen?

Yael weicht seinem Blick nicht aus, aber Felix sieht einen Hauch von Unsicherheit in ihren grünen Augen.

»Ich wollte es dir ...«, beginnt sie zögernd, aber Felix unterbricht sie. »Yael! Ich bin fassungslos! Wie konntet ihr das tun? Simon und Mona ... ja, sie waren schuldig, aber die Kinder? Seid ihr komplett wahnsinnig? Wie konntet ihr das tun?«

Yael senkt den Blick für eine Sekunde, bevor sie ihn wieder fest anseht. »Ich weiß nicht, wie das genau ... Das war ganz sicher anders geplant. Aber ... manchmal passieren Dinge ...«

»Bist du verrückt?«, schreit Felix. »Diese Kinder! Ich kannte sie! Ich habe ihnen Süßigkeiten geschenkt und mit ihnen herumgealbert! Sie waren unschuldig! Verdammt, wie konntet ihr das tun?«

Weil Yael keine Anstalten macht, darauf zu antworten, wird Felix immer zorniger.

»Der Mossad! Das sind eure Methoden, ja? Ich wusste ja, dass ihr wenig Skrupel habt. Aber das jetzt? Ihr seid Killer!«

Nun erscheint auch auf Yaels Stirn eine tiefe Zornesfalte. »Halt den Mund!«, sagt sie erregt. »Was weißt du schon? Als Deutscher hast du sowieso kein Recht, so zu reden! Jenkins war eine Bestie, die ... zweiunddreißig unschuldige Kinder auf dem Gewissen hat! Sie hatten vor, eine jüdische Schule in Hamburg anzugreifen! Seine eigenen Kinder hat er da mit reingezogen, als er sie mit auf seine Flucht nahm!«

Felix schüttelt nur den Kopf. »Ich verstehe den Sinn dieser Aktion nicht. Die SLF ist ausgehoben, Jenkins enttarnt und auf der Flucht. Früher oder später wäre er geschnappt worden! Warum habt ihr der Polizei in Weißrussland nicht einen Tipp geben, als ihr ihn lokalisiert hattet? So wie ihr es bei all den anderen SLF-Terroristen getan habt?«

Yael sieht ihn an, als wäre er nicht ganz bei Verstand. »Denkst du allen Ernstes, die Lukaschenko-Leute hätten ihn an uns oder die Amerikaner ausgeliefert? Sie sind selbst Antisemiten! Wahrscheinlich hätten sie ihn gewarnt!«

»Steckt nicht noch etwas ganz anderes dahinter? Nämlich schlichte Rache? War das nicht auch bei den PLO-Attentätern von den Olympischen Spielen in München so? Die ihr über Jahre über den ganzen Erdball gejagt habt?«

Yael verzieht das Gesicht. »Du denkst in den falschen Kategorien. Es geht hier nicht um Rache, sondern um Abschreckung. Darum, solchen Leuten zu zeigen, dass wir sie kriegen, egal, wo sie sich verbergen. Dass sie nirgendwo sicher sind.«

»Glaubt ihr denn ernsthaft, dass sich solche Leute, wie du sie nennst, davon abschrecken lassen? Sie sind Fanatiker der Gewalt! So wie ihr auch!«

»Bist du plötzlich Pazifist geworden? Was ist mit Erikssons Schwester und den Hisbollah-Typen, die du getötet hast?«

»Das war Notwehr! Und es waren auch keine Kinder!«

»Notwehr ist ein gutes Stichwort! Sollen wir etwa die andere Wange hinhalten, wenn wir geschlagen werden? Das hatten wir schon mal. Mit das Entsetzlichste an der Shoa ist für mich, dass es so wenig echten Widerstand dagegen gab. Wir haben uns wie Lämmer zur Schlachtbank führen lassen. Das wird nie wieder passieren! Wir wehren uns!«

»Und das tut ihr, indem ihr selbst Kinder umbringt?«

Yael bleibt unbewegt. »Ich sagte schon, das war mit Sicherheit nicht so geplant!«

»Das ist keine Entschuldigung! Ihr habt das offenbar in Kauf genommen – so wie früher auch schon, wenn bei euren Anschlägen Unbeteiligte ums Leben kamen!«

»Verdammt, Felix!«, sagt Yael laut, so als müsste sie ihn zur Besinnung bringen. »Kapierst du nicht? Wir befinden uns im Krieg! Und im Krieg passieren nun mal unschöne Dinge!«

Felix schnaubt verächtlich. »Unschöne Dinge? Was für ein zynischer Ausdruck für eine solche Schweinerei wie in Minsk!«

Yael atmet hörbar durch und hüllt sich, den finsteren Blick starr geradeaus gerichtet, in Schweigen.

Felix legt für Sekunden die Hände vors Gesicht. Dann schnauft er tief durch und sagt er in ruhigem, endgültigen Ton: »Ich will nichts mehr mit euch zu tun haben! Nie wieder!«

Yael starrt ihn wütend an. »Also auch nicht mit mir, nehme ich an. Dann ist ja wohl alles gesagt!«

Statt einer Antwort erhebt sich Felix und greift zu seiner Jeansjacke, die auf dem Sessel neben dem Sofa liegt. Dann verlässt er wortlos die Wohnung.

101

Felix Brosch verbringt eine schlaflose Nacht in seinem Apartment am Ben-Gurion-Boulevard. Es wird, da ist er sich sicher, ein offenes Geheimnis sein, dass der Mossad den Anschlag in Minsk verübt hat, aber auch, dass sich die Israelis wie in anderen Fällen einfach nur in Schweigen hüllen oder eine Beteiligung strikt dementieren werden.

Dass es nun Simon, seinen Cousin, erwischt hat, löst in Felix widersprüchliche Gefühle aus. Denn vor das Bild des rechtsextremen Fanatikers und Massenmörders schiebt sich immer noch manchmal das des jungen Simon und jener gemeinsamen Sommer in Brighton. Die Erinnerung an einen charismatischen, einnehmenden Jungen, der für ihn fast wie ein Bruder war.

Obwohl Felix die gezielte Exekution Simons durch den Mossad unheimlich ist, ist er doch bereit, sein und auch Monas bitteres Ende im Sinne einer »höheren Gerechtigkeit« zu akzeptieren. Der Tod der Kinder jedoch erfüllt ihn immer noch mit nichts als Abscheu.

Dass sich zwischen ihm und seiner Geliebten plötzlich eine tiefe Kluft aufgetan hat, stimmt Felix traurig, und es verwirrt ihn zugleich. Er muss daran denken, dass Yael, als sie in Beirut in der Gefangenschaft der Hisbollah waren, ihre Tarnung aufgegeben hat, um ihn vor der Folter mit der Bohrmaschine zu bewahren.

Und wieder versucht er vergeblich, sich ein schlüssiges Bild von der Frau zu machen, die von so sensibler Klugheit, so zärtlich und zugewandt sein kann und dann wieder so eiskalt, unnachgiebig und distanziert. Seine Zuneigung zu Yael ist nicht völlig zerstört, aber in diesem Moment wird sie von einem Gefühl der Fremdheit absorbiert, das nichts als Leere in ihm zurücklässt.

Felix wälzt sich ein paar Stunden im Bett hin und her, bevor er schließlich aufsteht, sich einen Kaffee macht und sein Tablet aktiviert. Einen Moment lang hat er den Impuls, zu schauen, ob es News zu dem Attentat in Minsk gibt, aber dann lässt er es.

Ich will von all dem nichts mehr wissen. Ich will nur noch nach Hause.

Allerdings gibt es da noch diese andere Sache, die ihn in den letzten Tagen oft beschäftigt hat. Es handelt sich um eine sehr vage Idee, wahrscheinlich ein Hirngespinst, aber er hat sich entschlossen, den Versuch zu unternehmen, dieser Sache auf den Grund zu gehen.

Felix trinkt seinen Kaffee aus, ruft ein Flugportal auf und bucht für den nächsten Tag ein Ticket. Dann schaut er auf sein Handy und stellt fest, dass es von Yael keinerlei Nachricht gibt. Kein Bedauern, kein Friedensangebot, nichts. Kurz hat er den Impuls, ihr zu schreiben, dass er am nächsten Tag abreisen wird, aber dann lässt er es doch.

102

Drei Tage später. Berlin, Deutschland.

Felix lässt den Taxifahrer an der Ecke Bayerische Straße und Olivaer Platz halten und geht die letzten paar Meter zu Fuß. Es ist kurz vor neunzehn Uhr und ein klirrend kalter Januarabend in Berlin, an die minus zwölf Grad, weshalb die weggeworfenen Weihnachtsbäume, die immer noch an den Rändern der breiten Gehwege liegen, mit einer dicken Eiskruste überzogen sind. Das dunkle Straßenpflaster glitzert im Laternenlicht, und die wenigen Passanten stoßen dicke Atemwolken aus, so als seien sie kleine Dampflokomotiven.

Felix schultert seine Reisetasche und zieht den Reißverschluss am Kragen der gefütterten Winterjacke hoch, die er sich vor Antritt seiner Reise am Flughafen in Tel Aviv besorgt hat.

Während er langsam und sehr aufmerksam durch die Bayerische Straße geht, betrachtet er die Fassaden der topsanierten, sechsstöckigen Altbauten mit den hohen Sprossenfenstern, die das Straßenbild dominieren.

Hier, mitten in Wilmersdorf, lebt man auf der Schokoladenseite des Lebens, vielleicht nicht ganz so hip wie in manchen Gegenden von Mitte, aber fast. Gehobene Mittelklasse und untere Oberklasse hat hier ihr Zuhause: Rechtsanwälte, Manager, Ärzte, erfolgreiche Medienschaffende.

Dass Magdalena Knoop in einem dieser Häuser eine millionenteure, fast zweihundert Quadratmeter große Maisonette-Eigentumswohnung mit einer Dachterrasse besitzt, ist, wie Felix weiß, nicht ihrem zwar bestimmt guten, aber gewiss nicht astronomisch hohen Gehalt als leitende Beamtin beim BND zu verdanken. Als Felix im vergangenen Sommer bei ihr zu Gast war, hat sie ihn aufgeklärt: Nachdem ihr verstorbener amerikanischer Mann Robert in den USA eine größere Erbschaft gemacht hatte, hatte er dieses Vermögen an der Börse geschickt vermehrt, so dass die beiden einige Jahre zuvor in der Lage waren, sich dieses luxuriöse Domizil zuzulegen.

Felix macht vor einem metallbeschlagenen, massiven Holztor halt und legt den Finger auf die Klingel mit dem Namen Frazer. Es ist der Name von Magdalenas verstorbenem Mann, den sie selbst nie angenommen hat. Ohne dass die Gegensprechanlage ertönt, wird der Öffnungsmechanismus betätigt, und Felix drückt die schwere Tür auf. Eine schmale Toreinfahrt führt auf einen Hinterhof, in dessen Mitte sich ein bepflanztes Areal befindet. Die hohen Sträucher sehen aus wie filigrane Eisskulpturen.

Felix wendet sich nach links und steigt die Stufen zum Eingang des Vorderhauses hinauf. Als er im Treppenhaus vor dem Aufzug steht, öffnet sich dessen Tür und ein Mann tritt heraus, dessen Gesicht Felix unheimlich bekannt vorkommt. Dann fällt ihm ein, dass Magdalena ihm erzählt hat, dass einer ihrer Nachbarn ein bekannter Schauspieler ist, der als populärer Kommissar im »Tatort« glänze. Felix gehört nicht zu den Fans dieser Reihe, aber diese charakteristischen, nur scheinbar durchschnittlichen Züge und dieser missmutig-melancholische Blick sind ihm doch bekannt.

Der Tatort-Star geht grußlos und mit mürrischem Gesicht an ihm vorbei, und Felix besteigt den engen Lift, der ihn in den fünften Stock trägt, wo Magdalena ihn bereits an der geöffneten Wohnungstür erwartet. »Mein Junge!«, sagt sie emphatisch und streckt ihm die Arme entgegen. Sie umarmt Felix fest und bittet ihn herein.

Als sich die Wohnungstür hinter ihm geschlossen hat, betrachtet Felix seine alte Freundin, die er zuletzt vor über fünf Monaten gesehen hat, eingehend. Sie trägt einen schwarzen, edel aussehenden Hosenanzug, der gut zu ihrem tizianroten Haar und ihrer zwar fülligen, aber gut proportionierten Figur passt, dazu schwarze Loafers aus Krokoleder an den zierlichen Füßen. Ihre kastanienbraunen, schmalen Augen mustern Felix mit einem warmen Ausdruck. Felix' Blick schweift durch den hohen, weitläufigen Raum mit der großen Tafel, auf dem zwei weiße Gedecke liegen, und weiter in die angrenzende, offene Küche mit der meterbreiten Kochinsel. Auf dem Herd stehen Edelstahltöpfe und zwei gusseiserne Pfannen, und auf einem Brett auf der Anrichte schimmern im mattem Bordeauxrot zwei zentimeterdicke Thunfischsteaks. Daneben liegt kochfertig vorgeschnittenes Gemüse. Felix erkennt chinesischen Pak-Choi-Kohl, Sellerie und Fenchel.

»Sieht toll aus«, sagt er. Dann fällt sein Blick auf das große Meerwasseraquarium, das in die dicke Wand eingelassen ist, die das Esszimmer vom Flur trennt und in dem sich exotische Fische aller möglicher Formen und Farben tummeln. Magdalena hat ihm erzählt, dass der dreizehnjährige Sohn des Tatort-Stars sein Taschengeld aufbessert, indem er während ihrer häufigen Reisen das Aquarium wartet.

Ein weiterer Blickfang sind zwei großformatige, farbensatte Gemälde einer südkoreanischen Künstlerin, die schwer angesagt ist und auf die Magdalena von einem ihr gut bekannten, ehemaligen Bundespräsidenten aufmerksam gemacht worden ist, der ebenfalls ein paar ihrer Werke besitzt.

»Wie wäre es mit einem Aperitif? Campari Soda?«, fragt Magdalena aufgeräumt. Felix nickt lächelnd. »Klar! Ganz klassisch.«

Er folgt der BND-Agentin in die Küche, wo sie zwei Tumbler-Gläser aus dem Regal über der Spüle nimmt, Eiswürfel, Campari und Soda hineinfüllt und den Drink mit einer halben Orangenscheibe garniert. Sie reicht Felix sein Glas und stößt mit ihm an.

»Auf deine glückliche Rückkehr!«, sagt sie.

Dann wird sie ernst. »Was sagst du zu dem Anschlag in Minsk? Auf Jenkins? Alle Welt glaubt, dass es der Mossad war. Eine heftige Geschichte, das mit den Kindern, oder?«

Felix verzieht angewidert das Gesicht. »Ja«, sagt er. »Allerdings.«
»Hast du mit Yael darüber gesprochen?«
»Nein«, lügt Felix. »Ich habe sie seitdem gar nicht mehr gesehen.«
Magdalena zieht ihre fein gezupften Brauen hoch. »Wie? Das ist doch schon vier Tage her, und du warst doch noch in Tel Aviv. Habt ihr euch nicht verabschiedet?«
Felix geht nicht auf die Frage ein, sondern nimmt einen Schluck Campari und lässt die bittersüße Flüssigkeit langsam die Kehle herunterrinnen. »Ich komme nicht direkt aus Tel Aviv. Ich war, bevor ich hierher nach Berlin kam, noch woanders.«
Auf Magdalenas fragenden Blick erklärt er: »Erzähle ich dir gleich. Aber dazu muss ich etwas weiter ausholen.«
»Aha«, sagt Magdalena und nimmt einen Schluck Campari.
Felix dreht nachdenklich sein Glas zwischen den Fingern und räuspert sich. »Erinnerst du dich an unser Telefongespräch, als es darum ging, dass der Mossad auf der Suche nach dem Leck, das zu Yaels und meiner Entführung geführt hat, nicht weiterkam?«
Magdalena nickt. »Ja.«
»Wie du weißt, nehmen die Israelis an, dass die Hisbollah über einen Maulwurf in ihren eigenen Reihen erfuhr, dass ein Observationsteam des Mossad nach Antalya kommen würde.«
Magdalena nickt wieder.
Felix nimmt erneut einen Schluck und sagt: »Die Israelis glauben auch, dass es eine Verbindung zwischen den Islamisten und den Nazis gibt. Dafür spricht auch, dass Eriksson plötzlich verschwunden war, nachdem man uns geschnappt hatte.«
»Mhm...«, macht Magdalena mit ihrem dunkel gefärbten Timbre. »Weiße Nazis mit arabischen Islamisten. Klingt seltsam, aber es ist möglich.«
»Jedenfalls«, fährt Felix fort, »... irgendetwas an der Geschichte ließ mir keine Ruhe. Während die Israelis nach dem internen Leck offenbar völlig im Dunkeln tappten, hatte ich plötzlich den Gedanken, dass diese Sache vielleicht viel früher begonnen hat. Das alles viel komplizierter und ausgeklügelter war.«

Die BND-Agentin runzelt irritiert die Stirn, worauf Felix fortfährt:

»Ich musste an dieses zerstörte Handy denken, das die Israelis so plötzlich auf die Spur von Eriksson in Antalya gebracht hat. Dass du von den Schweden hattest und an Yael weitergeleitet hast.«

»Ja, und?«, fragt Magdalena und nimmt einen Schluck von ihrem Drink.

»Weißt du, es kam mir plötzlich vor, als sei das alles seltsam glatt gelaufen. Die Schweden finden das Handy, können selbst nichts damit anfangen und willigen ein, dass du es dem Mossad übergibst. Der dann prompt die letzten Verbindungen rekonstruieren kann. Und siehe da, die führen direkt zu Eriksson.«

Magdalena zieht die Brauen zusammen. »Was willst du damit sagen?«

»Ich dachte ... vielleicht war das Handy ja so präpariert, dass gewiefte Techniker trotz der Zerstörungen die letzten Verbindungen rekonstruieren konnten. Dass Eriksson vielleicht nur ein Köder war. Um den Mossad nach Antalya zu locken. Wo Yael und ich dann entführt wurden.«

Magdalena schüttelt konsterniert den Kopf und sagt: »Du meinst, die SLF-Leute oder die mit ihnen verbündete Hisbollah haben das selbst so eingefädelt? Das ist wirklich das Verrückteste, was ich seit Langem gehört habe! Woher um alles in der Welt hätten die wissen wollen, dass das Gerät schließlich beim Mossad landet? Das ist doch absurd!«

»Ja, das klingt in der Tat absurd. Und deshalb dachte ich: Wenn es denn so war, muss es eine andere Erklärung geben.«

Wieder schüttelt Magdalena den Kopf. »Ich verstehe deine Gedankengänge nicht. Wie um alles in der Welt kommst du bloß auf die Idee, dass dieses Handy überhaupt etwas damit zu tun hat? Es ist doch viel wahrscheinlicher, dass es bei den Israelis ein Leck gab!«

Felix nickt und fährt sich durch sein inzwischen wieder recht langes, dunkelblondes Haar. Dann sagt er: »Stimmt schon. Dennoch wurde ich den Gedanken an dieses Handy nicht mehr los. Es wurde regelrecht zur fixen Idee. In jedem Fall wollte ich einfach mehr über die Umstände erfahren, unter denen es gefunden wurde. Und da dachte ich, ich nehme mal Kontakt zu einem alten Bekannten in Stockholm auf, einem früheren Offizier des schwedischen militärischen Geheimdienstes, mit dem ich während meiner MAD-Zeit mal zu tun hatte und der später zur SÄPO, der Antiterrorpolizei, gegangen ist. Weil du ja selbst gute Kontakte zur SÄPO hast, kennst du ihn vielleicht auch. Er heißt Peter Edberg.«

Magdalenas sorgfältig geschminkter Mund wird zu einem schmalen Strich. Felix beobachtet sie genau.

»Nein«, sagt sie.

»Egal ... ich bin jedenfalls vorgestern nach Stockholm geflogen und habe mich mit ihm und seinem Vorgesetzten getroffen, der die Ermittlungen über das Terrorcamp leitet. Den kennst du ja. Martin Jönsson.«

Aus Magdalena Knoops Gesicht ist plötzlich alle Farbe gewichen. »Warum hast du mir das nicht gesagt?«, fragt sie erregt. »Dass du dich mit denen treffen wolltest? Ich war schließlich diejenige, die ...«

»Ja, ich weiß «, unterbricht Felix sie. »Es war so eine komische Intuition, die mir sagte, dass ich das allein durchziehen sollte. Auch weil mir bewusst war, dass der Verdacht, den ich plötzlich hatte, vielleicht völlig abwegig war. Auch Yael weiß nichts davon.«

Magdalena starrt ihn an. »Was für ein Verdacht?«

Felix antwortet nicht darauf, sondern fährt unbeirrt fort: »Ich habe den Schweden offen gesagt, dass ich im Auftrag des Mossad und in Zusammenarbeit mit dir in Berlin die SLF infiltriert habe, und habe ihnen angeboten, einige Informationen mit ihnen zu teilen. Als sie gemerkt haben, dass ich echtes Insiderwissen hatte, waren sie bereit, mir ein paar Fragen zu beantworten.«

Magdalenas Gesicht nimmt einen seltsamen Ausdruck an. Sie blinzelt und will offenbar zu einer weiteren empörten Bemerkung ansetzen, aber Felix kommt ihr zuvor. Er fixiert sie scharf mit seinen hellgrauen Augen und sagt: »Und nun erfuhr ich von den Schweden etwas, das mich wirklich umgehauen hat: nämlich, dass es dieses Handy in der Mülltonne gar nicht gab. Sie haben nie eins gefunden!«

»Das ist lächerlich!«, ruft Magdalena erregt. »Sie bestreiten es einfach, aus welchem Grund auch immer. Warum sollten sie dir vertrauen? Ich habe das Gerät von der SÄPO ...«

Felix unterbricht sie: »Nein, das hast du nicht! Denn warum hätten Edberg und Jönsson lügen sollen? Glaub mir, sie fielen aus allen Wolken, als ich nach dem Handy gefragt habe! Die Schweden hatten wirklich keine Ahnung davon.«

Donnerndes Schweigen erfüllt den Raum. Innerhalb von Sekunden ist die Atmosphäre vollkommen umgeschlagen, so als sei die Kälte von draußen plötzlich durch die Wände gekrochen. In die Stille mischt sich das leise Klirren der Eiswürfel in Magdalenas Glas. Felix bemerkt, dass ihre Hand leicht zittert.

Felix seufzt und sagt mit müder Stimme. »Ja, Magdalena, so sieht es aus. Ich konnte es wirklich nicht glauben, aber ... wenn die Schweden dieses Handy nie gefunden haben, gibt es nur eine Erklärung: Du hast es dem Mossad absichtlich untergeschoben – und über seine Herkunft gelogen. Und die Israelis haben das geschluckt. Was ja auch zu erwarten war. Eriksson war ja schließlich tatsächlich in Antalya, und auf die Idee, dass es sich um eine ungemein raffiniert vorbereitete Falle handelte, konnte eigentlich niemand kommen. Es schien ja alles plausibel. Und Yael? Sie hat dir vertraut! Wie ich auch!«

Weil Magdalena dreinschaut, so als habe sie seine Worte nicht verstanden, redet Felix weiter. »Und damit nicht genug! Die Leute, die Yael und mich entführt haben, wussten, wer wir waren. Sie kannten unsere richtigen Namen. Von dir!«

Magdalena Knoop, die Karrierebeamtin in der Abteilung Terrorismusbekämpfung beim BND, steht reglos da und blickt ins Leere. Ihre Mundwinkel zucken unkontrolliert. Sekundenlang scheint es, als wolle sie zu einer Erwiderung ansetzen, aber dann bleibt sie doch stumm, so als hätte sie begriffen, dass weiteres Leugnen sinnlos geworden ist. Sie wirkt plötzlich wie eine um viele Jahre gealterte, geschlagene Frau.

Felix betrachtet sie mit Entsetzen. Dann fährt er sich in einer angestrengten Geste durch das Gesicht und sagt: »Ich habe nur eine Frage: Warum? Warum, um alles in der Welt? Was steckt dahinter?«

Sekunden verrinnen, ohne dass Magdalena reagiert. Immer noch steht sie, das Glas in der Hand, wie paralysiert da. Schließlich, nach einer gefühlten Ewigkeit, löst sie sich aus ihrer Erstarrung. Sie setzt ihr Glas wie in Zeitlupe auf der Anrichte ab und sagt mit müder Stimme: »Das ist eine lange Geschichte.«

»Ich habe Zeit!«, sagt Felix.

103

Magdalena Knoop greift in die Tasche ihres Blazers und zieht ihr Zigarettenetui aus violettem Krokoleder und ein zierliches, goldenes Feuerzeug hervor.

Dann zündet sie sich mit mühsam kontrollierten Bewegungen eine Zigarette an und inhaliert tief. »Ich muss mich setzen«, sagt sie und weist auf den Esstisch. Beide nehmen am Tisch Platz, wo Magdalena ihren leeren Teller und ihr Besteck achtlos zur Seite schiebt und an ihre Stelle einen Aschenbecher aus grüner Jade stellt.

Sie blickt eine Weile mit abwesendem Ausdruck vor sich hin, bevor sie einmal tief durchatmet und mit leiser Stimme zu erzählen beginnt: »Es begann vor fünf Jahren. Nicht lange, nachdem du deinen Dienst beim MAD quittiert hattest und in die Alpen gegangen warst. Ich war damals mit einer verdeckten Ermittlung bei einer deutschen Industriefirma befasst, die verdächtigt wurde, gegen das Exportverbot rüstungswichtiger Güter in den Iran zu verstoßen. Wir konnten dabei nichts Derartiges finden, aber ich erfuhr im Zuge unserer geheimen Nachforschungen zufällig von einem ganz anderen, kurz bevorstehenden Vertragsabschluss dieser Firma mit einem großen afrikanischen Land. Es ging um Riesenturbinen zur Stromerzeugung, ein gigantischer Auftrag. Mehr als zwei Milliarden schwer.«

Sie schnippt die Asche von ihrer Zigarette ab und fährt fort: »Nun, diese Firma war eine Aktiengesellschaft, und mir wurde klar, dass der Kurs raketengleich in die Höhe schießen würde, wenn dieser Deal abgeschlossen war und bekannt gemacht wurde.

Und da ...« Sie zögert kurz.»... da habe ich einen großen Fehler gemacht.«

Magdalena räuspert sich, weil ihre Stimme plötzlich heiser klingt, und fährt fort:

»Ich habe dieses Insiderwissen illegalerweise genutzt und über einen Strohmann ein großes Paket der Aktien dieser Firma erworben. Und als dieser extreme Kursanstieg dann tatsächlich passierte, mit einem Riesengewinn wieder verkauft.«

Felix sieht sie verblüfft an. »Du hast also deine Funktion beim BND missbraucht, um einen Börsenbetrug zu begehen? Um dich persönlich zu bereichern ...«

»Ja«, sagt Magdalena. Sie reibt sich die Augen und seufzt. »Die Versuchung war einfach zu groß. Und ich habe ihr nachgegeben.«

»Und das ist die wahre Quelle, aus der dein Reichtum stammt? War das mit Roberts Erbschaft und seinem Börsenglück gelogen?«

Magdalena starrt auf die Tischplatte aus poliertem Edelholz und sagt nur: »Ja.«

»Also wusste Robert davon?«

»Ja.«

Felix schweigt einen Moment, ziemlich verblüfft über dieses Geständnis, das jedoch noch keine Antwort auf seine Frage birgt. Dann sagt er: »Okay, Magdalena, das überrascht mich. Aber warum erzählst du mir das? Was hat all das mit dem Mossad, mit der SLF und der Hisbollah zu tun?«

Magdalena verzieht den Mund zu einem bitteren Lächeln und erwidert: »Alles.«

Sie drückt ihre Zigarette in dem Jadeaschenbecher aus, und fährt sie in sachlichem Ton fort: »Ich sprach ja gerade von einem Strohmann, der dieses Geschäft im Geheimen für mich abgewickelt hat. Ich konnte das schließlich nicht selbst machen, nicht unter meinem Namen und über meine Konten. Dieser Mann war Manager einer Privatbank in Hamburg, ein Exiliraner, der von Deutschland aus die iranische Opposition unterstützte. Ich war etwa drei Jahre zuvor dienstlich auf ihn aufmerksam geworden und habe ihn dann bei einer Vernissage kennengelernt. Ich habe mich durch die Blume als BND-Agentin zu erkennen gegeben und ihn gefragt, ob er uns mit Informationen über Iran versorgen wolle, in den er immer noch gute Kontakte hatte. Weil er ein glühender Gegner des Mullah-Regimes war, hat er eingewilligt, und ich habe im Gegenzug seine Zuwendungen an die iranische Opposition aufgestockt.«

Felix' Fingerspitzen beginnen zu kribbeln, als er das Wort »Iran« hört. Plötzlich steigt eine vage Ahnung in ihm auf.

»Dieser Iraner«, sagt Magdalena, »war ein sehr kultivierter, absolut westlich denkender Mann. Sympathisch und vertrauenswürdig. Wir freundeten uns ein wenig an, und er war dann zweimal mit seiner Frau, einer Deutschen, zum Abendessen bei uns. Robert mochte ihn auch sehr.«

Magdalena macht eine kleine Pause und wischt mit der Hand einen imaginären Krümel vom Tisch. Dann fährt sie fort: »Ich habe mich dann von diesem Banker in Geldangelegenheiten beraten lassen. Er hat ein kleines Aktienportfolio für mich und Robert angelegt, und alles lief gut. Und als dann die Frage aufkam, wie ich dieses illegale Insidergeschäft unbemerkt abwickeln könnte, kam ich auf ihn. Er war gegen eine gute Provision bereit, diese Sache zu machen. Er hat dann das Geld aus dem Aktienerlös über einige Umwege in die USA geleitet, von wo es später als angebliche Erbschaft auf dem Konto von Robert landete. Und kurz darauf ...« Sie schüttelt den Kopf in nachträglichem Entsetzen über ihre Dummheit. »... hat mich ein anderer Mann kontaktiert, der sich mir ganz unverblümt als Agent des iranischen Geheimdienstes MOIS zu erkennen gab. Er wusste alles über das kriminelle Geschäft. Denn mein vermeintlicher Freund und Zuträger, der Exiliraner und angebliche Oppositionelle, war ein Doppelagent, der in Wahrheit für den MOIS arbeitete.«

Felix schüttelt ungläubig den Kopf.

Magdalena nickt gedankenverloren zu sich selbst. »Na ja. Und du wirst dir denken können, was dann kam. Die Iraner haben mich erpresst. Wenn ich nicht in Zukunft mit ihnen zusammenarbeitete, würden sie BND und Öffentlichkeit Beweise für mein Vergehen zuspielen.«

Felix schnaubt durch die Nase: »Mein Gott, Magdalena! Wie konntest du derartig blauäugig sein? Ich habe dich immer für einen Profi gehalten!«

In Magdalenas schmalen Augen stehen Scham und Resignation. »Weißt du«, sagt sie mit rauer Stimme, »ich verstehe es selbst nicht. Ich habe mich täuschen lassen wie eine Anfängerin.«

»Weil du so heiß auf diese Kohle warst! Warum zum Teufel? Es ging euch doch gut!«

Magdalena verzieht das Gesicht. »Weißt du, das ist relativ. Ich liebe nun mal schöne Dinge. Und Robert und ich träumten von einem Ruhestand, in dem es uns an nichts fehlen würde. Wir hatten vor, eine Villa auf den Bahamas zu kaufen. Und viel zu reisen, aber nur aus reinem Vergnügen. Robert hatte eine Tochter aus seiner ersten Ehe, die in schwierigen Verhältnissen lebte und die er unterstützen wollte. Ich wollte meinem Sohn Fynn einiges vererben … da gab es so vieles …«

Felix betrachtet seine alte Freundin voller Unbehagen.

»Du kannst dir denken, was das für mich als hohe Beamtin des BND bedeutet hätte, wenn diese Sache mit dem Insidergeschäft aufgeflogen wäre. Krimineller Amtsmissbrauch. Ich hatte alles vor Augen: eine Gefängnisstrafe, die Einziehung des Gewinns aus dem illegalen Geschäft, der Verlust meiner Beamtenpension, der Verlust meiner Reputation. Das Ende meiner Karriere, meines Lebens.«

»Und deshalb hast du eingewilligt, heimlich für die Iraner zu arbeiten.«

»Ja.«

»Wie lange machst du das schon?«

»Knapp viereinhalb Jahre.« Sie streicht sich nervös eine Strähne ihrer halblangen, perfekt getrimmten Bobfrisur zurück, bevor sie weiterspricht. »Ich dachte an mich, aber auch an Robert, der damals noch nicht krank war, und an meinen Sohn Fynn, der gerade begann, Karriere im Auswärtigen Amt zu machen. Seine Mutter, die staatserhaltende Geheimnisträgerin, in Wahrheit eine kriminelle Schwindlerin, die dem BND einen der größten Skandale der jüngeren Vergangenheit beschert? Eine Katastrophe – auch für ihn!«

Felix, der Fynn nie begegnet ist, starrt schweigend in sein Campariglas, in dem die Eiswürfel längst geschmolzen sind.

Magdalena richtet sich in ihrem Stuhl auf und atmet einmal tief durch. »Glaub mir, ich habe nächtelang wach gelegen und darüber nachgedacht, alles zu gestehen. Aber am Ende konnte ich das nicht!«

Felix zieht eine Zigarettenschachtel aus seiner Hosentasche und zündet sich eine an. Dann fragt er: »Wie lief diese ... Zusammenarbeit mit den Iranern?«

Magdalena zuckt die Schultern. »Ich habe den MOIS gelegentlich mit Informationen beliefert. Über die Erkenntnisse des BND über Irans Atomprogramm und das, was ich darüber vom Mossad mitbekam, zu dem ich, wie du weißt, gute Kontakte hatte.«

»Hast du dabei etwa BND-Agenten im Iran über die Klinge springen lassen?«

Magdalena windet sich merklich, bevor sie antwortet: »Nein, ich ... nicht direkt. Nein. Also, sie haben mich schwer unter Druck gesetzt, bis ich schließlich den Namen eines der Iraner, die für uns arbeiteten, preisgeben habe. Aber sie haben ihn nicht verhaftet, sondern etwas ganz anderes gemacht. Sie haben diesem Agenten gezielt falsche Informationen zugespielt. Ich wusste das, aber das konnte ich natürlich beim Dienst nicht offenbaren.«

Felix lauscht ihr mit wachsendem Entsetzen. Dabei ist sie noch nicht einmal zu dem für ihn entscheidenden Punkt gekommen.

»Weißt du«, hört er Magdalena nun sagen, »es war seltsam. Je länger all das dauerte, umso sicherer fühlte ich mich. Es wurde ... Normalität, und das Leben lief irgendwie weiter. Dann wurde Robert krank, und da trat alles andere sowieso in den Hintergrund. Ja, und dann ...« Sie macht eine Pause. »... dann kam der Tag, vor einigen Monaten, als etwas völlig Unerwartetes, geradezu Verrücktes passierte: Plötzlich kamst du ins Spiel!«

Felix runzelt ungläubig die Stirn. »Was?«

Magdalena sieht ihn mit einem müden Blick an. »Ja, ich konnte das auch nicht glauben. Aber es war so. Im Sommer, als du in Berlin bereits ziemlich engen Kontakt mit Jenkins hattest, zeigte mir mein Kontakt beim MOIS plötzlich ein Foto von dir. Er nannte deinen Namen und forderte mich auf, herauszufinden, ob du ein deutscher Polizist oder Agent eines westlichen Geheimdienstes seist. Natürlich ohne mir den Grund für dieses Interesse zu nennen.«

Felix starrt sie mit großen Augen an.
»Ich bin praktisch vom Stuhl gefallen. Denn ohne dass die Iraner es ahnen konnten, war mir eins sofort klar: Offenbar versuchte der MOIS Jenkins, von dem wir vermuteten, dass er ein wichtiger Mann bei der SLF war, vor Infiltration zu schützen. Und das hieß wiederum, dass die Iraner mit den Nazis um Hyperion, dessen Identität wir damals noch nicht kannten, irgendwas am Laufen hatten.«

In Felix' Kopf jagen sich die Gedanken. *Es ist also tatsächlich so, wie Yael vermutet hat! Iran steckten da mit drin.*

Magdalena fährt fort: »Ich habe dann den Iranern gegenüber ein falsches Spiel gespielt, weil ich nicht wollte, dass dein Einsatz gegen Jenkins scheitert und du womöglich in Gefahr gerätst. Ich hoffte wirklich, dass du unerkannt Hyperion auf die Spur kommen könntest. Dass diesen Schweinen das Handwerk gelegt wird. Deshalb habe ich sie belogen und behauptet, dass du ganz offensichtlich sauber bist. Kein Spitzel, kein Polizist, kein Agent eines deutschen oder eines befreundeten Dienstes.«

Felix nickt nachdenklich. »Verstehe.«

»Aber dann«, fährt Magdalena fort, »ging einiges schief. Du bist im Nazicamp in Schweden aufgeflogen und musstest fliehen. Daraufhin gaben die Iraner zu erkennen, dass sie über die Vorgänge dort im Bilde waren. Und dass ihnen nun klar war, dass ich offensichtlich gelogen hatte, was dich betraf. Ich hatte schon vorher das Gefühl, dass sie begonnen hatten, mir zu misstrauen. Jedenfalls haben sie mich dann unter Druck gesetzt, und ich hatte den Eindruck, dass sie mich tatsächlich hochgehen lassen würden, wenn ich nicht lieferte. Diese Sache schien ihnen ziemlich wichtig zu sein.«

Magdalena wirft Felix einen unsicheren, waidwunden Blick zu, bevor sie in fast flehentlichen Ton sagt: »Felix, ich hatte Angst, ich war fertig. Und schließlich habe ich es ihnen gesagt: dass du die SLF im Auftrag des Mossad infiltriert hast und dass ich selbst in diese Operation involviert war und eng mit dem Mossad zusammenarbeitete. Und dass ich bei der Jagd nach den Terroristen den Kontakt mit der schwedischen SÄPO hielt.«

Magdalena hält inne und blickt einen Moment lang stumm auf ihre gepflegten Hände mit den perlmuttfarben lackierten Nägeln. Dann seufzt sie. »Ich war nun darauf vorbereitet, den MOIS über alle Aktivitäten gegen die SLF auf dem Laufenden zu halten, aber dann passierte dies: Sie forderten mich auf, dem Mossad unter dem Vorwand, ich hätte es von der SÄPO, dieses zerstörte Handy zuzuspielen. Ich habe mich gesträubt und nach dem Grund gefragt, und sie sagten mir, dass sie die Israelis auf eine falsche Spur locken wollten, um sie zu beschäftigen. Sie sozusagen ins Leere laufen lassen.«

Felix lacht bitter auf. »Und das hast du geglaubt?«

Magdalenas Mundwinkel zucken. »Ich … denke«, sagt sie mit müder Stimme, »ich … ich wollte es glauben. Ich hatte zu dem Zeitpunkt doch keine Ahnung, dass eine Entführung geplant war!«

Felix schnaubt höhnisch. »Ach ja? Dass du nicht wusstest, dass die Iraner uns an ihr Hätschelkind, die Hisbollah, ausliefern wollten, glaube ich dir! Aber sonst kein Wort! Was hast du denn gedacht, was die Iraner machen? Ein paar Mossad-Leute beim Eisessen beobachten?«

Magdalena übergeht die Bemerkung und sagt aufgewühlt: »Ich konnte doch nicht ahnen, dass ausgerechnet du und Yael ihnen in die Hände fallen würdet!«

»O doch! Denn irgendwann wusstest du, dass wir beide als Vorhut eines größeren Teams in die Türkei reisen würden, um Eriksson zu identifizieren! Und du hast ihnen gesagt, wer wir sind und wann wir nach Antalya kommen! Du hast Yael und mich ganz bewusst preisgegeben!«

»Felix, ich …«, beginnt Magdalena, »… sie wussten, dass ich über alles auf dem Laufenden war, und ich … ich konnte es mir nicht leisten, sie noch einmal anzulügen. Ich weiß, dass es nicht richtig war, aber …«

»Nicht richtig?«, unterbricht Felix sie in scharfem Ton. »Was für ein niedlicher Ausdruck! So, als hättest du beim Canasta gemogelt! Yael Rubin und ich sind deinetwegen durch die Hölle gegangen! Wir waren drei Monate lang in einem fensterlosen Keller eingesperrt, sind auf brutalste Art gefoltert worden und nur mit viel Glück mit dem Leben davongekommen! Du hast uns kaltblütig in diese Falle laufen lassen!«

Bei dem Gedanken daran flammt kalte Wut in Felix auf. »Und alles nur«, sagt er erregt, »um deinen faltigen, alten Arsch und deinen beschissenen Ruf zu retten, der nichts als hohler Schein ist! Und natürlich das Geld, das du dir erschlichen hast!«

Es wirkt, als würde Magdalena unter diesen Sätzen zur Wachsfigur erstarren. Totenbleich sitzt sie da, mit leerem Blick und halb geöffnetem Mund. Sie scheint nicht einmal mehr zu atmen. Bleiern verstreichen viele Sekunden, bis sie schließlich ihre Augen schließt und flüstert: »Es tut mir leid!« Sie vergräbt ihr Gesicht in den Händen. »Es tut mir leid!«, wiederholt sie noch einmal kaum hörbar.

Felix betrachtet seine alte Freundin voller Entsetzen. Der Anblick des kompletten Verfalls ihrer sonst so coolen und über jeden Zweifel erhabenen Persönlichkeit lässt den Zorn, der seit seiner Reise nach Stockholm in ihm schwelte, allmählich ins Leere laufen.

Ich kann immer noch nicht glauben, dass sie das alles getan hat. Sie war eine gute Agentin, die an ihren Auftrag glaubte. Und sie war meine Freundin. Die nach Louies Tod außer Sonny die Einzige war, die mir beigestanden hat.

Nach einer Weile scheint Magdalena ihre Fassung wiederzugewinnen. Sie richtet sich auf und zündet sich eine neue Zigarette an. Auf ihrem Gesicht liegt ein schicksalsergebener Ausdruck. »Nun weißt du alles«, sagt sie. »Was wirst du jetzt tun?«

»Nichts«, erwidert Felix mit unbewegtem Gesicht.

Magdalena scheint nicht richtig verstehen. »Wie meinst du das? Du wirst nicht die deutschen Behörden informieren? Den BND? Und den Mossad? Yael?«

»Nein.«

»Warum nicht?«

»Ich möchte dir die Gelegenheit geben, das selbst zu tun. Das wäre besser für dich.«

Magdalena schließt die Augen. »Verstehe«, sagt sie leise.

Felix beugt sich vor und sagt in eindringlichem Ton: »Magdalena, du hast dich selbst in eine unauflösbare Falle manövriert!

Ich habe zwar bei den Schweden so getan, als müsse es sich bei dem Handy um ein Missverständnis meinerseits handeln, und habe die Sache runtergespielt. Ich glaube nicht, dass sie Verdacht geschöpft haben. Aber irgendwann wird der Mossad von selbst dahinterkommen, auch ohne mein Zutun. Deshalb beschwöre ich dich: Stell dich selbst und zeige Reue! Das würde mit Sicherheit eine günstige Wirkung auf deine Strafe haben. Tu es jetzt, bevor du in deinem Büro von der Polizei abgeholt wirst!«

Die BND-Agentin sitzt immer noch mit geschlossenen Augen da, ohne Regung.

Felix sagt: »Magdalena, ich bin beschissen wütend auf dich, aber ich bin bereit, dir zu verzeihen. Du hast einen Fehler gemacht, du bist erpresst worden worden, doch das ändert nichts daran, dass du für ein grausames, verbrecherisches Regime spioniert hast und eigene Leute in Gefahr gebracht hast. Das muss ein Ende haben!«

Magdalena seufzt, sagt jedoch nichts. Felix beugt sich noch ein Stück weiter zu ihr. »Stell dich! Du wirst lange ins Gefängnis müssen, aber das heißt nicht, dass dein Leben damit vorbei ist. Du bist noch keine sechzig.«

So ermutigend seine Worte klingen sollen, so klar ist Felix allerdings, dass Magdalenas Strafe verdammt hart ausfallen wird.

Noch immer schweigt Magdalena, und es ist unmöglich zu sagen, was in ihr vorgeht.

Felix lässt nicht nach. »Nimm dir ein paar Tage Zeit, ordne deine Dinge, sprich mit deinem Sohn, und dann mach reinen Tisch! Offenbare dich beim BND! Ich werde dich auch nicht im Stich lassen. Ich werde dir helfen, so gut ich kann.«

Magdalena betrachtet unverwandt ihre Hände. Schließlich sagt sie mit kaum hörbarer, tonloser Stimme: »Danke.«

Felix reibt sich über das Gesicht und atmet einmal tief durch. Dann erhebt er sich sagt: »Leb wohl, Magdalena! Du weißt, wie du mich erreichen kannst. Ich werde dich nicht im Stich lassen!«

Mit diesen Worten geht er in den Flur, nimmt seine Jacke und die Reisetasche, die er dort deponiert hat, und verlässt die Wohnung.

Als die Tür ins Schloss fällt, starrt Magdalena Knoop lange auf Felix' leeren Stuhl, so als habe sie einen Geist gesehen. Dann erhebt sie sich langsam vom Tisch und geht mit unsicheren, tastenden Schritten in die Küche. Sie nimmt eine Flasche Cognac aus dem Küchenschrank und gießt sich ein Wasserglas davon randvoll. Weil ihre Hände so zittern, klirrt der Flaschenhals laut auf dem Rand des Glases.

104

Als Felix Brosch wieder in den eisigen Berliner Winterabend tritt, ist es fast zehn.

Er überquert den Olivaer Platz und erreicht kurz darauf den Kurfürstendamm, den er ein Stück nach Westen entlangläuft. Trotz der späten Stunde und der beißenden Kälte ist die glitzernde Einkaufsmeile immer noch recht belebt, und auch die U-Bahn der Linie 7, die Felix am Adenauerplatz besteigt, ist gut gefüllt. Dicht bei der Tür stehend, starrt er auf die beschlagene Scheibe, den Kopf immer voll von den Gedanken an Magdalenas dramatisches Geständnis und ihr weiteres Schicksal.

Ich kann nur hoffen, dass sie von sich aus die Konsequenzen zieht und sich stellt.

Und wenn gar nichts passiert? Nein, nach unserem Gespräch heute kann sie unmöglich glauben, dass sie einfach so weitermachen kann. Ihr muss klar sein, dass ich dann nicht mehr schweigen könnte.

Weil ihm nichts bleibt, als einfach abzuwarten, versucht Felix, all diese Fragen erst einmal zu verdrängen und seinen Blick nach vorn zu richten.

Ich werde für ein paar Tage nach Hamburg fahren und mit Sonny abhängen. Das wird mich auf andere Gedanken bringen. Und ich werde Louies Grab besuchen.

Im Gegensatz zu früher, wo es ihn bei seinen Trips in seine Heimatstadt jedes Mal große Überwindung kostete, das von seiner Exfrau Lisa sorgsam gepflegte, stets blumengeschmückte Grab seines Sohnes aufzusuchen, hat der Gedanke daran nun nichts

Quälendes mehr. Er stellt sich vor, wie er Louie erzählt, dass das, was er getan und mit viel Glück überstanden hat, auch mit ihm zu tun hatte. Dass das Bild des kleinen Jungen, der bei dem Anschlag in Miami Beach starb, ihn so sehr an ihn, an Louie, erinnert hatte. Dass er glaubte, auch an ihm etwas gutmachen zu können, wenn er mithalf, weitere Massaker dieser Art zu verhindern. Und tatsächlich hat dieser lebensgefährliche Einsatz das tiefe Schuldgefühl, das er wegen Louies Tod empfand und das ihn über all die Jahre nie wirklich verlassen hat, ein wenig besänftigt.

Felix verlässt die U 7 an der Haltestelle Kleistpark. Als er die Oberfläche erreicht, muss er sofort an jenen Tag im vergangenen Sommer denken, als er sich hier mit seinem Cousin Simon Jenkins traf, der sich auf einer Parkbank als Terrorist und Gefolgsmann »Hyperions« geoutet hat.

Und immer noch weiß ich nicht, wann und wie er auf diesen Trip gekommen ist und welche genaue Rolle dabei Gunnar Eriksson gespielt hat.

Felix' Blick wandert die sanft ansteigende Langenscheidtstraße hinauf, bis zu der Ecke, an der sie auf die Crellestraße trifft, wo sein Cousin mit seiner Frau Mona und den beiden Kindern gelebt hat.

Den Gedanken an seine israelische Geliebte hat Felix in den letzten Tagen weitgehend ausgeblendet, aber jetzt, als er allein durch die nächtlichen Straßen Schönebergs wandert, drängt sie sich wieder in sein Bewusstsein.

Wahrscheinlich werde ich sie nie wiedersehen. Und nie wieder von ihr hören.

Den Eisinseln auf dem Gehweg ausweichend, läuft er die Hauptstraße entlang und richtet seine Gedanken auf die Rückkehr in das Riesensteinhaus.

Ich werde Melly und Milan sehen. Und wenn der Laden dann in ein paar Wochen schließt, werde ich den Rest des Winters wieder allein da oben bleiben. Schnee schippen. Musik hören. Ein paar Reparaturen machen. Auf die Füchse und Krähen lauschen. Und dann, wenn es wärmer wird, die Wiedergeburt der Murmeltiere erleben.

Als Felix nach rechts auf die Akazienstraße einbiegt, begegnet ihm ein schmächtiger, junger Mann, der ihn entfernt an Tim Wohlfahrt alias Nemo erinnert. Er muss an den Brief von Tims Freundin denken, den ihm der Junge gezeigt hat, und ruft sich die Unterschrift in Erinnerung.

Sie heißt Sally. Vielleicht kann ich sie ja ausfindig machen. Dann kann ich ihr sagen, dass Tim umkehren wollte.

Bald darauf erreicht Felix das schlichte Mietshaus in der Goltzstraße, in dem sich die kleine Unterkunft befindet, die er im Sommer bewohnt hat. Er betätigt eine Klingel und steht bald darauf vor der geöffneten Wohnungstür des Verwalters, der ihn verblüfft ansieht. Seine Alkoholfahne mischt sich mit dem Geruch von gekochtem Kohl, der aus dem Inneren der Wohnung dringt.

»Ach, du liebe Zeit«, sagt der Mann, »Herr Brosch! Ick hab Sie ja ewig nicht jesehen! Dachte schon, sie sind verschütt jejangen. Wo ham Se bloß jesteckt?«

»Ich war im Urlaub«, erwidert Felix.

Der Verwalter grinst mit seinem Silberzahn. »Na wunderbar! Dett würd ick ooch jerne mal wieder – in Urlaub. Wo warn Se denn?«

»Ach, so hier und da«, antwortet Felix ausweichend. Dann sagt er: »Ich habe ein Problem. Ich habe meinen Schlüssel für das Zimmer verloren.«

»Ha«, sagt der Verwalter. »Vielleicht beim Schnorcheln?« Er kichert kurz über seinen eigenen Witz, bevor er eine strenge Miene aufsetzt. »Dett kostet aber. Sind ja so alte Schlüssel, wa? Aufwendig, die nachzumachen.«

»Schon klar«, sagt Felix und bemüht sich, das Aroma billigen Weinbrands, das ihm aus dem Mund des Mannes entgegenschlägt, zu ignorieren. »Wie viel?«

»Dreißig Schleifen.«

Felix ignoriert den lächerlich hohen Preis und zückt wortlos seine Brieftasche. Er nimmt zwei Euronoten heraus und reicht sie dem Verwalter. Der Silberzahn lässt die Scheine in der Tasche seiner weiten Jeanshose verschwinden, nimmt einen Ersatzschlüssel von einem langen Hakenbrett im Flur und händigt ihn Felix aus.

»Noch etwas«, sagt Felix. »Ich ziehe morgen aus.«

Der Mann runzelt die Stirn. »Ach nee! Aber die Miete für den Rest des Monats muss ick einbehalten. Dett Zimmer hat zwee Wochen Kündijungsfrist!«

»Passt schon«, sagt Felix gleichmütig und beeilt sich, sich von dem schmierigen Kerl zu verabschieden.

Kurz darauf steht er in seinem ungeheizten kleinen Mietzimmer und sieht sich um.

Von seinen persönlichen Sachen und seiner Kleidung ist noch alles vorhanden, und sein Handy, das er vor dem Aufbruch nach Schweden zurücklassen musste, liegt nach wie vor in der Schublade des Tischs, an dem er einige Male mit Simon Jenkins gesessen und Kilkenny's getrunken hat.

Felix zieht seine Jacke aus und dreht die Heizung auf. Dann legt er sich voll bekleidet auf das schmale Bett mit der zu weichen Matratze und schreibt eine WhatsApp-Nachricht an Sonny, in der er ihm mitteilt, dass er am nächsten Tag in Hamburg ankommen wird.

Anschließend löscht er das Licht und versucht, zur Ruhe zu kommen, was ihm lange nicht gelingt. Wieder ziehen die Momente seiner dramatischen Begegnung mit Magdalena an ihm vorbei.

Schließlich setzt Felix seine iPod-Kopfhörer ein und ruft auf seinem Handy eine seiner Playlists auf. Sekunden später tropfen die ersten hellen Klavierklänge von Chopins Nocturne No. 2, gespielt von Artur Rubinstein, in sein Ohr und spülen sanft durch die Windungen seines Gehirns. Eine unendliche Erschöpfung überkommt ihn, und noch bevor die letzten Noten verklungen sind, ist er eingeschlafen.

105

Drei Tage später. Hamburg, Deutschland.

Sonny glotzt Felix mit seinen teerschwarzen Augen an, als habe sich der soeben als unehelicher Sohn von James Bond geoutet. »Meine Fresse, Digga«, sagt er mit seiner hohen, ein wenig kieksenden Stimme.

Die beiden sitzen zusammen im Wohnzimmer der Dreizimmerwohnung in Hamburg-Winterhude, in der Felix' Freund zusammen mit seiner Frau Sandra und neuerdings auch einem Hundewelpen lebt. Auf dem niedrigen gläsernen Couchtisch stehen zwei halbvolle und zwei leere Jever-Flaschen.

Weil Sandra heute einen Girlsabend hat, hatte Felix endlich die Gelegenheit, Sonny in Ruhe und unter vier Augen von seinen Erlebnissen zu erzählen, nachdem er seinem Freund das Versprechen abgenommen hat, mit niemand anderem darüber zu reden.

Er hat Sonny sein Wiedersehen mit seinem Cousin Simon Jenkins geschildert, dem der gebürtige Algerier bei seinem Besuch bei Felix in Berlin zufällig begegnet ist und an den er sich aus dessen früheren Erzählungen vage erinnert. Er hat ihm von seiner Flucht aus dem Terrorcamp in Schweden berichtet, dem Tod Tim Wohlfahrts, von der Jagd nach Gunnar Eriksson, der Entführung in Antalya und der Gefangenschaft im Libanon – und ebenso von seinem Liebesverhältnis mit Yael Rubin, das nach ihrem Streit wegen des Mossad-Anschlags in Minsk so abrupt endete. Lediglich Magdalena Knoops Verrat lässt er in seinem Bericht aus.

Felix nimmt einen langen Schluck Bier und betrachtet gedankenverloren den kleinen Mischlingshund, der mit angezogenen Vorderpfötchen in seinem Bastkorb auf dem Rücken liegt und tief schlummert. Er ist erschöpft vom Reden, aber auch erleichtert und befreit, weil es unendlich gut tut, sich jemandem zu öffnen, dem er vertraut.

Sonny, der Felix' fast zweistündigem Bericht stumm und mit wachsender Fassungslosigkeit gelauscht hat, leert seine Bierflasche in einem letzten Zug. Dann schnauft er tief durch. »Dass du aus all dem lebend rausgekommen bist, grenzt an ein Wunder!«

Felix verzieht den Mund zu einem schiefen Lächeln. »Manchmal braucht man das.«

Sonny versinkt einen Moment in nachdenkliches Schweigen. Dann streicht er sich eine lange Strähne seines schwarz glänzenden Haars aus der Stirn. »Und was ist mit der israelischen Agentin ... Yael? Denkst du manchmal an sie?«

»Ja«, gibt Felix zu.

»Wirst du sie wiedersehen?«

»Kaum. Wir sind ja nicht als Freunde auseinandergegangen.«

»Aber diese Sache in Minsk, wo die beiden Kinder starben ... war sie denn wirklich selbst darin verwickelt?«

»Das spielt keine Rolle. Es war der Mossad, der Verein, für den sie arbeitet, und sie hat diese Vorgehensweise verteidigt. Sie ist eine absolute Hardlinerin.«

Sonny nickt wortlos. Dann räuspert er sich und sagt: »Weißt du, ich als Araber ... ich kann die Israelis wirklich nicht lieben. Sie haben, als ihr Staat entstand, viele von uns von ihrem Land vertrieben, sie halten widerrechtlich Gebiete besetzt, sie behandeln die Palästinenser wie Menschen zweiter Klasse.« Er hält einen Moment nachdenklich inne. »Aber ich bin kein Judenhasser. Ich weiß, dass es viele Israelis gibt, die Versöhnung wollen, und ich weiß auch, dass die Palästinenser selbst viel Schuld daran tragen, dass es nicht dazu kommt. Die Radikalen, die Hamas, die Hisbollah verhindern das.«

Er dreht seine leere Bierflasche zwischen den Fingern und fährt fort: »Jedenfalls ist das, was du getan hast, richtig. Ich bewundere dich dafür. Es ist ein Segen, dass diese Nazis ausgehoben sind. Dass dieser Terror gegen unschuldige Leute ein Ende hat.«

»Ja«, sagt Felix. »Auch wenn Eriksson alias Hyperion noch nicht gefasst ist.«

»Was glaubst du, wo er sich versteckt?«

»Ich habe keine Ahnung.«

Für eine Weile tritt Schweigen ein. Schließlich fragt Sonny: »Was wirst du jetzt machen?«

»Ich gehe zurück auf den Berg.«

Sonny nickt. »Verstehe.«

»Ich denke«, sagt Felix, »ich werde das noch ein oder zwei Jahre machen. Und dann sehen, ob ich ein eigenes Restaurant eröffne.«

»Wo?«

Felix lächelt. »Vielleicht in Hamburg.«

Sonny ist sichtbar erfreut über diese Aussicht. »Das wäre top.«

In diesem Moment fallen Felix plötzlich wieder die hunderttausend Dollar ein, die ihm der Mossad für seinen Einsatz versprochen hat. Er reibt nachdenklich seine Stirn. »Die Israelis wollen mir eine Menge Kohle zahlen für meinen Job. Aber ich glaube nicht, dass ich das nach der Sache in Minsk noch annehmen kann. Ich habe ein beschissenes Gefühl dabei.«

Sonny zieht die kräftigen, dunklen Brauen zusammen. »Wenn du mich fragst: Nimm es! Du hast genug dafür durchgemacht und dein Leben riskiert. Ich finde, das eine hat mit dem anderen nichts zu tun.«

»Hm«, macht Felix. »Ich weiß nicht.«

Sonny sieht auf seine Armbanduhr und sagt: »Oha! Ist schon wieder Zeit! Der Hund muss alle zwei Stunden raus!« Er erhebt sich seufzend und sagt: »Ich bin in einer Viertelstunde wieder da! Nimm dir noch ein Bier, wenn du willst! Ist genug da!«

Mit diesen Worten leint er den Welpen an, der inzwischen wach ist, und verlässt die Wohnung. Felix bleibt allein auf dem Sofa sitzen, unschlüssig, ob er sich noch ein Jever aus dem Kühlschrank holen soll. Während er noch darüber nachdenkt, lärmt sein Handy in der Tasche seines Hoodies. Das Display zeigt eine ihm unbekannte Nummer. Felix zögert einen Moment, aber dann nimmt er den Anruf an.

»Herr Brosch?«, fragt eine ziemlich jung klingende, männliche Stimme.

»Ja?«

»Hier ist Fynn Frazer. Der Sohn von Magdalena Knoop.«

Felix hält den Atem an.

»Meine Mutter …«, sagt Fynn mit mühsam beherrschter Stimme. »Sie ist tot.«

Ein eisiger Schreck fährt Felix in die Glieder.

Erst nach langen Sekunden findet er seine Sprache wieder. »Was? Wieso ... wie ist das ...?«

»Ein Unfall«, antwortet Fynn. »Sie ist überfahren worden.«

Die Worte hallen laut in Felix' Kopf. »Mein Gott!«, sagt er leise. »Das ist ... Wie schrecklich! Ich bin fassungslos.« Er bleibt einen Moment stumm, bevor er fragt: »Wie ... wie ist das passiert?«

»Sie ist gestern Morgen von einem LKW überrollt worden. Der Fahrer stand unter Schock, aber er hat ausgesagt, dass sie bei Rot über die Straße gegangen ist.« Fynn seufzt und fügt hinzu: »Dafür gibt es wohl auch Zeugen.«

»Oh ...«, stöhnt Felix und reibt sich heftig die Stirn, während eine Armada von Fragen kreuz und quer durch seinen Kopf schießt.

Bei Rot über die Straße gegangen? Warst du so unter Stress nach unserem Gespräch, so sehr in Gedanken an das, was dir bevorsteht, dass du die Ampel übersehen hast? Oder war das Absicht? Hast du den Tod dem Gefängnis und dem tiefen Fall vorgezogen? Oder war es einfach nur ein unglücklicher Zufall, ein kleiner Moment der Unachtsamkeit, so wie es vielleicht jedem passieren kann?

»Ich weiß«, hört er Fynn wie von fern sagen, »dass Sie meine Mutter gut kannten. Sie hat mir von Ihnen erzählt. Ich habe nun auf ihrem Handy gesehen, dass Sie erst vor ein paar Tagen mit Ihnen telefoniert hat. Deshalb rufe ich Sie an.«

Felix sammelt sich. »Ja ... Magdalena und ich waren Freunde. Sie hat mir einmal, als es mir richtig schlecht ging, sehr geholfen.«

Der junge Mann schnieft hörbar, sagt aber nichts. Felix fragt: »Wann ist die Beerdigung?«

»Ich weiß es noch nicht. Ich schicke Ihnen eine Nachricht, okay?«

»Danke. Ich werde da sein.« Felix atmet tief durch und fügt hinzu: »Mein aufrichtiges Beileid! Ich wünsche Ihnen Kraft!«

»Danke, Herr Brosch! Auf Wiedersehen!«

Dann ist das Gespräch beendet, und Felix hockt völlig benommen auf Sonnys Couch. Der Schreck und der ehrlich empfundene Schmerz über die Nachricht von Magdalenas Tod mischen sich mit dem unendlich seltsamen, halb beunruhigenden und halb beruhigenden Gefühl, dass er die wahren Umstände wahrscheinlich niemals kennen wird.

In diesem Moment klappt die Wohnungstür, und Sonny kommt mit dem Welpen ins Zimmer. Er sieht, wie Felix mit seinem Handy in der Hand dasitzt und mit einem tiefernsten, abwesenden Ausdruck vor sich hinstarrt.

»Digga«, sagt Sonny. »Was ist los? Ist irgendwas passiert?«

Felix wendet seinen Blick zu seinem Freund, aber es wirkt, als sehe er durch ihn hindurch.

Dann sagt er langsam: »Ich ... habe gerade erfahren, dass eine ... alte Freundin von mir gestorben ist. Bei einem Verkehrsunfall.«

Sonny zieht die Brauen zusammen. »Oh«, sagt er. »Oh, das ist scheiße. Das tut mir leid! Hattest du viel mit ihr zu tun?«

Felix' Blick klebt immer noch an einem imaginären Punkt in der Ferne. »Ziemlich viel.«

106

Ein paar Stunden nach jenem schicksalhaften Anruf steht fast viertausend Kilometer entfernt Gunnar Eriksson mit einer halb vollen Kaffeetasse am Fenster und blickt in die Dunkelheit. Hier, in der ländlich geprägten Umgebung von Irans Hauptstadt Teheran, ist es jetzt fast fünf Uhr morgens, und er hat, wie so oft in den letzten Wochen, keinen Schlaf gefunden. Der Mann, der als Hyperion weltweite Bekanntheit erlangt hat, reibt sich die übernächtigten Augen. Verglichen mit dem von seiner eigenen Macht über Leben und Tod berauschten Gunnar Eriksson ist er zwar nur noch ein Schatten, aber sein glühender Hass und der Glaube an die eigene Größe sind ihm keineswegs abhandengekommen.

Eriksson hört ein Geräusch hinter sich und wendet sich um. Er sieht, wie sein Leibwächter Leonid Timochenko, genannt Leo, den Raum betritt. Der bullige, rundschädelige Mann ist gebürtiger Ukrainer, besitzt aber, weil er in Schweden aufgewachsen ist, wie Eriksson die schwedische Staatsbürgerschaft.

»Guten Morgen, Sir!«, sagt Leo.

»Guten Morgen, Leo!«, erwidert Eriksson mit einem müden Lächeln seines kultivierten Mundes, der einen seltsamen Kontrast zu dem struppigen, ungepflegten Vollbart und seinem aufgedunsenen Gesicht bietet. »Hast du gut geschlafen?«

»Ja«, sagt Leo und produziert den Anflug eines freundlich-unterwürfigen Grinsens. Im Gegensatz zu Erikssons zweitem Bodyguard Artan »Tito« Ivanov, einem Weißrussen, der im iranischen Exil leidet wie ein Hund und kaum vor zehn Uhr aus dem Bett kommt, wahrt Leo strikte Disziplin und ist seinem Herrn und Meister stets zu Diensten. Was mehr im übertragenen Sinne gemeint ist, denn es gibt für ihn rein gar nichts zu tun. In dem abgelegenen Haus, das von einer hohen, weiß getünchten Mauer umgeben ist, sind sie fast völlig von der Außenwelt abgeschnitten. Das kleine Anwesen, das dem iranischen Geheimdienst MOIS gehört, ist rund um die Uhr von in Zivil gekleideten Bewachern umgeben, und sämtliche Einkäufe, Besorgungen und Putzarbeiten werden von Mitarbeitern des Geheimdiensts erledigt. Auf dem Vorplatz steht zwar ein VW Golf, aber den dürfen die drei Flüchtlinge nur zu kürzeren Ausflügen in die nähere, ländliche Umgebung benutzen, wobei ihnen stets ein Fahrzeug des MOIS folgt.

Arash Dehghani alias Kormoran, der alte MOIS-Offizier, der stets seine schützende Hand über ihn gehalten hat, hat Eriksson diese Überwachung als absolut notwendige Sicherheitsmaßnahme verkauft. Zu diesen Vorsichtsmaßnahmen, so Dehghani, gehöre auch, dass der Handyempfang der Hausbewohner blockiert sei. Dass seit einigen Tagen auch der Internet-Zugang nicht mehr funktioniert, sei allerdings einer bedauerlichen technischen Störung zu verdanken.

Leo begibt sich in die Küche, um dort das Frühstück zuzubereiten, das aus Toast, Honig, Quark mit Früchten, Granatapfelsaft und wahlweise Rühr- oder Spiegeleiern besteht. Auf den gewohnten, aus Schweinefleisch hergestellten Speck oder Schinken müssen sie in der Islamischen Republik Iran allerdings verzichten.

Das ist jedoch wahrlich die geringste der Sorgen, die Eriksson hat. Seit er vor einigen Tagen über das nach wie vor funktionierende Satelliten-TV von dem Anschlag auf Simon Jenkins erfahren hat, liegt ein tiefschwarzer Schatten auf seinem Gemüt. Denn abgesehen davon, dass der Führer der SLF für Jenkins eine für ihn eher untypische persönliche Zuneigung empfunden hat, hat sein Tod für ihn noch eine ganz andere Dimension: Er ist der letzte Nagel zum Sarg seiner Hoffnungen, den bewaffneten Kampf in naher Zukunft fortsetzen zu können. Denn Simon, sein wichtigster Vertrauter, Rekruteur und Cyber-Wizard der SLF, ist nicht zu ersetzen. Hyperion ist nun endgültig ein Feldherr ohne Armee, aber einer, da ist er sich sicher, dessen Glanz dennoch bis in alle Ewigkeit strahlen wird. Und er ist entschlossen, seinen Teil dazu beizutragen. In keinem Fall, das ist ihm in den letzten Tagen klargeworden, wird er sich damit abfinden, von der Welt abgeschnitten im Iran zu verfaulen – ohne die Aufmerksamkeit, die ihm zusteht.

Nach dem Frühstück ziehen sich Leo und Eriksson noch einmal in ihre Räume zurück. Gegen neun Uhr begeben sie sich in den Garten, wo eine kraftlose Wintersonne weiche Schatten auf den gepflegten Rasen neben dem Jacuzzi wirft. Es ist ein Ort, an dem sie sich, wie Eriksson glaubt, ohne unsichtbare Zeugen unterhalten können. Natürlich ist er sich sicher, dass das ganze Haus weiträumig verwanzt ist, schließlich gehört es dem MOIS, und deshalb hat er sich gar nicht erst die Mühe gemacht hat, nach verborgenen Mikrophonen zu suchen. Aber hier, auf dem freien Rasenstück zwischen Platanen und Obstbäumen, fühlt er sich vor akustischer Überwachung sicher.

Eriksson wendet sich zu Leo und fragt: »Glaubst du, es gibt einen Weg, sie abzuhängen?«

Leo ist keineswegs eine Intelligenzbestie, aber er besitzt Bauernschläue – gepaart mit Wagemut und Tatkraft. »Ja, ich glaube schon«, sagt er. »Wenn wir erst mal auf der Zufahrtsstraße nach Teheran sind. Dort herrscht immer viel Verkehr, und allzu weit ist es ja nicht bis zum Ziel.«

Dieses Ziel, das nur etwa zwanzig Kilometer entfernt am nördlichen Rand Teherans liegt, haben sie sich, bevor das Internet ausfiel, bei Google Maps genau angesehen. Eriksson fährt sich mit der Hand durch den speckigen Vollbart. »Gut. Ich denke, wir sollten es versuchen.«

»Wann?«

»Bald. Ich muss mich noch ein wenig vorbereiten und meine Dokumente ordnen.«

Eriksson fixiert Leo mit einem intensiven Blick aus seinen hellblauen, immer noch wie illuminiert wirkenden Augen. »Und du bist wirklich bereit, diese Sache mit mir durchzuziehen? Du weißt, welche Opfer das von dir verlangt. Viele Jahre im Gefängnis.«

Leo erwidert Erikssons Blick, ohne zu schwanken. »Ich weiß, Sir! Aber das hier … ist ja auch ein Gefängnis.«

Eriksson nickt. »So ist es.«

Leo legt seine kugelförmige Stirn in Falten. »Und was ist mit Tito?«

»Den müssen wir unter einem Vorwand zurücklassen. Im Gegensatz zu uns beiden hat er keinen schwedischen Pass.«

Timochenko nickt mit ernstem Gesicht.

Die beiden Männer reden noch eine Weile, bevor sie zurück ins Haus gehen und sich einen weiteren Tag der Herausforderung stellen, irgendwie die Zeit totzuschlagen.

107

Einen Tag später. Teheran.

Es ist kurz vor zehn Uhr am Vormittag, als sich Arash Dehghani im Gebäude des iranischen Geheimdienstes von seinem Büro aus auf den Weg in die siebzehnte Etage macht. Man kann sagen, dass seine Laune schon besser war, was nicht in erster Linie daran liegt, dass die Schrapnellverletzung am Rücken, die er einst als junger Mann im Krieg gegen Iraks Diktator Saddam Hussein erlitt, heute Morgen besonders schmerzt.

Während Dehghani leise hüstelnd mit langsamen Schritten durch das von Glasbausteinen nur schummrig erhellte Treppenhaus läuft, gehen ihm noch einmal all die Ärgernisse und Fehlschläge der letzten Wochen durch den Kopf. Dass die mithilfe der umgedrehten deutschen BND-Agentin Magdalena Knoop so sorgsam vorbereitete Entführung der beiden zionistischen Agenten in Antalya in deren erfolgreicher Flucht aus der Hisbollah-Gefangenschaft endete, ist ihm immer noch unbegreiflich.

Dehghani betätigt den abgegriffenen Rufknopf des Aufzugs, der, nachdem er lange außer Betrieb war, inzwischen wieder funktioniert. Während er wartet, kreisen seine Gedanken um den Minsker Anschlag auf Simon Jenkins und dessen Familie, der, daran zweifelt er keine Sekunde, vom verhassten Mossad verübt worden ist. Wieder einmal hat sich gezeigt, wie weit der Arm der Israelis reicht und wie gut ihre Aufklärung funktioniert, was Dehghani eine widerwillige Bewunderung abnötigt, aber auch etwas Frustrierendes hat.

Die leicht verbeulte Tür des Aufzugs öffnet sich mit einem lauten Rattern, und Dehghani betritt die Kabine. Er drückt den Knopf mit der 17, woraufhin sich der Lift ächzend in Bewegung setzt.

Während die Kabine an Höhe gewinnt, kommt Dehghani der Unfalltod von Magdalena Knoop in den Sinn, von dem er am vergangenen Abend erfahren hat. Eine so wertvolle Quelle im gegnerischen Lager auf diese Art zu verlieren ist zweifellos bedauerlich, hat aber immerhin einen Vorteil: Wie über allen Doppelagenten hat auch über Knoop stets die Gefahr der Enttarnung geschwebt, wahrscheinlich gefolgt von einem umfassenden Geständnis – auch über die Verstrickung des MOIS in den Terror der SLF und die Entführung in der Türkei. Davon kann sie nun niemandem mehr etwas erzählen.

Der Aufzug kommt mit einem schwachen Quietschen zum Stehen. Die Tür rasselt auf, und Dehghani betritt die Etage, in der sich die Büros der Abteilungsleiter befinden. Während er davon überzeugt ist, dass er, was Magdalena Knoop und ihr Wissen betrifft, keinen Grund zur Beunruhigung hat, ist das bei einer anderen Person ganz anders.

108

»Guten Morgen, Arash! Setz dich!«, sagt Suleiman Tabatabai, der Leiter der MOIS-Abteilung für verdeckte Operationen, und weist auf die Couchgarnitur aus schwarzem Leder, die zu seinem geräumigen Büro gehört.

»Danke!«, erwidert Dehghani und geht durch Schwaden von Zigarettenrauch zu einem Sessel, in dem er sich niederlässt. Tabatabai ist Kettenraucher, wie er selbst. Sie teilen sogar dieselbe Vorliebe für die Marke *Bahman*.

Arashs Vorgesetzter erhebt sich von seinem Schreibtisch, hinter dem das obligatorische Khomeini-Porträt hängt, und nimmt auf der Couch Platz. Dann ordert er bei der hochgewachsenen, rehäugigen Schönheit im Hijab, die sein Vorzimmer betreut, einen Kaffee für Dehghani und einen Tee für sich selbst, bevor er sich zurücklehnt und darauf wartet, dass sein Besucher das Gespräch eröffnet.

Dehghani zündet sich eine *Bahman* an und öffnet den Deckel seines Notebooks.

Dann sagt er: »Es geht um Eriksson. Ich fürchte, dass er ein großes Problem geworden ist.«

Tabatabai runzelt die Stirn. »Warum?«

»Ich hatte ja schon vor einiger Zeit berichtet, dass ich den Eindruck habe, dass er abdriftet. Dass er fertig ist, nachdem die Zionisten seinen ganzen Laden haben hochgehen lassen. Er trank zu viel, er wirkte ... ein wenig durchgeknallt. Unberechenbar.«

Tabatabai qualmt eine dicke Wolke und sagt: »Ja, ich weiß. Deshalb haben wir ihn ja auch vorsichtshalber isoliert. Kein Handyempfang, kein Internet. Die Rund-um-die-Uhr-Bewachung des Hauses ...«

Dehghani nickt. »Ja, das ist besser so. Denn jetzt hat sich herausgestellt, dass er tatsächlich etwas plant, was absolut nicht in unserem Interesse sein kann.«

Tabatabai hebt die starken Augenbrauen.

Dehghani ruft eine Textdatei auf und scrollt einen Moment darin herum. Dann sagt er: »Alles, was ich jetzt berichte, stammt aus Abhörprotokollen. Im Haus ist Eriksson vorsichtig, aber er glaubt, dass er im Garten ungehindert sprechen kann. Glücklicherweise sind ihm die beiden winzigen Richtmikrophone entgangen, die in Astgabeln umstehender Bäume verborgen sind. Damit haben wir Gespräche mit einem seiner Leibwächter aufgezeichnet, dem er offenbar besonders vertraut. Aus diesen Gesprächen wurde klar, dass ihn der Tod seines Vertrauten Jenkins endgültig aus der Bahn geworfen hat. Ihm ist klargeworden, dass sein Spiel endgültig aus ist, und seit dem Anschlag in Minsk hat er panische Angst vor dem Mossad. Er fürchtet, dass sie ihn sogar hier im Iran erwischen könnten.«

Tabatabai verzieht keine Miene, wohl wissend, dass der israelische Geheimdienst auch im Iran stets für Tötungsaktionen gut ist.

Der alte MOIS-Agent nimmt einen schnellen Schluck von seinem Kaffee, den das schöne Vorzimmermädchen inzwischen serviert hat. Dann inhaliert er aus seiner *Bahman* und sagt knapp: »Eriksson will sich in die schwedische Botschaft hier in Teheran flüchten und sich stellen.«

Tabatabai schaut völlig verständnislos. »Wie bitte? Warum das, zum Teufel?«

»Weil er einen Prozess will!«, sagt Dehghani laut. »Er will das Scheinwerferlicht! Um keinen Preis will er hier ein anonymes, isoliertes Dasein fristen oder schnöde vom Mossad erledigt werden! Er begreift, dass er als Krieger am Ende ist, aber er glaubt, dass er sich immer noch als Märtyrer stilisieren kann – gehasst von vielen, aber bewundert und verehrt von Nazis und Rechtsextremen auf der ganzen Welt. Er sprach von einem weiteren Buch, das er im Gefängnis schreiben will, von TV-Interviews und solchen Dingen. Ich fürchte, er würde über alles auspacken – auch seine Verbindung zu uns!«

Tabatabai denkt eine Weile nach, bevor er fragt: »Wo würde man ihn anklagen?«

»Wahrscheinlich in Schweden. In Florida in den USA, wo der größte Anschlag stattfand, würde er sicher auf dem elektrischen Stuhl landen. Und die Schweden liefern keinen eigenen Staatsbürger in ein Land aus, wo ihm die Todesstrafe droht. Er dürfte den Rest seiner Tage in einem schwedischen Zuchthaus verbringen.«

Tabatabai schüttelt halb ungläubig den Kopf. Dann sagt er entschieden: »Es darf auf keinen Fall dazu kommen, dass er tatsächlich in die schwedische Botschaft gelangt und da vernommen wird. Wir müssen seine Bewachung verschärfen.«

Dehghani beugt sich vor, wobei ihm seine Rückenverletzung ein wenig Schmerzen verursacht. »Nun, wir sollten das nüchtern abwägen. Eriksson nützt uns nichts mehr, er ist nur noch eine Belastung und eine Gefahr. Diese Rund-um-die-Uhr-Bewachung und -Versorgung verschlingen ein Vermögen. Wofür? Und können wir sicher sein, dass es ihm nicht doch irgendwie gelingt, Kontakt in den Westen aufzunehmen?« Er verstummt kurz, um seine Worte wirken zu lassen, und lehnt sich zurück. Dann sagt er: »Meine Meinung ist: Er will den Deal mit uns aufkündigen, deshalb kündigen wir ihn zuerst!«

Tabatabai bläst langsam Rauch aus und blickt eine Weile nachdenklich den Schwaden hinterher. »Du hast recht«, sagt er dann schlicht. »Wie machen wir es?«

»Ich würde Mousavi, der schon die Sache in Antalya für uns abgewickelt hat, bitten, diese Sache für uns zu erledigen.«

Tabatabai nickt. »Einverstanden. Bitte richte ihm Grüße von mir aus!«

•

Am Abend dieses Tages – gegen achtzehn Uhr – betreten drei Männer in grünen Arbeitsoveralls das Haus, in dem Gunnar Eriksson und seine beiden Bodyguards logieren, um, wie sie sagen, die gesamte Elektrik des Gebäudes zu überprüfen und den defekten Internetanschluss neu zu legen. Als sie im Haus sind, ziehen sie automatische Pistolen der Marke SIG Sauer und dirigieren die drei völlig überraschten Männer in das Wohnzimmer, wo sie nebeneinander mit dem Gesicht zur Wand Aufstellung nehmen müssen. Die Leute in den Overalls treten von hinten an Eriksson, Leo und Tito heran und töten alle drei mit Kopfschüssen. So unverhofft, profan und ohne jede Gegenwehr endet das Leben des Mannes, der sich Hyperion nannte, weil er sich für einen »Lichtbringer« hielt.

Husein Mousavis Revolutionsgardisten stecken ihre Waffen ein und verlassen das Haus ohne Eile. Auf dem Vorplatz wartet bereits das Reinigungsteam, das sich anschickt, die Leichen in ein geheimes Krematorium zu schaffen und das Haus von Blut und allen Spuren seiner drei Bewohner zu reinigen. In ein paar Stunden wird nichts mehr an sie erinnern.

So, als seien sie nie hier gewesen.

109

Zwei Monate später.

Noch ist es kalt und winterlich in den Alpen, aber die immer höher steigende Märzsonne lässt den kommenden Frühling schon ein wenig erahnen. Felix sitzt mit Sonnenbrille, Winterjacke und einem kleinen Grasjoint in der Hand auf der verwitterten Holzbank vor dem Riesensteinhaus und hört mit seinen iPods die aktuelle Ausgabe von Iggy Pops Radioshow *Iggy Confidential*. Deren Mischung aus Punk, Indiemusik, Jazz und Blues gefällt ihm, ebenso wie Iggys grummelnder Märchenonkel-Bass, der eine wohltuende, ruhige Abgeklärtheit ausstrahlt.

Während eine engelhafte Mädchenstimme über einer wummernden Gitarrenwand schwebt, schweift Felix' Blick über die schneebedeckten, im Sonnenlicht glitzernden Hänge des Hochtals. Nachdem das Riesensteinhaus vor zwei Wochen geschlossen wurde und Melly, Milan, die Saisonkraft und der Koch, der Felix während seiner Abwesenheit vertreten hat, den Weg ins Tal angetreten haben, ist er allein hier oben. Den einzigen Menschen, den er in dieser Zeit zu Gesicht bekommen hat, ist ein alter Bergbauer aus der Gegend, der ihn, wenn es das Wetter erlaubt, hin und wieder besucht, um einen Schnaps abzustauben und ein wenig mit Felix zu plaudern – jedenfalls soweit der in der Lage ist, sein urtümliches, bayerisches Idiom zu entschlüsseln.

Vor drei Tagen hat Felix begonnen, seine Schildkröte Franziska sanft aus ihrer Winterstarre zu wecken. Er hat sie aus dem Kühlschrank im Lagerraum geholt und in ihrem Terrarium einen Tag lang in einen leicht beheizten Raum gesetzt. Anschließend hat er sie zweimal am Tag in lauwarmem Wasser gebadet, um ihren Stoffwechsel anzuregen. Zu seiner großen Freude hat Franzi auch diesen, ihren bestimmt vierzigsten Winter gut überstanden. Ihr Gewicht ist okay, und sie hat auch bereits, mit immer noch halb geschlossenen Augen, ein wenig an dem Salatcocktail geknabbert, den Felix ihr zubereitet hat.

Felix reibt sich mit der Rechten über den linken Oberarm. Die kraterförmigen Narben der Schussverletzung, die er bei seiner Flucht aus dem Terrorcamp in Schweden erlitten hat, jucken hin und wieder unangenehm, aber das ist auch alles, was davon zurückgeblieben ist. Melly, die ihn einmal nackt gesehen hat, hat die Narben sofort bemerkt, aber auf ihre Frage hin hat er nur etwas von einem Unfall gemurmelt, so wie er überhaupt ihre und Milans Erkundigungen nach dem Grund seiner langen Abwesenheit stets ausweichend beantwortet hat.

Felix war froh, die beiden wiederzusehen, und hat sich in ihrer vertrauten Gesellschaft sofort wieder zu Hause gefühlt. Allerdings ist der einmalige Versuch, sein früheres, gelegentliches Sexleben mit Melly wieder aufleben zu lassen, gescheitert. Als sie nackt nebeneinander in Felix' Bett lagen, regte sich bei ihm gar nichts. Als erfahrene Frau hat Melly natürlich geahnt, dass dieser Schwellkörper-Blackout etwas mit einer anderen Frau zu tun hatte, und sich, ohne das Thema überhaupt anzusprechen, elegant zurückgezogen. Felix war erleichtert und gleichzeitig verunsichert.

Abgesehen davon, dass er seinem Stellvertreter, einem lauten, polternden Holländer, während der letzten Wochen von dessen Engagement zur Hand gegangen ist, hat er seine Zeit mit Lesen, Serien und fast täglichen Skiwanderungen verbracht. In der Natur sind die Bilder des Irrsinns und der Gewalt, die er erlebt hat, allmählich verblasst, und mit jedem Tag, der vergeht, erscheinen diese Ereignisse ferner und unwirklicher. Hin und wieder muss er an Magdalena Knoop denken, deren mysteriöser Tod ihn noch lange beschäftigt hat, wobei es nie irgendwelche Anhaltspunkte gab, dass er etwas anderes war als das, wonach es aussah: ein Unfall. Felix hat an Magdalenas Beerdigung in Berlin teilgenommen und sich anschließend lange mit ihrem Sohn Fynn unterhalten. Er hat ihm von seiner beruflichen und privaten Freundschaft mit seiner Mutter erzählt, ohne je daran zu denken, Fynn sein Wissen um ihr dunkles Geheimnis zu offenbaren.

Felix hat sich zwar manchmal gefragt, ob nicht Yael Rubin ein Recht darauf hatte, zu erfahren, dass es Magdalenas Verrat war, der in Antalya die Falle zuschnappen ließ, aber weil er seit ihrem Streit um den Anschlag in Minsk nichts mehr von ihr gehört hat, belässt er es dabei.

Was Felix nicht weiß, ist, dass der Mossad inzwischen hinter Magdalenas doppeltes Spiel gekommen ist und diese Information auch mit dem BND geteilt hat, wobei nichts davon an die Öffentlichkeit gedrungen ist. Die Geheimdienste sind übereingekommen, die peinliche Affäre für immer unter der Decke des Schweigens zu begraben.

Felix kratzt sich an seinem inzwischen wieder vorhandenen Bart und nimmt einen Zug aus seiner Grastüte. Seine Tage in den winterlichen Alpen sind angefüllt, aber nachts, wenn er allein in seiner Kammer liegt, sieht er manchmal Yael Rubins so irritierend changierende Augen vor sich und riecht förmlich den Duft ihres Lavendelparfüms, der sich mit dem leicht herben Aroma ihrer Haut mischt. Er versucht dann stets, seinen Geist auf andere Dinge zu fokussieren, fest überzeugt, dass dieses Kapitel seines Lebens abgeschlossen ist und dass die Zeit ihr Werk tun wird.

Während bei Iggy eine wilde, energetische Jazznummer aus den 1950ern läuft, denkt Felix wieder einmal über seine Pläne für ein eigenes Soulfood-Restaurant nach, die immer konkreter werden. Hilfreich sind dabei die hunderttausend Dollar vom Mossad, die er, Sonnys Rat folgend, nach einigem Zögern doch angenommen hat.

So vergeht eine Viertelstunde, bis sich die aktuelle Folge von *Iggy Confidential* ihrem Ende nähert und Felix seine Kopfhörer aus den Ohren nimmt. Er entzündet seinen Joint ein letztes Mal, bevor er die Kippe in dem mit weißblauen Bayernkaros verzierten Aschenbecher ausdrückt, den er auf dem Knie balanciert.

Er überlegt gerade, ob er sich ein Sandwich machen soll, als ihn der Klingelton seines Handys aus seinen Gedanken reißt. Während er auf das Display mit dem Namen des Anrufers schaut, erhöht sein Herz unwillkürlich die Schlagzahl.

Yael!

Für ein paar Sekunden rührt er keinen Finger, zu überraschend kommt dieser Anruf. Schließlich drückt Felix die Gesprächstaste. »Yael«, sagt er so neutral wie möglich, aber er merkt, dass seine Stimme ein wenig heiser klingt.

»Felix«, sagt die Israelin, und unüberhörbar ist auch ihre dunkle Stimme ziemlich belegt. »Wie geht es dir?«

»Ich bin okay. Und du?«

»Ja, ich auch.« Es entsteht eine Pause, bis Felix fragt: »Wie kommt es, dass du dich meldest? Ist es was Dienstliches?«

»Nein. Ich habe mir eine Auszeit genommen vom Dienst. Für ein paar Monate.«

Felix ist verblüfft.

»Wie hältst du das aus?«, fragt er in sarkastischem Ton.

Ein leises, kehliges Lachen. »Besser, als ich dachte.«

Wieder tritt für einen Moment Schweigen ein. Dann sagt Yael: »Hör zu, ich habe ein wenig Abstand gewonnen von … den Dingen, und … ich wollte dir sagen, dass mir diese Sache in Minsk, das mit den Kindern, aufrichtig leidtut. Das war falsch. Es war nicht so geplant, aber das hätte nie passieren dürfen.«

»Ja«, erwidert Felix ohne besondere Regung, obwohl es ihn wirklich erleichtert, dass seine frühere Geliebte zum ersten Mal Bedauern über den Tod von Simons Kindern und Zweifel an den Praktiken des israelischen Geheimdienstes geäußert hat.

Gleichzeitig erinnert ihn der rauchige, vertraute Klang von Yaels Stimme daran, wie sehr er sich insgeheim nach einem Wiedersehen mit ihr sehnt.

Felix will irgendetwas Unverbindliches sagen, aber dann macht ihm die steigende Flut von Oxytocin, Testosteron und Dopamin, die sein Gehirn bei dem Gedanken an Yaels Nähe ausschüttet, einen Strich durch die Rechnung. Die Warnlampen im Vernunftzentrum seines Stirnlappens flackern nur noch einmal kurz auf, bevor sie endgültig den Betrieb einstellen.

Felix inhaliert kalte, kristallklare Luft. Dann fragt er: »Warst du schon mal in den Alpen?«

Danksagung

Wie immer danke ich zuerst meiner Frau Maren für die unermüdliche Unterstützung, Inspiration und kluge Kritik. Ohne sie wäre »Hyperion« nicht das, was es ist.
Ich danke den vielen, die mir bei der Recherche für dieses Buch geholfen haben – ob es nun um Rechtsextremismus, den Mossad, den Alltag eines Kochs in einer Berghütte, das Kurzschließen eines Autos oder den libanesisch-arabischen Dialekt ging. Für etwaige Fehler oder Ungenauigkeiten bin ich wie immer allein verantwortlich und bitte schon im Voraus um Milde.
Last but not least: Mein ganz besonderer Dank gilt meinem Lektor Reinhard Rohn, der mit seinen klugen Anmerkungen und präzisen Vorschlägen »Hyperion« so viel besser gemacht hat.

Hamburg, im Juli 2022.
Kai Havaii